LUCA D'ANDREA

IN ZEITEN DES TODES

THRILLER

AUS DEM ITALIENISCHEN
VON INGRID ICKLER

TROPEN

Quésto libro è stato tradotto grazie a un contributo per la traduzione assegnato dal Ministero degli Affari Esteri e della Cooperazione Internazionale italiano.

Die Übersetzung dieses Buches kam dank einer Förderung des italienischen Ministeriums für Auswärtige Angelegenheiten und Internationale Zusammenarbeit zustande.

FSC
www.fsc.org
MIX
Papier | Fördert gute Waldnutzung
FSC® C014496

Tropen
www.tropen.de
Die Originalausgabe erschien unter dem Titel »Il girotondo delle iene«
im Verlag Feltrinelli Editore, Mailand

Cover: Zero-Media.net, München
unter Verwendung mehrerer Abbildungen von © Oskar Ulvur/
Trevillion Images (Wald), © Magdalena Russocka/Trevillion Images
und FinePic®, München (Schnee)
Gesetzt von C.H.Beck.Media.Solutions, Nördlingen
Gedruckt und gebunden von GGP Media GmbH, Pößneck
ISBN 978-3-608-50185-8
E-Book ISBN 978-3-608-12356-2

I believe them Bones are me

ALICE IN CHAINS, THEM BONES

TEIL 1

Das Monster

Die Frau verschleißt den Mann, sie schneidet ihm den Kopf ab und frisst ihn. Aus meiner Angst vor ihr ist erst Hass geworden, mit einigen Einschränkungen allerdings, der später stärker und radikaler wurde: Wenn anfangs der Wert einer Frau noch fünfzig Prozent betrug, sank er in Etappen auf zehn Prozent und schließlich auf null Prozent, wenn nicht gar noch weniger.

M. B.

1992

LORENA

Hey little girl, wanna go for a ride?
HÜSKER DÜ, DIANE

DIENSTAG, 7. JANUAR 1992

Nacht

Wie ein Stofffetzen flatterte die junge Frau durch die Nacht. Sie hieß Elizabeth, war blond und trug eine Sonnenbrille. Die Idee mit der Sonnenbrille hatte sie aus einem Vampirfilm, und den Kunden schien es zu gefallen. Sie dachte: So viel Licht … Dann entglitten ihr die weiteren Worte, und Elizabeth musste sich neu sortieren.

Der Mann im blauen Peugeot 106 hatte ein Allerweltsgesicht, die schwarzen Haare waren zu einem rechten Seitenscheitel frisiert. Er trug Jeans und eine Skijacke. Sehr gesprächig war er nicht, nach einer kurzen Absprache stieg sie ein. Das war's.

Elizabeth schwieg ebenfalls, sie genoss es, wie das Blut wieder durch ihren steifgefrorenen Körper floss, doch die Wärme im Wageninneren brachte nicht nur das Gefühl in den Händen und Füßen zurück, sondern auch den Juckreiz. Die junge Frau mit der Sonnenbrille zögerte. Sie wollte nicht, dass der Freier dachte, sie habe Flöhe. Oder Aids. Der Juckreiz kam vom verdammten Entzug, da war sie sicher, und der würde mit dem Kunden zu Ende sein. Elizabeth wusste auch das. Deshalb: nicht kratzen.

Der Juckreiz wurde stärker. Dann quälend. Schließlich unerträglich.

Aus dem Augenwinkel warf Elizabeth dem Mann am Steuer einen prüfenden Blick zu. Er schien sich nicht um sie zu kümmern. Jetzt oder nie, dachte sie. Mit gewollt koketter Geste fuhr sie sich mit der Hand durchs Haar. Die billigen Armreifen klirrten, die Finger fanden ihr Ziel, die Nägel bohrten sich in die verkrustete Kopfhaut und kratzten sie wieder auf. Das Bluten löste das Problem nicht, aber es gab ihr die Illusion der Erleichterung. Immerhin.

Inzwischen war die Seilbahn am Ende der Via Renon in Sicht gekommen, die um diese Zeit nicht in Betrieb war. Elizabeth setzte die Sonnenbrille ab und enthüllte ihre blauen Augen mit den goldenen Sprenkeln. Dann lächelte sie, denn sie wusste, dass die Kunden das mochten.

»Schauen wir mal, ob dahinten Platz ist«, sagte sie und deutete nach rechts auf die Mobil-Tankstelle.

Der Mann am Steuer parkte den Peugeot, den Motor ließ er laufen. Er hatte die Hand am Zündschlüssel, runzelte die Stirn, beugte sich nach vorne, bis der Brustkorb auf dem Lenker lag, Elizabeth folgte seinem Blick. Zwanghaft: es war wie der Juckreiz, sie konnte nicht anders. Sie sah einen Haufen Müll, der mit einem Tuch abgedeckt war, vielleicht rot, vielleicht schwarz. Schwer zu beurteilen, die Straßenlaterne war kaputt.

Der Kunde wirkte wie in Trance. Aber Elizabeth brauchte ihren Schuss.

»Hey, Schätzchen, hast du mich vergessen?«

Der Mann zuckte zusammen.

Geweitete Pupillen, stockende Atemzüge. Wie ein Tier in der Falle. Er beugte sich über sie, griff an die Beifahrertür, löste ihren Sicherheitsgurt und gab ihr einen Stoß.

»Raus«, zischte er, »raus, raus, *raus*.«

Elizabeth gehorchte.

Der Peugeot verschwand, und Elizabeth war wieder allein. Wieder: wie ein Stofffetzen durch die Nacht flatternd. Wieder: in der Kälte. Es war wie immer. Sie wusste nicht, wo sie einen Fehler gemacht hatte. Oder wann. Oder warum.

Ernüchtert betrachtete sie die mit Schnee bedeckten Berghänge, auf denen sich das Mondlicht spiegelte. Sie begriff, dass es nicht das Licht, sondern die Reflexion einer Reflexion war. Ein Spuk. In der Realität war die Welt um sie herum finster, und endlich konnte sie den Satz zu Ende führen, der sie die ganze Zeit nicht losgelassen hatte. So viel Licht … das war falsch.

In diesem Moment erkannte sie, was sie wegen des fehlenden Schusses nicht hatte beurteilen können. Das Tuch war kein Tuch, und der Haufen war kein Müll. Das Tuch war ein Mäntelchen wie das von Rotkäppchen, und darunter lag ein Körper. Leblos. Eine Leiche.

Elizabeths Schreie schrillten wie Polizeisirenen. Ihre Angst vertrieben sie nicht, sie erweckten die Tote nicht zum Leben, aber sie erregten Aufmerksamkeit. Als Antwort auf ihr Geschrei drang aus einem der umstehenden Mietshäuser eine wütende Männerstimme: »Verreckt doch woanders, ihr Scheißhuren!« Elizabeth lief an der Tankstelle vorbei, torkelte auf die andere Straßenseite und ließ sich dann, wie ein Nachtfalter, von den Lichtern der Bar Sonnenberg anziehen.

Sie wurde von lauter Musik und einem Gemisch aus warmer Heizungsluft, abgestandenem Rauch und Biergestank empfangen, auf dem Boden hatte sich eine Pfütze aus geschmolzenem Schnee ausgebreitet, sie rutschte aus und fiel hin. Alle lachten, die betrunkenen Gäste an den Tischen, der Wirt im karierten Hemd und seine beiden Bedienungen, die gerade Pause machten und die Beine wie Models in den Zeitschriften übereinandergeschlagen hatten. Das Lachen hielt lange genug an, um Elizabeth einige Worte stammeln zu lassen: »Sie haben das Mädchen getötet.«

Der Notruf ging um 22.54 Uhr bei der Polizei ein. Eine hysterische Frauenstimme redete etwas von Mord an einer gewissen

Lorena. Der Einsatzwagen 12 traf acht Minuten später in der Via Renon ein, um 23.02 Uhr.

An Bord des Alfa Romeo waren Agente Fabris und Assistente Masi. Fabris war 21, ein hagerer und agiler Typ, Masi war um die dreißig und trug einen Schnurrbart.

Masi gehörte zu Levadas Dunstkreis, war einer der »Bulldoggen«, der *Mastini*, und Fabris bewunderte ihn dafür. Das hieß, dass Masi ein Hardliner war.

Masi überließ es Fabris, den Besitzer des Sonnenberg, Alois Brunner, zu beruhigen, der trotz der Kälte hemdsärmelig war und kurz vor einer Panikattacke zu stehen schien. Masi zog die Handschuhe über, nahm die Taschenlampe und ging in Richtung des Haufens Lumpen, den der Wirt Lorena genannt hatte.

Ihr den Puls zu fühlen, hatte keinen Sinn mehr. Die junge Frau war zweifelsfrei tot. Masi strich sich über den Schnauzbart, drehte sich um und ging zurück, dabei passte er auf, wohin er trat. Er kannte diesen Ort und wusste, dass die Junkies sich hier gerne einen Schuss setzten, überall lagen Spritzen.

»Lorena Haller«, sagte Masi an Fabris gewandt.

»Überdosis?«

»Das glaube ich nicht. Wer hat Dienst?«

»Krupp.«

Masis Miene verfinsterte sich. »Sicher?«

Fabris zuckte mit den Schultern. »Soll ich anrufen?«

»Das mach ich. Du holst das Band und sperrst alles ab. Hier wird bald die Hölle los sein.«

Bevor er der Zentrale Bescheid gab, hielt Masi inne, spuckte auf den Boden und verfluchte sein Pech.

Krupp traf um 23.44 Uhr ein. Er saß in einem blauen Lancia Thema und dachte: Zu viele Leute.

Einsatzfahrzeuge, Zivilstreifen und ein Krankenwagen mit ausgeschalteter Sirene. An der Mauer zwischen der Tankstelle und den Bahngleisen lehnten Junkies und Prostituierte, die mit den Füßen im Schnee trampelten, um gegen die Kälte anzukämpfen. Ein Uniformierter behielt sie im Auge, während ein zweiter den Leichnam unter dem roten Mäntelchen bewachte. Keine Spurensicherung. Kein Staatsanwalt. Kein Pathologe. Polizisten kamen und gingen. Überall Uniformierte, aber vor allem: Bulldoggen.

Ihre Anwesenheit verhieß nichts Gutes, erklärte aber, warum Krupp erst mit einer halben Stunde Verspätung über den Leichenfund informiert worden war. Die Zeiten, in denen man Commissario Levada Tag und Nacht erreichen konnte, waren vorbei, und der Diensthabende hatte nicht den Mut gehabt, einen Wagen zur *la mano de Dios,* »der Hand Gottes«, zu schicken und den Commissario zu wecken.

Dafür war der Diensthabende als Erster vor Ort gewesen und hatte den Fundort in ein Chaos verwandelt: Ispettore Capo Lopez.

Lopez, das Rattengesicht.

Lopez, das Arschloch.

Krupp stieg aus dem Auto und dachte: Das ist nichts für die Öffentlichkeitsarbeit.

Rattengesicht stand mit zwei anderen Bulldoggen zusammen und rauchte. Der eine war blond, hatte lange Koteletten und eine fiese Visage. Er hieß Luca Greco, doch alle nannten ihn Ayrton Senna. An den Namen des Zweiten, mit seinem glattrasierten Schädel und dem Kamelhaarmantel, erinnerte sich Krupp nicht. Die negativsten Schwingungen verbreitete definitiv Lopez.

»Lorena Haller, drogenabhängig, Prostituierte«, sagte er knapp, »mehrere Messerstiche.«

Krupp deutete auf die dicht aneinandergedrängten Männer und Frauen, die mit den Zähnen klapperten und lautstark fluchten.

»Und die?«

»Mögliche Zeugen. Wenn unsere Jungs die Straßen durchkämmen, dann richtig.«

»Auch wenn die Leute dabei erfrieren?«

»Befragungen vor Ort ersparen uns den Papierkram. Danach können wir entscheiden, ob wir sie zur weiteren Abklärung mit aufs Präsidium nehmen. Ist auch ökologischer.«

»Papier haben wir genug. Wer hat Brunner befragt?«

»Ich meine, wir sollten Levada Bescheid geben«, entgegnete Lopez.

»Das war nicht meine Frage.«

Lopez schnalzte verärgert mit der Zunge, dann nickte er Senna zu, der die Daumen in den Gürtel steckte und mit seinem Bericht begann.

»Ungefähr um elf kam eine blonde junge Frau schreiend in die Bar gestürmt. Eine Prostituierte, völlig außer sich. Brunner behauptet, sie nicht zu kennen. Nie gesehen. Der Arme steht unter Schock. Eine zweite Frau, wahrscheinlich auch eine Prostituierte, dunkle Haare, Alter und Name – Überraschung! – unbekannt, hat die Sache überprüft, die Leiche gefunden und uns angerufen.«

»Ende der Geschichte«, meinte der Glatzkopf im Kamelhaarmantel hinzufügen zu müssen.

Krupp dachte: Bulldoggen. Alles Idioten.

Er deutete auf die Frau, die an der Säule mit dem Mobil-Schild lehnte. Einer hielt sie am Oberarm fest und flüsterte ihr etwas ins Ohr. Je länger er auf sie einredete, desto mehr sackte sie in sich zusammen.

»Warum ist sie nicht bei den anderen?«

»Nancy«, meinte Lopez, »alias Ilaria Fanti. Ihr ist entfallen, dass sie das Opfer kannte.«

»Was noch?«

Die *Mastini* schauten sich an und brachen in Gelächter aus.

Krupp ignorierte sie. Ayrton Senna, der Glatzkopf und der Typ, der auf die Prostituierte eingeredet hatte, verschwanden, sobald er sich umgedreht hatte. Lopez allerdings klebte an ihm wie eine Zecke.

Nancys Gebiss ähnelte einem Trümmerfeld. »Ich will nach Hause. Ich weiß nichts«, murmelte sie.

»Man hat mir gesagt, Sie kannten Lorena?«

»Alle kannten sie. Als ich Ende der Achtziger hier angefangen habe, war sie schon da. Sie war 24, aber wir alle nannten sie ›das Mädchen‹. Sie war auf Drogen. Kann ich jetzt gehen?«

»Wie war sie denn so?«

»Keine Ahnung, wer sie umgebracht hat«, fuhr sie fort, während ihr der Mascara die Wangen hinunterlief. »*Ich. Weiß. Es. Nicht.* Ich bin nur die, die nicht schnell genug abgehauen ist.«

»Ich dagegen bin der, der wissen will, warum sie das verdient hat«, entgegnete Krupp.

Nancy kratzte sich in der Armbeuge und zog die Nase hoch.

»Letzten Monat hatte sie Geburtstag. Sie hatte Kekse gekauft. Für uns. *Lebkuchen.* Die waren gut. Lorena hätte die Kohle für einen Schuss aufsparen können, aber sie wollte uns lieber was schenken. So war sie.«

Nancy konnte sich nicht mehr beherrschen und versuchte, die Tränen mit dem Handrücken wegzuwischen, dabei verschmierte sie ihr Make-up nur noch mehr.

Lopez' Augenlid begann nervös zu zucken: Schwachsinn.

Krupp schaute auf die Armbanduhr, die er von seinem Vater geerbt hatte: 23.51 Uhr.

Hinter der Absperrung warteten die Journalisten auf eine Erklärung. Einer von ihnen, mit weißem Bart und Kugelbauch, versuchte seine Aufmerksamkeit zu erregen. Er hieß Johann Serafini, genannt Jo, Kürzel J. S. Er war der leitende Kriminal- und Gerichtsreporter der *Voce delle Alpi*. Krupp wandte seinen Blick ab, und Serafini lachte.

Keine Spurensicherung.

Kein Staatsanwalt.

Kein Pathologe.

Krupp dachte: Erst die Körper, dann die Gesichter.

Der Uniformierte mit dem Bart knipste seine Taschenlampe an und richtete sie auf die Leiche. Krupp bat um mehr Licht, und Lopez zog ebenfalls die Lampe aus der Tasche.

Auch wenn Levada ihn immer auf der Ersatzbank parkte, hatte Krupp bereits Erfahrung mit Leichen. Er hatte gelernt, dass Körper und Gesichter die gleiche Geschichte aus verschiedenen Blickwinkeln erzählen. Die Körper sprachen vom Täter. Die Gesichter vom Opfer.

Deshalb: erst der Körper.

Lorena Haller lag in fötaler Haltung auf dem Asphalt, die Beine nackt, die schwarzen Leggings waren samt Unterhose bis zu den Waden heruntergezogen. Ein grauer Wollpulli. Leichte Turnschuhe an den Füßen, Marke Converse. Das rote Mäntelchen war nicht groß genug, um die Messerstiche zu verdecken.

Krupp zog mehrere Kreise um den Leichnam.

Er dachte: Zu wenig Blut.

Die dunkle Lache rund um den Körper war zu klein. Nicht bei diesem Schnitt im Hals. Und auf dem Schnee gab es keine strahlenförmigen Blutspritzer. Das bedeutete, dass der Fundort nicht der Tatort war und dass im Wagen des Täters sehr viel mehr Blut des Opfers zu finden sein musste.

Krupp dachte: Er hat sie im Auto hergebracht, das Messer genommen, sie angegriffen, getötet und dann hier abgelegt.

Er hielt inne.

Nie voreilige Schlüsse ziehen.

Dass der Mörder Lorenas mit Messerstichen übersäte Leiche ohne Grund so auffällig abgelegt hatte, war eher unwahrscheinlich. An der Stellung des Körpers war nichts Künstliches oder Symbolisches zu erkennen. Zeitdruck, ja, aber keine tiefere Absicht. Er hatte Lorena getötet, die Autotür geöffnet und sie nach draußen gestoßen, die Leiche fiel auf die Straße und …

Krupp trat einen Schritt zurück.

Er spürte, dass ihm etwas Entscheidendes entging, ein offensichtliches und trotzdem grausames Detail direkt vor seiner Nase. Aber das Gefühl verschwand, und er blieb inmitten der grauenvollen Szenerie zurück.

Nichts.

Er beugte sich nach unten, dabei achtete er darauf, dass seine Krawatte die junge Frau nicht berührte. Dann zählte er die Einstiche, begutachtete ihre Größe und die Einstichwinkel. Es waren acht. Ohne Pathologen konnte er nicht feststellen, ob sich unter der Kleidung noch weitere Stichwunden befanden, dass alle sehr tief waren, war jedoch deutlich zu erkennen.

Die Finger an Lorenas rechter Hand zeigten einen Schnitt, der bis auf die Knochen ging. Das Opfer hatte versucht, sich zu schützen, aber der Angreifer war zu stark, zu schnell und zu allem entschlossen gewesen, sie hatte keine Chance gehabt, ihn aufzuhalten.

Er: stark, schnell, entschlossen. Was noch?

Grausam.

Seine Brutalität hing wie ein Pesthauch über der Szenerie, er hatte keine Farbe und keinen Geruch, aber Krupp konnte seine Präsenz spüren. Es waren sieben Grad unter null, aber das Hemd klebte ihm am Rücken.

Krupp dachte: Das ist kein Mord wie alle anderen.

Er kontrollierte seinen Atem.

Erst die Körper, dann das Schlimmste.

Die Gesichter.

Nach Nancys Aussage ging Lorena seit vier Jahren auf den Strich und hing wahrscheinlich seit mindestens fünf Jahren an der Nadel, aber die Abhängigkeit hatte sie noch nicht zerstört. Ihre Gesichtshaut war weich, die Haare glänzend und dicht, kein Herpes. Krupp stellte verblüfft fest, wie schön sie war. Aschblonde Haare mit rund geföhntem Pony, melancholische Katzenaugen, die dich zu Tränen rühren, damit es dir besser geht. Lorena Haller war eine dieser jungen Frauen, der man im Alltag gerne zulächelte.

Sie wirkte *friedlich.*

Sie lag hier, auf grausame Weise ermordet, und doch hatte sie ein Lächeln auf dem Gesicht.

Das setzte Krupp stärker zu als das Blut und die Stichwunden.

»Was wissen wir von ihr?«, fragte er unvermittelt.

»Nur, dass sie auf den Strich ging und ein Junkie war«, antwortete der Ispettore Capo und schaltete die Taschenlampe aus. »Irgendwo wird es eine Akte geben, man sollte mal bei der Sitte nachfragen.«

»Und wann gedenkt ihr das zu tun?«

Lopez fuhr sich mit dem Daumennagel zwischen den Schneidezähnen entlang. Es war ihm wichtig, deutlich zu machen, dass ihm Krupps Einschätzung völlig egal war.

»Ich sehe keine Handtasche oder einen Rucksack. Wo hatte sie ihr Geld? Ihre Papiere? Die Drogen?«

»Vielleicht in den Jackentaschen. Fabris und Masi haben sie nicht angerührt.«

»Simoni und der Staatsanwalt?«

»Dottor Simoni ist auf dem Weg. Der zuständige Staatsanwalt dürfte Rotter sein. Er muss jeden Moment kommen.«

Krupp knöpfte sich den Mantel auf und begann Anweisungen zu geben: »Ich brauche alle Prostituierten, Junkies, Dealer aus der Gegend …«

»Die haben wir schon …«

»… Taxifahrer, Gäste aus der Bar, Müllmänner, die Busfahrer der Nachtlinie, die Bahnpolizisten, das Bahnhofspersonal. Spürt die Frau auf, die die Leiche gefunden, und die andere, die den Notruf abgesetzt hat. Ich will die Videobänder aus dem Bahnhof sowie alle anderen Aufnahmen, die ihr kriegen könnt. Untersucht die Mülleimer im Radius von einem Kilometer. Und die Kanaldeckel.«

»Mülleimer und Kanaldeckel?«

»Siehst du die Tatwaffe, Lopez? Außerdem«, Krupp deutete auf die Mietshäuser, die die Via Renon wie eine mittelalterliche Mauer flankierten, »eine ordnungsgemäße Befragung der Anwohner.«

»Sollte man nicht erst mal Levada verständigen?«

»Hast du die Finger der jungen Frau gesehen? Sie hat versucht, sich zu wehren. Sie hat geschrien, jemand muss sie gehört haben. Besprechung mit der Kriminalpolizei, der Sitte, den Ermittlern, der Drogenfahndung und der Mordkommission. Du hast eine Stunde.«

»So viel Aufwand für eine ermordete Hure?« Lopez' Lidzucken wurde stärker. »Vielleicht geht es um nichtbezahlte Drogen, oder das Opfer hat sich mit einem Zuhälter angelegt. Der ganze Aufriss für einen Arbeitsunfall?«

Mario Lopez, dieses Rattengesicht, war Ispettore Capo der Squadra Mobile, bei Verhören übergriffig und Commissario Levadas rechte Hand. Und Levada, das wussten alle, war *la mano di Dios,* die Hand Gottes. Deshalb hielt sich Lopez für unangreifbar.

Irrtum.

»Schau dich hier mal um, Ispettore Capo«, zischte Krupp, der seine Wut nur mit Mühe im Zaum halten konnte, »hast du jemals einen Tatort wie diesen gesehen? Gib den anderen Bescheid und stell die Fakten zusammen. Und bestelle Lici ein.«

Rattengesicht zog die Augenbrauen hoch.

Krupp dachte: Das ist nichts für die Öffentlichkeitsarbeit.

»Einwände?«

»Keine.«

Krupp schaute auf die Armbanduhr seines Vaters: Dienstag, der 7. Januar war bereits Geschichte.

MITTWOCH, 8. JANUAR 1992

Nacht

Die Uhr über dem Fahrkartenschalter zeigte neun Minuten nach Mitternacht. Nur die Fototasche mit der Aufschrift Nikon verriet, dass Alex Milla nicht der war, für den man ihn halten konnte: Ein Junkie auf der Jagd nach einem Schuss. Er war 21, hatte einen Lockenkopf und trug zwei Wollpullover unter der Bomberjacke, denn in dieser Nacht war es verdammt kalt. Und er hasste Kälte. In der Redaktion war Milla für das »Kleinvieh«, die »Kieselsteine«, zuständig. Die großen Brocken drehten andere um.

Millas Gebiet waren von der Feuerwehr gerettete Katzen, Neueröffnungen von Lokalen, Ausstellungen oder Empfänge der Wichtigtuer des Rosengarten-Clubs, Kinkerlitzchen, die zu Artikeln aufgeblasen wurden, um mehr Seiten zu füllen und zusätzlichen Platz für Anzeigen zu schaffen. Für eine Tageszeitung waren die Anzeigen überlebenswichtig.

Im Grunde war Milla also ein Journalist, aber nach zehn Monaten banaler Schreiberei für die *Voce delle Alpi* hatte er von Jo immer noch keinen Presseausweis bekommen, denn – *ipse dixit* – den musste er sich an der Front verdienen.

Wo sind deine Narben, Champion?

Deshalb: weitermachen.

Die ermordete junge Frau bei der Mobil-Tankstelle jedoch war ein großer Brocken. Lorena Haller war das, wonach sich die Inserenten am meisten sehnten – Artikel, die für Gesprächsstoff sorgten. Regel Nummer eins: Nichts steigert die Auflage so sehr wie guter Gesprächsstoff.

Deshalb hoffte Milla, dass die Bahnpolizei ihn nicht abfangen würde. Wenn er mit leeren Händen zurückkäme, würde Jo das gar nicht gefallen.

Milla ging quer durch den Wartesaal und dann an der Mauer entlang, die sich die ganze Via Renon bis zur Talstation der Bergbahn entlangzog. Dort würde er nahe der kaputten Straßenlaterne die Mauer hochklettern, von wo aus er der *Voce delle Alpi* ein Foto der Ermordeten liefern könnte. Denn ohne ein Bild glaubte heute niemand mehr etwas.

Ein Foto, hatte Jo ihm eingebläut, das nicht zu grausam war, sonst würde der Chefredakteur es zerreißen, aber aussagekräftig genug, um die morbide Neugier der Leser zu wecken. Die gleichen Leser, die die Redaktion permanent mit Protestbriefen überzogen. Ein Musterbeispiel dafür, wie man für Gesprächsstoff sorgte.

Als er an der Straßenlaterne angekommen war, bemerkte er, dass das Hochklettern ein Problem werden würde. Die Mauer hatte keine Risse zum Festhalten und auch keine Vorsprünge, auf denen er sich abstützen konnte. Beim dritten erfolglosen Versuch nahm er den Geruch wahr. Dann die Stimme.

»Geht es um Lorena?«

Der Typ stank wie ein Mülleimer. Spindeldürr, eingefallene Wangen, blauer Mantel, erloschener Zigarettenstummel zwischen den Lippen. Milla dachte: Jetzt raubt er mich aus.

»Kanntest du sie?«

Der Typ zuckte mit den Schultern. »Ich bin übrigens Tommy.«

»Alex Milla von der *Voce delle Alpi*.«

Tommy versuchte sich mit einem Zippo-Feuerzeug die Zigarette anzuzünden. Milla hätte schwören können, dass auf der Hülle ein Hakenkreuz eingeritzt war. Man sah den Zündfunken, aber keine Flamme. Tommy kümmerte das nicht. Er klemmte sich die Kippe wieder zwischen die Lippen, lehnte sich gegen die Mauer, schloss die Augen und verschränkte die Hände auf Kniehöhe.

»Kletter hoch.«

Milla ließ sich das nicht zweimal sagen, hängte die Nikon um und stieg auf die Räuberleiter. Von oben richtete er den Blick auf die junge Frau unter dem roten Mäntelchen. Plötzlich verstand er, was Jo mit Narben meinte.

Das Teleobjektiv der Nikon brachte ihn bis auf weniger als einen Meter an das Gesicht des Opfers und die obszöne Realität des Geschehens heran. Was er gerade zu tun im Begriff war, ließ Milla in einen Abgrund aus Mitleid, Dreck und Abscheu gegenüber sich selbst sinken, genau wie damals mit Barbara, als sich ihm das »*Nein, Nana allein*« in die Seele gebohrt hatte.

Sofortiger Rückzug.

Er hatte Barbara auf einer Party kennengelernt, beide hatten zu viel getrunken. An den Abend erinnerte er sich nur schemenhaft. Barbara, die ihn lachend ermahnte, keinen Krach zu machen, ihre schweren Brüste mit den dunklen Nippeln, die nach dem gleichen Waschmittel rochen, das auch seine Mutter benutzte. Doch das Erwachen danach hatte sich ihm ins Gedächtnis gebrannt: die schnarchende Barbara mit dem verschmierten Make-up und das Mädchen im gepunkteten Schlafanzug. Mit Rotznase, ernstem Gesichtsausdruck und fester Stimme hatte sie ihn ermahnt: »*Barbra schläft.*« Erschrocken hatte Milla einen Aufschrei unterdrückt. Das Mädchen hatte den Zeigefinger auf die Lippen gelegt: »*Barbra ärrrrgerlich.*« Dann hatte sie ihn an der Hand genommen: »*Fühstück.*«

Die Küche war eine Katastrophe. Auf dem Tisch stapelten sich dreckiges Geschirr, alte Zeitschriften, leere Flaschen und Formulare der Sozialfürsorge. Das Mädchen hatte auf den Kühlschrank gedeutet: »*Milch.*«

Milla hatte sie warm gemacht, etwas Zucker dazugegeben, und das Mädchen hatte die Nase in den Becher gesteckt und getrunken: Milch, Zucker und Rotze.

»*Nana brav?*«

Milla waren die Tränen in die Augen gestiegen.

Er hatte sich gerade auf die Suche nach etwas Essbarem gemacht, was man in die Milch rühren konnte, vielleicht irgendwelche Kekse, aber auf dem Gesicht des Mädchens war blanke Panik zu lesen gewesen. »*Nein. Nana allein.*« Milla hatte Barbara nicht geweckt, denn es war offensichtlich, dass *Barbra ärrrrgerlich* werden würde und Nana die Konsequenzen zu tragen hätte. Er hatte sie beim Spielen beobachtet und sich gefragt, ob es normal war, dass ein Kind in diesem Alter noch eine Windel trug. Irgendwann, während Nana ein geflügeltes Pferd durch die Luft fliegen ließ, hatten im Nebenzimmer die Bettfedern gequietscht, und Pegasus war zu Boden gefallen.

Barbara hatte Milla in der Küche im Schneidersitz auf dem Boden sitzend angetroffen und ihm einen Quickie vorgeschlagen. Als Milla ihr sagte, dass das Kind eine neue Windel brauche, hatte sie getobt. Ob das etwa ein Vorwurf sein sollte? Oder suchte er vielleicht nach einem Vorwand, um ihrer Tochter die Hand in den Slip zu stecken?

Lorena Haller war ein *Nein, Nana allein* in seiner höchsten und kraftvollsten Ausprägung, und Milla dachte: Nein.

Das schaffe ich nicht.

»Alex, bist du noch da, mein Guter?«

»Bin ich.«

Er dachte: Ein Reporter berichtet über die Fakten.

Und eine ermordete junge Frau ist ein Fakt.

Entscheide dich: Tu es oder lass es sein.

»Nur so zur Info, ich habe seit zwei Tagen nichts gegessen.«

Ein grelles Blitzlicht zuckte durch die Dunkelheit. Er wählte einen engeren Bildausschnitt, stellte das Objektiv wieder scharf. Ein zweiter Blitz. Eine noch größere Brennweite: Lorena, der Rücken eines Polizisten, Krupp. Beim dritten Blitz konnte Tommy ihn nicht mehr halten.

Milla stürzte auf den Rücken, alles tat ihm weh, aber die Nikon war heil geblieben.

Tommy half ihm beim Aufstehen und zeigte ihm das Hakenkreuz auf dem Feuerzeug. »Das ist original, weißt du?«

»Echt?«, brummte Milla und spulte den Film zurück. Als er hörte, dass er am Ende angekommen war, steckte er ihn in eine leere Dose. Dann holte er einen übergroßen Schlapphut aus der Tasche, legte die Filmdose hinein und setzte ihn auf. Profitrick. Jo hatte ihm erklärt, dass die Bullen ihn nicht ohne Beschluss eines Staatsanwalts durchsuchen durften, es aber trotzdem vorkommen konnte, dass Licht auf den Film fiel und die Fotos nicht mehr zu gebrauchen waren. Aus Versehen natürlich.

Artikel 21 der Verfassung am Arsch.

»Sind Zippo-Feuerzeuge nicht amerikanisch?«

»Das habe ich nur so gesagt.«

»Bist du etwa ein Nazi, Tommy?«

Der Junkie deutete auf die Bahnpolizisten, die ihnen etwas zubrüllten.

»Sie sehen das Hakenkreuz und sind verunsichert. Freund oder Feind?«

»Auf jeden Fall bist du ein verdammter Rebell.«

Tommy ballte die Faust. »Revolution oder Imperium, auf welcher Seite stehst du, Alex Milla?«

»Weiß die Revolution, wie ich hier wegkomme?«

Tommy deutete in die Finsternis hinter sich. »Nach etwa dreihundert Metern gibt es eine kleine Treppe. Wenn du die hochgehst, kommst du auf der Rückseite der Seilbahn raus.«

Dann ging er, das Horst-Wessel-Lied singend, den Polizisten entgegen, dabei watschelte er wie eine Ente.

Der Pathologe, der Staatsanwalt und die Spurensicherung trafen um zwölf Minuten nach Mitternacht ein, fast zeitgleich mit der Bahnpolizei. Die Beamten entschuldigten sich: Der Fotograf war ihnen durch die Lappen gegangen. Schweigend begannen die Spezialisten mit der Untersuchung des Tatorts. Lopez tigerte hin und her, machte seine Witze mit den Bulldoggen, kam dann zurück und verpestete mit seiner Anwesenheit die Luft. Rotter, der diensthabende Staatsanwalt, hielt sich abseits und versuchte einen kompetenten Eindruck zu machen. Er war eigentlich auf Finanzdelikte spezialisiert und nur als Ersatz für einen erkrankten Kollegen vor Ort. Sein Gesichtsausdruck besagte: *Jetzt nur nicht kotzen.*

Dottor Simoni machte sich Notizen und zeigte einem Techniker der Spurensicherung, was er alles fotografieren sollte. Andere Techniker in weißen Anzügen waren in der Umgebung des Tatorts tätig. Sie fluchten über das überall herrschende Chaos.

Krupp teilte ihre Gefühle.

33 Minuten nach Mitternacht begann der Pathologe mit seinem Bericht. »24 Messerstiche. Einer in den Hals, die anderen in Bauch und Rücken. Ich nehme an, der letzte war der Stich in den Hals, und der war tödlich, allerdings wäre das Opfer in jedem Fall gestorben. Keine besonders scharfe Tatwaffe. Wahrscheinlich ein Taschenmesser, aber das weiß ich nach der Autopsie genauer. Die Kopfhaut des Opfers weist Abschürfungen auf. Die Finger der rechten Hand zeigen Abwehrverletzungen. Es gibt keine Anzei-

chen sexueller Gewalt, aber mit Sicherheit kann ich das zu diesem Zeitpunkt noch nicht ausschließen.« Er verzog gequält das Gesicht. »Entschuldigen Sie ...«, sagte er. Simoni tastete in seiner Jacke nach einer blau-weißen Verpackung, nahm eine Maaloxan-Tablette heraus und fuhr fort: »Wie von Commissario Krupp vermutet, sprechen das Ausmaß der Verletzungen, das Fehlen strahlenförmiger Spritzer am Fundort, die Quantität und die Qualität der Blutflüssigkeit in den vorhandenen Spuren dafür, dass es sich beim Fundort nicht um den Tatort handelt, der dürfte der Wagen des Täters sein. In diesem Zusammenhang möchte ich hinzufügen, dass es hier für die Kollegen der Spurensicherung quasi unmöglich ist, die Marke oder das Automodell des Täters zu ermitteln.«

»Warum?«, fragte Rotter.

Lopez belächelte die Blauäugigkeit des Staatsanwalts.

Simoni klappte das Notizbuch zu. »Weil das eine Tankstelle ist. Und nachts ein Puff unter freiem Himmel.«

Rotter zupfte sich am Ohrläppchen.

Krupp dachte: 24 Messerstiche.

Er schaute zu dem am Boden liegenden Körper, auf den aschblonden Pony und das Rotkäppchenmäntelchen. Er betrachtete das Lächeln.

Er starrte auf das Blut in dem Wissen, dass Blut nicht log. Genau wie die Körper von den Tätern und die Gesichter von den Opfern sprachen. Plötzlich hatte er wieder das Gefühl, dass ihm etwas entging, das Gefühl breitete sich immer weiter in ihm aus und explodierte schließlich. Er schauderte.

Krupp dachte: Unmöglich.

»Dottore«, fragte er, »wann ist der Tod eingetreten?«

»Gegen 22 Uhr.«

Krupp dachte: Scheiße.

Er irrte sich *nicht*.

Und doch wollte er es nicht glauben.

Er sagte: »Das Tatfahrzeug parkt hier. Lorena lehnt sich zurück, um die Leggings auszuziehen, dabei sticht ihr der Täter in den Bauch. Instinktiv beugt sich das Opfer nach vorne, und er sticht ihr mehrmals in den Rücken. Dann hebt Lorena die rechte Hand, um …«

Ein stummer Schrei erfüllt den Platz.

SCHLUSS!

Krupp räusperte sich: »… sich zu verteidigen, und er schneidet ihr in die Finger, bis auf die Knochen, dann macht er weiter. Als ihre Gegenwehr nachlässt, weil sie zu viel Blut verloren hat und unter Schock steht, packt er sie an den Haaren und sticht ein letztes Mal zu, in den Hals. Lorena stirbt, er öffnet die Beifahrertür und stößt sie hinaus. Richtig?«

»Wahrscheinlich hat es sich so abgespielt.«

»Deshalb befindet sich der Großteil des Blutes im Wagen des Mörders. Korrekt?«

»Gewiss, ich habe bereits …«, der Pathologe griff wieder nach den Magenpillen. »Ich teile Ihre Befürchtung, Commissario.«

Lopez runzelte die Stirn. Krupp sah, wie der Pathologe eine weitere Tablette schluckte.

Dann wandte sich Rotter an Krupp: »Ich fürchte, ich kann Ihnen nicht folgen.«

In Krupps Tonfall lag nur mühsam zurückgehaltene Wut. »Der Mörder fährt davon, mit Blut auf dem Beifahrersitz, dem Fenster und der Windschutzscheibe, um 22 Uhr an einem ganz normalen Dienstag, und niemand fällt das auf?«

Das Gesicht des Staatsanwalts verfärbte sich grünlich. Lopez verlagerte das Körpergewicht von einem Fuß auf den anderen und zündete sich eine weitere Zigarette an. Simoni putzte sich mit der Krawatte die Brillengläser.

Krupp schaute auf die Junkers, die Armbanduhr seines Vaters, und rechnete. Nach 24 Stunden sank die Wahrscheinlichkeit, einen Mordfall zu lösen, um fünfzig Prozent. Die Spuren erkalteten, die Zeugen machten keine eindeutigen Aussagen mehr, und auch die Ermittler hatten keinen unverstellten Blick mehr. Nach 48 Stunden: die Ermittlungen stagnierten. Die Uhr zeigte fünfzig Minuten nach Mitternacht.

Drei Stunden waren verstrichen.

Rotter bat Krupp, ihn auf dem Laufenden zu halten. Simoni versprach schnellstmöglich die ersten Ergebnisse der Obduktion vorzulegen. Krupp beauftragte Lopez, die Besprechung im Präsidium vorzubereiten. Er selbst würde nicht gleich mitkommen, weil er Lorena nicht allein lassen wollte.

Er achtete darauf, dass die Bestatter den toten Körper respektvoll und mit der gebotenen Vorsicht behandelten, und wartete, bis der schwarze Leichenwagen in Richtung San Maurizio verschwand.

Als seine Beine aufgehört hatten zu zittern, stieg er in den blauen Lancia Thema und startete den Motor.

Er dachte: Das ist kein Mord wie alle anderen.

Das Präsidium glich einem Zoo. Einige Anwesende protestierten, andere waren auf Entzug und randalierten, wieder andere verlangten nach einem Arzt. Die Freier, die man in flagranti erwischt hatte, regten sich am meisten auf. Die Vorstellung, ihre Frauen, Kinder oder Kollegen könnten davon erfahren, warum sie in der Questura in der Largo Palatucci Nummer 1 gelandet waren, erfüllte sie mit Panik.

Krupp ging durch die Tür, die den Vorraum von dem für die Öffentlichkeit nicht zugänglichen Bereich trennte, und betrat den Sitzungssaal, in dem die Einsatzbesprechung stattfand. Müde und ungeduldige Gesichter erwarteten ihn. Gesichter, die im Neonlicht noch finsterer wirkten.

Krupp hatte nur auf eine Beamtin namentlich bestanden: Sovrintendente Capo Arianna Lici. Sie saß in der ersten Reihe, die einzige Frau im Raum und eine der wenigen, die nicht zum Levada-Fanclub gehörte. In Zivil wirkte sie eher wie eine Sportlehrerin. Nur ihr abwartender Gesichtsausdruck verriet, dass sie Polizistin war.

Levadas Truppe sah zu, wie Krupp sich an den Schreibtisch setzte, der *der Hand Gottes* vorbehalten war. Ihre Mienen besagten: Krupp hat keine Eier, Krupp ist ein Schnösel, Krupp ist nicht Levada.

Krupp sorgt für Chaos.

In diesem Moment betrat Lopez den Raum. Er reichte einem der Uniformierten einen Stapel Zettel mit spärlichen Informationen, mit der Aufforderung, sie zu verteilen. Dann setzte er sich auf den Stuhl zur Rechten des Commissario.

Krupp begann zu sprechen.

»Am Dienstag, den 7. Januar gegen 22 Uhr wurde Lorena Haller, 24 Jahre, drogenabhängige Prostituierte, hinter der Mobil-Tankstelle in der Via Renon ermordet aufgefunden. Dottor Simoni hat an der Leiche 24 …«

Die Mastini unterhielten sich weiter.

Lopez sagte so laut, dass es alle hören konnten: »Die Jungs sind müde, kein Wunder bei dem Stress. Soll ich das machen?«

Krupp beugte sich vor, schlug die Beine übereinander und stützte sich auf den Schreibtisch. Sein folgender Satz sorgte dafür, dass Lopez' Grinsen erlosch. »Machen Sie sich nützlich, und nehmen Sie weitere Aussagen auf, Ispettore Capo. Sie kennen das Prozedere.«

Die Gedanken der Bulldoggen zu interpretieren war nicht

schwer. Ihre Mienen sagten: Krupp hat sich gerade sein eigenes Grab geschaufelt.

»Ich will die Prostituierte, die die Leiche gefunden hat, hierhaben, und die Anruferin bei der Polizei. Beim Opfer hat man weder Geld noch Papiere noch persönliche Gegenstände gefunden. Wahrscheinlich hatte sie eine Tasche oder einen Rucksack bei sich. Die oder den müssen wir finden. Ich will Lorena Hallers Akte. Sie ist polizeilich registriert, aber ihre Akte ist unauffindbar.«

Die Bulldoggen feixten. Das übliche Chaos.

Krupp umklammerte die Schreibtischkante. Seine Fingerknöchel waren weiß.

»Ich will Lorenas Freier, die Gäste des Sonnenberg und der umliegenden Bars. Lorena Haller war seit mindestens vier Jahren auf dem Strich, sie kannte die Risiken, und trotzdem ist sie bei ihrem Mörder ins Auto gestiegen. Es ist nicht auszuschließen, dass die beiden sich kannten und man sie schon vorher zusammen gesehen hat. Das müssen wir im Hinterkopf behalten.«

Die Gesichter der Bulldoggen besagten: Verschwendete Zeit.

Ein Arbeitsunfall.

»Ich will die Aussagen zu allen Verkehrsdelikten in der Gegend, inklusive Kennzeichen und Adressen der Fahrzeughalter.«

Eine der Bulldoggen, in einem scharlachroten Hemd und dunkler Krawatte, konnte sich nicht zurückhalten.

»Ist das nicht Sache der Verkehrspolizei, Commissario?«

Krupp antwortete nicht.

»Ich will alles über Lorena Haller wissen. Wo sie wohnte, mit wem, Freunde, Liebesbeziehungen, wo und von wem sie ihren Stoff bezog.«

»Commissario?«

Krupp seufzte. »Bitte.«

Der Glatzköpfige mit dem Kamelhaarmantel fragte: »Ist der ganze Aufwand nicht ein bisschen übertrieben? Es wird ein Dealer oder einer ihrer Freier gewesen sein. Ein bisschen Herumfragen, und schon ist der Fall gelöst.«

Krupp warf ihm einen scharfen Blick zu. »24 Messerstiche und ein atypischer Tatort. Ich würde Ihren Optimismus gerne teilen, glauben Sie mir.«

Er rückte seine Brille zurecht und fuhr fort: »Besorgen Sie die Unterlagen der Sitte. Wir müssen Stammkunden und Gelegenheitsfreier kontrollieren, checken Sie die Exhibitionisten, die Vergewaltiger, die Spanner.«

Er glaubte den Geruch des Büros seines Vaters wahrzunehmen. Dabei dachte er: Bringt mir die zur Wollust Verdammten.

»Wahrscheinlich hat keiner von ihnen Lorena Haller umgebracht, aber sie könnten in der Gegend gewesen sein, auf der Suche nach einem Abenteuer.«

Der Typ im scharlachroten Hemd grinste. »Commissario, ich bin verwirrt. Wir sollen nach jemandem suchen, der die Frau *nicht* umgebracht hat?«

Krupp reagierte verärgert: »Der Mörder ist in einem blutverschmierten Auto unterwegs, um 22 Uhr an einem stinknormalen Dienstag, und wir haben keine Zeugen?«

Schweigen.

Krupp dachte: Siebter Höllengraben des achten Kreises.

Die Diebe.

»Die Handtasche oder der Rucksack des Opfers. Der Mörder könnte sie mitgenommen haben, vielleicht als Trophäe, aber das können wir nicht mit Sicherheit sagen. Deshalb kontrollieren wir Taschendiebe, Kleinkriminelle, vor allem die, die auf Prostituierte spezialisiert sind.«

Krupp kam zum dritten Höllenkreis.

Die Schlemmer.

»Drogenabhängige, Dealer, Alkoholiker. Fragt bei der Drogenfahndung nach.«

Die Bulldoggen schnaubten, die Drogenfahndung war ein Kapitel für sich. Sie würden die Ermittlungen nicht unterstützen, selbst wenn der Polizeipräsident persönlich darum ersuchen würde. Höchstens Levada wäre in der Lage, sie zu überzeugen, denn Levada war *die Hand Gottes*, aber einer wie Krupp? Krupp war nichts als ein Weichei, das sich für einen Spürhund hielt. Und wie der Commissario Capo immer sagte: Was hat ein Weichei unter Bulldoggen zu suchen?

Er war Hundefutter.

Lächerlich.

»So weit zu den Zeugen. Kommen wir zu den potenziellen Tätern.«

Ma ficca li occhi a valle, che s'approccia
la riviera del sangue in la qual bolle
qual che per vïolenza in altrui noccia.
(Dante, Canto XII Inferno – vv 46–99)

Doch jetzt schau in das Tal hinab,
es naht der Strom des Bluts,
darin ein jeder, der Gewalt dem Nächsten antut,
wird gekocht.

»Ich will alle verurteilten Mörder, die ihre Strafe abgesessen haben und wieder auf freiem Fuß sind, und die Mordverdächtigen, denen wir nichts nachweisen können. Ich will die militanten Alkoholiker und Junkies, die Gewalttäter, die ihre Kinder und Frauen schlagen. Ich will alle Triebtäter, die Aggressiven, die Psychopathen, die zwar keine offizielle Diagnose haben, aber früher mal jemanden angegriffen haben. Auch wenn es nur eine Lappalie war. Verstanden?«

Krupp hielt inne, um wieder zu Atem zu kommen. Er umklammerte immer noch die Tischkante, so fest, dass seine Finger schmerzten. Die Bulldoggen interpretierten die Pause als Zeichen, jetzt aufstehen zu können, aber Krupp war noch nicht fertig. Er dachte: Das ist nichts für die Öffentlichkeitsarbeit.

»Meine Assistentin bei der Koordination der Einsatzkräfte vor Ort wird Sovrintendente Capo Arianna Lici sein.«

Die Bulldoggen waren erst verblüfft, dann empört.

Schließlich lachten sie.

Sie dachten: Levada wird ihn absägen.

»Sovrintendente Capo Lici ist von der Sitte, Commissario«, protestierte der Beamte im roten Hemd, »das ist gegen die Vorschriften. Frauen ist es nicht erlaubt, Teil der Mobilen Einsatzkräfte zu sein oder kriminalpolizeiliche Aufgaben zu übernehmen, Sexualdelikte, Gewalt gegen Frauen und Kinder ausgenommen.«

»Ihr Name, bitte?«

»Assistente Capo Bellini.«

»Betrachten Sie sich ab sofort als von den Ermittlungsaufgaben entbunden, Assistente Capo Bellini. Kümmern Sie sich bis auf Weiteres um die Abschriften der Zeugenaussagen.«

In Bellinis Gesicht stand die Frage geschrieben: Soll das ein Scherz sein? In Krupps dagegen die Antwort: Noch ein Wort, du Idiot.

»Der Mord an Lorena Haller hat absolute Priorität, alles andere ist zweitrangig«, sagte Krupp abschließend, Bellini senkte den Blick.

»Ist Levada informiert, Commissario?«, wagte einer zu fragen.

»Frohes Schaffen, meine Herren.«

Die Sohlen ihrer Turnschuhe quietschten auf dem Linoleum. Die Polizistin wirkte angespannt, aber ihr Blick war entschlossen. Sie kam sofort zum Punkt.

»Eine Frau im Team ist ein geschickter Schachzug, um die Presse friedlich zu stimmen.«

»Was heißt da ›eine Frau‹, Sie sind Polizistin. Und Sie sind nicht ›im Team‹, sondern unterstützen mich darin, das Team zu koordinieren.«

»Das werden die Journalisten anders sehen.«

»Glauben Sie, dass Sie der Aufgabe nicht gewachsen sind?«

Arianna Lici wurde rot. »Wenn Sie vorhaben, mich zur Quotenfrau zu machen, habe ich kein Interesse. Habe ich mich klar genug ausgedrückt, Commissario?«

Krupp versuchte sie mit Fakten zu überzeugen.

»11. September 1990. Sovrintendente Capo Lici war gerade auf dem Heimweg, als ihr etwas auffiel. Drei junge Männer und ein weißer Fiat Uno. Im Inneren des Wagens erkannte die Polizistin das Profil einer Frau, die sich offensichtlich gegen einen Angreifer wehrte. Die Beamtin war unbewaffnet und nicht im Dienst. Trotzdem drehte sie um, überwältigte den ersten Mann, schaltete auch den zweiten aus und brachte nach einer Verfolgungsjagd auch den dritten zur Strecke.«

»Ein gefundenes Fressen für die Presse.«

Commissario Capo Levada hätte an Krupps Stelle einen Tobsuchtsanfall bekommen. Für ihn wäre diese Bemerkung ein Angriff auf seine Autorität gewesen. Für Krupp dagegen war es die Bestätigung, die Richtige ausgewählt zu haben.

»Was dagegen nicht in die Zeitung gekommen ist, war die Tatsache, dass Sovrintendente Capo Lici bei einer Routinekontrolle zuvor eine Gruppe Vergewaltiger entlarvt hatte, die es auf Prostituierte abgesehen hatten. Sie machte ihren Vorgesetzten

Meldung, die die Angelegenheit aber fallenließen, weil ihrer Meinung nach keine *konkreten* Beweise vorlagen.«

Aus einer Schreibtischschublade zog Krupp eine handgeschriebene Notiz. »Erkennen Sie das wieder? Anstatt die Angelegenheit auf sich beruhen zu lassen, ermittelt sie auf eigene Faust weiter, um die Gewalttäter zu finden und zu überführen. Sie sammelt die Ergebnisse in einer Akte, übergeht ihre Vorgesetzten bei der Sitte und wendet sich direkt an Commissario Capo Levada. Doch die Rekonstruktion der Beamtin, inklusive der Beschreibung der Täter und des Wagens, in dem sie unterwegs waren, läuft ins Leere.«

Krupp und Arianna Lici wussten, warum Levada keinen Finger gerührt hatte. Nicht nur, weil die Beamtin kostbare Zeit mit von Huren verbreiteten Gerüchten verschwendet hatte, denn die Aussagen von Frauen, deren Beruf es war, die Beine breitzumachen, hatten keinerlei Gewicht, sondern vor allem, weil sie die Hierarchie nicht eingehalten hatte, die von ihm selbst eingeführt worden war, um in der Largo Palatucci Nummer 1 alles unter Kontrolle zu haben.

Majestätsbeleidigung.

Nur eine Stufe unter Verrat.

»Und dann, am 11. September 1990, ertappte Sovrintendente Capo Lici – nennen wir es durch Zufall – die Täter auf frischer Tat.«

Krupp stand auf.

Sein Büro unterschied sich in nichts von den anderen. Der einzige Unterschied war ein kleiner Kühlschrank, wie man ihn oft in Hotels findet. Krupp hatte ihn aus eigener Tasche bezahlt, weil er nicht jedes Mal einen Beamten anrufen wollte, um sich bedienen zu lassen.

Das waren Polizisten, keine Kellner.

Er nahm eine Flasche Mineralwasser heraus und hielt sie ihr hin.

»Nein, danke.«

Krupp öffnete die Flasche und leerte sie in einem Zug.

»Sie haben Gespür, Hartnäckigkeit, Engagement, Schneid und Kaltblütigkeit bewiesen. Genau das, was ich brauche, um Lorena Hallers Mörder zu fassen und gleichzeitig die Bulldoggen im Zaum zu halten. Wollen Sie immer noch ablehnen?«

Sovrintendente Capo Lici rückte das Haargummi ihres Pferdeschwanzes zurecht.

»Nein, Commissario.«

»Duzen wir uns, in Ordnung?«

Arianna lächelte.

»Levada wäre nicht einverstanden.«

»Levada kann uns mal, oder?«

Als er mit nur drei Fotos aus der Dunkelkammer kam, rümpfte Jo die Nase.

»Ist das alles?«

»Das ist alles.«

»Schisser.«

Statt ihn nach Hause gehen zu lassen, zwang ihn der Chefreporter an eine Olivetti und legte ein Blatt Papier auf den Schreibtisch, auf dem oben »von A. M.« zu lesen war. Es war ein Artikel über das Buch eines nach Knoblauch stinkenden Priesters, erinnerte sich Milla nach kurzem Überfliegen.

Jo befahl ihm, den Text zu kürzen.

Von 4000 auf 2000 Anschläge.

»Gerne weniger. Und zwar jetzt, Champion.«

Es war 1.30 Uhr.

Milla schaute auf den nicht gerade taufrischen Text und fragte: »Echt jetzt?«

»Geht morgens die Sonne auf?«

Milla legte los. Er kürzte den Artikel auf 1700 Anschläge und winkte. Der Chefreporter zündete sich eine Zigarette an, riss das Blatt aus der Olivetti und begann mit gerunzelter Stirn zu lesen.

»Nicht schlecht«, brummte er.

Er griff nach einem Kugelschreiber und sagte lächelnd: »Mach dir Notizen und schau zu, wie der Meister das macht.«

Dann änderte er den Titel.

Milla las und verstand sofort, warum Jo ihn den verstaubten Artikel hatte überarbeiten lassen. Sein Magen krampfte sich zusammen.

»Das kannst du nicht tun.«

Jo verdrehte die Augen, hustete und sagte dann den Satz, den jeder Reporter gerne von seinem Chef hören will.

»Das nehmen wir auf die erste Seite.«

»Nicht mit dieser Überschrift, Jo.«

»Bist du John Wayne?«, fragte Jo und verschwand im Büro des Herausgebers. »Und wer bin ich dann?«

Rizzi, einer von der alten Garde, streckte den Daumen hoch. »Glückwunsch zum Aufmacher. Das erste Mal, oder?«

»Ja.«

»Und warum ziehst du dann so ein Gesicht? Freu dich doch!«

Milla lächelte traurig.

Er auf Seite eins. Hunderte Male hatte er sich das vorgestellt, aber nicht so.

Er dachte: *Nein, Nana allein.*

Das Ziehen im Magen wurde stärker.

Milla war wegen Oriana Fallaci Reporter geworden. Er hatte *Ein Mann* gelesen, ein Buch, das ihn umgehauen hatte. Wenn er Jo das erzählen würde, würde der sich kaputtlachen, aber so naiv war er nun auch nicht. Seine aufsteigende Übelkeit versuchte er damit zu unterdrücken, dass er an Oriana Fallaci dachte: Vietnam, 1967. Leuchtgeschosse in der Nacht und Soldaten mit herausquellenden Gedärmen. Schrecklich, grausam, aber: eine Tatsache. Oriana Fallaci, 26. September 1979, der Tschador, der vor Ayatollah Khomeini auf dem Boden landete. *Dieser lächerliche Stofffetzen aus dem Mittelalter.* Gewalttätig, provokant, aber: eine Tatsache. Oriana Fallaci in der Leichenhalle von Mexiko-Stadt, 2. Oktober 1968. Tatsachen, Tatsachen, Tatsachen.

Lorena Hallers Foto auf der ersten Seite war obszön, dokumentierte aber eine Tatsache. Milla klammerte sich an dieses Detail, um seine Schuldgefühle zu beruhigen. Er versuchte es jedenfalls. Der Titel, den Jo für die Geschichte über den nach Knoblauch stinkenden Priester ausgesucht hatte, war ein Scherz.

Grausam.

Mehr noch: unerbittlich.

Milla hatte den Priester Anfang Dezember interviewt, weil dieser seine Erinnerungen veröffentlicht hatte. Jo hatte beschlossen, darüber einen Text schreiben zu lassen, der Betschwestern und andere Durchgeknallte begeistern sollte. Milla hatte den Gestank ertragen, sich bemüht, das gewünschte Kleinvieh zusammengetragen, einen Artikel geliefert. Und dann war das Ergebnis seiner Bemühungen wie so oft in Vergessenheit geraten.

Kaum jemand hätte jemals von diesem Werk und seinem Autor erfahren, wenn es den Mord an der Mobil-Tankstelle und Jos Elefantengedächtnis nicht gegeben hätte.

Milla zog die Bomberjacke über und ging in Richtung Treppe. Er brauchte frische Luft.

Die Redaktion der *Voce delle Alpi* erstreckte sich über drei Stockwerke eines Gebäudes aus der Habsburgerzeit in der Via Dante, einer Allee, die zur Kaserne der Carabinieri und weiter zum Polizeipräsidium führte. Es war ein stattliches Gebäude, nicht ohne eine gewisse Eleganz, aber dort einen Parkplatz zu finden, war unmöglich.

Milla lief bis zu dem Musikgeschäft, vor dem er den Renault 5 geparkt hatte. Der Tank war fast leer, das Quietschen der Kupplung ließ ihn jedes Mal die Zähne zusammenbeißen, aber die alte Kiste leistete weiterhin gute Dienste und brachte ihn heil in die feuchte Souterrainwohnung, die er seit einiger Zeit sein Zuhause nannte.

Er warf sich aufs Bett, drückte das Gesicht in das Kissen und schrie.

Man musste kein Genie sein, um zu ahnen, welche Schlagzeile sich auf der ersten Seite der Zeitung finden würde, die in ein paar Stunden in den Kiosken ausliegen würde. Etwas wie:

Prostituierte ermordet.

Und zu erraten, warum Jo den Artikel über den Priester ausgegraben hatte, war ein Kinderspiel. Man musste nur an den neuen Titel denken, den er ihm verpasst hatte:

Der Exorzist: Der Teufel kehrt immer zurück.

Das wird für Gesprächsstoff sorgen, Champion.

MITTWOCH, 8. JANUAR 1992

Morgen

Krupp hatte die Nacht damit verbracht, die Kollegen der Carabinieri davon zu überzeugen, ihm ein paar Männer zur Verfügung zu stellen, um die Berichte zu lesen und auszuwerten.

Lorenas Akte war gegen sechs Uhr morgens aufgetaucht, gerade als er spürte, wie das Übermaß an Koffein und die Frustration sich zu einer explosiven Mischung vereinigten.

Die erste Festnahme datierte vom 3. September 1986. Damals war Lorena neunzehn. Ihre Heroinsucht dürfte ein Jahr zuvor begonnen haben. Also sechs Jahre auf der Straße, nicht vier, wie Nancy behauptet hatte. Auf dem Fahndungsfoto vom 8. Mai 1990 wirkte Lorena fast amüsiert. Das war alles.

Lä-cher-lich.

Aus den Protokollen der befragten Personen, die angegeben hatten, in direktem Kontakt mit ihr gestanden zu haben, setzte sich ein kohärentes Bild des Opfers zusammen. »Das Mädchen« war unproblematisch, suchte keinen Streit, war nicht kriminell. Nichts, was auf die Identität des Mörders hindeuten könnte, außer die Verfestigung der Annahme, dass zwischen Lorena und ihrem Schlächter keinerlei Verbindung bestand und kein persönliches Motiv erkennbar war. Bezog man die Brutalität der Tat und die Entsorgung des Opfers mit ein, ließ das Ganze nur einen Schluss zu: Er hatte sie umgebracht, weil er es *wollte.* Daraus ließ sich die erschreckende Tatsache ableiten, dass ihm das Töten *gefiel.*

Krupp wusste, dass es auch unter den Bulldoggen einige gab, die zu diesem Schluss gekommen waren und deshalb so vehement ablehnend reagiert hatten. Es waren durchaus nicht alles Idioten. Sie hielten es nur für besser, so zu tun, als gäbe es gewisse Dinge nicht. Und selbst in ihm war etwas, das sich weigerte, das Wahrscheinliche zu akzeptieren: Der Mord an Lorena Haller war nicht wie jeder andere. Dahinter steckte etwas viel, viel Beängstigenderes.

Sicher war, dass wegen des Fehlens eines Motivs und ohne Indizien Zeugen der einzige Weg waren, den Killer aufzuhalten. Um diese Zeit, in diesem Teil der Stadt musste es Zeugen gegeben haben. Das hatte Krupp auch in seinem Bericht geschrieben.

Die Zeugen waren der Schlüssel.

Die Prostituierten und die Junkies im Stadtteil Dodiciville wollten keinesfalls als »Denunzianten« abgestempelt werden und sehnten sich danach, dass endlich wieder Ruhe einkehrte. Mordermittlungen bedeuteten zu viele Polizisten, und zu viele Polizisten bedeuteten keine Freier.

Und damit: kein Heroin.

Einige Prostituierte behaupteten, Lorena habe einen Freund gehabt, vielleicht einen Zuhälter, aber bei genauerem Nachfragen schwiegen sie. Keine Namen. Es konnte auch nicht ermittelt werden, wo Lorena ihre Tage verbracht hatte. Eine meinte, sie habe einen Wohnwagen in der Nähe der Ponte Sant'Antonio, wenige Meter von der Talvera entfernt, andere sagten aus, sie hätte in einer Absteige im Stadtteil Don Bosco gehaust oder auf den Bänken auf dem Bahnhofsgelände, wie viele andere auch. Niemand erwähnte die Baracken entlang des Isarco, in der Via Roma, nahe der gleichnamigen Brücke, dort lebten ja nur Migranten.

Frage (F): Ging Lorena Haller auch mit illegalen Migranten aus?

Antwort (A): Ich habe ihr gesagt, sie soll das lassen. Aber ich weiß es nicht. Ich bin doch kein Babysitter.

F: Hat sich Signorina Haller mal über besonders nervöse oder aufdringliche Freier beschwert?

A: Was meinen Sie mit aufdringlich?

F: Jemand, der sie bedroht oder geschlagen hat.

A: Ich habe es doch schon gesagt. Es waren die Marokkaner. Diese Leute eben. Die behandeln Frauen wie Müll. Ihr fragt die Falschen.

F: Sie haben gesagt, dass Signorina Haller normalerweise keine illegalen Migranten als Kunden hatte. Wollen Sie diese Aussage korrigieren?

A: Fragen Sie doch bei denen.

F: Ich werde Ihnen einige Fotos zeigen. Es handelt sich um mögliche Verdächtige. Wir würden gerne wissen, ob Sie einen oder mehrere davon in Begleitung von Signorina Haller gesehen haben.

A: Habe ich nicht das Recht auf einen Anwalt?

»Luther.«

Levada klopfte nicht an, weil er nicht anklopfen musste. Levada war das Alphamännchen. Selbst die Luft, die Krupp atmete, gehörte ihm. Er lehnte seine hundert Kilo auf den Schreibtisch, beugte sich vor und lächelte. Der Commissario Capo trug einen Vollbart, roch nach Kölnisch Wasser und machte einen jovialen Eindruck. Das Abbild eines Familienvaters alter Schule. Einer, der Probleme mit Ohrfeigen löst.

»Ich habe mit Rotter und Biagi gesprochen«, sagte er und tippte mit einer Zigarette auf den Aktenstapel, »dem Zuständigen der Carabinieri, den du aus dem Bett geklingelt hast. Die beiden wundern sich über den ganzen Aufwand.«

»Sie haben auch mit den Bulldoggen gesprochen?«

»In der Tat, auch von dort kam Widerspruch, vor allem von Lopez. Du hättest ihn nicht vor den Kopf stoßen sollen, vor allem nicht vor den anderen. Er verdient Respekt.«

»Teilen Sie die Einwände?«

Levada steckte sich den kleinen Finger ins Ohr. »Ich sage dir das Gleiche, das ich allen anderen gesagt habe, Lopez eingeschlossen. Es ist dein Fall, und du kannst auf meine Unterstützung zählen. Aber als dein Vorgesetzter muss ich dir einige Überlegungen mit auf den Weg geben.«

Levada zündete die Zigarette an.

Krupp erhob sich, öffnete das Fenster und bereitete sich auf den Kampf vor.

»Nach der Beerdigung«, sprach der Commissario Capo weiter, »wird sich niemand mehr für diese Geschichte interessieren. Du bist jung, du willst ins Rampenlicht. Und das ist gut so. Aber der Mord an einer Nutte wird dir da nicht weiterhelfen.«

»24 Messerstiche, keine Beziehung zum Opfer, keine Anzeichen von Reue oder Panik. Das ist kein Mord wie alle anderen.«

Levada schnippte einen Aschekrümel von seiner Krawatte. »Hast du die Dealer gefunden, die sie versorgt haben?«

»Wir sind dran, aber die Drogenfahndung …«

»Ein Freund?«

»Das ist kein Mord wie alle anderen.«

»Kein Mord ist wie der andere, Luther.«

Levada hatte die Fundortfotos gesehen, seinen Bericht gelesen. Sich seine Feststellungen vielleicht sogar von Dottor Simoni telefonisch bestätigen lassen. Ihm konnte nicht entgangen sein, was für Krupp offensichtlich war. Levada sagte das nur, um ihn zu provozieren.

Und in der Questura in der Largo Palatucci Nummer 1 beantwortete man eine Provokation mit einer Provokation. Oder du gehst vor die Hunde.

»15 000«, sagte Krupp, »15 131, um genau zu sein. Das sind die registrierten Straftaten des vergangenen Jahres. Gerade einmal 1602 wurden aufgeklärt.«

»Ich war noch nie gut in Mathe, wie viele davon sind Fahrraddiebstähle?«

»Ich gehe davon aus, dass man die unter den 1600 suchen muss.«

Levada lachte und warf die Zigarettenkippe aus dem Fenster. »Was sagst du zu einer gebührenfreien Nummer? Man spricht auf einen Anrufbeantworter, damit man anonym bleiben kann.«

»Soll das ein Scherz sein?«

»Du brauchst Zeugen.«

»Aber nicht so.«

»Es gibt bestimmt Freier, die etwas gesehen haben könnten, aber wegen einer schnellen Nummer nicht in der Zeitung landen wollen.«

»Das ist eine Schnapsidee.«

Levada sah ihn durchdringend an. »Glaubst du, du hast die Eier für eine solche Ermittlung?«

Das hieß: Entweder du stehst auf meiner Seite oder du bist raus.

»Absolut.«

»Gut, dann sind wir uns einig. Und was diese Sovrintendente Capo von der Sitte angeht, wie heißt sie noch mal?«

»Arianna Lici.«

»Ich muss sagen, dass ich das für eine gute Idee halte. Ich hätte mir zwar eine Hübschere ausgesucht, aber man macht eben das Beste aus seinen Möglichkeiten. Ich gehe nicht davon aus, dass wir eine Miss Italia im Polizeidienst haben.«

»Arianna Lici ist eine hervorragende Beamtin.«

»Wenn du das sagst, Luther. Und jetzt mach dich frisch, die Presse wartet. Hast du schon einen Blick in die Zeitungen von heute geworfen?«

»Ich hatte noch keine Zeit.«

»Schade. Vergiss nicht, dass Journalisten sich wichtig fühlen wollen. Sie brauchen das, die Armen.«

Um 7.12 Uhr betraten Krupp, Levada, Lopez und Arianna Lici den Raum in der Questura, in dem die Pressekonferenz stattfand.

Sämtliche Kriminalreporter der Region waren vor Ort, außerdem Vertreter der italienisch- und der deutschsprachigen Presse. Auch Radio und Fernsehen waren präsent. TV-Reporter kamen eher selten, denn Berichte über Kriminalfälle wurden von der Politik nicht gern gesehen. Schlecht für den Tourismus.

Jo von der *Voce delle Alpi* saß in der zweiten Reihe. Er wirkte verkatert. Als er Krupps Blick bemerkte, winkte er ihm zu.

Commissario Capo Levada dankte den Anwesenden für ihr Interesse, bat um Verständnis für die Uhrzeit, die »operativen Notwendigkeiten« geschuldet sei, gab einen allgemeinen Überblick über die Situation und kam dann zum Punkt.

»In Anbetracht der Grausamkeit der Tat wurde auf meine Initiative und mit der vollen Unterstützung von Questore Comi, Colonello Biagi von den Carabinieri Trentino Alto Adige und der Staatsanwaltschaft eine behördenübergreifende Taskforce eingerichtet, mit dem Ziel, den Schuldigen so schnell wie möglich zu verhaften.«

Krupp fragte sich, von wem Levada den Begriff »Taskforce« hatte.

»Darüber hinaus informieren wir sie«, sprach der Commissario Capo weiter, »dass eine anonyme gebührenfreie Nummer eingerichtet wurde, um möglichst viele sachdienliche Hinweise zu sammeln, damit wir den Mörder von …«, Levada suchte in seinen Notizen nach dem Namen, »Lorena Haller seiner gerechten Strafe zuführen können.«

Ein Reporter konnte sich nicht zurückhalten: »Wie lautet diese Nummer, Commissario Capo?«

»Die Nummer ist 973503, alle Hinweise werden anonym entgegengenommen.«

Die Presseleute beugten sich über ihre Notizbücher.

Siebenundneunzig.

Fünfunddreißig.

Null drei.

»Wir bitten Sie, diese Nummer zu verbreiten. Um dieses Monster dingfest zu machen, das sich mit dem Blut dieses unglückseligen Geschöpfs besudelt hat, benötigen wir die Unterstützung aller Bürger.«

Die Stifte kratzten wieder über das Papier, das war ein Satz mit Titelseitenqualität.

»Ich möchte die Gelegenheit nutzen, Sie offiziell davon in Kenntnis zu setzen, dass Commissario Luther Krupp die Taskforce verantwortlich leiten wird. Commissario Krupp hat seine Fähigkeiten bereits hinreichend bewiesen. Und ich möchte noch hinzufügen, dass er gebürtiger Südtiroler ist, was ihn zusätzlich motiviert. Er kennt die Region und ihre Menschen, und wie wir alle weiß er, dass unsere schöne Heimat keinen Schaden nehmen darf.«

Krupp spürte den Schatten der Partei, der sich über den Fall legte. Dass er nicht früher daran gedacht hatte! Was war er doch für ein Idiot. Levada stand kurz vor der Pensionierung, war höchstens noch zwei Jahre im Dienst. Vielleicht hatte ihm die Partei einen Posten für die Zeit danach angedeutet: die Leitung einer Beteiligungsgesellschaft oder die Präsidentschaft einer Stiftung.

»Können Sie uns Details zum Stand der Ermittlungen mitteilen?«, fragte die einzige Frau im Saal.

»Wir ermitteln in alle Richtungen. Drogen, Prostitution, natürlich auch unter den Migranten.«

Algerier, Tunesier, Marokkaner, Mazedonier, Rumänen, Albaner. Bevölkerungsgruppen, die mit dem Messer rasch bei der Hand und bei den Einheimischen verhasst waren. Noch mehr potenzielle Schlagzeilen. Der Commissario Capo wusste, wie man Stimmungen schürte.

»Ist Commissario Krupp nicht ein wenig jung für einen so komplexen Fall?«, fragte Jo und erhob sich.

Johann »Jo« Serafini war nicht irgendein Wald-und-Wiesen-Journalist. Er war der König der Aasgeier und einer der Ersten, die Levada in den Arsch gekrochen waren, er war das Sprachrohr des Commissario Capo. Krupp begriff, dass er in der Falle saß.

Levada richtete sich auf: »Ich teile Ihre Besorgnis zwar nicht, verstehe aber den Gedanken dahinter. Erfahrung ist ein wichtiger Faktor, und wenn Sie mich hätten zu Ende sprechen lassen, hätte ich hinzugefügt, dass der Commissario auf Unterstützung zählen kann. Einer unserer besten Beamten wird ihm bei den Ermittlungen zur Seite stehen. Es handelt sich um …«

Krupp dachte: Scheiße, Scheiße, Scheiße.

»Ispettore Capo Mario Lopez.«

Ein Meisterstück.

Levada hatte sich selbst geschickt aus einer womöglich langwierigen und komplizierten Ermittlung herausmanövriert und gleichzeitig seine rechte Hand in Stellung gebracht, um Krupps mögliche Fehler zu dokumentieren. Sollten die Ermittlungen nicht zum gewünschten Ergebnis führen, würde nur Krupps Kopf rollen. Sollte allerdings das Gegenteil eintreten, konnte Levada mit Genugtuung daran erinnern, wer die Idee der Taskforce hatte.

Aber Jo war noch nicht fertig: »Erlauben Sie eine Frage, Commissario Krupp?«

Krupp räusperte sich: »Ich glaube, das wäre etwas verfrüht …«

»Commissario Krupp«, sagte Jo und hielt eine Ausgabe der *Voce delle Alpi* in die Höhe, »finden Sie es nicht peinlich, dass Lorena Hallers Eltern vom Tod ihrer Tochter aus der Zeitung erfahren mussten und nicht von Ihnen?«

Krupp dachte: Die Akte der Sitte. Schlampig. Peinlich. Lächerlich. Er hatte sie wieder und wieder gelesen. Die Familie wurde nicht erwähnt. Das bedeutete: Die Information war entfernt worden. Jemand wollte eine Rechnung mit ihm begleichen.

Die Uhr seines Vaters zeigte 8.10 Uhr, und Levadas schockierter Gesichtsausdruck war oscarreif. Arianna war bleich vor Wut.

Lopez dagegen strahlte über das ganze Gesicht.

Lorenas Mutter hatte die gleiche Gesichts- und Augenform wie ihre Tochter. Der Vater saß in einem Sessel, starrte auf ein Foto in seinen Händen und blickte nicht einmal auf, als Krupp sich für die Umstände entschuldigte, unter denen sie die Todesnachricht erfahren hatten. Dabei dachte er an Lopez und Levada. Es war nicht leicht, Scham und Wut beiseitezuschieben und das Gespräch zu beginnen.

»Erzählen Sie mir bitte von Lorena.«

»Wir haben sie erst spät bekommen«, begann Marion Haller, die Augen rot vom Weinen, »wir hatten gar nicht mehr damit gerechnet. Sie war ein fröhliches Mädchen, selbst in der Pubertät. Bis zum sechzehnten Lebensjahr hatten wir keinerlei Schwierigkeiten mit ihr.«

»Und was ist dann passiert?«

»Dann kam Sergio Giuliani. Lorena sagte, er würde aussehen wie Jim Morrison. Sergio war 23, sieben Jahre älter als sie. Er war drogenabhängig, das hat er ihr gleich gesagt. Und dass er in Behandlung sei und dabei wäre, mit den Drogen aufzuhören.«

»Und wie haben Sie reagiert?«

»Wir wussten ja, dass sie ihn durch Zufall im Zug kennengelernt hatte, deshalb dachten wir, sie würden sich ein paar Briefe schreiben, ab und zu telefonieren und sich dann aus den Augen verlieren.«

»Aber so war es nicht?«

»Sergio wohnte in Bozen. Sie sahen sich fast jeden Tag. Als wir davon erfuhren, haben wir versucht, sie zur Vernunft zu bringen. Der große Altersunterschied, seine Drogenabhängigkeit, aber sie war …«

»Ein junges Mädchen.«

Die Mutter drehte den Ehering an ihrem Finger. »Sergio hat ihr eine regelrechte Gehirnwäsche verpasst: Deine Eltern sperren dich in einen Käfig, sie wollen nicht, dass du dein eigenes Leben lebst. Solche Sachen eben.«

Das konnte sich Krupp gut vorstellen. Wie er ihr versprach, die Sterne vom Himmel zu holen, und sie ihm jedes Wort glaubte.

»Hatte Giuliani mit dem Heroin aufgehört?«

Die Antwort lag auf der Hand, aber Marion Haller wirkte abwesend, und Krupp wollte nicht, dass sie an ihre tote Tochter dachte.

»Methadon ist eine gute Sache, aber eben nicht die *Lösung*. Es war schon sein dritter Rückfall, was Lorena aber nicht wusste. Eines Tages, die beiden kannten sich seit ein paar Monaten, fand ich sie mit leeren Augen auf dem Sofa liegend. Sie habe Grippe, sagte sie, und ich habe mir nichts weiter gedacht. Aber schon bald bin ich dahintergekommen, glauben Sie mir. Als klar war, dass sie fixte, haben wir uns informiert und um einen Therapieplatz gekümmert, aber Lorena wollte nichts davon wissen. Sie versicherte, sie sei nicht abhängig, aber das sagen sie alle, nicht wahr, Commissario?«

»So ist es.«

Marion Haller drehte erneut ihren Ehering am Finger. »Inzwischen war sie richtig abgerutscht und fing an, uns um Geld zu bitten. Dann, ein Jahr nach dem ersten Schuss, ist sie ausgezogen.«

Marion nahm ihrem Mann das Foto aus der Hand. Es zeigte Lorena, Marion und Hans Haller vor dem Weihnachtsbaum. Lorena war die Einzige, die lächelte.

»Lesen Sie die Rückseite.«

23. Dezember 1985
Seid mir nicht böse.

Und statt einer Unterschrift ein Herzchen.

Die Sterne hatten sich als Felsbrocken herausgestellt, und Lorena war in eine Abwärtsspirale geraten, die sie schließlich bis an die Mobil-Tankstelle in der Via Renon führen würde.

»Ist sie zu Giuliani gezogen?«

»Das wussten wir damals nicht mit Sicherheit. Sie müssen uns verstehen, wir hatten keine Ahnung, was wir tun sollten. Und hin und wieder kam Lorena nach Hause. Wir haben sie nie zu Gesicht bekommen, aber bemerkt haben wir es. Die noch feuchte Waschmaschine, Lebensmittel, die im Kühlschrank fehlten. Das gab uns Hoffnung. Sie hatte die Hausschlüssel, und wir legten ihr Geld hin. Nicht viel, höchstens 50 000 Lire. Uns war klar, wofür sie es ausgeben würde, aber wir haben es trotzdem gemacht, weil …«

Marion hielt inne.

»Sie war Ihre Tochter.«

»Ja«, sagte die Frau leise, »sie war unsere Tochter.«

Lorena Hallers Elternhaus stand in der Via Cassa di Risparmio.

Verkehrslärm war hier keiner zu hören. Eine Oase der Ruhe. Man merkte, dass das Ehepaar Haller nicht auf Rosen gebettet war, aber man fühlte sich sofort willkommen.

Das genaue Gegenteil des Hauses, in dem Krupp aufgewachsen war.

»Im März 1986 fuhr Hansi mit dem Auto von der Arbeit nach Hause und hat sie gesehen.«

Marion blickte zu ihrem Mann, als würde sie darauf hoffen, dass er weitererzählte, aber er reagierte nicht.

»Hansi arbeitet seit seinem sechzehnten Lebensjahr in einer Tischlerei. Auf dem Weg dorthin kommt er durch Dodiciville.« Marion Haller legte sich eine Hand auf den Brustkorb. »Er hat sie in ein Auto steigen sehen. Zu einem Mann. Einem Freier. Hansi ... ist zusammengebrochen.«

Poeten und Musiker nannten junge Frauen wie Lorena »Rosenblüte« oder »Schöne der Nacht«. Die Zeitungen schrieben: »Freudenmädchen«. Hansi Haller hobelte seit seinem sechzehnten Lebensjahr Bretter. Poesie war für Hansi das gute Gefühl, Geld für Brot, Wein und Benzin nach Hause zu bringen. An diesem Tag hatte Hansi keine Rosenblüte, Schöne der Nacht oder ein Freudenmädchen gesehen. Sondern seine Tochter, die für Heroin ihren Körper verkaufte. Und das hatte nichts Poetisches.

»Wir konnten nicht einfach aufgeben«, fuhr Marion fort, »deshalb war ich Tag und Nacht unterwegs, Via Crispi, Via Bottai, Via Laurino, Via Garibaldi, Via Brennero, Via Mayr Nusser, Via Alto Adige, Via Raiffeisen ...«

Piazza Perathoner.

Bahnhofsvorplatz.

Piazza Verdi.

Die Straßen und Plätze, auf denen Frauen ihren Körper verkauften, innerlich taub. Heroin gab es in Bozen reichlich. Der Statistik der Sitte zufolge lag die Zahl der Prostituierten in der gesamten Provinz auf Rekordniveau, und Bozen führte diese Statistik an. Dabei waren die Frauen, die aus den Seitentälern in die Hauptstadt der Region kamen, um sich zu prostituieren, noch nicht einmal miteingerechnet.

»Haben Sie versucht, Lorena von einer Therapie zu überzeugen?«

»Dann hätte ich sie endgültig verloren. Dann wäre sie nicht mal mehr zum Wäschewaschen oder Essenholen nach Hause gekommen. Nein, mir ist klargeworden, dass Lorena nicht die Einzige war, die Hilfe brauchte. Es gab viele wie sie. Ich habe den Mädchen mal ein Brötchen und eine Cola gebracht. Zigaretten, Kondome, sterile Spritzen. Wenn sie wollten, habe ich mich ein bisschen mit ihnen unterhalten, damit sie sich nicht so alleingelassen fühlten. Für den Fall, dass sie das Thema ansprachen, hatte ich Broschüren von Entzugskliniken dabei, die am nächsten Tag zwar zusammengeknüllt auf der Straße lagen, aber das war mir egal.«

Krupp dachte: Prostituierte sind Töchter. Marion Hallers Schmerz mal zehn, mal hundert, mal tausend. Er konnte es sich nicht vorstellen. Niemand konnte das.

»Haben Sie auch Lorena getroffen?«

»Ab und zu, ich habe ihr Geld, Spritzen und Kondome gegeben, wie den anderen auch. Wenn sie nicht zu weggetreten war, haben wir in einer Bar etwas Warmes getrunken. Sonst hatte es wenig Sinn, sie anzusprechen. Ich glaube, sie schämte sich.«

»Wegen was?«

»Sie wollte nicht, dass alle wussten, dass ich die Mutter einer Fixerin war.«

»Und Giuliani?«

Marion Hallers Blick war voller Hass. »Er rief mich an und drohte, mich umzubringen, wenn ich Lorena nicht in Ruhe lasse.«

Krupp zuckte zusammen. »Er sagte: ›Ich bringe dich um‹?«

»Am Telefon, nie ins Gesicht. Sergio ist ein Feigling.«

»Wann war das?«

»Das letzte Mal vor fünf, sechs Monaten.«

»Haben Sie nicht ...«

»Ich kann auf mich selbst aufpassen, Commissario.«

Sie verließ das Wohnzimmer und kam mit einer großen Kunstledertasche zurück. Sie zeigte Krupp den Inhalt: angebrochene Zigarettenpäckchen, Kondome, Taschentücher, eine Insulinspritze, eine Geldbörse und ein Messer.

Krupp griff danach. Er war voller Mitleid.

»Und das machen Sie seit 1986?«

»Tag für Tag.«

Seit sechs Jahren hängte sich Marion Haller die Tasche über die Schulter und verließ das Haus. Via Crispi, Via Bottai, Via Laurino, Via Garibaldi, Via Brennero, Via Mayr Nusser, Via Alto Adige, Via Raiffeisen, Piazza Perathoner, Bahnhofsvorplatz, Piazza Verdi ...

Sechs Jahre.

Sechs Jahre Golgatha.

»Sergio ist ein Feigling«, wiederholte Marion Haller, »und er ist nicht der Erste, der versucht, mir Angst einzujagen. Aber Lorena ist ... war meine Tochter. Wir haben unser Auto verkauft und einen Kredit aufgenommen, damit wir ihr einen Wohnwagen kaufen konnten. Ich habe herausgefunden, wo sie schlief. An der Sant'Antonio-Brücke, ein Drecksloch. Es ging drei Jahre gut, dann ist der Wohnwagen im Juni 1990 abgebrannt. Lorena hat mir nie gesagt, warum, und Sergio danach zu fragen ...«

»Wäre sinnlos gewesen.«

»Wir haben von Freunden Geld geliehen, die wenigen, die uns geblieben sind. Und ich habe den Schmuck verkauft, den ich zur Hochzeit bekommen habe, um einen zweiten Wohnwagen zu kaufen. Wäre der auch angezündet worden, hätte ich mich an illegale Geldverleiher wenden müssen. Auch das hätte ich gemacht, ohne darüber nachzudenken.«

»Erinnern Sie sich, wann Sie Lorena das letzte Mal gesehen haben?«

»An ihrem Geburtstag, am 23. Dezember. Wir haben ihr Lebkuchen geschenkt, die mochte sie am liebsten, aber sie wollte nicht zum Mittagessen bleiben. Danach …«

Die Glocken des Doms schlugen neunmal.

Krupp schlug sein Notizbuch auf. »Ich bräuchte ein paar Namen, Signora Haller.«

»Nennen Sie mich bitte Marion.«

»In Ordnung, Marion. Alle, die Ihnen einfallen.«

Sie begann Namen aufzuzählen und erklärte, in welcher Beziehung sie zu ihrer Tochter standen.

Ein Name erregte Krupps Aufmerksamkeit. »Vivian und weiter?«

»Ich weiß nicht. Eine Schönheit. Blond. Faszinierend. Sie ist Prostituierte, aber nicht auf der Straße, ihre Freier empfängt sie in ihrem Apartment. Immer wenn ich sie treffe, ist sie gut gekleidet, mit einer Perlenkette um den Hals. Die Perlen sind abwechselnd schwarz und weiß, wissen Sie, was ich meine?«

»Meinen Sie, diese Vivian ist eine Art Beschützerin?«

»Nein, sie war keine Zuhälterin für Lorena oder die anderen Mädchen. Ich glaube, sie ist auch nicht drogenabhängig. Sie mochte Lorena, das merkte man.«

»Wissen Sie, woher Sergio und Lorena ihr Heroin bezogen haben?«

»Sergio …«, stieß Marion hervor, »er war es, Commissario.«

»Glauben Sie wirklich, dass ihr Freund sie umgebracht hat?«

»Verwenden Sie dieses Wort nicht«, sagte Marion Haller leise.

»*Freund.* Das war er nicht. Er hat sie benutzt, um an Geld für das Zeug zu kommen. Was meinen Sie, ist das etwa Liebe?«

»Warum haben Sie ihn in Verdacht?«

»Wer soll es sonst gewesen sein?«

Krupp war versucht, ihr zu glauben. Aber diese Hypothese ergab wenig Sinn. Lorena war in einem Auto getötet worden. Giuliani war ein Junkie, er lebte im Wohnwagen, den die Eltern der Frau bezahlt hatten, die er auf den Strich schickte, um Geld für Heroin zu verdienen. Auf keinen Fall besaß er ein Auto. Geliehen? Unmöglich. Geklaut? Das wüssten sie.

Kein Motiv.

Das war kein Mord wie alle anderen.

»Marion«, sagte Krupp, »versprechen Sie mir, dass Sie einige Tage nicht zu den Mädchen gehen. Und keine Dummheiten. Lassen Sie mich meine Arbeit machen, in Ordnung?«

Krupp steckte das Messer in die Tasche und stand auf.

Marion antwortete nicht.

Hans übernahm das für sie.

»Behalten Sie es ruhig«, sagte er, »diese Dinger kosten nicht viel.«

Krupp wollte niemals an dem Ort sein müssen, von dem diese Stimme kam.

Jo hatte ihn um halb sieben angerufen und aus einem unruhigen Halbschlaf gerissen, in dem ihn die Bilder von Lorenas Leiche und Nanas Blick quälten und ihm fast den Atem raubten.

Der Chefreporter der *Voce delle Alpi* hatte ihm eine Adresse genannt und darauf bestanden, um Punkt acht vor Ort zu sein und die Nikon parat zu haben.

»Wohnt da der Mörder?«, hatte Milla noch ganz benommen gefragt. »Haben sie ihn?«

»Zum Mitschreiben: den finden sie nie. Setz ihn auf die Liste der ungelösten Fälle. In der Via Cassa di Risparmio wohnt Marion Haller, die Mutter des Opfers. Warte, bis Krupp aus dem Haus kommt, und schlag dann zu.«

»Die Mutter?«

»Auch Huren haben eine Mutter, Champion.«

»Willst du ein Interview?«

»Liest du keine Zeitung?«

»Ich bin gerade erst aufgewacht«, hatte er gestammelt.

»Ich will ein Foto mit Teddybären für die morgige Ausgabe.«

»Moment mal. Woher weißt du, dass Krupp …«

»Lies die Zeitung, Champion. Schwarz auf weiß. Mach einfach, was ich dir sage. Warte, bis Krupp verschwunden ist, und schieß dann ein Foto der Mutter. Wiederhole.«

»Ich warte auf Krupp und mache dann ein Foto.«

»Wann?«

»Um acht. Wie lange soll ich warten?«

»Wen sollst du fotografieren?«

»Die Mutter des Mädchens. Du machst mich wahnsinnig, Jo. Was soll das mit den Teddybären?«

Am anderen Ende der Leitung war ein Seufzen zu hören.

»Ein braver Junge stirbt, verstehst du? Du gehst zu den Eltern, sagst ihnen, wie schrecklich das alles ist, eine furchtbare, nicht zu erklärende Tragödie, und lässt dir dabei das Zimmer zeigen, in dem der arme Junge aufgewachsen ist, positionierst die beiden inmitten seiner Spielsachen und schießt ein Foto. Häng dich rein, Champion. Ich will Geigenklänge hören.«

»Es könnte ein Problem geben.«

»Für Geigenklänge zu sorgen?«

»Was mache ich, wenn Marion Haller sich nicht fotografieren lassen will?«

Jo hatte aufgelegt.

Milla verließ um halb acht das Haus und kaufte sich eine Zeitung. Der Chefredakteur hatte das am wenigsten grausame der drei Fotos ausgewählt, aber es wirkte trotzdem verstörend. Darunter die Priestergeschichte mit Jos Schlagzeile:

DER EXORZIST: DER TEUFEL KEHRT IMMER ZURÜCK

Erstaunt las Milla, dass es Jo gewesen war, der den Eltern telefonisch die Todesnachricht überbracht und das Ganze dann Exklusivinterview genannt hatte. In diesem Moment, auf seinem Weg in die Via Cassa di Risparmio, begriff Milla, warum Jo verlangt hatte, er solle warten, bis Krupp aus dem Haus kam. Er wollte, dass man den Schmerz auf Marion Hallers Gesicht sah.

Häng dich rein, Champion.

Um 7.55 Uhr suchte sich Milla einen windgeschützten Platz und wartete ab.

Krupp erschien um 8.27 Uhr, betrat das Haus und verließ es etwa eine Stunde später wieder. Milla hatte nur wenige Sekunden, um den Auftrag seines Chefs auszuführen. Er prallte gegen einen Mann, der eine schwere Kamera auf der Schulter trug, schob sich zwischen zwei Reportern hindurch, die Fragen herausschrien, riskierte Haut und Knochen und schob die Hand in die noch einen Spaltbreit geöffnete Haustür.

Durch die grünverglasten Fenster beobachtete er, wie Krupps blauer Lancia Thema verschwand und die Presseleute den Bürgersteig wieder für sich hatten. Sie fluchten. Durch die Scheiben wirkten sie wie kubistische Figuren.

Atemlos hastete er die Treppe hoch und kontrollierte die Klingelschilder neben den Türen. Im zweiten Stock: Haller.

Er dachte: *Nein, Nana allein.*

Er zog die Nikon aus der Tasche und begriff, dass das, was Lorena angetan worden war, kein *Nein, Nana allein* war.

Es war schlimmer.

Nana würde heranwachsen. Vielleicht würde das Jugendamt sie von *Barbras* Willkür befreien und einer Familie anvertrauen, die nicht *ärrrrgerlich* wurde, wenn Nana *Fühstück* wollte. Oder Barbara würde verstehen, dass sie Hilfe brauchte, wenn sie Nana eine Mutter sein wollte, vor deren Wutanfällen das Kind sich nicht fürchten musste. Oder Nana würde selbst eine *Barbra* werden, und der Teufelskreis ginge bis in alle Ewigkeit weiter. Milla konnte nicht wissen, was aus den beiden wurde. Und genau das war der Unterschied zwischen Nana und Lorena Haller. Bei Nana gab es noch Hoffnung: Nana hatte noch Zeit.

Lorena hingegen war für immer dazu verdammt, schwarz auf weiß auf der ersten Seite der *Voce delle Alpi* festgehalten worden zu sein.

Prostituierte, Junkie. *Für immer.*

Der Kummer kehrte zurück. Der Ekel kehrte zurück.

Er dachte: Ich kann nicht.

Er dachte: Du musst.

Er fuhr sich mit den Fingern durchs Haar, um das Durcheinander etwas zu glätten, zog die Bomberjacke zurecht und verfluchte sich, nicht etwas den Umständen Entsprechendes angezogen zu haben. Klingeln kam ihm grausam vor. Klopfen schien diskreter. Er konnte sich nicht entscheiden.

Es war das Schicksal, das für ihn die Entscheidung traf. Die Tür ging auf, und Marion Haller stand vor ihm. Milla dachte: Ich habe die Tochter dieser Frau tot gesehen. Ich habe sie gesehen, wie niemand sie sehen sollte. Ich habe die Tochter dieser Frau fotografiert und sie im schlimmsten Moment ihres Lebens ans Kreuz genagelt.

»Kann ich Ihnen helfen?«

Milla brachte kein Wort heraus. Er schluchzte.

Marion Haller nahm ihn in den Arm. »Meine Lorena war ein gutes Mädchen.«

Es tat weh, verdammt weh.

Marion Haller wischte ihm eine Träne von der Wange. »Du bist auch ein guter Junge.«

Milla dachte: Leck mich am Arsch, Jo.

Leck mich am Arsch.

Diese Narbe möchte ich nicht.

Er rannte wortlos die Treppe hinunter.

So schnell er konnte.

Zwei Streifenwagen, ein unauffälliger Alfa 75 und Krupps Thema versperrten die Ausfahrt des Parkplatzes, auf dem es nach Abwasser roch. Im Sommer musste der Gestank unerträglich sein. Wenn man nicht durch das eiskalte Wasser der träge dahinfließenden Talvera waten oder die vier Meter hohe Mauer hochklettern wollte, war Flucht unmöglich.

Krupp klopfte dreimal an die Wohnwagentür. »Giuliani? Polizei.« Er rechnete nicht mit einer Antwort, und so war es auch. Er öffnete die Tür. Im Wohnwagen stank es wie in einem Tiergehege. Auf dem Boden lag eine Matratze, zwischen den Decken ragte der Kopf einer sehr jungen Frau heraus. Kurze dunkle Haare. Völlig zugedröhnt.

»Polizei.«

»Wo?«, fragte sie alarmiert.

Giuliani rappelte sich hoch und stützte sich auf die Ellbogen. Lange, fettige Haare. Jim Morrison sah er bestimmt nicht ähnlich. Jedenfalls nicht dem, den die Plattenfirmen der Öffentlichkeit präsentierten.

»Wer seid ihr?«, lallte er.

»Bullen«, antwortete die junge Frau, »Scheißbullen.«

Giuliani riss die Augen auf und fing an zu zittern. Krupp ahnte, dass er an die Levada-Methode und an die Zelle X dachte. Er musste schon dort gewesen sein.

Krupp ballte die Fäuste.

»Lass uns Luft schnappen«, zischte er.

Giuliani folgte dem Commissario nach draußen.

»Ich dachte, du bist mit Lorena zusammen.«

»Deshalb habt ihr mich geweckt?«

»Ich weiß, dass ihr euch getrennt habt, aber Lorena hier noch gewohnt hat.«

Giuliani fuhr sich mit den Fingern durchs Haar. »Wir sind Freunde geblieben.«

»Das heißt, du hast sie weiter benutzt, um dein Zeug zu kaufen«, sagte Krupp.

»Nein, nein, nein«, wehrte sich Giuliani, »ich benutze niemanden. Wirklich nicht.«

»Lorena ist tot, erstochen.«

Selbst das zugedröhnte Hirn bewahrte Giuliani nicht vor dem Schock. »Ermordet?«

»Wann hast du sie zum letzten Mal gesehen?«

»Gestern … gestern Abend. Lorena?«

»Um wie viel Uhr? Acht, neun? Wann genau?«

»Ermordet?«

»War es schon dunkel oder noch hell?«

»O Scheiße, Scheiße, *Scheiiii…*«

»Wart ihr drauf?«

»Wir sind immer drauf«, schrie der Jim Morrison der Ponte Sant'Antonio, »willst du mir etwa was anhängen, Bulle?«

»Lorena liegt seit neun Stunden in der Leichenhalle, und du vergnügst dich hier im Warmen. In guter Gesellschaft. Versetz dich mal in meine Lage.«

»Wir haben uns getrennt, aber sie durfte weiter bei uns wohnen. Keine leichte Situation, verstehst du?«

»Soweit ich weiß, gehört der Wohnwagen Lorena und nicht dir.«

Giuliani begann zu schimpfen. »Die blöde Kuh hat euch auf mich gehetzt, oder? Sie hat nie akzeptiert, dass ihre Tochter sich in mich verliebt hat. Warum nimmst du die nicht fest? Hast du gesehen, dass sie ein Messer in der Tasche hat?«

»Marion Haller hat Lorena nicht getötet.«

»Woher willst du das wissen?«

»Weil sie dich umgebracht hätte und nicht ihre Tochter.«

Giuliani schüttelte den Kopf. »Ihr wollt mich nur reinreiten.«

»Als du Lorena das letzte Mal gesehen hast, war es da dunkel?«

»Ja, aber die genaue Uhrzeit weiß ich nicht.«

»Hatte jemand Krach mit Lorena?«

»Alle mochten sie.«

»Hatte sie Schulden?«

»Lorena war schön.«

Sollte heißen: an Freiern mangelte es nicht.

Krupp knirschte mit den Zähnen. »Warum warst du gestern nicht mit Lorena zusammen? Sie war anschaffen, und du hast sie im Auge behalten, so habt ihr es doch sonst immer gemacht.«

»Es war zu kalt, Bulle.«

Krupp dachte: Kalt.

Krupp dachte: Mäntelchen, Leggings, leichte Turnschuhe.

Sieben Grad unter null.

»Hast du eine Idee, wer sie umgebracht haben könnte?«

»Migranten. Die entführen Frauen, nehmen sie mit in die Baracken und vergewaltigen sie, einer nach dem anderen. Dann verkaufen sie sie. Entweder die oder der Blonde.«

Krupp musterte ihn eindringlich. »Erzähl mir von dem Blonden.«

»Ein Freier. Lorena hatte Angst vor ihm.«

»Schlug er sie?«

»Er wollte reden und manchmal Sex. Er verfolgte sie, weißt du.«

»Hast du ihn mal gesehen?«

»Einmal.« Giuliano kratzte sich über die Aknenarben im Gesicht. »Spitzes Kinn, blaue Augen. Wie deine, nur ein bisschen heller.«

»Jung? Alt?«

»In meinem Alter.«

»Größe? Gewicht?«

»Keine Ahnung. Er saß im Auto, als ich ihn gesehen habe, woher soll ich das wissen?«

Krupp verfluchte ihn.

»Was für ein Auto?«

»Ein Fiat. Rot.«

»Modell?«

»Das weißt du doch.«

»Woher soll ich das wissen, Sergio?«, knurrte Krupp. »Ich höre zum ersten Mal davon.«

»Habt ihr das Notizbuch nicht gesehen? Das blaue. Lorena hatte es immer in der Tasche, sie schrieb die Kennzeichen der Autos ihrer Kunden auf.«

Das Foto zeigte Lorena auf dem Asphalt liegend, aufgenommen von der Bahnhofsmauer aus.

Freudenmädchen ermordet.

Das Interview mit Marion Haller auf Seite drei trieb seinen Blutdruck in die Höhe, das dazugehörige Foto von Lorena stammte aus der blauen Akte der Sitte. Aus der vollständigen Akte.

Lorena lächelte. Heiterer Blick, dichter Pony, Katzenaugen. Sicher fragten sich viele Leser, wie eine so schöne und so junge Frau auf dem Strich gelandet war.

Freudenmädchen ermordet.

Wen interessierte schon der Tod einer Nutte?

Die Artikel gaben zu viele Informationen preis. 24 Messerstiche, der Versuch, sich zu wehren, die Kleidung. Die Trittbrettfahrer vom wahren Täter zu unterscheiden, würde extrem schwierig werden. Krupp wischte den Zeitungsstapel vom Tisch und machte sich wieder an die Arbeit. Papierkram, Aussagen, Notizen.

Die Dunkelhaarige aus dem Wohnwagen hieß Sabine Bombaci. Sie schwor, dass Giuliani den Wohnwagen nur einmal zum Pinkeln verlassen hatte. Warum auch, draußen war es kalt, und sie hatten genug Stoff. Die anderen Drogenabhängigen, die dort lebten, bestätigten diese Aussage. Auch die Durchsuchung hatte nichts Verdächtiges ergeben.

Arianna hatte noch einmal mit einigen Kolleginnen der Ermordeten gesprochen. Da sie nicht mehr riskierten, als Spitzel angesehen zu werden, hatten sie ihre Erinnerungsfähigkeit wiedergefunden. Sie kannten Sergio Giuliani und wussten von seiner Beziehung mit Lorena. Trotzdem hatten sie die beiden nie streiten sehen. Der Junkie war ein Arsch, aber kein gewalttätiger. Eine weitere schlechte Nachricht: Auf Giuliani war kein Auto zugelassen.

Krupp ließ ihn zwar überwachen, aber wie es aussah, war er aus dem Kreis der Verdächtigen raus.

Der im Moment ohnehin leer war.

Um 10.20 Uhr berichtete ihm ein Ispettore der Drogenfahndung über den Wohnwagenbrand von 1990. Keine große Sache, nichtbezahlte Schulden, ein wenig Benzin und ein Feuerzeug. Der Brandstifter war ein Jahr später gestorben. Überdosis. Keine Überraschung. Nur ein kleiner Fisch, weiter nichts.

Krupp fragte nach den Namen der Dealer, mit denen Sergio Giuliani und Lorena Haller zu tun hatten. Und nach all den Verzweifelten rund um die Sant'Antonio-Brücke und den Prostituierten aus dem Dodiciville-Viertel und in der Bahnhofsgegend, aber der Beamte zögerte. Das waren streng vertrauliche Informationen, da brauchte es die Erlaubnis der Staatsanwaltschaft, und da es zwischen Lorenas Tod und dem Drogenmilieu keinerlei Verbindung gab, wäre das reine Zeitverschwendung.

Von Dottor Simoni: nichts. Von der Spurensicherung: nichts. Die Videoaufnahmen von der Via Renon, dem Bahnhofsvorplatz und dem Dodiciville-Viertel: nichts. Anwohnerbefragung: nichts. Ergebnisse der verdeckten Ermittler: keine. Die Leitung der gebührenfreien Nummer hingegen explodierte.

Um 11 Uhr teilte ihm Rotter mit, dass der Fall an die Staatsanwaltschaft zurückverwiesen worden war und man umgehend einen neuen Staatsanwalt einsetzen würde.

Name noch unbekannt.

Um 11.03 Uhr öffnete Ispettore Capo Lopez die Tür und sagte: »Im Warteraum sitzen zwei Frauen. Sie wollen mit dem zuständigen Commissario sprechen, und da Levada nicht da ist …«

»Befrag du sie«, zischte Krupp, »und wenn …«

»Eine der beiden ist die Nutte, die den Leichnam gefunden hat. Die andere heißt Vivian irgendwas.«

»Gib Sovrintendente Capo Lici Bescheid.«

Die beiden Frauen hätten nicht unterschiedlicher sein können. Die jüngere kratzte sich ständig am Kopf, als hätte sie Läuse. Sie trug eine helle Hose, eine weiße Bluse unter einem gestreiften Pulli und eine Jeansjacke. Aus der Tasche schaute eine Sonnenbrille heraus. Der Personalausweis wies sie als Elizabeth Torcher aus.

Die Blondine hieß Vivian Pickmann. Sie war 35 Jahre alt, hatte ein dreieckiges Gesicht mit großen blauen Augen und provokantem Blick. Perfekt geschminkt. Leggings, türkisblaues Kleid im Stil der 1960er, einen Kunstpelz in Kreischblau und eine schwarzweiße Perlenkette. Genau wie Marion Haller gesagt hatte.

Arianna setzte sich mit Block und Stift in eine Ecke. Ohne um Erlaubnis zu bitten, zündete sich Vivian Pickmann eine Gauloises an.

Elizabeth Torcher begann zu sprechen, und es dauerte eine Weile, bis sie ihre Aussage beendet hatte. Nach jedem Satz blickte sie scheu zu ihrer rauchenden Begleiterin. Sie berichtete von der Bar Sonnenberg und von der Kollegin, die die Polizei gerufen hatte und an deren Namen und Aussehen sie sich nicht mehr erinnern konnte. Kurz darauf war sie zu Lorenas Leiche zurückgegangen.

»Ich wollte sie in dieser Scheiße nicht allein lassen. War das, keine Ahnung, falsch? Als ich die Tasche gesehen habe, ist mir das Notizbuch eingefallen, das habe ich genommen, dann bin ich abgehauen und habe Vivian angerufen. Um zu fragen, was ich tun sollte.«

Vivian Pickmann legte eine Einkaufstüte mit einer blutbespritzten roten Handtasche darin auf den Schreibtisch.

»Alles drin. Geld, Papiere. Das Mäppchen mit der Spritze und ein bisschen Heroin. Und das hier.« Ihre Stimme klang wie die einer Fado-Sängerin.

Ein Notizbuch, kaum größer als ein Adressbuch.

»Wäre es nicht einfacher gewesen, das Notizbuch wegzuwerfen oder es irgendwo zu deponieren, damit wir es finden?«, fragte Arianna.

Elizabeth antwortete: »Lorena hätte das Gleiche für mich gemacht. Für uns.«

Krupp wandte sich an die andere Frau. »Sind Sie Lorenas Beschützerin?«

»Es war vor sechs Jahren, im Sommer, auf einer Wiese an der Talvera. Es wurde Ball gespielt, man ließ Drachen steigen. Lorena wollte springen, sie konnte nicht mehr. Ich sagte ihr: ›An dieser Stelle schaffst du das nicht, du musst warten, bis sie um fünf den Damm öffnen.‹ Nach einer Weile setzte sich Lorena zu mir und bat mich um eine Zigarette. Ich spürte, dass sie reden wollte. Binnen drei Stunden hat sie mir ihr Leben erzählt. Die Eltern, Sergio. Das Heroin. Wir sind Freundinnen geworden. Sie stand noch ganz am Anfang und brauchte ein paar Tipps.«

»Am Anfang von was?«

»Können Sie sich das nicht denken?«

Krupp deutete auf das Notizbuch.

»Haben Sie ihr vorgeschlagen, die Kennzeichen der Freier zu notieren?«

»Das ist die beste Methode, einen Kunden davon zu überzeugen, ein Kondom überzuziehen – sich mit den anderen Frauen zu verbünden und Zuhälter abzuschrecken …«

»Typen wie Sergio Giuliani?«

»Giuliani ist nur ein Blutsauger, aber Lorena war naiv, romantisch und verliebt. Wenn Sie ihn verdächtigen, sind Sie auf der falschen Spur.«

»Haben Sie Lorena vielleicht auch den Trick mit der Zulassungsstelle beigebracht?«, fragte Arianna.

Es war ganz einfach: die Prostituierten schrieben sich das Kennzeichen auf, gingen zur Zulassungsstelle, bekamen den Namen des Fahrzeughalters und versuchten ihn zu erpressen.

»Dafür kann man Ärger bekommen«, entgegnete Vivian trocken.

»Oder erstochen werden«, entgegnete Arianna.

Vivian drückte die Zigarette im Aschenbecher aus. Am Filter waren Spuren von Lippenstift zu sehen.

»Nicht 24 Mal.«

Krupp griff nach dem Notizbuch. Er erkannte Lorenas Handschrift, die gleiche wie auf der Rückseite des Fotos, *Seid mir nicht böse*. Es standen eine Menge Kennzeichen darin. Aber auch Einkaufslisten, Gedanken und Passagen aus Songtexten.

»Hat Lorena Ihnen jemals von einem Blonden erzählt? Einem Mann, der sie verfolgt hat? Er fährt einen roten Fiat.«

»In Geschichten wie diesen gibt es immer einen Blonden, oder?«, meinte Vivian abfällig. »Ein Blonder, ein Typ mit Bart, Jack the Ripper.«

»Lorena hatte keine Angst vor einem Phantom, sondern vor einem Blonden in einem roten Fiat.«

Vivians Gesichtsausdruck bekam etwas Grausames.

Sie hob Elizabeths Pullover hoch, und bevor Krupp oder Arianna sie davon abhalten konnten, hatte sie auch die Bluse aufgeknöpft und präsentierte ein Spinnennetz von Narben auf Elizabeths Bauch.

»1989«, sagte sie, »Via Raiffeisen. Einer, den du auch ohne Bezahlung rangelassen hättest. Elizabeth geht mit ihm nach Hause. Er wohnt in einer schönen Villa. Sie tanzen. Er bittet sie, sich auszuziehen, dann spielt er ein wenig mit einem Schraubenzieher an ihr herum. Stunden später kann Elizabeth fliehen und ruft die Polizei. Die Beamten nehmen den Typen fest und stellen den Schraubenzieher sicher. In der gleichen Nacht steht er Elizabeth im Krankenhaus gegenüber. Er hat seinen Anwalt mitgebracht. Sie lassen sie etwas unterschreiben. ›Während eines sadomasochistischen Spiels, das zuvor einvernehmlich und bis ins kleinste Detail geregelt war, bekam Signorina Torcher eine Panikattacke, ausgelöst durch Drogen, die sie ohne das Wissen ihres Kunden eingenommen hatte.‹ Ungefähr so. Der Typ mit dem Schraubenzieher heißt Klaus Verna, der Skilift-Verna.«

Krupp dachte: Freudenmädchen. Glühwürmchen in der Nacht.

Er dachte: Auf sie achtet keiner.

»Angst …«, wiederholte Vivian abfällig. »Was weißt du schon von Angst? Bist du jemals zu einem Fremden ins Auto gestiegen, der glaubt, er könnte mit dir machen, was er will? Es sind die Freundlichen, die das Messer ziehen, die es ohne Kondom wollen, und du traust dich nicht, Nein zu sagen. Es sind die, die dich aus dieser Hölle rausholen wollen und ein Ave Maria beten, während du ihnen einen bläst. Die dich bitten, Papa zu ihnen zu sagen, obwohl sie dein Großvater sein könnten. Vor einem Blonden hatte Lorena keine Angst.«

Vivian Pickmann beugte sich vor und musterte Krupp mit ihrem stechenden Blick.

»Lorena hatte vor allem Angst.«

MITTWOCH, 8. JANUAR 1992

Nachmittag

13.58 Uhr. Das Gebäude in der Largo Palatucci Nummer 1 dünstete Groll, Müdigkeit und Frustration aus. Ispettore Capo Lopez saß in der ersten Reihe und wirkte wie einer der Sexualstraftäter, mit denen es die Sitte tagtäglich zu tun hatte. Die Bulldoggen markierten ihr Revier.

Arianna Lici stellte das Aufnahmegerät auf den Tisch und setzte sich. Krupp war in Gedanken versunken, die nur er kannte. Arianna beneidete ihn. Ihr war stets nur allzu bewusst, was um sie herum geschah. Ihr Ex-Mann hatte immer gesagt: An deiner Seite fühlt man sich wie neben einem Hochspannungsmast.

Und er sagte ... Sie schob den Gedanken beiseite.

Sovrintendente Capo Lici schaltete das Mikrophon an und erstattete Bericht.

Sie begann mit Lorenas Handtasche und der Auffindesituation, ging dann auf Sergio Giuliani ein und kam schließlich zu den Auswertungen der Videoaufzeichnungen und den Anwohnerbefragungen, die alle nichts ergeben hatten. Ein Fiasko.

»Was den Blonden und den roten Fiat angeht, glaube ich nicht, dass es etwas Neues gibt, oder, Viceispettore Lombardi?«

Der Angesprochene war zu spät zum Briefing gekommen und noch dabei, den Kamelhaarmantel auszuziehen.

»Alles zu vage, selbst mein Großvater fährt einen roten Fiat, Commissario.«

Er hatte sich an Krupp und nicht an sie gewandt.

Das Übliche.

»Was die Kontrollen der aktenkundigen Personen angeht«, fuhr Lombardi fort, »geben die Kollegen ihr Bestes, aber noch hatten sie keinen Erfolg. Das Team von Ispettore Capo Lopez überprüft ehemalige Gewalttäter. Leider liegt mir noch kein Bericht vor, deshalb kann ich darüber nichts Konkretes sagen.«

»Wie ist das möglich, Ispettore Capo?«, fragte Krupp.

»Zu wenig Zeit und zu wenige Leute«, antwortete Lopez.

»Können Sie eine rasche Zusammenfassung geben?«

Lopez legte den Arm auf die Lehne des freien Stuhles neben sich. »Es macht großen Spaß.«

Die Bulldoggen feixten.

»Ich erwarte bis 15 Uhr einen detaillierten schriftlichen Bericht. Gibt es noch etwas, Sovrintendente Capo Lici?«

Abgesehen von den unzähligen ausstehenden Befragungen, noch nicht vorliegenden Protokollen und dem Schweigen Dottor Simonis und der Spurensicherung? Arianna antwortete: »Nein.«

Krupp deutete auf das Aufnahmegerät. »Ich habe Sovrintendente Capo Lici gebeten, besondere Aufmerksamkeit auf ein Detail der Aussage von …«

Die Tür ging auf, und Questore Comi betrat den Besprechungsraum. Arianna wunderte sich, ihn zu sehen. Der Polizeipräsident mischte sich nie in die Ermittlungen ein, das war nicht seine Aufgabe.

Comi nahm neben Lopez Platz und faltete die Hände über dem Bauch. Das war seine Art zu signalisieren, dass man nicht auf ihn achten sollte.

»Ich möchte Ihnen«, fuhr Krupp fort, »eine Kostprobe der Informationen geben, die uns über die gebührenfreie Nummer zugegangen sind.«

Einige bemerkten den Sarkasmus in seinem Ton, vielleicht sogar Comi.

Arianna drückte die Play-Taste.

Scheißbullen, ich werde diese Hure umbringen, weil meine Ex eine blutsaugende Schlampe ist, und ihr Drecksbullen könnt nichts dagegen tun, macht einfach euren Job und fackelt sie alle, alle ab, dieses arme Mädchen, ich werde für sie beten, auch wenn sie in die Hölle kommt, denn so steht es geschrieben, Scheißmigranten, Scheißneger, Scheißzigeuner, Scheißsüdländer, ich weiß, wer sie umgebracht hat, aber ich sage es euch nicht. Ich sage es euch nicht, ich sage es euch nicht, ich war es, und ihr werdet mich nicht kriegen, niemals, es war ihr Vater, es war ihre Mutter. Fackelt alle ab. Scheißbullen. Eine Stimme sang *I Fought the law* und lachte. *Scheißbullen. Scheißbullen.*

Gelächter, ein paar gemurmelte Kommentare. Die Anwesenheit des Questore verhinderte Schlimmeres.

Krupp wandte sich an die Anwesenden. »Wenn es keine weiteren Fragen gibt, dann können wir jetzt weitermachen, denke ich.«

Die Bulldoggen seufzten.

Der Questore räusperte sich: »Commissario Krupp, ich möchte Ihnen und der Taskforce eine etwas unorthodoxe Vorgehensweise vorschlagen.«

Arianna sah, wie Krupp mit den Fingern den Rand der Tischplatte umklammerte. Seine übliche Geste, wenn er angespannt war, wahrscheinlich war er sich dessen gar nicht bewusst. Als ob er etwas Solides brauchte, an dem er sich festhalten konnte.

Der Questore schlug eine etwa fünfzehn Seiten umfassende Akte auf, leckte sich den Zeigefinger und begann zu blättern.

»In Ihrem Bericht, Commissario, halten Sie fest, dass weder die

Umstände der Tat noch das Vorleben des Opfers darauf hindeuten, dass das Motiv im Prostituiertenmilieu oder im persönlichen Umfeld zu suchen ist. Vom Mörder wissen wir nur, dass er kräftig, zu allem entschlossen und brutal ist. Eine Art Triebtäter.«

»Aber intelligent genug, um keine Spuren zu hinterlassen.«

»Gerade die nichtvorhandene Täter-Opfer-Beziehung und das offensichtliche Fehlen eines Motivs«, fuhr Comi fort und zitierte wörtlich Krupps Bericht, den er einige Stunden zuvor bekommen hatte, »machen Ermittlungen vor Ort unabdingbar. In anderen Worten, wir brauchen Zeugen. Haben Sie welche gefunden?«

»Nein.«

Comi schlug die Akte zu.

Und faltete erneut die Hände über dem Bauch.

»Ich schlage vor, dass wir einige Beamtinnen der Sitte verdeckt als Prostituierte in den Straßenstrich des Dodiciville-Viertels einschleusen. So können sie Autokennzeichen notieren sowie verdächtige Aktionen und Freier beobachten, ohne besonders aufzufallen.«

Die Bulldoggen wieherten vor Lachen.

Der Questore wirkte konsterniert.

Arianna dachte: Willkommen in meiner Welt.

Krupp umklammerte die Tischkante noch fester. »Können wir darüber unter vier Augen sprechen, Signor Questore?«

»Entscheidungen, die im kollegialen Austausch getroffen werden, haben einen größeren Wert.«

»Dann sollten Sie wissen, dass ich dagegen bin. Zu hundert Prozent.«

Der Questore blieb ungerührt. »Wenn Sie nichts dagegen haben, möchte ich gerne die Meinung von Sovrintendente Capo Lici dazu hören. Dabei geht es mir vor allem um ihre Erfahrungen bei der Sitte.«

Arianna konzentrierte sich auf Comi und versuchte, die feixenden Bulldoggen zu ignorieren. Und Krupp. »Ich halte das für eine gute Idee.«

Nach den geltenden Vorschriften sollten Polizistinnen vorrangig bei Ermittlungen eingesetzt werden, die noch auf einer mittelalterlichen Weltsicht basierten, aber Vorschriften konnten sich ändern.

Das war die Gelegenheit, allen zu zeigen, dass eine Frau durchaus eine Ermittlung leiten konnte, trotz des alle 28 Tage auftretenden *Problemchens,* wie es die Bulldoggen nannten.

»Ich denke, da spreche ich auch im Namen meiner Kolleginnen.«

»Die Presse wird davon erfahren«, merkte Krupp an.

»Bei allem Respekt«, antwortete Arianna an ihn gewandt, »die Vorstellung, dass etwas nach außen dringen könnte, sollte bei der Planung einer Ermittlung kein Hindernis sein.«

»Wir haben nicht genug Beamte, um die Sicherheit der verdeckt ermittelnden Kolleginnen zu garantieren.«

»Wir werden bewaffnet sein, und außerdem haben wir die gleiche Ausbildung wie alle anwesenden Kollegen. Wir beherrschen unseren Job, Commissario.«

Krupp warf ihr einen flammenden Blick zu. Er ist sauer, dachte Arianna, aber vor allem verletzt. Er hatte ihr vertraut und fühlte sich jetzt verraten. Er verstand nicht, um was es wirklich ging.

»Ein paar Streifenwagen als Unterstützung vor Ort und regelmäßige Rückmeldungen an die Zentrale, dass alles glattläuft. Mehr dürfte es nicht brauchen«, fuhr sie fort.

Krupp richtete sein Uhrband. »Und was passiert, wenn ein Kunde auftaucht? Zücken wir dann den Polizeiausweis, und die ganze Operation fliegt auf?«

»Das hängt vom Kunden ab.«

Die Mastini grölten.

»Wenn jemand verdächtig reagiert, könnten wir ihm auf den Zahn fühlen. Andernfalls müssen wir einen utopisch hohen Preis verlangen. Bei 500 000 Lire dürfte jeder die Lust verlieren.«

»Signor Questore«, schaltete sich Krupp erneut ein, »wenn Sie tatsächlich vorhaben, Beamtinnen dieser Gefahr auszusetzen, bestehe ich auf einer schriftlichen Anweisung. In diesem Fall werde ich darüber nachdenken, ob ich die Leitung der Ermittlungen nicht besser in die Hände von Commissario Capo Levada legen sollte.«

Es wurde still im Raum.

Die Mastini waren sich einig: Krupp schmeißt hin.

»Darüber sprechen wir noch«, antwortete Comi ausweichend. »An die Arbeit, meine Herren.«

Die Frau, die Milla gegenübersaß, trug Ohrringe, deren Brillanten zu sehr glänzten, um echt zu sein. Ihr Name war Carla Rigamonte, sie arbeitete in einem Steuerberatungsbüro in Bozen, und es war ihr wichtig gewesen, hinzuzufügen: im Zentrum.

»Mein Name wird nicht auftauchen, oder?«, fragte sie besorgt.

Trotz des bedrückenden Gefühls, das er beim Zusammentreffen mit Marion Haller empfunden hatte, und Jos unheilvollem Schweigen hatte sich Milla schon seit Tagen nicht so gut gefühlt.

Wahrscheinlich war er einer der wenigen im dritten Stock der Via Dante, denen es so ging.

Der Tod Lorena Hallers hatte alle Schleusen geöffnet, das Telefon in der *Voce delle Alpi* stand nicht mehr still, und diejenigen, die nicht durchkamen, tauchten persönlich auf.

Der Herausgeber hatte die klare Anweisung gegeben, sich alle anzuhören. Das Resultat: Chaos.

Jo hatte für Milla eine nach Reinigungsmitteln stinkende Abstellkammer freiräumen lassen.

Milla hatte festgestellt, dass er eine Fähigkeit besaß, die Rizzi »Instinkt« nannte. Und dieser Instinkt sagte ihm, dass Signorina Rigamonte etwas zu sagen hatte, das sie nur noch nicht in Worte fassen konnte. Er musste dranbleiben und Jos goldene Regel anwenden: Um ein gutes Interview zu führen, musste er das tun, was er am besten konnte.

Stell dich dumm, Champion.

»Sie glauben die Identität des Mörders zu kennen?«

Carla Rigamonte verdrehte die Augen. »Warum legen Sie mir Worte in den Mund, was ich gar nicht gesagt habe?«

»Weil ich Ihnen nicht ganz folgen kann«, erwiderte Milla. »Woher wollen Sie denn wissen, dass es sich um eine Mörderin und nicht um einen Mörder handelt, wenn Sie die Identität gar nicht kennen?«

»Könnte ich mit jemand sprechen, der mehr … Erfahrung hat?«, war die giftige Antwort.

Signorina Rigamonte arbeitete in einem Steuerberatungsbüro *im Zentrum.* Sie war von der Begriffsstutzigkeit ihrer Umwelt genervt. Signorina Rigamonte hatte der Welt eine ganze Menge *beizubringen.* Das war der Moment, sich möglichst unsicher zu geben, um sie aus der Reserve zu locken.

Milla klopfte mit dem Zeigefinger auf den Schreibtisch, wie es sein Vater immer getan hatte, wenn er ihm erklärt hatte, warum es wichtig war, sich in der Schule anzustrengen.

»Signorina Rigamonte, ich bitte Sie, sich hier und jetzt zu entscheiden, ob Sie mir die Wahrheit über den Mord in der Via Renon erzählen oder sich an eine andere Stelle wenden wollen. In jedem Fall werde ich alle Details gründlich recherchieren, und wenn Ihre Geschichte stimmt, werden wir sie veröffentlichen. Ich möchte Sie bitten, darüber nachzudenken, welche Konsequenzen das für mich haben kann. Polizei und Staatsanwaltschaft werden alles daransetzen, dass ich meine Quelle preisgebe, was mich unter Umständen dazu zwingt, einen Staatsanwalt und die Polizei zu belügen. Das werde ich nur tun, wenn ich von dem überzeugt bin, was Sie mir berichten.«

Milla schaute sie durchdringend an. »Auch die unangenehmen Teile der Geschichte.«

Sie wurde immer nervöser und wischte sich mit dem Handrücken einen Schweißtropfen von der Stirn.

Dann erzählte sie von Maurizio Ferretti, ihrem Ex-Mann, und dass er regelmäßig zu Prostituierten gegangen war. Er hatte es ihr beichten müssen, als sich eine lästige Entzündung als Geschlechtskrankheit herausgestellt hatte. Es folgten: Antibiotika, peinliche Erklärungen und die Scheidung.

»Liegt es da nicht auf der Hand, dass es eine Frau gewesen ist?«

Milla wollte gerade erwidern, dass überhaupt nichts auf der Hand lag, als Jo in seiner typischen ungenierten Art den Raum betrat.

»Haben wir ein Geständnis?«

Vorbei, dachte Milla.

Und täuschte sich.

»Sie wurde umgebracht, weil sie Aids hatte«, sagte Signorina Rigamonte laut. Sie war jetzt feuerrot im Gesicht. »Von einer Frau, das ist *offensichtlich.*«

Beim Hinausrennen wäre sie fast mit Jo zusammengestoßen.

Milla kommentierte. »So ein Mist.«

Und Jo: »Wie wirst du die Geschichte schreiben, Champion?«

»Signorina Sympathie erfindet eine Geschichte, damit sie in die Zeitung kommt, weil ihr Ex-Mann zu Nutten geht.«

»Und du willst einen Presseausweis? Ich will 4200 Anschläge. Und zwar gutes Zeug. Zeugen von der Straße, die bestätigen, dass das Mordopfer – wie hieß sie noch? – an Aids erkrankt war und ihr

Tod auch die Rache der Ehefrau eines Freiers gewesen sein könnte, deren Leben zerstört wurde, als sie erfuhr, dass sie HIV-positiv ist.«

»Aber das ist ein Haufen Scheiße«, protestierte Milla.

»Wenn du es im Konjunktiv schreibst, nicht.«

MITTWOCH, 8. JANUAR 1992

Nacht

Den ganzen Tag war die Sonne hinter den Bergen verborgen geblieben, der Dunst hatte die Stadt in diffuses Licht gehüllt, richtig hell wurde es nicht. Die Temperatur war nicht über null gestiegen. Um 21.13 Uhr waren es minus sechs Grad, und die junge Frau trug unter ihrer Jacke, die wie ein Katzenauge das Licht reflektierte, nur ein bauchfreies Top. Milla fror bei ihrem Anblick.

»Wie heißt du noch?«

»Heidi, Schätzchen.«

Sie stützte die Hände auf die Hüften und ließ das Becken kreisen. Milla wäre es lieber gewesen, sie würde das lassen.

»Ist dir nicht kalt?«

»Du kannst mich ja wärmen.«

Das sollte aufreizend klingen, wirkte aber nur traurig.

Das war Jos Rache. Er meinte, er bräuchte noch ein paar Details aus dem Umfeld des Bahnhofs. »Geh dorthin, rede mit den Mädchen. Bring mir was Vernünftiges, das dem Hauptgericht ein bisschen mehr Pep gibt.«

»Seit wann machst du den Job?«

Heidi musterte ihn misstrauisch. »Du bist aber keiner dieser Durchgeknallten, oder?«

»Ich bin Journalist.«

Die Beckenbewegungen hörten abrupt auf. »Ich arbeite, hau ab.«

»Hast du keine Lust, ein bisschen mit mir zu plaudern?«

Heidi streckte die flache Hand aus und ließ eine Kaugummiblase platzen. »Vielleicht.«

Milla öffnete seine Geldbörse und zog einen 20 000-Lire-Schein heraus.

»Was soll ich damit anfangen?«

»Zwei Minuten, deine Geschichte.«

»Hast du mich mal genauer angeschaut? Für 20 000 hole ich dir nicht mal einen runter.«

Milla legte noch einen Zehntausender drauf. »Aber kauf dir was zu essen und kein …«

Heidis Gesicht wurde feuerrot. »Du Arsch. Du verdammter Irrer«, schrie Heidi, »du Perversling!«

Milla errötete und stammelte eine Entschuldigung.

Heidi schüttelte ihre dunklen Locken und wackelte zum Taxistand.

Milla folgte ihr.

»Warte …«

Heidi drehte sich um und deutete nach hinten. »Willst du, dass ich die da rufe?«

Auf der anderen Seite der Piazza stand ein kastanienbrauner Alfa 75. Darin saßen zwei Polizisten in Zivil und lachten.

Milla dachte: Es reicht.

Hinter der Kreuzung stand eine Imbissbude, aus der ein verlockender Geruch strömte. Hamburger, Bratwurst, Bier, Pommes. Alles triefend vor Fett und ziemlich unhygienisch. Milla ging hinein, setzte sich auf einen der Barhocker und bestellte eine Meraner mit Senf. Er war der einzige Gast.

»Zu trinken?«

Milla schaute in seine Geldbörse. »Wasser.«

»Nur nicht so knauserig«, hörte er eine Stimme, »mach mir

einen Hamburger mit doppelt Käse und eine Cola. Er zahlt. Garantiert.«

Tommy, der Rebell, schlug ihm auf die Schulter.

Der Typ hinter der Theke hatte ein pockennarbiges Gesicht und Augen, die ausdrückten »ist mir scheißegal, was du sagst, aber komm zu Potte«.

Milla nickte.

Tommy war aufgekratzt. »Spektakuläre Neuigkeiten, spektakuläre Neuigkeiten. Du hast einen neuen Freund.«

»Dich?«

»Wen sonst? Die Bullen aus dem Alfa?«

Die Meraner duftete verlockend, und der Senf hatte genau die richtige Schärfe. Wahrscheinlich war er voller Keime, aber wer bei dem Preis satt werden konnte, riskierte schon mal eine Lebensmittelvergiftung. Und gut war er auch ... Milla seufzte genüsslich.

»Sind die wegen der ermordeten Frau da?«

»Sie glauben, dass da draußen ein Triebtäter unterwegs ist. Sie passen auf«, sagte Tommy und grinste.

»Und wie wollen sie ihn erkennen?«

»Er hat ein Schild umgehängt, auf dem steht: *Ich bin ein Triebtäter, verhaftet mich.* Die Bullen fangen da an, wo die Logik endet. Ich habe gesehen, dass du Heidi kennengelernt hast.«

»Sie hat mir 30 000 Lire abgeluchst.«

»Heidi ist okay. Weißt du, wie alt sie ist?«

»Keine Ahnung, zwanzig?«

»Sechzehn«, schaltete sich der Pockennarbige ein, der jetzt neben der Fritteuse saß, »manche Typen sind echt krank.«

»Wissen die Bullen das?«

Tommy und das Narbengesicht wechselten einen Blick.

»Sei nicht zu hart zu dem Jungen«, sagte Tommy zu ihm, »er ist ein Guter. Ein bisschen naiv. Das soll keine Beleidigung sein. Aber er ist okay, glaub mir.«

Das Narbengesicht schlug eine Ausgabe der *Dolomiten* auf und tat so, als würde er die Immobilienanzeigen lesen. Tommy trank den letzten Schluck Cola.

»Schreibst du über die Mädchen?«

»Wie ihr Leben so aussieht, ihre Geschichte, weißt du …«

Tommy zündete sich eine Zigarette an. »Weil Lorena tot ist.«

»Genau.«

»So ein Supermarktzeug oder was Besseres?«

»Manchmal kapiere ich nicht, was du meinst, Tommy.«

»Hier die Tomaten, die Zucchini und die Klobürsten, dort die Frauen, die sich für einen Schuss verkaufen. Wie in den Regalen im Supermarkt. Alles sauber und ordentlich und an seinem Platz. Zeug in der Art?«

Die Gegenfrage kam, ohne dass er darüber nachdachte: »Und warum fixt du?«

Tommy reckte die Faust zum Himmel. »Widerstand gegen das System.«

»Schwachsinn.«

»Was hast du empfunden, als du mit ihnen geredet hast? Ich meine nur. Ekel? Mitleid?«

Milla dachte nach.

»Trauer. Wut. Einsamkeit.« Er trank einen Schluck Wasser. »Ja, große Einsamkeit. Aber meine und nicht ihre. Und einen Haufen Scheiß. Viel haben sie mir nicht erzählt, mit dem ich etwas anfangen kann. Ich hatte den Eindruck, dass sie lügen und gleichzeitig die Wahrheit sagen. Alles zusammengemischt.«

»Alex Milla, merk dir seinen Namen«, sagte Tommy mit triumphierender Stimme zum Imbissbesitzer, dann an Milla gewandt: »Sie haben dir nur gesagt, was sie dachten, dass du es hören willst. Die gleiche Scheiße, die sie deinen Kollegen erzählt haben. Aber du bist ein großer Reporter und hast das Wesentliche verstanden.«

»Dass sie Kohle für einen Schuss brauchen?«

»Ja, das auch«, Tommy rutschte auf seinem Barhocker hin und her, »so ist es ja verdammt noch mal immer, oder? Aber es bedeutet auch, dass ihnen klar ist, dass sich keiner wirklich für sie interessiert. Oder für mich. Heidi ist nur Heidi, und Tommy ist nur Tommy. Wie Lorena nur Lorena war.«

Milla wunderte sich über die Scharfsinnigkeit seines neuen Freundes. »Aber wenn man Tommy und Heidi und Lorena gründlich zusammenmischt, sind sie nichts für den Supermarkt. Die lassen die Alarmglocken läuten. Die sind dreckig und gefährlich, die musst du wegsperren und verstecken.«

»Sonst würden die guten Menschen in Panik geraten. *Alarm, Alarm!* Die Frage ist, kannst du so etwas schreiben, Alex Milla?«

»Ich kann es versuchen.«

»Und kannst du es veröffentlichen?«

Milla dachte an die Frauen, die sich bereiterklärt hatten, mit ihm zu sprechen. An ihre Lügen, in denen immer wieder auch Körnchen von Wahrheit steckten, die sie, ohne es zu wollen, hatten durchblicken lassen.

Dann dachte er an Jo.

»Vielleicht.«

»Willst du, dass ich auch etwas dazu sage?«

»Los.«

Tommy kratzte sich am Rücken. »Weißt du, was ich heute von einem Dealer gehört habe? Dass es gut ist, wenn der Typ Nutten umbringt. Ich wiederhole jetzt nicht alles Wort für Wort, aber es war so was wie: Es wird Zeit, dass der Müll von der Straße verschwindet. Das gibt zu denken, oder?«

»Und was hast du geantwortet?«

»Das Gleiche, was ich dir jetzt auch sage.«

»Ich höre.«

Tommy hielt ihm die geöffnete rechte Hand hin. »Der Kapitalismus ist eine gierige Bestie, mein Freund.«

Krupp wartete, dass die Zentrale den Anruf seines Kollegen aus Trento durchstellte. Er schaute aus dem Fenster, den Hörer hatte er zwischen Kopf und Schulter geklemmt. Der Himmel war nicht zu sehen, nur die Reflexion des gelblichen Lichts, das über dem Parkplatz der Questura lag. Auf den Knien hatte er die Liste mit den Sexualstraftätern, die in der Largo Palatucci Nummer 1 gewesen waren. Vor- und Nachname, Vorstrafen, Beginn der Befragung, Ort der Befragung, Ende der Befragung, Name und Rang des Beamten, der sie durchgeführt hatte, und die Daten des Protokollanten. Alles sinnlos.

Von Simoni nichts Neues. Arianna kam und ging, stapelte Berichte und Protokolle auf den Schreibtisch und erklärte »nichts Neues«. Die Vernehmungsräume waren immer noch voll. Nicht nur wegen Lorena. Es gab einen Fall mit Überdosis in der Via Alessandria, und es galt, schnellstmöglich den Typen zu finden, der das gestreckte Zeug verkauft hatte. Wegen einer Schlägerei an der Piazza Erbe mussten Beamte abgezogen werden. Dann kam der Anruf aus Trento.

»Krupp? Hier ist Barbieri, erinnerst du dich?«

Marcello Barbieri hatte einen römischen Akzent und war Commissario bei der Mobilen Einsatzgruppe in Trento. Sie hatten sich bei einer Weiterbildung kennengelernt.

»Hast du was?«

»Eine ermordete Prostituierte«, antwortete sein Kollege.

Fast wäre Krupp die Liste von den Knien gerutscht.

»Kannst du das noch mal wiederholen, bitte?«

»Meine Leute schicken dir gleich ein Fax mit den Details«, sagte Barbieri, »auch die Fotos vom Tatort.«

»Unser Fax ist kaputt, gib mir einen Überblick«, bat Krupp.

»Ein Stich, mitten ins Herz. Die Nachbarn haben Lärm gehört und uns verständigt. Für den Moment noch keine Verhaftung. Sie hieß Federica Tezzele, 36. Sie arbeitete schon eine Weile nicht mehr auf der Straße. Von ihren Ersparnissen hatte sie sich eine Wohnung gekauft, sie wurde in der Küche ermordet.«

»Drogenabhängig?«

»Heroin.«

»In der Küche und nicht im Schlafzimmer. War sie bekleidet?«

»Im Morgenrock. Sie machte sich gerade einen Toast. Du siehst es auch, oder?«

Krupp sah es.

Der Mann, der Federica Tezzele getötet hatte, konnte hinter jedem Namen auf der Liste stecken, die Krupp jetzt in Gedanken noch einmal durchging, aber auf keinen Fall war er Lorena Hallers Mörder.

»Es gibt keine Verbindung.«

»Zum Glück nicht«, seufzte Barbieri. Er klang erschöpft und entnervt. »Aber ich habe den Staatsanwalt im Nacken, der glaubt, er sei Sherlock Holmes. Er hat von deinem Mord gelesen, und jetzt läuft sein eigener Film ab. Ich rufe dich an, weil er mich angewiesen hat.«

Lorena Haller war eine Straßenprostituierte, Federica Tezzele arbeitete in ihrer Wohnung, auch das Alter passte nicht. Der *Modus Operandi* war anders. Ein gezielter Stich ins Herz gegenüber 24 Messerstichen.

»›Für den Moment noch keine Verhaftung‹ hast du gesagt«, meinte Krupp, »hast du Verdächtige?«

Barbieri lachte. »Willst du die Geschichte hören?«

»Ja, so weiß ich, was ich sagen soll, wenn die Presse die gleiche Idee hat wie dein Sherlock Holmes.«

»Sind die Aasgeier dir auf den Fersen?«

»Ich halte sie auf Abstand.«

»Du musst lernen, sie dir zum Freund zu machen.«

Levadas Worte.

Krupp dachte: Das ist nichts für die Öffentlichkeitsarbeit.

Barbieri räusperte sich.

»Federica Tezzele hatte einen Verlobten, eine Art Zuhälter. Er hatte ein Faible dafür, ihr bei der Arbeit zuzusehen. Neben dem Schlafzimmer liegt ein kleines Bad, in dem ein Hocker steht. Dort saß er und schaute durch den Türspalt seiner Verlobten beim Geldverdienen zu. Wir reden hier nicht von Kleingeld, die Tezzele ließ sich gut bezahlen. Auch gerne mal 150 000 pro Nummer. Am Anfang dachten wir an Raubmord, aber in der Wohnung fehlte nichts, Geld und Schmuck waren noch da, und außerdem: ein Stich ins Herz?«

»Wie habt ihr das mit dem Spanner rausgefunden?«

»Von ihren Freundinnen, die mit uns zusammengearbeitet haben.«

»Jetzt beneide ich dich wirklich.«

»Und du hast nichts?«

»Null.«

»Das ist übel«, meinte Barbieri mit echtem Bedauern in der Stimme.

»Spann mich nicht auf die Folter«, erwiderte Krupp, »was ist schiefgegangen?«

»Die Tezzele durfte nur Freier empfangen, wenn er da war. Unter dem Vorwand, sie besser beschützen zu können. In Wirklichkeit ging es ihm nur um seine perversen Neigungen.«

»Und er hat sie mit einem Freier erwischt. Von dem er nichts wusste.«

»So ähnlich. Er hat ihn gehen sehen. Es war ein Stammkunde, deshalb hat er ihn erkannt und ist ausgerastet. Ich lasse ihn suchen, und wenn er nicht gesteht, dann sorgen wir dafür, dass er es tut. Ende.«

»Ende«, wiederholte Krupp erschöpft.

»Und du hast wirklich nichts in der Hand?«

»Tonnenweise Protokolle.«

Sein Kollege schwieg eine Weile, dann fragte er: »Und was meinst du?«

»24 Messerstiche, ungewöhnliche Auffindesituation. Keine Anzeichen für Mitleid oder Bedauern. Keine Verbindung zwischen Täter und Opfer.«

Lorenas Mörder war kein gewöhnlicher Täter. Er war einer unter einer Million. Er tötete *gerne.* Was würde ihn davon abhalten, es wieder zu tun?

Nicht was.

Wer.

»Ich befürchte, er bringt noch eine um, wenn ich ihn nicht aufhalte«, sagte er schließlich. Er verabschiedete sich von Barbieri und wandte sich wieder der Liste zu.

Er las:

Zimmer:	121
Vernehmungsbeginn:	21.45
Vernehmungsende:	
Protokollant/en:	**Isp. Cap. M. Lopez**
	Comm. L. Krupp

Zimmer 121, dachte Krupp.

Er dachte: Lopez.

Er dachte: Zelle X.

Er dachte: Levada-Methode.

»Verfluchte Scheiße.«

Außer sich vor Wut riss Krupp die Tür auf. Schweiß, Moder, Schimmel. Kalk. In den Ecken, zwischen leeren Karteikästen aus Metall und ausrangierten Schreibtischen, lag Rattenkot. Der Gestank drehte ihm den Magen um. Aber nicht so sehr, wie der Anblick des Mannes mitten in Zimmer 121.

Er war an den Stuhl gefesselt und atmete keuchend, den Kopf hielt er gesenkt. Breite Schultern, Jeans, grobe Schuhe. Grobe Gesichtszüge. Auf der nackten Brust ein Tattoo. Ein Ex-Häftling.

Über ihm, die Ärmel des Uniformhemds bis zu den Ellbogen hochgekrempelt, die Hände in Handschuhen, stand Ispettore Capo Lopez. Auf seinem Gesicht keine Spur von Angst.

Kein Zeichen der Überraschung.

»*Herr Kommissar*«, grüßte er Krupp, »wollen Sie bei der Vorstellung dabei sein?«

Sein gefesseltes Opfer kippte bei dem Versuch, zu sehen, wer gekommen war, fast vom Stuhl. Lopez hielt ihn mit einer Hand an der Schulter fest.

»Ganz ruhig, Johann. Was soll denn der Herr Kommissar denken.«

»*Dreh dich nicht um, oh, oh, oh*«, sang der Gefangene und wippte mit dem Kopf im Takt, »*schau, schau, der Kommissar geht um, oh, oh, oh.*«

Das Lied von Falco klang zwischen diesen Mauern noch absurder.

»Darf ich vorstellen«, sagte Lopez, »Johann Stupper, 39 Jahre alt. Aktuell arbeitssuchend. Das ist doch richtig, Johann?«

Stupper sang weiter. »*Alles klar, Herr Kommissar?*«

Entweder war er dicht oder hatte den Verstand verloren.

»Vorbestraft wegen Gewalt gegen drei Prostituierte, vorbestraft wegen Vergewaltigung im häuslichen Umfeld, widersetzte sich der Festnahme.«

Lopez traf den Gefangenen im Solarplexus. Er kippte nach vorne. Die Handschellen schnitten ihm ins Fleisch.

Johann Stupper spuckte auf den Boden und kicherte.

»Sehen Sie?«, sagte Lopez. »Johann hat seinen Spaß. Meinen Sie, ich sollte meine Strategie ändern?«

Krupp dachte: Nicht, wenn ich die Ermittlungen leite.

Er versuchte, sich zu beherrschen.

Aber es gelang ihm nicht.

Er packte Lopez am Kragen und drückte ihn gegen die Wand. Der Kopf des Rattengesichts prallte gegen die Backsteinmauer. Ein wohltuendes Geräusch, das beste, das er in den letzten 24 Stunden gehört hatte. Krupp ballte die Faust und hob sie. Lopez tat nichts, um sich zu verteidigen.

»Schau dir dieses Stück Scheiße an, Krupp«, sagte der Ispettore Capo, »schau genau hin. Glaubst du wirklich, das ist ein Mensch? Glaubst du wirklich, der hätte irgendwelche Rechte? Glaubst du, dass wir den Täter mit Samthandschuhen zum Reden bringen?«

Krupp trat einen Schritt zurück. Nicht wegen der Wucht dieser Worte, sondern weil der Drang, Lopez die Zähne einzuschlagen, übermächtig wurde.

»Mach ihn los.«

Lopez ließ die Schlüssel klimpern und stellte sich hinter den Gefangenen. Dann schloss er die Handschellen auf.

»Der Spaß ist zu Ende, Johann.«

Johann Stupper massierte sich die Handgelenke, während Lopez den Raum verließ und die Tür hinter sich zuknallte. Stupper pfiff wieder den Falco-Song, stand auf und begann sich anzuziehen.

Er hatte keine blauen Flecke auf dem Körper. Die Levada-Methode sah vor, keine Spuren zu hinterlassen. Jedenfalls keine offensichtlichen. Keine Schläge ins Gesicht, keine gebrochenen Finger. Solarplexus, Magen, Leber, Nieren. Handschuhe, Gartenschläuche, Telefonbücher.

Es gab viele Möglichkeiten, Menschen Schmerzen zuzufügen, ohne dabei Spuren zu hinterlassen.

Die Levada-Methode: die interne Bezeichnung für eine Verhörpraxis, die nicht nur in der Questura in Bozen, sondern in allen Kasernen und Polizeipräsidien des Landes üblich war. Ohne Ausnahme, im Norden wie im Süden. Hin und wieder berichtete die Presse darüber, aber eher halbherzig. Für die Mehrheit der Italiener waren ein paar disziplinarische Ohrfeigen durchaus akzeptabel.

Vielleicht sogar wünschenswert.

In den drei Jahren, die Krupp jetzt in der Largo Palatucci Nr. 1 arbeitete, hatte er wiederholt von der Levada-Methode gehört, aber noch nie jemanden in flagranti erwischt.

»Er hat recht.« Stupper knöpfte sich das Hemd zu. »Wer dieses arme Ding umgebracht hat, ist kein Mensch, das ist ein Tier. Wie alt war sie? 21? 22? Sie war keine Heilige, das stimmt schon, aber sie auf diese Weise zu töten …«

»Hast du Lorena umgebracht?«

»Gestern Abend? Da habe ich meine Frau in die Notaufnahme gebracht. Gegen 21 Uhr. Als wir wieder gingen, war es nach eins. Ich wette, die haben alles aufgezeichnet. Ein Telefonat, und Sie wissen Bescheid.«

Krupp spürte, wie ihm ein Schwall Magensäure in die Kehle stieg. »*Deine Frau?*«

Stupper lächelte. »Sie haben noch viel zu lernen, Commissario.«

Krupp blieb allein in Zelle X zurück. Nur der Gestank lag noch im Raum.

Was er hier miterlebt hatte, reichte aus, um richtig für Ärger zu sorgen. Freiheitsberaubung und Machtmissbrauch in einem besonders schweren Fall, weil sich das Opfer in staatlicher Obhut befand. Aber Levada würde Stupper sicher zu verstehen geben, dass er besser den Mund hielt, und würde seine Handlanger im Krankenhaus, bei der Staatsanwaltschaft und den Zeitungen ins Spiel bringen. Krupps Wort stünde gegen das von Lopez. Und Stupper würde die Aussage des Rattengesichts stützen. Den Fall Lorena Haller wäre er los. Zudem würde Krupp versetzt werden, und in der neuen Questura wüssten alle, dass der Commissario einer war, der ohne Skrupel seine eigenen Leute verleumdete und an die Justiz verkaufte.

Levada: Er hat die Bulldoggen dressiert und war Meister in der Kunst, die eigenen Leichen im Keller der anderen zu verstecken. Der Mini-Cäsar der Bozener Questura. *Die Hand Gottes.* Unangreifbar.

Lopez wusste, dass Krupp ihm nichts anhaben konnte. Deshalb hatte er Krupps Namen als Protokollanten angegeben. Das war kein Versehen, sondern eine Einladung gewesen. Eine Kraftprobe – und Krupp hatte sie verloren.

Es gab nur eine Chance, hier aufzuräumen. Das Schwein zu fassen, das Lorena ermordet hatte, und sich bei der Staatsanwaltschaft einen Namen zu machen. Nur dann könnte er den Mastini das Maul stopfen und ein ernstzunehmender Gegner für Levadas Erfüllungsgehilfen in den Zeitungsredaktionen werden. Also: Durchhalten, bis Levada pensioniert wurde.

Sein Nachfolger werden.

Wann?

Noch zwei Jahre, vielleicht drei.

Krupp packte den Stuhl und drosch ihn gegen den Steinboden. Holz splitterte, aber auch das brachte keine Erleichterung.

Er richtete den Knoten seiner Krawatte und verließ den Raum, verschloss die Tür doppelt und ging in Richtung Treppe.

Dann hielt er inne, drehte um, steckte den Schlüssel ins Schloss der Zelle X und brach ihn ab.

»Verdammte Scheiße.«

Das Büro lag zwei Türen neben dem des Redaktionsleiters. Es stank nach Rauch. Die Einrichtung bestand aus einem Schreibtisch, der fast den ganzen Raum ausfüllte, und einem Aktenschrank aus Metall, in dem Jo Gesprächsprotokolle, einen Fundus von Gerüchten und all das aufbewahrte, was man nicht veröffentlichen konnte. Neben dem Doppelglasfenster stand ein CB-Funkgerät. Jo nutzte es, um den Polizeifunk abzuhören. Das war zwar illegal, aber sollen wir hier wirklich anfangen, über Ethik zu diskutieren, Champion?

Milla wartete darauf, dass Jo seinen Artikel zu Ende las. Er hatte Magenschmerzen.

»Man hat ein weiteres Opfer gefunden, in Trento«, sagte Jo, ohne den Blick zu heben. »Auch eine Prostituierte. Wie es aussieht, gibt es jedoch keine Verbindung zu unserem Fall.«

Milla war nicht ganz klar, ob im Tonfall des Chefreporters Erleichterung oder Bedauern lag.

Er wollte nur noch weg.

Die Heizung stand auf höchster Stufe, er bekam kaum noch Luft.

Jo legte den Artikel beiseite und rieb sich die Hände: »Du kommst voran, Champion.«

»Ist er gut?«

Jo schlug sich eine Faust gegen die Brust. »Du hast dich angestrengt.«

»Werden mir die Spesen erstattet? Ich musste einige Frauen bezahlen.«

»Nicht gerade professionell.«

»Ist das ein Nein?«

Milla spürte, wie eine Welle der Erschöpfung über ihm zusammenschlug. Bei dem, was er an Miete, Benzin und für Essen und Trinken bezahlte, kam er mit seinem Gehalt gerade mal bis zum 27. des Monats.

»Ist das ein Nein?«

Jo ging zum Angriff über: »Du willst deine Spesen ersetzt haben? Dazu musst du zur Redaktion gehören und brauchst einen Presseausweis. Hast du den? Gehörst du dazu? Wo sind deine Narben? Aber vor allem, warum habe ich kein Foto von Marion Haller?«

»Sie hat mich nicht reingelassen«, murmelte Milla und wiederholte damit die Lüge, die er ihm schon am Morgen aufgetischt hatte. »Wenn ich einen Presseausweis gehabt hätte, dann …«

»Entweder sagst du mir die Wahrheit oder du bist raus.«

Millas Schultern sackten nach unten.

»Das hat sie nicht verdient.«

»Dass ihre Tochter ermordet wurde? Das ist eine Tatsache. Eine drogenabhängige Nutte als Tochter zu haben? Scheiße, auch das ist eine Tatsache, wer verdient das denn schon? Du? Ich? Niemand verdient das.«

Jo steckte sich eine Kippe zwischen die Lippen und zündete sie an.

»Aber«, fuhr er fort, »was ich nicht verstehe, ist, was das mit den verdammten Fotos zu tun haben soll.«

»Die hat sie auch nicht verdient.«

Jo blies ihm den Rauch ins Gesicht.

»Weißt du, was schlimmer ist als ein zahnloser Tiger? Ein Tiger, der Angst hat, seine Zähne zu benutzen.«

Milla senkte den Blick.

Marion Haller hatte ihn umarmt. *Du bist ein guter Junge, das sieht man.* Lorena, auf dem Asphalt liegend. *Nein, Nana alleine.* Carla Rigamonte. *Sie ist ermordet worden, weil sie Aids hatte.* Heidi. *Für 20 000 hole ich dir nicht mal einen runter.* Tommy, der Rebell. *Heidi ist nur Heidi, und Tommy ist nur Tommy. Wie Lorena nur Lorena war.* Das war: zu viel.

»Ich bin müde«, antwortete Milla und stand auf. »Ich ertrage diesen Scheiß nicht mehr. Du willst mich rausschmeißen? Was soll's. Du willst den Artikel zerreißen? Kein Problem. Ich geh schlafen.«

»Seit wann glaubst du, dass ich Scheiß erzähle?«, fragte Jo und entblößte seine nikotingelben Zähne.

Milla öffnete die Tür, aber er war zu wütend, um zu gehen.

»Fakten«, äffte ihn der Chefreporter nach, »ich will Fakten. Gesprächsstoff. Und wie bringst du mir die, Champion?«

Einige Köpfe drehten sich in ihre Richtung.

Milla erhob jetzt die Stimme: »Was soll ich dir beweisen, Jo? Dass ich dir nichts als Banalitäten liefern kann? Das habe ich getan, das tue ich, und das werde ich auch weiterhin tun. Aber hör endlich auf damit, dich für Gott auf Erden zu halten.«

Die Gespräche in der Redaktion verstummten.

Alle hörten zu.

»Das hier ist die *Voce delle Alpi*«, fuhr Milla fort, »in 39 100 Bolzano, und nicht die *New York Times*.«

»39 100 Bolzano, Champion? Hast du es immer noch nicht kapiert? Lokalnachrichten bestehen nicht aus blumigen Formulierungen und Schleimereien. Es geht nicht um Martini, geschüttelt oder gerührt. Lokalnachrichten sind etwas, das schwer im Magen liegt. Und weißt du, warum? Weil 39 100 ein Spinnennetz und ein Minenfeld ist, ein Sumpf voller hungriger Krokodile, die hinter jeder Ecke lauern. Und wenn du das verstehst, Champion, dann bekommst du deinen verfluchten Presseausweis.«

Milla schüttelte ungläubig den Kopf.

Jo gab nach wie vor den gleichen Scheiß von sich.

»Leck mich am Arsch, Jo«, sagte er leise.

»Ich habe dich nicht verstanden, mein Junge.«

»Ich habe gesagt: Leck mich am Arsch, Jo!«, schrie Milla.

In der Redaktion brandete Applaus auf.

»Wahre Worte, Scoop!«, rief Rizzi.

»Leck mich am Arsch, Jo«, tönte es aus einer anderen Ecke.

Colucci aus der Politik steckte zwei Finger in den Mund und ließ einen markerschütternden Pfiff los. Die Journalisten begannen rhythmisch auf ihre Schreibtischplatten zu klopfen.

Leck mich am Arsch, Jo!

Leck mich am Arsch, Jo!

Jo tauchte in der Bürotür auf und rief ihm nach: »Endlich hast du mal die Zähne gezeigt, Champion!«

DONNERSTAG, 9. JANUAR 1992

Nacht

Drei Minuten nach Mitternacht.

Das Dach der Questura erreichte man über eine schmale Metallleiter. Das Gebäude war zu einer Zeit gebaut worden, in der man auf gewisse Details noch keinen Wert gelegt hatte, deshalb gab es auch kein Geländer. Eine schöne Aussicht genoss man von hier oben nicht, im Gegenteil. Die Umrisse des Gefängnisses gaben der ohnehin deprimierenden Gegend eine finstere Note.

Aber es war ein guter Ort, um durchzuatmen.

Krupp hatte gerade mit Karli telefoniert. Sein Bruder hatte sich wegen der Störung zu so später Stunde nicht beschwert, er habe gerade Zeitung gelesen. Doch der Stimme nach zu urteilen, musste er ihn geweckt haben. Hoffentlich hatten die Kinder weitergeschlafen.

Karli hatte zwei, ein Mädchen und einen Jungen. Nives, fünf Jahre, und Lorenzo, drei. Es hieß, Lorenzo sei seinem Onkel wie aus dem Gesicht geschnitten, und damit auch seinem Großvater: Luther und Andreas Krupp glichen sich wie ein Ei dem anderen. Beide waren hochgewachsen, hager, blond, kurzsichtig, dickköpfig, leicht reizbar und Meister darin, die eigenen Gefühle nicht nach außen dringen zu lassen. Karli war ganz anders.

Krupp erinnerte sich nicht, ihn jemals zornig erlebt zu haben. Traurig, betrübt, aber niemals wütend. Sein jüngerer Bruder war wie ein offenes Buch, er hatte keine Angst vor seinen Gefühlen.

Vielleicht war deshalb immer Luther und nicht Karli der Lieblingssohn ihres Vaters gewesen. Trotz seiner Rebellion.

Die Uhr seines Vaters zeigte achtzehn Minuten nach Mitternacht.

26 Stunden seit Lorena Hallers Tod: Die Triebtäter waren Triebtäter, die Junkies Junkies, die Freier sprachen von der Verletzung ihrer Rechte, die Anwälte drohten mit Anzeigen, Klaus Verna alias Mister Schraubenzieher war *verschollen*, die Mastini rebellierten, Arianna gab ihr Bestes, aber der brutale, kräftige und zu allem entschlossene Mann, der mit Blutspritzern auf dem Beifahrersitz und der Windschutzscheibe seines Autos von allen unbemerkt unterwegs gewesen war, hatte immer noch kein Gesicht.

Wer behauptete, dass der Begriff des unverbrüchlichen Schweigens, der *Omertà,* nur südlich von Rom seine Berechtigung hatte, hatte keine Vorstellung davon, wie es im Norden sein konnte. Und Südtirol war das Nördlichste, das man sich vorstellen konnte. Als »Realismus« getarnter italienischer Zynismus, gepaart mit deutscher Gleichgültigkeit, die sich als »Selbstkontrolle« ausgab. Zwei Völker, verschmolzen zu einem Block aus Teilnahmslosigkeit und Groll.

Dazu das nagende, drängende, obsessive Bild, von dem Krupp sich nicht lösen konnte: *Er*, der sich irgendwo verkrochen hatte, in panischer Angst vor dem Moment, in dem es an der Tür läutete. Er, der merkte, dass sich keine Handschellen um seine Handgelenke gelegt hatten, und begriff, dass er freie Bahn hatte. Die Angst, die verschwand. Er begann sich unverwundbar zu fühlen. Und: *Ich will es wieder tun.*

»Luther?«

Arianna, mit gerötetem Gesicht: »Vielleicht haben wir eine Spur.«

Sie erreichten den Vernehmungsraum Nummer zwei. In der Tür war ein kleines Fenster, und Krupp sah eine Frau im knielangen Rock und eierschalenfarbener Windjacke, in die sie ihre Hände gesteckt hatte. Sie wirkte müde, aber nicht zugedröhnt oder betrunken.

Elena Carpi, 28, ledig, Verkäuferin in einem Schuhgeschäft, ohne Vorstrafen, sagte: »Jean-François Naimi. Er hat sie umgebracht.«

Jean-François Naimi hatte sich bereits eine rote Akte bei der Squadra Mobile erarbeitet. Geboren 1960 in Algerien, seit sieben Jahren in Italien, die letzten fünf in Bozen. Arbeitslos. Vorstrafen wegen Drogenhandel, Körperverletzung, Belästigung unter Alkoholeinfluss, Widerstand gegen die Staatsgewalt. Tätlicher Angriff auf eine Prostituierte, die er mit einem Messer verletzt hatte. Aufenthaltsgenehmigung wegen sexueller Diskriminierung im Heimatland. Als Wohnort war eine Pfarrei in Oltrisarco angegeben, doch die Adresse war durchgestrichen, jemand hatte *Via Resia* danebengekritzelt.

Krupp tippte mit dem Finger auf »Verkauf illegaler Substanzen« und zog die Augenbrauen hoch. Arianna antwortete auf die stumme Frage: »Die Drogenfahndung meinte, das ginge sie nichts an.«

Vielleicht war das gelogen, oder Naimi war ein zu kleiner Fisch. Auf jeden Fall konnte das der Grund sein, dass eine junge, unauffällige, berufstätige Frau wie Elena Carpi, die augenscheinlich das erste Mal Kontakt mit der Polizei hatte, Naimi kannte.

»Haschisch, Marihuana oder Pillen?«, fragte Krupp.

Elena Carpi zwang sich, die Hände nicht in die Nähe ihres Mundes zu bringen, sie hatte kurzgeschnittene Nägel, wahrscheinlich neigte sie zum Nägelknabbern, wenn sie nervös war. »Gras. Ich rauche am Wochenende ein paar Joints, wegen der Nerven.«

»Wann haben Sie Naimi das letzte Mal gesehen?«

»Heute Morgen, gegen neun. Sein Hemd war blutverschmiert, er murmelte etwas von einer … einer Hure, die es nicht anders gewollt hatte. Er war völlig außer sich. Ich hatte zwar Geld dabei, aber er meinte, ich würde das Gras nur bekommen, wenn ich … mit ihm schlafen würde.« Elena Carpi zeigte ihren linken Arm, auf dem ein großer blauer Fleck zu sehen war. »Ich konnte mich losreißen und bin nach Hause.«

»Ich muss Sie das fragen, Elena. Inzwischen haben wir nach Mitternacht, warum haben Sie so lange gewartet, bis Sie sich an uns gewandt haben?«

»Als ich zu Hause war, habe ich sofort die gebührenfreie Nummer angerufen. In den Mittagsnachrichten haben sie nicht von einer Festnahme gesprochen, und ich habe mir gedacht, Elena, beruhige dich, das ist nicht wie im Film. In den Abendnachrichten kam auch nichts. Aber ich konnte nicht schlafen, und deshalb habe ich mich entschlossen, vorbeizukommen.«

Arianna schaute zu Krupp und sagte: »Sie hat tatsächlich angerufen.«

»Lassen wir Naimi holen.«

Der weiße Fiat Tipo war als Erster vor Ort. Viceispettore Luca Greco hatte sich den Spitznamen Ayrton Senna wirklich verdient.

Er zündete sich eine Lucky Strike an und hielt dem Kollegen das Päckchen hin. »Am Ende hatte Lopez recht.«

Lombardi lehnte ab. »Eine Drogengeschichte, was für eine Überraschung.«

Die Gaslampen tauchten die Nacht in rötliches Licht. Heruntergelassene Rollläden, auf einigen Balkonen Weihnachtsdeko. Viele Schatten, viel Lärm: Lastwagen. Sie fuhren hier entlang, um die Schnellstraße nach Meran, ins Val Venosta und dann in die

Schweiz zu nehmen. Wegen des Schwerlastverkehrs hatte es in diesem dichtbesiedelten Viertel schon einige tödliche Unfälle gegeben. Greco, der seit mehr als fünf Jahren hier arbeitete, nahm den Lärm gar nicht mehr wahr. Er gehörte einfach dazu, wie die Nordafrikaner in den Bars, die Jungs auf den Fahrrädern und die Kirche, die die Form eines Schiffes hatte.

Neben dem Tipo parkten zwei Streifenwagen.

Kein Blaulicht, keine Sirenen.

Zwischen einem Farbengeschäft und einer Fischhandlung versperrte ein niedriges verrostetes Eisentor den Weg. Greco kletterte darüber und befahl anschließend, die Nebenausgänge zu kontrollieren. Er schaute auf die Namensschilder neben den Klingeln. Über der Gegensprechanlage klebte ein Flugblatt der Neofaschisten. Jemand hatte die Eingangstür aufgebrochen, und man konnte sie leicht aufdrücken. Die Mastini und die Uniformierten stiegen in den dritten Stock. Vor dem Apartment Nummer zwölf blieben sie stehen, und Lombardi hämmerte mit der flachen Hand gegen die Tür, Greco drückte den Klingelknopf.

»Polizei, aufmachen, Polizei!«

Schritte und aufgeregte Stimmen waren zu hören.

»Aufwachen, Kinder, aufwachen!«, rief Lombardi und schlug noch fester gegen die Holztür.

Ein junger Mann mit nordafrikanischem Aussehen und erschrecktem Blick tauchte auf. Lombardi schob ihn zur Seite und betrat die Wohnung: »Papiere, Papiere, *Papiere*, beeil dich.«

Ein zweiter Mann, ein Schmächtiger mit schneeweißen Zähnen, versuchte zu flüchten. Er war nur mit einer kurzen roten Hose bekleidet.

»Weißt du denn nicht, dass wir Januar haben, du Schwachkopf?«, zischte Ayrton Senna und drückte ihn an die Wand. Dann wurde er lauter: »Überprüft bitte mal diese Müllhalde hier!«

Die Uniformierten schwärmten aus. Ein Aufschrei, gefolgt von Protesten. Einer zerrte einen dritten Mann hinter sich her, offenbar ebenfalls aus Nordafrika, und stellte ihn neben die beiden anderen an die Wand.

»Naimi«, fragte Lombardi, »wer von euch ist Naimi? Der schöne Jean-François?«

Keiner der drei.

Die Papiere bestätigten das. Sie wirkten echt.

»Okay, ihr Schätzchen, wo finden wir ihn?«, fragte Greco.

»Er ist weggegangen.«

»Wohin?«

Sie starrten zu Boden.

»Wann?«

Keine Antwort.

»Viceispettore? Wir haben Drogen gefunden, Heroin und ...«, sagte ein Uniformierter.

»Überrascht mich das?«

Die Via Resia lag am südlichen Ende der Stadt. Sie war der letzte Ausweg für Junkies, wenn in Dodiciville und am Bahnhof nichts mehr ging. Und selbst dann kamen sie nur widerwillig. Von hier stammte das schlechte Zeug, das dich umbringen konnte. Aber die günstigen Preise waren eine Verlockung, der man nur schwer widerstehen konnte.

»Nein, aber ...«

Ein Schrank ohne Türen, drei Campingbetten, zerwühlte Decken. Und für den Verkauf vorbereitete Tütchen mit Heroin. Nadeln. Ein Block Haschisch. Einige Päckchen Kondome. Die Dealer hofften, das würde die Drogenspürhunde fernhalten. Eine Feinwaage. Und: ein Klappmesser auf einer Koranausgabe.

Unter einer Decke lag ein Hemd, das am Kragen und den Armbündchen blutgetränkt war.

Sehr interessant. Greco streifte sich Latexhandschuhe über, drehte sich um, griff mit Zeigefinger und Daumen nach dem Hemd und hielt es hoch.

»Was meinst du?«, fragte er Lombardi.

Der nickte. »Hast du immer noch eine Zigarette für mich?«

Greco hielt ihm das Päckchen hin.

Das Feuerzeug flammte auf.

»Danke«, Lombardi stieß den Rauch durch die Nase aus, »bist du nicht müde?«

»Mit meiner Gastritis kann ich nicht mal Kaffee trinken. Ich kann mich kaum noch auf den Beinen halten.«

»Hast du es schon mit Milch versucht?«

»Milch hilft bei Magengeschwüren, ich habe Gastritis.«

Lombardi ließ die Asche auf den Boden fallen. »Ist das nicht seltsam? Ich meine, Krupp schickt uns zu einer Schwuchtel, die er verdächtigt, eine Prostituierte getötet zu haben. Das passt doch irgendwie nicht.«

»Krupp ist nicht Levada.«

»Eine Schwuchtel, die eine Prostituierte umbringt, glaubst du das?«

»Es geht ja nicht immer um Sex.«

»Oder unser guter Jean-F. hat gar nichts damit zu tun.«

Greco fixierte die Männer, die noch immer die Köpfe gesenkt hielten. Er tippte sich mit dem Zeigefinger ans Kinn und warf die Kippe zu Boden. Dann zog er die Handschuhe wieder über und bewegte die Finger. Er lächelte.

»Ich denke, ihr steckt in der Scheiße«, sagte er.

Jean-François Naimi war weder im Gemeindehaus der Chiesa Santissimo Rosario, wie die Nordafrikaner behauptet hatten, noch in der Nähe des Columbia-Kinos, des Pornoschuppens an der Ecke zwischen Via Resia und Via Sassari, wo er sonst Pillen und Heroin vertickte.

Die Polizei griff ihn um 2.08 Uhr in einem VW Käfer auf, als er in die Mautstelle Bozen Nord der Brennerautobahn einbog. Er war in Gesellschaft einer gewissen Claudia Perathoner, auf die auch der Wagen zugelassen war. Beide wurden binnen 30 Minuten in die Questura gebracht. Weil der Algerier Widerstand gegen die Festnahme geleistet hatte, waren ihm Handschellen angelegt worden. Man setzte ihn ins Vernehmungszimmer eins, in dem Sovrintendente Capo Lici wartete. Claudia Perathoner wurde von Agente Elisa Togni übernommen, einer Beamtin der Sitte. Elena Carpi blieb allein im Vernehmungsraum zwei zurück. Sie kämpfte gegen den Drang, an den Nägeln zu kauen.

Krupp saß im Kontrollraum und blickte auf die Monitore. Mit einem Schalter konnte er von einem Raum in den anderen wechseln.

»… etwas Geschäftliches. Wann kommt mein Anwalt?«

In den Taschen des Algeriers hatten die Carabinieri eine Packung Amphetamine gefunden. So wie er sprach und sich bewegte, war er völlig zugedröhnt.

»Soll ich mal nachfragen?«

Naimi zog sich den Pullover zurecht, die Handschellen klirrten: »Er wird schon kommen.«

Arianna tat so, als würde sie auf ihre Notizen schauen. »Azzedine Ben… Wie spricht man das aus?«

»Benyahia. Azzedine Benyahia. Ich nenne ihn Azzi.«

»Noch haben wir ihn nicht gefunden.«

»Habt ihr im Krankenhaus nachgefragt? Vielleicht habe ich doch etwas fester zugestochen.«

»Sicher, dass es diesen … Ezzi wirklich gibt? Oder denkst du dir das alles nur aus?«

Naimi beugte sich vor. »*Azzi*, nicht Ezzi. Ihr wollt mir den Mord an der Prostituierten anhängen, ich bin ja nicht blöd. Das Blut ist von Azzi.«

»Und Azzi ist ›deine Nutte‹?«

»Alle sind meine Nutten, immerhin bezahle ich sie, oder?«

Naimi war dabei, eine ganze Reihe an Delikten zuzugeben, ohne es überhaupt zu merken. Es war wie Arianna zu Krupp gesagt hatte, Typen wie Naimi nahmen Frauen in Uniform nicht für voll.

»Wenn du das sagst«, Arianna richtete ihren Pferdeschwanz. »Arbeitet Claudia Perathoner für dich? Gehört sie auch zu deinen Nutten?«

»Claudia?«, der Algerier lachte. »Sie ist nur eine Freundin, sie hat nichts damit zu tun.«

»So verhält sie sich aber nicht. Aber darüber reden wir, wenn der Anwalt kommt.«

»Was soll das heißen?«

»Ich meine nur, dass sie mir nicht wie eine Freundin vorkommt. Und was ist mit der jungen Frau, die du, wann war das noch …?«, Arianna blätterte in der Akte. »1988 … 1989 verletzt hast? Die du mit dem Messer angegriffen hast, weil sie die Drogen nicht bezahlt hat. Und sicher nicht, weil sie dich beleidigt hat.«

Naimi sprang auf, hielt dann aber inne.

»Du willst mich verarschen. Ich bin schwul. Das steht in den Papieren. Man hat mich diskriminiert.«

Arianna schaute wieder in die Akte. »Und wer bin ich schon, dass ich daran zweifeln sollte?«

Claudia Perathoner war am Ende. 58 Jahre alt, geschieden, hatte ihren Sohn alleine großgezogen, der heute in der Volksbank arbeitete und kurz vor der Beförderung zum Filialleiter stand.

All ihre Sorge galt ihm.

»Wenn mein Name in die Presse kommt, wie soll ich Federico da raushalten?«

Agente Togni gab sich verständnisvoll: »Das ist eine schwierige Situation, das verstehe ich. Kennt Ihr Sohn Naimi? Haben Sie die beiden einander vorgestellt?«

»Nein, das würde er nicht verstehen. Er hat sehr unter der Scheidung gelitten. Für einen Sohn ist es schwer, für ein Elternteil Partei zu ergreifen. Haben Sie Kinder?«

»Einen Jungen«, antwortete Togni, »Valerio, er ist fünfzehn. Er wird zu schnell erwachsen.«

Eine Lüge. Sie hatte zwei Töchter, sieben und zehn. Agente Togni versuchte lediglich, eine emotionale Beziehung zu der Zeugin aufzubauen.

»Sind Sie sicher, dass ich keinen Anwalt anrufen soll, Signora Perathoner?«

»Was raten Sie mir?«

»Wir ermitteln in einem Mordfall. Die Drogengeschichten interessieren uns nicht, verstehen Sie?«

»Jean-François würde nie …«

»Wir beschuldigen ihn ja gar nicht, aber er könnte etwas gesehen haben, im *Umfeld*, in dem er sein Geld verdient.«

Claudia Perathoner betupfte sich mit dem Taschentuch die Nase.

»Was wollen Sie wissen?«

»Gut«, sagte Sovrintendente Capo Lici lächelnd und streckte sich, »du bist also schwul. Hundertprozentig? Kein Zweifel?«

»Genau, homosexuell. Gay.«

»Klammer dich nicht an den Worten fest«, Arianna hielt ihm Fotos seiner drei Mitbewohner hin. »Und mit welchem bist du zusammen?«

Naimi deutete auf das erste Foto, das den jüngsten der Männer zeigte. Dann auf das zweite. Das dritte. »Welchen würdest du nehmen?«

»Und Signora Perathoner? Wie geht das mit ihr?«

»Claudia hilft mir, durchzukommen.«

»Durch Dealen?«

»Hast du sie dir mal genau angesehen?«

»Sicher, dass es deinen Freund Ezzi wirklich gibt?«

»Er heißt Azzi.«

»Azzi, Ezzi, das ist mir völlig egal«, Arianna verschränkte die Arme vor der Brust und streckte die Beine unter dem Tisch aus. »Du wirkst nicht gerade furchteinflößend.«

Naimi hob die gefesselten Hände. »Nimm mir die Dinger ab, und ich beweise es dir.«

»Auch bei euch geht es darum, wer den Längsten hat, oder? Wo hast du ihn verletzt?«

»Am Arm«, erwiderte Naimi, »an der Seite. Keine Ahnung.«

»Keine Ahnung«, blaffte Arianna, »jetzt sind wir also bei ›keine Ahnung‹. Wozu brauchst du eigentlich einen Anwalt, wenn du ohnehin alle Tricks kennst? Was kommt als Nächstes? Die Polizistin hat mich geschlagen, Herr Richter?«

»Ich habe ihn erst an der Seite und dann am Arm getroffen«, knurrte Naimi. »Das Stück Scheiße wollte mich abzocken.«

»Davon scheint es einige zu geben, wie es aussieht«, entgegnete Arianna und deutete wieder auf die Fotos seiner drei Mitbewohner. »Wo wart ihr? Dieser Ezzi und du. Bei dir wohl nicht, da haben wir kein Blut gefunden.«

Naimi kratzte sich am Kopf. »An der Tankstelle. Die am Ende der Via Resia. Da war einiges los, die Leute haben sich das Spiel angesehen, das waren Fans.«

Arianna stand auf und fluchte.

Krupp fluchte auch. Er griff nach einer Akte und betrat das Vernehmungszimmer drei. An Agente Togni gewandt, sagte er: »Unterbrechen Sie die Vernehmung, Agente. Ich muss mit Signora Perathoner sprechen, unter vier Augen.«

Die Kameras ließen sich nicht einfach ausschalten, Agente Togni wusste das, ließ sich aber nichts anmerken.

Als sie allein waren, fragte Krupp mit gespielter Verlegenheit: »Ich muss Ihnen eine Frage stellen, die Ihnen wahrscheinlich ziemlich unangenehm ist, und bitte schon im Vorhinein um Entschuldigung. Wann haben Sie das letzte Mal einen HIV-Test gemacht?«

»HIV?«

»Wir wissen, dass Naimi eine Beziehung mit einer HIV-positiven Frau hatte, deshalb …«

»Eine Beziehung?«

»Heimlich.« Krupp senkte den Blick, als hätte er nicht den Mut, ihr in die Augen zu sehen. »Jean-François hat es uns gerade gestanden.«

Claudia Perathoner schrie: »Elena Carpi! Sie hat euch das gesteckt, oder?«

Vernehmungsraum zwei.

»Die Zeit«, sagte Krupp, »die Zeit ist das Erste, was sich unter Drogeneinfluss verändert. Kokain komprimiert sie, Heroin dehnt sie aus. Amphetamine zerstückeln sie. Naimi hat zugegeben, einen gewissen Azzedine Benyahia, genannt Azzi, mit dem Messer angegriffen zu haben. Azzi gehört zu der Gruppe von Dealern, die Naimi anführt.«

»Seine Huren«, fügte Arianna mit schneidender Stimme hinzu, »so nennt er seine Leute.«

»Jean-F.«, fuhr Krupp fort, »hat Azzedine Benyahia in der Nähe der Tankstelle in der Via Resia angegriffen. Sie haben ausgesagt, dass Sie die Fans auf dem nahen Fußballplatz jubeln gehört haben. Lorena Haller wurde am 7. Januar in der Via Renon ermordet. Dort gibt es keine Fußballplätze.«

Elena Carpi bemühte sich, ihre Geschichte aufrechtzuerhalten. »Das verstehe ich nicht, Sie versuchen …«

»Naimi«, schob Arianna nach, »kann seine Finger nicht bei sich behalten, und Sie haben die Rolle als Geliebte satt. Sie wissen, dass er wegen des Angriffs auf eine Prostituierte verurteilt wurde, dass er quasi ständig unter Drogen steht und Azzedine mit dem Messer attackiert hat. Deshalb haben Sie die gebührenfreie Nummer angerufen und ihn denunziert. Aber Sie wurden ungeduldig und sind schließlich persönlich aufgetaucht.«

Krupp kamen die Sätze eines Ausbilders an der Polizeihochschule wieder in den Sinn: Neunzig Prozent aller Verbrechen werden wegen der Dummheit der Täter aufgeklärt.

»Sie wissen«, fuhr Arianna fort, »dass Naimi niemanden umgebracht hat, und Sie wissen auch, dass Azzi ihn niemals anzeigen würde. Außerdem wollten Sie Claudia Perathoner eine Lektion erteilen. Ich frage mich, woher all dieser Hass kommt. Liegt es daran, dass Naimi zweigleisig fährt oder weil er Ihnen eine Frau vorzieht, die doppelt so alt ist wie Sie?«

Elena Carpi schwieg.

»Jedenfalls haben Sie Ihr Ziel erreicht. Naimi sitzt wegen versuchten Mordes in Untersuchungshaft, die Anklage wird jedoch vor Gericht keinen Bestand haben. Wir werden uns auf die Drogen konzentrieren, die wir bei ihm gefunden haben, und auf den Widerstand bei der Festnahme, aber er wird ganz sicher rauskommen. Claudia Perathoner ist nach Hause gegangen, gedemütigt, genau wie Sie es wollten. Sie haben gewonnen. Und dazu haben Sie unsere Zeit verschwendet.«

Elena Carpi bebte.

In ihren Augen stand blanker Hass.

»Um den Mörder einer Hure zu fassen? Deshalb muss man doch nicht bestraft werden.«

DONNERSTAG, 9. JANUAR 1992

Morgen

Jo schnarchte, zwischen den Lippen hing eine erloschene Zigarette. Es fehlte nur der Hut, und er hätte wie ein Reporter aus einem B-Movie ausgesehen. Milla vermutete, dass diese Marotte anfangs ein Scherz gewesen sein sollte, er sie mit den Jahren aber verinnerlicht hatte und sie Teil seiner Persönlichkeit geworden war.

Er klopfte gegen den Türrahmen.

Jo rieb sich mit den Fäusten die Augen. »Kein Kaffee?«

»Keine Spesen.«

»Begleite mich zum Automaten, du Geizhals.«

Der Chefreporter bewegte sich wie ein Seemann, der gerade an einer Havarie vorbeigeschrammt war.

»Dein Dossier über die Prostituiertenszene hat dem Chef gefallen.«

Jo wählte einen Ristretto mit doppelt Zucker. Untrinkbar. Er fragte nicht, ob Milla auch einen wollte. Aus der Maschine floss eine teerfarbene Brühe, und Jo fluchte, weil kein Löffel dabei war. Er nahm den Kuli aus der Tasche und rührte damit um.

Er schüttete die Plörre in sich hinein. »Du darfst jetzt an die Front. Und weil du ein nachtragender Idiot bist, sage ich es dir gleich: keine Narben, kein Presseausweis.«

»Ich habe doch gar nichts gesagt.«

»Aber du hast einen Giftzahn. Du musst lernen, einfach weiterzumachen. Hast du einen guten Anzug?«

»Den von meiner Erstkommunion.«

»Na, wir sind heute aber in Topform aufgewacht. Krawatte? Nein? Nicht mal das?«

Irgendwo in einer Schublade müsste eine liegen. »Wozu brauche ich die?«, fragte Milla.

»Punkt elf Uhr, Friedhof. Da ist die Beerdigung dieser … wie hieß sie noch?«

»Lorena Haller?«, fragte Milla, der plötzlich hellwach war. »Weißt du was über die Autopsie?«

»Du spielst jetzt in einer anderen Liga. Die großen Brocken sind es immer noch nicht, aber Kiesel *de luxe*. Die Autopsie haben sie heute Nacht gemacht. Im Moment dürfte Krupp bei Simoni im Krankenhaus sein.«

»Gibt's was Neues?«

»Geh mir nicht auf die Nerven, woher soll ich das wissen?«

Nach dem Interview mit Marion Haller hätte Milla sich nicht gewundert, wenn Jo jetzt schon den druckfrischen Obduktionsbericht auf dem Tisch gehabt hätte.

»Punkt elf Uhr, Friedhof«, sagte Milla und seufzte. »Willst du Fotos?«

»Ja, sicher, aber …«

Jo sah sich um. Außer Colucci, der mit dem Protokoll der letzten Stadtverordnetenversammlung beschäftigt war, war niemand da. Um die Sache konspirativ aussehen zu lassen, nahm Jo Milla am Arm und schob ihn in sein Büro.

»Ich habe einen Tipp bekommen«, flüsterte er, »von einer *First-Class-Nutte* namens Vivian Pickmann, eine Blondine, außergewöhnliche Frau. Leicht zu erkennen. Es heißt, sie wüsste etwas, das für Gesprächsstoff sorgen könnte.«

»Und was?«

»Hör zu, mach dir Notizen und fotografiere, aber rede nicht mit ihr«, antwortete der Chefreporter, der sich nur mit Mühe auf den Beinen halten konnte. Er war wohl mal wieder besoffen und stützte sich auf Milla. »Du wirst es schon noch verstehen.«

Im Büro angekommen, ließ Jo ihn los und sank in seinen Sessel.

»Wer erzählt dir das alles, Jo? Vivian Pickmann, das Interview mit Lorena Hallers Mutter, noch bevor Krupp ...«

»Krupp sollte von den Ermittlungen entbunden werden, da gibst du mir doch recht, oder?«, sagte Jo mit schwerer Zunge. »Er ist zu jung für so was und hat noch nicht verstanden, wie die Welt funktioniert.«

»Entbunden? Warum?«

»Es ist acht Uhr morgens, und du hast mir nicht mal einen Kaffee spendiert.«

»Wie soll ich dir eine gute Story liefern, wenn du mir nichts erzählst?«

»Ich hätte dir nicht erzählen sollen, dass der Chef dich gelobt hat. Das ist dir zu Kopf gestiegen.«

Milla antwortete mit einem Zitat aus Jos Evangelium. »Das ist Fakt.«

»Gehst du gern ins Kino, Champion?«

»Ja.«

»Wie häufig? Oft? Selten? Schaust du dir die Filme auf Video an, oder wartest du, bis sie im Fernsehen laufen?«

»Mal so, mal so.«

»Okay«, Jo verschränkte die Hände über seinem Kugelbauch, »für welche Art von Filmen lässt du was springen?«

»Die mit einem guten Trailer.«

Jo zündete sich eine MS an, und mit der Stimme eines Mannes, der Spaß an obszönen Anrufen hat, flüsterte er: »*Nun, Clarice, haben die Lämmer aufgehört zu schreien?*«

Milla lief es eiskalt den Rücken herunter. »Meinst du, wir haben es mit einem Serienkiller zu tun?«

»Weißt du, wie der Film im Original heißt? *Das Schweigen der Lämmer.*«

»Na ja, besser man verrät nicht gleich, dass es um einen verklemmten Transsexuellen und Kannibalen geht, der auch Hobbyschneider ist.«

»Du bist clever, Champion. Aber es geht hier nicht darum, was ich meine, ich höre nur genau zu. Und das Wort ›Serienkiller‹ geistert durch die Questura. Keine Beziehung zum Opfer, kein Motiv, ungewöhnlicher Tathergang. Hat dir der Film gefallen?«

»Ich habe ihn zwei Mal gesehen. Hat Levada dir das erzählt?«

»›Bittet, so wird euch gegeben‹ funktioniert in diesem Fall nicht.«

»Ein Serienkiller? Ist das nicht ein bisschen … übertrieben?«

»Ich weiß nicht mal, wie man Serienkiller schreibt, Champion. Aber in Gerüchten steckt immer auch etwas Wahres. Bereit für einen Test? 1984 haben wir August Senoner und Aida Valle, in der Nähe von Brunico. 1985 drei Morde in Folge: Fritz Musser, Giulia Nicoletti und Mirella Gatti. 1986 Walter Bosin. Und jetzt: Lorena Haller und Federica Tezzele. Alle Fälle sind bis heute unaufgeklärt, alle Opfer wurden erstochen. Nehmen wir die Männer mal raus, auch wenn zwei davon mehr oder minder offen homosexuell waren, was auch etwas zu bedeuten haben könnte. Weißt du, was Lorena Haller, Federica Tezzele, Mirella Gatti und Aida Valle gemeinsam hatten?«

Millas Miene verfinsterte sich.

»Wenn du im Konjunktiv schreibst – alles oder nichts.«

Jo ignorierte den Einwand. »Sie waren Prostituierte oder standen im Verdacht, es zu sein.«

»Federica Tezzele hat mit Lorena Haller nichts zu tun. Das hast du selbst gesagt. Glaubt Krupp auch, dass es um einen Serienkiller geht?«

»Was die Questura denkt, ist das eine. Ermittlungen bedeuten Zusammenarbeit, wenn du das immer noch nicht verstanden hast, dann kannst du nicht mit mir arbeiten.«

»Genau wie bei uns«, spottete Milla, »du befiehlst, und ich gehorche. Warum hast du noch nichts über den Serienkiller geschrieben? Ich habe da so eine Ahnung. Weil du nicht daran glaubst.«

»So ist es, mein Junge. Aber wer nur an der Oberfläche kratzt, sieht nicht das ganze Bild.«

Milla begriff, worauf er hinauswollte. »Das Zauberwort heißt: unaufgeklärt. Sechs unaufgeklärte Morde mit einer Stichwaffe. Mit Lorena Haller sind es sieben. Alles Fälle, die noch vor Krupps Zeit liegen. Levada müsste Angst um seinen Posten haben.«

Jo rollte die Augen. »Ist der Fehler des Schülers ein Versagen des Meisters? Das ist meine Lektion für heute: Hab keine Angst vor der Straße und keine vor ›großen Tieren‹. Schreib sie mit kleinem ›t‹, verstanden? Wann sollst du am Friedhof sein, Champion?«

Milla verstand den Wink sofort.

»Punkt elf, Vivian Pickmann, blond, auffällig. Sorgt für Gesprächsstoff.«

»Lass sie so verführerisch wirken wie die Flammen der Sünde.«

»Ist das nicht ein bisschen abgedroschen?«

Eine weitere Lehre aus Jos Evangelium: »Warum sind Klischees zu Klischees geworden, Champion?«

»Weil sie funktionieren«, erwiderte Milla.

Arianna unterdrückte ein Gähnen, während die Leuchtziffer quälend langsam nach unten zählte. Krupp starrte auf die Schiebetür des Aufzugs. Sovrintendente Capo Lici konnte in seinem Gesicht die gleiche Müdigkeit erkennen, die auch sie in sich spürte.

Sie dachte: Wie ich diesen Ort hasse.

Auf der Fahrt von der Questura ins Krankenhaus San Maurizio hatte Krupp kein Wort gesagt. Während Arianna den blauen Thema durch die frühmorgendlich leeren Straßen lenkte, hatte er auf dem Beifahrersitz gesessen und sich in die Lektüre der Zeitungen vertieft. Arianna hatte das schon hinter sich gehabt. Ekelerregend.

NOCH IMMER KEINE VERHAFTUNG
HORROR IN DER VIA RENON
APPELL DER POLIZEI
JAGD AUF DEN TRIEBTÄTER
SPUR FÜHRT ZU MIGRANTEN
DOSSIER PROSTITUTION:
DIE STRASSEN DER FREUDENMÄDCHEN
DER VERLOBTE DES OPFERS:
WIR HABEN UNS GELIEBT

Wenigstens war der Exorzisten-Priester aus den Schlagzeilen verschwunden.

Der Aufzug erreichte den dritten Stock.

»Ich habe mit Commissario Barbieri aus Trento gesprochen«, sagte Krupp. »Wie es aussieht, hat er sich zu früh gefreut. Barbieri hatte Tezzeles Zuhälter in Verdacht, ihr Verlobter mit einer Neigung zum Voyeurismus, aber die Dinge sind nicht so gelaufen wie erhofft.«

»Geteiltes Leid ist halbes Leid«, platzte es aus Arianna heraus.

Das war eine unangebrachte Bemerkung, aber sie hatte in der Questura höchstens eine Stunde Schlaf bekommen, und der Krankenhausgeruch machte sie wahnsinnig.

Schlechte Erinnerungen.

»Was weißt du über Staatsanwalt Giordano?«, fragte Krupp.

»Ich hatte ein paarmal mit ihm zu tun. Ein fähiger Mann. Er will keinen Ärger, er ist eher ein Typ, der …«

»… euch an der langen Leine hält, damit an ihm nichts hängenbleibt?«

Auch bei Krupp machte sich der Schlafmangel bemerkbar.

Die Türen des Fahrstuhls öffneten sich, außer einem Krankenpfleger war der Flur leer. Ein gutaussehender junger Mann, dachte Arianna. Gepflegt, aber nicht eitel. Auch das Lächeln, das er ihr schenkte, war vielversprechend. Aber sie trug seit zwei Tagen die gleichen Klamotten. Und müffelte. Und war auf dem Weg zu einer Leiche, einer jungen Frau mit 24 Einstichen.

Sie gab sich unbeteiligt.

In dem engen Flur mit gefliesten Wänden, der zur pathologischen Abteilung des Ospedale San Maurizio führte, warteten Staatsanwalt Giordano und Dottor Simoni. Simoni trug einen Arztkittel, Giordano die inoffizielle Uniform der leitenden Beamten der autonomen Provinz Bozen: aschgrauer Anzug, weißes Hemd und rote Krawatte.

Die geräumige Leichenhalle wurde von Neonleuchten erhellt, eine Wand bestand aus einer Kühlkammer mit mehreren Schubladen, es gab zwei große Sektionstische mit Abflüssen für das Blut und eine Vielzahl von bedrohlich wirkenden Metallinstrumenten, die auf glänzenden Tabletts aufgereiht waren.

Lorena lag auf dem Rücken und war mit einem knappen Tuch bedeckt, das die gleiche Farbe hatte wie Dottor Simonis Kittel. Die Fotos wurden ihr nicht gerecht, dachte Arianna. Selbst als Leiche war sie wunderschön. Einen Augenblick lang war sie neidisch auf sie. Wenn sie nur solche Beine hätte, wenn ihr Gesicht … Ihr Neid verwandelte sich in Scham.

»Die Spurensicherung hat mir gerade mitgeteilt, dass sie drei blonde Haare auf der Jacke der Frau gefunden haben«, begann der Pathologe.

»Ihr Blondschopf«, bemerkte Staatsanwalt Giordano, »oder, Commissario?«

Krupp schwieg.

Dottor Simoni fuhr fort: »Die Spurensicherung bat mich, Ihnen mitzuteilen, dass sie den vollständigen Bericht im Laufe des Vormittags bekommen werden. Was mich betrifft, kann ich fast alles bestätigen, was ich bei der ersten Inaugenscheinnahme festgestellt habe. Darf ich?«

Arianna dachte: *Fast* alles?

»Die Tatwaffe ist ein Messer mit einer 17 Zentimeter langen und 3 Zentimeter breiten Klinge. Nicht besonders scharf. Ein Klappmesser oder etwas Ähnliches, nichts Professionelles. Der Täter ist Rechtshänder und könnte Verletzungen an der Hand haben, denn durch das Fehlen einer Parierstange verletzt man sich leicht, wenn man mit großer Kraft zusticht.«

»Kennt sich der Mörder mit Stichwaffen aus?«, fragte der Staatsanwalt.

»Ein Arzt oder ein Chirurg ist er sicher nicht, auch kein Tierarzt oder Metzger«, erwiderte Simoni.

»Ein Jäger?«

»Ein Jäger hätte eine geeignetere Waffe verwendet«, sagte Krupp.

»Richtig«, bestätigte Simoni, »die Verletzungen deuten nicht auf einen Experten hin. Wir sprechen mit Sicherheit über einen Täter mit großer körperlicher Kraft und Brutalität.«

Simoni hob eine Ecke des Tuchs an, mit dem die Tote bedeckt war, aber nur so weit, dass man die Ellenbeuge sehen konnte.

»Die Resultate der toxikologischen Untersuchungen werden Monate brauchen, aber ich denke, wir werden keine Überraschungen erleben. Was den Tathergang angeht«, fuhr der Pathologe fort,

»muss ich meine erste Annahme korrigieren. Der Stich in den Hals wurde wahrscheinlich als erster ausgeführt.«

Arianna zog es den Magen zusammen. Genau wie Krupp hatte sie angenommen, dass Lorena geschrien haben musste. Diese neue Erkenntnis konnte bedeuten, dass sie dazu keine Möglichkeit mehr gehabt hatte. Folglich konnte es durchaus sein, dass niemand sie gehört hatte.

Das bedeutete: viele Stunden vergebliche Arbeit.

»Spuren, die auf Geschlechtsverkehr hindeuten?«, fragte Arianna.

Simoni schüttelte den Kopf. »Sie wurde nicht vergewaltigt. Das Motiv des Mannes hat nichts mit Sex zu tun. Er wollte sie umbringen.«

Platzangst.

Arianna dachte: Ich muss hier raus.

Platzangst.

Schreckliche Erinnerungen: Sergio, *ihr* Sergio.

Und: Der unbedingte Wille, zu töten.

Krupp und Arianna gingen zum Auto zurück. Arianna startete den Motor, drehte aber die Heizung nicht hoch, aus Angst, am Steuer einzuschlafen.

»Müssen wir die alten Akten durchgehen?«

»Vielleicht.«

»Vermisstenanzeigen?«

»Vielleicht.«

»Was hältst du von der Hypothese des Serienkillers?«

Krupp antwortete nicht.

Arianna setzte den Blinker und bog in die Via Vittorio Veneto ein. Die dünne Eisschicht auf dem Asphalt machte das Fahren mühsam. Als sie auf der Piazza Gries vor der Abtei angekommen waren, nahm Arianne all ihren Mut zusammen und sagte: »Ich habe einen Brief für dich. Alle Kolleginnen haben unterschrieben. Die Idee, uns als Prostituierte auszugeben, um Informationen zu sammeln, ist gut.«

»Ich weiß, dass ihr gut ausgebildet und kompetente Polizistinnen seid, aber ohne einen schlüssigen Einsatzplan werde ich euch nicht auf die Straße schicken. Und wir müssen die Presse im Auge behalten. Es gibt zu engen Kontakt zwischen den Journalisten und der Polizei.«

Arianna zog einen dicken Umschlag aus der Innentasche ihrer Jacke. »Hier sind alle Details, mögliche Schichten, Protokolle. Wir haben die Aktion ›Operation Minotaurus‹ genannt. Ohne jede Ironie«, fügte sich mit einem schüchternen Lächeln hinzu.

»Diese Geschichte geht für Ariadne nicht gut aus.«

»Lass uns nur an das Monster denken. Schau einfach mal rein, okay?«

Krupp nahm den Umschlag und steckte ihn in seinen beigefarbenen Regenmantel.

»Ich bleibe bei meiner Meinung.«

Es gibt Friedhöfe, die etwas Einladendes haben und Frieden ausstrahlen. Der Friedhof, auf dem sein Vater begraben lag, war ein solcher Ort. Einfache Grabsteine, Blumen. Andere Friedhöfe hatten etwas von viktorianischen Schauergeschichten. Auch sie waren auf gewisse Weise schön. Doch der Friedhof in Bozen war einfach nur der Ort, an dem die Stadt ihre Toten verschwinden ließ.

Krupp hatte nur wenige Stunden schlafen können. Es war ein unruhiger Schlaf gewesen, er hatte von Lopez, dem Zimmer 121, Lorena auf dem Sektionstisch geträumt. Und von einer wütenden Menschenmenge, Personen ohne Gesichter, ohne Identität. Unbekannte, die ihn packen wollten, die ihn niederschrien. Die Stimmen von der gebührenfreien Nummer.

> *Bringt alle Scheißjunkies um, das arme Mädchen, ich bete jeden Tag für sie, ihr verschwendet meine Steuergelder, um einen zu fassen, der die Straße vom Abschaum befreit, Scheißjuden, es waren die Neger, die haben sie für ein Voodoo-Ritual ausgewählt, Scheißkannibalen, bringt sie alle um, sie war eine Scheißhure und hat es nicht anders verdient wie alle Huren, Scheißbullen, Scheißbullen, mein Mann benimmt sich so komisch, und in der Küche fehlt das große Messer, er sagt, früher oder später schneidet er mir die Kehle durch, ich habe Angst, dass er meiner Tochter was tut, sie ist erst neun.* I Fought the Law …

Marion hätte eine Bestattung im kleinen Kreis vorgezogen, aber Krupp hatte sie vom Gegenteil überzeugt. Manchmal hatten Mörder das Bedürfnis, noch ein letztes Mal Kontakt mit dem Opfer aufzunehmen. Und auch wenn der Mörder nicht auftauchen sollte, konnte man sich eine Vorstellung von den Menschen aus dem kleinkriminellen Milieu, in dem Lorena gelebt hatte, und ihren Beziehungen untereinander machen.

Kurz vor Beginn der Zeremonie war auch Sergio Giuliani erschienen. Er hatte die Rolle des Trauernden gespielt, und einige Schreiberlinge hatten angebissen. Bevor es Ärger geben konnte, hatte ihn jemand weggebracht. Aber das wäre gar nicht nötig gewesen. Marion stand da wie eine Salzsäule, sie schien gar nicht anwesend. Und Hansi erst recht nicht.

Vivian war ebenfalls gekommen. Sie hielt sich abseits, war aber nicht zu übersehen. Rote Lederjacke, schwarze Bluse, scharlachroter Schal, Minirock und schwarze Nylonstrümpfe, darüber kniehohe Stiefel. Auch sie waren rot. Die Augen waren hinter einer auffälligen Sonnenbrille verborgen. Es gab Leute, die über diesen Aufzug die Nase rümpften. Krupp gehörte nicht dazu. Marion Haller hatte gesagt, dass Vivian Pickmann ihre Tochter gemocht hatte, und Lorena hatte Rot geliebt. Die Farbe trug Vivian ihr zu Ehren. Neben Vivian stand Elizabeth Torcher, ebenfalls mit Sonnenbrille. Völlig zugedröhnt. Sie schwankte im trüben Morgenlicht.

Als die Zeremonie zu Ende war, beschloss Krupp, ein Aspirin zu schlucken und ins Büro zurückzukehren. Das Rattengesicht hinderte ihn daran. Er hielt ein Polaroidfoto in der Hand und zeigte es ihm. Darauf war ein Mann zu sehen, der sich über Lorenas Grabstein beugte. Blond. Er weinte. Lopez reichte ihm einen Beweissicherungsbeutel mit einem Brief darin. »Den hat er hinterlassen.«

Du hast mich um Hilfe gebeten, aber ich habe es nicht verstanden. Ich werde Dich immer lieben, und wir werden für immer gemeinsam im PARADIES sein.

»Er fährt einen roten Fiat Tipo. Ich habe diskrete Überwachung angeordnet. Keine Verhaftung oder große Szenen, wie Sie gesagt haben. Wir wollen kein Aufsehen erregen, nicht wahr?«

Ein Brief. Ein Blondschopf. Ein roter Fiat Tipo.

PARADIES.

»Bring ihn in die Questura. Und ich will keine Probleme«, erwiderte Krupp mit finsterem Blick.

»Für wen halten Sie mich, Herr Kommissar?«

»Noch etwas?«

Hände in den Taschen, unverschämter Blick. Eine weitere Machtdemonstration.

»Ein Tipp von der Presse. Die faszinierende Edelhure in Rot hat etwas vor. Will zehn Millionen Kopfgeld aussetzen. Live und landesweit übertragen.«

Krupp begann nach Vivian Ausschau zu halten.

»Sind Sie sicher, dass Sie in Anwesenheit der Journalisten mit ihr sprechen wollen? Wenn Sie möchten, lasse ich sie ins Präsidium bringen. Das wäre vorausschauender.«

Krupp dachte an die Gauloises rauchende Frau zurück.

»Zuerst nehmen wir uns den Blonden mit dem roten Fiat vor.«

Wenn die kostenfreie Nummer jedem in der Stadt die Gelegenheit bot, sich auch die größte Wut und den schlimmsten Frust von der Seele zu reden, dann konnte ein Kopfgeld in Höhe von zehn Millionen der Tropfen sein, der das Fass zum Überlaufen brachte. Vivian musste dringend von dieser verrückten Idee abgehalten werden. Er musste mit ihr sprechen, sie überzeugen. Aber von Angesicht zu Angesicht und nicht in der Questura, sondern auf ihrem eigenen Territorium. Vivian Pickmann hatte auf ihn wie ein Mensch gewirkt, der die Flucht nach vorn antrat, wenn er sich bedroht fühlte.

Krupp las die Nachricht noch einmal.

PARADIES.

Er dachte: Vielleicht.

Noch bevor die Zeremonie begonnen hatte, hatte Milla bereits einen ganzen Film verschossen. Tränen, Marion und Hansi Haller, Kolleginnen in Trauerkleidung, ein Plüschelefant neben dem Grabstein, Blumen. Ein Haufen Neugieriger. Sogar Tommy, der Rebell, stand irgendwo an der Seite.

Und zahlreiche Polizisten in Zivil, sie waren leicht zu erkennen. Wer hätte sonst Polaroidfotos auf einer Beerdigung gemacht? Vielleicht erklärte das, warum so viele Fälle ungelöst blieben.

Kein Hannibal Lecter, kein Buffalo Bill, sondern Inkompetenz, schlicht und einfach. Aber einen Sündenbock: Krupp. Während Milla ihn beobachtete, kam er ihm einsam vor. Erst verlierst du die Angst vor der Straße, dann die vor den großen Tieren. Nur ein kleines »t«.

So ein Scheiß.

Jo hatte gesagt: Auffällig, blond. Als Milla Vivian Pickmann erkannte, dachte er, dass man nicht Helmut Newton sein musste, um aus ihr eine »verführerische Flamme der Sünde« zu machen. Vivian Pickmann war die Art von Frau, die dazu geboren war, Begehren zu wecken. Er machte ein, zwei, drei, vier Fotos. Wahrscheinlich hätte er einen ganzen Film verschossen, wenn sich nicht ein Mann mit Bärtchen und dunklem Anzug geräuspert und ihn missbilligend angesehen hätte. Milla wurde feuerrot.

»Geht hin in Frieden.«

Einige Trauergäste traten auf Marion und Hansi Haller zu. Milla machte Aufnahmen von Lorenas Mutter, wie sie junge Frauen mit dunklen Sonnenbrillen umarmte. Er erkannte Heidi und einige ihrer Kolleginnen, die er am Vorabend interviewt hatte. Lorenas erweiterte Familie. Als Vivian Pickmann sich den Eltern näherte, ließ Milla die Nikon sinken. Die auffällig gekleidete Frau wirkte neben Lorenas Mutter seltsam künstlich, eine blasse Gestalt in einem Gemälde, das seine Leuchtkraft verloren hatte.

Marion Haller leuchtete, Vivian Pickmann nicht.

Marion bemerkte ihn, noch bevor er sich zurückziehen konnte, und ihre Blicke trafen sich. Milla hob die Hand.

Ein Gruß oder eine Entschuldigung?

Milla schämte sich. Er verbarrikadierte sich hinter der Nikon und gab vor, sich für einen jungen Mann zu interessieren, der einen kleinen Blumenkranz zu Lorenas Grabstein trug. Er bestand aus roten und weißen Rosen.

Auf dem Band stand …

Von seiner Position aus konnte Milla die Aufschrift nicht erkennen. Er hatte bereits Fotos von ganz ähnlichen Kränzen gemacht, aber jetzt spürte er Marion Hallers Blick auf sich ruhen. Er trat zur Seite und zoomte näher heran.

Auf dem Band stand: »Die Freundinnen weinen«. Das hätte auch der Titel eines Songs von Nirvana oder Alice in Chains sein können. Wahrscheinlich würde Jo eine Aufnahme davon gefallen.

Der Blumenbote war gerade mal eins fünfzig und trug eine zwei Nummern zu große grüne Jacke mit der Aufschrift »Fiori Marilisa Blumen«. Als Milla den Auslöser drückte, trat er genau ins Bild. Perfektes Timing. Das Foto war ruiniert. Verdammt.

Milla ließ den Film zurückspulen und öffnete die Abdeckung der Nikon. Überrascht stellte er fest, dass er wütend war: Wen interessierte es schon, ob die Freundinnen weinen? Außerdem: Weinten sie denn wirklich um Lorena? Wenn man Jos Artikel las, schien keine von Lorenas Freundinnen auch nur einen Finger gerührt zu haben, um die Ermittlungen voranzubringen.

Tränen kosteten auch nichts, Heroin aber schon.

Milla verzog das Gesicht.

Das war ein Jo-Gedanke.

Er beschloss, den Blumenkranz nicht zu fotografieren und in die Redaktion zurückzufahren. Er hatte panische Angst, dass Marion Haller auf ihn zukommen könnte, um ihn zu bitten, eine Erinnerung mit ihr zu teilen, damit Lorena noch eine Minute lang lebendig wäre, bevor der Bagger sie für immer begraben würde.

Was hätte er ihr zu sagen gehabt?

Es tut mir leid, Signora, aber ich habe noch nie ein Wort mit Ihrer Tochter gewechselt. Bevor jemand sie erstochen hat, wusste ich nicht mal, dass sie existiert. Ich bin der, der sie auf die Titelseite der Zeitung gebracht hat – als Leiche. Glauben Sie mir, ich bin kein schlechter Mensch, aber ich bin auch der, der das mit dem Exorzistenpriester geschrieben hat, haben Sie das gelesen? Ich weiß, das klingt wie ein schlechter Scherz, einige würden es sogar grausam nennen, aber ich habe aus einem guten, sogar aus einem sehr guten Grund auf den Leichnam Ihrer Tochter gespuckt: um mir einen Presseausweis zu verdienen. Den der *Voce delle Alpi.* Ein hohes Ziel, das nur wenige erreichen, das versichere ich Ihnen. Gut, den hat selbst der Typ, der in der Redaktion den Boden wischt, und auch der, der immer wiederkommt, um die Kaffeemaschine zu reparieren, wenn sie mal wieder den Geist aufgegeben hat.

Verstehen Sie?

39100 Bolzano, Signora.

Ich darf nicht zimperlich sein, denn …

»Erzähl das jemand anderem«, murmelte er.

Der Blondschopf leistete keinen Widerstand. Er bat nicht mal um einen Rechtsanwalt.

Spitzes Kinn, helle Augen, genau wie in der Beschreibung von Sergio Giuliani. 33 Jahre, eins achtundsiebzig, Physiotherapeut. Ein Beruf, der Geschick, Kraft und Präzision erfordert. Keine Vorstrafen. Das einzig Auffällige an seiner völlig unauffälligen Existenz war sein Autokennzeichen, das in den Protokollen der Überwachung des Dodiciville-Viertels auftauchte.

Lombardi hatte es auf den Punkt gebracht: Giacomo Buratti war nur ein Typ, der zu Nutten ging.

Krupp hatte ihm einen Kaffee bringen lassen. Der Blondschopf hatte abgelehnt.

Er war nicht aggressiv, sondern verwirrt, traurig, noch ganz mitgenommen von der Beerdigung. Harmlos. Einer, der niemandem Angst machte. War er in der Lage, wie ein Verrückter 24 Mal auf eine Frau einzustechen?

Krupp überlegte, ob er Arianna anrufen sollte. Vor der Beerdigung hatte er sie nach Hause geschickt, damit sie sich ausruhen konnte. Das bedauerte er jetzt. Er hätte lieber sie als Lopez an seiner Seite gehabt. Rattengesicht hatte rote Augen, sein eines Lid zuckte unkontrolliert. Aber Krupp entschied sich dagegen, sie hatten schon genug Zeit verloren.

Er öffnete die Tür.

»Ich bin Commissario Luther Krupp, das ist Ispettore Capo Mario Lopez. Das ist ein unverbindliches Gespräch, Sie sind weder festgenommen noch gibt es eine Anklage gegen Sie. Es steht Ihnen frei, unser Gespräch jederzeit abzubrechen oder einen Rechtsanwalt hinzuzuziehen, wenn Sie das für nötig halten.«

»Das ist nicht nötig, wie kann ich Ihnen helfen?«

»Wir haben Sie auf Lorena Hallers Beerdigung gesehen. Kannten Sie sie?«

Buratti wurde rot. »Ich würde sie eine Freundin nennen, unsere Freundschaft war eher beruflicher Natur.«

»Ich denke, ich verstehe, was Sie meinen. Sie würden Ihre Beziehung aber nicht als *rein* beruflich bezeichnen?«

»Ich habe Lorena immer bezahlt, aber nur, weil sie dieses Problem hatte.«

»Heroin?«

»Besser, ich gab ihr ein bisschen Geld als irgendein Fremder«, er machte eine vage Handbewegung, »verstehen Sie?«

Krupp dachte an Sergio Giulianis Worte.

Manchmal wollte er reden, manchmal wollte er Sex. Aber er ließ sie nicht in Ruhe.

»Haben Sie Lorena Haller für sexuelle Dienstleistungen bezahlt oder wegen, sagen wir, ihrer Gesellschaft?«

»Das war keine richtige Bezahlung.«

»Es fällt mir schwer, da eine Trennlinie zu ziehen.«

»Ich habe sie bezahlt, weil Lorena sonst keine Zeit mit mir hätte verbringen können. Wegen des Heroins.«

»Und das ist für Sie Freundschaft?«

»Nein, das ist Liebe. Aber die Situation war kompliziert.«

Krupp zeigte ihm den Brief, den er an Lorenas Grab zurückgelassen hatte.

»*Du hast mich um Hilfe gebeten, aber ich habe es nicht verstanden.* Könnten Sie mir das erklären?«

»Wir hatten eine tiefe Beziehung. Wir brauchten keine Worte, um uns zu verstehen. Wie das bei Liebenden so ist. Und eines Tages habe ich verstanden, dass sie mit dem Leben Schluss machen wollte.«

»Erwiderte Lorena Ihre Gefühle?«

»Ja.«

Keine Spur von Unsicherheit.

Keinerlei Zweifel.

Selbstbetrug, dachte Krupp. Selbstbetrug hat eine ausgesprochen hohe Sprengkraft.

»Sie hat Ihnen erzählt, dass sie mit der Prostitution aufhören wollte?«

»So habe ich es verstanden. Ich habe sie gebeten, zu mir zu ziehen, ich hätte ihr den Entzug bezahlt. Einen Neuanfang. Lorena sagte, ich sollte sie nicht drängen, und ich habe mich daran gehalten.« Buratti unterdrückte ein Schluchzen. »Ich hätte hartnäckig bleiben sollen.«

»Das war also kein direkter Hilferuf?«

»Sie wollte nicht, dass ich ihretwegen Ärger bekomme.«

»Mit ihrem Verlobten, nehme ich an? Sergio Giuliani«, fuhr Krupp fort und beobachtete Burattis Reaktion, »haben Sie ihn jemals zusammen mit Lorena gesehen? Ich denke schon. Er war ihr Verlobter, er hat sie auf den Strich geschickt und …«

»Sie hatten sich getrennt!«

Krupp dachte: Er ist ein anderer. Giacomo Burattis ganzer Körper strahlte plötzlich eine nur mühsam unterdrückte Wut aus.

»Er hat sie nicht geliebt! Dieses Dreckschwein hat sich ein junges Mädchen gegriffen, als sie noch minderjährig war. Er hat sie abhängig gemacht und auf den Strich geschickt, damit er sich Stoff kaufen konnte. Können Sie sich vorstellen, wie sich eine Frau wie Lorena in eine solche Bestie verlieben könnte?«

Krupp stachelte bewusst den Zorn an, den er im Blick des Blonden lesen konnte.

»Lorena blieb weiterhin im Wohnwagen wohnen. Vielleicht waren sie nicht wirklich getrennt, vielleicht machten sie nur eine Pause. Hat Sie das nicht gestört, dass die beiden ein Bett geteilt haben?«

»Natürlich«, brach es aus Buratti heraus, er hatte die Hände zu Fäusten geballt, »aber Lorena wollte einfach nicht, sie wollte sich nicht helfen lassen, und ich …«

»Du hast entschieden, ihr trotzdem zu helfen«, unterbrach ihn Lopez, »indem du sie getötet hast.«

Krupp zog ungläubig die Augenbrauen hoch. Rattengesicht hatte es vermasselt.

Burattis Wut verflog schlagartig.

Er war wieder wie zuvor. Harmlos. Wieder ein Niemand, zu dem man ins Auto stieg, dem man gegen Bezahlung etwas vorspielen konnte.

»An dem Abend waren wir verabredet, ich hatte für Lorena Rosen gekauft, aber dann bin ich nicht hingegangen. Wenn ich es getan hätte, vielleicht … Meiner Mutter geht es nicht gut, sie ist chronisch krank. Es gibt gute Tage, aber am Dienstag war ein schlechter Tag. Ich habe ihr die Rosen geschenkt, und sie hat sich sehr gefreut. Ich bin die ganze Nacht bei ihr gewesen, von sieben

Uhr abends bis zum nächsten Morgen, bis ich zur Arbeit musste. Ich schlafe dann in meinem alten Zimmer. Es war nicht das erste Mal.«

»Besuch der Mutter, nicht gerade ein überzeugendes Alibi«, bemerkte Krupp.

»Elsa, die Krankenschwester, war auch da, wie immer.«

Lopez verließ den Vernehmungsraum und schlug die Tür hinter sich zu.

Krupp überkam eine Welle der Enttäuschung.

Buratti wäre kräftig genug gewesen, um 24 Messerstiche zu setzen, er dachte, Lorena wäre in ihn verliebt gewesen, dabei war offensichtlich, dass sie ihn nur benutzt hatte, um an Geld zu kommen. Und wenn er die Kontrolle verlor, wäre er zu allem fähig. Aber sein Alibi schien wasserdicht und leicht zu überprüfen.

»Warum tun Sie mir das an, Commissario? Nur weil ich den Brief am Grab hinterlassen habe?«

»Man hat uns berichtet, dass Lorena Haller sich vor einem blonden Mann in einem roten Fiat fürchtete.«

Giacomo Buratti schrie auf. Klagend.

Wie ein sterbendes Tier.

»Lorena hatte Angst vor *mir?*«

DONNERSTAG, 9. JANUAR 1992

Nachmittag

Um 14 Uhr war Colucci atemlos und triumphierend in die Redaktion gestürmt. Im Stadtrat herrschte dicke Luft, es war von Schmiergeld die Rede. Und nicht zu knapp. Sie waren in Jos Büro verschwunden, und er hatte die Tür hinter sich zugemacht. Das tat Colucci sonst nie.

Milla, der auf die Entscheidung zu den Fotos, die er auf der Beerdigung gemacht hatte, wartete, nutzte die Zeit, um etwas zu essen. Er legte die Füße auf den Schreibtisch und dachte: Mein erstes eigenes Büro. Allmählich begann er dieses Kabuff schätzen zu lernen. Allerdings müsste er es etwas persönlicher gestalten. Vielleicht ein paar Bücher in die Regale stellen, um dem Raum etwas Professionelles zu geben. Ein paar Filmplakate würden die Flecke an der Wand überdecken und dem Kabuff eine Prise Charakter verleihen. Wie Jo schon gesagt hatte: Er kam vorwärts.

»Es gibt Ärger, Scoop.«

Rizzi deutete auf Jo, der sich mit schweren Schritten und finsterer Miene näherte.

Milla konnte gerade noch die Füße herunternehmen. Jo knallte das Foto mit dem Kranz aus roten und weißen Rosen vor ihn auf den Schreibtisch. Das mit dem Blumenboten in der grünen Jacke und der Aufschrift »Fiori Marilisa Blumen« im Vordergrund statt des Fotos mit dem Kranzband »Die Freundinnen weinen«. Das misslungene Foto, das er ganz zuletzt gemacht hatte.

»Gib dich zerknirscht, vielleicht lasse ich Milde walten«, polterte Jo.

»Ich weiß, ich hätte die Namen der Freundinnen erfragen, sie anschließend interviewen und vor dem Grabstein fotografieren müssen.«

Jo zog die Augenbrauen hoch. »Aber?«

Marion Haller hat mich angestarrt, und ich bin abgehauen.

»Du warst auch da«, sagte Milla, um sich zu verteidigen. »Ich hatte schon drei Filme verknipst, Teddybären und Geigen, wie gewünscht. Und ich habe Fotos von Vivian Pickmann. Blond, auffällige Erscheinung. Die flammende Sünde. Du kannst nicht behaupten, die wären nicht gut geworden.«

»Was war mit der Konkurrenz? Eine Menge Fotografen, vermute ich? Mit Polaroidkameras?«

»Polizisten in Zivil. Schon richtig, aber ...«

»Und du gehörst zu denen, die glauben, dass das Ferkel auf den Markt geht, um einzukaufen, oder was?«

»Tut es das nicht?«

»Die Polizei fotografiert aus zwei Gründen auf Beerdigungen. Einmal, um zu wissen, wer wen umarmt und wer wen nicht grüßt. Und weil auf Beerdigungen immer schräge Typen unterwegs sind.« Jo klopfte mit dem Zeigefinger auf das Foto. »Triebtäter, die gerne Prostituierte zerstückeln, zum Beispiel.«

»Sehr witzig.«

»Was findest du daran witzig?«, fragte Jo.

»Das Ferkel hat es satt, verarscht zu werden.«

»Wann ist dein Blumenbote gekommen, der Winzling mit der viel zu großen Jacke und der Mütze wie ein Bankräuber?«

»Nach der Beisetzung.«

»Frage: Hast du sein Gesicht gesehen?«

»Meinst du wirklich, dass ein Triebtäter auf die Beerdigung des

Opfers geht und dabei eine Jacke mit der Adresse seines Arbeitgebers trägt?«

»Bist du sicher, dass es seine war?«

»Das nennt man Paranoia.«

»Die Paranoia ist deine neue beste Freundin. Weißt du, wie man den Night Stalker gefasst hat? Wie man Jeffrey Dahmer geschnappt hat?«

Milla wusste nicht mal, wer die beiden waren.

»Fiori Marilisa Blumen«, skandierte Jo und schnipste mit den Fingern, »ein bisschen Phantasie, wenn ich bitten darf!«

»Glaubst du wirklich, ich habe durch Zufall den Mörder fotografiert?«

»Vielleicht.«

Milla sah den Chefreporter an. »Wie hießen die beiden Typen noch gleich?«

Sein Vater hatte ihm die Uhr geschenkt, als Krupp ihn eines Abends vor vollendete Tatsachen gestellt hatte: Er hatte sich bei der Polizei beworben und den Vertrag unterschrieben. Andreas Krupp hatte gesagt: »Jetzt bist du wie alle anderen, Luther.« Es war schwer zu beurteilen, ob die Verachtung, die in diesen Worten lag, schmerzhafter war oder der Tonfall, in dem er sie ausgesprochen hatte.

Giacomo Buratti war wieder zu Hause, am Boden zerstört, aber frei. Sein Alibi hatte sich bestätigt. Lombardi hatte es auf den Punkt gebracht: Cupido, der sich in eine Hure verliebt. Einer von vielen. Wenn die Presse Wind davon bekommen hätte, wäre der Teufel los gewesen.

Krupp hatte gedacht: Cupido.

Verdammt.

Der Palazzo lag keine zweihundert Meter vom alten Rathaus

entfernt. Auf dem Klingelschild stand »V«. Vivian öffnete ohne Nachfrage. Entweder erwartete sie jemanden, oder sie hatte ihn bereits durchs Fenster gesehen.

Das Apartment war offensichtlich aus der Aufteilung einer wesentlich größeren Wohnung entstanden. Die Stuckelemente an der Decke erzählten von ehemaligem Glanz, aber der Zahn der Zeit hatte an allem genagt. Ein dezenter Geruch nach Weihrauch und Tabak lag in der Luft. An den Wänden hingen Drucke berühmter Gemälde.

Ein besonders ausdrucksstarkes Bild erregte seine Aufmerksamkeit. Eine Frau schneidet einem Mann mit brutalen Gesichtszügen die Kehle durch. Eine zweite, ältere Frau steht etwas abseits und beobachtet die Szene.

Der Kunstverständige in der Familie war Karli, aber der Name Artemisia Gentileschi sagte auch ihm etwas.

Vivian trug einen Morgenmantel.

»Stört es Sie, wenn ich mich fertigschminke?«, fragte sie, nachdem sie die Tür wieder verriegelt hatte. »Ein Kunde ist länger geblieben, und der nächste legt Wert auf Pünktlichkeit. Die *Businessmen* nehmen das persönlich.«

»*Businessmen?*«

»Auf Englisch klingt es weniger deprimierend.«

Krupp folgte ihr in ein Zimmer, in dem ein Doppelbett stand. Es sah nicht wie der Arbeitsplatz einer Prostituierten aus.

Sie nahm auf einem Hocker vor einem großen Spiegel Platz und begann sich die Haare zu bürsten.

»Nehmen Sie doch Platz, Commissario.«

Es gab weder Stühle noch Sessel. Krupp setzte sich auf den Bettrand. Hinter einem Schmuckkästchen versteckt lag eine Drucktaste auf dem Nachttisch. Sie wirkte wie ein schlichter Lichtschalter, aber Krupp wusste aus Erfahrung, dass dadurch der Feueralarm ausgelöst werden konnte. Der führte zu einer wesentlich schnelleren Reaktion als Hilferufe, das war allgemein bekannt.

»Ich weiß von dem Kopfgeld, zehn Millionen für Informationen.«

»Ist das illegal?«

»Wenn es nur darum geht, Zeugen zu finden, nein.«

»Dann gibt es ja keine Probleme«, antwortete sie.

»Es wird noch mehr Falschaussagen geben.«

»Und Sie überprüfen sie und klopfen vielleicht irgendwann an die richtige Tür«, sagte Vivian und musterte ihn im Spiegel, »bevor er noch eine andere von uns umbringt.«

»Das ist nicht gesagt.«

»Was ist nicht gesagt? Dass die Informationen Ihnen helfen oder dass der Bastard noch mal zuschlägt?«

»Beides.«

Die Bürste verschwand in einer Schublade.

»Lügen Sie nicht.«

Vivian stand auf und streifte den Morgenmantel ab. Die Seide raschelte leise. Darunter trug sie nur Unterwäsche. Krupp wandte den Blick ab.

»Fürchten Sie sich vor Frauen in Unterwäsche?«

»Ich fürchte mich vor den möglichen Konsequenzen Ihrer Initiative.«

Vivian hob ein schwarzes Etuikleid vom Boden auf und schlüpfte hinein. Sie hatte zarte, fast durchscheinende Haut. Die hochgesteckten Haare ließen den Nacken frei. Sie tastete am Rücken nach dem Reißverschluss.

»Helfen Sie mir bitte«, sagte sie.

Krupp hatte kalte Finger, als Vivian das bemerkte, lachte sie. Sie wirkte dabei wie ein junges Mädchen.

Diese Frau war wie das Parfüm im Schlafzimmer, wie die

Kunstdrucke und der Nippes auf den Möbeln. Ein Rätsel, hinter dem sich ein weiteres Rätsel verbarg. Gerade wenn man dachte, man hätte es gelöst, war die Lösung wieder fort. Nicht zu greifen.

Vielleicht unerklärlich.

»Wer bist du, Vivian?«, fragte Krupp und wechselte unwillkürlich zum Du.

»Steht das nicht in meiner Akte?«

»Eine Akte sagt nicht alles.«

»Du weißt es doch. Ich bin eine Hure.«

Der Reißverschluss hatte sich verklemmt. Krupp musste mit etwas mehr Kraft ziehen, Vivian seufzte.

Krupp entschuldigte sich.

»Schon gut, hin und wieder mag ich es etwas härter.«

Sollte das eine Provokation sein?

Krupp verstand auch das nicht.

»Du nimmst keine Drogen«, fuhr der Commissario fort. »Du hast alles unter Kontrolle und kümmerst dich um die anderen Frauen. Warum?«

Der Reißverschluss war oben.

Krupp trat einen Schritt zurück, irgendwie erleichtert. Er schämte sich dafür und setzte sich wieder.

»Ich bin die, die du dir wünschst«, sagte Vivian. Sie öffnete die Schublade der Frisierkommode. Kokain, Amphetamine, Barbiturate. Ampullen mit Amylnitrit, Kondome in mehreren Farben und Sexspielzeug.

»Und was wünschst du dir, Commissario?«, fragte Vivian. »Die zärtliche Geliebte? Die Verlobte, die man den Eltern vorstellen kann? Die Domina oder lieber die unterwürfige Sklavin?«

»Was erhoffst du dir, wenn du Lorena oder Elizabeth unterstützt?«, fragte Krupp.

»Hättest du ihnen an meiner Stelle nicht geholfen?«

»Nicht auf diese Weise«, antwortete Krupp. »Es gibt soziale Einrichtungen, Therapiezentren, man kann …«

Vivian schloss die Schublade und fiel ihm ins Wort: »Wählen? Wählen zu können ist Luxus.« Sie deutete auf das Gemälde über dem Bett. Römische Soldaten in Rüstung, die Jungfrauen raubten. »Glaubst du, die hätten eine Wahl gehabt? Was siehst du auf diesem Bild?«

»Einen Tatort.«

Vivian lachte. »Eine typische Bullenantwort.«

»Das ist nun mal mein Beruf. Warum hast du es im Schlafzimmer aufgehängt?«

»Ist das ein Spiel, Commissario?«

»Spiel einfach mit.«

»Es erinnert mich an den Unterschied zwischen einem Mann und einer Frau.«

»Eine Massenvergewaltigung?«

»Frauen verstehen ihren Körper, Männer nicht, sie benutzen ihn nur«, meinte Vivian. »Deshalb empfinden sie Wut, wenn sie sich Frauen ansehen. Kannst du mir folgen?«

»Nein.«

»Deshalb braucht es das Kopfgeld.« Vivian setzte sich neben ihn auf die Bettkante, Krupp konnte die Wärme spüren, die ihr Körper ausstrahlte. »Männer wollen das, was sie nicht verstehen. Ihr hasst es, etwas nicht zu durchschauen. Das macht euch aggressiv.«

»Aber du benutzt das Begehren der Männer, um …?«

»Geld zu verdienen?«, Vivian schlüpfte in ein Paar schwarze Stiefel. »Wenn du glaubst, dass es um Begehren geht, irrst du dich.«

In den rechten Stiefel steckte Vivian eine spitze Nagelfeile. »Man kann nie wissen.«

Krupp stand auf. Vivian war ihm zu nah.

»Er wird sich nicht von einem im Fernsehen ausgesetzten Kopfgeld oder einer Nagelfeile beeindrucken lassen.«

Vivian fuhr sich mit dem Zeigefinger über die geschminkten Lippen. Sie hielt Krupp ihren Finger hin. Karminrot, die Farbe von Blut. Dann streckte sie den Arm rasch aus, als wollte sie ihm den Lippenstift an den Kragen schmieren.

Er packte ihr Handgelenk.

»Siehst du?«, sagte Vivian. »Menschen haben immer Angst. Man muss nur verstehen, vor was.«

Im Oktober des Vorjahres hatte Jo Milla zu einem Experten für die alpine Fauna geschickt, der gerade einen Tierführer veröffentlicht hatte: die üblichen Kieselsteine. Er sollte ihn nach dem *Wolpertinger* fragen. Die Leser, hatte er gesagt, liebten den *Wolpertinger.* Mehr noch, sie verehrten ihn. Milla hatte ihm vertraut, den Auftrag ausgeführt und sich zum Affen gemacht, was ihm heute noch nachhing: Wolpertinger gab es gar nicht, genau wie den Yeti.

Seitdem hatte sich Milla angewöhnt, in der Bibliothek zu recherchieren, bevor er sich in etwas reinkniete. Lektion gelernt.

Der Night Stalker, alias Richard Ramirez, war ein Serienkiller, der Los Angeles fast zwei Jahre lang in Atem gehalten hatte, bevor er 1989 zum Tod in der Gaskammer verurteilt wurde. Er hatte 41 Verbrechen begangen, darunter die Vergewaltigung einer alten Frau und dreizehn Morde.

Weißt du, wie sie den Night Stalker gefasst haben? Milla stellte bei seiner Recherche fest, dass er gar nicht richtig festgenommen worden war. Die Polizei hatte ihn vor einer wütenden Menschenmenge *gerettet.*

Jeffrey Dahmer war im Juli des vorangegangenen Jahres verhaftet worden, aber auch hier hatte die Polizei keine große Rolle gespielt. In Wahrheit war es eines seiner Opfer, das flüchten und eine Polizeistreife in der Nähe alarmieren konnte. Tatsächlich war nach Jeffrey Dahmer nicht mal *gefahndet* worden. Erst mit dieser Festnahme wurde die Polizei auf das Verschwinden von siebzehn Personen aufmerksam und konnte sie schließlich mit dem Mörder in Verbindung bringen.

Jetzt war Milla klar, was Jo hatte sagen wollen: Es ist nicht die Polizei, die solche Täter aufspürt. Es ist der Zufall, der sie hinter Gitter bringt.

Durch ein zufällig geschossenes Foto zum Beispiel.

Milla machte sich an die eigentliche Arbeit.

Im Telefonbuch gab es zwei Einträge unter dem Namen »Fiori Marilisa Blumen«. Der erste war lediglich ein Verkaufskiosk. Für größere Anlässe, Hochzeiten oder Beerdigungen, müsste man sich an »Das Gewächshaus« an der Kreuzung der Schnellstraße nach Meran, Richtung Ponte Adige wenden, hatte der Verkäufer gesagt.

Milla kam um 16.12 Uhr dort an.

Auf dem Parkplatz standen Düngersäcke, Palettenstapel, ein schwarzer Fiat 126 und ein weißer Fiat Ducato mit der Aufschrift »Fiori Marilisa Blumen«.

Milla klemmte den Renault mehr schlecht als recht dazwischen. Sobald er durch die Schiebetür ins Gebäude gegangen war, begann er zu schwitzen. In einem Gewächshaus kein Wunder.

Milla erklärte der Frau an der Kasse, er sei Journalist und habe bei der Beerdigung der ermordeten jungen Frau den Kranz aus roten und weißen Rosen gesehen. Die Widmung habe ihn gerührt.

»Haben sie eine Telefonnummer hinterlassen?«

»Warum sollten sie?«

»Zur Sicherheit oder falls es Probleme geben sollte.«

»Es hat noch nie ein Problem gegeben.«

Milla lächelte. »Aber warum sind die Rosen dann so spät gekommen?«

»Michele hatte Schwierigkeiten mit dem Auto.«

Milla triumphierte innerlich, der Blumenbote hatte jetzt einen Namen.

»Kann ich mit ihm sprechen?«

»Er ist nicht da. Was wollen Sie von ihm?«

»Ich verschwende Ihre Zeit, entschuldigen Sie.«

Milla hatte nie verstanden, warum ein normaler Mensch Polizist werden wollte. Jetzt, während er die Fahrertür des Renault öffnete, konnte er es sich wenigstens vorstellen. Er spürte dieses Kitzeln. Das Jagdfieber.

»Es wurde auch Zeit.«

Eine Frauenstimme riss ihn aus seinen Gedanken.

Schwarze Lederjacke, auf dem Kopf ein Glockenhut mit bunten Blumenstickereien, dunkler Lippenstift, Sommersprossen, üppige rabenschwarze Locken. Und graue Augen, wie Milla sie noch nie gesehen hatte.

Nie.

Die junge Frau zeigte auf den Fiat 126, den er zugeparkt hatte.

»Es wurde auch Zeit.«

Milla starrte erst den Wagen, dann die Unbekannte an. Der 126 hatte nichts Besonderes, aber diese grauen Augen unter der Hutkrempe hatten eine Intensität, die Milla in Bedrängnis brachte. Auf dem Rücksitz des Autos lag eine grüne Jacke.

»Du bist nicht der Blumenbote, sondern die *Blumenbotin.*«

Das Grau wurde noch intensiver. Milla konnte ihrem Blick zwar nicht standhalten, aber verschwinden sollte sie auch nicht.

»Ich bin Journalist, ich wollte dich nicht erschrecken.«

»Wo ist dein Presseausweis?«

»Warst du heute Morgen bei der Beerdigung?«

»Bist du einer dieser durchgeknallten Typen? Marilisa hat drinnen eine Pistole.«

»Das bin ich nicht, ehrlich. Ich bin wirklich Journalist. Ich habe den Blumenkranz mit der Schleife gesehen. *Die Freundinnen weinen …*« Milla hielt inne. »Hat Marilisa wirklich eine Pistole?«

Die junge Frau legte sich eine Hand über den Mund, um ein Lächeln zu verbergen. »Nur wenn du ein Triebtäter bist. Bist du einer?«

»Mein Chef glaubt, du bist einer.«

»Einer, der ein Meter fünfzig groß ist?«

»Das hat der Chef gesagt«, murmelte Milla, »ich bin nur für die Kieselsteine zuständig.«

Sie musterte ihn von unten nach oben. Über den Augenbrauen bildete sich eine kleine Falte, die seine Mutter »die Falte des Willens« nannte.

»Kieselsteine?«

Milla verfluchte den Redaktionsjargon. »Kleinvieh, Artikel, die, sagen wir, nicht ganz so wichtig sind.«

»Dann bist du ein Journalist, der, *sagen wir*, nicht ganz so wichtig ist?«

Diese Einsfünfzig wussten, wo sie zuschlagen mussten.

»Ich mache das seit zehn Monaten, in Wahrheit habe ich noch nicht mal einen Presseausweis.«

»Und dein Chef denkt, dass der Triebtäter bei uns arbeitet?«

»Ich habe dich fotografiert. Zufällig. Bei der Beerdigung, der Kranz, weißt du. Auf dem Bild sieht man dich von hinten und …«

Die junge Frau lachte auf. »Ihr seid vielleicht Genies, ihr zwei.«

Milla dachte: Und du kommst von dem Ort, wo der Regenbogen endet.

»Ich bin Iris. Keine Witze bitte.«

»Alex Milla. Wieso Witze?«

»Was ist das größte Glück eines Floristen? Eine Ehefrau namens Margerite, eine Tochter mit dem Namen Viola und eine zweite, die Rose heißt. Oder eben Iris. Ganz wie du willst.«

Milla lächelte. Doch dann hielt er inne. Hatte sie das verletzt?

»Alex Milla, würdest du deinen Schrotthaufen zur Seite fahren, dass ich da durchkomme?«

Milla hätte fast den Ducato gerammt. Der 126 kam neben ihm zum Stehen, und Iris gestikulierte, er solle das Fenster runterkurbeln.

»Aber der Triebtäter bist du nicht, oder? Das würdest du mir sagen, nicht wahr?«

Die Kaskade ihrer schwarzen Haare machte Milla sprachlos.

Sie warf ihm ein Papierkügelchen zu.

Dann fuhr sie davon.

Sein Herz klopfte wie wild, als er dort las: *Du schuldest mir ein Foto. I.*

Sein Herz klopfte wie wild, denn darunter stand: eine Telefonnummer.

DONNERSTAG, 9. JANUAR 1992

Nacht

Krupp hatte gegen 19 Uhr beschlossen, nach Hause zu fahren. Sein Blick war getrübt, er bewegte sich wie in Zeitlupe, und seine Kiefermuskeln waren starr wie eine Beißzange. Er hatte sich eine Pizza bestellt und geduscht.

Er wohnte in einem der zahlreichen Immobilieninvestments seiner Familie, in einer für ihn viel zu großen Wohnung im obersten Stock eines Mehrfamilienhauses in der Viale Duca d'Aosta. Durch die Fenster sah man den Rosengarten in all seiner Pracht.

Als der Pizzabote klingelte, waren seine Haare noch feucht. Krupp gab dem jungen Mann ein großzügiges Trinkgeld, setzte sich aufs Sofa und schaute die Regionalnachrichten.

Lorena war der Aufmacher.

Eine kurze Zusammenfassung des Falls, dann Marion Haller, wie sie an die Bevölkerung appellierte. Die verfluchte Nummer der gebührenfreien Leitung lief in leuchtenden Ziffern durchs Bild. Prostituierte, die ihr Gesicht nicht zeigten, sprachen über ihre Angst. Die Pressekonferenz vom Vortag. Levada, der von Junkies und Migranten sprach. Arianna stocksteif, Krupp neben *der Hand Gottes*. Die Stimme des Kommentators nannte ihn »den Commissario, der sich hinter der Geheimhaltungspflicht verschanzt«. Dann kamen die Politiker zu Wort: Ein sicheres Bozen, ein Bozen, in dem bestimmte Dinge nicht passieren dürfen. Dann der Dolchstoß: eine Polizei, die einer lebenswerten Provinzhauptstadt angemessen ist. Der Bericht schloss mit dem Bild der Journalistenmeute, die ihn bestürmte, als er die Questura verließ. Er wirkte wie auf der Flucht.

Um 21 Uhr kündigte die Moderatorin an, dass sie sich live im RAI-Studio Bozen befand. Die Moderatorin war bekannt und beliebt. Eine gute Journalistin, fortschrittlich und entschlossen.

Der Bildausschnitt der Kamera öffnete sich, bis auch Vivian ins Bild kam, die einen maskulin wirkenden Hosenanzug trug.

Die beiden Frauen saßen sich an einem dunklen Tisch gegenüber. Darauf lag die Kopie eines Schecks über zehn Millionen Lire.

»Das Leben von Prostituierten …«, begann Vivian.

»Sexarbeiterinnen«, korrigierte die Journalistin.

»Prostituierten«, wiederholte Vivian, »wir sind *Prostituierte.*«

Dann kam: das Milieu in Angst. Die Aids-Epidemie. Gewalttätige Freier. Heroin. Der Mord. Eine kurze Beschreibung Lorena Hallers.

Schließlich: das Kopfgeld.

Am Ende von Vivians Erklärung griff die Journalistin nach der Scheckkopie und zerriss sie.

»Glauben Sie nicht, dass es eine zivilisiertere Form gibt, dieses Problem zu lösen?«

Die Kamera zoomte auf Vivians Gesicht.

»Nein.«

Zwei Minuten später klingelte das Telefon. Krupp hielt das Gespräch so kurz wie nötig.

Um 22.56 Uhr rief er Arianna auf ihrer Privatnummer an.

»Ich habe eine Anweisung bekommen«, sagte Krupp. »Die Operation Minotaurus wurde genehmigt.«

48 Stunden waren vergangen.

Chancen, den Mörder aufzuspüren: null.

JANUAR IM SCHNELLDURCHLAUF

Die Zahl der Aussagen steigt, das Kopfgeld ist verlockend. Tote nach Überdosen verlangen nach Ermittlungen. Krupp verliert Zeit und Leute. Milla wartet eine Woche, bis er *die* Nummer wählt. Hin und wieder lacht Iris und fragt: »Was ist das für ein Lärm?« Es ist das Bassgewummer der Technomusik des Vermieters aus der Etage obendrüber, ein Bonus, den die Immobilienagentur ihm verschwiegen hatte. Die Anrufe bei der gebührenfreien Nummer ufern aus. Noch mehr Tote nach Überdosis.

Die Zahl der Ermittler nimmt ab, sie haben andere Aufgaben. Nach einer Woche verschwindet Lorena aus den Zeitungen. Milla und Iris: weitere stundenlange Telefonate. Jedes Mal, wenn er aufgelegt hat, wird Milla klar, dass er sie immer noch nicht gefragt hat, ob sie sich mit ihm treffen will. Er ist ein Idiot. Aber ein glücklicher. Die Mastini pfeifen und klatschen, wenn sie den als Prostituierte getarnten Beamtinnen der Operation Minotaurus begegnen. Klaus Verna ist mit seinem Anwalt Grandi in der Questura aufgetaucht, der die unerklärliche Verfolgung seines Mandanten seitens der Ordnungskräfte anprangert. Klaus Verna hat ein Alibi.

Noch mehr Drogentote.

Jo benutzt Milla wie eine Flipperkugel: von einem Loch zum anderen, immer das gleiche Szenario. Und trotzdem nur Kieselsteine: niemand interessiert sich dafür.

Am Dienstag, den 21. Januar, wird neben Lorenas Grabstein ein Brief gefunden: *Was ich getan habe, tut mir leid, aber es musste sein, und Du wusstest es. Ciao, Lorena. L. F.* Eine merkwürdige Handschrift. Der Friedhofswärter hatte ihn entdeckt, denn Krupp hatte seine Leute abgezogen. Der Brief geht an die Spurensicherung und verschwindet unter einem Haufen anderer Dokumente, die auf Lorenas Grab oder in der Nähe der Tankstelle in der Via Renon gefunden worden waren und an die Presse oder die bedauernswerten Eltern des Mordopfers geschickt wurden: Lorena Haller, 24 Jahre, 24 Messerstiche. Jo sagt: »Immer die gleichen Idioten.«

Der Brief ist nicht mal ein Kieselstein.

Levada veranstaltet mit den Mastini, die es kaum erwarten können, endlich wieder Türen einzutreten, eine Razzia. Milla lädt Tommy, den Rebell, zum Mittagessen ein, der ihm von den in die Szene eingeschleusten Polizistinnen erzählt. Man sieht schon von Weitem, dass sie nicht echt sind, ihnen ist immer kalt. Heroin schützt zwar nicht vor der Kälte, aber nach einem Schuss ist es dir egal, ob du frierst, meint er. Milla berichtet Jo davon, der augenzwinkernd erwidert: die Operation Minotaurus ist zwar ein offenes Geheimnis, aber wir behalten es für uns. Milla und Iris: die Telefonrechnungen steigen. Milla überwindet seinen Stolz und lässt sich öfter bei seinen Eltern sehen, um hin und wieder etwas Vernünftiges zu essen zu bekommen. Die Kupplung des Renault 5 kracht, aber sie hält.

Als Milla Iris um ein Date bittet, lacht sie und legt auf. Statt enttäuscht zu sein, hält Milla den Hörer weiter in der Hand und lächelt selig, warum, weiß er selbst nicht. Immerhin: Die Reaktion des Blumenmädchens ist kein Nein.

Der Januar endet, die Bilanz: zwölf Selbstmorde, alle drei Tage einer, und drei Vergewaltigungen. Zwei werden binnen weniger Stunden aufgeklärt: Der dritte Täter kommt davon.

FEBRUAR IM SCHNELLDURCHLAUF

Der Staatsanwalt reagiert nicht mehr auf seine Anrufe. Krupp erfährt, dass Giordano, genau wie vor ihm schon Rotter, mit einer anderen Aufgabe betraut worden ist. Lorenas Akte wird von einem zum anderen weitergereicht. Wie ein Souvenir aus Tschernobyl: Keiner will etwas damit zu tun haben.

Die Operation Minotaurus geht mit reduzierten Einsätzen weiter, Krupp weiß nicht, ob ihn das erleichtert oder nicht.

Eine weitere Razzia: Levadas Bulldoggen werden in einem Artikel auf Seite 17 der *Voce delle Alpi* erwähnt und sind zufrieden. Die Einzigen, die sich noch an Lorena erinnern, sind die Anrufer der gebührenfreien Nummer. Ein Mann stürzt sich in den Adige. Sie ziehen ihn bei Verona wieder aus dem Wasser. Er trägt Spitzenunterhöschen, und Jo ist völlig aus dem Häuschen.

Milla schickt Iris das Foto vom Friedhof, an die Adresse der Gärtnerei mit dem Gewächshaus, denn er weiß nicht, wo sie wohnt, und will auch nicht fragen. Der dritte Vergewaltiger wird festgenommen, als er es noch einmal versucht: Er landet auf der Titelseite. Die Politik drängt: Todesstrafe, Kastration, härtere Gesetze. Jo sagt: »Er ist es nicht.« Die *Voce delle Alpi* titelt: *MÖRDER DES FREUDENMÄDCHENS FESTGENOMMEN?* Krupp ist gezwungen, eine Pressekonferenz zu geben. Er sagt: »Er ist es nicht.«

Eines Nachts schneidet jemand den Frauen auf den Werbeplakaten der Stadt Brüste, Hintern und Augen aus. Da er sich auch an den Lippen eines bekannten Showgirls vergriffen hat, schafft seine Tat es bis in die landesweiten Nachrichten. Die Operation Minotaurus wird ausgesetzt. Jo sagt: »Es war eine Scheißidee.« Iris hat das Foto bekommen: Eine gute Ausrede für weitere nächtliche Telefonate. Der Techno dröhnt, Milla hämmert mit dem Besenstiel gegen die Zimmerdecke, der Vermieter ist ein Hüne, vollgepumpt mit Koks, er kommt an die Tür und packt ihn am Hals. Milla sagt: »Entschuldige, da war eine Spinne.« Die Taskforce besteht faktisch nur noch aus zwei Personen: Sovrintendente Capo Lici und Commissario Krupp.

Der Februar endet, Bilanz: sieben Selbstmorde. 1992 ist ein Schaltjahr, aber trotz des zusätzlichen Tages schlägt der Februar nicht den Februar des Vorjahres. Aber auch der war kein Rekordmonat, also: völlig egal. Während eines ausgedehnten nächtlichen Telefonats fragt Milla Iris, warum sie nicht mit ihm ausgehen will.

Iris antwortet: »Hast du es eilig?«

Das hat es Milla nicht.

MÄRZ IM SCHNELLDURCHLAUF

Haufenweise Kieselsteine und ein ständig größer werdender feuchter Fleck an der Decke. Vielleicht ein Wasserschaden. Milla nimmt all seinen Mut zusammen, und das Scheißmusik hörende und wie ein Staubsauger Koks schniefende Muskelpaket sagt: »Dein Problem.«

Milla denkt nach und kommt zu dem Schluss: Der feuchte Fleck verleiht dem Zimmer einen Hauch von *Boheme*.

Jemand nutzt den Karnevalstrubel, um Migranten zu verprügeln. Milla spricht mit Tommy, dem Rebellen. Er ist schlecht drauf. Glasige Augen, er lallt und stinkt. Milla lädt ihn auf einen Kaffee ein. Tommy ist wütend. Er sagt: »Sie haben ihn nicht gefunden, weil sie ihn nicht finden wollen. Sie wollen ihn nicht finden, weil ihnen das gut in den Kram passt. Da sind gefährliche Typen unterwegs, und nicht alle tragen Zivil.« Dann kotzt Tommy auf den Tisch, und man wirft sie aus dem Lokal.

Ein anderer nutzt den Karneval für einen Überfall in großem Stil: Er steht mit gezogener Waffe im Schalterraum einer Bank in der Via Cassa di Risparmio, dann ergreift er die Flucht. Der Fahrer eines Krankenwagens beobachtet das Geschehen, hält sich für Bruce Willis und verfolgt die Bankräuber mit Blaulicht und Sirene. Es funktioniert. Der Täter wird festgenommen.

Colucci ermittelt weiter in Sachen Schmiergelder, Rizzi schwant nichts Gutes, was den Hockey-Club Bozen angeht. »Nicht ihr

Jahr«, sagt er. Jo bekommt eine schwere Grippe und muss Milla freie Hand lassen: Entlassungen in den Stahlwerken, Entlassungen in der Aluminiumfabrik, die Ziegelfabrik schließt, die Lackfabrik beantragt ein gerichtliches Vergleichsverfahren. Das alles hat mit Kriminalberichterstattung nichts zu tun, aber niemand sonst in der Redaktion will darüber schreiben. Der Chefredakteur macht ihm Komplimente, seine Artikel seien genau richtig deprimierend, aber mit der nötigen Prise Menschlichkeit, sodass sie für Gesprächsstoff sorgen. Trotzdem: kein Presseausweis. Die Mieten steigen.

Milla sagt zu Iris: »Erzähl mir etwas über dich, das ich nicht weiß.« Iris antwortet: »Ich hasse die *Rosa banksiae lutea.*«

Sie meint es ernst, Milla muss in die Bibliothek: *Rosa banksiae lutea,* die Bozener Rose oder das Meraner Röschen. Durch Kreuzungen und Selektion hat sie keine Dornen.

Milla denkt: Warum nur hasst Iris diese Blume?

Der *bohemienhafte* Fleck an der Decke stellt sich als ernstes Problem heraus. Aber der Vermieter will die Rechnung nicht übernehmen, und Milla muss bei seinen Eltern um Geld betteln.

Drogentote. Razzien. Eine Frau wird im grenznahen Valle Aurina ermordet. Drei Jahre zuvor hatte sie einen dortigen Priester denunziert und wurde aus der Gemeinde ausgeschlossen. Sie hatte ein Buch geschrieben, in dem sie ihre Version des Geschehens beschrieb, dann ist sie ins Tal zurückgekehrt. Der Mob hat sie angegriffen. Am 17. März wird ihr Leichnam gefunden.

Jo titelt: *DAS GEHEIMNIS DER ERMORDETEN PFARRERSHAUSHÄLTERIN*

Krupp prüft: Er ist es nicht. Auch dieser Mörder wird nicht gefasst.

Die Stimmen der gebührenfreien Nummer verstummen nicht, sie krächzen, schreien, flüstern, vertrauen sich an, schimpfen, klagen an, beten. Mindestens einmal die Woche gibt der wahnsinnige Sänger seine Version von »I Fought the Law« zum Besten. Marion Haller verbringt die Nächte damit, Spritzen, Kondome und Münzgeld zu verteilen. Sie wird von einem Dealer angegriffen. Krupp nimmt ihn fest. Lopez fragt, ob er ihn in die Zelle X bringen soll. Marion Haller fragt, ob sie das Fotokopiergerät der Questura benutzen kann, sie hat kein Geld mehr für Handzettel. Krupp lässt sie machen. Das wird zur Gewohnheit, Krupp bezahlt Papier und Druckerpatronen aus eigener Tasche. Jedes Mal fühlt er sich dabei schmutzig.

Kieselsteine schaufeln bringt auch Überraschendes hervor: Die Floristin von Fiori Marilisa Blumen gewinnt den ersten Preis bei einem Blumenbindewettbewerb. Ein guter Grund für ein Gruppenfoto. Marilisa riecht den Braten und sagt: »Iris, zeig Alex doch bitte das Gewächshaus.« Iris ist gekleidet wie ein Mann, Milla hat sich die Haare gekämmt und unter einer Basecap der *Riders* versteckt, dann hat er die Kappe doch im Auto gelassen, weil er sich dämlich vorkam. Er fragt: »Warum hasst du die *Rosa banksiae lutea?* Eine Rose ist eine Rose ist eine Rose, oder nicht? Wie in den Märchen: ›Finde die Lösung, und vielleicht gehe ich dann mit dir.‹« Milla macht unzählige Fotos. Jo entdeckt sie in der Dunkelkammer und fragt: »Gibt es etwas, was ich wissen sollte, Champion?«

Krupp denkt, der Täter könnte tot sein. Deshalb achtet er auf die Selbstmordfälle. Recherchiert die Vorgeschichte der Toten. Diskret. Arianna hilft ihm. Krupp sollte das Grab seines Vaters besuchen, aber er schiebt es immer wieder auf. Karli sagt: »Ich verstehe, du bist beschäftigt, du trägst viel Verantwortung.«

Am Ende sagt sich Krupp, dass er sich getäuscht haben muss. Vielleicht war es gar kein Triebtäter. Vielleicht ist es vorbei. Vielleicht hat es nicht mal richtig angefangen. Er schläft kaum und wenn, dann schlecht. Nach dem Aufwachen kommen ihm die 24 Messerstiche wieder in den Sinn. Wer tötet mit 24 Messerstichen?

Der März endet *nicht* mit:

SAMSTAG, 21. MÄRZ 1992

6.40 Uhr

– Notruf, wie kann ich Ihnen helfen?

– Bitte, hier ist ein Mann, der …

– Signora?

– …

– Signora, greift der Mann Sie an?

– Nein, er ist …

– Signora?

– Polizei? Spreche ich mit der Polizei?

– Polizei. Wer spricht?

– Matthias. Baumgartner. Ich … Sie müssen kommen … O Gott. Sie müssen …

– Signor Baumgartner, sind Sie noch da?

– Blut, es ist alles voller Blut …

MARLENE

»Ich spüre, viele werden sterben.«
»Sicher, der Ofen ist groß.«
JUVENAL, 10. SATIRE, 82–83

SAMSTAG, 21. MÄRZ 1992

Morgen

Grade mal zwei Grad plus: Falls der Frühling tatsächlich im Anflug war, hatte es der Schnee am Fahrbahnrand noch nicht gemerkt. Um 6.08 Uhr sendete *Radio Sarnerwelle* die ersten Takte eines Songs, den Matthias Baumgartner super fand. Er drehte lauter und fing an, mitzusingen.

Kurz vor der Ausfahrt Campodazzo zeigten ihm die Baustellenschilder, dass er langsamer fahren musste. Der neben der Staatsstraße 12 schäumend dahinfließende Isarco sollte eingedämmt werden. Außerdem war die Straße von einer Eisschicht überzogen, und, wie Vanilla Ice es gerade im Radio besang, das *Ice-Ice-Baby* war tückisch.

Um 6.10 Uhr kam er am Pfau vorbei, einer Kombination aus Imbissbude und Tankstelle. Matthias Baumgartner warf einen Blick auf die Parkbucht zu seiner Rechten, hinter der ein altes heruntergekommenes Bahnwärterhaus stand.

Dort lag ein Körper am Boden.

Matthias hielt am Straßenrand und stieg aus dem Auto. *Ice Ice Baby* bekam plötzlich eine ganz andere Bedeutung. Seine Kehle war wie zugeschnürt. Vor seinen Augen tanzten schwarze Punkte. Er musste sich an den Kofferraum seines Wagens lehnen, um das Asthmaspray aus der Tasche zu holen.

Ice Ice Baby.

Frau Amplatz war schon eine ganze Weile auf den Beinen. Die 63-jährige Witwe lebte auf einem Bauernhof, unweit des verfallenen Bahnwärterhäuschens. Sie hatte die *cocchele,* die Eier, aus dem Hühnerstall hinter dem Haus geholt und legte sie in die Schachtel, dabei achtete sie sorgsam darauf, dass keines zerbrach.

Vom Bahnwärterhäuschen neben der Staatsstraße 12 aus konnte man ihren Hof leicht erreichen, man musste nur über den Absperrzaun aus galvanisiertem Stahl klettern. Dann ging es zwei-, dreihundert Meter leicht bergauf, und man stand vor ihrer Haustür.

Wenn man klopfte, machte Frau Amplatz automatisch auf, sie schaute nicht extra nach, wer vor der Tür stand. Um diese Uhrzeit konnte es nur Günther, der Briefträger, sein, der hin und wieder vorbeikam, um einen Kaffee zu trinken und ein paar Minuten zu plaudern.

Es war nicht Günther.

Es war ein Mann mit blutverschmierten Händen, der keuchte, als hätte er sich an einem Stück Brot verschluckt. Er stöhnte: »Carabinieri.«

Die Witwe eilte zum Telefon und wählte die 112. Von der Stimme am anderen Ende der Leitung überrumpelt, reichte Frau Amplatz den Hörer an den Unbekannten weiter.

Sie hörte ihm zu und bekreuzigte sich.

Sie dachte: Ich sende euch wie Schafe mitten unter die Wölfe.

Der Streifenwagen war um 6.27 Uhr von der Kaserne in Ponte Gardena losgefahren, die Carabinieri, ein Brigadier und ein Rekrut, hatten den Tod der jungen Frau festgestellt und die Leitstelle angerufen. Die Leitstelle hatte einen Krankenwagen geschickt und die Questura in Bozen verständigt, denn der Brigadier war im Januar bei den Ermittlungen im Fall Lorena Haller dabei gewesen und hatte nun darum gebeten, direkt mit Krupp verbunden zu werden.

»Sie ähnelt der jungen Frau in der Via Renon, Commissario.«

»Wie ähnlich?«

»Zu ähnlich.«

Krupp hatte Arianna zu sich beordert, erste Anweisungen gegeben, die Staatsanwaltschaft verständigt und Beamte losgeschickt, die Matthias Baumgartner befragen sollten, der nach einem Zusammenbruch inzwischen im Krankenhaus lag. Dann war er in den blauen Thema gesprungen, einen unangenehmen metallischen Geschmack im Mund.

Als er an der Haltebucht der Bundesstraße 12 ankam, war es 7.12 Uhr. Der Wald roch noch nicht nach Tauwetter. Mit den steigenden Temperaturen würde der Schnee schmelzen und die Luft mit dem modrigen Zersetzungsgeruch erfüllen, den Krupp schon immer mit dem Frühling verbunden hatte. Im Moment roch es nach: Abgasen und den mineralischen Aromen des Flusses.

Als Krupp den Körper der Frau auf dem Asphalt liegen sah, war sein erster Gedanke: Sie ist jung. Wie alt dürfte sie wohl sein? Schwer zu sagen. Sie wirkte wie ein Kind.

Wie Lorena.

Krupp dachte: Zu wenig Blut. Keine strahlenförmigen Spritzer. Der Tatort und der Fundort stimmten nicht überein. Sie war im Auto ermordet worden.

Wie Lorena.

Der Commissario sah sich um. Keine Straßenlaternen oder eine andere Beleuchtung entlang der Staatsstraße. Die Parkbucht lag nachts im Dunkeln. Er hatte ein Déjà-vu: Der Täter brachte sie hierher, parkte und tötete sie. Öffnete die Tür und warf sie aus dem Wagen.

Wie bei Lorena.

In diesem Augenblick kam das Fahrzeug der Spurensicherung. Die Techniker trugen Schutzanzüge und sahen sich besorgt um. Bauarbeiter hatten die Parkbucht zur Lagerung von Werkzeug und Bauschutt genutzt. Außerdem lagen überall leere Flaschen, Weinkartons, Spritzen und benutzte Kondome herum.

Krupp zog weiter seine Kreise um die Leiche.

Die Frau war zierlich, nicht größer als ein Meter fünfzig, höchstens 45 Kilo schwer. Der linke Arm lag unter dem Rücken, der rechte auf der Brust, die Hand auf der Höhe des Gesichts. Rosafarbene Tennisschuhe, weiße Frotteesocken, hellblaue Hosen und eine Jeansjacke in der gleichen Farbe, ein etwas dunkleres Jeanshemd unter einem beigen Sweatshirt. Dieses Mal hatte *er* nicht einmal so getan, als wäre er an Sex interessiert, die Kleidung war unberührt.

Neben dem Schnitt am Hals zählte Krupp fünf Stiche. Ohne Dottor Simoni wusste er nicht, ob es noch andere gab, aber die blutdurchtränkte Kleidung legte den Schluss nahe.

Unter der Wunde am Hals erkannte er einen merkwürdigen Abdruck, ähnlich wie bei Diebstahlopfern, denen ein Halskettchen abgerissen worden war.

Krupp steckte die Spitze seiner Krawatte in die Hemdtasche, beugte sich nach unten und betrachtete das Gesicht der Ermordeten. Dunkle Haut, große schwarze Augen, hohe Wangenknochen. Schmale Lippen, in den Mundwinkeln sanft nach oben gerichtet. Scharfe Gesichtszüge. Lange schwarze Haare, die mit einer breiten Schleife zu einem Zopf gebunden waren. Die Schleife war rot.

Der Ausdruck auf ihrem Gesicht erzählte von Panik. Aber was ihn erschütterte, war nicht die Panik, es war die Wut. Die großen dunklen Augen der jungen Frau starrten in den Himmel über der Staatsstraße 12, als ob er eine Beleidigung wäre.

Krupp trat ein paar Schritte zurück, Arianna nahm seinen Platz neben der Leiche ein.

Um 8.03 Uhr tauchten Lopez, Ayrton Senna und Lombardi auf. Die Nachricht vom Leichenfund musste bis zu Levada gedrungen sein.

Um 8.12 Uhr setzte Sovrintendente Capo Lici ihre Sonnenbrille ab.

»Ich glaube nicht, dass es eine der Frauen ist, die wir bei der Operation Minotaurus getroffen haben, ihr Gesicht sagt mir nichts.«

Darauf hatte Krupp auch nicht gehofft. »Hast du mit der Mobile gesprochen?«

»Keine Vermisstenmeldung innerhalb der letzten 48 Stunden.«

»Zum Pfau?«

»Drogen, Prostitution, ein paar Diebstähle.«

Sein Jagdrevier.

»Vielleicht war sie als Anhalterin unterwegs«, wandte Arianna ein.

Er ist schnell, brutal, zu allem entschlossen und: Er wirkt harmlos.

Eine mögliche Hypothese.

»Wie ist es abgelaufen, was glaubst du?«

»Eine Kopie des Mordes an Lorena Haller.«

»Sie sieht nicht wie ein Junkie aus.«

»Lorena auch nicht.«

»Lorena wirkte friedlich«, sagte Krupp nach einer Weile, »das war …«

»Beunruhigend. Genau. Sie auch, aber irgendwie … anders.«

»Siehst du das auch?«

»Wütend, sogar aggressiv. Auf den Mörder?«

»Auf uns, wenn wir ihn nicht finden.«

Ayrton Senna und Lombardi saßen unbeteiligt auf der Leitplanke und rauchten.

Krupp rief sie zu sich. »Ihr geht in den Pfau. Vielleicht haben die dort Kameras. Sucht nach Leuten, die sich zur besagten Zeit auffällig verhalten haben, ein Mann, der eine junge Frau mit dunklen Haaren angesprochen hat, die nicht größer war als ein Meter fünfzig und eine auffällige rote Schleife im Haar trug, daran könnte man sich vielleicht erinnern.«

»Ich nehme an«, brummelte Lombardi, »ein Polaroid der Toten zu zeigen, kommt nicht infrage?«

»Und Fingerabdrücke können wir auch nicht nehmen, weil Dottor Simoni heute mit dem falschen Fuß aufgestanden ist«, ergänzte Ayrton Senna und setzte seine Ray Ban auf.

»Nun«, fuhr Lombardi fort und kratzte sich den kahlen Kopf, »außer dass wir nach einer jungen Frau mit dem Gesicht eines potenziellen Opfers und einem Mann, der wie ein Triebtäter aussieht, suchen, gibt es noch weitere Fragen, die wir stellen sollten? Irgendwelche Vorschläge, Commissario?«

Lombardi und Ayrton Senna waren zwar Idioten, aber sie hatten recht. Um keine Zeit zu verschwenden, mussten sie zumindest herausfinden, wer die Tote war. In der Umgebung hatte man weder einen Rucksack noch eine Tasche von ihr gefunden, aber vielleicht hatte sie einen Geldbeutel mit Papieren bei sich. Um 8.40 Uhr dachte Krupp: Das ist nichts für die Öffentlichkeitsarbeit.

Er rief einen der Techniker der Spurensicherung und einen Fotografen im weißen Overall zu sich, dann zog er Latexhandschuhe über, löste seine Krawatte, steckte sie in die Manteltasche und begann die Kleidung der Leiche zu durchsuchen.

Die Frau wog nicht viel. Jedes Mal, wenn Krupp sie bewegte, wartete er einen Moment, bis der Fotograf eine Aufnahme gemacht hatte. Er überprüfte die Jackentaschen. Nichts. Dann die Hosentaschen. Dort fand er eine Telefonmünze, die er in einen Beweissicherungsbeutel fallen ließ. Er hob vorsichtig das Sweatshirt hoch, aber auch die Taschen des Jeanshemds waren leer. Keine Papiere, kein Name.

Um 9.01 Uhr erschien der neue Staatsanwalt. Er hieß Schneider.

»Meinen Sie, das ist Ihr Täter?«

Krupp antwortete nicht. »Simoni?«

Der Staatsanwalt wirkte verlegen und versprach Krupp, sich persönlich darum zu kümmern, dass der Pathologe so schnell wie möglich auftauchte. Dann stieg er wieder in seinen Audi 80 und fuhr zurück Richtung Bozen. Nicht ein Blick auf die Leiche.

Um 9.07 Uhr kam der erste Journalist. Jo Serafini. Wegschicken konnte Krupp ihn nicht, aber er schickte zwei Uniformierte zu ihm, um ihn und alle anderen, die noch auftauchen würden, möglichst fernzuhalten. Gleichzeitig hörte er Arianna sagen: »Holt Tücher, deckt den Körper ab und baut einen Sichtschutz. Kein Foto auf der Titelseite.«

Um 9.18 Uhr hörte man Sovrintendente Capo Lici schimpfen: »Warum rufen wir nicht die hiesigen Carabinieri? Wenn die Frau aus der Gegend kommt, ist sie ihnen vielleicht bekannt.«

Krupp verfluchte sich, nicht früher daran gedacht zu haben.

Um 10.15 Uhr, vier Stunden nach dem Leichenfund, meldete sich der Staatsanwalt über Funk: Dottor Simoni sei krank, der Pathologe aus Trento stehe leider nicht zur Verfügung.

Er versuche es jetzt in Verona, Brescia und Padua. Krupp überschlug die Entfernungen.

Um 10.30 Uhr erstatteten Ayrton Senna und Lombardi Bericht. Keine Kameras im Pfau. Die beiden hatten ein wenig Wind gemacht, ein paar Adressen notiert, aber Erfolgversprechendes war nicht darunter gewesen.

Um 11.10 Uhr, fünf Stunden nach dem Auffinden der Leiche, hob der Carabiniere den Kopf und sagte: »Sie heißt Marlene Wieser.«

»Sicher?«

Es hatte schon öfter Fehler bei Identifizierungen gegeben, und Krupp wollte sichergehen.

»Sie ist es.«

»Eine Prostituierte?«

»Möglich.«

»Drogenabhängig?«

»Möglich.«

Der Carabiniere registrierte die Niedergeschlagenheit in Krupps Gesicht. »Sie hat Vorstrafen wegen Bettelei, wir haben eine Akte. Sie hat die Gäste in einer Pizzeria in Collepietra bedrängt, ihr etwas zu geben, und als der Besitzer sie gebeten hat, das sein zu lassen, hat sie einen Wutanfall bekommen. Das war vor etwa einem Jahr. Ich erinnere mich noch, weil sie so jung war und nicht aussah wie jemand, der betteln müsste. Sie tat mir leid, verstehen Sie?«

Die Akte mit einem Foto bekam Krupp um 12.10 Uhr, zugleich trafen der Leichenwagen und Commissario Capo Levada ein. Auf dem Foto hatte Marlene Wieser etwas Schmollendes. Am linken Ohr trug sie eine goldene Kreole, die Haare waren im Gothic-Stil frisiert. In den Unterlagen fand sich auch die Adresse des Opfers, sie wohnte noch bei ihren Eltern.

Krupp zeigte Arianna die Akte. »Schirmt die Familie ab, aber sucht keinen Kontakt. Ich möchte der Erste sein, der mit ihnen spricht.«

Arianna verschwand, und Krupp ging zu Levada, der Marlenes Leichnam betrachtete.

»Ich habe mit dem Staatsanwalt gesprochen, weil ich den Eindruck habe, dass dir die Situation entgleitet. Hast du den Abdruck am Hals gesehen?«

»Dazu hatte ich sechs Stunden Zeit.«

»Ein Raubüberfall, der aus dem Ruder gelaufen ist?«

»Er hat sie hierhergebracht, sie mit Fäusten traktiert, ihr die Kehle durchgeschnitten und ist dann abgehauen. Und das alles nur wegen einer Halskette. Das scheint sehr plausibel, Commissario Capo.«

»Höre ich da Andeutungen auf seltsame Hypothesen heraus?«

»Das kann ich mir nicht leisten«, antwortete Krupp ungehalten, »nicht bevor ich den Bericht eines Pathologen habe.«

Levada klopfte ihm auf die Schulter und fuhr nach Bozen zurück.

Sechs Stunden, dachte Krupp. Sechs lange Stunden, die Marlene Wieser, neunzehn, dunkler Typ, große vorwurfsvoll zum Himmel gerichtete dunkle Augen, Jeans und rote Schleife, auf dem Asphalt liegen musste. Als wäre sie Müll.

Um 12.30 Uhr erschien Dottor Simoni, die Augen noch röter als sonst, in Begleitung von Staatsanwalt Schneider. Er trug einen Schal und einen Wollmantel und brauchte zwanzig Minuten für eine erste Untersuchung. Die Uniformierten, die den Sichtschutz hielten, starrten krampfhaft auf einen imaginären Punkt am Horizont.

Marlene war kein schöner Anblick.

»Ich zähle 14 Stiche, einen in den Hals«, stellte der Pathologe fest. »Regelrecht abgeschlachtet.«

Staatsanwalt Schneider räusperte sich, Simoni nahm die zweite Magentablette. Lopez' Augenlid zuckte wie verrückt, und Krupp spürte die Gewalt, die in diesem Wort steckte.

»Die Stiche in den Thorax wurden rasch hintereinander ausgeführt. Das Gleiche lässt sich für die Stiche am oberen Rücken sagen. Aber der erste war der tödliche, der in den Hals. Bei den anderen war sie schon im Todeskampf.«

»Ist das sicher?«, fragte Krupp.

Simoni starrte zu Boden. »Ja.«

»Tatort ist nicht gleich Fundort?«

»Das wissen Sie selbst.«

Krupp deutete auf den Abdruck am Hals. »Was könnte das sein?«

»Es könnte ein Strangulationsversuch gewesen sein. Mit einem sehr feinen Strick. Fünf oder vielleicht sechs Millimeter Durchmesser.«

»Levada«, schaltete sich Lopez ein, »hat die Vermutung geäußert, es könnte eine Halskette gewesen sein, etwas wie …«

»Ein Raubüberfall, der in einer Tragödie endete?«, unterbrach ihn Simoni. »Dem muss man nachgehen, aber das glaube ich nicht. Die Klinge dürfte zehn oder zwölf Zentimeter lang sein. Später kann ich Ihnen weitere Details liefern, aber ein Taschenmesser ist es nicht. Es handelt sich um ein Messer mit Doppelklinge.«

»Wurde sie vergewaltigt?«, fragte Schneider.

»Es gibt keine Anzeichen für sexuelle Gewalt, aber hier kann ich das nicht abschließend attestieren. Auch keine Einstichstellen von Spritzen. Aber wir machen auf jeden Fall eine toxikologische Untersuchung.«

Simoni zog ein Stofftaschentuch aus der Manteltasche und wischte sich über Stirn und Kinn. Bevor er fortfuhr, schluckte er eine dritte Tablette. »Wie Commissario Krupp bereits bemerkt hat, lassen die Größe und die Tiefe der Verletzungen, das Fehlen strahlenförmiger Blutspritzer *in loco* sowie Quantität und Qualität der Blutspuren vermuten, dass der Fundort nicht gleich der Tatort ist. Der Tod ist vermutlich im Auto des Täters eingetreten.«

Alle dachten es, aber Schneider sprach es aus: »Handelt es sich um den gleichen Täter wie bei Lorena Haller?«

»Möglich, oder um eine Person, die den gleichen Tötungsdrang hatte«, antwortete Simoni.

»Noch etwas, Dottore?«

Simoni schüttelte den Kopf. »Wenn Sie wollen, können Sie den Bestattern sagen, dass sie den Leichnam wegbringen können. Können wir kurz unter vier Augen sprechen, Commissario?«

Krupp folgte ihm bis zum Bahnwärterhäuschen, aus dem Modergeruch drang.

»Das nächste Mal«, sagte der Pathologe, »machen Sie sich bitte nicht die Mühe, mich zu rufen.«

Das nächste Mal: ein Schlag ins Gesicht.

»Es wird kein nächstes Mal geben«, erwiderte Krupp.

»Haben Sie eine Spur? Eine Personenbeschreibung? Ein Autokennzeichen? Ein Modell?«

»Nein, aber das ist kein Grund, aufzugeben.«

»Ich habe eine Tochter im Alter dieser Frauen. Ich möchte nichts mehr damit zu tun haben.«

»Das ginge jedem so.«

»Pure Lust am Töten bedeutet, dass er niemals aufhören wird«, wiederholte Simoni, dessen Atem nach Galle roch, »so lange, bis er einen Fehler macht, weil er gar nichts mehr im Griff hat. Erst dann werden Sie ihn finden, Commissario. Und Fehler hat er bis jetzt noch keine gemacht. Es wird ein nächstes Mal geben, glauben Sie mir.«

Simoni wandte den Blick von Krupp ab und ließ ihn zum Wald schweifen.

»Es tut mir leid.«

»Wahrscheinlicher Todeszeitpunkt?«

Simoni zuckte zusammen. Er schien Krupp völlig vergessen zu haben.

»Zwischen fünf und sechs.«

Matthias Baumgartner hatte Marlene um 6.10 Uhr gefunden, das Blut war noch so frisch gewesen, dass es seine Hände und die Kleidung beschmiert hatte. Seine Zeitangabe war deswegen so präzise, weil er sich noch genau daran erinnerte, welches Lied er auf *Radio Sarnerwelle* gehört hatte. Die Carabinieri hatten den Sender kontaktiert, um sich das bestätigen zu lassen: »Vanilla Ice«. Das bedeutete, dass Baumgartner den Mörder nur knapp verpasst hatte.

Krupp verabschiedete sich von Simoni und Schneider. Dann vergewisserte er sich, dass die Sargträger Marlene Wieser mit dem nötigen Respekt behandelten, neunzehn Jahre, 14 Stiche.

Was hast du um fünf Uhr morgens hier gemacht, Marlene? Warum hast du die Gäste der Pizzeria belästigt? Brauchtest du Geld? Für was? Drogen? Hast du dich hin und wieder prostituiert? Hast du gerade erst angefangen? Hat er dich auf dem Strich angesprochen, oder hast du den Daumen rausgehalten, und er hat dich mitgenommen? Wo wolltest du hin? Nach Hause? Wo bist du gewesen?

Mit wem?

Mit ihm?

Nur mit ihm?

Und schließlich: War dir in deinen dünnen Sachen nicht kalt?

Marlene Wieser hatte in Colma gewohnt, einem kleinen Dorf an der Staatsstraße 12 zwischen Campodazzo und Ponte Gardena. Eines der Dörfchen des Isarco-Tals, die etwas abseits der Touristenströme lagen und in denen sich zahlreiche Handwerksbetriebe angesiedelt hatten. Es war eine trostlose Gegend, das sah man auf den ersten Blick.

Das Haus der Familie Wieser stand am Dorfrand, in einer kleinen Siedlung mit staatlich geförderten Wohnhäusern. Eine junge

Frau öffnete die Tür. In der Akte stand, dass Marlene eine Schwester hatte, Adele, 24. Sie sahen sich ähnlich. Dunkle lange Haare, olivfarbener Teint, große schwarze Augen und der gleiche harte Gesichtsausdruck.

Krupp und Arianna zeigten ihre Dienstausweise.

»Was hat Marlene angestellt?«

»Dürfen wir reinkommen?«

Adele brachte sie in die Küche, die Vorhänge waren zugezogen. Auf einer Konsole stand das Telefon. Daneben eine Rose in einer Glasvase und das Foto eines Mannes mit spitzem Gesicht. Am Rahmen ein Trauerflor aus schwarzem Samt. Ein Tisch mit Sitzbank und zwei Holzstühlen mit geschnitzten Herzen. Auf der Bank saß eine alte Frau, die ein Neugeborenes wiegte. Dunkle Augenringe und tiefe Falten erzählten von einem schweren Leben.

»Das sind meine Mutter Elsa und meine Tochter Michaela«, sagte Adele, »Mamma, die Beamten sind …«

»Von der Polizei«, flüsterte Elsa.

Niemand in der Polizeihochschule kann dir beibringen, wie man eine Nachricht vermittelt, wie er sie jetzt Marlenes Mutter und ihrer Schwester überbringen musste. Krupp hatte gelernt, dass man ohne Umschweife zur Sache kommen sollte.

»Ich bin Commissario Luther Krupp, und das ist Sovrintendente Capo Arianna Lici. Es tut uns leid, Ihnen mitteilen zu müssen, dass Marlene Wieser heute Morgen ermordet aufgefunden wurde.«

Adele setzte sich. »Wo?«

»An der Staatsstraße 12.«

Sie schlug auf die Tischplatte und wiederholte: »Ermordet.«

Michaela begann zu weinen. Adele nahm sie der Großmutter aus dem Arm, und es dauerte nicht lange, bis sie das Baby beruhigt hatte. Elsa verschränkte die Arme vor der Brust.

»Wer?«, fragte Adele mit funkelnden Augen.

Krupp dachte: Ein starker, schneller und zu allem entschlossener Mann.

Er deutete auf das Foto mit dem Trauerflor. »Ist Ihr Vater vor Kurzem verstorben?«

»Er hat sich vor einem Jahr aufgehängt«, erwiderte Adele abweisend. »Er war Alkoholiker. Er hat versucht, davon loszukommen, hat Hilfe gesucht, aber er war zu schwach. Er ist schuld an Marlenes Tod. Er war nicht streng genug, deshalb ist Marlene auf die schiefe Bahn geraten. Und jetzt das.«

Jeder drückte seinen Schmerz auf seine Weise aus. Es gab Menschen, die verstummten, andere drohten, sich das Leben zu nehmen, wieder andere fielen in Ohnmacht, beteten oder reagierten aggressiv auf den Überbringer der Nachricht.

Adele klammerte sich an die Wut.

»War Marlene berufstätig?«

Adele wiegte den Säugling jetzt schneller. »Sie hat in einer Bar gearbeitet, im Arkadia in Bressanone. Sie verdiente gut, aber meiner Schwester war es trotzdem nicht genug. Sie hat vor einem Jahr gekündigt. Sie wollte nach New York, Paris, London. Von diesen Städten hatte sie Poster in ihrem Zimmer.«

»Haben Sie etwas dagegen, wenn meine Kollegin sich dort umsieht?«

Adele zuckte mit den Schultern.

»Haben wir Ihre Erlaubnis, persönliche Gegenstände mitzunehmen, die uns bei den Ermittlungen helfen könnten?«, fragte Sovrintendente Capo Lici.

»Warum nicht, wem nutzen sie denn jetzt noch?«, antwortete Adele.

Elsas Fingernägel fanden eine Furche in der Platte des Holztischs und begannen zu graben.

Arianna öffnete die Tür und rief nach einem Uniformierten, der

Kartons hereinbrachte. Sie legte das Formular auf den Tisch, mit dem die Familie bestätigen sollte, dass sie der Durchsuchung auch ohne richterliche Anordnung zustimmte.

Krupp blieb allein mit der weiblichen Dreifaltigkeit zurück, jede starrte ihn auf ihre Weise an: die Gramerfüllte, die Unschuldige, die Zornige.

»Marlene hatte keinen Führerschein«, sagte er.

»Sie nahm den Bus oder trampte.«

»Wussten Sie, wo sie hinwollte?«

»Brixen, Bozen ...«, war die vage Antwort, »sie hatte gerne ihren Spaß.«

Krupp dachte: Marlene hält den Daumen raus, er sieht sie, hält an, er hat ein harmloses Gesicht, Marlene vertraut ihm.

»Hatte Marlene Freunde?«

»Eher zu viele.«

Krupp hielt ihr das Notizbuch hin. »Könnten Sie die Namen notieren, an die Sie sich erinnern?«

Adele begann zu schreiben. »Von ihnen war das keiner.«

»Marlene hatte eine Vorstrafe wegen Bettelei«, sagte Krupp.

»Eine Schande«, murmelte Elsa.

Adeles Stimme wurde noch schneidender. »Sie war drogenabhängig. Das Geld reichte nie.«

»Heroin?«

Elsa riss entsetzt die Augen auf. »Dieses Zeug kommt mir nicht ins Haus.«

»Woher wissen Sie, dass Ihre Schwester Drogen genommen hat?«

»Man musste sie nur anschauen, dann wusste man Bescheid. Marlene stieg wegen Geld zu Männern ins Auto«, fuhr Adele fort und nahm damit Krupps Frage vorweg. »Woher wir das wissen sollen? So was erzählt man seiner Familie nicht.«

Elsa stöhnte auf. Michaela begann zu quengeln. Adele schob den

Pullover hoch, löste ein Körbchen des Still-BHs und legte sie an die Brust.

Krupp dachte: Marlene prostituierte sich, er entdeckt sie, er sieht harmlos aus, und sie vertraut ihm.

»Wann haben Sie Ihre Schwester das letzte Mal gesehen?«

»Gesehen gegen neunzehn Uhr gestern Abend. Gehört um etwa drei Uhr nachts.«

»Hat sie angerufen?«

»Sie hat an die Haustür geklopft.«

»Und wann ist sie wieder gegangen?«

»Wir haben sie nicht reingelassen. Marlene muss begreifen, dass es Regeln gibt. Man kann nicht einfach machen, was man will. So funktioniert die Welt nicht.«

Adele versuchte vergeblich, ihren Atem zu beruhigen.

»Meine Schwester hat gesagt, sie würde mit Freunden Pizza essen gehen«, sie griff nach dem Stift und machte ein Kreuz hinter einige Namen, »mit diesen. Wir haben wie immer zu Abend gegessen und dann ferngesehen. Mama ist um 21 Uhr ins Bett gegangen. Ich habe wegen des letzten Fläschchens noch bis 22 Uhr gewartet. Gegen drei Uhr habe ich Marlene rufen gehört.«

»Sie hat geklopft«, murmelte Elsa.

»Und *geflucht*«, verbesserte Adele. »Mamma wollte aufmachen, sie hat ein weiches Herz, genau wie Papa, aber der Arzt war deutlich. Marlene muss verstehen, dass es Regeln gibt, und Regeln sind einzuhalten. Nach zehn Minuten gab sie auf. Ich dachte, sie schleicht sich auf den Dachboden und schläft dort, Mamma lässt da immer die Tür offen. Aber dieses Mal offensichtlich nicht.«

»Können Sie mir den Namen des Arztes nennen?«

»Georg Falkenbach, er kümmert sich um Drogensüchtige, Schläger und ähnliches Gesindel. Er hat eine eigene Praxis, aber wo, weiß ich nicht. Marlene war dort, nicht ich.«

»Hat er Ihnen empfohlen, die Tür nicht aufzumachen?«

»Und ihr die Hausschlüssel wegzunehmen, die musste sie sich wieder verdienen, beweisen, dass sie etwas gelernt hatte. Die einzige Möglichkeit, Marlene zu helfen, war, ihr begreiflich zu machen, Verantwortung für sich zu übernehmen. Für ihre guten und ihre schlechten Seiten. Man kommt nicht einfach so nach Mitternacht nach Hause. Und wenn doch, weil etwas dazwischengekommen ist, muss man anrufen und Bescheid sagen.«

Krupp dachte an die Telefonmünze in der Hosentasche des Opfers.

Arianna und der Uniformierte hatten die Kisten gefüllt.

»Bringen Sie die Sachen wieder zurück?«, fragte Elsa schüchtern.

»Damit wir sie wegschmeißen können«, fügte Adele hinzu.

Elsa schluchzte.

Adele schob Krupp das Notizbuch zu. »Das gehört Ihnen.«

Eine Aufforderung zu gehen.

Krupp wandte sich zur Tür.

»Wir sehen uns bald wieder. In der Zwischenzeit bitte ich darum, nicht mit der Presse zu sprechen.«

Adele reichte das Baby an ihre Mutter weiter. »Ist das ein Befehl?«

»Ein Rat. Es könnte helfen, den Mörder zu finden.«

»Wie bei der Hure aus Bozen?«

»Jemand muss den Leichnam identifizieren.«

»Haben Sie den Täter gefunden?«

»Erst die Identifikation, dann machen wir die Autopsie, und danach können Sie sie beerdigen.«

»Hat dieses Dreckschwein meine Schwester getötet, weil sie eine Hure war?«

Krupp bohrte sich die Fingernägel in die Handfläche. »Im Moment können wir dazu nichts sagen.«

Adele knallte die Tür hinter ihm zu.

Elsa schrie.

Michaela schrie.

Adele heulte auf.

Der Schmerz der weiblichen Dreifaltigkeit entlud sich, bei jeder aus einem anderen Grund.

SAMSTAG, 21. MÄRZ 1992

Nachmittag

Jo war kein Fan der Straßenverkehrsordnung, und der Renault 5 war kein Ferrari. Als sie auf Höhe der Haltebucht an der Staatsstraße 12 angekommen waren, hatte Jo keinen Blinker gesetzt, und Milla musste bis Campodazzo weiterfahren, um wenden zu können. Als er endlich am Fundort der Leiche eingetroffen war, hatten bereits drei oder vier Autos der Konkurrenz neben Jos Golf GTD geparkt.

Jo hatte ihn beauftragt, den Leichnam zu fotografieren. Milla hatte dem Himmel gedankt, dass die Polizisten einen Sichtschutz aufgestellt hatten, sodass er nur ein paar rosa Turnschuhe, einen in Jeans gekleideten Körper und dunkle Haare erkennen konnte, als ein Windstoß den Paravent kurz zur Seite geweht hatte. *Nein, Nana allein.*

Milla hatte so getan, als hätte er den Moment verpasst. Vielleicht war Jo auf den Trick reingefallen, denn er hatte mit einem schiefen Lächeln auf Krupp gedeutet, der wie ein Tier im Käfig hin und her lief. »Findest du nicht auch, dass er wie dieser Kojote aus dem Comic aussieht?«

Als um 9.30 Uhr der Aufmarsch der Carabinieri begann, hatte der Chefreporter ihn auf dem Fahrersitz des Renault 5 Platz nehmen lassen und war selbst auf den Beifahrersitz gesunken.

»Die da.«

Er hatte auf eine Beamtin mit Sonnenbrille in einer ziegelroten

Lederjacke gezeigt, die kupferfarbenen Haare zu einem Pferdeschwanz gebunden. Offensichtlich nicht ihre Naturfarbe, man sah deutlich den dunklen Ansatz.

Milla kannte sie aus dem Fernsehen. »Sovrintendente Capo Lici?«

»Wenn diese todmüden Gestalten erfahren, wer die Tote ist, wird sie als Erste losfahren. Darauf verwette ich meinen Arsch. Du folgst ihr, lässt sie ihre Arbeit machen, wartest, bis Krupp kommt, und lässt …«

Häng dich rein, Champion.

»Nein.«

»Mehr Herzblut, Champion.«

»Ich habe es bei Marion Haller schon nicht gekonnt, geschweige denn …«

Jo hatte seine Brieftasche geöffnet und den Presseausweis gezückt. Darauf das Logo der *Voce delle Alpi*. Darunter mittig: »Kriminal- und Gerichtsreporter«. Und sein Name. *Excalibur.*

»Foto und Interview. Der Ausweis ist nur vorläufig. Sorge dafür, dass ich es nicht bedauere.« Dann hatte er noch zwei 50 000-Lire-Scheine dazugelegt. »Man kann nie wissen. Aber wenn du mich über den Tisch ziehen willst, kriege ich das raus.«

»Ich weiß, was morgen unsere Schlagzeile sein wird.«

»*Jack ist zurück.*«

»Meinst du wirklich, dass es der gleiche Typ ist?«

Jo hatte nicht geantwortet.

Sovrintendente Lici war um die Mittagszeit in einen Alfa 75 gestiegen. Nach wenigen Kilometern Verfolgung war Milla klargeworden, dass er sie verloren hatte. Zudem ging sein Benzin zur Neige. Zum Glück war an der Tankstelle das Durcheinander in Colma Thema gewesen, und er hatte sich einen Schleichweg erklären lassen. Kurz vor Colma hatte er den Renault stehengelassen und war zu Fuß weitergegangen. Er hatte aus sicherer Entfernung beobachtet, wie die Carabinieri und die Polizisten alle Zugänge hermetisch abgeriegelt und die Konkurrenz blockiert hatten.

Eine hervorragende Ausrede.

Um 13.42 Uhr hatte Milla die Kollegen der Konkurrenzblätter Richtung Bozen wegfahren sehen.

Hatte der Commissario sie weggeschickt? Oder war noch etwas passiert?

Er dachte darüber nach, in der Redaktion anzurufen, als er Krupps blauen Thema mit hoher Geschwindigkeit in Richtung Süden davonrasen sah.

Um 14.23 Uhr klopfte er an die Tür der Wiesers.

Den Grund für das rasche Verschwinden der Journalisten fand Krupp heraus, als er es im Autoradio hörte: eine Razzia im großen Stil in den Baracken entlang des Isarco, nahe der Ponte Roma. Die Bozener nannten dieses Viertel Kalkutta. Im Hintergrund des Liveberichts war das Rotorengeräusch eines niedrigfliegenden Hubschraubers zu hören.

Diese Blitzaktion, nur wenige Stunden nach dem Auffinden von Marlenes Leiche, trug Levadas Handschrift. *Die Hand Gottes* zeigte der Öffentlichkeit, dass sie bereit war, alle zu bestrafen, die die rechtschaffenen Bürger nicht ruhig schlafen ließen, und lieferte einen Sündenbock, an dem sie sich abarbeiten konnte. In den Baracken an der Ponte Roma hausten illegale Migranten: Saisonarbeiter in der Landwirtschaft, aber auch Drogendealer, Hausbesetzer, Auto- und Taschendiebe.

Es folgte ein Interview mit Levada.

»Commissario Capo, gibt es einen Zusammenhang mit der an der Staatsstraße 12 ermordeten jungen Frau?«

»Wahrscheinlich nicht.«

»Trifft es zu, dass die Ermittlungen in diesem Fall in den Händen von Commissario Krupp liegen?«

»Er ist einer unserer besten Leute.«

»Heißt das, dass zwischen dieser Tat und dem Fall Lorena Haller ein Zusammenhang besteht?«

»Das ist eine Hypothese von vielen.«

Krupp schlug mit der Faust gegen das Lenkrad und gab Gas.

Als er an der Ponte Roma ankam, war das Spektakel schon vorbei.

Lopez stand neben der Absperrung und strahlte. Die Mastini umklammerten ihre Schlagstöcke und steckten ihre Polycarbonat-Schilder in den Schlamm. Einige trugen nur ein Bruststück mit der Aufschrift POLIZEI, andere waren in kompletter Schutzausrüstung, die Helme baumelten ihnen wie Kopfjägertrophäen an den Hüften.

»Wo ist Levada?«

»Ich bringe Sie hin, Commissario«, sagte Lopez, »wollen Sie Details hören?«

»Nein.«

Das Rattengesicht grinste. »Wir haben Messer, Dolche, drei Pistolen und ein Gewehr sichergestellt. Und eine Menge Drogen, Heroin ...«

Die Türen der Wohnwagen standen offen, die Blechhütten aus alten Eternitverkleidungen hatten keine Türen, oder sie waren herausgerissen worden.

»... Kokain, portioniert und verkaufsfertig ...«

Lombardi behielt die Festgenommenen im Auge, und an der Art, wie er den Gummiknüppel umklammerte, konnte man erkennen, dass er nur darauf wartete, dass jemand eine Dummheit beging.

»... natürlich auch Gras, Haschisch.«

Ayrton Senna rauchte zusammen mit Assistente Capo Bellini eine Zigarette.

»... Alle Autos, die Sie hier sehen, sind gestohlen, genau wie die Hälfte der Wohnwagen.«

Krupp ging schneller. Kalkutta schien *endlos*.

Endlich Levada. Er war von Reportern und Fotografen umringt.

»Haben Sie einen Moment, Commissario Capo?«, fragte Krupp.

Die Journalisten zerstreuten sich, Lopez blieb.

»Was soll diese Inszenierung bringen?«

»Waffen, Drogen und Diebesgut«, antwortete Rattengesicht seufzend.

»Die Sache war schon lange geplant«, sagte Levada, »eine konzertierte Aktion mit der Drogenfahndung.«

»Die Information darüber muss mir entgangen sein.«

»In letzter Zeit entgeht Ihnen einiges«, spottete Lopez.

Levada strich sich über den Bart: »Du weißt ja, wie die von der Drogenfahndung sind.«

»Nein, das weiß ich nicht. Ich warte seit Monaten auf ihre Berichte.«

»Soll ich ein paar Leute anrufen?«

»Diese Blitzaktion wird nur die Mordermittlungen stören.«

»Und warum? Hast du etwa eine Spur?«

»Wollen Sie den Fall übernehmen, Commissario Capo?«, Krupp ging zum Gegenangriff über.

Levada wirkte fast betrübt. Es war unglaublich, wie rasch er seine wahre Natur hinter dem Gesicht eines herzensguten Familienvaters verbergen konnte.

»Du genießt mein volles Vertrauen. Und es ist nicht mal sicher, dass die beiden Frauen vom gleichen Täter umgebracht wurden.«

»Er war es.«

»Ist Simoni auch dieser Meinung?«

»Simoni …«, Krupp rückte die Brille zurecht, »ja, er sieht das genauso.«

»Da hast du dir ja ganz schön was eingebrockt, mein Junge«, sagte Levada.

Der metallische Geschmack in Krupps Mund wollte einfach nicht weichen.

Adele Wieser zischte: »Die Polizei hat gesagt, wir sollen nicht mit Ihnen sprechen.« Dann schlug sie die Tür zu.

Milla war erleichtert. Er hatte seine Pflicht getan und konnte in die Redaktion zurückkehren. Und vor allem war sie keine zweite Marion Haller gewesen.

Er ging die Treppe hinunter und wäre fast mit einer Frau in einem grellroten Jogginganzug zusammengestoßen, die mit einem schlafenden Baby auf dem Arm aus einer der anderen Wohnungen kam.

»Wissen Sie, was da los ist?«, fragte sie.

»Marlene wurde umgebracht. Marlene Wieser«, antwortete Milla.

Die Frau bekreuzigte sich. »Und wer sind Sie?«

»*Voce delle Alpi*. Kannten Sie Marlene?«

»Tut mir leid, das sagen zu müssen, aber damit war zu rechnen. Sie war ständig nachts unterwegs. Und sie mochte junge Männer.«

Milla zuckte zusammen.

Er dachte: Damit war zu rechnen.

Er dachte: Sie mochte junge Männer.

»Hatte sie einen festen Freund?«

»Elsa hätte niemals erlaubt, dass sie einen von denen mit nach Hause bringt. Adele hält sich für was Besseres, aber Elsa ist ein guter Mensch. Nach Michaels Tod verlässt sie das Haus nicht mehr, sie musste …« Die Frau sah den verwirrten Ausdruck auf Millas Gesicht und erklärte: »Er hat sich aufgehängt.«

»Marlenes Vater?«

Die Frau nahm das Baby auf den anderen Arm. »Und von Adele. Elsas Ehemann. Die arme Frau hat das Pech gepachtet.«

»Marlene …«

»Habe ich gegen drei Uhr in der Nacht gehört. Sie hat geschrien und gegen die Tür gehämmert, als ob …«

Sie wurde von einem Geräusch unterbrochen. Eine sich schließende Tür, dann Adele Wiesers Stimme, die ein Schlaflied sang. Die Frau im roten Jogginganzug verschwand, sie wollte wohl lieber nicht gesehen werden. Milla hörte, wie der Aufzug ins Erdgeschoss fuhr. Er beugte sich über die Brüstung und sah, wie Marlenes Schwester mit dem Kinderwagen das Haus verließ.

Milla dachte: *Nach Michaels Tod verlässt Elsa das Haus nicht mehr.*

Er wäre am liebsten abgehauen, aber er tat es nicht und stellte sich vor, die Zeitung aufzuschlagen und das Foto des toten Blumenmädchens mit der Abneigung gegen die *Rosa banksiae lutea*, der Rose ohne Dornen, zu sehen, auf dem Asphalt liegend, inmitten von Müll, zwei Polizisten verdeckten den Leichnam mit einem Sichtschutz, auf dem stand: *Damit war zu rechnen.*

Er stieg die Treppe wieder hoch und klopfte.

Marlenes Mutter erinnerte Milla an den verrückten Roby. Roby wohnte ganz in der Nähe des Mietshauses, in dem er aufgewachsen war. In seinem Rucksack hatte er immer diverse Folterwerkzeuge. Er jagte Eidechsen und Salamander, manchmal auch Mäuse und sogar streunende Katzen. Er verbrachte ganz Nachmittage damit, seine Opfer zu quälen, und verstand nicht, warum die anderen Kinder Abstand zu ihm hielten.

Elsa Wiesers Gesicht erinnerte ihn an diese gequälten Kreaturen.

»Mein Name ist Alex Milla, ich möchte über …«

»Der Commissario …«

»Ich will mich nicht in die Arbeit der Polizei einmischen. Ich will über Marlene schreiben. Wie sie wirklich war.«

»Warum wollen Sie …«, Elsa Wiesers Stimme brach, »über diese schlimmen Dinge schreiben?«

Milla dachte: Damit war zu rechnen.

Er dachte: Sie mochte junge Männer.

Sie war nachts ständig unterwegs.

»Weil ich möchte, dass meine Leser wissen, wer Ihre Tochter wirklich war.«

»Mein Mädchen.«

Milla hätte diese Antwort schon genügt.

Jo nicht.

Als er die Wohnung betrat, hatte Milla Tränen in den Augen. Er schluckte und öffnete die Kameratasche.

»Hat Marlene hier gewohnt?«

»Natürlich.«

»Darf ich ihr …«, *häng dich rein, Champion,* »Zimmer fotografieren?«

Ein schmales Bett an der Wand. Eine karierte Bettdecke. Ein Nachttisch. Eine Muschel, irgendwelche Souvenirs und ein paar Stofftiere. Ein Foto, auf dem sie strahlend lächelte.

»Marlene war etwas Besonderes«, sagte Elsa Wieser, »eine Mutter spürt das sofort. Adele war stark. Als sie geboren wurde, habe ich zu meinem Michael gesagt, dass dieses Mädchen von Anfang an weiß, was es wissen muss. Marlene dagegen war …«

»Zerbrechlich?«

Elsa ging auf das Bett zu. Milla wurde übel, er zitterte, alles tat ihm weh. Er zückte die Nikon und drückte ab.

»Marlene hatte Stimmungsschwankungen. Das hatte sie von Michael. Er war auch so. Aber im Grunde waren beide sanftmütig.

Sie hätten alles getan, um anderen zu helfen, wenn sie Probleme hatten. Aber sie waren auch wie Glas, zerbrechlich und …«

Elsa Wieser war nicht wie Marion Haller.

Das hier war schlimmer.

Er folgte ihr in die Küche. Elsa stützte sich auf die Spüle und drehte das Wasser auf. Milla fotografierte ein Bild ab, das die gesamte Familie Wieser zeigte. Das Baby fehlte, aber Michael war dabei. Er hatte die gleichen Augen wie Marlene. Dunkel und tiefgründig.

»Signora?« Millas Stimme klang rau.

Elsa sah ihn an.

»Es tut mir leid.«

»Bist du ein guter Junge, Alex?« Auf dem Gesicht der Frau erschien ein zartes Lächeln. »Wenn Marlene einen wie dich kennengelernt hätte, vielleicht …«

Milla dachte: Nein.

Er dachte: Nicht schon wieder.

Die Fakten, Champion. Ich will Fakten.

»Jemand hat Marlene heute Nacht gehört. Sie klopfte an die Tür und schrie.«

»Der Arzt hat gesagt, wir sollen nicht nachgeben. Marlene muss lernen, dass es Regeln gibt. Deshalb haben wir nicht aufgemacht.«

Elsa Wieser riss die Augen auf. »Habe ich mein Mädchen umgebracht?«

Milla sah Iris vor sich, wie sie am Boden lag, der verrückte Roby hatte sie mit einem Stock durchbohrt. Dabei schrie er: »Damit war zu rechnen, das passiert mit jungen Frauen, die nachts unterwegs sind …«

Das Telefon klingelte, beide zuckten zusammen.

Elsa wischte sich mit der Schürze die Tränen aus dem Gesicht und nahm den Hörer ab. Instinktiv griff Milla nach der Nikon und drückte ab. Eine Mutter, die sich damit auseinandersetzen musste, wie es weitergehen würde. Wenn die Polizei gegangen war und die Erinnerungen an glückliche Momente zu etwas Schrecklichem wurden, Verwandte und Freunde anriefen und versuchten, einen Schmerz zu lindern, den man nicht lindern konnte.

Und auch die Schuldgefühle nicht, in denen man gefangen war.

Habe ich mein Mädchen umgebracht?

Elsa sagte: *Danke.* Sie sagte: *Ein Schmerz.* Sie sagte: *Danke.* Sie sagte: *Ja.* Sie sagte: *Ein gutes Mädchen.* Mit der freien Hand strich sie über eine Rose in einer Glasvase. Sie sagte: *Die Polizei.* Sie sagte: *Wissen wir nicht.*

Ihre Finger suchten und fanden die Dornen. Elsa Wieser stach sich ins Fleisch, aber nach einem kurzen Moment des Schmerzes erkannte Milla auf ihrem Gesicht, was er nicht erwartet hatte. Erleichterung. Plötzlich verstand er, warum Iris die *Rosa banksiae lutea* hasste. Das war zu viel.

Er dachte: Raus hier.

Es dachte: Raus hier, oder ich fange an zu schreien.

Arianna setzte sich neben Levada. Die Blicke der Mastini erinnerten sie an ihren ersten Fall: zwei Junkies, die ihren achtjährigen Sohn in den Schrank einschlossen, wo er stundenlang schrie. Sie hatte die Reaktion des Jungen bei seiner Befreiung nie vergessen. Kevin war wie eine Furie auf die Beamten losgegangen. Das Verhalten der Mastini war ähnlich. Sie verteidigten den Schrank, in dem Levada sie eingeschlossen hatte, weil sie nichts anderes kannten. Arianna fragte sich, wie vielen das bewusst war und was passieren würde, wenn ihnen die Folgen klarwürden.

Wenn sie ihnen überhaupt klarwürden. Sie hatte Jahre gebraucht, bis …

Sie dachte: Zum Teufel damit.

»Marlene Wieser, neunzehn Jahre alt, durch 14 Messerstiche getötet. Aufgefunden heute Morgen um sechs, in einer Parkbucht neben der Staatsstraße 12, zwischen dem Pfau und der Ausfahrt Campodazzo. Dottor Simoni ...«

Gelächter brandete auf. Alle wussten, dass sie sechs Stunden auf den Pathologen gewartet hatten.

Arianna dachte: Ist es bequem im Schrank?

»Neben den Verletzungen durch die Stichwaffe, eine davon in den Hals, hat Dottor Simoni Anzeichen gefunden, die für eine Strangulation durch eine Schnur von 5 bis 6 Millimeter Durchmesser sprechen könnten. Unabhängig davon sind die Stichverletzungen durch ein Messer mit einer 10 bis 12 Zentimeter langen Doppelklinge die Todesursache.«

»War sie nicht auch eine Nutte, Sovrintendente Capo?«

Die Frage kam von Assistente Masi. Eine Null, die sich bei Levadas Jüngern einschleimen wollte.

»Assistente Masi, ich weiß, dass Sie es nicht gewohnt sind, Teil einer solchen Ermittlung zu sein. Und dass Sie bei diesem Gedanken eine Erektion haben, aber richtig groß ist er dann immer noch nicht. Deshalb bitte ich Sie, in Zukunft ein angemessenes Vokabular zu benutzen.«

Masi wurde feuerrot.

Ayrton Senna tat so, als würde er applaudieren.

»Marlene Wieser war keine registrierte Prostituierte. Wir werden ihr Foto in der Szene herumzeigen, aber solange wir keine Beweise haben, verfolgen wir alle möglichen Spuren. Die Schwester des Opfers hat mir eine Liste von Freunden und Bekannten gegeben. Wir werden jeden Einzelnen überprüfen. Wir müssen auch diejenigen erneut befragen, deren Alibi uns im Fall Lorena Haller nicht ganz überzeugt hat.«

Unter den Bulldoggen regte sich Protest.

»Wir wissen, dass Marlene Wieser häufig nachts in Bozen unterwegs war, um sich zu amüsieren. Wie es scheint, ist sie getrampt. Während ihre Familie überzeugt ist, dass sie drogenabhängig war, hat Dottor Simoni keine belastbaren Hinweise für Heroinkonsum gefunden, deshalb müssen wir das toxikologische Gutachten abwarten. Gleichwohl müssen wir diese Information ernst nehmen und herausfinden, von wem sie den Stoff bezogen hat, falls …«

»Warum fragen wir nicht bei der Drogenfahndung nach?«, maulte Lombardi.

Aber natürlich, mit denen haben wir ja schon beim letzten Mal richtig gute Erfahrungen gemacht, dachte Arianna.

»Das werden wir, aber daneben ermitteln wir selbst. Marlene Wieser ist von einem Spezialisten für auffällige Verhaltensweisen bei Jugendlichen betreut worden, einem gewissen Dottor Falkenbach. Wir wissen auch, dass sie gestern um 19 Uhr mit einigen Freunden essen gehen wollte. Nach den Freunden suchen wir noch. Um drei Uhr morgens hat sie zu Hause an die Tür geklopft. Wie Dottor Falkenbach der Familie geraten hatte, haben sie nicht aufgemacht.«

Die Mastini schüttelten den Kopf.

Die zu warme Heizungsluft im Raum war geschwängert von Zigarettenrauch.

»Wir müssen herausfinden, was das Opfer in der Mordnacht zwischen drei und sechs gemacht hat. Ich setze sie außerdem davon in Kenntnis, dass Commissario Krupp wieder den Einsatz von Zivilstreifen angeordnet hat, rund um die Uhr.«

»Hier steht, dass das Opfer aus Colma stammt«, wandte eine Bulldogge in Lederjacke ein.

»Kommen Sie zum Punkt, Viceispettore Calvi.«

Stefano Calvi war eine Bulldogge der ersten Stunde, der nun kurz vor der Pensionierung stand. Er arbeitete für die Einwanderungsbehörde und in der Abteilung Gewaltverbrechen. Lopez hatte ihn für die Taskforce angefordert.

»Warum müssen wir die Überwachung übernehmen? Colma geht uns nichts an.«

Ayrton Senna erwiderte mit kaum verhohlenem Missmut: »Die Parkbucht liegt quasi noch in unserem Zuständigkeitsbereich, nur acht Kilometer vom Fundort von Lorena Hallers Leichnam entfernt. Weniger als eine Viertelstunde Fahrt.«

»Na und?«

»Bozen ist sein Jagdgebiet, du Idiot.«

»Und wer ist dieser ›er‹?«, fragte Calvi angriffslustig zurück.

»Zwischen beiden Fällen«, sagte Arianna, »gibt es eine Verbindung.«

»Jesus«, stöhnte Lombardi und sprach das laut aus, was sie seit Monaten umtrieb. »Dieser Drecksack ist ein Serienkiller?«

»Das ist kein Mord wie alle anderen«, antwortete Arianna.

Die Mienen der Mastini und der Uniformierten verfinsterten sich. In Bozen waren schon öfter Frauen erstochen worden, und Levada hatte jedes Mal Ex-Ehemänner, durchgeknallte Nachbarn oder gewalttätigte Freier im Visier gehabt. Manchmal hatte er die Täter festnageln können, manchmal nicht. Aber ein Ehestreit mit tödlichem Ende oder ein aus dem Ruder gelaufener Konflikt ist eine Sache, ein Serienkiller eine andere.

Einen Serienkiller festnehmen zu wollen, war wie ein Einhorn zu jagen. Es gab dafür keine Handreichungen oder Spezialeinheiten, die Ermittlungen dieser Art übernehmen könnten. Die toskanischen Kollegen hatten siebzehn Jahre gebraucht, um das sogenannte »Monster von Florenz« zu fassen, und es gab berechtigte Zweifel, dass sie den Richtigen verhaftet hatten. Alle Geschichten zum Thema Serienmörder hatten eines gemeinsam: die Polizei war überfordert.

»Die Spurensicherung?«, fragte Ayrton Senna.

»Die legt sich nicht fest. Auf jeden Fall ist sie im Auto getötet worden, genau wie Lorena Haller.«

»Die Operation Minotaurus?«

»Wird auf Anweisung von ganz oben wieder aufgenommen.«

»Bereit für den Einsatz im Minirock, Sovrintendente?«

Calvis Witz klang hohl. Niemand reagierte.

Arianna konnte es in den Blicken der Anwesenden lesen: Sie hatten es *nicht* geschafft, Lorena Hallers Mörder zu fassen, und das Gleiche drohte ihnen nun bei Marlene Wieser. Ohne es zu merken, beendete sie das Treffen mit den Worten von Krupp.

»An die Arbeit, meine Herren.«

Sandro Resch war der Inhaber des Arkadia, des Lokals, in dem Marlene bis vor einem Jahr gearbeitet hatte. 52, Lesebrille, rustikale Krawatte passend zum Hemd. Seine massige Gestalt ließ den Vernehmungsraum eine Nummer kleiner wirken, als er war.

»Seit wann kannten Sie Marlene?«

»Eines Tages tauchte sie bei mir auf, klapperdürr, mit abstehenden Haaren, eine Art Punk. Sie meinte, sie hätte es satt, in einer Kneipe in Colma Bier zu zapfen. Das war im Dezember 1988. Ich mochte sie sofort.«

Resch fiel wieder ein, warum er hier war, und sein Lächeln verschwand.

»Marlene hat drei Jahre bei Ihnen gearbeitet, stimmt das?«, fragte Krupp.

»Nur gut zwei. Am Anfang lief alles rund. Dann war sie immer mal wieder verschwunden. Mal eine Woche, mal zehn Tage. In der letzten Zeit war sie …«

»Unzuverlässig?«

»Unruhig.«

»Aber Sie haben sie nicht entlassen, sondern Marlene ist von sich aus gegangen.«

»Im Februar 91, ja.«

»Hat sie Ihnen gesagt, warum?«

Resch zuckte mit den Schultern. »So war sie eben.«

»Haben Sie jemals ihre Schwester Adele oder den Rest der Familie Wieser getroffen?«

»Ihre Eltern kenne ich nicht. Adele kam ein paarmal. Die beiden waren sehr verschieden, richtig eng waren sie nicht, aber man sah, dass sie sich mochten. Verstehen Sie, was ich meine?«

»Ich fürchte nicht.«

Resch spielte mit dem Band, an dem seine Brille befestigt war.

»Ich habe drei Geschwister. Es ist ganz normal, dass man sie beschützen will, wenn man der Älteste ist, wie ich oder Adele. Aber natürlich besteht da auch eine gewisse Rivalität, verstehen Sie? Aber sie mochten sich.«

Krupp dachte an Karli. Hatte er ihn jemals gegen den Zorn des Vaters in Schutz genommen? Er hätte es öfter tun sollen. Aber eine Konkurrenz zwischen ihnen gab es nicht. Er fragte sich, ob Karli das auch so sah. Karli war ihm ein Rätsel. Und wahrscheinlich dachte Karli das Gleiche von ihm. Aus diesem Blickwinkel gesehen, hatte Andreas Krupp sein Ziel erreicht.

Luther und Karli waren sich fremd.

»Hatte Marlene einen Freund?«

»Da waren einige, die um sie herumschwirrten, aber nichts Ernstes.«

»Vielleicht Gäste, die auf sie standen? Einer, der zu weit gegangen ist, über den sie sich beschwert hat?«

Resch reagierte fast ein wenig beleidigt. »Irgendwelche Typen, die ihre Hände nicht bei sich lassen können, gibt es immer, aber ich kann Ihnen versichern, ein zweites Mal ist das nicht passiert, nie.«

»Was war Marlene für ein Mensch?«

»Marlene war vielschichtig. Auf den ersten Blick wirkte sie fast arrogant, als ob sie immer etwas zu meckern hätte, aber so war sie nicht. Eher schüchtern, vor allem wenn es um ihre wahren Gefühle ging.«

»Hat sie jemals über den Selbstmord ihres Vaters gesprochen?«

Resch strich sich über den Bart. »Sie sagte, er sei ein Egoist gewesen.«

»War sie wütend?«

»Marlene ist schon wütend geboren.«

Die Kamera schnarrte, gefühllos wie die Frage, die Krupp nun stellen musste. »Hat Marlene jemals den Eindruck gemacht, dass sie als Kind missbraucht …«

»Nein, ihr Vater war einfach ein Pechvogel. Er hat nie die Hand gegen Marlene, Adele oder seine Frau erhoben, denke ich. Und auch wenn sein Freitod sie tief getroffen hat, *exzentrisch* war Marlene auch schon vorher.«

Komisches Wort.

»Nennen Sie mir bitte ein Beispiel.«

»Wenn sie zu viel getrunken hatte, übernachtete sie im Arkadia. In meinem Büro steht ein Sofa, dort habe ich sie schlafen lassen. Ich will damit nicht sagen, dass der Selbstmord ihres Vaters sie kaltgelassen hätte, er hat die Situation nur …«

»Schlimmer gemacht?«

Resch nickte.

»Adele meint, Marlene habe Drogen genommen«, fuhr Krupp fort.

Resch sah traurig aus. »Ich weiß es nicht.«

»Hat sie sich prostituiert?«

»Glauben Sie das?«

»Adele hat so was angedeutet.«

Resch schwieg.

»Wann haben Sie Marlene das letzte Mal gesehen?«

»Vor einer Woche. Hin und wieder hat sie uns besucht. Sie sagte, sie hätte ein Jobangebot in Bozen, aber sie war keine gute Lügnerin.«

»Wussten Sie von der Anzeige wegen Bettelei?«

Resch sprach jetzt leiser. »Ich habe sie gesehen, vor dem Arkadia. Sie bat Gäste um Münzen zum Telefonieren. Ich habe ihr gesagt, dass ich sie sofort wieder einstellen würde, wenn sie Geld bräuchte.«

Krupp dachte: Und Geld hast du ihr nicht gegeben, weil du befürchtet hast, sie würde Drogen kaufen.

Resch verbarg das Gesicht in den Händen, dann sagte er: »Wenn sie sich unbeobachtet fühlte, trank Marlene die Gläser aus, die noch auf den Tischen standen. Dieses Mädchen war sensibel. Viel zu verletzlich für diese Scheißwelt.«

Rizzi betrat schwer atmend die Dunkelkammer. Milla war zu erschöpft, um aufzustehen. »Besser, du lässt dich so nicht sehen, Scoop. Du siehst aus, als hättest du gekotzt. Hast du?«

Milla kauerte an der Heizung. Er fuhr sich mit dem Ärmel seines Pullovers über das Gesicht, um sich die Tränen wegzuwischen. »Man sagt, danach ginge es einem besser.«

Rizzi legte eine Filmrolle neben das Säurebad.

Er hatte Hände wie Widerhaken.

»Sieht schlecht aus für den HC Bozen.«

»Sieht für alle schlecht aus.«

Rizzi betrachtete die Fotos, die zum Trocknen aufgehängt waren. Er deutete auf das von Elsa Wieser am Telefon.

»Das ist schön.«

»Ich sollte es zerreißen.«

»Schau dir die Etymologie des Begriffs ›Monster‹ an, es kann ›schaurig‹ und ›schaurig schön‹ bedeuten. Wusstest du, dass ich früher auch Kriminalreporter war? Ich habe Jo den Job erklärt«, er lachte krächzend. »Er war ein Jüngelchen, der herumposierte wie Jack Nicholson in *Chinatown*. Hast du den Film gesehen?«

»Nein.«

»Nicholson ist Ermittler. Die Hälfte des Films trägt er einen riesigen Verband auf der Nase. Eine Auftragsgeschichte, Betrug. Wie unser gemeinsamer Freund es mag.«

»Du nicht?«

»Ich habe mich zum Sport versetzen lassen, Scoop.«

»Hast du ihn auch so genannt?«

»Er war und wird immer Jo sein. Als er Karriere machte, habe ich mich verdrückt. Der Sport lässt dich auch leiden, aber nicht so.«

»Ich ertrage nicht, wie Jo mit Nachrichten umgeht. Diese Morde. Was ist falsch daran, die Wahrheit zu schreiben?«

»Und was ist die Wahrheit, Scoop? Weißt du das?«

»Ich weiß, dass Jo sie morgen ›ermordete Prostituierte‹ nennen wird.«

»Und, war sie das nicht?«

Nach dem Treffen mit Elsa Wieser war Milla noch in Colma unterwegs gewesen und hatte das eine oder andere über Marlene erfahren. Vor allem Andeutungen.

Er antwortete nicht.

Rizzi nickte. »Magst du Eishockey?«

»Ist okay.«

»Die Wahrheit ist ein drei zu null, verstehst du? Glatte Niederlage und dazu noch zu Hause. Aber am Ende des letzten Drittels fangen die Fans an zu klatschen. Sie pfeifen nicht, sie buhen nicht. *Standing Ovations.* Was würdest du schreiben?«

Von ihm hatte Jo das gelernt.

»Ich würde schreiben: Die Mannschaft hat gut gespielt.«

»Jetzt meine Frage: Ist es dann wirklich eine Niederlage?«

»Du sprichst von Standpunkten und Meinungen, aber diese jungen Frauen wurden umgebracht. Sie sind tot.«

»Das ist eine Tatsache.«

»Zu schreiben, dass Lorena Haller getötet wurde, weil sie Aids hatte …«

»Es gibt Stimmen, die das behaupten«, korrigierte ihn Rizzi.

»Und trotzdem ist es gelogen.«

Im Rotlicht der Dunkelkammer sah Rizzis Gesicht wie das eines Reptils aus. Eines Leguans oder einer Schildkröte. Die Augen eines Menschen, der zu viel gesehen hatte und darauf wartete, dass der nächste Asteroid einschlug, um die Zelte abzubrechen. Milla fühlte sich genauso.

Er dachte: *Rosa banksiae lutea.*

Rizzi nahm vorsichtig das Foto von Marlenes Mutter in die Hand.

»Ich habe Jo beigebracht, dass er lernen muss, alles von sich abperlen zu lassen. Die Wahrheit ist, dass du nur versuchen kannst, damit zu leben. Und auch wenn du in diesem Moment am liebsten alles stehen und liegen lassen würdest, lass dir eins gesagt sein: Tu es nicht. Jo ist gut. Besser, als ich es damals als Kriminalreporter war. Du kannst viel von ihm lernen und vorankommen.«

»Und wenn ich das nicht will?«

»Ich hasse es, dir das so sagen zu müssen, weil ich mir dann wie Methusalem vorkomme, aber eines Tages wirst du verstehen, dass viel Wahrheit in einem Konditionalsatz liegt, der auf die Leiche einer ermordeten jungen Frau spuckt. Nur dass es nicht die Art von Wahrheit ist, die du haben willst.«

»Mehrere Wahrheiten gibt es nicht, es gibt nur eine. Fakten sind Fakten und …«

Rizzi unterbrach ihn, auf seinem zerfurchten Gesicht lag ein sanftes Lächeln. »Die Wahrheit, Scoop, ist eine Geschichte, die von ihrem Protagonisten erzählt wird, aber vor allem ist sie die Geschichte dessen, der sie liest.«

Vernehmungsraum drei. Alexander Auer, neunzehn, hielt dem Blick von Sovrintendente Capo Lici nicht stand. Eine Mischung aus Schmerz, Schüchternheit und Schock.

»Jemand meinte, Marlene hätte in letzter Zeit verzweifelt gewirkt.«

»Sie war nicht v…verzweifelt. Sie war traurig. Und wütend.«

»Der Tod des Vaters war sicher schwer zu verdauen.«

»Ja, das war ein ganz schöner Schlag. Aber wütend war Marlene schon vorher. Das war Teil ihres Charakters. A…aber sie war auch ganz sanft.«

»Nahm sie Drogen?«

»Nur Alkohol. Und Pillen. Sie behauptete, es wären Vitamine, aber zufällig konnte ich den Namen auf dem Etikett einmal lesen, ein handgeschriebenes, keins aus der Apotheke. Prozac. Ich habe mir S…Sorgen gemacht, aber sie meinte, ich sollte es einfach wieder vergessen.«

Eine interessante Information. Der Markt für illegale Psychopharmaka war groß, aber nicht so groß wie der für Heroin.

»Weißt du, wo sie die herhatte?«

»Aus Bozen. Von solchen Leuten eben, keine Ahnung.«

»War sie oft in Bozen?«

»Ziemlich.«

»Ist sie getrampt?«

»Ja, oder Bus gefahren. Aber wenn sie sich das G…Geld sparen konnte …«

»Wo seid ihr nach der Pizzeria hingegangen?«

»In die Disco. Nach Collepietra. Niemand hatte Lust zu tanzen. Außer Marlene. Aber weil sie schon lange nicht mehr so gut drauf gewesen war, s…sind wir …«

»Hatte sie was genommen?«

»Sie war wie früher.«

Mit neunzehn sollte man noch nicht von »wie früher« sprechen.

»Gegen Mitternacht«, fuhr Alexander fort, »sagte sie, sie hätte noch eine Verabredung. Sie bat uns zu warten. Ich weiß nicht, mit wem und w…wo, aber weit kann es nicht gewesen sein, lange hat es nicht gedauert. Eine gute halbe Stunde, vielleicht vierzig Minuten.«

Das erklärte, warum Marlene plötzlich Lust hatte, tanzen zu gehen, sie hatte eine Mitfahrgelegenheit gesucht, dachte Sovrintendente Capo Lici. Sie mussten rausfinden, wen sie getroffen hatte. Und warum.

»War sie noch immer gut gelaunt, als sie wiederkam?«

»Eher erleichtert, als ob ihr ein Stein vom Herzen gefallen wäre. Sie hat was getrunken, aber nicht übertrieben.«

Wie sonst immer, hätte Alexander wohl fast gesagt.

»Wann seid ihr gegangen?«

»Um Viertel nach zwei. Ich habe sie nach Colma gefahren. Marlene wollte eigentlich nicht, aber ich habe nicht lockergelassen.«

»Warum wollte sie nicht?«

»Weil ich einen Umweg machen musste. Ich wohne nicht mehr im Ort, sondern in Brixen. Marlene meinte, sie würde trampen, das fand ich aber noch nie gut. Es ist …«, Alexander hielt inne, »g…gefährlich.«

»Hast du sie nach Hause gebracht?«

»Nein. Sie wollte nicht, dass Adele vielleicht das Auto hört und aufwacht. Wegen des Babys.«

Noch eine Lüge.

Vielleicht hatte Alexander das geglaubt, mit neunzehn glaubte man alles, vor allem wenn man verliebt war. Es war offensichtlich. Alexander Auer war in Marlene verliebt. Und vielleicht war das auch der Grund, warum sie ihn belogen hatte. Sie wusste, dass Adele die Tür nicht öffnen würde, und wollte Alexander die Szene ersparen. Und sie wollte auch nicht, dass er sie einlud, die Nacht bei ihm zu verbringen. Nicht weil sie Angst hatte, Auer könnte sie tätlich angreifen, er hätte wahrscheinlich sogar im Auto geschlafen, damit sie die Wohnung für sich allein haben konnte. Sie wusste genau, dass ihre Freundschaft zu Ende gewesen wäre, falls er irgendwelche Annäherungsversuche gemacht hätte. Marlene war clever.

Wütend, sanft, verwirrt. Marlene.

»Du musst dich nicht schämen«, sagte Arianna.

Endlich fand Alexander den Mut, ihr ins Gesicht zu sehen. »Wegen was?«

»Weil du weinst.«

»Meinst du, sie hat es mal ausprobiert?«

»Hin und wieder, um zu sehen, wie es ist? Vielleicht.«

»Entzugserscheinungen?«

Krupp schüttelte den Kopf. »Jedenfalls noch nicht.«

»Das Prozac ist eine gute Spur. Wir bitten den Staatsanwalt, bei der Drogenfahndung Druck zu machen.«

»Die werden nach faulen Ausreden suchen, geheime Ermittlungen und so. Neues von der Sitte?«

»Dreimal darfst du raten …«

»Alkohol enthemmt; manche werden aggressiv, andere entspannt. Wie wirkte er bei Marlene?«

»Sie wurde wütend und unruhig. Das haben alle gesagt. Ich denke, sie wollte damit Druck abbauen.«

»Falkenbach?«

»Beim Sozialdienst kennt man ihn nicht. Er hat keine Praxis und wenn, dann nicht unter seinem Namen. Im Telefonbuch gibt es zwei Falkenbachs. Einer ist Manager, er hat nichts damit zu tun, bei der anderen Nummer geht keiner ran. Aber irgendwann erreichen wir dort jemanden und wissen Bescheid.«

»Was sagt das Arztverzeichnis?«

»In Bozen ist er nicht gelistet, aber das muss nichts heißen. Wir haben eine Anfrage an den nationalen Ärzteverband gestellt, sie haben versprochen, sich zu melden, aber am Telefon wollten sie nichts sagen. Sensible Daten.«

»Erzähl mir vom Sozialdienst.«

»Sie tun, was sie können, das heißt, nicht viel. Michael Wieser hatte dort Hilfe gesucht, um vom Alkohol loszukommen, aber mehr als eine Sitzung pro Monat war nicht drin. Er hatte einen Arbeitsunfall und bekam nur eine kleine Invalidenrente. Er übernahm zwar Gelegenheitsarbeiten, aber die Familie lebte hauptsächlich von Sozialhilfe, zudem gab es einen Mietzuschuss.«

Krupp kannte das Prozedere: Nimm diese Almosen, aber lass dich bei den Touristen nicht sehen.

»Ich habe mit dem Psychologen dort gesprochen«, fügte Arianna hinzu, »er erinnert sich an Michael. Er sei voller Schuldgefühle gewesen, er habe es wirklich versucht, aber einfach nicht geschafft. Der Psychologe hat ausgeschlossen, dass Michael gewalttätig war oder jemanden missbraucht haben könnte.«

»Simoni?«

»Nichts. Auch nichts von der Spurensicherung. Aber …«, Arianna reichte ihm eine Klarsichthülle, »das hier gehört zu den Sachen, die wir bei Marlene sichergestellt haben.«

In der Hülle befanden sich vier beschriebene karierte Blätter, die aus einem Heft gerissen worden waren. Die Schrift war grazil und geschwungen. Aber gegen Ende des Textes wurde sie immer krakeliger, war kaum noch lesbar. Der Name des Adressaten fehlte, auch wenn der Brief mit den Worten »*Mein geliebter DU*« begann. Krupp las ihn zweimal.

Marlene lernt DU mit dreizehn kennen, im Sommer. Sie verliebt sich. Er ist deutlich älter und nimmt sie gar nicht wahr. Aber das ist ihr egal. *Liebe, die keinen Geliebten mit Liebe verschont …* Im September geht DU weg. Sie treffen sich Jahre später wieder. Francesca ist kein Kind mehr, und Paolo lässt sich die Gelegenheit nicht entgehen. Feuerwerk: *An jenem Tag lesen wir nicht weiter.* Eines Tages sieht Marlene ihn mit der NUTTE. Es folgt: Wut.

Marlenes Wut war so greifbar, dass vor Krupps innerem Auge das Gesicht seines Vaters auftauchte. Er sitzt im Arbeitszimmer, es riecht nach Pfeifentabak, Asche und Lakritz. Er hört ihm zu, wie er aus dem Kopf rezitiert: *Stavvi Minòs orribilmente e ringhia* (Dort fletscht und knirscht der fürchterliche Minos).

Die Unterschrift unter dem Brief lautete: *Die nicht mehr Deine, M.*

»Ich fürchte«, sagte Krupp, »dass dieser ›Du‹ nicht unser Mann ist. Genau wie Lorena kannte Marlene ihren Mörder nicht, höchstens vom Sehen. Zumindest nicht gut genug, um ihm einen Brief zu schreiben.«

»Und wenn ›Du‹ oder ›die Nutte‹ sich in Collepietra mit Marlene treffen wollte? Ihre Freunde haben ausgesagt, dass sie nach dem Treffen erleichtert wirkte. Alexander Auer meinte doch: ›Als ob ihr ein Stein vom Herzen gefallen wäre‹ …« Arianna deutete auf den Brief. »Der Stein muss ein Felsbrocken gewesen sein. ›Du‹ und ›die Nutte‹ sind nicht unsere Täter, aber wer auch immer sich mit ihr getroffen hat, dem hätte etwas auffallen können.«

Eine vernünftige Hypothese.

»Versuchen wir es.«

Arianna rieb sich den Nacken. »Wie fasst man einen Serienkiller, Luther?«

Als Krupp auf die Polizeihochschule ging, hatte ihm Karli das Buch eines gewissen John Douglas geschenkt, der zusammen mit Robert K. Ressler die Technik für das *Profiling* eines Serienkillers entwickelt hatte, die beim FBI zum Einsatz kam. Von Karli war das damals als Witz gedacht gewesen, aber für Luther war die Lektüre faszinierend und beängstigend zugleich gewesen. Ob er beim FBI ein internes Handbuch zum konkreten Vorgehen anfordern könnte?

Dann stellte er sich Levadas Reaktion vor.

»Ich versuche noch, einen Ansatz zu finden.«

Arianna gab sich Mühe, die düstere Stimmung in Krupps Büro ein wenig aufzuhellen. »Die Bulldoggen haben vorgeschlagen, ich solle einen Minirock tragen. Wie sehe ich aus?«

Das also war heute anders an Arianna. Die Kleidung. »Hast du ein Date?«

»Operation Minotaurus.«

Krupp wurde rot. »Du hättest deine Schicht abgeben können, wir haben so viel zu tun und …«

Arianna bemerkte, wie er versuchte, seinen Fauxpas zu überspielen, und antwortete lächelnd: »Die Nachbarin kümmert sich um die Katze. Noch sind keine 24 Stunden vergangen. Mit Glück kann ich ihn noch vor Mitternacht festnehmen, und morgen früh können wir …«

Es klopfte.

Ein Uniformierter entschuldigte sich für die Störung und reichte Krupp einen Zettel.

Du kennst den Weg.

»Vivian Pickmann«, sagte Krupp und hielt Arianna den Zettel hin, dann wandte er sich an den Beamten. »Gibt's noch etwas?«

»Der Commissario Capo hat mich gebeten, Sie an die Pressekonferenz heute Abend zu erinnern.«

»Welche Pressekonferenz?«

»Haben Sie das Rundschreiben nicht bekommen?«

Elsa, die Mutter des Opfers, kurz nach Erhalt der Todesnachricht.

Das sollte die Bildunterschrift für das Foto sein, das Marlenes Mutter zeigte.

»Stimmt es oder stimmt es nicht, dass sie es da gerade erfahren hat?«

»Ja, schon, aber …«

»Stimmt es oder stimmt es nicht, dass sie die Mutter dieser, wie hieß sie noch, ist?«

Milla biss die Zähne zusammen. »Marlene Wieser.«

»Ist das ihre Mutter, Champion?«

»Die Bildunterschrift legt nahe, dass …«

Jo deutete mit dem Zeigefinger auf ihn. »Legt nahe. Keine Tatsache. Das ist ein enormer Unterschied. Klemm dich ans Telefon und ruf die Rechtsabteilung an. Ich zahle.«

»Das ist keine rechtliche Frage.«

»Sondern?«

»Das ist eine Sauerei.«

»Schlimmer, als nachts um drei die Tür nicht aufzumachen?«

Habe ich mein Mädchen umgebracht?

Milla antwortete nicht.

»Den Ausweis kannst du behalten«, fuhr Jo fort. »Ich erkenne, dass das eine ziemlich große Narbe hinterlassen hat. Lies das und sag mir, ob es dir gefällt.«

Es war die Liste mit Mordfällen vor Lorena Hallers Tod. 800 Zeichen, aber der Titel wog tonnenschwer.

BLUTIGE KLINGEN – NOCH IMMER UNGESÜHNT

»Wir sehen uns morgen, Jo.«

Bomberjacke, Mütze, Renault 5.

Zu Hause.

Milla duschte so lange, bis der Warmwasserboiler leer war. Er zitterte noch immer. Danach zog er sich an, aß etwas und versuchte, sich mit fernsehen abzulenken. Es lief die Samstagabend-Show, und der rauschende Applaus und die eingespielten Lacher waren ihm erst peinlich, dann machten sie ihm Angst.

Ich erkenne eine ziemlich große Narbe. Elsa, die Mutter des Opfers, kurz nach Erhalt der Todesnachricht. Damit war zu rechnen. Sie mochte junge Männer. Tod der Freudenmädchen, Lorena Haller, Heidi, Tommy, der Rebell, Marlene. *Habe ich mein Mädchen umgebracht?*

Das gelöste Rätsel um die *Rosa banksiae lutea.*

Milla hatte es verstanden, als Elsa Wieser sich an der Rose gestochen hatte und nach dem Schmerz die Erleichterung auf ihrem Gesicht erkennbar gewesen war. Seitdem wusste er, warum Iris die *Rosa banksiae lutea* so hasste. Die Dornen waren der Beweis, dass Schmerz nichts Ewiges ist. Er kann wieder gehen. Aber wenn die Rose bei den Wiesers eine *Rosa banksiae lutea* gewesen wäre, hätte es keine Erleichterung gegeben. Denn sie hatte keine Dornen.

Sie war eine Lügnerin.

Ich mag dich, aber du darfst mich nie belügen. Und solange du das nicht verstehst, werde ich dir keine Möglichkeit geben, dass du dich in mich verliebst. Weil ich nicht weiß, ob ich dir trauen kann. Nicht so, wie ich es möchte. Das war Iris' Botschaft gewesen.

Aber so funktionierten die Dinge nicht. Nicht in Millas Welt.

Er nahm den Hörer ab und wählte Iris' Nummer. Er musste ihre Stimme hören.

In diesem Moment schaltete sein Vermieter die Stereoanlage an. Er musste neue Boxen haben, denn als Iris sich meldete, hörte Milla nur noch den Song der Stunde. Snap! »Rhythm is a Dancer.« Die wummernden Bässe bei voller Lautstärke ließen die Zähne in seinem Kiefer vibrieren.

Oh-oh, it's a passion …

Oh-oh, oh, oh, oh.

Oh-oh.

OH.

Die Zeit riss auseinander, wie ein schlecht eingelegter Rollfilm. Wie in Zeitlupe zog Milla mit Gewalt das Telefon aus der Halterung und warf es gegen die Wand, in der nächsten Szene sah man ihn, wie er wie ein Wahnsinniger gegen die Tür seines Vermieters hämmerte.

Das Muskelpaket öffnete, völlig zugedröhnt, die Pupillen groß wie Murmeln.

»Verdammte Scheiße, ver…«

Sein erster Schlag traf den Typen am Ohr. Ziemlich ungenau, aber er schwankte, griff sich an die getroffene Stelle und starrte Milla ungläubig an.

Dann rammte der Koloss ihm sein Knie in den Magen, packte Milla an den Haaren und drückte ihn gegen die Wand.

Milla wurde schwarz vor Augen.

Der Typ grunzte.

Milla schleppte sich taumelnd zurück in die Wohnung. Um nicht zu Boden zu gehen, suchte er Halt an einem Schrank und ertastete ein Teppichmesser. Als er danach griff, geriet die Welt noch weiter aus den Fugen. Er wollte nicht seinen Vermieter auslöschen, sondern Jo. Und Krupp, dem es nicht gelang, diesen Bastard mit dem blutigen Messer zu finden. Und die Junkies mit den toten Augen. Und die Dealer, die den Frauen an den Hintern grapschten, und die lachenden Frauen, die sich das gefallen ließen, um an ihren Stoff zu kommen. Und Carla Rigamonte. Und ein Gespenst ohne Gesicht, nicht so charismatisch wie Hannibal Lecter oder so durchgeknallt wie Buffalo Bill, sondern ein Durchschnittstyp, kein Alien aus der Hölle, sondern einer von vielen.

Einer wie *ER*.

Die Zeit schritt wieder in normaler Geschwindigkeit voran. Der rote Schleier war verschwunden. Das Erste, was Milla wahrnahm, waren die Augen seines Kontrahenten. Weit aufgerissen. Voller Panik. Dann seine aufgescheuerten Fingerknöchel. Der dunkelblau angelaufene, geschwollene Zeigefinger. Und schließlich: die Klinge des Teppichmessers am Hals des Vermieters. Am liebsten hätte er zugestochen.

»Okay«, sagte er, »okay …«

Er ließ das Messer fallen.

»Du bist …«, stammelte der Typ, »du bist …«

Die *Rosa banksiae lutea* sagte: Du hast es in dir.

Er.

Du hast es in dir. Auch du.

Milla schrie, so laut er konnte.

»Die ganze Meute ist da«, verkündete Levada, während sie die Treppen hinuntergingen, »das Fernsehen, die nationale Presse.

Corriere della sera, *Repubblica*, *La Stampa*. Sogar eine Vertreterin von der *Unità*, ist das zu glauben? Die wird den Politikern gehörig auf die Nerven gehen.«

»Nationale Presse?«, fragte Krupp.

Er nickte. »Sie sind überzeugt, dass ein Serienkiller am Werk ist.«

»Und ist das nicht so?«

»Halt sie an der kurzen Leine und bleib locker. Sie beißen nicht. Vergiss nicht …«

»Sie sollen sich wichtig fühlen.«

»Ich habe gehört, du hast Schwierigkeiten mit der Drogenfahndung.« Levada gab sich hilfsbereit.

»Sie blockieren meine Arbeit.«

»Sind sie so wichtig? In deinem Bericht steht, dass die Tote nicht drogenabhängig war.«

»*Wahrscheinlich* nicht drogenabhängig war«, korrigierte Krupp. »Hin und wieder hat sie Prozac genommen. Deshalb brauche ich die Drogenfahndung.«

»Aber falls die Morde nichts mit dem Drogenhandel zu tun haben …«

»Haben sie nicht, aber um dieses Schwein zu finden, brauche ich Zeugen, und wenn Marlene …«

Sie waren im Erdgeschoss angekommen. In der Largo Palatucci Nummer 1 summte es vor Betriebsamkeit.

Der Commissario Capo unterbrach ihn. »Feind hört mit, Luther. Lass uns später darüber sprechen, ja?«

Dabei klopfte ihm Levada aufmunternd auf die Schulter. Vier Uniformierte, zwei Männer und zwei Frauen, hatten sich schon auf der Galerie postiert, um dem Ganzen die entsprechende Kulisse zu verleihen. Krupp versuchte, seinen Ärger über diese Ressourcenverschwendung zu verbergen. Die Litanei, die nun aus seinem Mund kam, enthielt Sätze wie: Wir sind dabei, Dinge abzuklären, wir warten auf den Obduktionsbefund, wir verfolgen jede mögliche Spur …

Die erste Nachfrage kam von einem elegant aussehenden jungen Journalisten. »Heute Morgen sind wir am Fundort der Leiche Zeugen einer Szene geworden, die ich nur als erbärmlich bezeichnen kann und …«

Levada unterbrach ihn. »Ich fürchte, Sie sind nicht mit den aktuellen Verfahrensabläufen vertraut. Die Arbeit der Spurensicherung braucht Zeit. Sechs Stunden stehen lediglich für eine präzise und sorgfältige Spurensuche.«

Der Journalist wurde rot.

»Ich bin sicher«, fuhr Levada fort, »dass unsere Pressestelle Ihnen gerne reichlich Informationsmaterial zu diesem Thema zur Verfügung stellt. Ich möchte vermeiden, dass Sie ungenaue Angaben machen, die Ihre sicherlich ausgewiesene Professionalität und die der Zeitung, für die Sie tätig sind, infrage stellen könnten.«

Die Hand Gottes in Bestform.

»Marlene Wieser …«, fragte ein hochgewachsener Mann mit Spitzbart und dunklem Hemd, »war sie drogenabhängig?«

»Nein«, antwortete Krupp, »Marlene Wieser war nicht drogenabhängig.«

»Es heißt, sie habe die Neigung gehabt, zu viel zu trinken.«

»Ich glaube nicht, dass das für den Fall relevant ist.«

»War sie eine Prostituierte, Commissario?«

»Dafür gibt es keine Beweise.«

»Aber«, schaltete sich ein untersetzter Mann mit schmalem Oberlippenbärtchen ein, »sie war vorbestraft.«

»Wegen Bettelei. Das macht sie nicht zu einer Prostituierten.«

»Hatte sie einen festen Job?«

»Nein.«

»Könnte man sie als unstet bezeichnen?«

Krupps Hände glitten an die Tischkante.

Und umklammerten sie.

»Marlene Wieser war eine junge Frau von neunzehn Jahren, die jemand mit 14 Messerstichen ums Leben gebracht hat, reicht das nicht?«

In der dritten Reihe erhob sich eine Frau in Jeans und gestreiftem Pullover.

»Gibt es einen Zusammenhang zwischen dem Mord an Marlene Wieser und der Präsenz von Migranten in der Stadt?«

»Nein.«

»Und doch kommt über sie das meiste Heroin in die Stadt, und wie es scheint, haben beide Opfer Heroin konsumiert. Die Blitzaktion heute Morgen …«

»Es gibt keinerlei Hinweise«, unterbrach Krupp, »dass Marlene Wieser Heroin konsumierte. Die Operation in der Barackensiedlung heute Morgen war bereits lange geplant und hat nichts mit den Mordermittlungen zu tun.«

Die Gesichter der Journalisten sagten: Das kannst du jemand anderem erzählen.

Der Untersetzte hakte nach: »Stimmt es, dass der Vater des Opfers sich umgebracht hat? Könnte es da einen Zusammenhang mit Marlene Wiesers Verhalten geben? Ich beziehe mich dabei auf das Betteln und eine mögliche Abhängigkeit.«

Krupp blickte auf die Uhr seines Vaters.

Vierzehn Stunden: vergeudete Zeit.

»Ich sehe da keinen Bezug zu unseren Ermittlungen.«

»Könnte der Freudenmädchen-Killer auch in der Vergangenheit schon zugeschlagen haben?«, fragte Jo.

»Wenn Sie mit *Freudenmädchen* Prostituierte meinen«, antwortete Krupp, »dann fürchte ich …«

»Es gibt eine Menge ungeklärter Mordfälle in der Provinz.«

Andreas Krupp und Commissario Capo Levada lebten beide getreu dem Motto, dass Geschäfte und Privatleben die Öffentlichkeit nichts angingen. Andreas Krupp hätte bei diesem Einwand nur gelächelt.

Krupp versuchte es gar nicht erst: »Was wollen Sie damit sagen?«

»Nichts, Commissario. Ich möchte nur wissen, wie die Ermittlungen weitergehen. Ob Sie die alten Fälle wieder aufrollen oder nicht.«

»Im Moment konzentrieren wir uns auf die Morde Haller und Wieser«, antwortete Krupp.

Auf Jos Gesicht machte sich ein gefährliches Lächeln breit, und Krupp verfluchte sich: Er hatte gerade ungewollt einen Zusammenhang zwischen beiden Fällen hergestellt. In aller Öffentlichkeit.

Jetzt hagelte es Fragen von allen Seiten: »Dann ist es der gleiche Täter? Oder gar ein Serientäter? Suchen Sie nach einem Serienmörder? Geht es darum? *Haben* wir es mit einem Serientäter zu tun? Gibt es Beweise? Nimmt die Taskforce ihre Arbeit wieder auf?«

»Die Taskforce muss ihre Arbeit nicht wieder aufnehmen, denn sie hat sie nie eingestellt«, sagte Levada mit sonorer Stimme. »Aber, wie Commissario Krupp schon ausgeführt hat, gibt es keine gesicherten Erkenntnisse, dass die beiden Morde etwas miteinander zu tun haben. Wir ermitteln in alle Richtungen. Wie immer.«

»Ist die gebührenfreie Nummer wieder aktiv?«

»Das war sie die ganze Zeit.«

»Commissario Krupp«, fragte Jo, »ist es zutreffend, dass die Polizei im Dunkeln tappt, oder haben Sie eine bessere Formulierung, die ich in meinem Artikel verwenden könnte?«

SAMSTAG, 21. MÄRZ 1992

Nacht

Vivian trug hautenge Jeans, ein ärmelloses türkisfarbenes Oberteil und die schwarz-weiße Perlenkette. Ihre Haare waren etwas länger als bei ihrem letzten Treffen.

Sie bat ihn ins Schlafzimmer. Krupp setzte sich, sie blieb stehen und lehnte sich an den Frisiertisch mit dem großen Spiegel. Dann zündete sie sich eine Gauloises an.

»Wie hat er es getan?«

»14 Messerstiche.«

»Ist er es?«

»Er hat nicht mal versucht, so zu tun, als habe er sie vergewaltigen wollen.«

»War sie eine von uns?«

»Sie war zu jung, um …«

Vivian lachte rau, sie klang wie Janis Joplin. »Ich habe mit acht angefangen.«

»Du …«

»Mein Stiefvater schenkte mir Bonbons. Danach.«

Ein Stich in den Magen.

»Mit sechzehn habe ich gelernt, wie viel Geld ich damit verdienen kann«, fuhr Vivian fort.

»Warum hast du mich hergebeten?«

»Falls du dich nicht ein wenig entspannen willst …«, Vivian lächelte und wurde dann ernst. »Um dir das hier zu geben.«

Ein Fotoalbum. Mit rotem Einband. Eines, das meistens für Urlaubsfotos genutzt wurde. Krupp griff danach, aber Vivian zögerte.

»Woher weißt du, dass er es ist?«

»Ich spüre es.«

Vivian lockerte den Griff.

Das Album. Polaroids, zwei pro Frau. Nichts Professionelles, ein Typ sagt dir, du sollst dich in Pose stellen, und drückt dann ab. Provokanter Gesichtsausdruck. Gestraffter Körper. Jung, weniger jung. Groß, klein. Unter jedem Foto stand in Großbuchstaben ein Name. *Sue Ellen. Kelly. Ivanka. Lucy. Stephanie. Pamela. Nancy.* Namen aus einer Soap oder einem billigen Porno.

»Wer sind sie?«

Vivian drückte die Zigarette im Aschenbecher aus, nahm ein Glas und schenkte sich einen Wodka ein. Sie zog eine Schublade auf und deutete auf ein Tütchen Koks und einen Tablettenblister.

»Willst du?«

Krupp schüttelte den Kopf.

Vivian steckte sich eine Tablette in den Mund. »Das ist das Geheimnis meines Erfolgs.«

»Kolleginnen von dir?«, fragte Krupp.

»Ja, in Teilzeit. Hausfrauen, Arbeiterinnen, Angestellte. Kelly unterrichtet an der Vorschule. Hast du Kinder, Commissario?«

»Warum sind die in diesem Album?«

Vivian leerte das Wodkaglas, und Krupp musste an Marlene denken, wie sie die Reste aus den Gläsern auf den Tischen der Bar ausgetrunken hatte.

»Wirtschaftskrise. Jeder tut, was er kann. Mit dem, was er hat. Und sie haben nur ihren Körper, den sie verkaufen können. Das Kapital der Armen. Sie arbeiten ein, zwei Mal im Monat. Und jedes Mal sagen sie: Das ist das letzte Mal.«

»Und?«

»Die Fotos werden immer mal ausgetauscht, deshalb denke ich mal, ja. Sie haben die Schulden beglichen oder das Haus abbezahlt und hören auf. Jedenfalls vorübergehend. Du bist wohlhabend, oder? Solche Dinge verstehst du nicht.«

Krupp hätte am liebsten Arianna angerufen, damit sie der Sache auf den Grund gehen konnte.

Vivians Seufzer war zu theatralisch, um ehrlich zu sein. »Der geheimnisvolle Commissario Krupp.«

»Wie funktioniert das?«

»Es gibt eine Telefonnummer, die mit einem Anrufbeantworter verbunden ist. Wie eure gebührenfreie Nummer, garantiert anonym.« Vivians Augen blitzten amüsiert. »Du gibst das Pseudonym der Frau an, die du haben willst, Nancy oder Kelly zum Beispiel, dann hinterlässt du eine Nummer, unter der du zu erreichen bist. Wenn deine Favoritin verfügbar ist, einigst du dich direkt mit ihr. Es gibt Männer, die den Professionellen auf der Straße misstrauen. Sie glauben, so sei die Sache weniger gefährlich. Manche erregt auch die Vorstellung, mit einer Frau zu schlafen, die sich deswegen schämt.«

Der Zynismus, der in ihren Worten lag, ließ Krupp die Fassung verlieren. Er sprang auf und packte sie am Handgelenk.

»Wer steckt dahinter? Warum erzählst du mir erst jetzt davon? Das ist eine Spur! Ich kriege dich wegen Behinderung polizeilicher Ermittlungen dran, verdammte Scheiße.«

Die Nagelfeile tauchte aus dem Nichts auf. Vivian drückte sie Krupp unters Kinn.

»*Setz dich.*«

Krupp gehorchte.

»Das hier sind keine Huren. Es sind Mütter, Angestellte, Studentinnen, Arbeiterinnen. Sie haben einen festen Job. Sie werden von jemandem vermittelt, der die Fotos macht, sich um den Anrufbeantworter kümmert und einen Anteil kassiert. Lorena war eine von uns, im Januar hätte dir das Album gar nichts genutzt.«

»Ist Marlene da drin?«

»Nein«, Vivians Blick wurde schärfer als die Nagelfeile, »Marlene ist da nicht drin, aber ich habe gesehen, wie sie mit dem Typen sprach, der sich um die Vermittlung kümmert.«

»Du hast sie gesehen, oder willst du jemanden schützen?«

»Such es dir aus.«

»Wo?«

»In Bozen, auf der Piazza Dodiciville.«

»*Wann?*«

»Am 17. März.«

Vier Tage vor ihrem Mord. Endlich eine Spur. Marlene war im gleichen Gebiet unterwegs gewesen, in dem Lorena auf den Strich gegangen war. Und war mit einem Typen gesehen worden, der eine Verbindung zur Prostitution hatte. Hing das mit dem Job in Bozen zusammen, den sie Resch gegenüber erwähnt hatte? Vielleicht hatte Marlene doch nicht gelogen. Zumindest nicht in allem.

»Gib mir den Namen. Und das ist keine Bitte.«

»Zeno Costantini.«

Zeno Costantini bedeutete: Club Red, ein Nachtclub in der Via del Macello in Bozen. Dort ging man hin, wenn man Koks und Sex suchte.

»Was verheimlichst du mir noch?«

»Eine Dame braucht ihre kleinen Geheimnisse. Sonst würdest du nicht mehr herkommen.« Vivians Stimme bekam etwas Kindliches. »Und was sollte ich ohne meinen …«

Krupp hatte keine Lust auf Spielchen. »Hausfrauen, Arbeiterinnen, Mütter, Schwestern. Was weißt du noch?«

Vivian packte ihn im Nacken. Sie war stark.

Sie schob ihr Gesicht ganz dicht an seines heran.

»Würdest du mir gerne Handschellen anlegen, Commissario? Mich *bestrafen?*«

Krupp schob ihre Hand weg und griff nach dem Album. »Du bist nur eine …«

»Hure?«

Samstag, der 21. März 1992, endete für Krupp mit dem Wort: »Lügnerin.«

SONNTAG, 22. MÄRZ 1992

Nacht

Krupps Wagen war der letzte. Er sah Streifenpolizisten, die Dealer verfolgten, und eine der Bulldoggen, die einem wie wild brüllenden Transvestiten Handschellen anlegte. Uniformierte kontrollierten die Papiere der Gäste und der Türsteher. Keine Neugierigen, denn in der Via del Macello wohnte niemand, dort gab es nur Werkstätten von Handwerkern, die um diese Zeit nicht mehr arbeiteten. Die Bulldoggen waren in ihrem Element, Adrenalin- und Testosteronspiegel am Anschlag. Zwei Blitzaktionen in so kurzer Zeit, das war wie Weihnachten.

Krupp hatte den von Staatsanwalt Schneider unterschriebenen Durchsuchungsbefehl in der Tasche. Dieser hatte ihm keine Fragen gestellt, das Fotoalbum hatte der Commissario nicht erwähnt. Er wollte nicht, dass davon etwas nach außen drang. Der Fehler, den er bei Lorena Hallers Eltern gemacht hatte, ließ ihn nicht los. Ispettore Capo Lopez wusste, dass die Aktion im Red ein Ablenkungsmanöver war, Krupp sah es ihm an. Und Levada wusste es natürlich auch. Aber was er wirklich vorhatte, wussten sie nicht.

Endlich einmal hatte sich die Waagschale in der Questura zu seinen Gunsten geneigt. Und Levada würde nicht nachfragen, denn das könnte als Schwäche ausgelegt werden. Schließlich war *die Hand Gottes* unfehlbar und allwissend. Niemand stellte Fragen.

Krupp lächelte: Was hatte ein *alter* Mastino zwischen blutrünstigen jungen Exemplaren zu suchen?

Die Musik war ohrenbetäubend laut. Double You, »Please Don't Go«. Krupp gab dem DJ ein Zeichen, er möge die Anlage ausschalten. Der Typ sah ihn entweder nicht oder es war ihm egal. Als zwei ekstatisch zuckende Tänzer vor Lombardi und Ayrton Senna auftauchten, zückten sie ihre Dienstausweise.

Krupp riss dem DJ den Kopfhörer herunter, und die Musik verstummte schlagartig. Das Stroboskopflackern erlosch, Neonlicht flammte auf.

Zeno Costantini tauchte auf, als Krupp die Treppe zu den Separees nach oben ging. Der Handlauf war in rotes Licht getaucht. Krupp zeigte ihm den Durchsuchungsbefehl.

»Haben Sie ein Büro?«

Costantini ging voran. Eine der Tänzerinnen hatte ein geschwollenes Gesicht, Krupp hoffte, dass die Blitzaktion nichts damit zu tun hatte. Costantini schob mit dem Fuß eine Tür auf. Vielleicht wollte er ihn beeindrucken. Krupp gab Ayrton Senna die Anweisung, niemand hereinzulassen, Lombardi sollte der Tänzerin einen Eisbeutel bringen. Er hielt Costantini Marlenes Foto hin.

Der antwortete: »Das tote Mädchen. Und?«

»Eine von deinen?«

Costantini gab den harten Hund. »Jetzt drohen Sie mir damit, das Lokal zu schließen, oder?«

Krupp dachte: *Mach ihm Angst und schlag zu.*

»Ich unterstütze die Kollegen der Drogenfahndung. Aber wenn während der Durchsuchung zufällig ein Album mit Polaroids auftauchen sollte …«

Costantini erbleichte.

»Alles ganz harmlos natürlich. Frauen setzen sich gerne in Szene. Was kann ich dagegen tun? Nichts. Ich bin sicher, alle sind volljährig, und künstlerische Fotos zu machen ist ja kein Verbrechen.«

»Nein«, Costantini zündete sich ein Zigarillo an, »ist es nicht.«

Schlag zu. *Mit Wucht.*

»Aber ich könnte der Presse einen Wink geben. Und ich wette, dass nicht alle Ehemänner, Verlobten, Väter und Brüder glücklich darüber sein werden, dass ihre Frauen, Verlobten, Schwestern und Töchter für einen wie Sie posiert haben. Die Leute verstehen Kunst manchmal eben nicht.«

»Ich zwinge keine«, stammelte Costantini. »Wenn sie aufhören wollen, zerreiße ich das Foto, und alles ist gut, klar? Keine Erpressung oder irgendein Scheiß. Sie brauchen Geld, um über die Runden zu kommen, und ich helfe ihnen, damit sie nicht bei irgendeinem Durchgeknallten landen.«

»Wie dem, der Marlene ermordet hat.«

»Wie dem, den Sie verhaften sollten, Commissario.«

Und wenn das Angstmachen nicht klappt, schlag unter der Gürtellinie zu.

Krupp dachte: *Alles klar, Herr Kommissar?*

Er deutete auf einen der Monitore auf dem Schreibtisch, die Bilder von jedem Winkel des Clubs zeigten. »Schauen Sie sich unseren Ispettore Capo Lopez an. Er scheint sich bestens zu amüsieren.«

Zeno Costantini sackte in sich zusammen. Offensichtlich kannte er Lopez und die Zelle X. Es gab Krupp einen Stich.

Dann packte Costantini aus: »Marlene wollte einen Job. Sie hat mich angerufen, keine Ahnung, woher sie meine Nummer hatte. Wir haben ein Treffen für den 17. März ausgemacht. Aber daraus ist nichts geworden.«

»Warum?«

»Sie war zugedröhnt.«

»Ihre Tänzerinnen nehmen keine Drogen? Und das soll ich Ihnen glauben?«

»Sicher tun sie das, du brauchst ein bisschen Stoff, um auf diesen Highheels zu tanzen, ich komme morgens ohne eine Line auch nicht auf Touren. Aber auf Entzug solltest du nicht sein. Dann bist du raus.«

»Was ist mit den Minderjährigen?«

Das war ein Schuss ins Blaue, aber Krupp war sicher, dass er traf. Aber selbst wenn. Ihm das nachzuweisen, war nahezu unmöglich. Viele Frauen kamen aus Osteuropa und hatten falsche Papiere.

Costantini legte ein unschuldiges Lächeln auf. »Bis zum Beweis des Gegenteils bin ich unschuldig, oder?«

»Marlene war schön, jung, und Entzugserscheinungen hatte sie nicht. Du hättest gutes Geld mit ihr verdient.«

»Marlene suchte einen Job als Kellnerin, nicht als Tänzerin. Sie war auf Zack, hatte Erfahrung und wollte in die Stadt ziehen. Aber mit den traurigen Augen? Auf keinen Fall. Ich habe keine Ahnung, wer sie umgebracht hat, aber der Typ hat ihr eine Menge Leid erspart. Eine wie die, mit so viel Verzweiflung im Blick, hält auf der Straße keine zwei Monate durch. Und dort wäre sie sicher irgendwann gelandet, Commissario.«

Krupp dachte: Fick dich.

»Jetzt«, sagte er und wählte seine nächsten Worte sorgfältig, »kommen Sie erst mal mit ins Präsidium und erklären, dass Sie mich wegen des Drogenhandels, der gegen Ihren Willen in Ihrem Lokal stattfindet, kontaktiert haben. Ich gehe davon aus, dass Sie das Album nicht erwähnen werden.«

»Was sollte mich davon abhalten?«

Mach ihm Angst und schlag zu.

»Die Levada-Methode.«

Krupp spürte Ekel. Aber kein Bedauern. Und dann fühlte er sich schuldig, dafür dass er Genugtuung verspürte. Sonst nichts.

SONNTAG, 22. MÄRZ 1992

Morgen

Die Uhr seines Vaters zeigte 6.10 Uhr. Die abgelaufene Zeit reduzierte die Wahrscheinlichkeit, den Fall zu lösen, um die Hälfte. 24 Stunden nach Marlenes Tod: kein Verdächtiger. Es war wieder Januar.

Krupp verließ die Questura und ging durch die Altstadt. Er durchquerte die Gasse, in der Pasolini eine Filmszene aus dem *Decamerone* gedreht hatte. Es sah nach Regen aus. Er fand eine ruhige Bar, wo der Barista ihn nicht zu kennen schien, und warf einen raschen Blick in die Zeitungen.

EIN WEITERES OPFER
DER FREUDENMÄDCHEN-KILLER SCHLÄGT WIEDER ZU
MARLENES WILDES LEBEN
DAS GRAUEN AN DER STAATSSTRASSE
ICH WUSSTE NICHT, DASS MEINE TOCHER EINE PROSTITUIERTE WAR
ALKOHOL UND DROGEN IM LEBEN DES FREUDENMÄDCHENS
DER BLUTIGE MESSERMORD: NOCH IMMER UNGESÜHNT

Jo Serafini reihte die Plattitüden aneinander, die Krupp zur Genüge kannte, ließ aber durchblicken, dass die Schuld bei ihm und nicht bei Levada lag.

Der Bericht auf der Titelseite legte den Schluss nahe, Marlene sei *wahrscheinlich* nur eine Gelegenheitsprostituierte gewesen. *Wahrscheinlich* habe sie hin und wieder Drogen genommen, sei aber nicht abhängig gewesen.

Die Fotos darunter wurden Marlene nicht gerecht. In Lorenas Fall hatte die Presse ihr unschuldiges Aussehen ausgenutzt, um die Aufmerksamkeit der Leser zu wecken. Von Marlene hingegen hatte sie ein Bild gewählt, das nicht gerade Mitleid auslöste. Abstehende Haare, herausfordernder Blick.

Die Journalisten machten es wie Levada in der Barackensiedlung am Isarco. Sie suggerierten, so eine kann nur eine drogenabhängige Prostituierte gewesen sein. Keine von uns. Das beruhigte die Leute.

Weiter hinten wurde es noch schlimmer. Ein Foto mit Elsa Wieser am Telefon. Die Bildunterschrift: *Marlenes Mutter, nach dem Erhalt der Todesnachricht.*

Gestellt. Hatte sie dafür Geld bekommen? Hatte sie nicht Nein sagen können?

Krupp fragte sich, warum er immer das Schlimmstmögliche annahm. Klar, er war Polizist. Und Polizisten wurden dafür bezahlt, das Schlimmste anzunehmen. Auch bei Neunzehnjährigen, die mit 14 Messerstichen getötet und auf der Straße liegen gelassen wurden.

Und bei ihren Müttern.

In den Artikeln dazu tauchte das Wort *wahrscheinlich* nicht mehr auf. Marlene, drogenabhängig, Prostituierte. Krupp entdeckte dort alle Einzelheiten der Tat. Fundort, Auffindesituation, Kleidung. Eine Steilvorlage für Mythomanen. Auch von der Razzia in der Barackensiedlung war die Rede, denn: Eine Verbindung ist nicht ausgeschlossen.

Der Barista reichte ihm wortlos noch mehr Zeitungen. Krupp bestellte einen weiteren Kaffee. Er hatte nicht mal gemerkt, dass er den ersten getrunken hatte.

DAS MONSTER VON BOZEN
DER FREUDENMÄDCHEN-KILLER
EINE WEITERE PROSTITUIERTE NIEDERGEMETZELT
BOZEN IN ANGST

Ein Journalist einer überregionalen Zeitung hatte das Undenkbare gewagt und den Ex-Landeshauptmann der Autonomen Provinz befragt, den Paten, Übervater und Meinungsführer der Partei.

»*Zwei Morde innerhalb von drei Monaten, wie können Sie sich das erklären, Presidente?*« Die Antwort war lapidar, denn der Pate, Übervater und Meinungsführer sagte nie ein Wort zu viel. »*Denen geht es zu gut.*«

Der Preis des Wohlstands: zwei Selbstmorde pro Woche, Drogentote, Fabrikschließungen, ethnische Konflikte, Heroin im Überfluss, Kokain ließ die Wirtschaft florieren und die Menschen den Verstand verlieren, die die Zeit damit verbrachten, auf den Fährmann Charon zu warten. Alkohol, Alkohol, Alkohol. Brandstiftung, Hotels gingen in Flammen auf, um die Versicherungssumme einzustreichen. Politiker, denen im Zuge des »Mini-Tangentopoli in den Alpen« eine Anklage drohte.

Der *Presidente* entwarf eine real nicht existierende Welt, und wer sich auf diese Geschichten einließ, konnte ein märchenhaftes, goldenes und perfektes Leben führen. Taub, blind und bereit, alle aus dem Verkehr zu ziehen, die es wagten, mit Fingern auf den nackten König zu zeigen.

Andreas Krupp hätte den Worten des Ex-Landeshauptmanns vollumfänglich zugestimmt. Alles auf dieser Welt war ein Fall für die Öffentlichkeitsarbeit.

Draußen hatte es angefangen zu regnen.

Dottor Falkenbach war ein hochgewachsener, kahlköpfiger Mann. Seiner Hautfarbe nach zu urteilen, verbrachte er viel Zeit an der frischen Luft. Er war jünger, als Krupp erwartet hatte. Arianna lehnte hinter ihm an der Wand. Nach ihrem Einsatz im Rahmen der Operation Minotaurus trug sie ihre eigene Kleidung, Jeans und Sweatshirt, war aber noch nicht abgeschminkt. Vielleicht hatte sie es vergessen oder war einfach zu müde.

»Nennen Sie mich bitte Georg, Commissario. Ich wäre früher gekommen, aber ich war mit meiner Frau auf einer Berghütte. Dort gibt es weder Radio noch Fernsehen. Ich habe erst heute Morgen von Marlenes Tod erfahren und bin sofort zu Ihnen gekommen.«

»Wir versuchen es kurz zu machen. Seit wann kannten Sie Familie Wieser?«

»Seit etwa sieben Jahren. Durch Michael. Elsa hatte mich um Hilfe gebeten. Die vom Sozialdienst bewilligten Stunden beim Psychologen reichten nicht, er hatte schon einen Rückfall gehabt. Und leider hat er auf Dauer dem Druck nicht standgehalten, wie Sie wissen.«

»Was für ein Typ war er?«

»Michael war ein melancholischer Trinker, und er liebte seine Töchter. Nur ihretwegen hat er so lange durchgehalten.«

»So wie Sie das sagen, war der Selbstmord Michael Wiesers keine Überraschung.«

»Alkoholiker, wie auch Drogenabhängiger oder Raucher, bleibt man sein ganzes Leben. Das müssen sie verstehen. Wenn man seit zwanzig Jahren nicht mehr trinkt, heißt das nicht, dass man kein Alkoholiker mehr ist, sondern nur, dass man vor zwanzig Jahren sein letztes Glas getrunken hat, aber jederzeit das nächste kommen könnte. Oder natürlich auch nicht. Aber Michael war dieses Prinzip leider nicht klar, und er sah in jedem Rückfall ein komplettes Scheitern. Den Suizid habe ich nicht erwartet, sonst hätte ich die Aufnahme in eine Klinik befürwortet, aber ich muss zugeben, dass mich die Nachricht nicht wirklich überrascht hat. Man muss realistisch bleiben.«

Ein Uniformierter kam an die Tür und reichte Arianna ein Blatt Papier. Krupp schaute sie an, sie schüttelte den Kopf. Mach weiter, sollte das bedeuten.

»Was können Sie mir über die Töchter sagen?«

»Adele war die Dominante. Mit dem Vater hatte sie eine konfliktreiche Beziehung, als Ältere hatte sie ihm mehr Dinge zu verzeihen als Marlene. Heute ist sie verheiratet, haben Sie den Ehemann schon kennengelernt?«

Das war eines der ersten Dinge, die Krupp überprüft hatte: »Er ist in Deutschland und arbeitet dort.«

»Ein vernünftiger junger Mann.«

»Und Marlene?«

»Marlene war schwierig …«, Falkenbach lächelte. »Wohl genetisch bedingt. Sie wissen, dass nach neuesten Studien viele Abhängigkeiten vererbt werden?«

Wohlbefinden und Genetik, dachte Krupp, da muss keiner Verantwortung übernehmen. Eine verbreitete Theorie. »Wie sind Sie mit Marlene in Kontakt gekommen?«

»Michael hat sie zu mir gebracht, wenige Monate vor seinem Selbstmord. Er hatte sie gefunden, völlig verwirrt und wahrscheinlich auf Drogen. Ich gehe davon aus, dass er seine eigene Schwäche in seiner Tochter widergespiegelt sah, was nicht zuletzt zu seinem Freitod beigetragen haben könnte. Jedenfalls teilweise.«

»Was hat sie genommen?«

»Alkohol, Schmerzmittel und Barbiturate. Das hat sie mir danach anvertraut.«

»Woher hatte sie das Zeug?«

»Ich fürchte, das weiß ich nicht.«

»Wie war Ihre Beziehung zu Marlene?«

»Sie sprach mit mir über ihre Probleme, sie wusste, was alles passieren konnte. Wir haben gemeinsam eine Liste mit Verhaltensregeln entwickelt.«

»Hatte Marlene einen Freund?«

»Sprechen Sie von dem Brief? Marlene hat ihn vor zwei Wochen geschrieben, ich konnte ihn leider nicht mehr lesen. Es war meine Idee. Ich habe ihr vorgeschlagen, sie solle einen Brief an den Menschen schreiben, der ihr am meisten wehgetan hatte. Um die Wut loszuwerden.«

»Eine gescheiterte Liebe?«

»Eine Jugendliebe«, stellte Falkenbach klar, »den Namen des jungen Mannes kenne ich nicht. Marlene hat immer nur von *ihm* gesprochen.«

»Und die *Nutte*?«

»Ach ja, Anna Klotzner«, erwiderte Falkenbach. »Sie haben sich in der Bar kennengelernt, in der Marlene gearbeitet hat. Sie sind Freundinnen geworden, aber dann hat Anna ihr den … Jugendliche Liebe kommt und geht, wir alle wissen das. Marlene musste ihre Wut verarbeiten, …«

»Sprechen Sie besser nicht über Problembewältigung, Dottore, das liegt nicht in Ihrer Kompetenz.« Arianna konnte sich nicht mehr zurückhalten.

»Bitte?«

»Ihr Name taucht nicht im Ärzteverzeichnis der Gesundheitsbehörde auf. Zudem gehören Sie nicht dem Berufsverband Bozener Psychologen an, und wie ich gerade erfahren habe, sind Sie auch nicht im nationalen Berufsverband registriert. Wie ist das möglich?«

In ihren Augen erkannte Krupp die Dreifaltigkeit der Wiesers: Schmerz, Unschuld, Wut. Die Liste all der Dinge, unter denen Marlene gelitten hatte und die stündlich länger wurde.

»Ich verstehe Ihre Verwirrung. Ich werde oft mit ›Dottore‹ angesprochen«, antwortete Falkenbach, »und das bin ich ja im Grunde auch, aber in Theologie. Ich arbeite als Freiwilliger für die Katholische Männervereinigung.«

»Warum haben Sie die Wiesers nicht davon überzeugt, einen zugelassenen Psychologen aufzusuchen?«

»Mit welchem Geld?«

»Es gibt staatliche Zuschüsse«, erwiderte Krupp.

Falkenbach sah ihn überrascht an: »Haben Sie überhaupt eine Ahnung, was Sie da reden?«

»Wusste Familie Wieser, dass Sie kein Psychologe sind?«

Obwohl es Sonntag war, hatte Jo ihn in die Redaktion beordert. Milla war eine Stunde zu spät. So lange hatte er gebraucht, eine offene Apotheke zu finden. Wegen seiner Hände, in denen es pulsierte wie in einem entzündeten Zahn.

»Was hast du denn gemacht?«

»Nichts.«

Jo zog Milla an den Erste-Hilfe-Schrank ins Bad und forderte ihn auf, die Verbände abzunehmen. Als sie im Mülleimer gelandet waren, schüttelte er angewidert den Kopf. »Warst du nicht bei den Pfadfindern, Champion?«

»Ich habe gehört, Krupp hat eine Razzia im Red veranlasst.«

Jo ließ ihn die Hände unter eiskaltes Wasser halten. Den Zeigefinger der rechten Hand hatte es besonders erwischt, er war dick angeschwollen, und Milla konnte ihn kaum bewegen.

Als Jo ihn berührte, entfuhr Milla ein Wimmern.

»Immerhin nicht gebrochen«, meinte Jo. »Geht es um das Blumenmädchen? Hat jemand sie dir weggeschnappt, und du hast versucht, das auf die altmodische Art zu regeln? Das solltest du nicht persönlich nehmen. Bevor man richtig rocken kann, muss man den Blues spielen lernen.«

»Du weißt nichts über die Sache im Red?«

»Du willst nicht darüber reden. Ein echter Macho.« Jo drückte die halbe Tube Entzündungshemmer auf seine Hand.

»Eine junge Frau wird umgebracht, Levada nimmt die Barackensiedlung auseinander, Krupp durchkämmt einen Club mit zweifelhaftem Ruf. Merkwürdig, findest du nicht?«

»Wie eine Questura funktioniert, weißt du?«

»Ungefähr.«

»Die Zuständigkeiten sind klar geregelt, das Personal wird nach Bedarf zugewiesen. Wenn niemand entführt wird, macht es wenig Sinn, eine Entführungsabteilung zu haben, oder siehst du das anders?«

»In der Praxis macht aber jeder, was er will.«

»Mehr oder weniger«, entgegnete Jo, »jede Gruppe ist wie ein eigener Clan. Bei uns gibt es zwei. Die große Familie der Kriminalpolizei, zu der die Mordkommission und die Abteilung Diebstahl und Ähnliches gehören, und die Drogenfahndung. Vom Questore mit seinen repräsentativen Aufgaben einmal abgesehen, hat Levada das Sagen, er hat der Drogenfahndung immer freie Hand gelassen.«

»Warum?«

»Warst du auf dem altsprachlichen Gymnasium?«

Es war Jos Art, auf eine Frage mit einer Gegenfrage zu antworten. »Ich war auf dem pädagogischen Zweig.«

Jo starrte ihn überrascht an: »Du bist ein Pädagoge, Champion?«

»Ja, und?«

Jo konzentrierte sich darauf, Millas Hand zu verbinden. »*Divide et impera.* Levada sorgt dafür, dass es zwischen der Kriminalpolizei und der Drogenfahndung eine gewisse Feindseligkeit gibt. Wie bei zwei Stämmen, deren Gebiet aneinandergrenzt und zwischen denen es hin und wieder Krach gibt. Und warum? Weil Levada weiß, dass die von der Drogenfahndung meist ehrgeiziger sind als die Kriminalbeamten und deshalb weniger geneigt, irgendwo dauerhaft zu bleiben.«

»Ich kann dir nicht folgen.«

»Wenn du als Polizist Karriere machen willst, kannst du nicht in Bozen bleiben. Wem sollst du hier auffallen? Du musst dir den Stamm aussuchen, bei dem du glänzen kannst, und dann gehen. Und es gibt drei Abteilungen, in denen das möglich ist. Drogenfahndung, Antimafia und Terrorismusbekämpfung.«

Jo betastete Millas Zeigefinger, und Milla wurde schwindlig.

»Die Antimafia-Abteilung hat gewisse Nachteile«, fuhr Jo fort, »da ist das Risiko, nicht lebend rauszukommen oder, noch schlimmer, nie wirklich seine Arbeit zu machen, ziemlich hoch. Erinnerst du dich an Richter Falcone? Die Cosa Nostra wird man nie zerschlagen können. Mafia und Politik gehen Hand in Hand. Du wirst immer nur die kleinen Fische fangen oder die dürren Äste zu fassen bekommen. Aber wir müssen uns Sisyphus als glücklichen Menschen vorstellen, oder? Streck die Hand aus.«

Milla gehorchte. Er konnte die Hand nicht schließen, aber der Verband saß gut.

»Bleiben Drogenfahndung und Terrorismusbekämpfung.«

Jo begann die andere Hand zu verarzten. »Terrorismusbekämpfung ist fast noch schlimmer als die Antimafia. Politik und Geheimdienste. Schlecht für die Karriere. Es sei denn, du hast gerne keine Wahlmöglichkeiten. Aber dazu braucht man Talent und einen gesunden Magen, und das haben nur wenige. Bleibt also nur die Drogenfahndung.«

»Aber die hat auch mit organisierter Kriminalität zu tun.«

»Die Grundlagen, Milla, die Grundlagen …«, Jo seufzte, »was machen wir?«

»Wir sorgen für Gesprächsstoff.«

»Was macht die Polizei?«

»Die Bösen festnehmen?«

»*Sucht* den Gesprächsstoff«, verbesserte ihn Jo lächelnd, »wenn du ein Attentat vereitelst, was zeigst du dann? Zerstörungen, die es nicht gibt? Wenn du einen Mafioso festnimmst, was zeigst du? Einen wütenden Typen in Handschellen? Das hat keine Wirkung, damit imponierst du niemandem. Aber hast du eine Vorstellung davon, wie viel Eindruck du mit übereinandergestapelten Heroinpäckchen machst?«

Rosa banksiae lutea. Das ist keine Blume, das ist verdammtes Unkraut, dachte Milla.

»Diese Blitzaktionen und die Morde haben also nichts miteinander zu tun? Das sind lediglich Gefälligkeiten zwischen den Stämmen? Oder will Krupp Karriere machen, damit er rechtzeitig den Abgang machen kann, bevor Levada ihn öffentlich demontiert?«

Jo legte Verbandszeug und Pflaster in den Erste-Hilfe-Schrank zurück. »Für wen hältst du mich, Champion? Natürlich haben sie miteinander zu tun, aber wir wissen noch nicht, wie. Aber das ist nichts für dich. Du lieferst weiter die Kieselsteine.«

SONNTAG, 22. MÄRZ 1992

Nachmittag

Die Prozession zur Questura in der Largo Palatucci hatte begonnen. Mütter, Väter, Schwestern, Brüder, Freunde. Sie hielten Fotos in der Hand und erzählten ihre Geschichten. Sie sagten: Der Freudenmädchen-Killer hätte auch meine Verlobte umbringen können, wir hingen beide an der Nadel, und als ich aus dem Entzug kam, war sie verschwunden. Sie sagten: Meine Tochter fixte und bot sich unbekannten Männern an, um an Geld für den Stoff zu kommen, sie hat versprochen aufzuhören, plötzlich war sie verschwunden, und keiner hat sie gesucht. Sie sagten …

Für all diese Menschen war der Freudenmädchen-Killer ein Symbol der Hoffnung geworden, stellte Krupp entsetzt fest. Einen Leichnam zu finden bedeutete, trauern zu können, die Ungewissheit hinter sich zu lassen und weiterleben zu können.

Es brauchte einen Anruf bei Anna Klotzner und weitere sieben Stunden, um »ihn« zu finden, den Mann, der Marlene das Herz gebrochen hatte. Er hieß Peter Gufler, leitete eine Spedition, war aber auch Künstler. Die Bulldoggen meinten, er habe ein Atelier in einem alten Industriegebäude in der Via del Macello, in der Nähe der Großmarkthalle, nur wenige Schritte vom Nachtclub Red entfernt. Krupp ging trotz des Regens zu Fuß. Er war allein.

Der Mann, der ihm die Tür öffnete, war um die dreißig, mittelgroß und schlank. Er trug ein knallbuntes Hemd. In der Luft hing Terpentingeruch.

»Es geht um Marlene Wieser«, sagte Krupp.

»Habe ich gelesen, das tut mir leid.«

»Aber in die Questura sind Sie nicht gekommen.«

»Ich hielt es nicht für wichtig.«

»Wie haben Sie sich kennengelernt?«

»Im Sommer vor dem Mauerfall. Sie war ein schwärmerisches junges Mädchen, das mir schöne Augen machte. Dann bin ich nach Berlin gezogen und habe vier Jahre an der Universität der Künste studiert.« Gufler ging zum Kühlschrank und nahm eine Dose Forst heraus. »Wollen Sie auch?«

Krupp nahm ihm das Bier aus der Hand. »Die UdK hat ein gewisses Renommee, verarschen Sie mich nicht.«

Die Dose fiel zu Boden.

Guflers Adamsapfel hüpfte auf und ab wie ein Jo-Jo. »Bei der Aufnahmeprüfung bin ich durchgefallen, aber ich habe Kurse an einer Privatschule belegt, die …«

»Sie haben vier Jahre so getan, als wären Sie Picasso, dann sind Sie zurückgekommen, und Marlene war kein kleines Mädchen mehr, allerdings stellt sich trotzdem die interessante Frage nach ihrem Alter und der Fähigkeit, selbstbestimmt entscheiden zu können.«

»Anfangs«, rechtfertigte sich Gufler, der immer nervöser wurde, »habe ich mich gewehrt, aber Marlene verstand meine Kunst, sie war intelligent und neugierig.«

»Und Anna Klotzner?«

Jedes Mal, wenn Krupp etwas sagte, wich Gufler einen Schritt zurück.

»Ein Abenteuer, mehr nicht.«

Krupp hatte genug. »Haben Marlene und Sie sich in der Nacht vom 20. auf den 21. März in Collepietra getroffen?«

»Ich denke, Marlene wollte mir verzeihen.«

»Hatte sie Drogen genommen?«

»Nein«, es gelang Gufler, ein paar Tränen herauszudrücken, »wenn ich daran denke, was danach …«

»Haben Sie jemand von diesem Treffen erzählt?«

»Nein.«

»Haben Sie etwas Verdächtiges in der Nähe bemerkt?«

»Was meinen Sie mit ›verdächtig‹?«

»Wo waren Sie gestern Morgen zwischen fünf und sechs?«

In Guflers Augen: Erleichterung.

»Im Lager war ein Rohr geplatzt, und ich war mit der Feuerwehr von vier bis neun vor Ort, dann kamen die von der Versicherung und …«

17 Uhr: Jo hatte ihm gerade seinen Artikel über ständig ausfallende Verkehrsampeln und kaputte Straßenlaternen um die Ohren gehauen. »Via Vittorio Veneto, Champion. Du erkennst den Ort des Geschehens an den blauen Lichterketten. Dieses Mal keine Kieselsteine. Dottor Zuliani wurde ermordet, der *Psychiater*. Wie es aussieht, war es sein Sohn.«

»Nehmen wir mein Auto?«

»Wir? Das ist dein Einsatz. Zeig, was du draufhast.«

Die Via Vittorio Veneto war eine breite Straße, die das Gries-Viertel mit dem Krankenhaus verband und an der Kaserne gleichen Namens vorbeiführte.

Das Haus von Doktor Zuliani stand in einer Reihenhaussiedlung inmitten eines Labyrinths aus Einbahnstraßen.

Die Sanitäter versperrten den Zugang, der Carabiniere am Tor schickte ihn weg. Der Regen war kalt, und Milla hatte keinen Schirm dabei. Tagliaferro, ein Journalist der Konkurrenz, saß in der Nähe auf einem Mäuerchen und winkte ihn zu sich heran. Auch er war ohne Schirm und wirkte etwas verloren.

»Wo ist Jo?«

»Er hat beschlossen, dass ich Erfahrung sammeln soll.«

»Seit wann arbeitest du für ihn?«

»Seit ungefähr einem Jahr.«

»Ich hab nur sechs Monate durchgehalten. Mich hat er ›Fass‹ genannt. Und dich?«

»Champion. Verstößt es gegen die Regeln des freien Marktes, wenn ich dich frage, was genau hier los ist?«

»Das hat Zuliani nicht verdient. Wir waren zusammen in der Schule.«

»War es sein Sohn?«

»Ich bin froh, dass Jo nicht da ist, das hätte ich nicht ertragen.« Tagliaferro biss sich auf die Lippen. »Zulianis Spezialgebiet waren Jugendliche mit Problemen. Das ist Ironie, nehme ich an. Wirklich scheiße.«

»Und war sein Sohn auch einer?«

»Ein Jugendlicher mit Problemen?«

Milla nickte.

»Kannst du dir die perfekte Familie vorstellen?«, fragte Tagliaferro. »Seine Frau ist Lehrerin. Sie wird es nicht fassen können. Verdammt, ich habe einen Sohn im gleichen Alter wie Stefano. Es hat einen Streit gegeben, und Stefano hat ihn … erstochen, weißt du.«

Tagliaferros Blick wirkte abwesend.

»Stefano ist Musiker«, fuhr er dann leise fort, »wobei, ist man mit sechzehn schon Musiker?«

»Mozart war es.«

»Er war am Konservatorium, hat Cello gespielt. Er hatte Begabung, auch wenn er kein Mozart war. Und kein Geld verdiente.« Tagliaferro fuhr sich durchs Haar. »Mark Twain sagt, du kannst erst von dir sagen, dass du ein Künstler bist, wenn du deine Rechnungen selbst bezahlen kannst, sonst ist es ein Hobby. Was sollen wir schreiben, was meinst du? Musiker oder Schüler?«

Milla hatte Mitleid mit ihm, aber trotzdem konnte er nicht vergessen, dass er der Erste gewesen war, der über Lorenas Aids-Infektion geschrieben und Marlene als Drogenabhängige dargestellt hatte.

Wir sind alle Kinder der *Rosa banksiae lutea.*

»Musiker passt bestens«, versicherte Milla. »War Stefano drogenabhängig?«

Tagliaferro sah ihn schräg an.

»Drogenabhängig?«

»Vielleicht war er auf Entzug, und ihm sind die Sicherungen durchgebrannt.«

Tagliaferro versetzte ihm einen Stoß in die Seite.

»Die Jo-Schule, unverkennbar. Ich habe die Leiche meines Freundes gesehen, und du spekulierst? Was denkst du dir eigentlich? Da ist so viel Blut, als hätte man einen Horrorfilm gedreht. Er hat ihn zugerichtet wie diese Huren.«

»Die haben einen Namen«, sagte Milla. »Sie hießen Lorena Haller und Marlene Wieser.«

Tagliaferro brach in Tränen aus.

»Was für ein Scheißjob.«

Das Briefing mit der Taskforce war deprimierend: Sie hatten nichts, nichts, nichts.

Ergebnisse auf dem Anrufbeantworter:

Ich habe sie umgebracht, beide, ich habe sie mit meiner Axt erschlagen, ich habe sie zerstückelt und ihnen die Augen ausgestochen. Ich habe einen Mann mit einer Sturmhaube gesehen, der in Richtung Campodazzo gegangen ist. Ich kannte die junge

Frau, die war eine NUTTEEEEEEE. Jugendliches Lachen. *Die hat es nichts anders verdient. Es ist höchste Zeit, dass in dieser Stadt jemand aufräumt. Die arme Frau, die arme Mutter. Buchtet endlich die Dealer ein, das ist alles eure Schuld, Scheißmarokkaner, Scheißalgerier, Scheißneger, schnappt euch den Bastard und schneidet ihm die Eier ab, macht ihn einen Kopf kürzer, verbrennt ihn bei lebendigem Leib. Hier. Spricht … Zodiac.* Betrunkenes Lachen, dann pfiff er: *I Fought the Law.*

Um 18.03 Uhr hatte ihn Manfredi, der neue Staatsanwalt, gebeten, in die Pathologie nach San Maurizio zu kommen. Arianna wartete schon. Sie lehnte am blauen Thema und trug das Operation-Minotaurus-Outfit. *Schon wieder.* Sie hatte eine neue Pony-Frisur, die Haare waren karottenrot gefärbt. Sie stand ihr gut. Einer der Anstecker auf ihrer Handtasche hatte die Form eines Stierkopfs.

Manfredi eilte der Ruf eines ehrgeizigen Mannes voraus. Um die dreißig, elegant gekleidet, hohe Stirn und lange Haare. Ein paar Bartstoppeln auf den Wangen, Brille.

»Marlene ist die Letzte, da sind wir uns einig, Commissario?«, sagte er, als er Krupp die Hand gab. »Und lassen Sie uns doch Du sagen, das ist mir lieber.«

Krupp verstand nicht, was er meinte. Die Letzte, in deren Fall er ermitteln würde? Oder das letzte Opfer?

»Sovrintendente Capo Lici«, Manfredi lächelte, »ich hoffe, zukünftige Generationen nehmen sich ein Beispiel an Ihnen. Nennen Sie mich gerne Jakob. Und ich …«

»Arianna.«

»Dottor Egger ist ein Spitzenmann«, erklärte Manfredi, bevor er die Pathologie betrat. »Ich weiß nicht, warum man bei Gericht immer Simoni vorzieht. Bei allem Respekt, aber wenn es eine Spur gibt, dann findet er sie, glauben sie mir.«

Aus dem Sektionssaal drang Musik. Bach. Dottor Egger war von untersetzter Gestalt, hatte einen gezwirbelten Bart, die Hände waren zu groß für den Rest des Körpers.

Der Pathologe hob das Tuch von Marlenes Leichnam. Die Totenstarre hatte ihren Gesichtsausdruck für die Ewigkeit gebannt, eine Mischung aus Schrecken und Wut. Krupp schaute zu Manfredi.

Er wirkte ungerührt.

»14 Stiche, inklusive des tödlichen in den Hals.« Eggers nasale Stimme klang wie ein Summen. »Eine Klinge von zwölf Zentimetern Länge, an beiden Seiten geschärft. Der Mörder war mit Sicherheit Rechtshänder. Keinerlei biologische Spuren auf dem Körper und der Kleidung.«

Egger wartete ab.

Es gab keine Fragen.

»Was die toxikologische Untersuchung angeht, werden wir leider noch Monate auf Ergebnisse warten müssen. Ich habe keine Einstichstellen von Spritzen gefunden. Sollte das Opfer Psychopharmaka genommen haben, kann ich nicht weiterhelfen. Ob das Opfer Alkoholikerin war, lässt sich nach dem Zustand der Leber auch nicht einwandfrei beurteilen. Keinerlei körperliche Krankheiten, das Opfer war gesund. Keine Anzeichen für sexuellen Missbrauch.«

Wieder hielt Egger inne. Wieder stellte niemand eine Frage.

Der Pathologe deutete auf den Abdruck am Hals: »Für die Erdrosselung wurde eine dünne Schnur von etwa fünf, sechs Millimetern Durchmesser benutzt, wenig effektiv. Erdrosseln war demnach nicht die Todesursache, ich vermute, im Handgemenge ist die Schnur gerissen. Ich nehme an, dass es sich um eine Nylonschnur handelte. Eine Schnur aus Naturmaterial hätte bei diesem Umfang mehr Haut abgeschürft und deutlichere Spuren hinterlassen.«

Keiner sagte ein Wort.

Egger deutete auf die Verletzungen am Brustkorb. »Der Thorax zeigt kleinere Verletzungen. Der Mörder hat mit großer Kraft und in schneller Folge zugestochen.«

Schnell.

Entschlossen.

Brutal.

»Leider war ich nicht am Fundort«, fuhr der Pathologe fort, »aber nach den Fotos der Spurensicherung und der Analyse des Tatorts zu urteilen, stimme ich mit der Annahme des Kollegen Simoni überein. Der Mörder hat sie im Auto angegriffen und getötet. Ich habe mir die Freiheit genommen, die Akte des wahrscheinlich ersten Opfers einzusehen, Lorena Haller. Ich habe signifikante Ähnlichkeiten im *Modus Operandi* festgestellt. Im Unterschied zu Lorena Haller hat Marlene Wieser sich jedoch nicht gewehrt.«

»Wurde sie überrascht?«, fragte Manfredi.

»Sehr wahrscheinlich.«

»Wie war die Abfolge der Stiche, Dottore?«, fragte Krupp.

Egger deutete auf Marlenes Hals. »Er hat versucht, sie zu strangulieren, dann hat er sie in Brust und Bauch gestochen. Als Marlene nach vorne gekippt ist, hat er sie am Rücken getroffen, dann hat er ihr die Kehle durchtrennt. Völlig unnötig, Herz und Lunge waren schon durchbohrt.«

»Dottor Simoni ist zu einer anderen Schlussfolgerung gelangt«, sagte Krupp.

»Das weiß ich«, antwortete Egger, ohne mit der Wimper zu zucken, »ich fürchte, der Kollege ist nicht mit der von ihm gewohnten Sorgfalt vorgegangen. Ich bin fest davon überzeugt, dass dem Opfer nach der versuchten Erdrosselung erst in Brust, Bauch und Rücken gestochen wurde, um eine Flucht zu verhindern, und ihr dann der tödliche Schnitt in den Hals gesetzt wurde.«

Krupp dachte: Er versucht, sie zu erdrosseln, dann reißt die Schnur, oder Marlene stirbt einfach nicht, oder die Strangulation befriedigt ihn nicht wie erhofft. Deshalb lässt er die Schnur los, greift nach dem Messer, und während Marlene versucht, die Tür zu öffnen, sticht er sie in Brust und Bauch, dann in den Rücken, und schließlich schlitzt er ihr die Kehle auf.

Das klingt logisch.

Mehr noch. Das erste Mal hatte Krupp das Gefühl, etwas zu *verstehen.* »Um Sex geht es ihm nicht, das wissen wir. Aber er sucht auch nicht nach dem Tod. Meine Überlegung ist nur eine Hypothese, aber …«

»Aber?«, fragte Manfredi.

»Vergleicht man die Taten und den Tathergang, war Lorenas Mord nicht geplant, denke ich. Er hat nach einer sexuellen Dienstleistung gesucht und ist zu einer Prostituierten gegangen. Aber während sie sich auszog, hat ihn etwas dazu gebracht, zuzustechen.«

»Spricht die mitgebrachte Waffe nicht eher für einen geplanten Mord?«, warf der Staatsanwalt ein.

»Weißt du, wie viele Leute ein Taschenmesser in der Hosentasche haben, Jakob? Der Mörder hatte eins dabei und hat Lorena damit umgebracht. Und danach fühlte er sich *gut.*« Krupp war sich gar nicht bewusst gewesen, wie grausam das klingen konnte. »Sonst wäre Marlene nicht auch an der Reihe gewesen. Bei ihr ist der Tathergang komplexer. Die Verletzungen stammen von einem Messer mit Doppelklinge, das viel seltener ist als ein simples Taschenmesser.«

»Das heißt«, unterbrach Manfredi, »er hat die Waffe mit der Absicht mitgenommen, sie zu benutzen. Das Gleiche gilt für die Schnur.«

»Was *ohne jeden Zweifel* für Vorsatz spricht. Aber das ist noch nicht alles. Lorena hatte im Januar ihre Stelle an der Tankstelle selbst ausgesucht, weil man als Prostituierte dort gut stehen kann. Es ist abgelegen, aber die Bar Sonnenberg und das nächste Wohnviertel sind nicht weit. In der Parkbucht an der Staatsstraße 12 war die Chance, entdeckt zu werden, minimal. Bei Marlene hat er sich Waffe, Tatort und Opfer bewusst ausgewählt.«

Arianna hatte Gänsehaut. »Marlene und Lorena hatten das Pech, seine Aufmerksamkeit zu erregen. Sie waren sein Typ Frau, zierlich und gut aussehend.«

»Die Schönheit hat wahrscheinlich seine Eitelkeit befriedigt«, wandte Krupp ein, »aber warum sucht sich ein so kräftiger Mann so zierliche Opfer aus?«

»Weil er sie leichter töten kann. Pure Mordlust«, entgegnete Arianna.

Krupps Antwort lautete: »Ja und nein. Vielleicht weiß er es selbst nicht. Sex befriedigt ihn nicht, der Tod befriedigt ihn nicht. Das Töten ist das Mittel, nicht das Ziel. Morden ist für ihn die Möglichkeit, *Kontrolle* auszuüben. Die Tatorte, die Tatwerkzeuge und die zierlichen Opfer geben ihm die Sicherheit, dass er alles im Griff hat, sie werden nicht fliehen. Überlegen wir doch mal. Es müssen Frauen sein, die freiwillig zu ihm ins Auto steigen. Dabei könnte er sie doch auch leicht gewaltsam ins Auto ziehen, oder? Aber das tut er nicht. Warum? Weil ihre selbstbestimmte Entscheidung ihm von Anfang an das Gefühl gibt, sie unter Kontrolle zu haben. Und diese Kontrolle sucht er.«

Krupp strich über seine Armbanduhr.

Er dachte an seinen Vater und musste lächeln. »Und wovor schützt uns Kontrolle? Vor der Angst.«

»Wir suchen also einen Mann, der Angst hat?«, fragte Arianna und schob sich den Pony aus der Stirn.

»Wir suchen einen Mann, der seine eigene Angst in etwas Furchteinflößendes verwandelt hat.«

»Aber wovor hat er Angst? Vor Frauen?«, fragte Manfredi.

Krupp richtete sich die Krawatte. »Das werden wir wissen, wenn wir ihn haben. Leider bringen uns diese Überlegungen keinen Schritt weiter. Um ihn zu …«

Manfredi unterbrach ihn. »Was wissen wir bis jetzt über ihn? Ganz konkret, meine ich.«

Krupp antwortete, ohne zu zögern: »Er ist aus Bozen, denn er kennt die Straßen und weiß, wer wo unterwegs ist. Er besitzt ein Auto, und das kostet: Benzin, Versicherung, Reparaturen. Er muss demnach ein Einkommen haben, eine Arbeit. Und er muss Zugang zu einer Garage oder einer anderen Unterstellmöglichkeit haben, wo er das Blut auf der Windschutzscheibe und dem Beifahrersitz unbeobachtet entfernen kann. Und dazu braucht er Zeit. Deshalb können wir annehmen, dass er nicht verheiratet ist und auch mit niemandem zusammenlebt. Aber auf viele andere Fragen haben wir noch keine Antwort. Allerdings …«

Er verstummte. Er stand kurz davor, die Kontrolle zu verlieren.

Drei frustrierende Monate.

Er versuchte sie mit einem tiefen Atemzug beiseitezuschieben.

»Bis jetzt hatte er Glück. Aber je mehr Zeit wir ihm geben, desto besser wird er. Das haben wir ja bereits gesehen.«

»Er lernt schnell«, sagte Arianna.

Aus Krupps Frustration wurde Wut, er wiederholte seinen Appell, den er seit Januar auch schon Levada, den Mastini, den Uniformierten und allen Staatsanwälten vor Manfredi gepredigt hatte.

»Wir brauchen *Zeugen*. Ich bin sicher, da draußen ist jemand, der ihn bemerkt hat. Nur dass er davon nichts weiß. Die Wahrscheinlichkeit, dass es sich bei diesem Zeugen um einen Junkie oder einen Dealer handelt, ist relativ hoch, denn der Mörder ist nachts im Prostituierten- und Drogenmilieu unterwegs. Die Szene ist alarmiert, und wir behalten sie im Auge, aber Drogenhandel ist Sache der Drogenfahndung.«

»Ich versuche sie zur Zusammenarbeit zu bewegen, aber das ist nicht so einfach, wie ich dachte«, erwiderte Manfredi bedauernd.

Krupp nickte bitter. Er schaute auf Marlenes Leichnam und dachte: Man muss ihm eine Nachricht senden.

Er wusste: *Ich* muss ihm eine Nachricht senden.

Er musste sich mit dem Blinden treffen.

SONNTAG, 22. MÄRZ 1992

Nacht

Nachdem er ein paarmal versucht hatte, den Artikel über den Vatermord in der Via Vittorio Veneto zu lesen, legte Jo den maschinengeschriebenen Text beiseite und verschränkte die Hände über dem Bauch. Er konnte kaum noch die Augen offen halten. Eine Allergie, hatte er behauptet.

»Gib mir eine Zusammenfassung, Champion.«

»Stefano Zuliani, sechzehn, Schüler am Konservatorium, hat seinen Vater, Dottor Massimo Zuliani, Entwicklungspsychologe, 41, im Streit erstochen.«

»Ein Musiker?«

»Cellist, ich habe mit seinem Lehrer am Konservatorium gesprochen. Er meinte, er sei ein vielversprechendes Talent mit großer Leidenschaft für sein Instrument, ein guter Junge, immer freundlich. In seiner Freizeit spielt er Fußball und ist auch Mitglied eines Amateur-Langlaufteams.«

»Hätte deine Mutter sich nicht auch einen solchen Sohn gewünscht?«

»Sie hatten Streit. Der Vater war im Wohnzimmer und las Zeitung, Stefano übte in der Küche.«

»Sagt wer?«, fragte Jo mit geschlossenen Augen.

»Eine Nachbarin. Sie hat das Gespräch zwischen Dottor Zulianis Ehefrau und einem Beamten des Jugendamts gehört.«

Mit der Nachbarin zu sprechen war aufreibend gewesen, die

Frau hatte immer wieder »Warum? Warum?« gerufen und sich an seinen Arm geklammert.

»Wie es scheint, hat Zuliani seinen Sohn gebeten, mit dem Üben aufzuhören, weil er Migräne hatte.«

»Und dann hat der Junge zum Messer gegriffen?«

»Raptus.«

Jo öffnete die Augen, sie waren so stark gerötet, dass er an einen Dämon erinnerte. Vielleicht wirklich eine Allergie.

»Raptus? Was zum Teufel soll das heißen, Champion?«

»Keine Ahnung, aber ich dachte, so hättest du es geschrieben.«

Jo lachte. »Und was glaubst du?«

»Dass man niemanden ohne Grund umbringt.«

»Und der Freudenmädchen-Killer? Hat er einen Grund?«

»Das ist etwas anderes.«

»Meinst du, der Junge stand unter Drogen?«

»Darauf deutet nichts hin. Und davon habe ich auch nichts geschrieben«, stellte Milla klar.

»Hast du mit der Mutter gesprochen?«

»Nur mit der Nachbarin, dem Lehrer am Konservatorium und einem Freund der Familie. Alle sagen, dass es in der Familie keinerlei Probleme gab, niemand kann sich den Vorfall erklären.«

»Der Junge ist im Gefängnis?«

Milla hatte ihn kurz auf der Rückbank eines Polizeiwagens gesehen. Er saß neben der Mutter, eine Jacke über den Kopf gezogen. Während der Wagen an ihm vorbeigefahren war, hatte er unter der Jacke einen Moment lang Stefanos Gesicht erblickt. Dieses Bild würde er nie vergessen. Sein Blick war leer, er wirkte verloren.

»Nein, sie haben ihn zur Jugendstaatsanwaltschaft gebracht, und dann ist er mit der Mutter zu den Großeltern gefahren. Bis jetzt wurde er nur vernommen.«

»Polizei?«

»Gibt sich zugeknöpft.«

»Du warst dort, hast deinen brandneuen Presseausweis gezückt, und sie haben dir gesagt, du sollst dich verpissen.«

Sie waren höflicher gewesen, aber in der Sache stimmte es. »Ja.«

Jo tropfte sich etwas in die Augen. »Ich hasse dieses Zeug. Was hast du gelernt?«

»Dass die Welt kein guter Ort ist?«

»Dass du dich mit der Polizei gut stellen musst. Sie wollen vor uns glänzen. Du darfst ihre Gefühle nicht verletzen, diese Teddybären mit Dienstmarke.«

Milla rutschte auf dem Stuhl herum. Er konnte es kaum erwarten, endlich ins Bett zu kommen, und deshalb musste er Jos Spielchen mitspielen. Außerdem musste er Iris erklären, warum er am Vorabend nicht zurückgerufen hatte. Das würde alles nur noch schlimmer machen.

Was sollte er ihr sagen?

Die Wahrheit, drängte eine Stimme in seinem Kopf.

Auch wenn die voller Dornen war.

»Warst du schon mal angeln, Champion?«

»Nein.«

»Du angelst nicht, du hast keine Freundin, du trinkst nicht, und für ein Abo im Kino zahle ich dir nicht genug. Was zum Teufel machst du, wenn du nicht arbeitest?«

»Ich lese.«

Jo zwang sich, die Augen offen zu halten. »Du liest.«

Milla verschränkte die Arme vor der Brust. »Bibliotheken sind kostenlos.«

»Gut, schreib mit. Um Vertrauen zu Polizisten aufzubauen, musst du ein Angler sein. Ein Profi. Angeln ist kein Zeitvertreib, es ist eine Kunst. Du kannst nicht einfach die Angel auswerfen und warten, bis einer anbeißt. Auf diese Weise fängst du einen kleinen

Fisch, einen, der erst wenige Monate dabei ist, aber was willst du mit so einem? Du willst die Forellen, den Schwertfisch.«

»Oder einen Wal. Wie Levada. Dir ist das gelungen.«

Jo lachte. »Levada ist der weiße Wal, und ich bin nicht Käpt'n Ahab. Die ernsthaften Angler bereiten das Terrain vor. Sie suchen nach einem guten Standort und werfen Brotkrümel ins Wasser. Oder Insekten. Du hast schon verstanden. Das machen sie jeden Tag zur gleichen Zeit. Auf diese Weise lernen die Fische, dass es da Futter gibt. Und dann, wenn sie sich daran gewöhnt haben, werfen sie ihn zwischen die Krümel …«

»… den Haken.«

»*Timeo Danaos et dona ferentes.*«

»Ich habe nur Pädagogik studiert, schon vergessen? Lass die Zitate bitte weg.«

Jo schnalzte missbilligend mit der Zunge. »Wie willst du irgendwas erreichen, wenn du die Klassiker nicht kennst?«

»Du machst mich ganz verrückt.«

»Heute hättest du einfach nur zwei Routinefragen stellen müssen. Damit sie dich kennenlernen. In der Zwischenzeit hättest du sie beobachten können, verstehen, wer das Sagen hat. Ihnen zuhören. Nicht, wenn sie über den Fall sprechen, sondern wenn sie sich unterhalten. Wer mag Eishockey, wer Fußball. Wer hat eine nervige Frau, wer trinkt gerne einen.«

»Den Köder auswerfen.«

»Sie wissen, dass du das tust, und sie nutzen das aus. Sagen wir, Rizzi hat zwei Karten für ein Eishockeyspiel des HCB, und du überlässt sie ihnen. Sie wissen genau, warum du sie ihnen gibst, aber sie machen mit, denn du lädst sie zu einem Spiel ein, das sie mögen. Und schaffst damit Verbindung.«

»… dann habe ich sie am Haken.«

»Und sie sprechen über ihre Fälle. Sie werden dir Informationen geben, und du wirst ihnen versprechen, sie niemals zu veröffentlichen. Und«, fügte Jo hinzu, »genau das wirst du tun.«

»Der ganze Aufwand für Informationen, über die ich nicht schreiben darf?«

Jo deutete auf den Karteikartenkasten an der Wand. »Wissen ist Macht.«

»Und damit macht man dann Jagd auf den weißen Wal?«

»Moby Dick hat sich nie fangen lassen.«

»Er zieht noch immer seine Kreise durch den Ozean? Ich wusste nicht, dass du so poetisch bist.«

»Moby Dick wurde von einem noch größeren Wal verschluckt, als Melville nicht richtig hingesehen hat. Und jetzt hau ab, dein Anblick macht meine Allergie nur noch schlimmer.«

Milla stand auf, sein Magen knurrte. »Manchmal denke ich, du bist auf Krupps Seite.«

»Levada ist *die Hand Gottes*, aber früher oder später sterben sogar Dinosaurier aus, oder? Und genau deshalb bin ich auch auf deiner Seite, Champion, wenn ich so recht darüber nachdenke.«

MONTAG, 23. MÄRZ 1992

Nacht

Während er über eine Strategie nachdachte, um den Blinden aufzuspüren, schlief Krupp ein. Und die Logik der Träume trieb ihn in einen Albtraum. Er sah den Sektionssaal der Pathologie in San Maurizio bis ins kleinste Detail vor sich. Die Metalltische mit den Rinnen für das Blut. Die Skalpelle, die Scheren, die Sägen, die Werkzeuge zum Knochenbrechen. Er spürte sogar die Einsamkeit dieses eiskalten Raumes.

Wie von einer unsichtbaren Hand geleitet, ging er auf den Körper unter dem Leichentuch zu, er wusste bereits, dass er es bereuen würde, aber er konnte nicht anders. Der Traum kennt keine Gnade, wenn es darum geht, die Lebenden zu quälen.

Marlenes Körper war bläulich angelaufen, die Augen tiefschwarz. Sie riss sich das Tuch vom Leib und setzte sich auf. Die junge Frau von der Haltebucht an der Staatsstraße 12 begann mit ihm zu sprechen. Auch ihre Wunden sprachen zu ihm.

Sie erzählte von ihrem Mörder. Wo sie ihn finden könnten, wie man ihn erkennen würde, was er von Beruf war, wer ihn kannte, welches Auto er fuhr. Aber Marlene benutzte die Sprache der Toten, und als ihr klarwurde, dass Krupp sie nicht verstand, *schrie* sie auf.

Ihr Schrei verbreitete sich wie die Sirene eines Einsatzfahrzeugs, das mit quietschenden Reifen losraste und dabei schwarze Rückstände auf dem Asphalt hinterließ. Krupp schreckte aus dem

Schlaf hoch, dabei fiel die Akte auf den Boden, über der er eingenickt war.

Um 3.37 Uhr erreichte er die Barackensiedlung am Isarco, die Stelle, an der Levadas Blitzaktion stattgefunden hatte. Der Blitz schlägt niemals zweimal am selben Ort ein, heißt es, wahrscheinlich stimmte das sogar, weil es kein Zufall war, wenn es dann doch passierte.

Über der Siedlung lag ein ekelerregender Gestank. Einer der Feuerwehrleute wollte ihn wegschicken, Krupp zeigte ihm den Dienstausweis.

»Gibt es Tote?«

»Einige haben Vergiftungserscheinungen. Das hätte in einer Katastrophe enden können. Dort lagern Gasflaschen, Benzin- und Dieseltanks.«

Krupp roch verbranntes Plastik, Asche und Wut, während er beobachtete, wie die Wasserstrahlen der Löschfahrzeuge die Eternitbaracken dem Erdboden gleichmachten. »War es Brandstiftung?«

»Ein Molotowcocktail.«

Der Täter hatte seine Unterschrift hinterlassen: ein gespraytes Hakenkreuz.

Krupp dachte: Ist es korrekt, zu schreiben, dass die Polizei im Dunkeln tappt?

MONTAG, 23. MÄRZ 1992

Morgen

12.16 Uhr. Die 48 Stunden nach dem Mord an Marlene Wieser waren schon lange vorbei.

»Ich musste Leute für die Ermittlungen im Zusammenhang mit dem Molotowcocktail abstellen«, protestierte Krupp, sofort nachdem er Levadas Büro betreten hatte, »und weitere für die Absperrungen.«

Das Attentat hatte für Aufsehen gesorgt. Die Presse war begeistert, ein Hakenkreuz trieb die Auflagen nach oben.

Auch die Linken waren wie elektrisiert, ein Hakenkreuz ließ alles andere verblassen: Entlassungen, zusammenbrechende soziale Strukturen, Heroin, Alkohol, Kriminalität und die eigene augenfällige Unfähigkeit. Gleiches galt für die Rechten, ein Hakenkreuz ließ alles andere verblassen: Entlassungen, zusammenbrechende soziale Strukturen, Heroin, Alkohol, Kriminalität und die eigene augenfällige Unfähigkeit. Auch die Mitte war begeistert, ein Hakenkreuz ließ alles andere verblassen: Entlassungen, zusammenbrechende soziale Strukturen, Heroin, Alkohol, Kriminalität, die eigene augenfällige Unfähigkeit und den Schmiergeldskandal, der Tag für Tag größere Ausmaße annahm.

Die öffentliche Meinung war: Die haben nichts anderes verdient.

Krupp wusste es, die gebührenfreie Nummer sprach eine klare Sprache.

Der Tag war schrecklich gewesen.

Gegen zehn hatte es eine antirassistische Kundgebung auf der Piazza Walther gegeben. Lopez hatte die Bulldoggen mitgenommen, um der aufgebrachten Menge Manieren beizubringen. Die Suche nach dem Blinden wurde verschoben, und Krupp hatte sich den Brustpanzer mit der Aufschrift *Polizei* überstreifen müssen. Die Demonstrierenden hatten skandiert: »Schluss mit der Diskriminierung!« Auf dem Bahnhofsvorplatz hatte gleichzeitig eine zweite Demonstration gegen den Drogenhandel stattgefunden, unter dem Motto: *Schluss mit dem moralischen Verfall!* Eine dritte Kundgebung von illegalen Einwanderern und Migranten in der Viale Trento hatte Papiere für alle gefordert: *Schluss mit der Unsichtbarkeit!*

»So ist das Leben, Luther.«

»Vor lauter Vermissten, irreführenden Zeugenaussagen und Verrückten ist die Taskforce kaum noch arbeitsfähig. Wie soll ich da jemanden festnehmen?«

Levadas Lächeln blieb. »So funktionieren die Dinge eben.«

»Die Drogenfahndung arbeitet nicht mit uns zusammen.«

Levadas Gesicht sagte: Ja, und?

Krupp dachte: Ich muss den Blinden finden.

Aber wie?

MONTAG, 23. MÄRZ 1992

Nacht

Milla kam erst nach 21 Uhr nach Hause. Er war schweißüberströmt und konnte sich kaum noch auf den Beinen halten. Fast wäre er bei dem Versuch, ein paar Fotos während der Auflösung der Demo am Bahnhofsvorplatz zu schießen, von der Polizei niedergeknüppelt worden. Danach hatte Jo ihn zum Jugendgericht geschickt. Stand der Ermittlungen im Fall Zuliani: Es war kein Raptus, der Stefano zum Vatermörder gemacht hatte. Es steckte offenbar etwas Schlimmeres dahinter. Milla hatte mit schmerzenden Füßen, erschöpft und hungrig den Artikel geschrieben, ihn Jo übergeben und hatte sich davongemacht, bevor der Chefreporter ihn noch weitere Kieselsteine suchen lassen konnte.

Jetzt bereitete er sich gedanklich auf das Telefonat mit Iris vor, um ihr sein Abtauchen zu erklären. Und darauf, sie nie wiederzusehen, weil er das Gespräch schon fast einen Tag vor sich herschob. Bei dem Gedanken zog es ihm den Boden unter den Füßen weg.

Er parkte den Renault 5, und als er die Fahrertür öffnete, stieg Iris aus dem Fiat 126, der ganz in der Nähe stand. »Ciao«, sagte sie.

Sie war dunkel gekleidet, Stulpen über den derben Stiefeln, ein Kleid aus der Swing-Ära, eine Walkjacke und der knallbunte Hut mit dem psychedelischen Muster. Es gab einen Begriff für ihre Art, sich zu kleiden, Milla hatte ihn irgendwo mal aufgeschnappt: Grunge.

»Woher weißt du, wo ich wohne?«

»Das hast du mir selbst gesagt. Was hast du mit deinen Händen gemacht?«

Milla zog die Nase hoch.

Er dachte: *Rosa banksiae lutea.*

»Ich habe mich geprügelt. Zum allerersten Mal. Mit meinem Vermieter. Ich bin nicht …«

»Hat er dich angegriffen?«

»Nein, ich ihn«, Milla schluckte. »Ich hatte in meinem ganzen Leben noch nie so viel Angst. Nicht vor ihm, sondern vor mir. Deshalb habe ich nicht angerufen. Ich … habe mich nicht gemeldet, weil …«

Der Blick ihrer grauen Augen war unergründlich. »Weil?«

»*Rosa banksiae lutea.* Sie lügt. Iris hasst die Blumen – Milla auch?«, antwortete Milla, der sich nicht traute, sie anzusehen. »Aber die ganze Welt ist eine Rose ohne Dornen. Und ich weiß nicht, wie ich da rauskommen soll. Weißt du, wie das geht? Denn ich …«

Iris verlagerte das Gewicht von einem Bein auf das andere.

»Wie bist du drauf gekommen?«

»Ich habe mit einer Frau gesprochen, deren Tochter ermordet worden ist.«

Iris musterte ihn schweigend.

Milla dachte: Ich bin nicht bereit.

Ich kann dich nicht gehen lassen.

Nicht so.

»Ich habe Hunger, gehen wir was essen? Vielleicht eine Pizza?«, versuchte es Milla.

»Ich habe schon gegessen, ich muss morgens früh raus.«

»Dann lass uns eine Runde drehen.«

Iris reichte ihm eine Kassette.

»Ich habe dir ein Geschenk mitgebracht.«

My Funny Valentine. Chet Baker.

Milla hatte noch nie von ihm gehört. Vielleicht einer dieser Sänger aus Seattle.

Iris zog eine Haarlocke Richtung Mund. Betrachtete ihn.

Milla gab nicht auf. »Ein Abschiedsgeschenk oder so?«

Iris seufzte.

Und endlich lächelte sie.

»Was ist? Warten zu Hause eine Ehefrau und eine Handvoll Kinder auf dich?«

Millas Herz hüpfte.

Er war erleichtert.

Seine Wohnung war ihm noch nie so erbärmlich vorgekommen wie in dem Moment, als er Iris die Tür öffnete. Gleichzeitig kam sie ihm durch ihre Anwesenheit wie ein Schloss vor.

Iris setzte sich aufs Sofa. »Seit wann hast du nichts gegessen?«

»Seit gestern Abend. Stört es dich, wenn ...«

»Mampf, mampf ...«

Milla machte sich ein Thunfischbrötchen und begann es im Stehen zu essen. Er stand starr wie ein Zinnsoldat. Aus dem Augenwinkel betrachtete er das Blumenmädchen, das sich neugierig umsah.

»Ist das nicht komisch?«

Milla trank ein Glas Wasser.

»Was?«

»Du weißt heute Abend schon, was morgen in der Zeitung steht. Das ist wie eine Zeitreise.«

»Nicht wirklich.«

»Gib mir einen Vorgeschmack.«

»Ich bin Kriminalreporter, da gibt es nie gute Nachrichten.«

»Nun sag schon.«

Milla setzte sich an den Tisch. Sicherheitsabstand. Er wollte nicht, dass Iris dachte, er sei nicht nur ein Schläger, sondern auch einer, der seine Hände nicht bei sich lassen konnte.

»Der Junge, der seinen Vater erstochen hat, Stefano Zuliani, weißt du? Weinende Nachbarn und Lehrer, dazu ein Kollege mit einem Magen aus Stahl, der mich verflucht hat, weil ich meine Arbeit gemacht habe. Glückliche Familie, keine Probleme. Das war *gestern.*«

»Aber du hast keinen Magen aus Stahl, oder?« Iris deutete auf die Verbände.

»Ich fürchte nicht.«

»Gibt es keine glücklichen Familien?«

Milla war der Appetit vergangen.

»Dottor Zuliani hat seinen Sohn jahrelang geschlagen. Gestern dann zum letzten Mal.«

Iris zog die Stiefel aus und legte sich aufs Sofa, die Hände hinter dem Kopf verschränkt. Wie abwesend.

»Alles eine Frage des Nährbodens, wie bei den Blumen.«

Milla zerbröselte die Reste seines Brötchens. Viel war nicht mehr übrig. »Erklär mir das.«

»Wenn sich zum Beispiel der pH-Wert des Bodens verändert, verändern sich auch die Blumen. Da braucht es nicht viel. Der Boden dieser Familie war nicht in Ordnung, das konnte nichts werden.«

Milla dachte nach.

Das ergab Sinn.

Iris lächelte. »Soll ich dir ein Geheimnis verraten?«

»Das wäre das Highlight des Tages.«

Wenn Iris von etwas gerührt war, wippte sie mit den Füßen, fiel Milla auf. Wie ein Kind.

»Ich arbeite an der *Rosa banksiae lutea*. In meiner Freizeit. Ich möchte ihr die Dornen zurückgeben.«

Milla lachte. »Bist du beleidigt, wenn ich das für die verrückteste, poetischste und gleichzeitig dämlichste Sache halte, die ich jemals gehört habe?«

Iris stimmte in sein Lachen ein und schlug die Beine übereinander. »Warum bist du Journalist geworden? Das hast du mir noch nicht verraten.«

»Aber nicht Jo erzählen, ja?«

Iris schüttelte den Kopf. Milla wäre gerne in ihren dunklen Locken versunken. Stattdessen zog er ein Buch aus dem Regal und reichte es ihr: »*Ein Mann,* Oriana Fallaci. Darin liegt die Seele des Menschen. Jedes Menschen. Vielleicht werde ich es nie schaffen, aber das hat mich dazu gebracht, zu …«

»Lieben?«

Los, Champion, hörte er Jos Stimme in seinem Kopf, worauf wartest du?

Nicht mit diesen Verbänden an den Händen.

Er fühlte sich schmutzig.

Er räusperte sich. »Soll ich ein bisschen Musik machen?«

Er legte die Kassette ein und regulierte die Lautstärke.

Eine Liveaufnahme. Eine Stimme machte eine Ansage. Applaus. Dann erfüllte der melancholische Klang einer Trompete seine Wohnung. Das erste Mal in seinem Leben hörte Milla Jazz.

»Komm her«, sagte Iris.

Milla setzte sich ans andere Ende des Sofas. *Ich bin keiner von denen.*

Iris lachte. »Du Dummkopf.«

Sie streckte die Arme aus, damit er sich umdrehte und hinlegte, seinen Kopf bettete sie in ihren Schoß. Mit den Fingerspitzen begann sie langsam seine Schläfen zu massieren. Seine Welt bestand nur noch aus ihrem Duft.

»Und du? Du hast mir auch nie gesagt, warum du für Fiori Marilisa Blumen arbeitest.«

»Ich mag Dinge, die wachsen.«

Milla schloss die Augen.

Als *My Funny Valentine* zu Ende war, küsste Iris ihn sanft auf die Stirn. Milla bemerkte es nicht. Er war eingeschlafen.

Jo hätte gesagt: Was für eine Pleite.

23.11 Uhr. Der Platz vor dem alten Rathaus war menschenleer.

Vivian empfing ihn barfuß, in einem Morgenmantel und mit einem blauen Auge. So hatte Krupp sie noch nie gesehen. Müde, erschöpft.

Verletzlich.

Aber sie war es, die sagte: »Du siehst beschissen aus.«

»Wer war das?«

Vivian flötete: »Ich bin gegen eine Kante gestoßen, die Treppe runtergefallen. Mein Mann hat nichts damit zu tun, Commissario.«

»Wer war das?«, wiederholte Krupp mit Nachdruck.

»Soll ich mich jetzt geschmeichelt fühlen?«

Vivian schob ihn in die Küche. Ein winziger, im New-Age-Stil eingerichteter Raum, voller Kristalle und bizarrer Statuen mit Elefantenköpfen.

Überall flackerten Duftkerzen. Auf dem Tisch stand ein Glas Wodka.

»Einer, der es schon bedauert hat«, antwortete Vivian, als Krupp sich gesetzt hatte.

»Außerdem hat niemand, der hierherkommt, einen Namen.«

Krupp erinnerte sich an ihr Parfüm. Um sich abzulenken, deutete er auf eine Statue auf einem der Regale. Er wollte nicht, dass Vivian seine Verunsicherung bemerkte. Sie stellte eine Frau mit blauer Haut dar, mit vier Armen, drei Augen, eines davon auf der Stirn, und einer ungewöhnlich langen Zunge. Die Augen und die Zunge waren leuchtend rot.

Wie Lorenas Mantel.

Wie Marlenes Schleife.

Er sah, dass die Figur etwas in den Händen hielt: einen Totenschädel, eine Sichel, einen abgeschnittenen Kopf. Krupp erinnerte sich daran, einmal über sie gelesen zu haben. Eine indische Göttin. Aber den Namen wusste er nicht mehr.

»Wer ist das?«

»Kali.«

Krupp betrachtete sie genauer.

Er dachte: Schmerz, Unschuld, Wut.

»Jetzt ist ihre Zeit«, erklärte Vivian, »Kali-Yuga. Das Ende aller Zeit.«

Sie stellte sich auf die Zehenspitzen, dabei enthüllte sie ihre langen schlanken Beine, griff nach der Statue und hielt sie ihm hin. Sie war schwer.

Vivian rezitierte: »*Om Kali mahakali kalike parameshwari sarva ananda kare devi narayani namostute.*«

Der Klang des Mantras bohrte sich Krupp in den Kopf.

Es hatte etwas Hypnotisches.

Etwas Schmerzhaftes, aber zugleich lud es zum Loslassen ein.

»Kali«, sagte Vivian, »ist die Mutter aller Wandlungen. Wandel ist schmerzhaft. Und weißt du, warum? Weil er mit Zerstörung einhergeht. Kali ist die Zerstörung.« Die Stimme der Prostituierten klang zärtlich: »Was für den einen die Hölle ist, ist für den anderen das Paradies.«

Krupp erschauderte. »Und wenn wir im Zeitalter Kalis sind, welchen Sinn haben dann noch das Leben und der Kampf?«

»Kämpfst du gerne, Commissario?«

»Ich bin jemand, der sich Fragen stellt.«

»Während des Kali-Yuga werden die Menschen von der Göttin verschlungen, ohne dass sie es merken. Die Unschuldigen werden zu Monstern, die Krieger zu Feiglingen, die Könige zu Dieben. Die Weisen nehmen sich das Leben, denn sie wissen, dass nichts die Welle des Todes aufhalten kann. Die Wahnsinnigen dagegen surfen auf dem Kali-Yuga.«

»Das heißt, die Wahnsinnigen werden gerettet?«

»Auf der Kali-Yuga-Welle zu surfen ist nur die Chance, das Unausweichliche aufzuschieben. Das macht die Göttin nur noch grausamer.«

Krupp spürte den Hass im Blick der Statue. Ein Hass, den er auch in den Augen von Marlene Wieser gesehen hatte.

Vivian deutete auf das Glas. »Willst du?«

»Ich bin im Dienst.«

»Wer sagt dir, dass ich nur den Wodka meine?«

»Die Antwort bleibt die gleiche.«

Vivian leerte das Glas und rollte sich wie eine Katze auf Krupps Schoß zusammen. Ihr Körper war reif und voll.

Warm.

Verboten.

»Vivian …«

»Du kommst mitten in der Nacht hierher, willst keinen Sex, nicht mal etwas mit mir trinken. Das Mindeste, was du tun kannst, ist, mich zu wärmen.«

Seit wann hatte Krupp schon keine Frau mehr berührt? Vor langer Zeit hatte es Brigitte gegeben. Er konnte sich noch daran erinnern, wie sie gestöhnt hatte, wenn er in sie eindrang. Und an ihre Grübchen, wenn sie lächelte. Als er auf die Polizeihochschule gegangen war, hatten sie sich getrennt. Danach hatte es andere gegeben, wenn auch nicht viele. An sie konnte er sich kaum noch erinnern. Er schaute in die drei Augen der Göttin.

Er dachte: Auf der Kali-Yuga-Welle surfen.

Vivian bemerkte seine Erektion und begann langsam die Hüften zu bewegen. »Willst du mir nicht sagen, warum du hier bist?«

Krupp dachte nicht an Vivians warmen Körper.

Und auch nicht an seine fast schmerzhafte Erektion.

Er dachte: Eine Nachricht senden.

Auf der Kali-Yuga-Welle surfen.

»Du kennst viele Leute«, begann er.

»Du nicht?«

»Nicht die, die ich suche.«

Vivian tat nun nicht mehr so, als seien ihre Bewegungen reiner Zufall.

»Du kommst zu mir«, flüsterte sie rau, »weil du jemanden brauchst, der den Abschaum kennt.«

»Ich habe keine andere Wahl.«

»Das klingt gut.«

»Ich muss mit jemandem sprechen, den es gar nicht gibt. Es ist dringend.«

Vivian presste ihre Brüste gegen seinen Oberkörper.

Vivian streifte mit ihren Lippen sein Ohr.

»So ist es doch immer, oder? Wenn du etwas willst, dann sofort.«

Krupp starrte auf die Göttin mit den drei Augen. Vivians Atem wurde schneller. Krupp hielt es kaum noch aus. Eine Mischung aus Lust, Schmerz, Wut, Scham.

»Vivian, bitte.«

Sie nahm seine Hand und führte sie an ihre Lippen.

Sie waren weich.

»Vivian …«

Sie biss ihn fest in die Fingerkuppe, ihre Zähne waren klein und spitz. Vivian lachte ihr Janis-Joplin-Lachen, tippte einen Finger in Krupps Blutstropfen und verteilte das Blut auf der Statue der Göttin.

»Es geht um den Blinden, oder?«

DIENSTAG, 24. MÄRZ 1992

Nacht

Es hieß, dass der Stoff, der nach Bozen kam, auf Qualität getestet wurde. Von einem Junkie, der mit der Präzision eines Chemikers die Zusammensetzung jeder Substanz analysieren konnte, die man sich spritzte, schnupfte oder schluckte.

Man nannte ihn den Blinden.

Die meisten Polizisten hielten ihn für ein Märchen, Krupp wusste aber, dass es ihn gab. Durch Zufall hatte er mitbekommen, wie einer der Chefs der Drogenfahndung Levada von ihm erzählt hatte. »Von wegen blind«, hatte er gesagt, »dieser Typ sieht mehr als du und ich zusammen.«

Vivian wusste, dass er im Hotel Felix an der Piazza Mazzini ein Zimmer hatte. »Er heißt Nico. Und ist sehr spirituell.«

Krupp musste nicht mal den Dienstausweis zücken. Als der Nachtportier ihn das Hotel betreten sah, erstarrte er. Als Krupp nach Nico fragte, nickte er kurz, und der Commissario nahm hinter sich eine Bewegung wahr. Ein kleiner Mann mit großer Nase, dunkler Typ, nickte ihm zu.

Der Portier sagte: »Dritter Stock.«

Im Aufzug roch es nach billigem Sekt und Einsamkeit. Die Türen öffneten sich, und ein Mann mit hohen Wangenknochen und Pferdeschwanz erwartete ihn.

Krupp öffnete den Regenmantel und ließ ihn die Beretta sehen. »Verschwende nicht meine Zeit.«

0.07 Uhr. Die Wunde an seiner Fingerkuppe pulsierte im Takt seines Herzschlags.

Der Blinde saß auf einem mit Brandflecken übersäten Sessel. Das Zimmer quoll vor Müll fast über, leere Pizza-Kartons stapelten sich, ein leerer Infusionsbeutel hing schlaff an einem Metallständer, auf dem Teppich standen zwei Fernseher und ein Plattenspieler nebst beeindruckender Plattensammlung. Es roch nach Medikamenten, Marihuana und Weihrauch.

Nico trug einen Morgenmantel und eine dunkle Sonnenbrille à la Bono Vox. Mit seinen langen blonden Haaren und dem zotteligen Bart machte er einen heruntergekommenen Eindruck. Krupp setzte sich ihm gegenüber. Im Bad zu seiner Rechten gab es sicher jemand, der jederzeit eingreifen und Nico verteidigen konnte.

»Nico, wie bei Velvet Underground«, begann er, »es heißt, im Chelsea Hotel gebe es einen Blinden, der alle Drogen der Welt kennen würde. Nur ein Gerücht, oder sitze ich ihm persönlich gegenüber?«

»Substanzen, die den Geist erweitern«, korrigierte Nico, »der Treibstoff für wissbegierige Reisende.«

»Das Zeug schickt dich ins Jenseits. Wie lange hast du noch?«

»Erst spritzt man in die Armbeuge, dann zwischen die Fußzehen. Schließlich überall, wo man eine passende Vene findet, aber irgendwann machen die Venen nicht mehr mit, und du brauchst ein Lifting. Und dann stößt der wissbegierige Reisende an die Grenzen der modernen Wissenschaft. Es gibt nur drei Sorten Plastik, um Venen wieder aufzubauen. Und alle drei werden nach einer gewissen Zeit vom Körper abgestoßen.« Nico lächelte. »Und ich bin bei Nummer drei.«

»Findest du es nicht deprimierend, in einem Loch wie diesem zu sterben?«

»Der Tod ist mir schon einmal begegnet. Auf LSD. Das beste

Gespräch meines Lebens. Es hat mir den Fluchtweg gezeigt: Bananen. Meine Nieren sind am Arsch, ich hänge an der Dialyse. Weißt du, was jemand in meinem Zustand auf keinen Fall essen darf? Kalium. Zerstört das Herz.«

Nico klatschte in die Hände.

»*Bumm* – und du bist auf der anderen Seite.«

Krupp richtete seine Krawatte. »Starker Auftritt, aber können wir über das Geschäftliche sprechen?«

»Kokain? Amphetamine? Sie sehen aus wie einer, der nur wenig Zeit zum Schlafen hat.«

»Wie kommst du darauf?«

»Suchen Sie nicht nach diesem traurigen Reisenden, der sich verlaufen hat?«

»Dieser traurige Reisende hat zwei Frauen getötet.«

»Und was habe ich damit zu tun?«

»Ich bin sicher, dass irgendein Dealer oder Junkie irgendetwas gesehen haben muss.«

Nico nahm die Brille ab. »Ich kenne aber nicht alle Junkies der Stadt, Commissario.«

»Eines der beiden Opfer hat Prozac geschluckt, das ist ein überschaubarer Markt. Ich will Namen.«

»Soll das ein Scherz sein?«

»Nein«, antwortete Krupp, »und du weißt sehr wohl, was passiert, wenn ich mich entscheide, die wissbegierigen Reisenden auf dem Trockenen sitzen zu lassen.«

Nico lachte. »Das wird nicht passieren.«

Krupp stand auf. »Du hast drei Stunden. Oder ich blockiere den Nachschub.«

Nico ging zum Plattenspieler, fuhr mit dem Finger über die Plattenhüllen daneben, zog eine Scheibe heraus und legte sie auf. Sitarklänge und eine melancholische Stimme.

»Venus in Furs.«

Krupp hörte im Bad jemand kichern.

Nico drehte lauter, schnipste im Rhythmus mit und begann zu tanzen.

Shiny, shiny, …

Krupp dachte: Das ist nichts für die Öffentlichkeitsarbeit.

Der Countdown lief.

Der Countdown endete um vier Uhr morgens. Levada trug keine Krawatte. Er war stinksauer.

»Darf man erfahren, was zum Teufel dir einfällt?«

»Ich versuche zwei Morde aufzuklären.«

Levada schloss die Tür hinter sich. »Weißt du, wer Ispettore Martinelli von der Drogenfahndung ist?«

»Der an der Rezeption war es sicher nicht, auch nicht der mit dem Pferdeschwanz. Der Kleine mit der großen Nase?«

»Martinelli hat Jahre gebraucht, um das Vertrauen des Blinden zu gewinnen.«

Krupp tat so, als würde er aus allen Wolken fallen. »Nico ist ein Informant?«

»Wie kommst du darauf?«

»Entweder ist er Informant oder sein Zimmer völlig verwanzt. Auf jeden Fall würde die Drogenfahndung sich aufregen. Es hat funktioniert, würde ich sagen.«

»Warum hast du das gemacht?«

»Ich warte seit Januar auf den Bericht über die Dealerszene im Dodiciville-Viertel. Ich warte auf die Liste der Psychopharmakalieferanten und auf die der registrierten Kunden, und dreimal dürfen Sie raten?«

Levada donnerte die Faust auf die Tischplatte. »Das sind vertrauliche Informationen.«

Krupp hob abwehrend die Hände. »Und deshalb habe ich beschlossen, selbst danach zu suchen.«

»Und bist dabei das Risiko eingegangen, eine wichtige Aktion der Drogenfahndung auffliegen zu lassen?«

»Sie erinnern sich doch sicher, dass ich nicht mal über Pressekonferenzen informiert werde.«

Levada bebte. »Nico informiert uns über die ganz großen Deals.«

»Die ganz großen Deals bringen ganz großes Lob.«

»Bei ganz großen Deals tut es erst richtig weh, Luther.«

»Da draußen läuft mindestens ein Junkie rum, der gesehen hat, wie der Mörder Lorena Haller oder Marlene Wieser abgeschleppt hat. Und wenn die Drogenfahndung nicht kooperiert, dann wird er weitermachen.«

»Weißt du, wie du mir vorkommst?«

»Wie einer, der verhindern will, dass noch weitere Frauen auf der Straße abgestochen werden.«

»Wie einer, der verzweifelt ist«, korrigierte Levada. »Wenn du im Fall des Freudenmädchen-Killers nicht weiterkommst, dann ist das unser Problem und nicht das der Drogenfahndung.«

»*Unser* Problem?«

»Ich muss dafür geradestehen.«

»An schlauen Ratschlägen Ihrerseits fehlt es mir nicht. An Zeugen allerdings schon.«

»Dann such sie.«

»Zusammen mit den Bulldoggen, die sich über die Überstunden beschweren? Mithilfe der gebührenfreien Nummer, die meine Leute mit Falschaussagen und wirrem Gerede von der Arbeit abhält? Und was ist mit der Zeit, die ich verplempere, weil ich darauf achten muss, dass sich niemand in der Zelle X vergnügt?«

»Auch das ist nicht das Problem der Drogenfahndung.«

»Ist es schon«, drohte Krupp, »Nico ist erst der Anfang, Commissario Capo. Wenn ich keine Namen bekomme, lasse ich jeden einzelnen Informanten auffliegen. Ich kann …«

Levada lächelte. »Du kannst *was?* Du, Sovrintendente Knackarsch und wer noch? Die Mastini hören auf mich und nicht auf dich. Ich habe mir die Truppe aufgebaut, als du noch grün hinter den Ohren warst. Ich habe jeden Einzelnen ausgesucht und ihm das Handwerk beigebracht. Sie folgen bedingungslos meinem Kommando. Und weißt du, warum? Weil sie mich respektieren.«

Krupp verzog das Gesicht. »Das sind Tiere, die daran Spaß haben, Junkies und Penner zu verprügeln, und Sie lassen sie machen.«

»Hast du jemals versucht, ihr Vertrauen zu gewinnen?«

»Ich könnte Manfredi davon berichten. Ich wette, die Zelle X würde ihn …«

»Manfredi? Das ist doch auch nur einer, der Karriere machen will. Sobald er verstanden hat, dass du ihm dabei im Weg stehst, wird er dich fallenlassen. Der Einzige, dem du wirklich vertrauen kannst, bin ich. Vergiss das nicht.«

Krupp hatte einen bitteren Geschmack im Mund.

»Im Weg stehen?«

»Respektiere die Hierarchien, schwimm mit dem Strom mit, sei nicht so zimperlich, dann respektieren die Bulldoggen dich auch, du wirst sehen.«

»Diese Truppe ist eine Schande für die Polizei.«

»Du musst lernen, realistisch zu sein.«

»Und genau deshalb sitzen wir hier. Denn wenigstens dieses eine Mal wollte ich nicht in der Schlange stehen und warten, sondern realistisch sein. Und? Respektieren Sie mich deswegen, Commissario Capo?«

»Überleg doch mal, Luther«, seufzte Levada, »wie viele Frauen hat dein Mann umgebracht? Zwei? Wie viele wird er noch töten, bevor er einen Fehler macht? Eine? Fünf? Zehn?«

»Finden Sie das akzeptabel?«

Levada musterte ihn kühl. »Und Heroin tötet wie viele?«

Krupp schwieg.

Die Hand Gottes richtete sich zu voller Größe auf und deutete mit dem Zeigefinger auf ihn.

»Mach das nie wieder. Das ist dein Fall, aber bevor du weitere Entscheidungen triffst, sprich dich ab jetzt mit Lopez ab. Das ist keine Bitte.«

Krupp stand auf und knallte die Tür hinter sich zu.

Er dachte: Kali-Yuga.

Und Heroin tötet wie viele, Commissario?

Verärgert schlug er das rote Album mit Costantinis Polaroids auf. Arianna hatte Post-its unter einige Fotos geklebt. Mit Namen, Adressen, Telefonnummern. Sie gab nicht auf. Sovrintendente Capo Lici sollte auf diesem Stuhl sitzen und nicht er.

Zum ersten Mal seit seinem Eintritt in den Polizeidienst fragte er sich, ob Andreas Krupp nicht recht gehabt hatte. Der falsche Mann am falschen Ort. In einem falschen Leben.

Die Armbanduhr zeigte 6.10 Uhr.

Keine Täterbeschreibung, keine Beweise, keine Zeugen. Nur dieses Album, aber *er* hatte diese Frauen nie angerührt. Hier anzusetzen war ein Akt der Verzweiflung. Und gefährlich. Im Moment war noch nichts nach außen gedrungen, aber wenn das Album ans Licht der Öffentlichkeit kommen sollte, würde es ein Erdbeben auslösen. Die Welt war voller Typen wie *ihm*, die nur auf eine Rechtfertigung warteten, um in ihrem Umfeld eine Kali-Yuga-Welle auszulösen.

Und Heroin tötet wie viele, Commissario?

Unendlich viele. Und genauso viele wurden von Ehemännern, Freunden, Ex-Partnern getötet. Im besten Fall würde das Album Scham, Schmerz, Einsamkeit, Wut, gebrochene Herzen, Entwürdigung, Gerüchte und über Nacht gepackte Koffer auslösen. Im schlimmsten Fall Selbstmorde, Alkohol als Medizin gegen die Scham. Aggression. Krupp konnte es vor sich sehen: Der treu ergebene Ehemann würde *Sue Ellen* die Rippen brechen, der Freund *Ilona* ins sommersprossige Gesicht schlagen und der Bruder von *Cindy* die Ehre der Familie retten wollen. *Nancys* Nachbar würde ermutigt, sich mit Gewalt das zu nehmen, was er sich immer schon gewünscht, aber nie bekommen hatte.

Der März endete mit einem Polaroid von *Linda* in einer Marilyn-Pose, die sagte: *»Die Männer sind nur Verdauungsorgane und wir Frauen die Nahrung. Sie fressen uns gierig, und wenn sie satt sind, kotzen sie uns wieder aus.«*

APRIL IM SCHNELLDURCHLAUF

Im April gibt es dreizehn Drogentote, sechs Suizide und zwei Morde aus nichtigen Beweggründen. Den Ausdruck »nichtige Beweggründe« findet Milla verwirrend: Welche wichtigen Gründe sollte es geben, jemanden umzubringen? Er denkt darüber nach und kratzt sich an der Narbe am Fingerknöchel. Er sucht nach Kieselsteinen und gibt seinen Geschichten Dornen. Selbst wenn es nur um tote Junkies auf einer Parkbank geht. Es muss wehtun. Jo verwechselt Dornen mit Plüschtieren. Er sagt: Gut gemacht, Champion.

Marlene wird im Familienkreis beigesetzt. Krupp schickt zwei Beamte, um die Schaulustigen zu fotografieren. Er muss Lopez in die Entscheidung miteinbeziehen, die Bulldoggen sprechen nicht mit ihm. Die Briefings werden zu Monologen. Manfredi sagt: Mir sind die Hände gebunden.

Die Operation Minotaurus geht mit vermindertem Einsatz weiter. Es werden Hilfsangebote für Junkies und Prostituierte gemacht. Milla verfolgt die Initiative und auch die Proteste dagegen: rausgeschmissenes Geld, *die* wollen sich doch gar nicht helfen lassen, warum müssen rechtschaffene Bürger die Geldbörsen aufmachen, um *denen* zu helfen?

Gepanschte Drogen: vier Überdosen in drei Tagen. Die Drogenfahndung tut ihre Pflicht. Die Dealer werden gefasst, die üblichen Verdächtigen. Dottor Falkenbach wird interviewt und gibt besorgten Eltern Ratschläge. Auf der gebührenfreien Nummer spuckt es Gift und Galle. Der »I-Fought-the-Law«-Sänger hat immer noch nicht genug.

Levada lässt drei Verdächtige wegen des Attentats auf die Barackensiedlung am Isarco verhaften. Naziskins, die dachten, sie würden damit in der Bar Eindruck schinden. Einer ist der Sohn einer Bulldogge. Zwei Tage danach werden sie freigelassen. Sie sind unschuldig. Uninteressant. Die Nachricht von ihrer Freilassung liest ohnehin niemand. Das Attentat ist längst vergessen und verziehen. Levada fragt Krupp, ob er Urlaub braucht. Krupp verneint. Der April endet mit einem Treffen zwischen Krupp und Arianna. Er zeigt ihr das Album mit den Polaroids und sagt: Wir müssen mit diesen Frauen sprechen.

Ein verzweifelter Mann.

Er muss es akzeptieren.

MAI IM SCHNELLDURCHLAUF

Im Mai sieht Krupp einer Verkäuferin dabei zu, wie sie Tomatendosen in die Regale stellt. Die Verkäuferin hat einen Vornamen, einen Nachnamen, eine Adresse, zwei Kinder, einen Ehemann und eine kleine Narbe links auf dem Bauch, die wahrscheinlich von einer Blinddarm-OP stammt. Krupp kennt die Narbe, obwohl die Frau ihre Supermarktuniform trägt. Er weiß auch, dass sie Fan der TV-Serie *Dallas* ist, denn unter ihrem Polaroid im Album steht *Sue Ellen*. Die Verkäuferin bemerkt seinen bohrenden Blick und wird unruhig. Krupp lächelt sie an und nimmt ein Glas eingelegtes Gemüse in die Hand, ich möchte Ihnen keine Angst machen. *Sue Ellen* verschwindet eilig. Krupp verlässt den Supermarkt, steigt ins Auto und informiert Arianna über etwas, was sie ohnehin weiß. Es hat keinen Sinn, die Frau zu befragen, er hat sicher keine Telefonnummer hinterlassen. Trotzdem machen sie weiter. Zwei Tage später passt Krupp *Sue Ellen* nach der Arbeit ab. Sie weint und fleht ihn an, niemandem etwas zu verraten. Sie weiß die Namen ihrer Kunden nicht, sie weiß nur, dass sie sich schämt.

Am 23. Mai wird Richter Falcone umgebracht.

Die Kirmes kommt in die Stadt. Autoscooter, Clowns, Schießstand, Popcorn und schreiende Kinder. Iris fährt mit Milla Riesenrad. Milla wird schwindlig. Iris hält die ganze Zeit seine Hand, weil sie fürchtet, er könnte ohnmächtig werden. Milla spendiert eine zweite Runde. Bitte halte meine Hand. Auf den Fingerknöcheln sind keine Narben mehr zu sehen. Aber noch spürt Milla sie brennen, wie Dornen, die sich ins Fleisch bohren. Ein Phantomschmerz mit kathartischer Wirkung. Iris und Milla gehen in seine Souterrainwohnung und schlafen das erste Mal miteinander. Seit diesem Tag hört Milla jeden Abend »My Funny Valentine«.

Er schläft jedes Mal glücklich ein.

Der Mai endet mit Drogentoten und Selbstmorden. Kieselsteine.

JUNI IM SCHNELLDURCHLAUF

Angriff auf eine Prostituierte: *IST DER FREUDENMÄDCHEN-KILLER ZURÜCK?*

Sie kann fliehen und rennt auf die Straße, niemand hat ihr geholfen. Lorena und Marlene kehren auf die Titelseite zurück. Lorena mit dem sanften Lächeln, Marlene mit ihrer Wut auf die Welt. Tommy, der Rebell, lässt sich auf einen Hotdog einladen. Er hat abgenommen und einen Schnitt über der Augenbraue. Ein Freund war doch kein so guter Freund, wie er dachte. Milla fragt ihn nach dem Angreifer, Tommy schüttelt den Kopf. Der war das nicht. Tommy sieht Heidi, und auch Heidi lässt sich auf einen Hotdog einladen. Heidi kratzt sich am Kopf, als hätte sie Läuse, dann sagt sie: Der war das nicht. Milla will wissen, wieso sie so sicher sind. *Sie ist noch am Leben, oder*?

Milla begleitet Jo zur Pressekonferenz der Polizei. Krupp sagt: Er ist es nicht. Levada ist nicht anwesend. Krupp tut Milla leid. Die Prostituierte beschreibt den Angreifer und die ersten drei Ziffern der Autonummer. Levadas Mastini nehmen ihn nach wenigen Stunden fest. Krupp hatte recht. Er ist es nicht. Levada erntet die Lorbeeren. Jo macht sich auf der Titelseite über Krupp lustig.

Milla schreibt über die Hilfsangebote für Drogenabhängige, die ein Schlag ins Wasser sind. Nur wenige legen ihr Misstrauen ab und nehmen Hilfe in Anspruch. Milla schreibt über die Proteste, Stichwort: herausgeschmissenes Geld. *Die* wollen es doch nicht anders, warum Geld verschwenden, warum sie nicht einfach machen lassen? Milla findet heraus, warum die Aktionen nicht funktionieren: Dort fragt man nach Ausweisen und Steuernummern. Heidi erwischt eine Überdosis. Tommy sagt: Sie wird wieder.

Karli lädt Krupp zum Mittagessen ein. Damit er seine Neffen mal wieder sieht, sagt er. Krupp sagt zu, geht dann aber nicht hin. Er sitzt im Büro und geht Lorenas und Marlenes Akten durch. Irgendwo muss ein Hinweis sein. Aber selbst wenn, der Commissario findet ihn nicht. Am nächsten Tag schickt er Karli eine Flasche Wein und eine Entschuldigungskarte. Karli sagt: Ich verstehe, du bist beschäftigt. Krupp hätte einen Wutanfall vorgezogen.

Milla fragt Iris, wann zeigst du mir deine Wohnung? Iris lächelt, ihre Wohnung bleibt ein Geheimnis.

Der Juni endet mit einem Gespräch zwischen Krupp und einer Erzieherin namens *Kelly*. Sie erzählt von Schulden, von ihrem Mann, der seinen Job verloren hat. Bitte verraten Sie niemandem etwas. Krupp fragt nach den Freiern. Waren sie gewalttätig? Die Frau sagt: *Ich bitte Sie.* Waren sie bösartig? Die Frau sagt: *Ich bitte Sie.* Krupp verspricht Diskretion. Die Frau sagt: Das ist keine Frage der Diskretion. Die Frau sagt: Ich will nicht daran denken. Sie lässt sich auf die Knie sinken.

Sie sagt: So bringe ich mich um.

JULI IM SCHNELLDURCHLAUF

Der Juli bringt drückende Hitze. Schwüle. Milla sagt: Endlich. Die Rotoren der Ventilatoren schleppen sich dahin. Die Bozener schleppen sich dahin. Jeden Morgen wacht Krupp mit Herzrasen und der Gewissheit auf: heute passiert es. Nichts passiert. Jeden Abend schläft Krupp ein und fragt Lorenas und Marlenes Mörder: Was machst du gerade?

Die Autopsie ergibt, dass der Typ, den man in Verona in Spitzenunterhosen aus dem Wasser gefischt hat, sich nicht das Leben genommen hat. Seine Akte kommt nach Bozen zurück. Levada drückt sie den Carabinieri auf. Die Akte wird beiseitegelegt, bevor man sie überhaupt aufgeschlagen hat. Selbst Jo schickt Milla nicht los, um die Plüschtiere zu fotografieren. Ein Perverser weniger.

In ihrer Freizeit sucht Arianna weiter nach den Frauen aus dem Album. Krupp trifft sie ab und zu und sagt: Schluss damit. Alles bleibt beim Alten. Krupp findet immer neue Entschuldigungen, nicht das Grab seines Vaters zu besuchen. Questore Comi fragt Krupp, ob er ein paar Tage Urlaub braucht, es gibt Gerüchte über seinen schlechten Gesundheitszustand. Krupp sagt: Das ist mein Fall, und ich bin entschlossen, ihn zu Ende zu bringen. Comi fragt überrascht: Von welchem Fall sprechen Sie, Commissario?

Krupp bettelt bei Manfredi weiter um zusätzliche Beamte. Sein Büro ist das einzige auf dem Flur ohne Klimaanlange. Das sagt alles darüber, welchen Einfluss ein Staatsanwalt bei Gericht hat. Außerdem stammt Manfredi aus einem Dorf, in dem das Motto zu lauten scheint: Man muss auch Opfer bringen.

Dann ist es:

SONNTAG, 12. JULI 1992

Morgen

Um 6.05 Uhr parkte Milla auf der Piazza Vittoria und ging schnellen Schrittes weiter in Richtung Spielplatz, bis er eine Art in die Erde gegrabenes Amphitheater erreichte. Es war etwa vier Meter tief, hatte einen Durchmesser von ungefähr dreißig Metern und war von einer niedrigen Trockenmauer umgeben. Die Kinder Bozens nannten diesen Ort »Klarabellas Haus«. Klarabella war ein Bär, der zu einem pleitegegangenen Zirkus gehört hatte. Irgendein Abgeordneter hatte das Stadtparlament davon überzeugt, ihm Unterschlupf zu gewähren und vor dem sicheren Tod zu bewahren.

Zu Ehren von Walt Disney hatte man den Bär Klarabella genannt, denn mit dieser Figur hatte man den Kindern Bozens während des Zweiten Weltkriegs beigebracht, sich vor den Bombenangriffen in Sicherheit zu bringen: *Klarabella kommt!* bedeutete, dass man sich im Luftschutzbunker verstecken musste.

Eine Art, die schrecklichen Erinnerungen zu vertreiben.

Milla war tief bekümmert.

Vor Ort parkten zwei Jeeps der Feuerwehr, ein schlammverkrusteter Fiat Ducato und ein querstehender Kleinlaster der Carabinieri.

Ein Mann in einem Arbeitsoverall stand etwas abseits und weinte hemmungslos. Die Carabinieri sprachen mit Leuten vom städtischen Gartenamt. Einige Feuerwehrleute ließen Tragegurte in die Grube hinab. Einer hatte Blut an den Händen.

Milla machte ein Foto.

Der Kummer verwandelte sich in Übelkeit. »*Voce delle Alpi*, was ist passiert?«

Ein sonnengebräunter Gärtner sagte wütend: »Irgendwelche brutalen Idioten haben versucht, sie umzubringen. Sie sind über die Mauer geklettert und haben Flaschen auf ihrem Kopf zerschlagen, sie haben sie … Sie hat so viel Blut verloren, dass … *diese feigen Säcke.*«

Der Gärtner schloss die Augen, er konnte nicht weitersprechen.

»Klarabella ist eine Bärin?«, fragte Milla.

Ein Carabiniere beantwortete seine Frage, auch er wirkte aufgebracht. »Ja, eine Bärin mit Diabetes, alt und blind. Aber du kannst ruhig schreiben, dass wir diese Schweine kriegen. Das werden sie büßen.«

Die Grausamkeit ist kein unterirdischer Fluss, schrieb Milla, als er wieder in der Redaktion war, *sondern für alle sichtbar. Wir sind jedoch so sehr an sie gewöhnt, dass sie uns erst bewusst wird, wenn sie ihren Höhepunkt erreicht. Und Klarabella, die Braunbärin, die wir alle lieben, hat den Preis für unsere Gleichgültigkeit bezahlt. Der Mensch hat sie aus ihrer Umgebung gerissen, hat ihr die Freiheit geraubt, mit Ketten und Peitsche, nur um seinen Spaß zu haben. Und jetzt, alt und krank, ist sie zum Objekt einer neuen Welt geworden, in der nur der Zeitvertreib zählt …*

Jo nickte nur. Dann zog er die Schublade auf, holte eine Flasche Cognac heraus und hielt sie ihm hin.

»Verdammte Scheiße, Champion. Verdammte Scheiße für dich, für mich, für uns alle.«

DONNERSTAG, 16. JULI 1992

Nachmittag

Seit vier Tagen las Krupp Millas Artikelserie über den Angriff auf die Bärin. Er hasste ihn und alle, die seine Texte lasen, die Beamten, die danach in der Questura über sie sprachen, eingeschlossen. Wegen des Angriffs auf die Bärin hatten sich Dutzende Menschen in der Questura gemeldet. *Zeugen.* Leute, die nicht schlafen konnten, Nachtschwärmer, sogar einige Junkies. Es war offensichtlich, dass die Festnahme der beiden Täter absolute Priorität hatte. Lorena und Marlene blieben in der Zwischenzeit: die Freudenmädchen. Unwichtig.

Um 18.40 Uhr sah Krupp die große blonde Frau den Schlüssel ins Schloss ihres Wohnhauses stecken. Sie trug schwere Einkaufstaschen. Krupp legte die *Voce delle Alpi* beiseite und gab ihr Zeit, die Treppen nach oben zu steigen. Dann stieg er aus dem Thema, noch immer voller Wut.

Er war wütend, weil die Taskforce zu wenig Leute hatte. Er war wütend auf Manfredis Ohnmacht, der ihm immer wieder Mut machte, durchzuhalten. Wütend auf die Blicke der Bulldoggen. Wütend auf das Schweigen der Drogenfahndung. Wütend wegen Ariannas Augenringen, die Doppelschichten schob, um die Operation Minotaurus voranzubringen.

Krupp ließ sich von einem der Nachbarn die Tür öffnen, ohne sich auszuweisen. Er eilte die Treppe hoch, nahm immer zwei Stufen auf einmal. Klopfte. Die Frau löste die Kette an der Tür erst, nachdem er ihr den Dienstausweis gezeigt hatte. So wie sie ihn betrachtete, war es nicht der Erste, den sie sah. Sie ließ Krupp herein und führte ihn in die Küche, kaum mehr als eine Kochnische. Die Einkaufstüten standen noch auf dem Tisch.

»Mirko ist seit zwei Monaten weg«, sagte sie mit einem leichten osteuropäischen Akzent. »Nein, seit drei, um genau zu sein. Ich weiß nicht, wo er ist.«

Ihr Name war Natalia Terenkhova, geboren in Charkiw in der Ukraine. Nach Ariannas Recherchen war sie 29, Krupp hätte sie für zehn Jahre älter gehalten. Ihr Gesicht zeigte, dass in ihrem Leben einiges schiefgelaufen war. Natalia Terenkhova, alias *Linda*, war eine der vielen Frauen aus dem Fotoalbum mit dem roten Einband. Aber sie war auch etwas Besonderes: Arianna hatte herausgefunden, dass sie einige Zeit im Red gearbeitet hatte.

»Mirko De Rossi? Ihr Mann?«

»Vor dem Gesetz sind wir zwar noch verheiratet, aber er wohnt nicht mehr hier, und ich habe keine Ahnung, was mit ihm ist.«

»Wegen der Polaroids?«

»Welche Polaroids?«

»Ich bin nicht wegen Ihres Ex-Mannes hier, sondern wegen Linda.«

Sie musste sich setzen.

»Mirko wusste von den Polaroids. Und alles andere auch. Das war ihm egal. Er ist gegangen, weil ich schwanger war. Ich habe abgetrieben.« Sie sah ihn an, in ihren Augen standen Tränen. »Aber er ist nicht zurückgekommen.«

Krupp durfte sich nicht von seinen Gefühlen übermannen lassen.

»Wie ist es so weit gekommen?«

»Ich habe im Red gearbeitet. Ich war Tänzerin, aber andere … Sachen habe ich nicht gemacht. Mirko hat mir mit der Aufenthaltserlaubnis geholfen, wir haben uns verliebt, wir brauchten Geld.«

»Hat Costantini nicht genug bezahlt?«

»Das Geld war nicht für mich.«

»Was hat Ihr Mann genommen?«

»Kokain. Und er liebte schöne Autos. Ich war dumm, ich weiß.«

»Warum sind Sie nicht mehr im Red?«

»Für Zeno bin ich zu alt. Das mit den Polaroids ging besser. Und jetzt, wo Mirko weg ist, werde ich Linda nicht mehr los.«

»Wie hat Mirko mit der Aufenthaltsgenehmigung ›geholfen‹? Was soll das heißen?«

»Komme ich in Schwierigkeiten?«

»Nein. Sie haben mein Wort. Wir sind uns nie begegnet, Sie haben mich nie gesehen.«

»Mirko arbeitet für Costantini. Offiziell kümmert er sich um das Personal im Red. Neue Tänzerinnen suchen, die Schichten einteilen, Special Guests einladen, Barkeeper und Türsteher einstellen.«

»Und tatsächlich?«

»Tatsächlich bezahlt ihn Zeno, weil er einen Freund hat …«

»Einen Freund …«, Krupps Schläfen begannen hektisch zu pochen, »der bei der Polizei arbeitet.«

Wut.

Wut.

Wut.

DONNERSTAG, 16. JULI

Nacht

Um 21.30 Uhr schloss Krupp die Tür der Einwanderungsstelle in der Questura hinter sich und drehte den Schlüssel um. Die Klimaanlage war ausgeschaltet, die Luft feuchtwarm. Es würde dauern, bis er finden würde, was er suchte, Computer gab es hier keine.

Er blätterte die Kartei nach Natalia Terenkhova durch, kontrollierte Daten und Stempel. Wie sie bereits zugegeben hatte, besaß sie kein Anrecht auf eine Aufenthaltserlaubnis. Der Name des Beamten, der die Papiere unterschrieben hatte, stimmte mit dem überein, den Natalia Terenkhova alias Linda ihm anvertraut hatte. Stefano Calvi, Viceispettore.

Eine Bulldogge.

Um 22.40 Uhr war Krupp schweißgebadet, aber hatte einen Großteil der von Calvi bearbeiteten Vorgänge aus den vergangenen zwölf Monaten überprüft. Um den Kreis einzugrenzen, suchte er nur nach jüngeren Frauen, denn Zeno Costantini stand auf jung.

Um 22.45 Uhr machte Krupp sich auf den Weg Richtung Sitte. Die infrage kommenden Namen hatte er in seinem Notizbuch festgehalten. Auf der Treppe traf er Lombardi.

»Haben Sie schon gehört, Commissario? Sie haben sie.«

Krupp schaute ihn nur an.

Lombardi unterdrückte ein Gähnen und sagte: »Die beiden Deppen, die den Bären angegriffen haben.«

Krupp ging weiter.

Er betrat das Büro der Sitte, schloss die Tür und machte sich an die Arbeit. Um 1.30 Uhr war er fertig. Mindestens zehn Prozent der Frauen, denen Calvi eine unberechtigte Aufenthaltsgenehmigung ausgestellt hatte, waren aktenkundig. Keine Überraschung: Fast alle hatten eine Verbindung zum Red.

Viceispettore Stefano Calvi, dachte der Commissario, steckt in der Scheiße. Er würde ihm persönlich die Handschellen anlegen, im Beisein aller anderen.

Er würde …

Dann kam die Ernüchterung.

Die Bulldoggen hatten eine Rudelmentalität. Einen von ihnen anzugreifen, hieß alle anzugreifen. Calvi festzunehmen, würde auch das letzte bisschen Kooperationsbereitschaft zerstören, das sie ihm gegenüber noch zeigten. Im Alleingang würde er den Freudenmädchen-Killer nicht fassen.

Du musst lernen, realistisch zu sein.

Krupp dachte: Du musst auf der Kali-Yuga-Welle surfen.

Wenn du die Bulldoggen an die Leine legen willst, musst du dich wie Levada verhalten. Levada ist Meister darin, die eigenen Leichen in den Schränken der anderen zu verstecken.

Mit Nico, dem Blinden, hatte es nicht funktioniert, weil er die direkte Konfrontation gesucht hatte. Er musste seine Strategie ändern. Die gleiche Taktik wie Levada anwenden.

»Was hat eine alte Bulldogge noch zwischen den jungen zu suchen?«

Er nahm den Hörer ab.

Um 3.05 Uhr parkte Krupp an der Kreuzung zwischen Via Galvani und Via Volta. In dieser Gegend wirkte Bozen wie eine entmilitarisierte Zone. Ehrgeizige Projekte waren in Planung. Einkaufszentren, Hightechfirmen. Haufenweise Kapital und Wohlstand, der wie ein Hochgeschwindigkeitszug heranrauschen sollte.

Allerdings war der Zug noch nicht in Sicht, während es bereits die ersten Sandkörner im Getriebe gab. Die klapperdürre Gestalt eines Junkies lehnte gegen die Mauer des Stahlwerks.

Das Gespenst vor der Bescherung.

Um 3.20 Uhr klopfte es von außen an der Scheibe der Fahrertür.

»Sie sehen aus wie ein Zombie«, sagte Jo grinsend.

Krupp ließ ihn auf dem Beifahrersitz Platz nehmen und hielt ihm einen Umschlag hin.

Jo griff nicht danach.

»Sollten wir uns nicht erst mal beschnuppern, Commissario?«

»Wir sind keine Freunde.«

»Liegt das an meiner Arbeit oder eher an meinem Äußeren?«

»Zeno Costantini.«

Jo zündete sich eine Zigarette an. »Zeno Costantini ist nicht eine Zeile wert. Es gibt keinerlei Beweise, dass er weiß, dass die Frauen minderjährig sein könnten. Sein Anwalt ist Avvocato Grande, kennst du den? Schwere Artillerie. Sag nicht, dass du mich wegen so einer Scheiße aus dem Bett geholt hast?«

»Als guter Journalist könntest du diesen Umschlag öffnen und entdecken, dass Signor Costantini ein ausgeklügeltes System hat, um sich Aufenthaltsgenehmigungen für seine Mitarbeiterinnen im Lokal zu besorgen. Als guter Journalist könntest du den Namen des Beamten ermitteln, der die Papiere unterschreibt. Man müsste nur einem Hinweis nachgehen.«

»Im Namen der guten Beziehungen zwischen der Presse und den Ordnungskräften?«

»Im Namen der guten Beziehungen zwischen uns beiden.«

Jos Augen glänzten. »Jetzt beschnuppern wir uns doch. Warum hat das so lange gedauert?«

Er griff nach dem Umschlag und öffnete ihn.

Er hustete.

»Stefano Calvi. Willst du mich verarschen, Krupp? Ich ziehe wegen ein paar Aufenthaltsgenehmigungen doch nicht gegen Levada in den Krieg.«

»Ich hatte dich für cleverer gehalten.«

»Das sagen alle.« Jo öffnete das Fenster des Thema und warf die Kippe ins Freie. »Raus mit der Sprache, oder das war's. Gute Nacht und danke für die gute Gesellschaft.«

Krupp hatte mit dieser Reaktion gerechnet. »Wenn ich das Material dem Staatsanwalt übergebe, wird mein Name darunter stehen und Levadas Bulldoggen werden die Leine zerbeißen. Das kann ich mir nicht leisten, ich brauche sie. Aber wenn stattdessen ein mutiger Journalist eine Story daraus macht und sie in seiner Zeitung veröffentlicht, dann wird er Ruhm, Ehre und Applaus ernten. Vor allem, wenn er den Namen Levada zunächst nicht erwähnt und wartet, bis der junge Commissario ihm sagt, wann er zuschlagen soll.«

Jo war skeptisch. »Ich habe ab dem Moment nicht mehr zugehört, als du mir weismachen wolltest, dass alles ganz einfach ist.«

»Willst du wissen, wie es abgelaufen ist?«

»Ist die Geschichte gut?«

»Der gute Journalist ist ein Mann, der sich wie alle Männer hin und wieder vergnügen will. Er geht also ins Red und lernt eine Frau kennen.«

»Das Intro gibt nicht viel her, aber durch das Auftauchen der Frau halte ich meine Leser bei der Stange.«

»Die Frau vertraut dir etwas an, was sie nicht verraten sollte. Der gute Journalist gräbt tiefer und entdeckt die Verbindung zwischen Viceispettore Calvi und Zeno Costantini, aber ihm fällt auch etwas auf, was ihn selbst in Schwierigkeiten bringen könnte. Die junge Frau war minderjährig.«

»Jetzt weiß ich, wie es weitergeht. Der gute Journalist kriegt Schiss und lässt alles im Sande verlaufen. Was willst du auch sonst machen? Die Welt ist kompliziert.«

»Der gute Journalist ist nicht von gestern. Er weiß, wenn er auf die Verbindung zwischen dem Red und der Polizei gekommen ist, dann kann das jeder andere auch. Und das ist ein Problem, denn jetzt steckt er auch mit drin. Deshalb geht der gute Journalist zu dem einzigen Menschen, der ihm helfen kann, sauber aus der Sache rauszukommen. Sein guter Freund Commissario Capo Levada, der …«

»Und wenn Levada Lunte riecht?«, unterbrach ihn Jo.

»Natürlich wird er Lunte riechen. Er wird denken, dass der gute Journalist die junge Frau geschlagen oder ihr eine Überdosis Drogen verschafft hat. Aber was würden ihm polizeiliche Ermittlungen bringen? Außerdem hat er ganz andere Probleme. Stefano Calvi hat unter ihm Karriere gemacht, und selbst *die Hand Gottes* kann es sich nicht erlauben, einen korrupten Polizisten an seiner Seite zu haben. Er muss einen Grund finden, um ihn unbemerkt auf die Ersatzbank zu setzen.«

»Oder«, führte Jo den Gedanken zu Ende, »eine Möglichkeit finden, Calvis Kopf rollen zu lassen, ohne die Bulldoggen zu sehr nervös zu machen, denn es gibt auch andere, die etwas zu verbergen haben. Und Levada wird einen Sündenbock suchen, der die Drecksarbeit macht. Das ist die einzige Möglichkeit, das Rudel ruhig zu halten. Und dreimal dürfen wir raten …«

»Und an diesem Punkt komme ich ins Spiel.«

»Bereitest du einen Aufstand vor, Krupp?«, der Chefreporter der *Voce delle Alpi* lächelte. »Nein, du willst keinen Aufstand. Du willst einen Königsmord. Der Levada von früher wäre sicher stolz auf dich und dein Manöver gewesen, weißt du das?«

Krupp fixierte ihn mit seinem Blick. »Die Frage ist nur, auf welcher Seite des Messers du stehst.«

Jo zog nachdenklich eine weitere Zigarette aus der Packung.

»Ich könnte Levada von unserem Treffen erzählen, hast du daran gedacht?«

»Im Tausch gegen den kümmerlichen Rest?«

Eine Rauchwolke, gefolgt von einem Hustenanfall. »Weißt du, wer ähnliche Pläne hatte, Krupp? Brutus, in den Iden des März 44 vor Christus.«

Krupp zitierte Shakespeare: »*So falle, Cäsar.*«

»Ich hoffe, du weißt, dass Brutus am Ende ermordet wurde.«

»Brutus hatte seine Hausaufgaben nicht gemacht. Wenn du Cäsar umbringen willst, musst du erst seine Legionen übernehmen. Wie lautet deine Antwort?«

»Früher oder später sind die Dinosaurier zum Aussterben verdammt. Wann soll der Artikel erscheinen?«

»Ich lasse es dich rechtzeitig wissen.«

Jo nickte und öffnete die Beifahrertür.

»Eine Sache noch«, sagte er, »warum hast du deine Meinung geändert?«

»Über was?«

»Dass das nichts für die Öffentlichkeitsarbeit ist. Erinnerst du dich?«

Der Juli endete *nicht* mit:

MONTAG, 20. JULI 1992

1.59 Uhr

– 11, kannst du bitte wiederholen? Ende.

– Minotaurus 2 ist nicht auf Position. Ich wiederhole, Minotaurus 2 ist nicht auf Position. Ende.

– 11, was heißt, nicht auf Pos…

– Scheiße, beweg deinen Arsch hierher!

– 11, wie ist die Lage? Ende.

– Wenn ich sage, dass Minotaurus 2 nicht da ist, dann ist sie nicht da! Wir finden sie nicht, wir brauchen … Gebt Alarm!

ARIANNA

Es gibt kein Richtig, es gibt kein Falsch.
Es gibt bloß die öffentliche Meinung.

JEFFREY GOINES, 12 MONKEYS

MONTAG, 20. JULI 1992

Nacht

2.31 Uhr, 23 Grad. Bei der hohen Luftfeuchtigkeit verwandelte sich das Licht in Klebstoff. Nachtfalter und Fledermäuse schwirrten um die Straßenlaternen. Die Piazza Dodiciville war von Streifenwagen und Zivilfahrzeugen blockiert. Die Felgen des blauen Thema schleiften an der Bordsteinkante, Funken sprühten. Krupp sprang aus dem Wagen, ließ den Motor laufen.

Zwei leichenblasse Bulldoggen stiegen gerade aus einem Alfa, als er sich vor ihnen aufbaute und seine ganze Wut auf sie niederregnen ließ.

»Wo zum Teufel wart ihr?«

Selbst die Gaffer hinter den Fensterscheiben zogen sich zurück.

»Sie können nichts dafür«, versuchte Lopez zu vermitteln, dem selbst der Angstschweiß auf der Stirn stand und der Adrenalin regelrecht ausdünstete. »Minotaurus 2 hat sich um halb zwei in der Zentrale gemeldet, beim nächsten Check war sie nicht mehr zu erreichen. Die Jungs haben sie gesucht und dann Alarm ausgelöst. Alles nach Vorschrift.«

Krupp sog die feuchte Nachtluft ein, die ihm rau wie Schmirgelpapier in die Lungen strömte.

»Ich will eine Anwohnerbefragung, durchkämmt die Gegend. Jemand muss etwas gesehen haben. Jemand …«

Er hatte ein Déjà-vu.

Jemand musste sie gehört haben.

»Wir werden sie finden«, sagte Lopez beschwichtigend.

Als Leiche, dachte Krupp. Wir werden sie als Leiche finden. Mit mehreren Messerstichen. Einem Schnitt durch den Hals.

Alles.

Nach.

Vorschrift.

Lopez deutete auf zwei Prostituierte, die auf den Stufen zum Eingang einer Bar saßen, der Rollladen war heruntergelassen.

»Ich war gerade dabei, sie zu befragen …«

Krupp überquerte mit raschen Schritten die Piazza. Er spürte keinen Schmerz. Noch nicht. Aber er ahnte seine Präsenz. Lange würde es nicht mehr dauern.

Die beiden Frauen waren völlig dicht. Die größere murmelte etwas Unverständliches vor sich hin. Die andere kicherte und kratzte sich in der Armbeuge. Krupp zeigte ihnen ein Foto von Arianna.

»Wo ist sie?«

»Vielleicht hat sie den Märchenprinzen getroffen.«

Noch ein Déjà-vu. Niemand hatte etwas gesehen, niemand hatte etwas gehört.

Krupp hämmerte mit der Faust gegen den Rollladen der Bar. Uniformierte und Bulldoggen drehten sich alarmiert um. Einer hatte bereits die Hand am Halfter.

»Commissario?«

Ein älterer Mann kam aus einem der benachbarten Häuser. Das Hemd hing ihm aus der Hose, die Haare waren zerzaust. Einer der Bulldoggen versuchte ihn aufzuhalten, aber der Mann schob ihn beiseite und sprach jetzt lauter, um sich Gehör zu verschaffen.

»Ihr sucht die Frau mit der Tasche voller Anstecker, oder? Die Rothaarige mit dem Pony.«

Die Bulldogge trat beiseite.

»Ich leide an Schlaflosigkeit und habe mir gerade einen Kamillentee gemacht. Der hilft zwar nicht, aber so geht die Zeit schneller rum. Meine Küche ist hier«, er deutete auf eines der erleuchteten Fenster, »während ich wartete, bis das Wasser kochte, habe ich aus dem Fenster geschaut. Ich habe sie in ein Auto steigen sehen.«

»Was für ein Modell? Haben Sie sich das Kennzeichen gemerkt?«

»Ein Fiat. Tipo oder Punto. Ich glaube, er war rot. Der Wagen hat gehalten, die Frau ist auf ihn zugegangen, wie sie das eben so machen, oder? Dann ist sie eingestiegen. Ich dachte noch, komisch, ich habe sie noch nie in ein Auto steigen sehen. Außer in eines von euren.«

Krupp erstarrte.

»Ich schaue oft fern. Nach allem, was passiert ist, war mir klar, dass verkleidete Beamtinnen im Einsatz sind. Undercover. Um den Freudenmädchen-Killer zu fassen. Gehört sie zu euch?«

»Ja«, sagte Krupp.

»Aber der rote Fiat nicht.«

Operation Minotaurus. Maximale Geheimhaltung.

Maximale Sicherheit.

»Haben Sie den Fahrer erkannt? Können Sie ihn beschreiben?«

»Nein, tut mir leid.«

»Waren da noch andere Frauen? Außer den beiden auf der Treppe? Junkies, Dealer? Passanten?«

Der Mann schüttelte den Kopf. »Diese beiden waren nicht da, keine Ahnung, wo Ihre Kollegen die aufgegabelt haben. Eine Frau stand unter der Laterne. Aber die war blond und klapperdürr. Ist Ihre Kollegin in Gefahr, Commissario?«

Um 2.47 Uhr erschien Levada. Er hatte Ringe unter den Augen, und der Knoten der Krawatte saß schief. »Gibt es Zeugen?«

Die Prostituierten sagten: Ich war nicht da. Die Prostituierten sagten: Ich weiß nichts. Die Junkies sagten: Lasst mich in Ruhe, ich war nicht da, was wollt ihr von mir? Die Anwohnerbefragung ergab: Ich habe geschlafen, merken Sie erst jetzt, was das für eine Scheißgegend hier ist?

Um 3.03 Uhr kam Unruhe auf. Bulldoggen und Uniformierte stiegen wild gestikulierend in die Autos.

Die Hand Gottes kam auf ihn zu. »Sie haben sie gefunden.«

Krupp dachte: Sie haben Levada Bescheid gegeben.

Nicht *mir*.

»Sie lebt?«

»Sie ist in einem Keller«, antwortete er, »mit gezückter Pistole. Sie zielt auf jeden, der sich ihr nähert.«

Als Krupp in der Via Pascoli ankam, zeigte die Uhr seines Vaters 3.12 Uhr. Sovrintendente Gallo hatte Arianna gefunden, ein Mastino mit Brille und Cowboystiefeln, er erstattete Bericht.

»Da ist ein niedriges Gittertor, das auf einen Innenhof führt. Ich dachte, das wäre ein guter Ort, um sich oder jemand anderen zu verstecken. Eine Tür stand offen. Sie führt zum Heizungskeller. Das kam mir komisch vor. Hier in der Gegend gab es bereits viele Einbrüche. Ich habe mit der Taschenlampe reingeleuchtet und erkannte in einer Ecke eine zusammengekauerte Gestalt. Ich dachte zuerst an einen Junkie, Sie wissen schon, wegen der Kleidung.«

»Sicher, dass sie es ist?«

»Sie hat es selbst gesagt.«

»Ist sie verletzt?«

»Ich weiß es nicht. Als sie mich sah, hat sie sofort die Pistole auf mich gerichtet und gesagt: ›Ich bring dich um, du Arsch‹«, Gallo korrigierte sich, »›ich bringe *euch* um, du Arsch‹, und dann habe ich gehört, wie die Waffe entsichert wurde.«

»Und dann?«

»Hat sie ihren Namen genannt.«

Krupp verlor keine Zeit. Die Tür zum Heizungskeller war aus Blech, die Klinke mit Klebeband umwickelt. Sie ließ sich leicht öffnen.

»Arianna? Ich bin's.«

Krupp rief noch einmal.

Und noch einmal.

Und dann: »Luther …«

Etwas in Sovrintendente Capo Licis Stimme ließ ihn an den Traum denken, in dem Marlene ihn angegriffen hatte.

Krupp wehrte sich gegen den Impuls, den Raum zu betreten, und wartete.

»Bist du verletzt?«

Ein raues, fast animalisches Röcheln.

Vielleicht ein Ja?

Ein Schritt, noch einer. Krupps Augen brauchten eine Weile, um sich an die Dunkelheit zu gewöhnen. Arianna kauerte in einer Ecke, über ihrem Kopf hing, wie ein Grabtuch, ein riesiges Spinnennetz.

»Ich habe Sergio gesehen«, flüsterte Arianna.

»*Sergio Giuliani*?«

»Nein, meinen Sergio. Wir waren sieben Jahre verheiratet. Er fährt einen Alfa Sud Sprint. Er hat mich angesehen, weißt du? Aber er hat mich nicht erkannt. Er hat sich eine Jüngere ausgesucht. Ich kenne sie. Sie heißt Caterina. Sie ist wirklich schön. Ich kann es ihm nicht verübeln. Und trotzdem …«

Ein nur schwer zu deutendes Geräusch. Vielleicht ein Lachen.

»Er hat Blondinen schon immer gemocht.«

Krupp bewegte sich durch die Dunkelheit.

»Ich dachte immer, wir würden wieder zusammenkommen.

Früher oder später. Naiv, was? Die große Liebe. Arianna und Sergio, Sergio und Arianna. Trotz … allem. Wir alle brauchen unseren Schrank, in dem wir leben können, oder?«

»Ich weiß nicht …«

»Ich habe es versaut, Luther. Was werden die Bulldoggen sagen?«

»Nichts.«

Eine Lüge.

Ariannas eine Gesichtshälfte war blutverschmiert.

»Ist das dein Blut?«

Sovrintendente Capo Lici fuhr sich mit der Hand über die Wange, dann hielt sie sich die Fingerspitzen vor die Augen. »Das Blut, das …«

»Hat er dich geschlagen?«

Arianna riss überrascht die Augen auf.

Dann begann sie zu schreien.

»Ich bringe euch alle um! Ich bringe euch alle um! Alle!«

Die Beretta zuckte nach rechts und links.

Arianna zielte auf ihn. Direkt auf seinen Brustkorb.

»Ich muss ins Krankenhaus«, wimmerte sie, »vielleicht hat er das auch gemacht, als wir noch zusammen waren.«

Krupp dachte: Sergio im Alfa Sud, Prostituierte, Blut.

HIV.

Er fühlte: Mitleid, Angst, Schmerz.

»Wir gehen zusammen«, sagte er mit sanfter Stimme.

Sie ließ die Beretta sinken.

»Nichts ist unter Kontrolle, wenn du nicht im Schrank sitzt, oder, Luther?«

Krupp verstand zwar nicht, was sie meinte, aber er antwortete trotzdem: »Das ist es fast nie.«

»Er hat gesagt, er hätte Informationen. Über Lorena und Marlene. Er hat mich erkannt, wusste, wer ich bin. Ich bin zu ihm ins Auto gestiegen. Als ich den Hammer gesehen habe, war es zu spät, aber ich war überzeugt, ich hätte alles unter Kontrolle, weil ich ausgebildet bin und …«

Arianna drohte wieder abzudriften. Er musste dafür sorgen, dass sie in der Gegenwart blieb.

»Erinnerst du dich an das Modell?«

Es funktionierte.

»Ein Fiat. Rot.« Arianna lachte rau. »Weißt du was? Er hat mich an den Haaren gezogen, und ich dachte: ›Das habe ich verdient.‹ Mit mir zusammen zu sein, ist wie an einer Hochspannungsleitung entlanggehen und …«

Krupp kniete sich neben sie.

»Kann ich deine Pistole haben, Arianna?«

Sie gab sie ihm, und er steckte sie ein.

»Sag mir bitte eins, Luther, warum willst du ihn fassen?«, flüsterte Sovrintendente Capo Lici.

»Das ist unser Job.«

»Ich wollte ihn verhaften, um diesen Schweinen zu zeigen, all den Schweinen da draußen, dass ich genauso gnadenlos sein kann wie sie.«

»Du bist nicht wie sie. Du bist besser.«

Arianne schniefte. »Ich dachte, dass mein Begräbnis schrecklich langweilig werden würde.«

Krupp konnte die Tränen nicht zurückhalten, aber es gelang ihm, sie vor ihr zu verbergen. »Ich stelle mir Levada vor«, sagte er, »wie er dir schluchzend zum Gedenken die Ehrennadel anheftet, und Lopez, der sagt: ›Wir haben zusammen Pyjamapartys gefeiert, Zimttee getrunken und die Klamotten getauscht. Was werde ich nur ohne meine beste Freundin machen?‹ Und ich muss ihnen die Taschentücher reichen und sie in den Waschraum begleiten, damit sie ihr Make-up wieder richten können. Weißt du, Arianna, das kannst du mir nicht antun.«

Arianna klammerte sich an ihn. »Nein, das kann ich wirklich nicht.«

Krupp drückte sie vorsichtig.

»Wer?«, fragte er leise und spürte Ariannas Blut auf seiner Haut. »Wer war es? Wer ist der Mann im roten Fiat?«

»Cupido.«

Krupp am Steuer des Thema ignorierte alle roten Ampeln. Die Lichter der Straßenlaternen huschten wie blendende Striche über die Windschutzscheibe und brannten ihm in den Augen. Er brüllte ins Funkgerät, obwohl er wusste, dass die Journalisten den Polizeifunk abhörten.

Es war ihm egal.

Sein Ziel war Giacomo Buratti, der blonde Mann, der fest davon überzeugt war, Lorena sei in ihn verliebt gewesen.

Du hast mich um Hilfe gebeten, aber ich habe es nicht verstanden. Ich werde dich immer lieben, und wir werden für immer gemeinsam im PARADIES sein.

Cupido war nicht der Freudenmädchen-Killer, und Krupp hatte ihn gehen lassen, aber Cupido hatte die Kontrolle verloren und Arianna angegriffen.

Cupido würde niemandem mehr etwas antun.

Buratti hatte zwei bekannte Wohnsitze. Einen bei seiner Mutter, die ihm für den Mord im Januar ein Alibi gegeben hatte, und einen in einem Mehrfamilienhaus in der Viale Druso. Krupp hatte Beamte zu beiden Adressen geschickt. Er selbst fuhr in die Viale Druso.

Er kam um 3.47 Uhr dort an, unmittelbar nach Ayrton Senna. Die Wohnung lag im dritten Stock und wies auf einen Innenhof, der von Hecken eingefasst war. Aus dem Hausinneren waren Schreie zu hören. Krupp kannte die Stimme. Cupido schien Amok zu laufen.

Ayrton Senna drückte alle Klingelknöpfe.

»Aufmachen, Polizei!«

Weitere Einsatzfahrzeuge trafen ein: heulende Sirenen, zuckende Blaulichter, quietschende Reifen, laute Stimmen. Verängstigte Bewohner tauchten auf den Balkonen auf. Jemand drückte den Summer, Ayrton Senna riss die Tür auf, und Krupp folgte ihm, immer zwei Treppenstufen auf einmal nehmend. Im zweiten Stock riss Krupp die Pistole aus dem Holster, den Lauf hielt er schräg nach oben in Richtung Decke.

Buratti schrie ununterbrochen.

Krupp sprang die letzten Stufen hoch und sah Buratti auf dem Treppenabsatz vor seiner Wohnung mit der Nummer 14 stehen. Sein Blick war der eines Irren, seine Hände hielten den Hammer umklammert. Er gab wirres Zeug von sich, Krupp hörte gar nicht hin. Würde sich Cupido hinter der massiven Sicherheitstür seiner Wohnung verschanzen, bräuchten sie einen Panzer, um ihn da rauszuholen.

Krupp handelte instinktiv.

Das Ganze dauerte drei Sekunden.

Einundzwanzig: Krupp warf sich mit seinem ganzen Gewicht gegen die Tür. Sie prallte gegen Burattis Kopf, kleine magentafarbene Blutstropfen spritzten. Aus dem Schreien wurde ein Krächzen.

Zweiundzwanzig: Burattis Blut landete auf dem Commissario und mischte sich mit dem von Arianna. Der Gedanke machte ihn schier wahnsinnig.

Dreiundzwanzig: der Schmerz.

Krupps Schulter schien zu explodieren. Er wankte und hielt die

Pistole krampfhaft fest. Buratti war nicht schnell genug, sie ihm aus der Hand zu reißen. Und auch nicht, um ihm mit dem Hammer den Schädel zu zertrümmern.

»Das hätte sie nicht tun sollen, es ist ihre Schuld«, brüllte Cupido.

Er ließ den Hammer fallen, und Krupp sah, wie er hinter einer satinierten Glastür verschwand. Seine Ausbildung diktierte den nächsten Schritt: Es bestand keine Fluchtgefahr, deshalb auf Verstärkung warten und zugreifen, ohne den Täter zu verletzen. Aber sein Geruchssinn befahl ihm instinktiv etwas anderes: *Raus hier!*

Es roch nach Gas.

»Raus hier! Raus!«, schrie Krupp. »Ruft die Feuerwehr, dreht die Gasleitung ab. Beeilt euch.«

Die Bulldoggen stoben in wilder Panik auseinander. Nur Ayrton Senna blieb ruhig, die Beretta schussbereit.

Durch die Glastür erkannte Krupp Burattis Umrisse. In etwa vier, fünf Meter Entfernung. Er konnte schießen. Es zu Ende bringen. Indem er den Gashahn aufgedreht hatte, war Buratti zur Gefahr geworden, die den Einsatz einer Schusswaffe rechtfertigte. Selbst mit tödlichen Folgen.

Krupp schoss nicht.

Mit den Fingerspitzen drückte er ganz vorsichtig die Glastür auf. Cupido stand schwer atmend vor dem Herd, die Haare zerzaust, die Pupillen geweitet. Er hielt ein Feuerzeug in der Hand.

Als Krupp die Waffe auf ihn richtete, schrie er: »Es ist ihre Schuld! Das hätte sie nicht tun dürfen!«

»Was hätte sie nicht tun dürfen?«

»So tun, als wäre sie sie!«

Rotblonde Haare, dichter Pony: Arianna hatte sich im Rahmen der Operation Minotaurus als Lorena Haller verkleidet. *Ich zeige es diesen Schweinen, all den Schweinen da draußen, dass ich so gnadenlos sein kann wie sie.*

Krupp dachte: Finaler Rettungsschuss.

Das klang gut.

Er kontrollierte seinen Atem.

Entspannte die Nackenmuskeln.

»Ich könnte dich erschießen. Völlig legal.«

Burattis Hand mit dem Feuerzeug näherte sich dem Kochfeld. Das Adrenalin in Krupps Venen sagte: Hau ab. Die Wut knurrte.

Krupps Stimme blieb ruhig: »Weißt du, wie lange es dauert, bis ein Raum sich mit Gas füllt?«

Buratti zuckte zusammen.

In Wahrheit hatte Krupp keine Ahnung.

»Sie hat es so gewollt«, wimmerte Buratti, die untere Gesichtshälfte war voller Blut, Tränen und Schweiß, »es ist nicht meine Schuld.«

In Krupps Ohren pfiff es. Tinnitus. Es klang nach einer Stimme aus der Ferne.

»Es war ihre Schuld!« Buratti streckte die Hand aus. »Ich habe nichts damit zu tun.«

Das Pfeifen wurde stärker. Er musste sich den Kopf angeschlagen haben. Er spürte, wie sein Finger den Abzug berührte. Es wäre ganz leicht. Weniger als drei Kilo Druck, und der Schuss würde sich lösen. Aus dieser Distanz konnte er ihn nicht verfehlen.

»Schau mich an«, sagte Krupp.

Das Pfeifen verwandelte sich in Geschrei. Die Stimmen von Marlene, Lorena, Arianna. Der Tinnitus drängte: Töte ihn, töte ihn, *töte ihn.*

»Willst du sterben?«

Buratti nickte.

Krupp entsicherte die Waffe.

»*Willst du sterben?*«

Buratti zitterte.

Er weinte.

Er sagte: »*Nein.*«

Krupp ließ die Pistole sinken, riss ihm das Feuerzeug aus der Hand und warf es weg.

»Runter!«, befahl er und legte ihm zwei Finger auf die Schulter, »und nimm die Hände hinter den Rücken.«

Buratti gehorchte.

Krupp legte ihm Handschellen an und drehte das Gas ab.

Ayrton Senna riss die Fenster auf. Hände packten Buratti. Schreckensbleiche Bulldoggen. Krupp sicherte die Waffe und steckte sie ins Holster zurück.

Er richtete sich die Brille.

Er atmete tief durch.

Ayrton Senna und die anderen Mastini starrten ihn an. *Commissario Krupp hat Eier. Wer hätte das gedacht?*

Krupp deutete auf Buratti. »Lasst die Finger von ihm. Er gehört mir, verstanden?«

Die Bulldoggen nickten.

Die Bulldoggen heulten.

Krupp hatte die Sprache der Bulldoggen gelernt.

Die Fahrt ins Krankenhaus war ein Rennen gegen die Zeit. Ayrton Senna wagte Überholmanöver, die die Schwerkraft herausforderten. Krupp sog tief die Nachtluft ein, die durch das geöffnete Fenster drang. Sie roch nach Eisen, Blut und Groll. Er spürte seine Müdigkeit nicht, auch wenn er wusste, dass er am Ende seiner Kräfte war. Auch den Schmerz an der Schulter spürte er nicht, sie war geprellt, ausgekugelt, oder vielleicht sogar Schlimmeres.

»Signorina Lici«, sagte ihm der Angestellte an der Aufnahme,

»liegt im dritten Stock.« Im Aufzug nach oben stand er neben einer jungen Ärztin, die mit der Lektüre einer Akte beschäftigt war. Das Blut an seiner Kleidung bemerkte sie nicht.

Der Flur im dritten Stock war nur spärlich beleuchtet. Krupp schaute auf die Uhr seines Vaters. Das Gehäuse war zerkratzt, die Zeiger standen auf 4.30 Uhr. Arianna war nicht allein. Vivian saß bei ihr und hielt ihr die Hand. Ariannas rechte Gesichtshälfte war verbunden, das linke Auge war geschlossen.

»Dein Hemd sieht beschissen aus«, sagte Vivian.

»Wer hat es dir gesagt?«

»Das weißt du doch. Die anderen Frauen.«

Krupp dachte: Sie haben sie informiert.

Nicht uns.

Nicht *mich*.

»Was sagen die Ärzte?«

»Habe noch keinen gesehen.«

Arianna erkannte seine Stimme und bemühte sich, aus der dumpfen Betäubung aufzuwachen. Er musste an seine Mutter denken. Sie war gestorben, als Karli und er noch klein gewesen waren. Er konnte sich kaum an sie erinnern. Das lebendigste Bild war das aus einem Zimmer wie diesem. Bei ihrer letzten Begegnung hatte sie sich zwingen müssen, die Augen zu öffnen. Vollgepumpt mit Morphium hatte sie ihn angelächelt, während sie verblasste wie ein Foto, das zu lange in der Sonne gelegen hatte.

Hin und wieder fragte er sich, was aus ihm und Karli geworden wäre, wenn sie überlebt hätte.

Auf einem Stuhl lag die Kleidung, mit der Arianna ins San Maurizio gekommen war. Schwarze Leggings, Stoffturnschuhe, graues T-Shirt und ein roter Mantel, der dem auf dem Asphalt vor der Mobil-Tankstelle sehr ähnlich war. Krupp fragte sich, warum ihm das nicht schon vorher aufgefallen war. Sovrintendente Capo Lici hatte keine Zeit im Labyrinth verlieren, sondern den Minotaurus aus dem Labyrinth *heraus*locken wollen. Krupp strich über ihre Hand. Seine Finger zitterten.

»Du hast den falschen Minotaurus erwischt.«

Arianna verstand »Minotaurus« und bewegte sich.

Krupp näherte sich ihrem Ohr. »Aber du hast ihn erwischt.«

Arianna wurde wieder ruhiger.

Krupp wandte sich an Vivian.

»Ich will die Namen der Frauen, die dich informiert haben.«

»Nein.«

Krupp nahm einige Scheine aus dem Geldbeutel und warf sie ihr zu. »Wie viel willst du, damit du es mir sagst?«

Vivian wischte sich eine Träne von der Wange. »Du Arschloch.«

Der Schmerz kam direkt danach.

Um eine Minute vor fünf nahm das Elend der Welt plötzlich apokalyptische Ausmaße an. Aber es war nicht allein der Schmerz.

Es war die Klarheit.

Krupp war noch nicht bereit für das gleißende Licht. Er fand eine Toilette und öffnete die Tür. Keuchend wie ein verwundetes Tier beugte er sich über das Waschbecken und wischte sich das Blut und den Schweiß aus dem Gesicht. Eiseskälte in den Knochen, den Venen. Er schaute in den Spiegel und erkannte sich nicht wieder.

Er dachte: Lorena. Marlene. Arianna.

Er dachte: Du hast die Sprache der Bulldoggen gelernt.

Er dachte: Du surfst auf der Kali-Yuga-Welle.

Sein Spiegelbild sagte: Es ist doch etwas für die Öffentlichkeitsarbeit.

Es war noch vor Sonnenaufgang, aber im Hof der Questura herrschte bereits reges Treiben.

Krupp stieg mit steifen Muskeln aus dem Thema, Ayrton Senna war gefahren. Mit dem Verband bewegte er sich wie ein alter Mann. Der Arzt in der Notaufnahme hatte ihm Schmerzmittel verschrieben, die in seiner Tasche steckten.

Krupp hatte sie nicht angerührt. Er musste klar im Kopf bleiben.

Er wartete darauf, dass die Journalisten still wurden.

»Heute Morgen haben wir einen Mann festgenommen, der vermutlich eine unserer Beamtinnen angegriffen hat, die im Moment im San Maurizio liegt«, der Tinnitus pfiff, und er verzog das Gesicht. »Es handelt sich nicht um den sogenannten Freudenmädchen-Killer.«

Levada schob sich durch die Menge. Er stellte sich neben Krupp und wartete auf die Blitzlichter der Fotografen.

»Commissario Krupp war in eine Auseinandersetzung verwickelt, die für ihn einen tödlichen Ausgang hätte nehmen können. Für ihn, aber auch für viele andere Unschuldige. Wie Sie sehen, hindern ihn seine Verletzungen nicht daran, seine Arbeit weiterzuführen. Der Mann, den wir aktuell in Gewahrsam haben, hat versucht, sich das Leben zu nehmen – er wollte sich in seiner Wohnung in die Luft sprengen. Commissario Krupp hat das Schlimmste verhindert, den Verdächtigen festgenommen und damit Leben gerettet, das des Verdächtigen und sein eigenes.«

Levada sah sich um.

Er sprach lauter.

»Denn das ist es, wofür wir da sind.«

Er reichte Krupp die Hand und schloss mit: »Luther, ich denke, ich kann für alle sprechen, wenn ich sage, dass wir stolz und dankbar für deinen vorbildlichen Einsatz sind.«

Die Bulldoggen applaudierten. Die Presse applaudierte. Der Beifall begleitete sie auf ihrem Weg ins Innere der Questura.

Als sie in dem Bereich waren, der für die Öffentlichkeit nicht zugänglich war, zwang Levada Krupp, stehen zu bleiben.

»Du hast Eier, aber du hättest diesem Idioten das Licht ausblasen müssen.«

»Aber so gehen wir nicht vor, oder?«

Levada überhörte den Sarkasmus. »Wie geht es Sovrintendente Capo Lici?«

»Körperlich wird sie es überstehen.«

»Und psychisch?«

»Wir hatten ihn schon mal verhaftet, Giacomo Buratti war einer der Verdächtigen im Fall Lorena Haller. Lombardi hatte ihn Cupido getauft.«

»Gibst du dir die Schuld?«

»Ich hätte mich entschiedener gegen die Operation Minotaurus stellen müssen.«

Levada blieb keine Zeit zu antworten, Manfredi betrat den Raum. Atemlos fragte er: »Luther, wie geht es dir? Wie geht es Arianna?«

»Die Diagnose ist noch unter Vorbehalt, aber die Ärzte meinten, dass sie keine bleibenden Schäden davontragen wird.«

»Was ist schiefgelaufen?«

Am liebsten hätte Krupp gesagt: Alles.

»Der Typ, der den Brief an Lorenas Grab hinterlassen hat, erkannte Arianna als Polizistin und meinte, er hätte Informationen für sie. Leider war er gefährlicher, als wir angenommen hatten.«

»Wo ist er jetzt?«

Levada antwortete an Krupps Stelle: »Zimmer 121, Ispettore Capo Lopez hat ihn in Gewahrsam. Bisher hat Buratti nicht nach anwaltlichem Beistand verlangt und wurde bereits ärztlich untersucht. Von ein paar Hautabschürfungen abgesehen geht es ihm gut.«

Manfredi runzelte die Stirn: »Zimmer 121?«

»Im Keller. Durch die Besonderheit des Falles und die große Zahl an Vernehmungen, die wir durchführen müssen, nutzen wir leerstehende Räume, um das Prozedere zu beschleunigen.«

»Werden wir ihn befragen?«

»Ohne Anwalt wäre es besser, wenn Sie nicht dabei wären.«

Manfredis Misstrauen wuchs.

»Wir versuchen Zeit zu sparen«, erklärte Levada mit eindringlicher Stimme, »Commissario Krupp hat ihn davon überzeugt, sich nicht in die Luft zu sprengen, er hat einen Draht zu ihm. Nutzen wir das, um das Feld zu bereiten. Im richtigen Moment rufen wir einen Anwalt an, und dann kommen Sie ins Spiel. Ein spontanes und vollständiges Geständnis für den Prozess.«

»Gibt es ein medizinisches Gutachten zum Gesundheitszustand des Verdächtigen?«, fragte Manfredi, der noch immer zögerte.

»Es liegt in meinem Büro«, antwortete Levada. »Luther, hast du irgendwelche Einwände?«

Krupp dachte an Lorena, Marlene, Arianna. An Ayrton Senna und die Bulldoggen, die ihn voller Respekt ansahen. An Stefano Calvi und das Messer, das kurz davor war, sich zwischen Levadas Schulterblätter zu bohren. An seinen Vater.

Er spürte die gleiche Klarheit, die ihn auch im Krankenhaus überkommen hatte.

Der Freudenmädchen-Killer hatte Lorena und Marlene benutzt, um sein Bedürfnis nach Kontrolle zu befriedigen. Cupido hatte Lorena benutzt, um sich einzureden, dass er nicht verrückt war. Manfredi benutzte Lorena, Marlene und Arianna, um die Karriereleiter nach oben zu klettern. Arianna hatte Lorena und Marlene benutzt, um zu zeigen, dass auch sie eine Bulldogge sein konnte.

Giuliani hatte Lorena benutzt, um an Heroin zu kommen. Gufler hatte Marlene zu seinem Vergnügen benutzt. Genau wie es Zeno Costantino mit den Frauen im Red machte. Die Politik benutzte die Leichen als Ablenkungsmanöver, um die Schmiergeldskandale und die *Omertà* in den Hintergrund treten zu lassen. Vivian und die Prostituierten von Dodiciville benutzten Lorena und Marlene, um Freier und Dealer zu schützen und weiter in ihrem Elend dahinzuvegetieren. Journalisten benutzten Lorenas und Marlenes Tod, um die Aufmerksamkeit der Öffentlichkeit zu fesseln, und die Öffentlichkeit schließlich benutzte sie, um die Schatten der Nacht nicht fürchten zu müssen, denn die Schatten der Nacht sagen, dass der, der fällt, der stirbt, der leidet, der scheitert, *immer* unrecht hat.

Alle umkreisten Lorenas und Marlenes Leichen wie Hyänen.

Ein unendlicher, heulender Tanz.

Und was war mit ihm selbst? Benutzte er nicht Natalia Terenkhova, um Cäsar zu töten? Benutzte er Lorena und Marlene, um dem Geist seines Vaters zu beweisen, wie sehr er sich in ihm getäuscht hatte? Wollte er den Bulldoggen beweisen, dass auch ein Schreibtischtäter sie an die kurze Leine nehmen konnte?

War auch er ein Teil des Tanzes?

Krupp dachte: Nein.

Er surfte auf der Kali-Yuga-Welle, und vom Scheitelpunkt dieser Tod und Zerstörung mit sich führenden Welle aus war er der Einzige, der die Wahrheit ans Licht bringen konnte, die der Tanz verschleierte.

Die Wahrheit war der Freudenmädchen-Killer, der mit einer Windschutzscheibe und einem Beifahrersitz voller Blut unbemerkt durch die Straßen fahren konnte. Die Wahrheit war Lorena Haller, mit dem roten Mäntelchen und den heruntergezogenen Leggings. Die Wahrheit war die selbst noch im Tod wütende Marlene Wieser.

Und Arianna, die sich im Labyrinth verirrt hatte.

Nein.

Er surfte auf der Kali-Yuga-Welle, um *die Hand Gottes* vom Thron zu stoßen, die Zelle X zu schließen, dem Tanz der Hyänen ein Ende zu setzen.

Er schaute Levada direkt in die Augen.

»Ich halte das für eine gute Idee.«

Die Videokamera war auf Cupido gerichtet, der in der Mitte des Raumes saß. Über der Nase hatte er einen deutlich sichtbaren Verband. Er trug keine Handschellen.

Der Commissario Capo hatte sich auf Krupps eventuellen Widerstand vorbereitet. Wenn Krupp den Staatsanwalt mitgenommen hätte, wäre alles im legalen Rahmen gewesen. Die Levada-Methode? Was sollte das sein?

Lopez schaltete die Kamera aus, ging zu Buratti und zeigte ihm die Handschellen.

»Ich will einen Anwalt«, sagte Cupido.

»Das würde dir so passen.«

»Ich habe ein Recht darauf.«

Der Ispettore Capo packte Burattis linkes Handgelenk, schloss den einen Metallring der Handschelle darum und zog ihm beide Hände hinter den Rücken, dann schloss er den zweiten Ring um das rechte Handgelenk. »Leider bin ich gar nicht hier. Und der Commissario auch nicht. Und weißt du, was noch witziger ist? Nicht mal du bist hier.«

Krupp umklammerte den Gummischlauch, seine Augen glühten. Buratti sah seinen Gesichtsausdruck und riss überrascht die Augen auf. Krupp dachte: All das gleißende Licht.

»Ich wollte ihr nicht wehtun«, stammelte Cupido.

Krupp dachte: All dieses Licht, das ist *falsch.*

Er drückte den Schlauch gegen Cupidos Brustkorb. »Du hast nach Gesellschaft gesucht, weil du einsam warst. Aber dazu nimmt man keinen Hammer mit.«

»Ich dachte, sie sei Lorena«, stammelte Buratti. »Ich dachte, das Ganze sei nur ein böser Traum und sie würde zu mir zurückkommen. Sie hat mich angelächelt. Ich dachte, alles wird wie früher. *Lorena …*«

Krupp schlug ihm fest in den Magen. Er wunderte sich, wie leicht es war.

Buratti kippte nach vorne. Die Handschellen verhinderten, dass er vom Stuhl fiel.

»Bist du losgezogen, um zu töten?«

»Nein, nein, nein …«

Hatte auch Lorena »nein, nein, nein« gesagt?

Hatte auch Marlene »nein, nein, nein« gesagt?

Krupp schlug zu.

Buratti kotzte. Ein Spritzer landete auf Krupps Schuh.

Lopez lachte. »Das nächste Mal gehen Sie einen Schritt zurück, *Herr Kommissar.*«

Krupp begann von vorn. »Du bist ausgegangen, hast nach Gesellschaft gesucht, hast den Hammer mitgenommen.«

»Ich habe ihn nicht mitgenommen«, würgte Cupido hervor. »Er lag im Kofferraum.«

Krupp schlug *nicht* zu.

Überrascht dachte er: Jetzt ist es schwer, es nicht zu tun.

»Du bist ausgegangen, hast Gesellschaft gesucht, hast dich ins Auto gesetzt, der Hammer lag im Kofferraum. Du bist zur Piazza Dodiciville gefahren und hast sie gesehen.«

»Sie trug den roten Mantel mit dem Gürtel, sie hatte die gleiche Frisur, da bin ich wütend geworden. Es ist ihre Schuld.«

Der Gummischlauch landete auf dem Solarplexus. Dann trat

Krupp einen Schritt zurück und dachte: Keine der Frauen hat den Notruf gewählt.

Er spürte keinen Hass. Er spürte keine Wut.

Nur Eiseskälte.

Er packte Buratti am Kragen und ohrfeigte ihn, zwei, drei, vier Mal.

»Ich habe sie gesehen«, krächzte er, »bin weitergefahren, habe angehalten, den Hammer aus dem Kofferraum genommen und unter dem Sitz versteckt. Dann bin ich zurück zur Piazza gefahren, sie hat mich erkannt und … ist eingestiegen.«

Krupp wollte noch einmal zuschlagen.

Lopez hielt ihn zurück. »Niemals ins Gesicht, Commissario. Das gibt nur Ärger.«

Krupp warf ihm einen scharfen Blick zu.

Lopez schwieg.

Buratti stöhnte: »Ich habe sie nicht gezwungen, sie ist einfach eingestiegen.«

»Weiter.«

»Ich habe ihr gesagt, dass ich Informationen habe. Sie hatte die Hand an der Tasche, ich wusste, dass da die Pistole drin ist, aber ich hatte keine Angst. Weil ich ja … mit *Lorena* geredet habe. Ich habe ihr gesagt, dass sie schön ist. Dass ich sie liebe. Und sie: ›Bist du verrückt?‹ Da bin ich wütend geworden.«

»Und hast zugeschlagen.«

In Cupidos Augen stand nackte Panik.

»Nein.«

Krupp hob den Schlauch. »Nein?«

»Sie hat versucht zu fliehen, *da* habe ich zugeschlagen.«

Krupp musterte ihn. Er nickte.

»Und jetzt willst du gestehen? Uns alles sagen, stimmt's?«

Rotze und Tränen liefen Cupido übers Gesicht. »Ich bin ausgegangen, habe nach Gesellschaft gesucht, ich habe sie gesehen. Ich habe sie gesehen … was habe ich noch mal gesehen?«

»Unsere Kollegin. Noch mal.«

»Ich bin ausgegangen, habe nach Gesellschaft gesucht und Ihre Kollegin auf der Straße gesehen. Sie war gekleidet wie …« Cupido schaute zu Lopez, dann zu Krupp. »Ich erinnere mich nicht mehr, wie sie gekleidet war.«

»Sie war gekleidet wie Signorina Haller, in die ich verschossen war. Noch mal.«

»Ich bin ausgegangen, habe nach Gesellschaft gesucht und Ihre Kollegin auf der Straße gesehen, sie war wie Signorina Haller gekleidet, in die ich mich«, er schaute ihn herausfordernd an, »*verliebt* hatte.«

Krupp schlug zu.

Lopez trat gegen den Stuhl. Krupp schlug immer weiter zu, immer härter. Buratti hatte Schaum vor dem Mund, seine Pupillen traten hervor, wie bei einem tollwütigen Tier. Lopez schlug ihm in den Bauch.

Krupp hob die Hand. Es reichte.

Lopez spuckte auf den Boden.

Krupp zählte bis zehn.

»Noch mal.«

»Ich bin ausgegangen, habe nach Gesellschaft gesucht und Ihre Kollegin auf der Straße gesehen, die wie Signorina Haller gekleidet war, in die ich verschossen war, und ich war wütend. Ich habe in der Nähe geparkt, habe den Hammer geholt, ihn unter dem Sitz versteckt. Ihre Kollegin ist zu mir ins Auto gestiegen, wir haben geredet, sie hat mich erkannt, ihre Tasche war offen, und da war … und …«

Buratti hielt inne. Er war schweißgebadet. Sein Blick fragte und bekam eine Antwort.

»Das machst du gut.«

Krupp las Dankbarkeit auf seinem Gesicht.

»Ich wollte sie ins Gesicht schlagen, es auslöschen, weil es nicht *ihr* Gesicht war, sie hatte den gleichen Pony wie … wie Signorina Haller, in die ich verschossen war, aber Ihrer Kollegin gelang es, die Tür zu öffnen, ich habe sie nur gestreift, ich habe sie an den Haaren gepackt, sie … sie hat gesagt: ›Sergio, hör auf‹, und …«

Krupp brüllte: »Was hat sie gesagt?«

»Sie hat gesagt: *›Hör auf, Sergio.‹* Genau das. ›Hör auf, ich bitte dich, Sergio! Sergio! Sergio!‹«

Mein Sergio. Wir waren sieben Jahre verheiratet. Er hat einen Alfa Sud Sprint. Er hat Blondinen schon immer gemocht. Die große Liebe. Naiv, was? Krupp ließ den Schlauch zu Boden fallen, er musste sich gegen die Wand lehnen. Lopez nahm seinen Platz ein.

Er führte eine Wasserflasche an Cupidos Lippen.

»Jetzt willst du einen Anwalt.«

»Will ich?«

»Du willst.«

»Ich will einen Anwalt.«

»Weißt du, was du ihm sagen wirst?«

Cupido bereitete sich auf den nächsten Schlag vor. »Nein.«

Lopez lächelte weiter. »Du wirst dem Anwalt sagen: Ich habe die Kontrolle verloren. Ich entschuldige mich bei Ispettore Capo Lopez. Ispettore Capo Lopez war so freundlich und hat dir keine Handschellen angelegt, und wie hast du es ihm gedankt?«

»Ich habe die Kontrolle verloren und Ispettore Capo Lopez angegriffen.«

»Und ich entschuldige mich bei ihm.«

»Ich weiß nicht, was mich geritten hat.«

»Noch mal.«

»Ich habe Ispettore Capo Lopez angegriffen, weil ich die Kontrolle verloren habe, und ich entschuldige mich bei ihm. Ich weiß nicht, was mich geritten hat.«

»Wie sagt man?«

Cupido zuckte zusammen.

Lopez lächelte. »Danke. Ispettore. Capo.«

»Danke. Ispettore. Capo.«

Lopez deutete auf Krupp.

»Danke, Signor Commissario.«

Krupp schnappte nach Luft.

In seinem Kopf schrie Marlene: *ER hat mich an der Brust getroffen. ER hat mich in den Bauch getroffen, schnell, schnell, schnell. Der SCHMERZ hat mich nach vorne kippen lassen. ER hat mich am Rücken getroffen. Schnell, schnell, schnell. Ich habe gesagt: Ich bitte dich. ER hat mich an den Haaren gepackt, ER hat gezogen, ER ist stark, ich habe die Klinge am Hals gespürt, und ich habe dich gesehen, ich habe dich gesehen, wie du hinter ihm hergerannt bist und ihn nicht fassen konntest, und ER hat geschlitzt, und ich war wütend und wütend und …*

Und Lorena schrie in seinem Kopf: *Ich habe mir die Leggings ausgezogen, obwohl es kalt war und ER die Heizung auf höchste Stufe gedreht hatte, aber es war immer noch kalt, und ich habe gesehen, wie er das Messer gezogen hat, und ich habe gefragt: Was machst du da? Das waren meine letzten Worte, denn ER hat mir das Messer in den Bauch gerammt, und ich konnte noch nicht mal schreien, und ER hat wieder zugestochen, und bin nach vorne gekippt, weil es WEHgetan hat, und ER hat mir das Messer in den Rücken gerammt, und ich habe versucht, ihn aufzuhalten, ich habe die Hand gehoben, und ER hat sie mir aufgeschnitten, bis auf den Knochen, und ich dachte: ER bringt mich um, aber das kann nicht sein, dann hat er mich an den Haaren gezogen, an meinen schönen rotblonden Haaren, und mir die Kehle durchgeschnitten und mich weggeworfen wie*

MÜLL, aber ich habe gelächelt, ich habe beim Sterben gelächelt, weil ich wusste, dass du zu mir kommen würdest und …

Krupp begriff, dass er die Sprache der Toten gelernt hatte.

Er schaffte es gerade noch, sich nach vorne zu beugen.

Er kotzte Galle.

»Ihnen sind Eier gewachsen, wie es aussieht, Commissario«, sagte Lopez und reichte ihm eine Papierserviette.

Krupp dachte: Ich spreche die Sprache der Toten, ich spreche die Sprache von Lopez.

Lopez packte Buratti und schleifte ihn aus der Zelle X. Krupp wartete, bis sich die Tür hinter ihnen geschlossen hatte, dann brach er in Tränen aus. Der Tinnitus verwandelte sich in einen vorwurfsvollen Schrei.

Lorena und Marlene fragten: *Warum weinst du? Warum weinst du? Warum DU? Du hast nicht das Recht zu weinen.*

Kali-Yuga schrie: Hol sie dir alle.

MONTAG, 20. JULI 1992

Morgen

Um 7.50 Uhr betrat Krupp den Besprechungsraum. Er hatte sich umgezogen, aber den Gestank des Zimmers 121 hatte er noch immer in der Nase. Die Bulldoggen schauten ihn an: Er war jetzt einer von ihnen.

Krupp schämte sich.

Er schob das Gefühl beiseite.

»Buratti ist nicht unser Mann. Geht die Akten noch mal durch. Alle Akten.«

Keiner sagte ein Wort.

»Geht die Protokolle noch mal durch, alle Protokolle.«

Kein Murren, keine Widerrede.

»Die Freier, die Junkies, die Dealer. Nutzt unsere Listen, sorgt für Unruhe. Nehmt euch die uns bekannten Freier vor, befragt sie vor den Ehefrauen, vor den Kollegen, vor den Kindern. Verhört die Junkies und gebt ihnen zu verstehen, dass andere Drogensüchtige mit euch zusammenarbeiten. Und wenn«, endlich sprach Krupp eine Sprache, die die Bulldoggen verstehen konnten, »die Drogenfahndung blockiert, kümmert euch nicht darum. Die Stadt soll auf dem Trockenen sitzen, kein Nachschub mehr.«

Krupp dachte: Entzug ist die einzige Sprache, die die Junkies verstehen.

»Wohin bringen wir die Verdächtigen, Commissario?«, fragte Lopez.

»Die Vielversprechenden in die Zelle X«, antwortete Krupp, ohne zu zögern.

Die Bulldoggen hechelten erfreut.

»Da wird einiges los sein.«

»Dann müssen sie sich anstellen.«

Die Bulldoggen lachten.

Um 11 Uhr informierte Krupp die Presse: »Gute Nachrichten. Die Ärzte sind optimistisch, dass Sovrintendente Capo Lici keine bleibenden Schäden davontragen wird. Sie spricht gut auf die Medikamente an und wird sich erholen. Hoffen wir, dass sie bald wieder Teil des Teams sein wird. Der Angreifer heißt Giacomo Buratti und wurde bereits im Fall Lorena Haller vernommen. Er hat ein Alibi, das geprüft und bestätigt worden ist. Deshalb kann ich Ihnen versichern, dass Giacomo Buratti nicht der Mörder von Lorena Haller und Marlene Wieser ist.«

Eine Journalistin nutzte die Pause für eine Frage: »Wie kommt es, dass Sovrintendente Capo Lici mitten in der Nacht auf der Piazza Dodiciville steht, Commissario? Handelt es sich vielleicht um eine verdeckte Ermittlung?«

»Dazu kann ich nichts sagen.«

Die Journalistin gab sich mit der Antwort zufrieden.

Krupp fuhr fort: »Giacomo Buratti hat die Attacke Staatsanwalt Manfredi gegenüber vollumfänglich gestanden.«

Er dachte: Das ist etwas für die Öffentlichkeitsarbeit.

Er zwang sich zu einem Lächeln.

»Noch Fragen?«

»Ist der Mann psychisch krank?«

»Ich bin kein Experte, aber ich denke nicht, sonst hätten wir ihn mit Medikamenten versorgt und dem Sozialdienst anvertraut.«

Gelächter.

Krupp stellte sich vor, wie die Bulldoggen genau in diesem

Moment mit den Durchsuchungen begannen, Türen eintraten, Menschen demütigten und schlugen. Und er fühlte – nichts.

Das Lächeln fiel ihm leichter.

»Commissario«, fragte Jo mit ernster Stimme, »wie geht es Ihnen?«

»Gut, mir fehlt nichts, was man mit einem Aspirin nicht beheben kann.«

Seinen Worten folgte ein Sturm aus Gelächter, Applaus und anerkennenden Pfiffen.

Jo hielt den Daumen hoch. Willkommen im Club, Commissario.

Der Besitzer des Restaurants hatte für Levada immer ein Hinterzimmer reserviert.

Er ließ sich ein Roastbeef bringen, Krupp bestellte einen Salat. Levada war bereits beim dritten Glas Rotwein.

»Ich muss dich um einen Gefallen bitten, Luther«, sagte er und wollte Krupp einen Lagrein eingießen.

Krupp hielt die Hand über sein Glas. »Schmerzmittel.«

»Es handelt sich um eine heikle Angelegenheit. Jo hat eine Geschichte ausgegraben, die mir nicht gefällt, und dir wird sie noch weniger gefallen. Er hat herausbekommen, dass einer von uns falsche Aufenthaltsgenehmigungen ausstellt.«

Krupp verzog das Gesicht. Sein Herz raste.

Die Iden des März.

»Er lässt sich von Zeno Costantini schmieren.« Levada hob die Gabel.

»Warum stand das noch nicht in der Zeitung?«

Die Gabel verschwand im Mund des Commissario Capo. »Jo hat es von einem der Mädchen aus dem Red. Noch minderjährig. Costantini behauptet, das hätte sie ihm verheimlicht. Wie oft hast du das schon gehört?«

»Und um welchen Gefallen geht es?«

Levada verlagerte sein Gewicht auf dem Stuhl und zog ein Blatt Papier aus der Tasche.

Darauf stand ein Name: *Stefano Calvi.*

Der Blick des Commissario Capo war lauernd. »Ich will ihn aus dem Verkehr ziehen, damit Jo die Sache nicht an die Öffentlichkeit bringt. Wir behalten es für uns.«

Krupp zerriss den Zettel und ließ die Schnipsel wie Konfetti auf seinen Teller regnen.

»Dieser Idiot ist Teil der Taskforce. Lopez wollte ihn unbedingt. Soll er sich darum kümmern.«

»Dazu ist Lopez nicht befugt, und das weißt du auch. Schließ Calvi von den Ermittlungen aus. Ich weiß, dass du immer zu wenig Leute hast, aber es geht nicht anders. Das verstehst du doch, oder?«

»Bei allem Respekt, Commissario Capo, aber können Sie die Sache nicht selbst in Ordnung bringen?«

Die Gabel schwebte in der Luft. Levada lachte.

»Mein Name darf in der Angelegenheit nicht auftauchen. Das liegt doch auf der Hand.«

»Ich kann auf einen wie ihn gerne verzichten, aber der Staatsanwalt, der mit dem Prozess gegen Costantini betraut wird, wird stinksauer sein, wenn er davon erfährt. Jo ist unter Kontrolle, was ist mit den anderen Journalisten? Sie werden versuchen, die Sache groß rauszubringen.«

»Der Staatsanwalt? Sei nicht naiv, Luther, die stehen nie auf unserer Seite. Weißt du, wie ich das sehe? Wenn der Staatsanwalt seine Arbeit gemacht hätte, müssten wir uns nicht mit Calvi herumschlagen. Dann wäre das sein Problem und nicht unseres.«

»Ich kann ihn von den Ermittlungen ausschließen«, meinte Krupp mit gespieltem Zweifel in der Stimme, »ich kann auf die

Fragen der Journalisten antworten, wenn Jo die Nachricht veröffentlicht, ich kann dafür sorgen, dass Calvis Name in der Öffentlichkeit nicht genannt wird, aber …«

»Schick ihn in Urlaub«, unterbrach ihn Levada, der sich über Krupps Widerspenstigkeit ärgerte, »oder versetze ihn in den Innendienst. Der hat ohnehin nicht mehr lang bis zur Rente.«

»Das wird den Kollegen nicht gefallen. Wenn ich Calvi abziehe, mit oder ohne Erklärung, dann werden sie sich mehr mit der Frage beschäftigen, was los ist, als zu arbeiten. Wir wissen beide nur zu gut, dass nicht alle eine weiße Weste haben, aber im Moment brauche ich sie, und zwar zu hundert Prozent auf die Ermittlungen konzentriert. Ohne irgendwelche Ablenkungen.«

»Die Jungs mögen dich, nach allem …«, Levada hielt kurz inne, »was du geleistet hast.«

»Das Problem ist ein anderes. Lopez wollte Calvi in der Taskforce, weil Sie ihn in der Taskforce wollten, nehme ich an. Calvi hatte es satt, sich in der Passabteilung den Hintern plattzusitzen, und wollte …«

»Ein bisschen Action, bevor er sich die Pantoffeln anzieht. Ganz genau. Ich sehe das Problem immer noch nicht.«

»Aus Sicht der Bulldoggen werfe *ich* einen Mann aus der Taskforce, den *Sie* dort haben wollten. Das ist das Problem.«

Levada zündete sich eine Zigarette an.

Er sah ihn an. »Und was schlägst du vor?«

»Die Bulldoggen werden sich nur beruhigen, wenn *die Hand Gottes* ihnen die Hintergründe erklärt. Um den Rest, um Calvi, den Staatsanwalt und die Journalisten, werde ich mich kümmern.«

»Apropos Costantini. Warum diese Nacht-und-Nebel-Aktion?«

»Ich habe einen Tipp bekommen. Marlene Wieser hat sich mit Costantini wegen eines Jobs getroffen.«

»Und ihn vorzuladen hätte nicht gereicht?«

»Und Lopez, der alle Nachrichten an die Presse weitergibt? Ich habe es vorgezogen, die Muskeln spielen zu lassen, als …«

»Ablenkungsmanöver.« Levada strich sich über den Bart. »Sehr clever. Aber ab jetzt informierst du mich über alles, was du vorhast. Was die Sache mit den Aufenthaltsgenehmigungen angeht, bin ich einverstanden. Du kümmerst dich um die Presse, den Staatsanwalt und Calvi. Ich mich um die Bulldoggen.«

Krupp dachte: *Und nun falle, Cäsar.*

Levada hatte die Mastini erschaffen. Er hatte die ungeschriebenen Gesetze eingeführt, um sie an der kurzen Leine zu halten. Doch dann hatte er den Fehler gemacht, den alle Cäsaren dieser Welt machen: Er hatte an das geglaubt, was ihm sein Spiegelbild gezeigt hatte. Er hielt sich für unbesiegbar, von allen geliebt und über allen Regeln stehend.

Levada würde mit den Bulldoggen *sprechen*. Levada würde *Erklärungen* abgeben. Aber er konnte sich nicht vorstellen, was die Bulldoggen dahinter *sehen* würden. Krupp schon.

Sie würden Commissario Capo Levada sehen, *die Hand Gottes*, ihren Helden, der die schlimmste aller Sünden begangen hatte: Er hatte sich entschuldigt.

Das taten nur die Schwachen.

Was hatte eine *alte* Bulldogge zwischen den jungen zu suchen?

Krupp richtete seine Krawatte. »Hat Jo gesagt, wann er den Artikel veröffentlichen wird?«

Levada stieß mit Krupp an, sein Weinglas gegen Krupps Wasserglas.

»Es wird laufen wie immer. Er wird die Version bringen, die er von uns bekommt, und zwar dann, wenn eine Sensationsmeldung die Aufmerksamkeit der Leser von der Sache ablenkt.«

»Und alle lebten glücklich und zufrieden.«

MONTAG, 20. JULI 1992

Nachmittag

Trotz aller Bemühungen Millas stank es in der Abstellkammer immer noch nach Reinigungsmitteln. Iris hatte ihm eine *Maranta leuconeura* geschenkt und versichert, dass die Pflanze schon bald den penetranten Geruch absorbiert haben würde. Bislang hatte die *Maranta leuconeura* sich lediglich einen Spitznamen verdient, Jo nannte sie: »Das liebe fromme Pflänzchen«. Ein passender Name, denn mit ausreichend Promille konnte man die ovalen Blätter durchaus als betende Hände interpretieren.

Die Hände der Frau, die ihm jetzt gegenübersaß, wirkten sorgfältig gepflegt. Man hatte sie zu Milla geschickt, der gerade einen Apfel aß und »Smells Like Teen Spirit« von Nirvana auf dem Walkman hörte. Etwas in Kurt Cobains Stimme zog ihn an, er fand sie ebenso bedrückend wie großartig. Iris dagegen machte die Stimme Angst.

Die Frau hieß Julia Prinoth, sie arbeitete in Bozen in einer Privatklinik, wohnte aber auf dem Altopiano di Renon, einem Hochplateau oberhalb der Stadt.

Sie war aufgeregt, versuchte aber, sich nichts anmerken zu lassen.

»Ich war mit dem Auto auf dem Weg zur Arbeit, erinnern Sie sich an den fürchterlichen Wolkenbruch? Ich hatte gerade Collalbo passiert, als ich am Straßenrand eine alte Frau gesehen habe. Sie hielt den Daumen raus. Sie war …«

Julia musste eine Pause machen.

»Allerdings, ein ganz schönes Unwetter«, machte Milla ihr Mut.

Die Frau lächelte ihn dankbar an. »… groß, aber gebeugt, sehr gebeugt. Ich habe angehalten und die Beifahrertür geöffnet, sie tat mir leid. Sie hat gefragt, ob sie hinten einsteigen darf. Sie war kaum zu verstehen, nicht wegen des Regens oder des Lärms der Straße. Die Stimme war merkwürdig, wie …«

»Rau?«

»Eher krächzend. Obwohl sie versuchte, sich aufzurichten, konnte ich ihr nicht ins Gesicht sehen, verstehen Sie? Es kam mir komisch vor, dass sie lieber hinten sitzen wollte, aber ich dachte, sie ist alt, wer versteht schon die Alten? Sie hat die hintere Tür aufgemacht, die Tasche auf den Sitz gestellt, und ich …«

Sie stockte und wischte sich den Schweiß von der Stirn.

»Ich mache mich lächerlich, ich weiß. Die Carabinieri haben mich angeschaut, als hätte ich den Verstand verloren. Aber … das könnte auch anderen passieren. Das könnte …«

»Ich bin nicht hier, um Sie zu verurteilen.«

Julias Stimme war nur noch ein Flüstern: »Als sie die Tasche auf die Rückbank gestellt hat, habe ich ihre Hände gesehen. Sie waren behaart. Und kräftig.«

Milla zuckte zusammen. »Sind Sie sicher?«

»Das waren Männerhände. Große, kräftige Männerhände. Ich habe Angst bekommen und bin einfach losgefahren. Bevor ich in Bozen ankam, musste ich noch mal anhalten, die hintere Tür war nicht richtig zu. Ich habe so gezittert, dass ich Angst hatte, einen Unfall zu verursachen. Erst in diesem Moment ist mir aufgefallen, dass die Tasche noch auf dem Rücksitz stand.«

Millas Herz stockte. »Haben Sie sie aufgemacht?«

Die Krankenschwester nickte. »In der Tasche waren ein Seil und ein Messer. Ein riesiges Messer.«

Krupp hatte Calvi auf dem Gang abgepasst und gewartet, bis alle Kollegen weg waren. Dann hatte er ihn vom Dienst freigestellt.

»Levada weiß Bescheid?«

»Rate mal!«

Calvi hatte ihm ins Gesicht gelacht und war in den dritten Stock gegangen. Levada hatte sich verleugnen lassen. Calvi hatte Lunte gerochen und war wutentbrannt abgehauen.

Eine Stunde später hatte der Commissario Capo die dienstältesten Bulldoggen zu sich gerufen. Nur zehn Minuten, keine Minute mehr. Als sie das Büro wieder verließen, hatten sie mehr Fragen als Antworten. Seit wann war Levada so ein Heuchler? Seit wann hatte er keine Eier mehr in der Hose? Seit wann hatte er keine Nachtschicht mehr gemacht? Seit wann hatte er keine Tür mehr eingetreten oder einen Junkie gejagt? Und vor allem, seit wann war er lieber mit Politikern und Schleimern zusammen als mit ihnen?

Sie waren verwirrt.

Und deshalb: wütend.

Krupp wusste Bescheid, Ayrton Senna hatte ihn informiert. »Die Nerven liegen blank«, hatte er gesagt. Der Angriff auf Arianna. Die Sache mit Calvi. Alles schwer zu verdauen.

»Levada ist eben ein alter Mann«, hatte Krupp erklärt, »vielleicht kannst du ihm ein paar neue Tricks beibringen?«

Dann hatte er ein geheimes Treffen hinter verschlossenen Türen einberufen. Anwesend waren Lombardi, Bellini, Gallo und Ayrton Senna. Kein Uniformierter. Die Bulldoggen mussten sich auskotzen, und Krupp gab ihnen Gelegenheit dazu.

»Ich habe eine Sonderaufgabe für euch. Ich brauche Freiwillige.«

Alle waren dabei.

Um 14.22 Uhr fuhr Krupps blauer Thema in Richtung Piazza Mazzini, gefolgt von zwei Streifenwagen. Ziel war das Hotel Felix.

Der Typ mit der großen Nase wurde von Bellini in Schach gehalten, der ihn ohne großes Aufsehen in Richtung Streifenwagen zog.

Krupp, Lombardi und Ayrton Senna betraten den Aufzug. Krupp betrachtete die beiden Bulldoggen im zerkratzten Spiegel und lächelte: »Der Typ mit der großen Nase ist von der Drogenfahndung.«

Lombardi und Ayrton Senna lachten. »Du weißt, was das für einen Ärger gibt.«

Dritter Stock.

Lombardi klopfte an Nicos Tür.

»Zimmerservice.«

»Es ist offen.«

Nico, der Blinde, kniete inmitten seiner Müllberge auf dem Teppich. In Jeans, T-Shirt und Turnschuhen, die Hände hinter dem Nacken verschränkt. Die Augen weit aufgerissen.

»Ich will einen Anwalt.«

»Für wen hältst du uns?«

Neben der Stereoanlage hatte Nico eine Kamera aufgebaut, das rote Lämpchen leuchtete. Sie zeichnete auf.

»Durch meine Vorerkrankung bin ich in einem schlechten Gesundheitszustand«, sagte Nico, »aber ich habe keine blauen Flecke oder Hautabschürfungen. Bei der Festnahme durch Commissario Krupp und seine Kollegen leiste ich keinen Widerstand. Aus Transparenzgründen erkläre ich, dass die Kamera nicht auf eine Kassette aufzeichnet, sondern mit dem Büro meines Anwalts Dottor Grandi verbunden ist.«

»Wir sind die Guten, Nico.«

Lombardi half ihm auf die Beine, wie es sich für einen echten Gentleman gehörte.

Als Nico an Krupp vorbeikam, sagte er: »Du bist mit einem Voodoozauber belegt, Commissario.«

Jo und Milla stützten sich auf den Kofferraum des Renault 5, der mit eingeschalteter Warnblinkanlage auf der anderen Seite der Piazza Mazzini stand, direkt gegenüber des Hotel Felix.

»Eine hochgewachsene Alte, die gebeugt im Unwetter an der Straße steht – was soll das sein?«, fragte Jo, »Bram Stoker?«

»Sie wirkte aufrichtig und …«

Jo schnipste mit den Fingern: »Hopp, hopp!«

Krupp kam gerade aus dem Hotel, hinter ihm ein glatzköpfiger Riese mit Polizeiausweis um den Hals, er stützte eine Person, die kaum noch Ähnlichkeit mit einem menschlichen Wesen hatte.

Millas Nikon ratterte wie ein Maschinengewehr.

»Wer ist das?«

»Er heißt Nico, Nico irgendwas«, Jos Stimme klang plötzlich ernst.

»Krupp tut der Drogenfahndung einen Gefallen?«

»Warum sagst du das?«

»Dieses Wrack steht garantiert unter ›Fixer‹ im Lexikon, aber begegnet ist er mir noch nie. In Anbetracht des Polizeiaufgebots scheint er ein großer Fisch zu sein.«

Krupp stieg in den Lancia und raste davon, gefolgt von zwei Streifenwagen.

»Unser guter Commissario lernt dazu«, sagte Jo. »Hast du gesehen? Als guter Sohn wirft er sich in Pose.«

In der Tat.

Kurz bevor Nico in den Alfa verfrachtet worden war, hatte Krupp sich einen Augenblick lang neben ihn gestellt. Lang genug für einen Schnappschuss, der, daran hatte Milla keinen Zweifel, das Titelblatt der morgigen Ausgabe zieren würde.

»Der Knabe mausert sich. Je öfter sein Name mit Verhaftungen in Verbindung gebracht wird, desto schwieriger wird es für Levada, ihn der Öffentlichkeit zum Fraß vorzuwerfen. Das weiß er ganz genau.«

»Du gehst davon aus, dass Krupp den Freudenmädchen-Killer nicht fassen wird.«

»Hast du ihn gesehen? Unser jugendlicher Held ist verzweifelt. Er hat der Welt den Krieg erklärt. Und normalerweise sieht die Welt das nicht gerne. Aber Levada hat auch mal so angefangen. Ich war dabei.«

»Ist das nicht ein bisschen viel Pathos?«

Jo warf ihm einen scharfen Blick zu und kam wieder auf den rätselhaften Tramper zu sprechen.

»Du bist also zu den Carabinieri gegangen. Wegen der gebeugten alten Frau im Regen. Hast die Quellen überprüft. Eins plus.«

»Ehrlich gesagt habe ich da angerufen. Du erinnerst dich an das Seil und das Messer?«

»Das riesige Messer?«

»Die Krankenschwester findet die Tasche auf der Rückbank ihres Autos, nachdem sie sich in Sicherheit gebracht hat, wohlgemerkt. Sie sieht das Seil, sieht das Messer, und was macht sie? Sie wirft es in eine Schlucht. Dann geht sie zu den Carabinieri, und als sie gefragt wird, wo das genau war …«

»Ich erinnere mich nicht mehr, Signor Maresciallo«, flötete Jo. »Ich hatte solche Angst. Weißt du, wie die Alte heißt?«

»Hast du mir eigentlich zugehört? Es gab keine Alte.«

»In gewissem Sinne schon«, sagte Jo scheinheilig, »und sie ist wirklich sehr alt. Tausende von Jahren.«

»Unter all dem Scheiß ist das …«

»Weißt du, was ein *genius loci* ist?«, fragte Jo unvermittelt. »Nein, Grundschullehrer lesen ja Vergil.«

Milla legte die Fototasche auf die Rückbank des Renault 5. »So was wie lokale Gottheit. Ich hatte übrigens auch Latein.«

»Aber natürlich, Champion, natürlich. Hier bei uns heißt der genius loci *Perchta*. Eine vorchristliche und prärömische Gottheit. Sie frisst Kinder, schlitzt Katzen die Kehle auf und hinterlässt keine Spuren.«

»Das ist nicht witzig.«

»Das ist eine Tatsache, Champion. Jedes Mal, wenn etwas Schlimmes passiert, taucht sie hier auf. Das kannst du in alten Zeitungen nachlesen. Krieg? Die *Perchta* hat versucht, ein Kind zu stehlen. Bomben der Südtiroler Freiheitskämpfer? Jemand hat die *Perchta* durch die Wälder schleichen sehen.«

»Verarschen lasse ich mich nicht.«

»Manche Geschichten enden nie. Und du musst sie verstehen, wie du auch Krupp verstehen musst. Und das bringt uns zu unserem armseligen Job zurück.« Jo gähnte ausgiebig.

»Kieselsteine?«

»Der Angriff auf Sovrintendente Capo Lici. Ich will, dass du mit den Prostituierten der Gegend sprichst. Wer kennt sie, was ist sie für ein Mensch? Es muss menscheln. Deine starke Seite.«

»Hast du nicht gesagt, dass wir nichts über den Undercover-Einsatz bringen sollen?«

»Habe ich gesagt, dass du etwas über einen Undercover-Einsatz schreiben sollst?«

»Andeuten, nichts benennen«, korrigierte sich Milla. »Soll ich dich mit in die Redaktion nehmen? Ich muss erst die Fotos entwickeln.«

Jo wischte sich den Schweiß von den Schläfen. »Weißt du, wie viele Bars es von hier bis zur Redaktion gibt?«

»Nein.«

»Bis heute Abend kann ich es dir sagen.«

Margit hatte eingewilligt, mit Milla zu sprechen, vorausgesetzt, er gab ihr etwas zu trinken aus.

»Sie war wirklich sympathisch.«

»Sovrintendente Capo Lici?«

»Weißt du, dass es unhöflich ist, auf eine Frage mit einer Gegenfrage zu antworten? Natürlich, wer sonst?«

»Habt ihr gewusst, dass sie Polizistin ist?«

Margit deutete mit dem Zeigefinger auf ihn und sagte amüsiert: »Siehst du, du machst es schon wieder. Aber wenn du schon fragst: Ihre Pistole oder ihren Ausweis wie in den Filmen hat sie uns nicht gezeigt. Sie war ja nicht blöd. Aber man wusste es. Und jetzt wirst du mich fragen …«

Milla lächelte: »Warum?«

Margit war keine der üblichen Prostituierten auf Heroin. Sie war zwar abhängig, das hatte sie selbst gesagt, aber noch war sie kein Zombie.

»Es war im April, auf der Piazza Dodiciville. Irgendwann hielt ein Auto vor ihr an.« Margit trank einen Schluck. »Warst du jemals bei einer von uns?«

Milla wurde rot. »Nein, natürlich nicht.«

»Der perfekte Saubermann, was?«

»Ich habe eine Freundin.«

»Wer hat die nicht?«

»Also, ein Typ sieht die Polizistin und hält an.«

»Sie beugte sich nach vorn, um ihre Auslage zu präsentieren, wie man das so macht, und fragt, ob er genug Geld hat.« Margit klopfte mit den Fingernägeln gegen das leere Glas. »Wie ist es mit noch einem?«

Milla hob die Hand, der Kellner verzog das Gesicht. Vielleicht kannte er Margit und wollte keine Prostituierten in seinem Lokal oder hatte bei der Hitze einfach keine Lust, sich zu bewegen.

Margit wartete, bis das neue Bier vor ihr stand. »Er fragte, wie viel, und sie sagte 500 000.«

Milla pfiff.

»Nicht schlecht.«

»Du bist wirklich süß, weißt du das? Dich muss man einfach mögen. Und naiv bist du. Das Gleiche habe ich auch zu ihr gesagt. Zu der Polizistin. 500 000 sind zu wenig.«

»Das ist die Hälfte meines Gehalts.«

»Für gewisse Leute sind 500 000 gar nichts.«

»Welche Leute?«

Ein kastanienbrauner Alfa 75 hielt in der Nähe des Sonnenschirms mit der Aufschrift *Campari*, unter dem Milla und Margit saßen. Ein kantiger Kopf lehnte sich aus dem Fenster.

»Ciao, Margit, geht dir der Knabe auf die Nerven?«

Margit sprang hastig auf. »Ich muss gehen.«

Der Typ wedelte mit seinem Ausweis und sagte: »Grüß mir Jo.«

Die Klimaanlange war defekt. Der Ventilator versuchte vergeblich, die Hitze zu vertreiben. Es gelang ihm nur, die Blätter mit den Notizen durcheinanderzuwirbeln.

»Ich weiß nicht, wie ich das schreiben soll.«

»Das sehe ich«, sagte Jo, der in seinem Sessel thronte.

»Es war höchstens die Hälfte der Frauen unterwegs, vielleicht noch weniger.«

»Bist du inzwischen Experte?«

»Immerhin schickst du mich seit Januar los, um sie zu befragen.«

»Und alle sagen«, bemerkte Jo, der Millas Entwürfe voller Streichungen und Korrekturen durchforstete, »dass Sovrintendente Capo Lici schwer in Ordnung war.«

»Freundlich, sympathisch, großzügig. ›Sie sah gar nicht aus wie eine Polizistin.‹ Ich denke, das ist ein großes Kompliment.«

»Aber als sie verschwunden ist, hat keine die Polizei gerufen. Bist du diesen Frauen nicht einfach zu nah? Die würden für einen Schuss ihre Mutter verkaufen, das weißt du.«

»Und du für eine gute Schlagzeile.«

»Nur weil ich klüger bin als du. Was hat es mit der Geschichte dieses Wahnsinnigen mit den Messern auf sich?«

Milla rutschte nervös auf dem Stuhl herum. »Die habe ich von Heidi, und Margit hat sie in etwa bestätigt. Das muss mit der Undercover-Aktion zu tun haben. Es war abgesprochen, dass die als Prostituierte verkleideten Polizistinnen den Preis hochschrauben sollten, wenn sich ihnen ein Freier näherte, damit sie nicht aufflogen. 500 000 Lire.«

»Hält die sich für Naomi Campbell?«

»Margit meinte, das sei zu wenig gewesen.«

»Mach keine Witze, Champion.«

Milla fuhr sich durch den wirren Haarschopf. »Das habe ich auch gesagt, aber Heidi meinte, da wäre ein Irrer unterwegs, der auf Messer steht. Er zahlt gut, sogar mehr als 500 000 Lire, um sich von den Frauen verletzen zu lassen.«

»Ist das dein Ernst?«

Es war das erste Mal, dass es Milla gelungen war, Jo zu überraschen.

Etwas in ihm jubelte.

»*Hämatomanie*«, erklärte er, »eine Art Blutfetisch, das gibt es tatsächlich. Ich habe in der Bibliothek nachgeschlagen. Wie in einem Horrorfilm.«

Jo fächelte sich Luft zu. »Die haben dich verarscht. Das können wir nicht bringen. Ein Typ, der fürstlich dafür bezahlt, sich aufschlitzen zu lassen? Die Hälfte unserer Leser würde uns nicht glauben. Und bei der Krise, in der wir leben, würde die andere Hälfte versuchen, irgendwie damit Geld zu machen.«

Milla dachte an Lorena Haller. *Rache wegen einer HIV-Infektion.* »Was ist mit den Gerüchten von der Straße?«

»Von wegen Gerüchte von der Straße. Und ich habe immer noch nicht kapiert, warum du den verdammten Artikel nicht schreiben kannst. Du hast Quellen, du hast Fakten, bei der Polizistin hast du die Plüschtiere, und der Chef hat dir eine Schreibmaschine, Farbband und Papier bewilligt. Sind dir die Finger abgefallen?«

»Weißt du, was mich echt rasend macht?«

»Das Blumenmädchen?« Jo kicherte.

»Heute bin ich vier Mal angehalten worden. Vier Mal. Von der Polizei. Ein brauner Alfa 75. Immer wenn ich mit jemandem reden wollte, tauchte er auf. Immer das gleiche Auto, ist das nicht merkwürdig?«

»Hast du dich mal im Spiegel angesehen? Du bist viel zu dünn. Kann das Blumenmädchen kochen? Wenn nicht, dann lass es am besten gleich sein, denn irgendwann wirst du merken, dass Sex überbewertet wird. Gutes Essen. Das ist das Geheimnis einer dauerhaften Beziehung. Ich muss es wissen, keine meiner drei Ex-Frauen konnte kochen.«

»Die Polizisten haben mir Grüße an dich ausgerichtet.«

Jo lachte. »Ein Ablenkungsmanöver. Und es funktioniert.«

»Was meinst du damit?«

»Du bist Reporter, sag du es mir.«

»Die Hälfte der Frauen ist verschwunden, die Junkies tauchen an den üblichen Orten kaum noch auf, fast alle scheinen auf Entzug zu sein. Die Polizei kontrolliert sie immer wieder, genau wie die Prostituierten und mich auch. Die Paranoia sei meine beste Freundin, das hast du mir mal gesagt. Es geht hier nicht darum, sich für ein Foto in Positur zu stellen. Krupp hat etwas vor. Meinst du nicht auch, da sollte man noch mal tiefer graben?«

»Krupp ist ein helles Köpfchen, und langsam beginne ich zu glauben, dass du es auch bist«, meinte Jo. »Deshalb …«

Milla seufzte.

»Ich streiche die Sache mit der Hämatomanie, das ›Grüß mir Jo‹ und liefere dir 4000 Anschläge über langweilige Kieselsteine.«

»Sagen wir 4200. Und häng dich …«

Rein.

MONTAG, 20. JULI 1992

Nacht

Im Hof der Questura hing eine Mischung aus Smog und Schweiß. Der Arzt bestand darauf, den Verhafteten zuerst ins Krankenhaus zu bringen. Es gehe ihm zwar gut, aber um sicher zu sein, müsse er gründlich untersucht werden.

»Wir mussten ihm ein Beruhigungsmittel geben«, sagte der Arzt.

»Verstehe.«

»Er war sehr aufgeregt.«

»Ja.«

»Er sagte, man habe ihn geschlagen.«

»Sagen sie das nicht alle?«

»Er hatte zahlreiche blaue Flecke, Commissario.«

»Sie haben ihm ein Beruhigungsmittel spritzen müssen, nicht wahr?« Krupp sah ihm fest in die Augen.

Der Arzt zögerte, dann räusperte er sich.

»Was soll ich in den Bericht schreiben?«

Krupp lächelte und unterschrieb die Papiere.

»Die Wahrheit.«

Der Krankenwagen verschwand.

Krupp schaute auf die Uhr seines Vaters und bemerkte, dass sie um 6.11 Uhr stehengeblieben war, dem Moment, als er die Zelle X betreten hatte. Ebenfalls um 6.11 Uhr hatte Andreas Krupp damals seinen letzten Atemzug getan, im Morgengrauen, Weihnachten 1991. Er zog die Uhr auf und ging in sein Büro zurück.

DONNERSTAG, 30. JULI

Morgen

Der Fiat 126 gab alles, aber mehr als achtzig Kilometer pro Stunde waren nicht drin. Iris umklammerte das Lenkrad mit beiden Händen. Eine Fahrt mit unbekanntem Ziel. Milla hatte die Frage, *Vertraust du mir?*, ausgereicht.

Sie verließ in Rovereto die A22 und bog wiederholt auf Nebenstraßen ab. Iris schien den Weg gut zu kennen.

Nach etwa zwei Stunden erreichten sie ein mittelalterlich wirkendes Dorf inmitten eines Waldes, das von einer Festungsmauer umgeben war, auf der würzig duftende Erikasträucher wuchsen, der Wald roch nach Harz.

Iris schaltete den Motor aus und zeigte ihm ein Foto.

»Dario.«

Ein junger Mann mit einem Saxophon in der Hand, Hakennase, dunklen Augen und schwarzen Haaren. Er trug einen Rollkragenpullover und eine Lederjacke. Sein Gesicht strahlte, er wirkte erhitzt.

Das Bild war in einer Bar aufgenommen worden, hinter ihm sah man einen Spiegel, in dem die Umrisse des Fotografen zu erkennen waren: Ein Mann mit eingefallenen Wangen und tiefen Falten im Gesicht.

»Wer ist Dario?«, fragte Milla und gab ihr den Schnappschuss zurück.

»*Rosa banksiae lutea*. Du hast mich gefragt, warum ich dich nie zu mir eingeladen habe. Du hättest seine Sachen gesehen, und ich war noch nicht so weit, über ihn zu sprechen.«

»Du musst nicht, wenn du nicht willst.«

»Ich habe dir von meinem Vater erzählt. Von dem Unfall in den Bergen.«

»Als du ein Kind warst.«

»Meine Mutter hatte daraufhin einen Nervenzusammenbruch. Sie kam in die Klinik. Für mich war sie die Frau, die Märchen erzählt und nach ihren Vorstellungen verändert hat. Die drei Schweinchen hatten die Raten für das Haus nicht bezahlt, und deshalb schenkte die Hexe ihnen einen vergifteten Apfel.«

»Wie alt warst du damals?«

»Als Papa starb, war ich sechs. Als Mama aus der Klinik kam, zehn. Dann kam die Leukämie. Wieder ins Krankenhaus und von dort …«

»Dario ist dein Bruder?«

Iris lächelte. »Sehen wir uns ähnlich?«

»Auch.«

»Machst du das immer so?«

Milla zwinkerte. »Was?«

»Deine Interviews. Hast du dann immer so einen Gesichtsausdruck?«

»Du hast doch nichts mit meiner Arbeit zu tun«, stammelte Milla verwirrt.

»Dario war sechzehn, als Papa starb. Ich war die aus dem Überraschungsei, die Nachzüglerin, mit der niemand mehr gerechnet hatte. Dario hat mich aufgezogen. Er und Großmutter.«

Wenn Iris weinte, wurde die Iris in ihren Augen heller. Als ob die Tränen sie verblassen ließ.

»Dario war … ist Musiker. Von ihm habe ich meine Liebe für den Jazz. Als er erfahren hat, dass Chet Baker in Rom lebt, hat er sein

Motorrad verkauft. Dafür hatte er hart gearbeitet, aber er hat nicht zweimal überlegt. Als sie sich getroffen haben, hat Chet ihn eingeladen, mit ihm zu spielen. Kannst du dir das vorstellen?«

»Ich würde eine Hand dafür geben, Oriana Fallaci zu treffen. Ich würde ihr sogar die Bleistifte spitzen.«

Iris wischte sich mit einem Lächeln die Tränen ab. »Du würdest dir auch einen Arschtritt verpassen lassen, damit du zufrieden bist.«

»Die schönsten Stunden meines Lebens.«

»Seit seinem sechzehnten Lebensjahr musste Dario für mich die Vaterrolle übernehmen.«

Milla versuchte sich in Iris' Bruder hineinzuversetzen. Schnell selbstständig werden und Geld verdienen, die eigene Leidenschaft für die Musik zurückstellen. Kein Sechzehnjähriger konnte bereit sein, eine solche Verantwortung zu übernehmen.

»Eines Tages«, sagte das Blumenmädchen leise, »fand ich ihn in seinem Zimmer mit einer Nadel im Arm. Er war quasi tot. Die Ärzte haben ihn mit Naloxon zurückgeholt. Ich habe nicht gewusst, dass mein Bruder abhängig war. Bevor er sich Hilfe geholt hat, hatte er noch zwei weitere Überdosen. Es war nicht einfach. Eine Weile ging es ihm gut, dann hatte er einen Rückfall. Als Großmutter starb, haben wir mit dem geerbten Geld das hier gekauft. Die berühmte letzte Chance.«

»Und wie geht es ihm jetzt?«

Iris deutete auf die Begrenzungsmauer, über der die Bienen summten.

»Willst du ihn kennenlernen?«

Zuerst hatte er ein Treffen mit Levada gehabt. Der Commissario Capo hatte ihn nach den Bulldoggen gefragt. Er spürte wohl, dass etwas nicht stimmte. Krupp hatte abgewiegelt, sie müssten erst die Sache mit Calvi verdauen. Eine ausweichende Antwort, die Levada aber zufriedenstellte. *Die Hand Gottes* hatte anderes im Kopf: Auf seinem Schreibtisch lag eine Einladungskarte. Teures Papier, goldene Lettern.

Krupp kannte das Wappen. *Rosengarten-Club.* Eine Schar reicher Idioten hatte sich eine »Insel der Glückseligen« geschaffen, um ruhig schlafen zu können. Und wer sich auch nur den Gedanken an eine Veränderung des Status quo erlaubte, konnte sich gleich an einem Baum aufknüpfen wie Judas Ischariot.

Wie die anderen Rosengarten-Mitglieder, erlag offensichtlich auch Levada der Faszination des Goldes: Wie alle Armen verwechselte er Reichtum mit Macht.

Andreas Krupp hatte es ihm erklärt.

Nachdem Krupp die Tür zu Levadas Büro hinter sich geschlossen hatte, zeigte seine neue Uhr 11.52 Uhr. Er hatte sich entschieden, die Uhr seines Vaters nicht reparieren zu lassen. Allerdings konnte er sich nicht von ihr trennen und trug sie weiterhin am Handgelenk. Die neue war eine Taschenuhr, die in seiner Jackentasche steckte.

Er traf auf Lopez.

»Das müssen Sie sich ansehen.«

Das Rattengesicht machte einen aufgekratzten Eindruck.

Krupp folgte ihm in den Kontrollraum, in dem Gallo, Ayrton Senna, Bellini und ein paar Uniformierte saßen. Die Stimmung war ausgelassen, wie auf einer Studentenfete.

Lopez deutete auf den Monitor, auf dem Verhörraum 3 zu sehen war: Lombardi saß dort am Tisch, ihm gegenüber eine Frau und ein Mann, der nur ihr Anwalt sein konnte.

»Eine Prostituierte ist in der Questura aufgetaucht und meinte, sie hätte Informationen über den Typen, der in der Adige ertrunken ist, erinnern Sie sich? Der mit den Spitzenunterhosen. Die

Kollegen haben sie warten lassen, dann kam Lombardi bei ihr vorbei, und den hat sie erkannt, wegen einer Angelegenheit während seiner Zeit in der Sonderabteilung. Sie hat gesagt: ›Ich will einen Mord gestehen.‹«

Krupp betrachtete das Gesicht der Frau. Auf ihn wirkte sie nicht wie eine Mörderin. Aber er sah ja auch nicht aus wie einer, der Verhaftete schlug, oder?

Er schob den Gedanken beiseite.

»Und Lombardi?«

Ayrton Senna unterdrückte ein Lachen.

Lopez strich sich über den Bart. »Er schickt Uniformierte los, um ein paar Sachen zu überprüfen. Und es stellt sich heraus, dass der Verstorbene in Unterwäsche ein besonders verkommenes Exemplar war. Und dabei kennen wir uns mit Perversen bestens aus. Lombardi dachte: Ob das nicht doch mit dem Freudenmädchen-Killer zu tun hat?«

»Unmöglich«, sagte Krupp, »das kommt zeitlich nicht hin.«

»Stimmt, das Spitzenhöschen lag schon in der Adige, als Marlene Wieser umgebracht wurde. Aber das hat Lombardi in diesem Moment nicht bedacht.«

»Haben wir etwas gegen ihn?«

»Begünstigung der Prostitution.«

»Wurde er im Zusammenhang mit dem Mord an Lorena Haller befragt?«

»Nein.«

Krupp blickte streng in die Runde. »Gute Arbeit sieht anders aus.«

Die Bulldoggen widersprachen nicht.

Lopez fuhr fort: »Lombardi erfährt auf diese Weise, dass der Perverse die Frauen aufforderte, einem Huhn die Kehle aufzuschlitzen und ihn mit dem Blut zu besudeln. Er zahlte gut.

400 000 Lire. Die Befragte hat zu Protokoll gegeben, dass er die Hühner besorgt und sie im Kofferraum gehalten hat. Sachen gibt's, oder? Aus diesem Grund hat unser kluger Lombardi nachgehakt und sie gefragt, warum sie …«

Lopez hustete.

»… warum sie ihn umgebracht hat.«

Ayrton Senna donnerte mit der Faust auf den Tisch, sein Gesicht war rot angelaufen.

»400 000 sind viel Geld. Und dann …«

Bellini hatte Mühe, nicht laut loszuprusten.

»Und dann sagt er doch tatsächlich«, Lopez konnte sich nicht mehr zurückhalten und lachte schallend, »dass man doch nicht das Huhn tötet, das goldene Eier legt.«

Der Raum bebte.

Die Bulldoggen lachten Tränen.

Krupp hingegen blieb ungerührt und musterte die Frau, die gerade ihre Aussage unterschrieb.

»Was hat sie gesagt?«

»Bitte?«

»Die Frau, was hat sie geantwortet?«

»Dass er sie mit Aids angesteckt hat. Was gar nicht stimmt, Commissario. Die Autopsie beweist, dass unser Spitzenhöschen überhaupt nicht HIV-positiv war. Die Frau ist nicht mehr ganz dicht. Außerdem …«

Die Bulldoggen skandierten: »*Man tötet nicht das Huhn, das goldene Eier legt.*«

Es war ein schöner Tag. Von dem strahlenden jungen Mann mit dem Saxophon war nicht mehr viel übrig geblieben. Die dunklen Haare des Mannes, der im Garten der Klinik auf sie wartete, waren bereits grau, die Geheimratsecken ließen ihn älter aussehen. Ihm fehlten einige Zähne. Aber die Augen waren nicht mehr die eines Junkies. Dario war clean, das konnte man deutlich sehen.

Sie machten einen Spaziergang durch den Wald und ein Picknick an einem See. Iris streckte die Füße ins Wasser und fluchte, weil es so kalt war. Kurz vor dem Abendessen gingen sie zurück, Besucher waren nicht zugelassen. Die Abenddämmerung, erklärte Dario, mache nostalgisch und die Anwesenheit von Familienangehörigen könne diejenigen verunsichern, die nicht das Glück hatten, eine so phantastische Schwester zu haben wie er. Kurz vor der Abfahrt musste Iris ins Büro, um ein paar Formalitäten zu erledigen.

»Iris ist mein gesetzlicher Vormund«, erklärte Dario, der im Schneidersitz auf der Wiese saß, »das hat uns ein Anwalt empfohlen. Jedenfalls solange ich hier bin, danach …«

Er machte eine Geste, als würde er seine Arme zu Flügeln ausbreiten.

»Ich nehme an, dass jetzt der Moment kommt, wo du drohst, mich umzubringen, wenn ich Iris das Herz breche«, scherzte Milla.

»Du bist der Erste, den sie mir vorstellt. Ich glaube nicht, dass das nötig ist. Iris weiß, was sie will.«

Dario bot ihm eine Zigarette an. »Wir dürfen hier rauchen. Nicht mehr als zehn am Tag, aber es gibt einen florierenden Schwarzmarkt. Willst du eine?«

»Nein danke.«

Dario zündete sich eine Marlboro an. »Weißt du, dass mir Iris am Telefon alle deine Artikel vorliest? Hier drin gibt es keine Zeitungen. Manchmal ist es besser, nicht zu wissen, dass da draußen noch eine Welt existiert. Ich mag, wie du schreibst.« Dario schnipste mit den Fingern. »Du hast Jazz in den Adern. Da ist Rhythmus drin.«

»Ich kann noch nicht mal eine Gitarre stimmen.« Milla warf

einen Blick in die Richtung, in die Iris verschwunden war. »Und ehrlich gesagt schlafe ich bei Jazz immer ein. Nichts für ungut, aber Jazz ist nicht meine Musik.«

»Der allmächtige Schöpfer da oben schenkt jedem nur ein Talent. Ich besuche hier einen Kurs, Musiktherapie. Für Alzheimerpatienten. Es scheint, als würde Musik etwas in ihnen wachrufen. Die Ärzte sagen, in ihrem Hirn ist alles verwirrt, ich glaube ja, es ist die Seele, aber da hat jeder seine Meinung.«

»Würdest du nicht gerne wieder Saxophon spielen? Eine Band gründen? Gibt's hier noch andere Musiker?«

»Genug.« Dario starrte auf das glühende Ende seiner Zigarette. »Aber ich glaube nicht, dass ich noch mal spiele. Ich habe schon lange nicht mehr geübt, und vielleicht ist das auch besser so.«

Das war kein Interview, aber er fragte trotzdem. »Warum?«

»Schreibst du gerne?«

»Klar.«

»Erinnerst du dich, wann du das erste Mal etwas Gutes geschrieben hast?«

Milla erinnerte sich.

»Bei der Musik ist es das Gleiche. Aber du musst aufpassen. Hast du jemals über Iris geschrieben?«

»Nur Briefe«, sagte Milla und wurde rot, »kurze Gedanken und Gedichte. Sie sind nicht besonders gut, sie weiß nichts davon. Für die Poesie habe ich kein Talent.«

»Du bist mehr der journalistische Typ?«

»Ich bilde mir ein, dass meine Artikel Mosaiksteinchen sind.«

»39 100 im Jahr des Herrn 1992?«

»Den Satz klaue ich mir.«

»Ich habe meine Musik geschrieben, während ich ins Heroin verliebt war. Ich habe das Heroin verlassen, und die Musik ist mit ihm gegangen. Wenn ich wieder komponieren würde …«

»Könnte es wiederkommen.«

»Schreib nicht über Iris. Dann verlierst du sie nicht, selbst wenn du irgendwann zu schreiben aufhören solltest.« Dario hielt inne und lächelte. »Da ist unser wunderbares Mädchen wieder.«

Der Juli endete damit, dass Iris und Milla miteinander schliefen, während Chet Baker sie sanft wiegte.

Der August begann mit einem Notruf, am 6., kurz nach Mitternacht.

DONNERSTAG, 6. AUGUST

0.32 Uhr

– Notrufzentrale, was kann ich für Sie tun?
– Es gab einen Unfall, diese Frau … o Gott …
– Wie heißen Sie?
– Keine Ahnung, hier ist alles voller Blut, sie ist tot, woher soll ich das wissen?
– Signore, ich muss wissen, wie Sie heißen.
– Ich heiße Markus Gruber, ich bin …
– Tief durchatmen, Signor Gruber.
– … der Wachmann an der Seilbahn nach Colle, die Frau liegt hier auf der Straße. Sie ist von einem Auto angefahren worden. Mich haben zwei Leute … keine Ahnung, wie sie heißen.
– War noch jemand am Unfall beteiligt, Signor Gruber?
– Sie ist … o Gott, beeilen Sie sich bitte.

PATRIZIA

Alles klar, Herr Kommissar?

FALCO, DER KOMMISSAR

DONNERSTAG, 6. AUGUST 1992

Nacht

Krupp riss die Augen auf. Falsches Bett, falsches Zimmer. Der Geruch brachte einen Strudel an Gefühlen zurück. Einige angenehm, andere eher wehmütig.

Eine geräuschvolle Luftblase in einem Wasserrohr oder Motorenlärm mussten ihn geweckt haben, die Uhr seines Vaters mit Sicherheit nicht: ihre Zeiger standen still. Andreas Krupp war tot, und die Junkers mit dem zerkratzten Gehäuse tickte schon lange nicht mehr.

Durch die Ritzen der Fensterläden fiel künstliches Licht. Dass die Sonne noch nicht aufgegangen war, dämpfte seltsamerweise seine Verwirrung. Er setzte die Brille auf, richtete sich auf und lehnte sich mit dem Rücken gegen das Betthaupt, im Nacken spürte er die Kühle der Wand.

Wie in den vergangenen Monaten war sein erster Gedanke: Das nächste Mal geschieht heute.

Er betete, dass es so sein möge.

Er betete, dass es *nicht* so sein möge.

Am Vortag hatte Karli ihn eingeladen, mit ihm und seiner Familie zu Mittag zu essen und danach auf den Friedhof zu gehen. Krupp hatte sich eine Ausrede ausgedacht und darauf geachtet, freundlich zu bleiben. Auch sein Bruder hatte sich um Freundlichkeit bemüht und so getan, als würde er ihm die Geschichte glauben. Dieses Telefonat war einer der Gründe, warum er hier war.

Nicht der Einzige: So dreist hätte Krupp sich niemals selbst belügen können.

Sie schlief auf dem Bauch, ein Arm unter dem Kopfkissen, das Gesicht ihm zugewandt, die Lippen leicht geöffnet. Krupp wünschte sich, Teil ihres Traumes zu sein. So friedlich hatte er sie noch nie gesehen. Normalerweise ähnelte sie einem Raubtier in Lauerstellung.

Sie hatten nicht miteinander geschlafen. Es war eher ein animalischer Akt gewesen. Sie waren übereinander hergefallen, hatten sich Schmerzen zugefügt. Krupp hatte sich noch nie so sehr hingegeben. Beim Orgasmus hatte er an die Zelle X gedacht und geschrien. Sie hatte gelacht und ihm die Fingernägel in die Brust gebohrt, bis er blutete.

Krupp betrachtete den Rücken der Frau und versuchte, ihre Leberflecke zu Sternenkonstellationen zu verbinden. Es fiel ihm schwer, sich einzugestehen, was er empfand. Er hatte das Gefühl, in der Falle zu sitzen. Und Fallen waren dazu da, aufgebrochen zu werden.

Was auch passierte.

Es klopfte, und Krupp wusste, dass es nur die Polizei sein konnte. Auch sie wusste es. Sie glitt aus dem Bett und wickelte sich in das Laken.

»Lass mich das machen. Warte hier«, sagte sie leise.

Krupp dachte: Falsches Bett, falsches Zimmer, falsche Wohnung.

Falsche Frau. *Vivian.*

Er hörte Ayrton Sennas Stimme. »Aus dem Weg, du Schlampe.«

Vivian widersprach nicht, was Krupp in Alarmbereitschaft versetzte.

Die Bulldogge betrat das falsche Zimmer in der falschen Wohnung und sagte: »Er hat einen Fehler gemacht.«

Ayrton Senna gab Gas und begann zu berichten: »Markus Gruber, 47, verheiratet, drei Kinder, keine Vorstrafen. Wachmann an der Seilbahn, die hinauf nach Colle führt.«

Alle kannten diesen Ort, von dem man einen Blick über ganz Bozen hatte. Die Aussicht war zwar nicht spektakulär, aber im Sommer war es dort ein bisschen frischer als im Tal. Bei Sonnenuntergang war Colle ein beliebtes Plätzchen für Pärchen, die ungestört sein wollten.

»Gruber hat in der Notrufzentrale angerufen. Er sagte, ein Autofahrer habe eine junge Frau überfahren. Die Zentrale hat uns kurz danach verständigt, der Streifenwagen und der Krankenwagen kamen gleichzeitig an.« Ayrton Senna warf dem Commissario einen Blick zu. »Die Frau wurde erstochen.«

»Drogenabhängig? Eine Prostituierte?«

»Sie hatte eine Insulinspritze, einen Löffel und ein Feuerzeug in der Tasche. Keine Kondome oder Papiere. Die hatte sie vielleicht im Geldbeutel.«

»Und der fehlt.«

»Noch.«

»Die zeitliche Abfolge?«, fragte Krupp knapp.

»Der Anruf kam um 0.32 Uhr, der Krankenwagen und der Streifenwagen waren zehn Minuten später vor Ort. Sie fanden Gruber und zwei Zeugen vor. Gabriel und Margherita irgendwas. Die Frau ist im fünften Monat schwanger. Sie konnten wegen der Hitze nicht schlafen und beschlossen, einen Spaziergang zu machen. Am Beginn des Aufstiegs nach Colle haben sie ein Auto in die Gegenrichtung fahren sehen. Einen Seat Ibiza.«

Krupps Herzschlag fühlte sich an, als würden Fäuste von innen gegen seinen Brustkorb trommeln. »Sind sie sicher?«

»Ziemlich.«

»Wann haben die beiden das Auto gesehen?«

»Wenige Minuten bevor sie den Leichnam gefunden haben.«

»Farbe? Kennzeichen?«

»Vielleicht rot, Kennzeichen nicht erkannt. Sie haben die tote Frau entdeckt, sind umgedreht und zur Wohnung des Wachmanns gegangen, um Hilfe zu holen. Das klingt schlüssig, denn sein Haus ist das erste in Richtung Bozen. Gruber hat das Ganze anfangs für einen Scherz gehalten, ist dann aber zum Leichnam gelaufen und hat den Notruf gewählt.«

Krupp dachte: Seat Ibiza. Rot.

Ayrton Senna schaltete einen Gang runter, schnitt eine Kurve und räusperte sich: »Unmittelbar nachdem ich verständigt wurde, habe ich Sie zu Hause angerufen, aber nicht erreicht. Ich habe mir erlaubt, Manfredi, Dottor Egger und die Spurensicherung zu verständigen. Ich hoffe, das war gut so.«

Nicht Levada, bemerkte Krupp.

»Schneller.«

Um 1.13 Uhr erreichten sie den Tatort. Nur die Taschenlampen der Einsatzkräfte, das blinkende Blaulicht und der Mond sorgten für Beleuchtung. Der modrige Waldgeruch ließ Krupp übel werden. Die Beamten der Spurensicherung fotografierten, katalogisierten und packten Beweisstücke in Plastiktüten. Manfredi war nicht zu sehen, Egger fuhr sich mit der Hand über das Gesicht. Er wollte etwas sagen, aber der Commissario winkte ab.

Erst der Körper, dann das Gesicht.

Krupp ließ sich eine Taschenlampe geben und beleuchtete die nähere Umgebung. Die Straße nach Colle war schmal und kurvig, und dieses Stück war keine Ausnahme. Der Leichnam lag unter der Leitplanke, kurz vor der Kurve. Keine erkennbaren strahlenförmigen Blutspritzer.

Zu wenig Blut am Boden.

Krupp dachte: Er hat sie im Auto getötet.

Seat Ibiza, rot.

Die Frau war knapp eins fünfzig und keine fünfzig Kilo schwer. Zierlich. Wie Lorena, wie Marlene. Kurzärmliges, enganliegendes T-Shirt. Dass es weiß war, konnte man an den wenigen Stellen erkennen, die nicht blutgetränkt waren. Minirock, Ledergürtel mit goldfarbenem Verschluss in Form eines O. Offene Sandalen. Lackierte Fußnägel.

Auf der rechten Halsseite klaffte eine tiefe Stichwunde, das Ohr war in der Mitte durchtrennt.

Nachdem Krupp fünfzehn Stichwunden gezählt hatte, unterbrach er sich. Sie waren überall, auf dem Brustkorb, den Beinen, den Armen. Er beugte sich hinunter, um sich die Verletzungen auf Armen und Händen näher anzusehen. Die Wunden auf dem Handrücken sagten: Sie hat die Hände zu Fäusten geballt und die Arme vor der Brust verschränkt. Sie hat sich verteidigt.

Das könnte seine Verbissenheit erklären. Die namenlose Frau hatte sich gewehrt, und er hatte sie mit unzähligen Stichen bestraft. Brustkorb. Arme. Beine.

Seine Wut.

Der Lichtkegel der Taschenlampe zitterte.

Krupp zwang sich, ruhig zu atmen. Erst den Körper, dann das Gesicht.

Die Frau hatte lange, dunkle, gewellte Haare, an denen Blut klebte. Große Augen, dunkler, bernsteinfarbener Teint. Jung. Um die zwanzig, nicht älter. Lange Wimpern, herzförmiger Mund. Wie eine Drogensüchtige sah sie nicht aus.

Wie Lorena.

Wie Marlene.

Krupp stellte sich vor, wie er ihr das Blut vom Gesicht wischte und den Schnitt verschwinden ließ, und dachte: Ja, du bist schön.

Wie Lorena.

Wie Marlene.

Krupp versuchte sich den Tathergang vorzustellen: Er wirkt harmlos. Oder sie braucht dringend einen Schuss. Sie beschließen, nach Colle zu fahren, weil es dort kühler ist, aber dann sagt oder macht er etwas Falsches. Oder sie sieht etwas, das sie panisch werden lässt. Sie will aussteigen, er versucht, sie zum Bleiben zu bewegen, sie wehrt sich, er lässt nicht locker. In diesem Augenblick ahnt sie, dass sie in Gefahr ist, sie wehrt sich und …

Krupp verzog angewidert den Mund. Er bewegte den Strahl der Taschenlampe vom Leichnam weg die Straße hinauf, an der Leitplanke entlang, bis zur Haarnadelkurve.

Dann wieder zum Leichnam.

Es passte nicht.

»Siehst du frische Bremsspuren?«, fragte er.

»Nein, keine Spur«, antwortete Ayrton Senna.

»Deshalb kann sie sich hier nicht gewehrt haben, sonst hätte er bremsen müssen.«

Viceispettore Greco stimmte ihm zu. »Hier können sie auch nicht gehalten haben, um Sex zu haben. Die Straße ist viel zu eng, man kann nicht mal vernünftig überholen.«

Es gab nur eine Erklärung.

»Er hat sie im Auto angegriffen, aber das Auto stand nicht hier«, sagte Krupp.

»Und danach ist er mit einer Leiche im Wagen weitergefahren?«, fragte Ayrton Senna ungläubig.

Egger schaltete sich ein. »Sie war noch am Leben. Vielleicht hätte sie sogar gerettet werden können. Als man sie gefunden hat, lag sie aber bereits im Sterben.«

Ayrton Senna zündete sich eine Zigarette an.

Krupp klammerte sich ans Adrenalin.

Er dachte: Roter Seat Ibiza.

»Was können Sie uns noch sagen, Dottore?«

»Multiple Stichverletzungen.« Egger schluckte.

Krupp verlor langsam die Geduld: »Kurze Klinge? Lange Klinge? Ein Taschenmesser oder eine Doppelklinge?«

»Eine Stichwaffe, aber um welche es sich handelt, kann ich noch nicht genau bestimmen.«

Der Pathologe sprach langsam, wie benommen.

»*Dottore?*«

»Die Verletzungen sind … außergewöhnlich. Ich verstehe das nicht.«

Egger stand unter Schock, und Krupp überließ ihn seiner Pein.

Krupp ließ seinen Blick über die Haarnadelkurve, die Leitplanke, das Gebüsch wandern. Bozen schlief, eingehüllt ins Licht der Straßenlaternen und umschwirrt von Fledermäusen auf der Jagd. Er war irgendwo da draußen. *Roter Seat Ibiza.*

Ayrton Senna deutete auf den Leichnam. »Gut. Der Mörder dachte, sie sei tot, aber sie war noch am Leben. Aber das beantwortet die Frage nicht. Sein Vorgehen ist anders. Er tötet sie und wirft sie aus dem Wagen. Und zwar sofort, er fährt nicht mit ihr herum. Warum hat er sie nicht dort entsorgt, wo er sie umgebracht hat?«

Krupp dachte: Kontrolle.

Die Antwort waren die Verletzungen auf dem Handrücken des Opfers. Er war brutal, schnell und entschlossen und ihr körperlich überlegen. Aber er hat den Kopf verloren, weil sie sich gewehrt hat. Er musste sich beeilen, dachte Krupp, während Manfredi aus einem Mercedes stieg. Kali-Yuga.

Er atmete tief ein und roch die Angst, die in der Luft lag. *Seine* Angst.

»Hol den Wagen«, befahl er.

Ayrton Senna stieß fast mit dem Staatsanwalt zusammen, der

einen Blick auf den Leichnam am Boden warf und dann Krupp die Hand gab.

»Ist er es?«

Krupp nickte.

»Was hast du vor?«

Die Antwort auf diese Frage wäre zu lang, und Krupp hatte keine Zeit zu verlieren.

»Ich hole mir das Schwein.«

Um 2.16 Uhr traf der blaue Thema in der Questura ein. Lopez eilte dem Commissario bereits entgegen. Krupp betrat daraufhin geradewegs das Vernehmungszimmer Nummer 1. Dort saß eine Frau.

Eine Zeugin, wie es hieß.

Viceispettore Greco beorderte alle verfügbaren Kräfte in den Besprechungsraum. Uniformierte und Bulldoggen setzten sich auf die unbequemen Stühle, voller Ungeduld, endlich loszuziehen, Spuren zu erschnüffeln und zuzubeißen, zuzubeißen, *zuzubeißen*. Die Luft war von Qualm und Flüchen zum Schneiden dick.

Als Krupp um 2.49 Uhr auftauchte, glich der Raum einer Blase aus Hitze, Testosteron und unterdrücktem Hass. Er setzte sich, bereit, alle Karten auf den Tisch zu legen. Sie hatten den Mörder von Lorena Haller *nicht* gefasst, sie hatten den Mörder von Marlene Wieser *nicht* gefasst, aber in dieser Nacht würden sie dem Freudenmädchen-Killer die Schlinge um den Hals legen. Um jeden Preis.

»Kurz nach Mitternacht waren Margherita Tosi und Gabriel Fonti auf der Straße Richtung Colle unterwegs, als ihnen ein langsam fahrendes Auto entgegenkam, von den beiden als Seat Ibiza beschrieben, wahrscheinlich rot. Wenige Minuten später haben sie unter der Leitplanke einen Körper entdeckt.«

Die Bulldoggen nahmen Witterung auf.

Die Bulldoggen dachten: Roter Seat Ibiza.

»Sie haben Markus Gruber, den Wachmann der Seilbahn, um Hilfe gebeten. Gruber hat über den Notruf einen Krankenwagen angefordert, er sagte, die Frau sei angefahren worden, Fahrerflucht. Das hat uns einen gewissen Vorteil verschafft. Zwei Kollegen der Mobile waren daraufhin vor Ort. Die Frau ist nicht überfahren worden, sie wurde erstochen.«

Die Bulldoggen dachten: *Er.*

Die Bulldoggen dachten: Roter Seat Ibiza.

»Das Opfer ist um die zwanzig. Wahrscheinlich drogenabhängig. Laut Dottor Egger ist der Tod durch mehrere Stichwunden verursacht worden. Keine strahlenförmigen Blutspritzer am Fundort.«

Krupp bebte.

Die Bulldoggen bebten mit ihm.

»Die Fakten und die Charakteristika des Fundorts lassen vermuten, dass der Mörder sie nicht auf der Straße nach Colle getötet hat, sondern dorthin gefahren ist, um den Leichnam loszuwerden. Die Analyse des Fundorts ist allerdings weniger wichtig als das, was ich euch jetzt sagen werde.«

Die Augen der Bulldoggen glichen Wolfsaugen.

»Teresa Magnani, 27, Prostituierte, drogenabhängig, normalerweise auf der Via del Macello unterwegs, im Gebiet zwischen der Großmarkthalle und dem Red, ist in die Questura gekommen und hat Folgendes ausgesagt: ›Ich habe einen Schrei gehört. Markerschütternd, nicht wie bei einem Streit. Ich wusste, da wird jemand bedroht. Es war der Schrei einer Frau. Ich habe sofort an einen Angriff auf eine Kollegin gedacht, erst vor zwei Tagen ist eine von uns ausgeraubt worden.‹«

Krupp blickte auf. »Das ist aktenkundig. Eine Prostituierte wurde von einem mit einem Messer bewaffneten Junkie ausgeraubt. Der Mann wurde bereits festgenommen. ›Ich hatte Angst und bat den Freier, mit dem ich gerade zugange war, zusammen mit mir nachzusehen, was los war. Der Schrei kam von einem Parkplatz zwischen vielen Bäumen in der Nähe der Autowerkstatt Mille Miglia. Ich kenne den Platz gut, da gehen wir oft mit den Freiern hin. Er war einverstanden und hat mich dorthin begleitet, weil ich mir Sorgen gemacht habe und wir ohnehin in der Nähe waren. Wir haben einen roten Seat Ibiza gesehen, der mit hoher Geschwindigkeit vom Parkplatz wegfuhr. Den Fahrer habe ich nicht erkannt, also kann ich ihn auch nicht beschreiben.‹ Teresa Magnani erinnert sich«, Krupp schaute nun jeden der Reihe nach an, »dass der rote Seat Ibiza ein Bozener Kennzeichen hatte und dass eine Ziffer des Kennzeichens eine Vier war.«

Die Bulldoggen dachten: BZ4.

Die Bulldoggen dachten: Roter Seat Ibiza.

Die Bulldoggen dachten: *Wir kriegen ihn.*

Krupp hob die Hand.

»Vergessen wir nicht, dass es sich um eine Drogenabhängige handelt. Behalten wir das Kennzeichen im Blick, aber zu große Hoffnungen sollten wir uns nicht machen.«

Krupp las weiter vor: »›Mit meinem Begleiter bin ich auf den Parkplatz gefahren, von dem der Wagen gekommen ist. Ich habe laut gerufen und gefragt, ob jemand Hilfe braucht, aber keine Antwort bekommen. Ich bin über den Parkplatz gegangen und habe Blutspuren auf dem Kies gefunden. Da bin ich sicher, weil ich meinen Begleiter gerufen habe und er mit einem Feuerzeug geleuchtet und bestätigt hat, dass es sich um Blut handelt. Wir haben sofort an den Freudenmädchen-Killer gedacht.‹ Die Carabinieri haben die Blutspuren und einen rechten Rückspiegel gefunden, der zu einem roten Seat Ibiza gehören könnte. Offensichtlich hat das Opfer sich heftig gewehrt und dabei das Auto des

Täters beschädigt. Das bedeutet auch, dass der Täter verletzt sein könnte.«

Krupp gab den Bulldoggen Zeit, sich die Szene vorzustellen: Er sticht zu, sie wehrt sich mit aller Kraft. Und schließlich bekommt er eine Scheißangst.

Die Bulldoggen dachten: Kampfspuren, Kratzer, blaue Flecke, Schnitte.

Er hat die falsche Nutte erwischt.

Roter Seat Ibiza.

Wir kriegen ihn.

Wir kriegen ihn.

Wir kriegen ihn.

Die Bulldoggen waren vollgepumpt mit Adrenalin. Polizisten-Adrenalin.

Krupp schob das Mikro beiseite und verkündete schnarrend: »Bozen ist offiziell Sperrgebiet.«

Die Bulldoggen dachten: Wir ziehen eine verdammte Mauer hoch.

Wir ziehen eine verdammte Mauer rund um die verdammte Stadt hoch.

»Die Carabinieri haben an der Stadtgrenze engmaschig Straßensperren eingerichtet. Niemand verlässt oder betritt die Stadt, ohne gesehen, angehalten und kontrolliert zu werden. Er ist mit einem roten Seat Ibiza oder einem ähnlichen Modell unterwegs, dem der rechte Rückspiegel fehlt, auf dem Beifahrersitz und der Windschutzscheibe klebt Blut.«

Die Bulldoggen dachten: Wir ziehen eine verdammte Mauer hoch, wir versperren jedes verdammte Tor, und wir *kriegen* das Schwein.

»Ich will Straßensperren. Ich will Streifenwagen und Zivilfahrzeuge. Ich will alle fünfzehn Minuten einen Bericht. Ich will

Einsatzfahrzeuge mit Blaulicht überall in der Stadt. Er muss wissen, dass wir ihm auf der Spur sind. Er hat Angst bekommen? Das reicht nicht. Er muss in *Panik* geraten. Ich will ihn lebend, ohne einen einzigen Kratzer. Ich will, dass er lebenslänglich hinter Gitter kommt.«

Die Bulldoggen dachten: Lebenslänglich.

Die Bulldoggen dachten: Soll er im Gefängnis verrecken.

Wir werden auf sein Grab pissen.

Ayrton Senna in der ersten Reihe schwitzte, Lombardi kaute auf dem Filter einer nicht angezündeten Zigarette herum. Lopez ließ die Fingergelenke knacken. Gallo. Bellini. Keiner hatte mehr ein eigenes Gesicht, sie waren zu einem einzigen grausamen Antlitz verschmolzen.

Roter Seat Ibiza.

Roter Seat Ibiza.

Roter Seat Ibiza.

Dieses Mal sagte Krupp nicht: An die Arbeit, meine Herren!

Er ließ sie von der Leine und knurrte: »Bringt mir den Bastard!«

Die junge Frau schaute sich angstvoll um. Dünn wie ein Strich in ihren Jeans und dem beigefarbenen T-Shirt, hielt sie eine große bunte Plastiktasche fest an sich gepresst, als wolle sie sich damit vor dem grellen Neonlicht schützen.

»Bitte. Entschuldigen Sie. Mit irgendwem.«

»Hören Sie.«

»Bitte.«

Niemand schaute sie an, niemand hörte ihr zu. Ein Albtraum. Zum x-ten Mal erklärte ihr ein Uniformierter, dass sie warten müsse. Hier wäre einiges los, das würde sie doch sehen, oder?

»Bitte.«

»Das macht Ihnen doch nichts aus?«

Auf der rechten Seite war ein Notausgang, der in den Bereich führte, der für die Öffentlichkeit nicht zugänglich war. Durch ein dreckiges Plexiglasfenster konnte sie einen hochgewachsenen blonden Mann mit Brille erkennen, der einen verknitterten Anzug und eine Krawatte mit lockerem Knoten trug. Sie kannte ihn aus dem Fernsehen und zögerte nicht lange.

»*Commissario!*«

Krupp erkannte sie sofort. Er hatte sie schon mal gesehen. Auf dem Boden liegend, am Straßenrand Richtung Colle. Ihr Ohrläppchen war abgerissen gewesen, in ihrem Blick Resignation, sie hatte mehrere Stichverletzungen gehabt, weißes, enganliegendes T-Shirt, Minirock, Insulinspritze in der Tasche.

Er hatte sie schon mal gesehen. Tot.

Die junge Frau stürzte durch die Tür und packte ihn am Arm.

»Bin ich die Tote? Erkennen Sie mich?«

Die Leidende.

Die Unschuldige.

Die Wütende.

»Bin ich die tote Frau?«

Krupp dachte: Kali-Yuga.

Bis zum Jüngsten Gericht war es noch weit hin, die Auferstehung der Toten stand noch bevor. Die junge Frau hieß Elena Zanni. Sie war schön, herzförmiger Mund, schwarze Haare, dunkler Teint. Neunzehn, examinierte Kindergärtnerin. Und sie hatte eine Zwillingsschwester.

»Patrizia ist kein schlechter Mensch, sie hat nur gerade eine Krise. Heroin, aber nicht regelmäßig. Nicht viel. Sie weiß, wie sehr Mama und Papa darunter leiden, aber es geht ihr nicht gut, wirklich nicht.«

»Wie würden Sie die finanzielle Situation Ihrer Schwester beschreiben?«, fragte Manfredi.

»Sie braucht immer Geld, aber so eine ist sie nicht. Sie macht Gelegenheitsarbeiten, halbtags.«

»Sie sagten, Sie hätten sie im Cactus an der Piazza Domenicani gesehen«, sagte Krupp.

»Das war gegen 22.30 Uhr, vielleicht auch schon 23 Uhr. Ich war zu einer Geburtstagsparty dort. Ehrlich gesagt war das nur eine Ausrede, um mich mit alten Freunden zu treffen, wir sehen uns nur selten.«

Elena Zanni schweifte gerne ab.

Krupp kam wieder zum Thema. »Haben Sie sie in der Discothek getroffen oder davor?«

»Davor. Ich war draußen und habe eine Zigarette geraucht, drin war es mir zu laut. Ich habe Patrizia gesehen und sie eingeladen, sich zu uns zu setzen.«

»War sie allein?«

»Ja. Sie hat gesagt, sie würde auf einen Freund warten und hätte keine Lust zu tanzen.«

»Hat sie den Namen des Freundes genannt?«

»Nein.«

»Wissen Sie noch, was sie anhatte?«

»Einen Minirock und ein weißes T-Shirt. Eins von meinen, wir tauschen oft die Klamotten. Sie trug den Gürtel, den ich ihr zu Weihnachten geschenkt habe. Die Schnalle ist geformt wie ein O.«

Manfredi starrte auf seine Wildlederschuhe. Greco zündete sich eine Zigarette an, Krupp stand auf und öffnete das Fenster. Aus dem kleinen Kühlschrank reichte er Elena eine Flasche Wasser. Sie griff sofort danach und trank, dann fuhr sie fort: »Wir haben ausgemacht, dass wir zusammen noch Hause fahren. Patrizia hatte kein Auto. Um eins in der Via del Macello.«

»Warum gerade dort?«

»Ich weiß nicht, Patrizia wollte es so. Für mich hat das gepasst. Ich habe darauf bestanden, sie mitzunehmen, aber Patrizia wollte zuerst nicht, sie wollte niemandem zur Last fallen. Um zwanzig vor eins saß ich schon im Auto. Ich war zu früh, aber das hat mich nie gestört. Ich habe Radio gehört. Um eins war meine Schwester noch nicht da, es vergingen zehn Minuten, zwanzig. Ich habe mir Sorgen gemacht, Patrizia war immer sehr pünktlich, weil sie …«

Sie hielt inne.

»Weil Patrizia niemandem zur Last fallen wollte«, beendete Krupp den Satz. »Haben Sie die ganze Zeit Radio gehört?«

»Ja.«

»Was für ein Auto fahren Sie?«

»Den Renault 19 meines Vaters.«

»War die Klimaanlange eingeschaltet?«

»Wir haben Hochsommer. Warum wollen Sie das wissen?«

Weil es erklärte, warum Elena Zanni weder die Schreie ihrer Schwester noch die Rufe der Prostituierten gehört hatte, die den roten Seat Ibiza davonrasen sah.

»Was ist dann passiert?«

»Man sagt ja immer, Zwillinge sind irgendwie miteinander verbunden. Keine Ahnung, ob das stimmt, aber als ich das Auto der Carabinieri sah, habe ich an Patrizia denken müssen und bin ihnen hinterhergefahren. Ich konnte nicht anders. Ich dachte, dass etwas Schlimmes passiert ist. Nicht irgendwas oder irgendjemandem, sondern ihr.«

Elena Zanni legte sich die Hand auf die Brust.

»Meiner Familie.«

Krupp sah es ihr an, sie war am Ende ihrer Kräfte.

»Wir sind fast fertig, halten Sie durch.«

»Ich habe das Auto vor diesem Lokal, dem Red, geparkt. Es war geschlossen, aber ein paar Frauen waren da. Prostituierte. Ich habe gefragt, was passiert ist, und sie haben gesagt, der Freudenmädchen-Killer hätte wieder zugeschlagen. Es sei eine von ihnen gewesen. Ich war erleichtert. Ich habe gewartet. Ich dachte, wenn es der Freudenmädchen-Killer war, kann ich ganz beruhigt sein, Patrizia kommt nur zu spät, sie kann es nicht sein.«

In ihren Augen las Krupp die gleiche Resignation wie im Blick ihrer Schwester. »Aber für ihn gehören alle zu *denen*.«

Um 3.37 Uhr hörte man Elena Zanni schreien.

Krupps Taschenuhr zeigte 3.49 Uhr. Ayrton Senna wartete auf Anweisungen.

»Bis Sovrintendente Capo Lici wieder da ist, wirst du mein Assistent vor Ort sein. Willst du den Job?«

»Klar.«

»Ich muss wissen, ob ich dir vertrauen kann.«

Viceispettore Luca Greco gab ihm die einzig vernünftige Antwort. »Stellen Sie mich auf die Probe.«

»Wahrscheinlich besitzt er eine Garage oder Ähnliches. Seit dem Mord sind fast vier Stunden vergangen. Morgen durchsuchen wir alle Autowerkstätten und Schrottplätze in der Umgebung, aber jede Sekunde zählt. Wir müssen in Betracht ziehen, dass er sich versteckt haben könnte. Wir wissen nicht, wo er wohnt, wie er aussieht. Wir können ihn nur anhand seines Autos identifizieren.«

»Was schlagen Sie vor?«

Auf der Kali-Yuga-Welle surfen.

»Ich will Beamte in Zivil, die sämtliche Tiefgaragen und Parkhäuser durchkämmen, alle Orte, für die wir keinen Durchsuchungsbeschluss brauchen. Sie sollen Augen und Ohren offen halten.«

»Gut.«

Das Telefon klingelte erneut.

Krupp hob den Hörer ab und legte sofort wieder auf.

Das Klingeln verstummte.

»Und sie sollen auch dort suchen, wofür wir einen Beschluss bräuchten, ihn aber nicht haben. Hast du damit ein Problem?«

Ayrton Senna zuckte nicht mit der Wimper. »Irgendwelche Vorschläge?«

»Sind Lombardi und Gallo noch im Haus?«

»Selbstverständlich.«

»Wenn du weitere Leute kennst, auf die du dich verlassen kannst, nimm sie mit. Masi bleibt hier.«

»Ich kenne ein paar aus dem Raubdezernat, die geeignet sind. Diskret und clever.«

»Verlässlich?«

»Echte Einbruchsspezialisten.«

»Sag ihnen, sie sollen in Zivil losziehen. Auf keinen Fall nimmst du Leute …«, Krupp suchte nach den richtigen Worten, »… der alten Garde mit.«

»Die Welt hat sich verändert.«

»Das gilt auch für Lopez. Vor allem für Lopez.«

»Das weiß ich, Commissario.«

»Kein Funkverkehr. Wenn den Kollegen etwas Merkwürdiges auffällt, sollen sie ihre Spuren verwischen und den Hinweis weitergeben.«

»Soll ich mitfahren oder hierbleiben?«

»Du bist ihr Ansprechpartner, du bleibst am Telefon.«

»Alles klar«, die Bulldogge war nervös. »Wenn er flüchten will oder Widerstand leistet?«

»Dem Verdächtigen darf kein Haar gekrümmt werden. Das ist nicht verhandelbar.«

»Das wird nicht passieren.«

Ayrton Senna stand auf.

»Greco, wie habt ihr mich heute Nacht … gefunden?«

Er meinte, in Vivians Wohnung.

»Zwei Beamte haben Sie in der Nähe der Piazza del Municipio gesehen«, sagte Ayrton Senna. »Als sie vom Leichenfund erfuhren, haben sie Lopez angerufen, der wiederum mir Bescheid gegeben hat.«

»Das ist die Geschichte, die Lopez dir aufgetischt hat. Und die Wahrheit?«

»Ich habe eine Vermutung. Signorina Pickmann und Lopez kennen sich. Beruflich, meine ich.«

»Als Informantin?«

»Anzunehmen. Ich weiß, dass sie sich treffen.«

Vivian war eine kluge Frau. Sie wusste, dass sie einen Polizisten brauchte, den sie im Fall eines Regengusses um einen Schirm bitten konnte. Ein paar Tipps im Tausch gegen Protektion. Er machte sich nichts vor, wahrscheinlich bekam Lopez auch noch etwas anderes für seine Zusammenarbeit. Krupp wunderte sich, dass er bei dieser Vorstellung nichts empfand.

»Danke.«

Ayrton Senna verließ das Büro. Das Telefon klingelte erneut. Krupp hob ab, legte sofort wieder auf, dann wählte er eine Nummer. Der Capitano der Carabinieri meldete sich bereits beim zweiten Klingeln, wahrscheinlich hatte er schon auf den Anruf gewartet.

Krupp kam sofort zum Punkt. »Hast du Leute für mich?«

»Welche mit Muskeln oder Ermittler?«

»Fleißarbeiter, die den Mund halten können. Schick sie in die Kfz-Zulassungsstelle. Ich brauche die Namen aller Besitzer eines Seat Ibiza oder eines ähnlichen Modells.«

»Was sagt Manfredi?«

Krupps Schweigen beantwortete die Frage.

Der Capitano seufzte: »Ich kann nichts versprechen.«

Er legte auf.

Krupp dachte: Das ist etwas für die Öffentlichkeitsarbeit.

Erst jetzt begann er, Anrufe zu beantworten. Er sprach mit dem Bürgermeister, dem Präsidenten der Autonomen Provinz, mit dem Questore und dem Stellvertreter des Regionalpräsidenten. Er dosierte die Informationen und vermittelte den Gesprächspartnern das Gefühl eines Vertrauens in die Ermittlungen, das er selbst nicht hatte.

Er sagte: Wir haben einen Verdächtigen, konkrete Indizien (ohne ins Detail zu gehen), wir sind ihm auf der Spur. Alle fünfzehn Minuten klopfte ein Beamter an seine Tür.

Nichts.

Nichts.

Nichts.

Um 4.52 Uhr betrat Commissario Capo Levada Krupps Büro. Er klopfte nicht, denn *die Hand Gottes* musste nicht klopfen.

Krupp hatte ihn schon erwartet. Jo hatte ihn telefonisch vorgewarnt. Und er hatte ihm noch ein paar andere Dinge gesteckt. Cäsar weigerte sich zu sterben. Es war an der Zeit, ihm den Dolch in den Rücken zu stoßen.

Levada zog ein Päckchen Zigaretten heraus. »Willst du eine? Nein, ich vergaß, du rauchst ja nicht. Du hättest mir Bescheid geben sollen. Warum hast du das unterlassen?«

»Andere Prioritäten.«

»Zum Beispiel?«

»Ihn zu fassen.«

Levada ließ das Feuerzeug aufflammen. »Das ist keine Antwort auf die Frage eines Vorgesetzten.«

»Das ist nicht Ihr Fall. Ist das deutlich genug?«

»Du wirkst angespannt.«

»Ich bin immer angespannt, wenn ich meine Zeit verschwende.«

Levada blies eine Rauchwolke aus. »Da ist noch die Presse. Du musst mit den Journalisten reden.«

»Ich muss einen Serienkiller fassen.«

»Was redest du denn da? Er liegt schon lange zu Hause im Bett und schläft. Du hast ihn verloren. Das Beste wäre, jetzt mit …«

»Serafini von der *Voce delle Alpi* hat mich angerufen.«

Levadas Gesicht erstarrte zur Maske.

»Er hat mir gesagt, dass Sie ihn angerufen haben und ihn mit einer Schlagzeile ködern wollten. ›Krupp legt den Fall des Freudenmädchen-Killers nieder‹. Haben Sie das wirklich nötig, Commissario Capo?«

»Du hast einmal mehr deine Inkompetenz bewiesen. Es reicht.«

»Diese Schlagzeile wird es morgen nicht geben.«

»Das werden wir ja sehen.«

»Die Bulldoggen haben Sie nicht informiert, Commissario Capo. Und Jo hat mich angerufen. Was bedeutet das?«

Die Hand Gottes grinste. »Du bist nur einer, der mit einem goldenen Löffel im Mund geboren wurde, Luther. Du bist in einer Welt aufgewachsen, die nicht meine ist. Du hast keine Ahnung, wie sehr ich dir schaden kann.«

»Ich weiß, dass Sie große Ziele haben, und ich weiß auch, dass man Ihnen ein schönes Hobby nach der Pensionierung versprochen hat. Die Präsidentschaft einer Stiftung vielleicht? Einen Aufsichtsratsposten in irgendeiner Firma?«

Levada wurde kreideweiß.

Ein Aufsichtsratsposten.

Jetzt hatte er ihn.

Sein Vater wäre stolz auf seinen Sohn.

Krupp dachte: Leck mich am Arsch.

»Man verdient viel Geld, man ist viel unterwegs, es gibt Applaus. Wenn ich wissen wollte, wie so ein Leben aussieht, würde ich meinen Bruder fragen – noch einer mit einem goldenen Löffel im Mund. Er führt die Krupp'sche Familientradition fort: Geld anhäufen, Beziehungen knüpfen und Macht vermehren. Es gibt eine Menge Leute in hohen Positionen, die meinem Vater noch einen Gefallen schulden.«

Krupp rückte die Brille zurecht.

»Sie haben ihn nie kennengelernt, oder? Nein, Sie waren nie wichtig genug für einen Mann wie ihn. Wir kommen aus verschiedenen Welten, das stimmt, aber wer sagt, dass Ihre schmutziger ist als meine?«

»So ein Unsinn.«

»Ihre Zukunftspläne interessieren mich nicht, ich werde mich ihnen nicht entgegenstellen, das wäre nicht korrekt. Aber dazu müssen Sie verstehen, dass Ihre Zeit abgelaufen ist. *Die Hand Gottes* ist Vergangenheit. Lassen Sie mich machen.«

»Komm wieder auf den Boden der Tatsachen zurück, mein Junge.« Levada trat die Zigarette am Boden aus. »Ab sofort übernehme ich den Serienkiller-Fall, und du wirst deine Entlassung beantragen.«

»Das heißt, ich habe Zeit, mit der Presse zu sprechen?«

»Nachrichtensperre bis zu einer anderslautenden Anweisung.«

»Ein zwangloses Gespräch, so wie Sie es mir empfohlen haben, Commissario Capo. Damit sie sich wichtig fühlen.« Krupp lächelte.

»Treib es nicht auf die Spitze!«

»Ich werde ihnen erklären, dass Commissario Capo Levada mit ausgestöpseltem Telefon schläft, sodass ich ihn nicht erreichen und seine wertvollen Ratschläge erbitten konnte. Ich werde sagen, dass seine Männer ihm inzwischen nicht mehr vertrauen, dass keiner zu ihm gefahren ist, um ihn zu wecken, denn schließlich steht er kurz vor der Pensionierung, und für diese Mission braucht es starke Nerven und junge Beine.«

»Du hast den Verstand verloren.«

»Das ist Ihr subjektiver Eindruck. Die Statistik zeigt allerdings, dass Sie der leitende Ermittler einer Questura sind mit einer Verhaftungsrate, wie man sie sonst nur in Entwicklungsländern findet.«

Levada war feuerrot im Gesicht geworden und ballte die Fäuste. Krupp hatte ihn in die Ecke gedrängt.

Was hat eine alte Bulldogge unter den jungen zu suchen?

»Ich werde erklären, dass Sie den Fall an sich gerissen haben, und zwar nur, weil Sie ein grenzenloser Egoist sind. Das Gleiche werde ich der Staatsanwaltschaft berichten, die sicher eigene Ermittlungen anstellen wird, um die Situation besser beurteilen zu können.«

»Der Questore …«

»Comi? Dieser Angsthase. Genau wie seine Kumpane in der Provinzverwaltung. Wenn in den Zeitungen steht, dass Commissario Capo Levada dem ermittelnden Beamten in dem Moment den Fall entzogen hat, als er dem Serienkiller dicht auf den Fersen war, und damit alle Bemühungen zunichtegemacht hat, die zu seiner Ergreifung hätten führen können, dann werden Sie herausfinden, wie fragil menschliche Beziehungen sein können.«

»Ich werde den Fall Calvi an die Öffentlichkeit bringen, diesen Skandal, den du unter den Teppich gekehrt hast«, konterte Levada. »Du hast die Dokumente unterschrieben. Das reicht, um zu beweisen, dass du darin verwickelt warst.«

»Ich habe nur Ihre Befehle ausgeführt, Commissario Capo.«

»Sie werden dir nicht glauben.«

»Und wenn Manfredi sich fragen wird, was es wohl mit der ›Levada-Methode‹ auf sich hat? Wird man den Bulldoggen auch nicht glauben, wenn sie sich darauf berufen, nur Ihre Befehle ausgeführt zu haben?«

»Manfredi ist ein *Nichts.*«

»Falsch. Manfredi ist ein Karrierist. Das haben Sie selbst gesagt. Stellen Sie sich vor: Der junge, aufstrebende Staatsanwalt räumt in der Largo Palatucci Nummer 1 richtig auf. Darauf lässt sich eine steile Karriere aufbauen. Tun Sie sich selbst einen Gefallen, und halten Sie sich zurück. Lassen Sie mich den Bastard festnehmen, ich werde Ihnen öffentlich für die Unterstützung danken, und Sie können in allen Ehren in Pension gehen. Ich bin sicher, auch danach wird Ihnen nicht langweilig.«

»Glaubst du wirklich, du könntest *mir* in diesem Spiel noch etwas beibringen?«

Es sollte eine Drohung sein, klang aber eher wie eine Kapitulation.

»Und jetzt verlassen Sie mein Büro.«

6.32 Uhr. Arianna war um 5 Uhr aufgewacht und hatte die Zeit heruntergezählt, die sie laut Beipackzettel abwarten musste. Sie hasste dieses angstlösende Medikament, aber sie brauchte es. Und wie immer sagte sie sich: *Noch.*

Sie schwitzte. Aber das lag nicht an der Hitze. Auch in dieser Nacht hatte sie wieder von Sergio geträumt. *Ihrem* Sergio.

Sergio, der einen roten Alfa Sud fuhr. Der zu Prostituierten ging. Der sagte, das Leben mit ihr wäre ein ständiger Druck. Der sagte, sie würde nie eine richtige Polizistin werden, weil Frauen im Polizeidienst generell nur die Hälfte leisteten und sie noch nicht mal ein Viertel. Der über sie in der dritten Person sprach, auch wenn sie dabei war. Sergio, den Arianna in den Gesichtern der Frauen wiedererkannte, die das Offensichtliche leugneten, wenn sie ihr im Büro der Sitte gegenübersaßen. Sie kam sich verlogen vor, wenn diese Frauen ihr erzählten, sie seien gegen eine Kante gelaufen, hätten sich gestoßen oder seien die Treppe heruntergefallen. Sie erkannte ihn in den Sonnenbrillen, die sie auch bei Regen trugen, oder in den langärmligen T-Shirts im Sommer.

Sie kannte diese blauen Flecke.

Die Ohrfeigen.

Die Fäuste.

Die Stöße.

Sergio hatte sie in ein Gefängnis aus Erniedrigung und Verzweiflung gesperrt. Er hatte sie davon überzeugt, dass niemand auf der Welt sie wollte, und sie in eine Einsamkeit gedrängt, die am besten mit der Beretta beendet werden konnte.

Seit dem Tag, als Cupido sie angegriffen hatte, durchlebte Arianna diesen Augenblick wieder und wieder. Die Mündung ihrer Pistole, die sie einlud, ihrem Leiden ein Ende zu setzen. Ihre zitternden Finger, bereit, den Abzug zu ziehen. Der Schrei in ihr: Nein!

Es klopfte, und Arianna konnte sich gerade noch die Tränen abwischen.

»Die Krankenschwester meinte, du müsstest die nehmen.«

Krupp hielt ihr ein Servierbrett mit einem Glas Wasser und einer Tablette hin.

Arianna errötete. »Setz dich doch.«

Während sie die Tablette schluckte, griff Krupp nach einem Stuhl und nahm Platz.

»Es ist etwas passiert«, sagte sie.

»Das kannst du von hier aus sehen?« Krupp deutete verblüfft aus dem Fenster.

»Weißt du nicht, dass Krankenwagen und Streifenwagen unterschiedliche Sirenentöne haben?«

»Ich wollte dich besuchen und nicht über die Arbeit sprechen. Wie geht es dir?«

Arianna richtete sich den Pony. Sie bemerkte Krupps Verkrampfung und konnte seine Gedanken lesen. Lorena Haller, 24, 24 Messerstiche. In ihren Augen war es eine gute Idee gewesen. Genau, wie damals Sergio zu heiraten. Oder sich einzubilden, dass er sich früher oder später ändern würde, wenn sie ihn nur genug lieben und Geduld haben würde.

Sie hoffte, die Pille würde bald wirken.

»Der HIV-Test war negativ«, erwiderte sie. »Die Ärzte beobachten weiter die Gehirnerschütterung, aber die Kopfschmerzen sind weg. Sie wollen sich nicht festlegen, wann ich wieder arbeiten kann. Das Essen ist fade, ich schlafe vor dem Fernseher ein, plaudere mit den Schwestern. Kein Urlaub, der mir unvergesslich bleiben wird, Commissario.«

»Willst du wirklich wieder arbeiten?«

»Weitere dumme Fragen?«

»Nein, ich freue mich über das Testergebnis.«

»Ich auch. Du öffnest und ballst ununterbrochen die Fäuste. Wenn du nervös bist, brauchst du etwas, an dem du dich festklammern kannst, weißt du das? Manchmal richtest du den Knoten deiner Krawatte. Und ich verwette ein Monatsgehalt, dass du gerade aus der Pathologie kommst.«

»Riecht man das?«

»Ich sehe es in deinen Augen. Was ist passiert?«

Krupp griff nach der Krawatte, hielt dann aber inne. »Er hat eine junge Frau getötet. Drogenabhängig, wahrscheinlich prostituierte sie sich. Neunzehn, sechsundzwanzig Messerstiche. Patrizia hat sich gewehrt. Wir haben Zeugen. Er fährt einen roten Seat Ibiza.«

Arianna versuchte sich zu konzentrieren. Roter Seat Ibiza. Was während der Operation Minotaurus geschehen war, lag im Nebel.

Der Psychiater hatte gesagt, das sei ganz normal, sie müsse Geduld haben, der Nebel würde sich lichten.

»Das sagt mir nichts. Patrizia ist das Opfer?«

»Patrizia Zanni. Die Streifenwagen sind seinetwegen unterwegs. Straßensperren, Einsatzkräfte, Zivilfahrzeuge überall in der Stadt. Und die Mastini durchsuchen die Parkhäuser und Autowerkstätten.«

»Der schmale Grat zwischen legal und illegal. Darf ich dich etwas fragen?«

Krupp kam ihr zuvor. »Levada ist draußen.«

»Wie haben die Mastini es aufgenommen?«

»Man muss nur ihre Sprache sprechen.«

Krupp hatte sich verändert, was sie einerseits nicht wunderte. Aber diese Veränderung machte ihr auch Angst.

»Was tust du da, Luther?«

»Das, was getan werden muss.«

In der Einsamkeit ihres gleißend hellen Zimmers begriff Sovrintendente Capo Lici, dass Krupp beschlossen hatte, einen Schrank in der Größe der Bulldoggen zu bauen und sich dann darin einzuschließen.

Sie fragte sich, ob er wusste, welchen Preis er dafür zahlte.

»Und Egger?«

»Er konnte noch nichts Genaues zur Tatwaffe sagen. Nur so viel: Die Klinge ist gezackt und die Wunde tiefer, etwa 18 Zentimeter, sie hat die Lunge gestreift. Patrizia Zanni ist langsam innerlich verblutet.«

Arianna seufzte. »Wie lange hat sie leiden müssen?«

»Mindestens eine halbe Stunde.«

Schnell, brutal, entschlossen.

Stark.

»Dieses Mal«, sagte Krupp, »hat er den Körper nicht an einem abgelegenen Ort entsorgt, sondern in der Nähe der Garage Mille Miglia. Laut dem Bericht der Carabinieri konnte Patrizia die Tür öffnen, sie hätte es fast geschafft. Und sie hat wie eine Löwin gekämpft. Man hat einen abgerissenen Rückspiegel am Boden gefunden. Das Schwein hat ihn nicht mal mitgenommen …«

»Der Mann, der tötet, um Kontrolle zu haben, hat die Kontrolle verloren.«

»Und jetzt«, sagte der Commissario mit einem dunklen und furchterregenden Blick, den Arianna noch nie an ihm gesehen hatte, »werden wir ihn verrückt werden lassen vor Angst.«

DONNERSTAG, 6. AUGUST 1992

Morgen

Die Via Volta schlug eine kerzengerade Schneise durch das Industriegebiet Bozens. Der Streifenwagen parkte kurz vor der Überführung. Jedes Fahrzeug, das die Straßensperre durchbrechen wollte, würde hier bremsen müssen, um nicht gegen einen der Stützpfeiler aus Beton zu prallen, auf denen die Eisenbahnschienen verliefen.

Agente Scelto Villa, raspelkurzer Militärhaarschnitt, stand neben der Fahrbahn und warf einen Blick zu Assistente Fabbri, rote Haare und blaue Augen, der gerade im Einsatzwagen einen Funkspruch an die Zentrale abgesetzt hatte, dann fuhr er sich erschöpft mit der Hand über das Gesicht.

Villa war am Ende seiner Kräfte und wandte seine Aufmerksamkeit wieder dem Verkehr zu. Da sah er ihn: einen roten Seat Ibiza.

Er kniff die Augen zusammen, hob die Kelle und gab dem Fahrer ein Zeichen, stehen zu bleiben. Ihm fiel auf, dass dem roten Seat Ibiza der rechte Rückspiegel fehlte. Er dachte: Scheiße.

Ohne sich umzudrehen, rief er nach seinem Kollegen. »Hey!«

Fabbri hörte ihn nicht, aber hatte die Bewegung der Kelle bemerkt. Der Glascontainer, hinter dem der Einsatzwagen geparkt war, verhinderte allerdings, dass er den näherkommenden Wagen sah. Deshalb stieg er nicht aus, sondern streckte nur den Kopf aus dem Fenster.

»Was ist?«

Seine Stimme verlor sich in der abgasgeschwängerten Luft.

150 Meter.

Dem roten Seat Ibiza fehlte nicht nur ein Rückspiegel, auch die Windschutzscheibe war beschädigt, als hätte jemand von innen dagegengetreten. Villa lief es eiskalt über den Rücken.

Er dachte: Wenn er nicht hält, schieße ich.

Er dachte: Zum Teufel mit Krupp.

Der Seat setzte den Blinker.

80 Meter.

Assistente Fabbri wurde unruhig, öffnete die Tür und stieg aus. Er erreichte genau in dem Augenblick den Fahrbahnrand, als der rote Seat Ibiza anhielt, jetzt bemerkte auch er die fehlende Polsterung des Beifahrersitzes.

Er öffnete das Holster und legte die Finger auf den Kolben der Beretta. Villa schob die Kelle in den Stiefel zurück und machte einen Schritt nach vorn. Fabbri starrte auf den Seat und sagte sehr laut: »Machen Sie den Motor aus.«

Villa zuckte zusammen. Ein Tritt auf das Gaspedal, und der Fahrer könnte ihn in ein *Vielen Dank für Ihre Teilnahme, aber das war's* verwandeln. Der Motor verstummte.

Das Kennzeichen des roten Seat Ibiza lautete: BZ446 047. Als Agente Scelto Villa die Nummer las, wusste er, dass er sie nie wieder vergessen würde.

Er ging um den Wagen herum und schaute nicht auf den Fahrer oder auf das fehlende Polster des Beifahrersitzes, nicht auf die rissige Windschutzscheibe oder auf die Stelle, wo der Rückspiegel fehlte. Er schaute nur auf die Hände des Mannes, die das Lenkrad umschlossen.

Er dachte: Eine Bewegung, und ich schieße. Eine Bewegung und …

Der Mann im Seat kurbelte das Fenster herunter.

Villa konzentrierte sich auf die Vorgehensweise. Feste, ruhige Stimme. Konsequenter Tonfall.

»Führerschein und Fahrzeugpapiere bitte.«

Er beugte sich nach unten und sah den Mann ins Handschuhfach greifen. Ein massiger Typ, sicher ein Meter neunzig groß. Mindestens hundert Kilo schwer.

Ätzender Bleichmittelgeruch drang ihm in die Nase, er meinte wieder den Satz zu hören, den Krupp ständig wiederholt hatte: Er ist mit dem Auto voller Blutspritzer auf dem Beifahrersitz und auf der Windschutzscheibe unterwegs, und niemand bemerkt es?

Villa dachte: Und dann macht er alles mit Bleichmittel sauber.

Dieser Hurensohn.

Der Verdächtige hielt die Dokumente aus dem Fenster, sie steckten in einer blauen Hülle mit dem Aufdruck einer Versicherungsgesellschaft. Er trug ein blaues Polohemd mit kurzen Ärmeln. Auf dem Unterarm waren Kratzspuren zu erkennen.

Ziemlich frisch.

Tief.

»Woher stammen diese Verletzungen?«

Feste und ruhige Stimme.

Entschlossener Tonfall.

»Das war ein Kater, der mich gekratzt hat.«

Erst jetzt wagte Villa einen Blick in sein Gesicht. Dichter Schnurrbart, dunkle Augen, die Haare klebten auf der Stirn, sie waren etwas heller als der Bart. Am Hals ebenfalls eine Kratzspur. Die Unterlippe hing leicht nach links.

Villa zwinkerte.

Er dachte: Ohne Bart, fünfzig Kilo weniger und fünfzig Zentimeter kleiner. Die leicht nach links hängende Unterlippe war noch die gleiche.

Ugo-Foscolo-Mittelschule. Klasse 2d.

Mit weniger fester und weniger ruhiger Stimme fragte er: »Erinnerst du dich an mich, Lucio?«

Auf der anderen Seite des Wagens suchte Fabbri nach einer guten Schussposition für seine 9-mm-Pistole. Während Villa mit seinem alten Klassenkameraden sprach, entdeckte er die Spuren auf der Beifahrertür des Seat Ibiza. Ihr Anblick machte ihn schier wahnsinnig. Im Bericht würden die Spuren später als »verdächtig« bezeichnet, aber nur, weil das Adjektiv »furchteinflößend« nicht zum Vokabular der Questura gehörte.

Unregelmäßige senkrechte Spuren einer Flüssigkeit, die durch die Schwerkraft nach unten gelaufen war. Dickflüssig. Dunkel.

Blut.

Lucio Sartori antwortete mit einer Gegenfrage: »Kennen wir uns?«

Villa nahm die Papiere, legte sie aufs Autodach und nickte dem Kollegen zu, der sie an sich nehmen sollte, das Gesicht des Mannes mit dem Schnurrbart ließ er nicht aus den Augen. Der wiederum beobachtete im Rückspiegel den Verkehr hinter sich. Villa dachte: Der will abhauen. Er dachte: Wenn er das versucht, halte ich ihm die Beretta an die Schläfe.

Dann ist er selbst schuld.

»Wir waren in der Klasse von Professoressa Viganò«, antwortete er und versuchte heiter zu klingen, »erinnerst du dich an sie?«

»Nein.«

»Du warst ein guter Torwart.«

»Ich stand im Tor, weil ich dick war.«

Villa schaute zu seinem Kollegen, der sich immer noch keinen Millimeter bewegt hatte. Was zum Teufel war mit ihm los? Er tippte mit den Fingern auf das Autodach, um seine Aufmerksamkeit zu erregen, aber Fabbri reagierte nicht.

Irgendwas stimmte nicht.

Feste und ruhige Stimme. »Willst du dir nicht ein wenig die Beine vertreten?«

Lucio Sartori, den Blick immer noch auf die Straße gerichtet, antwortete nicht.

Villa dachte: Wag es nicht.

»Die Kontrolle der Papiere dauert ein bisschen, wollen wir eine rauchen?«

Sartori öffnete die Tür, stieg aus und sagte: »Ich rauche nicht.«

Er war groß.

Er war massig.

»Wie kannst du einen Kater so schnell von einer Katze unterscheiden?«, fragte Villa.

»Wolltest du nicht rauchen?«

Lucio Sartori sah ihm in die Augen. Zum ersten Mal. Villa erschauderte.

Er wollte nicht mehr rauchen.

»Alleine rauchen bringt Unglück, hast du das gewusst?«

»Signore«, schaltete sich Fabbri mit heiserer Stimme ein. Er kämpfte gegen die aufsteigende Panik. »Würden Sie uns einen Blick in den Kofferraum werfen lassen?«

»Sie hat mich gekratzt«, sagte Sartori leise.

Villa schaute zu Fabbri.

Fabbri hatte die Beretta entsichert, den Finger am Abzug.

Sartori murmelte. »So eine blöde Kuh.«

Agente Scelto Villa würde das Kennzeichen des roten Seat Ibiza nie vergessen. Und auch nicht den Gesichtsausdruck seines Kollegen, als er in den Kofferraum schaute und die Jeans, das T-Shirt und den Bezug des Beifahrersitzes entdeckte, zusammengerollt und voller Blut. Diesen Ausdruck würde er niemals beschreiben können.

Die richtigen Worte zu finden, um zu benennen, was Fabbri über die Lippen kam, als er Patrizia Zannis Ausweis entdeckte, der mit einem Klebestreifen im Inneren des Kofferraums befestigt war, hatte keinen *Sinn*. Denn dafür gab es keine.

6.58 Uhr.

Lucio Sartori streckte Villa die Handgelenke entgegen.

Krupp stand am Fenster.

Er betrachtete den Alfa 155, der mit Blaulicht und Sirenengeheul auf den Hof der Questura fuhr. Es herrschte ein heilloses Durcheinander. Uniformierte und Bulldoggen wollten dem Hurensohn, der Lorena, Marlene und Patrizia umgebracht hatte, ins Gesicht sehen.

Die Sirene verstummte um 7.11 Uhr. Die beiden Polizisten stiegen aus. Es wurde still.

Fabbri öffnete die Tür zur Rückbank. *Er* trug kurze hellbraune Hosen, Wildlederschuhe. Villa legte ihm eine Hand auf den Kopf, damit er sich beim Aussteigen nicht stieß. Die breiten Schultern steckten in einem blauen Polohemd. Dichter Bart. Die Hände auf dem Rücken fixiert.

Der Mann schaute sich um, er wirkte überrascht.

Krupp dachte: *Er*.

Der Freudenmädchen-Killer.

Villa und Fabbri übergaben den Festgenommenen an Sovrintendente Gallo und Ispettore Capo Lopez, die ihn in die Questura brachten.

Krupp ballte die Fäuste.

Er dachte: Lorena, Marlene, Patrizia.

Er verließ das Büro und ging ohne Eile die Treppe hinunter. Er hatte den Eindruck, auf eine Wand aus Geräuschen zuzulaufen. Chaos.

Fabbri und Villa waren mittendrin. Fabbris Gesicht war teilnahmslos. Villa erzählte, *nichts, nichts, nichts*. Und dann der rote Seat Ibiza … Als er Krupp bemerkte, löste er sich von den Händeschüttlern.

»Ich kenne ihn – besser gesagt, ich kannte ihn«, er verzog die Lippen, als hätte er einen schlechten Geschmack im Mund. »Wir waren zusammen in der Schule. Er stand beim Fußball immer im Tor, weil er dick war. Natürlich war er das nicht wirklich, aber Kinder sind grausam.«

Krupp legte ihm eine Hand auf die zitternden Schultern. »Gute Arbeit.«

Ein hysterisches Lachen. »Sieben Monate, und dann schnappen wir diesen Typ, ein Riese mit Schnurrbart und in kurzen Hosen. In kurzen Hosen, unglaublich, oder?«

»Hat er auf der Fahrt etwas gesagt?«

»Kein einziges Wort.«

»Gute Arbeit, alle beide. Sag das auch deinem Kollegen.«

»Commissario … er …«

Villa machte einen Schritt auf Krupp zu und fuhr fort: »Er verwendete Bleichmittel, um das Blut abzuwaschen.« Er hatte Tränen in den Augen. »Er. Dieser Geruch. O Gott. Ich habe Angst, dass ich den nie wieder loswerde. Ich habe Angst, dass …«

»Du bist es nicht«, unterbrach ihn Krupp, »der Angst haben muss.«

Villa nickte und wandte sich zum Gehen. Dann hielt er inne und trat auf Krupp zu.

Umarmte ihn.

Niemand sprach ein Wort.

Alle verstanden.

Krupp kehrte zur Treppe zurück, ging ein paar Stufen nach oben und drehte sich dann zu den Kollegen um.

»Jetzt kommt der schwierigste Teil«, sagte er.

Uniformierte und Bulldoggen nickten.

»Jetzt müssen wir ihn festnageln.«

Uniformierte und Bulldoggen nickten.

»Baut keinen Scheiß.«

Wieder nickten die Bulldoggen und die Uniformierten.

Krupp lächelte in die Runde, und die Runde lächelte zurück. Er holte tief Luft und mit ihm die Fundamente der Questura.

Er rief mit donnernder Stimme:

»WIR HABEN DAS SCHWEIN!«

»KRUPP!«

»KRUPP!«

»KRUPP!«

Krupp betrat den Kontrollraum. Er war brechend voll, alle starrten auf den Monitor, der den Verhörraum 2 zeigte; Lucio Sartori, allein, in Handschellen, er saß mit gesenktem Kopf am Tisch. Nervös wirkte er nicht.

»Jetzt alle raus hier.«

Nur Lopez und der Techniker blieben.

»Hat er um etwas gebeten?«

»Nein.«

Krupp ging auf den Flur zum Kaffeeautomaten, warf eine Münze ein, und während die Maschine die Flüssigkeit ausspuckte, strich er sich über die Krawatte.

Um 7.53 Uhr betrat Krupp den Verhörraum Nummer 2.

»Er ist schon gezuckert, ich hoffe, Sie trinken ihn nicht schwarz.«

»Ich hätte lieber eine Cola gehabt, aber das passt schon.« Sartori streckte ihm die Handgelenke entgegen. »Ist das nötig?«

»Natürlich nicht.«

Krupp nahm ihm die Handschellen ab. Sartori öffnete und

schloss die Fäuste, diese großen Mörderhände, um die Durchblutung wieder anzuregen. Krupp steckte die Handschellen in die Tasche.

»Wissen Sie, wer ich bin?«

»Ich habe Sie im Fernsehen gesehen.«

Krupp setzte sich.

»Ich bin Commissario Luther Krupp, Staatspolizei.«

Sartori deutete auf die Kamera. »Sagen Sie das deswegen?«

»Das ist Vorschrift.«

»Verstehe, danke.«

»Der Kaffee wird kalt.«

»Macht nichts.«

»Man hat mir gesagt, dass Sie keinen Anwalt wollen. Darf ich fragen, warum?«

»Mein Vater wird sich darum kümmern, mein Vater kennt viele Leute.«

Sartori hob den Blick und schaute sich um. »Es ist anders als in den Filmen.«

Krupp dachte darüber nach, wie oft sich der Mann vor ihm diesen Moment vorgestellt hatte.

»Stimmt.«

»Wollen Sie mich verhören?«

»Ich bin hier, um Sie über Ihre Rechte aufzuklären und die Situation zusammenzufassen.«

Sartori deutete auf den Kratzer an seinem Hals. »Danach fragen Sie mich nicht?«

»Wenn Sie nicht wollen, müssen Sie gar nichts sagen. Wollen Sie Ihren Vater anrufen, oder soll ich das machen?«

»Um diese Zeit ist er hundertprozentig nicht zu erreichen. Er und meine Mutter sind im Urlaub am Meer. Die Nummer des Hotels kann ich nicht auswendig, tut mir leid. Aber ich habe sie auf einen Zettel geschrieben, der steckt im Geldbeutel. Wenn es Ihnen nichts ausmacht, müssten Sie auch im Krankenhaus Bescheid sagen.«

Krupp spürte einen Stich in der Brust. »Brauchen Sie medizinische Versorgung?«

Sartori strich sich über den Bart. »Um 8.30 Uhr habe ich einen Termin für eine Bestrahlung. Im Santa Chiara in Trento. Als sie mich verhaftet haben, war ich gerade auf dem Weg dorthin. Ich muss Bescheid sagen, dass ich nicht kommen kann.«

Krupp dachte: Strahlentherapie. Er sah Andreas Krupp vor sich, ein Meter neunzig, das Gesicht wie in Stein gemeißelt, auf dem Totenbett nicht mehr als ein Wurm. Er richtete sich das Uhrband.

»Wir kümmern uns darum. Warum Bestrahlung?«

»Im Juni wurde mir wegen eines Seminoms ein Hoden entfernt.«

Krupp verließ den Verhörraum und ging in den Kontrollraum.

Lopez und der Techniker waren aschfahl.

»Bringt ihm eine Flasche Wasser und eine Cola«, ordnete Krupp an. »Schickt jemanden zur Bar, Croissants holen. Sprecht nicht mit ihm. Wenn er irgendetwas fragt, dann sagt ihm, dass ihr das erst mit mir klären müsst. Wenn er auf die Toilette muss, das übliche Vorgehen wie bei gefährlichen Straftätern. Wenn er doch nach einem Anwalt oder seinem Vater fragt, lasst ihn den Anruf machen und bringt ihn dann zurück. Keiner nähert sich ihm, keiner spricht mit ihm, keiner rührt ihn auch nur an. Levada eingeschlossen.«

Lopez ging nicht darauf ein.

Krupp griff nach dem Telefon und wählte die Nummer von Manfredis Büro.

»Stimmt es?«, fragte der Staatsanwalt, als er Krupps Stimme hörte.

»Ich brauche die Erlaubnis, das Auto von der Spurensicherung untersuchen zu lassen.«

»Kein Problem.«

»Und ich will seine Wohnung durchsuchen. Sofort.«

»Ich regele den Papierkram. Ist er geständig?«

»Nicht ohne dich.«

Manfredi lachte erleichtert. »Ich bin quasi schon vor Ort.«

»Nicht ohne mich.«

»Willst du als Erstes die Wohnung durchsuchen?«

»Zunächst müssen wir das Krankenhaus verständigen, das Santa Chiara in Trento, nicht das San Maurizio. Sartori hat einen Bestrahlungstermin um 8.30 Uhr. Wir brauchen die Krankenakte. Es könnte sein, dass er haftunfähig ist.« Krupp knirschte mit den Zähnen.

»Hat er einen Anwalt?«

»Er hat gesagt, sein Vater würde einen suchen. Seine Eltern sind im Urlaub. Wir müssen überprüfen, ob es stimmt, und sie dann hierherbringen lassen. Einverstanden?«

»Was hast du für einen Eindruck?«

Krupp zögerte. Sosehr er sich auch anstrengte und obwohl er ihm gerade erst gegenübergesessen hatte, konnte er sich nicht mal an das Gesicht erinnern. Dichter Bart und dann?

»Ich weiß nicht.«

Krupp legte auf, verließ den Kontrollraum und ging in das Zimmer, in dem die persönlichen Gegenstände aufbewahrt wurden, auch die Hausschlüssel. Er untersuchte den Geldbeutel.

Der Zettel mit dem Namen des Hotels und der Telefonnummer war doppelt gefaltet. Krupp fiel auf, dass Sartori eine eigenwillige Handschrift hatte und dass die Geldscheine nach ihrem Wert geordnet waren. Zwei 2000-Lire-Scheine, ein 5000-Lire-Schein, zwei 10 000-Lire-Scheine, ein 50 000-Lire-Schein.

Er dachte: Kontrolle.

Als Krupp den Raum verließ, stieß er auf Levada.

»Ich habe dich gesucht, Luther. Wie es aussieht, hast du es geschafft.«

»Das verdanke ich auch Ihrem Vertrauen, Commissario Capo.«

Krupp dachte: Lorena, Marlene, Patrizia. Ein Allerweltsgesicht, einer, der harmlos wirkt. Harmlos? Auf keinen Fall.

Dichter Bart, dunkle Augen.

Und dann?

»Jetzt ist Zeit für eine Pressekonferenz. Die Journalisten sind schon alle draußen.«

»Nein.«

»Ich kann sie nicht mit Wasserwerfern vertreiben.«

»Er hat Krebs.«

Die Hand Gottes zwinkerte. »Egal. Wenn er vor dem Prozess stirbt, erspart er uns eine Menge Probleme. Entspann dich, ab jetzt ist das ein Spaziergang.«

»Wann ich mich entspanne, entscheide ich schon selbst. Und auch, wann ich mit der Presse spreche. Und auch, wann *Sie* mit der Presse sprechen.«

Er ging über den Flur, Ayrton Senna sah ihn, löste sich aus einer Gruppe Mastini und kam ihm entgegen. Krupp deutete auf die Tür mit dem Alarmknopf. Die Stimmen der wartenden Journalisten waren bis zu ihnen zu hören.

»Halte mir den Weg frei und fahr den Wagen vor.« Er schaute sich um und sagte laut: »Lombardi, ich brauche zwei Streifenwagen hinter mir, schick die Spurensicherung in die Via Visitazione 72. Schalte auch die Carabinieri ein, man muss auch gegenüber Verlierern großzügig sein.«

Lombardi und die Bulldoggen lachten.

Inzwischen fiel es ihm leicht, ihre Sprache zu sprechen.

Als Ayrton Senna die Tür öffnete, hatte jemand den Lautstärkeregler ganz nach oben geschoben.

»Stimmt es, dass Sie ihn gefasst haben?« – »Ist er der Freudenmädchen-Killer?« – »Können wir ein Foto des Hurensohns haben?« – »Hat er gestanden, Commissario?«

Die Bulldogge schob die Journalisten beiseite, um dem hinter ihm gehenden Krupp den Weg frei zu machen.

»Commissario, wollen Sie den Eltern der Opfer etwas sagen?« – »Stimmt es, dass es sich um einen Migranten handelt?« – »Hat der Mörder etwas gesagt?« – »Commissario?« – »Gibt es Beweise, dass es der Freudenmädchen-Killer ist?« – »Commissario?« – »Signor Commissario?«

»Krupp!«, rief Jo mit donnernder Stimme. »Muss die Stadt jetzt keine Angst mehr haben?«

Sie hatten das Gebäude verlassen, Ayrton Senna eilte sofort zum blauen Thema. Krupp wandte sich an die Journalisten.

»Wir haben jemanden festgenommen. Es handelt sich um eine Person, die des Mordes an einer Frau verdächtigt wird, der letzte Nacht verübt wurde.«

Jo hakte nach: »Sagen Sie uns etwas, was wir noch nicht wissen, Commissario!«

Krupp hörte die Bremsen des blauen Thema quietschen.

»Mehr Details auf der Pressekonferenz.«

Das Blitzlichtgewitter ähnelte einem Feuerwerk.

»Wann?«

Krupp öffnete die Autotür. »Jetzt nicht.«

Ayrton Senna schaltete die Sirene ein.

Die Journalisten wichen zurück.

»Zum Teufel mit dir, Krupp!«, rief Jo und lachte.

Via Visitazione 72. Ein Häuserblock in fahlem Gelb aus den 1960er Jahren. Funktional, mehr nicht. Hinter ihnen hielten zwei Einsatzfahrzeuge mit Blaulicht, ein schwarzer Tempra, ein Kleinlaster der Spurensicherung und zwei Streifenwagen der Carabinieri. Aus dem Tempra sprang Lombardi und brüllte Anweisungen: »Hier kommt keiner rein und keiner raus.«

Der Gerichtsbote mit dem Durchsuchungsbefehl kam einige Minuten später. Erst dann stieg Krupp aus, direkt vor dem Eingang zur Nummer 72. Lombardi hielt ihm die Tür auf. Krupp streifte die Latexhandschuhe über.

Erster Stock.

Auf dem Schild unter dem Klingelknopf stand: SARTORI.

Ein strohgelber Fußabtreter. Krupp bemühte sich, ihn nicht zu berühren, deutete darauf, und die Techniker packten ihn ein. Krupp klingelte mehrmals, wie es vorgeschrieben war. Keine Reaktion. Sartori hatte nicht gelogen. Das merkte er sich. Drei Drehungen im Schloss, und die Tür war offen.

»Ihr wartet hier. Greco, du kommst mit.«

Die Techniker stellten die Aluminiumkoffer ab. Ihnen stockte der Atem, ihre Gesichter waren kreidebleich. Alle dachten: Der Freudenmädchen-Killer wohnt noch bei seinen Eltern. Krupp und Greco betraten das Zimmer. Ayrton Senna schloss die Tür.

»Schau im Bad nach.«

In der Küche stand die auseinandergeschraubte Moka und trocknete auf einem Geschirrtuch neben dem Waschbecken. An den Wänden hingen Regalbretter, darauf Vorratsgläser in verschiedenen Größen und Formen, die Kochlöffel mit dem Stiel nach oben aufgehängt. Ein Batterieradio. An der Wand ein Kruzifix. Ein Tisch mit einer Eckbank in L-Form, zwei gepolsterte Stühle. Auf dem Tisch lag eine Decke mit bestickten Rändern, in einer Ecke stand ein Weidenkörbchen mit Vollkornbrot.

In der Eckbank lagen zu Dreiecken gefaltete Plastiktüten, eine Rolle Alufolie, ein kleines Nähkästchen.

Eine Basilikumpflanze auf dem Fensterbrett, die Erde war noch feucht. Krupp stellte sich Sartoris Mutter vor, wie sie ihren Sohn vor dem Urlaub bat, sie zu gießen.

Das Spülbecken war leer.

In den Schränken die üblichen Tassen, Teller, Töpfe. Ein Krug. Eine Zitronenpresse. Pasta, Reis. Tomatensoße. Keine Konserven. In den Schubladen sorgfältig gebügelte Servietten. Saubere Handtücher. Einzeln verpackter Würfelzucker. Ein Taschenrechner. Kassenzettel, ein Telefonbuch, Rabattcoupons von Despar und A&O, ein Kugelschreiber, ein Marker. Gabeln, Esslöffel, Teelöffel, Kochlöffel.

Krupp erstarrte.

Er schaute noch einmal nach.

Gabeln.

Esslöffel.

Teelöffel.

Kochlöffel.

Er schaute auf die Uhr seines Vaters. 6.10 Uhr. Die Taschenuhr zeigte 8.52 Uhr.

Er dachte: Die Messer fehlen.

Er rief Ayrton Senna zu: »Das Bad?«

»Nichts Verdächtiges.«

»Sind dir irgendwelche Messer begegnet?«

»Nein.«

Die Wohnung bestand aus einer Küche, einem Schlafzimmer, einem Bad und einem Wohnzimmer mit dem Fernseher. Lucio hatte kein eigenes Zimmer. Die Couch ließ sich ausziehen. Dort schlief der Freudenmädchen-Killer. Krupp dachte: Ob er keine Albträume hat?

Drei Schränke.

Im ersten: billige Porzellanfiguren, ein Souvenir aus Paris in Form des Eiffelturms, eine Steppdecke, an der noch der Reinigungszettel hing. Bettwäsche, für das Doppel- und das Einzelbett. Eine kleine Werkzeugkiste, gut sortiert.

Im zweiten: ein Schuhkarton mit Pornozeitschriften, ein Heft mit einer Collage aus Brüsten, Brustwarzen und erigierten Penissen. Dazu: Autoreparaturzeitschriften, eine Skimütze, Taschenbücher, Notizhefte, eine längliche Schachtel mit einer verstaubten Modelleisenbahn.

Krupp blätterte durch die Notizhefte:

2200 Zigaretten für Pap
6500 Brötchen und Cola
25 000 Benzin
7000 Blumen für Mam

Lucio Sartori führte kein Tagebuch, aber eine Liste seiner Ausgaben.

Im dritten: ein Schwall Lavendelgeruch. Hosen, Pullover, Jeans, Hemden. Unterwäsche. Zwei Winterjacken in Plastikhüllen.

Krupp dachte: Eine hast du angehabt, als du Lorena getötet hast. Sieben Grad unter null. Es war kalt. Vielleicht hast du sie auch beim Mord an Marlene getragen. Am 21. März war es auch kalt.

Das Schlafzimmer der Eltern lag im Dunkeln. Greco knipste das Licht an. Das Ehebett. Ein Spiegel mit einem Heiligenbild von San Rocco. Ein Foto auf dem Nachttisch zeigte eine zierliche Frau mit einem schüchternen Lächeln, die Hände im Schoß, als wüsste sie nicht, wohin mit ihnen. Neben ihr ein kräftig wirkender Mann, dunkler Teint, dunkle Haare, schmale Lippen, zusammengekniffene Augen, ernster Blick. Anna und Gaetano Sartori. Der Schrank nahm eine ganze Wand ein. Darin hing Männerkleidung in gedeckten Farben, daneben Frauenkleider. Auch sie meist in gedeckten Farben und in Zellophan eingeschlagen.

Im Spiegel erkannte Krupp eine Holzkiste oben auf dem Schrank. Wie elektrisiert verließ er das Schlafzimmer, ging durch den Flur und rief den Leiter der Spurensicherung.

»Fotoapparat und Fingerabdruckset, bitte.«

Die Holzkiste war nicht schwer und mit einem Schloss gesichert.

»Foto und Fingerabdrücke.«

Der Techniker ging ans Werk.

»Zwei Sätze«, sagte er, nachdem er die Untersuchung abgeschlossen hatte.

Krupp dachte: Zwei, *nicht* drei.

Krupp prüfte das Schloss. »Haben Sie einen Hebelvorschneider?«

Ayrton Senna hielt einen Dietrich hoch. »Ich mache das.«

Er öffnete die Kiste und zuckte zurück.

»Scheiße.«

In ihrem Inneren lagen vier Taschenmesser, ein Opinel-Messer, ein Messer mit Holzgriff und 15 Zentimeter langer Klinge, ein Survival-Messer mit Gummigriff und 20 Zentimeter langer Klinge in einer Schutzhülle aus Hartplastik. Ein schwarzes Springermesser mit einem silbernen Knopf. Ein Jagdmesser mit einem eingravierten Wildschwein auf der Klinge. Mehrere Küchenmesser in einem Gefrierbeutel, die von einem Gummiband zusammengehalten wurden.

Wer von euch hat Lorena getötet?

Wer von euch hat Marlene getötet?

Wer von euch hat Patrizia getötet?

Die Messer blieben stumm.

»Ihr könnt anfangen«, sagte Krupp.

Die Spurensicherung schwärmte in die Wohnung aus, während der Commissario sich ans Küchenfenster stellte, um die Autos zu beobachten, die wegen der Streifenwagen bremsen mussten. Und die Journalisten, die die Nachbarn interviewten.

Er dachte: *Zwei* Sätze Fingerabdrücke in einer Wohnung, in der *drei* Personen wohnen.

Er dachte: Wenn Mama und Papa sagen, dass die Messerkiste nicht angefasst wird, fasst Lucio sie nicht an.

»Commissario?«

Es war der Leiter der Spurensicherung. Er klang dringend. Dringend und besorgt.

Er hielt Krupp ein Fotoalbum hin.

»Es lag im Nachttisch des Vaters.«

Er klappte es auf und zeigte Krupp vergilbte Zeitungsausschnitte. Krupp erkannte die alte Typographie der *Voce delle Alpi*.

Die Schlagzeile lautete:

15-JÄHRIGE ZU HAUSE MISSHANDELT UND GETÖTET

Das Datum: 4. Januar 1985.

Um 9.37 Uhr startete Ayrton Senna den Motor des blauen Thema und passierte die Absperrung der Carabinieri. Er fuhr wie ein Anfänger, der Schweiß rann ihm über das Gesicht.

Eine Ampel. Die zweite.

»Die Eltern wussten es.« Ayrton Sennas Stimme klang hysterisch. »Warum lagen die Messer in dieser Kiste? Warum die Zeitungsausschnitte? Warum kein einziges Messer in der Küche? Weil *sie es wussten.* Verdammt, Commissario, sie haben die Messer versteckt, bevor sie in den Urlaub gefahren sind.«

Krupp dachte: Fünfzehnjährige zu Hause misshandelt. Die Nachricht stammte vom 4. Januar 1985, der Mord musste am Vortag geschehen sein. Damals war Lucio Sartori 18 Jahre alt.

Der Tinnitus ließ ihn zusammenzucken. Lorena, Marlene und Patrizia schrien.

Sie schrien: *Das Datum.*

Krupp zuckte zusammen.

»Welchen Tag haben wir heute?«

Ayrton Senna betrachtete ihn verwundert im Rückspiegel.

»Welchen Tag haben wir *heute?*«, wiederholte Krupp.

»Den 6. August.«

Krupps Magen zog sich zusammen. Ein schmerzhafter Stich.

Von so vielen Flammen sah ich den achten Höllengraben erglänzen …

»Heute ist sein Geburtstag«, sagte Krupp. »Der 6. August. Heute hat Lucio Sartori Geburtstag.«

»Er hat gefeiert«, sagte Ayrton Senna leise, »sein Geschenk war …«

Der blaue Lancia Thema schoss nach vorn, schnitt ein Taxi und schrammte den Bordstein. Krupp schaffte es gerade noch, die Tür aufzureißen, und kotzte auf den Bürgersteig.

Das Büro von Commissario Capo Levada sah genauso aus wie das von Krupp, gleicher rechteckiger Grundriss, gleicher Blick aus dem Fenster. Doch anders als bei Krupp hingen die Wände voller Fotografien: Levada händeschüttelnd mit wichtigen Persönlichkeiten aus Politik, Wirtschaft und Sport.

Es war erst 10 Uhr morgens, und die Temperatur war bereits auf über dreißig Grad geklettert. Auf dem Platz vor der Largo Palatucci Nummer 1 wimmelte es noch immer von Journalisten. Krupp musste sich regelrecht seinen Weg durch die Menge bahnen.

Der Commissario Capo rauchte, als Krupp und Manfredi sein Büro betraten.

»Was kann ich für Sie tun?«

»Eine delikate Angelegenheit«, erwiderte Manfredi. Er schien nach Worten zu suchen.

Krupp hingegen kam sofort zur Sache. »Ich komme gerade aus der Wohnung von Lucio Sartori.«

Er legte die Fotokopie des Artikels aus der *Voce delle Alpi* auf den Tisch. Levada würdigte sie keines Blickes. Er blies den Rauch aus. »Das sind deine Ermittlungen, Luther, und du machst deine Sache gut. Du hast ihn festgenommen.«

»Ich schon. Aber Sie nicht. 3. Januar 1985, Giulia Nicoletti.«

Die Hand Gottes drückte die Zigarette in dem schwanenförmigen Kristallaschenbecher aus, griff nach einer Lesebrille und nahm den Zeitungsausschnitt zur Hand. Ganz oben zwei Fotos. Das erste war sehr dunkel, man brauchte eine Weile, bis man eine Blutlache im Flur erkannte. Das zweite zeigte eine lächelnde junge Frau, die optimistisch in eine Zukunft blickte, die sie nie erleben würde. Levadas Gesicht zog sich zusammen. »Giulia …«

GANZ BOZEN ENTSETZT – NEUER, SCHRECKLICHER MORD!
15-Jährige zu Hause misshandelt und ermordet
Der Täter schnitt ihr mit einem Messer die Kehle durch
Von Jo Serafini

Das Opfer heißt Giulia Nicoletti, Kindergärtnerin in Ausbildung. Die Tat ereignete sich in ihrer Wohnung im sechsten Stock eines Mehrfamilienhauses in der Via Visitazione. Man fand die junge Frau halbnackt und mit Verletzungen an mehreren Stellen des Körpers. Vielleicht hatte sich der Täter mit einem Vorwand Eintritt in die Wohnung verschafft, oder er war schon dort, als das Opfer nach Hause kam.
Eine schreckliche, albtraumhafte Tat ohne ersichtliches Motiv.

Man fühlt sich in einen Krimi aus dem Vorabendprogramm versetzt. Doch vor vier Tagen wurde dieser Albtraum Realität: der Täter, der Schülerinnen verfolgt und dann tötet, hat wieder zugeschlagen.
Ein weiterer rätselhafter Fall in der Mordserie, mit Bozen als Kulisse. Und es gibt noch eine wichtige Parallele: die Tatwaffe war ein Messer.

»1985 lebte Lucio Sartori mit seinen Eltern in der Via Visitazione Nummer 72. Giulia Nicoletti in der Nummer 30. Das sind nicht mal fünfhundert Meter.«

Levada verschränkte die Finger und starrte ins Leere. Krupp hatte diesen Gesichtsausdruck oft bei Überlebenden von Verkehrsunfällen gesehen.

Mitleid hatte er nicht.

»Dieses arme, arme Mädchen ...«, stammelte *die Hand Gottes*.

Er setzte die Lesebrille ab.

»Hat er gestanden?«

»Noch nicht«, antwortete Manfredi rasch, um Krupps Wut zu bändigen, »und in Absprache mit dem Commissario haben wir beschlossen, diese Angelegenheit noch vertraulich zu behandeln. Vielleicht weiß Sartori nicht, dass wir ihn mit diesem Mord in Verbindung bringen können, und wir wollen die Zeit nutzen, um ...«

»Vielleicht war er es gar nicht. Vielleicht hat er von Giulia gelesen und dann eine Fixierung entwickelt, vielleicht war es nur eine Phantasie, vielleicht ...«, suchte Levada nach einem Ausweg.

»So blind können Sie nicht sein, Commissario Capo«, unterbrach ihn Krupp mit schneidender Stimme.

Levada lehnte sich im Sessel zurück. »Wie wollt ihr weiter vorgehen?«

Manfredi antwortete: »Nach sieben Jahren werden wir nichts mehr finden, was Sartoris Beteiligung an diesem Mord beweisen könnte. Wir müssen ihn zu einem Geständnis zwingen, das ist unsere einzige Chance. Ich bin sicher, dass Commissario Krupp ein Vertrauensverhältnis zu ihm aufbauen und ihn dazu bringen kann, von Giulia Nicoletti zu erzählen.«

»Da war nichts«, murmelte Levada, »da war nichts am Tatort. Es gab Verdächtige, besonders einen. Das Täterprofil passte. Die Bulldoggen fuhren Doppel- und Dreifachschichten. Wir haben alles getan, was in unserer Macht stand ... Meinen Sie, ich sollte mit Giulias Eltern sprechen?«

Manfredi räusperte sich. »Wir wollen keinesfalls, dass die Sache öffentlich wird.«

»Das sind ehrbare Leute. Sie haben ein Recht, es zu erfahren.«

»Nein«, entgegnete Krupp entschlossen, »ich führe die Ermittlungen, Sie erinnern sich? In Anbetracht des Mordes an Giulia Nicoletti ist es denkbar, dass Sartori vor Lorena Haller noch weitere Taten begangen hat. Wir schauen uns alle alten Fälle an. Von 1980 bis heute. Und da gibt es einige. Der Druck der Presse und der Angehörigen hilft uns da nicht. Deshalb wird nichts davon an die Öffentlichkeit dringen. Ist das klar, Commissario Capo?«

Levada wirkte erschöpft. »Aber ich war auch mal ein guter Polizist, Luther. Glaub mir.«

Krupp dachte: Lorena, Marlene, Patrizia.

Giulia.

Und wie viele noch?

Wie viele?

»Und was ist dann passiert?«

Levada strich über das Foto von Giulia Nicoletti.

»Das wirst du schon selbst herausfinden.«

Manfredi schlug die Beine übereinander und zog mit den Händen die Bügelfalte seiner Hose nach. Krupp legte den Bericht der Spurensicherung auf den Formica-Tisch im Verhörraum Nummer 2, strich sich die Krawatte glatt und nickte Anwalt Santin zu.

Santin, 55, war keiner der großen Namen unter den Bozener Anwälten, und Krupp fragte sich, warum er die Verteidigung eines Serienkillers übernommen hatte. Vielleicht wollte er die Gelegenheit als Sprungbrett nutzen, vielleicht war es pures Pflichtgefühl. Auch das gab es noch, wie Manfredi zu bedenken gegeben hatte. Er könnte sich jedenfalls für die Anklage vor Gericht als Glücksfall erweisen, so die Hoffnung des Staatsanwalts.

Noch nie hatte es Santin mit einem so komplexen Fall zu tun gehabt.

Sartori gab sich unbeeindruckt. Er war 26, wirkte aber zehn Jahre älter.

»Wir haben im Krankenhaus in Trento Bescheid gegeben«, erklärte Krupp, »Sie müssen sich keine Sorgen machen. Die Staatsanwaltschaft kümmert sich bereits darum, dass Sie die Therapie fortsetzen können.«

»Ich möchte mit meinen Eltern sprechen.«

»Ich habe sie bereits informiert«, sagte Manfredi, »sie haben mir versichert, dass es ihnen gutgeht. Sie machen sich Sorgen, aber gesundheitlich ist alles in Ordnung.«

»Wann kann ich sie sehen?«

»Bald«, antwortete Krupp, »sie sind schon auf der Rückreise. Brauchen Sie etwas, bevor wir anfangen?«

Sartori stützte sich mit den Händen auf dem Tisch ab. »Was heißt ›bald‹?«

»So schnell, wie es im Rahmen der Ermittlungen möglich ist. Sie haben mein Wort.«

Der Mann, der Lorena Haller mit 24, Marlene Wieser mit 14,

Patrizia Zanni mit 26 und möglicherweise Giulia Nicoletti mit ebenfalls 26 Messerstichen getötet hatte, schien von Krupps Freundlichkeit überrascht zu sein.

»Können wir über diese Nacht sprechen, Signor Sartori?«

»Deshalb sind wir hier.«

Krupp schlug den Bericht der Spurensicherung auf. »Kennen Sie Patrizia Zanni?«

»Wer soll das sein?«

Krupp zeigte ihm ein Foto. Es war eine Vergrößerung ihres Passbilds. Weder bei der Polizei noch bei der Sitte gab es eine Akte über sie. Genauso wenig wie über Lucio Sartori. Der Name des Freudenmädchen-Killers war bisher nirgendwo aufgetaucht.

»Erkennen Sie sie?«

»Vielleicht. Ich erinnere mich nicht.«

»Sie haben Kratzspuren am Arm. Darf ich fragen, woher?«

Sartori deutete auf die Spur am Hals. »Auch das hier?«

»Ja.«

»Ich erinnere mich nicht.«

»Agente Scelto Villa haben Sie erklärt, es sei ein Kater gewesen. Sie sind da wohl sehr präzise gewesen, haben explizit ›Kater‹ und nicht ›Katze‹ gesagt. Ich nehme an, es ist gar nicht so leicht, zu unterscheiden, ob es ein Männchen oder ein Weibchen war?«

»Wer ist Agente Scelto Villa?«

»Einer der beiden Polizisten, die Sie festgenommen haben.«

Sartori strich sich nachdenklich über den Schnurrbart. »Der mit den dunklen Haaren, stimmt. Er hat gesagt, dass wir Klassenkameraden waren. Da muss ich meine Mutter fragen, die hat ein gutes Gedächtnis. Ich erinnere mich nicht.«

»An Agente Scelto Villa oder woher Sie die Kratzer haben?«

»Wenn Agente Scelto Villa gesagt hat, dass wir zusammen in der Schule waren, wird es schon stimmen. Warum sollte er lügen?

Er hat zu 99 Prozent recht, bei den Kratzern bin ich mir nicht sicher, vielleicht von einem streunenden Kater.«

»Und wo sind Sie diesem streunenden Kater begegnet?«

»Vielleicht am Lago di Monticolo. Vielleicht dort, aber ich erinnere mich nicht.«

Der Lago di Monticolo lag nur wenige Kilometer entfernt, südlich von Bozen.

Krupp dachte: Streifenwagen an allen Ausfallstraßen, überall Straßensperren. Bulldoggen im Jagdmodus. Da hatte *er* Bozen bereits längst verlassen.

»Waren Sie jemals bei einer Prostituierten?«

»Vier oder fünf Mal. Aber ich glaube nicht, dass Sie das wissen wollen, Commissario.«

Sartori versuchte die Befragung zu steuern. Die Situation zu kontrollieren.

»Dann frage ich direkt. Haben Sie Patrizia Zanni umgebracht?«

»Ich denke schon.«

Anwalt Santin rieb sich die Augen. Sartori verzog keine Miene. Krupp nickte.

»Es dürfte in der Tat schwer sein, Patrizia Zannis Blut auf der Polsterung des Beifahrersitzes zu erklären, die Sie im Kofferraum Ihres Autos versteckt haben. Von dem Personalausweis ganz zu schweigen. 26 Messerstiche sind eine ganze Menge, Signor Sartori.«

Keine Reaktion.

»Wie Ihnen Avvocato Santin schon erklärt hat, ist ein Geständnis nicht nötig, wir haben alle Beweise, die wir brauchen. Die Staatsanwaltschaft ist bereit, Anklage zu erheben. Ich möchte nur auf einige Details eingehen. Das verstehen Sie sicher. Wir beide arbeiten gerne gründlich.«

Sartori lehnte sich zurück, die Hände auf den Oberschenkeln.

Als er mit der Schulter den Anwalt streifte, zuckte dieser zurück. »Warum denken Sie das?«

»Wegen Ihrer persönlichen Gegenstände. Sie achten auf Ihre Ausgaben, Sie haben sorgfältig die Adresse Ihrer Eltern notiert. Meine Leute haben mit Ihrem Arbeitgeber gesprochen. Er sagte, Sie seien ein guter Mitarbeiter. Keinen Tag gefehlt, keine Beschwerden, kein Gemecker. Sind Sie gerne Spengler?«

Sein Chef hatte auch gesagt, dass Sartori gerne für sich war und sich ärgerte, wenn andere einen Fehler machten. Nicht, dass er aggressiv wurde, aber er war beleidigt, fast wie ein Teenager.

Er hatte zu Protokoll gegeben:

Ich hätte niemals gedacht, dass Lucio der Freudenmädchen-Killer sein könnte. Sind Sie ganz sicher?

Seine Sekretärin, die einzige Frau im Betrieb, hatte allerdings vermutet, dass es Sartori sein könnte, der sie mit obszönen Anrufen belästigte.

Krupp hatte die Verbindungsnachweise angefordert.

»Facharbeiter«, korrigierte Sartori, »nicht Spengler. Ein Spengler ist ein einfacher Handwerker, da braucht es nicht viel. Ich dagegen arbeite mit Präzisionsgeräten, das kann nicht jeder.«

»Es heißt, wenn eine Maschine Mucken macht, dann seien Sie der Richtige.«

Sartori schien das zu gefallen.

»Eine gute Arbeit. Mein Vater hat sie mir besorgt.«

»Ist er auch ein ganz Genauer?«

»Ja. Nicht pingelig, aber genau.«

»Dann versuche ich jetzt bei meiner Rekonstruktion genauso präzise zu sein, ja?«

»Bitte.«

»Um etwa 23.40 Uhr ist Patrizia in Ihr Auto gestiegen. Wahrscheinlich haben Sie sich in der Via del Macello oder auf der Piazza

Verdi getroffen. In der Discothek Cactus jedenfalls nicht, wir haben die Überwachungskameras ausgewertet. Patrizia hat den Parkplatz an der Werkstatt Mille Miglia vorgeschlagen. Doch bevor es zum Akt kam, muss ein Kampf stattgefunden haben. Dabei hat die junge Frau gegen die Windschutzscheibe getreten und den rechten Außenspiegel abgebrochen. Sie hat sogar die Beifahrertür geöffnet, aber eine Flucht konnten Sie verhindern. Dann haben Sie sie umgebracht.« Krupp deutete auf den Autopsiebericht. »Ich korrigiere mich. Sie haben *geglaubt*, Patrizia umgebracht zu haben, in Wirklichkeit ist sie erst eine halbe Stunde später gestorben.«

Sartori starrte ihn an.

Leere Augen. Abwesend.

»Danach fuhren Sie nach Colle. Ich nehme an, Sie wollten Patrizia oben auf dem Gipfel entsorgen, dort im Wald fällt das nicht so auf. Aber auf halbem Weg fiel Ihnen ein, dass Sie gesehen werden könnten. Deshalb haben Sie den Körper in aller Eile neben der Straße abgelegt und sind dann zurückgefahren. Was die Tatwaffe angeht, sagt der Pathologe, dass er sie nicht identifizieren kann. Aber ich habe eine Vorstellung. Nur eine Idee, ein Detail, aber ich würde es gerne ansprechen.«

Es war an der Zeit, dem Freudenmädchen-Killer im Verhörraum 2 zu zeigen, wer hier die Kontrolle über die Situation hatte.

»Ich bin sicher, dass Sie ein Brotmesser benutzt haben.«

Sartori reagierte nicht.

Aber er wirkte jetzt aufmerksamer.

»In Ihrer Wohnung waren keine Messer, aber ich habe in der Küche Brotscheiben in einem Körbchen entdeckt. Keine vorgeschnittenen aus dem Supermarkt, sondern sie waren von einem großen Laib abgeschnitten. Brotmesser haben in der Regel eine lange Klinge, und die Wunden an Patrizia Zannis Körper sagen uns, dass Sie eine Waffe mit einer mindestens 18 Zentimeter langen Klinge benutzt haben, ein Sägemesser. Brotmesser haben einen Wellenschliff, und auch das konnten wir an der Leiche nachweisen. Diese Messer sind nicht sehr scharf, und wegen des speziellen Schliffs ist es gar nicht so einfach, sie zu schärfen, aber Sie sind ein kräftiger Mann, und ich denke, dass jedes Messer in Ihren Händen potenziell tödlich sein kann, egal wie stumpf es ist.«

Außerdem war es augenscheinlich das einzige Messer, das Sartoris Vater nicht in der Holzkiste eingeschlossen hatte, weil man es seiner Meinung nach für *gewisse* Zwecke nicht benutzen konnte.

Drei Personen, *zwei* Sätze Fingerabdrücke.

Sartori wirkte beeindruckt. Vielleicht auch amüsiert, dachte Krupp mit Erschrecken.

»Darf ich Sie duzen, Commissario?«

»Warum nicht? Habe ich mit dem Brotmesser recht, Lucio?«

»Das Messer habe ich in den Isarco geworfen. Es tauchte kurz wieder auf, dann ist es unter Wasser verschwunden. Es war ein Brotmesser, genau.«

Krupp biss die Zähne zusammen. »War es schwer zu schärfen?«

»Unmöglich. Gibt es andere Details, die nicht passen?«, fragte Sartori.

»Patrizias Ausweis. Warum hast du den mitgenommen?«

Das erste Mal wirkte Lucio Sartori unsicher.

»Es war alles so verwirrend. Ich weiß nicht, wann ich Signorina Zanni getroffen habe. Und ihren Namen hat sie mir nicht gesagt.« Er hielt inne und dachte nach. »Wie heißt du mit Vornamen?«

»Luther.«

»Luther, wenn du sagst, dass ich sie um 23.40 Uhr getroffen habe, kann ich nicht widersprechen, aber auch nicht zustimmen. Aber ich schätze, zu achtzig Prozent könnte es stimmen. Ich erinnere mich, dass wir auf dem Parkplatz in der Via del Macello waren. Es war heiß. Ich habe die Hosen runtergezogen, und sie hat gemerkt, dass ich nur einen Hoden habe.«

Sartori schien zu zögern.

»Wegen des Seminoms«, versuchte Krupp ihm zu helfen.

»Sie sagte, sie hätte noch nie einen Mann mit nur einem Hoden gesehen. Sie hat gesagt, ich sei ja nur ein halber Mann. Das hat mich wütend gemacht. Ich habe gesagt, diese Krankheit gebe es oft, darüber würde man keine Witze machen. Aber sie hat nur gelacht und sich weiter über mich lustig gemacht. So eine blöde Kuh …«

Krupp kamen Elena Zannis Worte in den Sinn. Patrizia wollte niemandem zur Last fallen. Die Vorstellung, dass Patrizia diesen Hünen verspottet hatte, war absurd. Sartori log, das war offensichtlich, im Gerichtssaal käme er damit nicht durch. Krupp strich sich über die Krawatte und hakte nach.

»Du warst wütend?«

»Ja. Aber ich habe sie nicht umgebracht.«

»Ich hoffe, du willst deine Aussage nicht widerrufen.«

Sartori tippte mit dem Zeigefinger auf den Tisch. »Ich will nur, dass du weißt, wie alles abgelaufen ist.«

In Sartoris Art zu sprechen lag etwas Gezwungenes. Mechanisches. Krupp hatte die Sprache der Bulldoggen und die Sprache der Toten gelernt. Jetzt versuchte er, auch den Freudenmädchen-Killer zu verstehen.

»Zu hundert Prozent?«

»So, wie ich mich erinnere.«

»Dann erklär mir, warum du behauptest, du hättest sie nicht umgebracht.«

»Es war kein Mord, sondern Notwehr. Sie hat mich angegriffen.«

Krupp dachte: ein Meter neunzig, fast hundert Kilo schwer, gegenüber ein Meter fünfzig und fünfzig Kilo.

Krupp dachte: Arschloch.

»Erzähl weiter«, forderte er ihn auf.

»Sie machte sich weiter über mich lustig, und ich wusste, dass es nicht klappen würde. Ich kann nicht mit Frauen schlafen, die ich nicht mag. Ich habe die Hose wieder hochgezogen und gesagt, sie solle verschwinden. Da ist sie ausgeflippt. Sie hat gesagt, ich müsse sie trotzdem bezahlen. Aber ich«, Sartori schob entschlossen das Kinn vor, »habe das abgelehnt. Aus Prinzip.«

Krupp empfand Abscheu, Hass, Entsetzen.

Sartori deutete auf den Arm und den Hals. »Sie war völlig verrückt.«

»Und du hast dich gewehrt.«

»Sie hat es selbst herausgefordert.«

Sie hat es selbst herausgefordert.

Krupp zwang sich, nicht auf die Hände des Freudenmädchen-Killers zu schauen.

»Erinnerst du dich an noch etwas?«

Sartori drückte mit dem Zeigefinger seine nach links hängende Unterlippe nach oben. »Ich habe das Messer ins Wasser geworfen. Zu Hause habe ich mir einen Kaffee gemacht, ihn aber nicht getrunken. Ich war sehr aufgeregt. Ich streite nicht gern, so bin ich nicht. Ich habe mich umgezogen, bin in den Hof gegangen und habe die dreckige Kleidung und den Polsterbezug in den Kofferraum gelegt. Ich habe mir den Schaden am Auto angeschaut und gedacht, dass eine neue Windschutzscheibe und ein neuer Rückspiegel einiges kosten würden, vielleicht über eine Million. Automechaniker sind alle Halsabschneider.«

»Und das hat dich noch nervöser gemacht.«

Sartori klopfte auf den Tisch, als wolle er sagen: Wir zwei verstehen uns. Krupp wurde übel.

»Ich hasse Leute, die einen reinlegen wollen. Ich habe da meine

Prinzipien. Es war schon spät, und ich dachte, da könnte ich gleich wach bleiben, ich hatte ja meinen Termin für die Therapie und wollte die Ärzte nicht warten lassen. Ich bin ein bisschen rumgefahren, zur Entspannung. Ich kann mich an den Lago di Monticolo erinnern. Dort war es kühl, und ich denke, ich bin ein wenig eingenickt. Dann bin ich Richtung Bozen gefahren, um auf die Autobahn zu kommen.«

»In deinem Auto haben wir Spuren von Bleichmittel gefunden. Erinnerst du dich, wann du saubergemacht hast?«

»Leider nein. Blackout.«

»Dann erinnerst du dich auch nicht, warum du Patrizias Ausweis an dich genommen und ihn innen in den Kofferraum geklebt hast?«

»Ich hoffe, das erschwert dir nicht die Arbeit.«

Er sagt die Wahrheit, dachte Krupp erstaunt.

Seine Aufrichtigkeit ist beängstigend.

»Nein, nein.«

»Was passiert jetzt?«, fragte Sartori.

»Wir bringen dich ins Gefängnis. Mach dir keine Sorgen wegen der anderen Häftlinge, du bleibst eine Weile isoliert. Das ist Vorschrift. In der Zwischenzeit versuche ich, so schnell wie möglich deine Eltern zu dir zu bringen.«

»Dafür wäre ich dir sehr dankbar.«

»Hast du mir die Wahrheit gesagt, Lucio?«

»Ja.«

»Kannst du dich erinnern, warum du das Brotmesser genommen hast?«

»Nicht genau, aber ich kann es mir vorstellen.«

Krupp versuchte, den Blick des Mannes zu verstehen, aber es gelang ihm nicht.

»Sag es mir.«

»Selbstverteidigung«, erwiderte Sartori. »Es sind gefährliche Leute unterwegs. Bozen ist leider nicht mehr das, was es in meiner Kindheit mal war.«

»Bist du sicher, dass du vor Patrizia nicht schon mal so einen Blödsinn gemacht hast?«

»Zu 99 Prozent.«

Sartori hielt ihm die Hand hin, Krupp ergriff sie.

Sie fühlte sich klebrig an. Als wäre sie voller Blut.

DONNERSTAG, 6. AUGUST 1992

Nachmittag

Milla ging sonst nie in die Bar Imperia, denn 4500 Lire für einen durchgeweichten Toast zu verlangen, war eine Frechheit, aber Jo hatte gesagt, er solle sich nicht so anstellen.

Es waren bestimmt an die 35 Grad, Milla und Jo saßen als Einzige draußen. Die Turmuhr des Doms schlug eins, und Jo deutete auf das Brötchen, in das der junge Reporter nur widerwillig hineinbiss.

»Beeil dich.«

»Ich habe keinen Appetit.«

»Bist du noch sauer auf mich?«

»Was glaubst du?«

»Raus damit, lass uns streiten, dann vertragen wir uns wieder und gehen zur Pressekonferenz. Es geht gleich los.«

»Du hättest mich anrufen müssen.«

»Warum?«

»Weil ich dabei sein wollte, deshalb.«

Jo, Colucci, Rizzi und sogar der Chefredakteur hatten die ganze Nacht den Polizeifunk abgehört und waren dann zur Questura gefahren, um die Festnahme des Freudenmädchen-Killers zu feiern. Und keiner hatte daran gedacht, Milla anzurufen.

Diese *Arschlöcher.*

»Ich brauche dich so, wie du jetzt bist«, sagte Jo und schnipste mit den Fingern, »nämlich hellwach, aggressiv, bereit, der Konkurrenz das Wasser abzugraben. Und ich bin nun mal der Chefreporter. Frieden, Champion?«

»Ich hätte losziehen und ihn fotografieren können. Oder zumindest das Auto. Hättest du nicht gerne sein Foto auf der Titelseite gehabt?«

»Und du hättest die ganze Nacht Jagd auf den Freudenmädchen-Killer gemacht? Bist du verrückt?«

»Was meinst du damit?«

»Ich werfe dich aus dem Bett und sage dir: ›Champion, hol dir ein Foto des Bastards, der die Frauen umgebracht hat.‹ Was hättest du gemacht?«

»Ein roter Seat Ibiza. Wie viele wird es davon wohl geben?«, erwiderte Milla feindselig.

Jo winkte dem Kellner, legte zwei Scheine auf den Tisch und kippte sein Bier herunter. »Ich wundere mich über deine Blauäugigkeit. Die Frau wurde gegen Mitternacht umgebracht, die Polizei war unmittelbar danach vor Ort, aber der Killer wurde erst um halb sieben festgenommen. Wie groß war die Chance, dass er in der Nacht herumgefahren ist, als wäre nichts passiert?«

»So haben sie ihn doch gefasst, oder? Er war im Auto unterwegs, als wäre nichts passiert.«

»Wie hoch war die Wahrscheinlichkeit, dass *du* an einer Straßensperre angehalten worden wärst?«

»Na und, Ausweis zeigen, und das war's, Jo.« Milla zuckte mit den Schultern.

»Überforderte Polizisten und Bulldoggen am Rande des Nervenzusammenbruchs. Hast du wirklich gar keine Ahnung, Champion? Florian Lambacher. Erinnerst du dich?«

Milla schreckte zusammen.

Florian Lambacher war ein junger Mann aus Appiano, der im April auf der Rückfahrt von einer Party bei Freunden auf eine

Straßensperre gestoßen war. Er war einfach weitergefahren, und zwei Rambos in Uniform hatten ihn mit einer Maschinengewehrsalve niedergestreckt.

Einfach so.

»Du kannst dich also bei mir bedanken. Weil ich dich davor bewahrt habe, in der Leichenhalle zu enden, und weil ich Patrizia Zannis Vater angerufen habe. Du hast ein zu weiches Herz.«

»Was hat er gesagt?«

»Das wirst du morgen in der Zeitung lesen. Wir sind spät dran.«

Milla und Jo gingen über die Piazza, überquerten die Via Dante und zeigten am Eingang der Questura ihre Ausweise. Es war Viertel nach eins. Der Saal, in dem die Pressekonferenz stattfand, war brechend voll. So viele Journalisten auf einem Haufen hatte Milla noch nie erlebt. Er erkannte Tagliaferro, der seinen Gruß ignorierte, die Kollegen der lokalen Konkurrenz, aber auch unbekannte Gesichter von Blättern mit großen Namen: *Repubblica*, *Corriere della Sera*, *L'Unità* und *La Stampa*, sogar ausländische Journalisten, Österreicher und Deutsche, *Die Presse*, *Der Standard* und die *Süddeutsche Zeitung*. Und eine beeindruckende Zahl an Fernsehkameras.

Um 13.20 Uhr stellte ein Beamter eine abgehängte Stellwand hinter dem Schreibtisch auf. Um 13.30 Uhr betraten Commissario Krupp, Staatsanwalt Manfredi, der Commandante der Carabinieri und eine Bulldogge mit blonder Mähne und Backenbart den Raum. Milla hatte ihn schon mal gesehen, wusste aber nicht mehr, wie er hieß.

»Levada fehlt«, flüsterte er Jo zu.

»Er ist indisponiert. Wenn man das glauben darf.«

»Und der Blonde, wer ist das?«

»Luca Greco, Viceispettore. Und jetzt halt den Mund.«

Manfredi bedankte sich bei den Journalisten für ihre »Anwesenheit«, dem Commandante für die »unschätzbar wertvolle Unterstützung«, dem wegen Krankheit verhinderten Commissario Capo Levada für das »unverbrüchliche Vertrauen in die Ermittlungsarbeit«, Questore Comi für »die großartigen strategischen Hinweise« sowie den Bozenern für ihren »Gemeinsinn und ihre Bereitschaft zur Zusammenarbeit«.

Krupp dagegen kam sofort auf den Punkt.

Auf ein Zeichen hin entfernte ein Uniformierter die Abdeckung von der Stellwand und enthüllte die Vergrößerung eines Steckbriefs.

Milla ließ die Nikon klicken.

Der Freudenmädchen-Killer hatte einen Schnurbart, dunkle Augen, dunkle Haare. Die Unterlippe hing leicht nach links.

»Heute Morgen um sieben fiel einer Streife der Einsatzkräfte in der Via Volta ein roter Seat Ibiza auf. Am Steuer saß Lucio Sartori, 26 Jahre, nicht vorbestraft.«

Krupp deutete auf das Gesicht des Freudenmädchen-Killers.

Der Kamera entging nichts.

»Der in Bozen geborene Mann hat den Mord an Patrizia Zanni gestanden und Einzelheiten geliefert, die seine Aussage bestätigen.«

Ein Journalist in einem kurzärmligen Hemd stand auf. »Hat er gesagt, warum er es getan hat, Commissario?«

»Er hat angegeben, sie habe es selbst herausgefordert. Glauben wir ihm das?«

Milla konnte den Blick nicht von dem Foto abwenden.

Roby, der Verrückte, der sagte: »*Sie hat es selbst herausgefordert.*«

»Der Geständige«, fuhr Manfredi fort, der im Gegensatz zu Krupp sehr gelassen und trotz der Müdigkeit souverän wirkte, »hat ausgesagt, ein Blackout gehabt zu haben und sich nur an Fragmente der Tat und der Zeit danach zu erinnern.«

»Meinen Sie«, war eine Stimme zu hören, »dass er auf Unzurechnungsfähigkeit plädieren wird?«

»Ich habe natürlich einen Antrag auf ein psychiatrisches Gutachten gestellt. Ich nehme an, die Verteidigung wird das Gleiche tun.«

Ein Mann näherte sich, Milla musste sich noch enger an die Wand pressen, um ihn vorbeizulassen. Er flüsterte Jo ein paar Worte zu, der sich bedankte und etwas auf seinen Notizblock kritzelte.

Milla warf Jo einen fragenden Blick zu.

Jo murmelte: »Ein Köder.« Er riss das beschriebene Blatt heraus und faltete es zweimal.

Eine Journalistin fragte: »Können Sie offiziell bestätigen, dass Sartori der Freudenmädchen-Killer ist?«

Manfredi lächelte. »Wir ermitteln in diese Richtung. Und jetzt, wenn Sie uns bitte entschuldigen wollen ...«

»Denken Sie, vor Lorena Haller hat es noch andere gegeben?«

Keine Antwort.

Jo trat einen Schritt nach vorne und rief: »Krupp, welchen Eindruck hat der Typ auf dich gemacht?«

»Meine ehrliche Meinung, Jo?«

»Wie immer, Commissario.«

Krupp beugte sich über das Mikrophon.

»Keinen.«

Milla dachte: Genauso ist es. Auch Roby, der Verrückte, rief keine Emotionen hervor. Keine Angst, keine Wut.

Jo stieß ihm den Ellbogen in die Seite und hielt ihm den doppelt gefalteten Zettel hin, Milla öffnete ihn und las. Das erste Wort war: *Mord.*

Jo zwinkerte ihm zu: »Das Leben geht weiter, Champion.«

Als Milla wieder in die Redaktion kam, war es 18.20 Uhr. Er hatte Jos Zettel in die Tasche gesteckt: *Mord. Maso Stocker, Carnedo all'Isarco. Foto, 4800 Wörter*. Um 18.45 Uhr gab er den Artikel ab. Jo las ihn und musterte Milla dann misstrauisch.

»Damit ich es auch verstehe. Hermann ist in den Stall gegangen und hat dann die Kühe umgebracht.«

»Mit einer Axt«, bestätigte Milla.

»Und als die alte Frau dazugekommen ist …«

»Frau Maria, 71 Jahre alt und …«

»Wie eine zweite Mutter für ihn. Teddybären und Geigen.«

»Hat er auch sie umgebracht.«

»Bist du noch immer sauer wegen Sartori und willst mich vor dem Chef in Schwierigkeiten bringen?«

»Das ist längst vergessen.«

Jo deutete auf den Artikel. »Dann ist das dein Ernst?«

Milla trank die lauwarme Fanta. Der Zucker hatte seine Stimmung nicht heben können. Achthundert aus dem Fenster geschmissene Lire.

»O ja.«

»Die Carabinieri haben ihn aus dem Haus geführt, er hat den Blick gehoben und dich angelächelt?«

Milla hielt das Foto hoch. »Du siehst es doch auch, oder? Er wirkt wie ein Kind an Weihnachten. Er ist offenbar schizophren. Genau weiß ich es nicht, die Psychiater wollten nicht mit mir sprechen, aber zwei Zeugen, die die Familie gut kennen, haben mir gesagt, dass er Stimmen hört. Wie es aussieht, ist das eines der Symptome.«

»Du hast in der Bibliothek recherchiert?«

Milla drückte die Fantadose zusammen. »Klar doch.«

»Und heute hat Hermann, das glückliche Kind, seine Medikamente nicht genommen.«

»Er sagte, er würde von ihnen Kopfweh bekommen. Aggressiv war er aber nie.«

»Und das stimmt?«

»Niemand hat das auch nur angedeutet, deshalb scheint es mir eine verlässliche Information zu sein.«

»Die Carabinieri haben ihm Handschellen angelegt und aus dem Haus geführt, er hat dich gesehen, dich angelächelt, du hast ihn fotografiert, und er hat gesagt: ›Es war der Teufel. Er hatte Hörner.‹?«

»Und …«

Jo sprang lachend auf. »Er hat dir für morgen die Titelseite der *Voce* gegeben. Natürlich nicht die Mitte. Die gehört Sartori.«

»Ich muss Iris sehen«, platzte Milla heraus, »ist es in Ordnung, wenn ich jetzt gehe?«

»Ist es dir ernst mit dieser Frau, Champion?«

»Schönen Abend, Jo.«

»Bevor du gehst, schau dir das an.«

Der Vorabdruck der *Voce* vom Freitag, 7. August.

Das Foto von Patrizia Zanni.

Das Foto von Lucio Sartori.

ERNEUTES MESSER-MASSAKER

Dieses Mal wurde der Täter sofort gefasst:

Es handelt sich um einen 26-jährigen Mann

Milla konnte sich gut vorstellen, was der Chefreporter unter den Titel platzieren würde: das Foto von Hermann, das von Frau Maria und den Satz des jungen Mannes mit dem unschuldigen Lächeln, bei dem ihm übel geworden war.

»Der Teufel ist jetzt fort.«

GIULIA, AIDA, MIRELLA

What will you do when you get lonely?

ERIC CLAPTON, LAYLA

FREITAG, 7. AUGUST 1992

Im Kofferraum des roten Seat Ibiza mit dem Kennzeichen BZ 446 047 hatte man ein Kletterseil gefunden, sechs Millimeter Durchmesser. Im Bericht der Pathologie des San Maurizio, der kurz nach Mitternacht eingetroffen war, hieß es: *Bei den Flecken auf dem Seil handelt es sich höchstwahrscheinlich um Blut.*

Die Analyse hatte ewig gedauert, aber Egger war sicher, dass die Struktur des Seils identisch war mit den Spuren am Hals von Marlene Wieser. Der Commissario und der Staatsanwalt hatten beschlossen, den endgültigen Abschluss der Untersuchungen abzuwarten, bevor man diese Information gegen Sartori verwendete. Sie saßen in Krupps Büro und feierten den Erfolg mit einem Kaffee, einem Lächeln und einem gegenseitigen Schulterklopfen.

Danach hatten sie weiterdiskutiert, bis tief in die Nacht hinein. Sollte man Sartoris Eltern befragen? Manfredi hatte zu bedenken gegeben, dass die Aussagen von Anna und Gaetano Sartori als Blutsverwandte nicht verwertbar waren, und hielt eine Vernehmung für Zeitverschwendung. Er wollte sich auf die Überführung Sartoris als Mörder von Giulia Nicoletti konzentrieren.

Krupp war anderer Meinung.

»Genau deshalb musst du mich mit ihnen sprechen lassen. Beweise werden wir keine mehr finden, dazu liegt die Tat zu lang zurück. Wir brauchen ein Geständnis, spontan und lückenlos. Lucio ist 26 und hat eine Stelle, eine gutbezahlte Stelle, wenn man seine

Kontoauszüge ansieht, aber er lebt immer noch bei seinen Eltern. Er schläft auf dem Sofa und …«

»Ja und?«

»Ist dir aufgefallen, wie oft er bei unseren Vernehmungen seinen Vater erwähnt hat? Was ist mit den Messern in der Holzkiste oder dem Zeitungsausschnitt aus der *Voce delle Alpi* im Nachttisch? Ist das nicht aussagekräftig genug? Die Eltern sind der Schlüssel, um zu verstehen, wie Lucio denkt. Gib mir die Erlaubnis zu einem Treffen, und ich verspreche dir, dass du dein Geständnis bekommen wirst.«

Um sechs Uhr morgens kapitulierte Manfredi schließlich.

Um 14.10 Uhr war Gaetano Sartori im Verhörraum Nummer 2. Siebzig Jahre alt, dunkle Haare, hervorstehende Wangenknochen, er sah aus wie ein Vierzigjähriger. Sein Blick wirkte unbeteiligt, eher misstrauisch mit einer Spur Verachtung. Neben ihm saß Avvocato Santin.

»Wann kann ich meinen Sohn sehen?«

»Sehr bald«, antwortete Krupp.

»Wann können meine Frau und ich wieder nach Hause zurück?«

»Sobald die Spurensicherung mit ihrer Arbeit fertig ist, das wird einige Tage dauern. Bitte erzählen Sie uns von Lucio.«

Das »Bitte« ließ die Augen des Siebzigjährigen aufleuchten.

»Was wollen Sie wissen?«

»Was für ein Mensch ist er?«

»Ein fleißiger Arbeiter, eher schüchtern und ein bisschen ungeschickt. Auch mit Mädchen. Anna, meine Frau, sagt immer, dass er für bestimmte Sachen noch zu jung sei, aber ich war in seinem Alter schon verheiratet.«

Gaetano Sartori schlug die Beine übereinander und schwieg.

Krupp war erstaunt. Normalerweise listeten Eltern bei solchen Gesprächen eine lange Reihe an Rechtfertigungen auf. Damit sie ihr eigenes Scheitern besser ertragen konnten.

Anders aber Gaetano Sartori.

Er war …

Ein Mann, dachte Krupp, der es nicht gewohnt ist, dass man ihm widersprach, der immer alles unter Kontrolle hat. Präzise, aber nicht pingelig. Wenn etwas nicht so war, wie er es sich vorstellte, nahm er es, legte es in eine Kiste, verschloss sie und versteckte sie oben auf dem Schrank.

Und dann sprach man nicht mehr darüber.

»Keinerlei Probleme?«, fragte er.

»Nie.«

Als Lucio Sartoris Fotos im Fernsehen zu sehen gewesen waren, hatten sich zwei junge Frauen in der Questura gemeldet und ausgesagt, sie hätten ihn vor etwa zehn Monaten wegen Exhibitionismus beschuldigt. Es war nicht zur Anklage gekommen, weil es keine Beweise gab. Die beiden Frauen hatten Ayrton Senna gegenüber ausgesagt, dass sie auf eine Kamera sparten, um Sartori auf frischer Tat zu ertappen und der Sitte die Aufnahmen zu übergeben. Ayrton Senna hatte den Sachverhalt überprüft. Es stimmte.

»Ihr Sohn«, sagte Krupp, »wurde dabei gesehen, wie er am Fenster masturbierte.«

»Gerüchte.«

»Es liegt eine Aussage bei der Polizei vor.«

»Eine Aussage oder eine Anzeige?«

Vorgeschobenes Kinn, zusammengekniffene Augen. Die gleiche Mimik wie der Sohn, als er sagte, dass er die von Patrizia verweigerte Dienstleistung nicht bezahlen wollte.

Es geht ums Prinzip.

»Eine Aussage. Aber warum sollte jemand das Verhalten Ihres

Sohnes anzeigen, wenn nichts Wahres dran wäre? Das könnte eine Strafanzeige nach sich ziehen.«

Gaetano schien kurz davor, zu explodieren. »Warum müssen wir über diesen Quatsch sprechen?«

»Es hilft uns, das Gesamtbild zu verstehen.«

Die unterdrückte Wut blieb.

Die zusammengepressten Lippen.

Die zusammengekniffenen Augen.

»Neid. In unserem Wohnblock gibt es viele Neider. Ich bin der Hauswart und muss die Mieter an ihre Pflichten erinnern. Es gibt welche, die abends die Eingangstür nicht abschließen, andere stellen ihre Fahrräder ab, wo es nicht erlaubt ist, oder tun so, als hätten sie ihren Treppendienst vergessen. Sie ärgern sich über mich.«

»Neidisch wäre ich darauf nicht, Ihre Aufgabe ist recht anstrengend, wie mir scheint.«

»Sie sind neidisch, weil sie tun müssen, was ich sage.«

»Sie sind sehr auf Regeln bedacht.«

»Ist das eine Frage?«

»Nein. Sprechen wir von den Messern.«

Avvocato Santin wollte sich einschalten, aber Gaetano Sartori winkte brüsk ab.

»Lucio hat als Kind angefangen, Messer zu sammeln. Sie gefielen ihm. Aber dann habe ich sie in Sicherheit gebracht, damit das nicht zur Besessenheit wurde.«

»Ihr Sohn hat den Mord an Patrizia Zanni gestanden. Haben Sie jemals darüber nachgedacht, dass er ein Mörder sein könnte?«

»Nie.«

Kein Wort über Giulia Nicoletti.

MONTAG, 10. AUGUST 1992

Im Gefängnis Bozen roch es modrig. Ein festungsähnlicher Bau aus der Habsburger Zeit, der vor mehr als einem Jahrhundert errichtet worden war. Von den vergitterten Fenstern der Zellen aus konnte man die Spazierwege am Ufer der Talvera sehen. Junge Frauen, die sich sonnten, und Kinder, die Hunden nachliefen. Im Winter war es drinnen eiskalt, im Sommer herrschte Gluthitze. Es gab Zecken, Krätze und doppelt so viele Gefangene wie vorgesehen.

Lucio Sartori trug T-Shirt, Badelatschen und Jeans ohne Gürtel, um einen etwaigen Selbstmord auszuschließen. Die Onkologen des Ospedale Santa Chiara in Trento hatten der Staatsanwaltschaft versichert, Sartori würde die Krankheit überwinden.

Avvocato Santin wischte sich den Schweiß von der Stirn, Manfredi hielt sich im Hintergrund. Krupp reichte dem Serienkiller die Hand.

»Wie geht es, Lucio?«

»Zu siebzig Prozent gut. Ich möchte meine Eltern sehen.«

»Die Situation ist heikel. Ich habe mit deinem Vater gesprochen. Und um deine Mama musst du dir keine Sorgen machen.«

»Der Anwalt hat gesagt, dass sie einen Zusammenbruch hatte.«

»Niedriger Blutdruck, die Aufregung, aber vor allem die Hitze.«

»Unter der hat sie schon immer gelitten.«

Krupp schlug die Akte im Mordfall Haller auf und zeigte Sartori das Foto des Opfers. Die Katzenaugen, der rund geföhnte Pony. Dieses Lächeln.

»Ich würde gerne über Lorena sprechen. Hast du sie schon mal gesehen?«

»In den Zeitungen.«

»Sie war Prostituierte. Warst du jemals bei ihr?«

»Nie.«

Krupp zog zwei Umschläge heraus. Im ersten befand sich eine fotokopierte Seite aus einem von Lucios Heften, die man im Schrank der Via Visitazione 72 gefunden hatte.

»Gehört das dir?«

»Ja.«

»Schau mal.«

Aus dem zweiten Umschlag zog Krupp eine weitere Fotokopie. Bevor er sie ihm zeigte, las er den Inhalt laut vor. »*Was ich getan habe, tut mir leid, aber es musste sein, und Du wusstest es: Ciao, Lorena.*«

Er legte die zweite Fotokopie neben die erste.

Die Schrift war identisch.

Krupp war in der vergangenen Nacht darauf gekommen. Er hatte geschlafen, als ein Geräusch ihn weckte. In diesem Moment schoss ihm die Idee durch den Kopf. Er hatte den Tagesanbruch nicht abgewartet, sondern war sofort in die Questura gefahren. Und er hatte sich nicht geirrt. Der von Manfredi beauftragte Gutachter hatte seinen Verdacht bestätigt.

»Dieser Brief«, sagte Krupp, »wurde an Lorena Hallers Grab gefunden, zwei Wochen nach der Beerdigung. Er lag neben einem Strauß Nelken. Unterschrieben mit L. F.«

Krupp dachte: Nelken sind billiger als Rosen.

Freudenmädchen. Wie Glühwürmchen.

Warum mehr Geld ausgeben als nötig?

»Das ist deine Schrift, Lucio.«

»Sieht so aus.«

Krupp schlug den Bericht der Spurensicherung auf.

»Auf einer deiner Winterjacken wurden Reste von Blut gefunden, das bei der Wäsche nicht rausgegangen ist. Unsere Techniker haben festgestellt, dass es Lorenas Blut ist. Via Renon, 7. Januar.«

Er hielt Lorenas Foto hoch und fügte hinzu: »Es war kalt.«

Sartori legte die Spitzen der Zeigefinger aneinander und führte sie an die herunterhängende Lippe.

»Sie hat mich provoziert. Sie hat gesagt, ich wäre schwul. Ich habe geantwortet, so was solle sie nicht sagen, auch Homosexuelle wären ganz normale Menschen. Sie war aggressiv und hat mich geschlagen.«

Krupp spürte, wie ihm Kälte in die Knochen kroch.

»Du hast dich verteidigt?«

Lucio Sartori nickte. »Sie hat es selbst herausgefordert.«

»Kannst du dich an noch etwas erinnern?«

»Ich habe ein Blackout. Ich erinnere mich aber, dass ich sie ins Auto steigen ließ und in der Nähe der Tankstelle geparkt hatte. Da war sonst niemand, und die Laterne war kaputt. Ich erinnere mich an die Beschimpfungen. Und daran, dass sie mich geschlagen hat. Und dann an nichts mehr, tut mir leid.«

Krupp legte die Fotos auf den Tisch, auf dem die Messer aus der Via Visitazione zu sehen waren.

»Welches von denen?«

Ohne zu zögern, zeigte Sartori auf ein Taschenmesser. Klinge: 17 Zentimeter, 3 Zentimeter breit. Passend zum Autopsiebericht von Dottor Simoni.

»Du hattest ein Blackout, deshalb muss ich dich das fragen: Wie sicher bist du, dass du es warst, Lucio?«

»Zu 99 Prozent. Ich erinnere mich an das Messer und die blutverschmierten Hände. An zu Hause, danach.«

»Deine Eltern schliefen?«

»Ja, sie gehen früh ins Bett.«

»Hat das Geräusch der Waschmaschine sie nicht geweckt?«

Sartori wirkte überrascht: »Welche Waschmaschine?«

Krupp dachte: Du hast sie nicht angeschaltet.

»Du bist nach Hause gekommen und hast deine Jacke und die übrige Kleidung in die Waschmaschine gesteckt. Wegen des Bluts.«

»Ich erinnere mich nicht.«

Krupp dachte: Du hast sie nicht angeschaltet.

»Erinnerst du dich auch nicht, warum du den Brief auf das Grab gelegt hast?«

»Für mich war das richtig.«

»Und die Unterschrift? Warum L. F.?«

Sartori strich sich verlegen über den Bart. »Vielleicht aus Gewohnheit. Ich wollte meinen Namen schreiben, aber dann habe ich es mir anders überlegt. Ich habe nach dem ersten Buchstaben noch ein großes F. hinzugefügt, um eine falsche Spur zu legen.« Er sah auf. »Was kann ich sonst noch für dich tun, Luther?«

Ein Dienstleister, wie ein Freudenmädchen.

Lästig und doch immer da.

Krupp stand auf und gab ihm die Hand.

»Danke.«

Sartori erwiderte den Händedruck.

Als Krupp an das klebrige Blut daran dachte, hörte er Lorenas Stimme in seinem Kopf: *Ich habe mir die Leggings ausgezogen, obwohl es kalt war und ER die Heizung auf höchste Stufe gedreht hatte, aber es war immer noch kalt, und ich habe gesehen, wie er das Messer gezogen hat, und ich habe gesagt: Was machst du da? Das waren meine letzten Worte, denn ER hat mir das Messer in den Bauch gerammt, und ich konnte noch nicht mal schreien, und ER hat wieder zugestochen, und bin nach vorne gekippt, weil es WEHgetan hat, und ER hat mir das Messer in den Rücken gerammt, und ich habe versucht, ihn aufzuhalten, ich habe die Hand gehoben, und ER hat sie mir aufgeschnitten, bis auf den Knochen, und ich dachte: ER bringt mich um, aber das kann nicht sein, dann hat er mich an den Haaren gezogen, an meinen schönen rotblonden Haaren, und mir die Kehle durchgeschnitten und mich weggeworfen wie MÜLL, aber ich habe gelächelt, ich habe beim Sterben gelächelt, weil ich wusste, dass du zu mir kommen würdest und …*

DIENSTAG, 18. AUGUST 1992

Karli war gekommen, ohne vorher anzurufen. Stefania, Nives und Lorenzo waren auch dabei. Der Jüngste lugte hinter einem großen Paket mit einer Schleife hervor. Karli hielt vier Pizzen und eine Familienpackung Eiscreme in den Händen.

Krupp hatte seinen eigenen Geburtstag vergessen.

Es wurde ein schöner Abend.

Karli erzählte vom Familienurlaub am Roten Meer, und Lorenzo berichtete von den Fischen, die er beim Schnorcheln gesehen hatte. Nives hingegen hatte sich für die Meeresschildkröten begeistert. Sie hatten die gleichen Augen wie die Großmutter. Die gleiche Form und die gleiche Farbe.

Jedes Mal, wenn sich der Schatten von Andreas Krupp über die Runde im obersten Stockwerk des Hauses in der Viale Duca d'Aosta legte, bemühte sich Stefania, das schlechte Gefühl zu vertreiben. Sie war eine beeindruckende Frau, selbst ihr Schwiegervater hatte nichts an ihr auszusetzen gehabt. Sie war Wirtschaftswissenschaftlerin und ausgewiesene Börsenexpertin. Nachdem Karli ihre Mitarbeit in der Firmenspitze durchgesetzt hatte, hatte sich das Familienvermögen vervielfacht. Die Börsengeschäfte waren noch nie besser gelaufen. Krupp bewunderte sie, und ihm gefiel es, dass Karli in ihrer Gegenwart ein anderer zu sein schien. Und vielleicht sogar glücklich.

Er hatte es verdient.

Um elf waren die Kinder auf dem Sofa eingeschlafen, und Karli brachte das Gespräch auf Lucio Sartori. Er hatte bereits ein paar Bier intus und war neugierig. Stefania protestierte, aber Luther wiegelte ab. Er hatte nichts dagegen, darüber zu sprechen.

»Es sei denn, ihr erwartet grausame Details.«

»Um Himmels willen, nein«, entgegnete Stefania erleichtert.

Karli dagegen schien es fast ein wenig zu bedauern.

Krupp beschränkte sich auf das, was bereits in den Zeitungen gestanden hatte, und bemühte sich, seine unterschwellige Angst, die der Kontakt zu Sartori auslöste, nicht zu zeigen.

»Sie hatten die Messer im Haus? O Gott, Luther. Die Eltern?«

»Der Vater ist starr wie ein Stück Holz. Er beharrt auf Biegen und Brechen auf seiner Sicht der Dinge.«

»Und die Mutter?«, fragte Stefania. »Ich kann mir nicht vorstellen …«

»Ich habe sie heute Morgen getroffen. Eine zerbrechlich wirkende Frau, sie heißt Anna. Sie hinkt.«

A. S. Er war ein schüchternes Kind, ein wenig ungeschickt, es gab nie Schwierigkeiten mit ihm.

»Sie ist eine eifrige Kirchgängerin, war ihr Leben lang Hausfrau und Mutter. Sie wirkt wie aus der Zeit gefallen.«

L. K. Wussten Sie, dass Lucio bei der Polizei angezeigt wurde, weil er am Fenster masturbiert hat?

A. S. Mein Mann hat gesagt, dass ich diesen Verleumdungen nicht glauben soll, die Leute seien nur neidisch.

L. K. Neidisch worauf?

A. S. Mein Mann hatte eine gute Stelle, und jetzt hat er eine schöne Rente. Wir haben einen gesunden Sohn und ein hübsches Auto.

»Meinst du, dass ihr Mann sie geschlagen hat? Vielleicht sogar beide, Mutter und Kind?«

Krupp spielte mit dem Eislöffel. »Ich weiß nicht.«

L. K. Wussten Sie, dass Ihr Sohn Messer gesammelt hat?

A. S. Jeder hat seine kleinen Leidenschaften.

L. K. Lucio hat den Mord an Lorena Haller gestanden, seine Winterjacke hatte Blutflecke, das hat die Spurensicherung herausgefunden. Waschen Sie die Kleidung Ihres Sohnes?

A. S. Ja, aber Lucio war schon immer ein bisschen ungeschickt und hat sich Kaffee oder Tee übergeschüttet.

L. K. Sie haben also die Flecke auf seiner Kleidung bemerkt.

A. S. Möglich, aber das ist Sache meines Sohnes, als Kind hatte er oft Nasenbluten. Mein Mann sagt, dass er jetzt erwachsen ist und ein Recht auf Privatsphäre hat.

»Das heißt, er ist in zwei Mordfälle verstrickt. Und die junge Frau aus Campodazzo?«

»Marlene Wieser. Wir haben zwar Beweise, aber Ermittlungsergebnisse sind das eine, der Prozess das andere. Jakob, der Staatsanwalt, will lebenslang, und um ein solches Urteil zu erreichen, muss man mit großer Vorsicht vorgehen.«

L. K. Wir wissen, dass Lucio 1991 in Vals zum Skifahren war. War das sein erster Urlaub allein? Mit 25?

A. S. Es ist anders, als es aussieht. Lucio wollte, dass wir zusammen in den Urlaub fahren. Er ist ein guter Junge, seine Eltern sind ihm sehr wichtig.

»Glaubst du, er hat auch sie umgebracht?«

L. K. Warum hat Ihr Mann die Messer unter Verschluss gehalten?

A. S. Gaetano ist ein Mann, der weiß, was er tut.

»Zu hundert Prozent.«

DONNERSTAG, 20. AUGUST 1992

Das Unwetter rüttelte an den Fenstern in Krupps Büro und ließ sie vibrieren. Manfredi tigerte nervös auf und ab.

»Wir verlegen ihn, bis er uns alles gesagt hat.«

»Willst du ihn alle drei Wochen das Gefängnis wechseln lassen?«, gab Krupp ungehalten zurück. »Kannst du natürlich, aber es wird nichts ändern.«

»Die Eltern sind sein Schwachpunkt, das hast du selbst gesagt. Wenn wir ihn von ihnen fernhalten, wird er zusammenbrechen.«

»Lucio wird nur gestehen, wenn ich ihn in die Ecke treibe. Es läuft immer gleich: Er streitet ab, ich rekonstruiere den Ablauf und schaffe Fakten, und urplötzlich ist das Blackout verschwunden. Aus eigenem Antrieb hat er noch nie etwas zugegeben, weil er mir immer noch nicht ganz vertraut.«

»Wir haben den Zeitungsausschnitt. Wir könnten ihn glauben lassen, dass wir wegen des Mordes an Giulia Nicoletti gegen seinen Vater ermitteln. Damit setzen wir ihn unter Druck.«

Krupp nestelte an seinem Uhrband. »Lucio wird das glauben, sich verschließen wie ein Igel, und wir werden gar nichts mehr erfahren.«

Der Polizist und der Staatsanwalt belauerten sich wie zwei Hunde, dann begann Manfredi zu lachen. »Erklärst du mir, warum du eine stehengebliebene Uhr am Handgelenk trägst?«

Krupp lächelte zurück. »Eine Marotte.«

Zur Beruhigung.

Manfredi zog Block und Stift aus der Tasche. »Womit willst du anfangen?«

»Giulia Nicoletti, fünfzehn, erstochen am 3. Januar 1985. Verantwortlicher Ermittler: Commissario Levada. Klassenkameraden und Freunde wurden stundenlang befragt, der Vater intensiv verhört, obwohl er zum Zeitpunkt der Tat mit seiner neuen Lebensgefährtin im Urlaub war. Die Mutter, bei der Giulia nach der Scheidung lebte, wurde komplett durchleuchtet. Nichts. Giulia hatte ein geregeltes Leben. Der einzige Zeitraum, in dem sie allein war, war die halbe Stunde zwischen 15 Uhr und 15.30 Uhr. Und da wurde sie ermordet. Den Zeugen zufolge hätte Giulia einem Unbekannten niemals die Tür geöffnet. Aber schau dir das mal an …«

Krupp zeigte ihm ein Foto vom Tatort: ein Objektiv, dessen Linse einen Riss hatte.

»Giulias Vater war Hobbyfotograf, deshalb erschien es Levada logisch, dass man im Zimmer der Tochter ein Objektiv gefunden hat. Dass es beschädigt war, hat ihn nicht weiter gewundert, da es weitere Spuren gab, die auf einen kurzen Kampf zwischen Opfer und Täter hindeuteten.«

»Deshalb hat er es in den Akten aufgelistet, aber den Fund nicht weiterverfolgt. Hätte er das tun sollen?«

»Giulia und ihre Mutter haben nicht fotografiert.«

»Ist das wichtig?«

Krupp zeigte ihm Aufnahmen, die sie bei der Wohnungsdurchsuchung der Sartoris gemacht hatten. »Hier, diese Kamera gehörte Lucio. Darauf finden sich nur seine Fingerabdrücke. In einem Fotoalbum haben wir Bilder einer Parisreise entdeckt, die die Familie Sartori ein Jahr vor Giulias Tod unternommen hatte. Alle wurden mit dieser Kamera aufgenommen.«

Manfredi wurde weiß im Gesicht. »Und das Zoomobjektiv vom Tatort passt zur Kamera?«

»Ja, zu vielen anderen Kameras aber auch …« Krupp entfaltete einen Stadtplan. »Giulias Vater kaufte seine Filme und seine Ausrüstung in diesem Fachgeschäft in der Via Milano. Dort ging er nach der Scheidung noch hin, um eine Entschuldigung zu haben, seine Tochter zu treffen. Tatsächlich begleitete Giulia ihn oft dorthin. Wie du hier siehst, ist der Laden sowohl von der Via Visitazione 30 als auch von der Hausnummer 72 aus, der Wohnung der Sartoris, bequem zu erreichen. Bei den Sartoris haben wir Quittungen gefunden, die diese Verbindung bestätigen. Sie stammen aus jüngster Zeit, aber sie haben uns gesagt, dass …«

»Du meinst, Lucio hat Giulia im Fotogeschäft in der Via Milano getroffen?«

»Das erklärt, warum das Opfer ihrem Mörder die Tür geöffnet hat. Im Fotogeschäft fühlte sich Giulia sicher. Was sollte ihr dort schon passieren? Ihr Vater war ja dabei. Und man weiß ja, wie es mit zwei Menschen ist, die das gleiche Hobby haben, oder? Giulias Vater und Lucio unterhielten sich immer, wenn sie sich begegneten. Deshalb war dieser hünenhafte junge Mann für Giulia nur ein Bekannter ihres Vaters, aber niemand, dem man misstrauen musste. Sie kannte ihn, und vielleicht haben sie sogar miteinander gesprochen, nur ein paar Floskeln, aber für Lucio war das womöglich nicht einfach Höflichkeit, sondern etwas mehr. Folglich liegt die Annahme nicht fern, dass er ihr heimlich nachgestellt und herausgefunden hat, dass sie zwischen 15 Uhr und 15.30 Uhr immer allein zu Hause war.«

Manfredi starrte Krupp an. »Und das Objektiv hat er als Vorwand benutzt.«

26 Messerstiche.

Vor seinem inneren Auge sah Krupp Lucio Sartori, wie er Giulia an der Schulter packte. Doch er schüttelte den Kopf. Entschlossen. Er wollte sich diese Szene nicht noch einmal vorstellen, das hatte er beim Lesen der Akte schon oft genug gemacht. Es reichte.

»Luther?«

Krupp räusperte sich. »Um 15.20 Uhr bekam Giulia einen Anruf einer Klassenkameradin, einer gewissen Elena Tutzer. Sie sagte aus, dass Giulia etwas nervös gewirkt hatte. Kurz angebunden. Der Anruf dauerte nach Angaben der Telefongesellschaft nicht länger als zwei Minuten. Inzwischen ist klar, dass Giulia unruhig war, weil sie wusste, dass ihre Mutter bald zurückkommen würde. Deshalb hat sie versucht, Sartori zum Gehen zu bewegen.«

»Und er hat sich zurückgewiesen gefühlt und musste die Situation wieder unter Kontrolle bringen. *Sie hat es herausgefordert.* Ob er das auch über Giulia sagt?«

Krupp antwortete nicht.

Manfredi packte Krupp am Arm. »Du hast ihn überführt. Weshalb hast du so lange gewartet, mir davon zu berichten?«

»Weil ich ihn nicht überführt habe. Auf dem Objektiv wurden damals keine Fingerabdrücke gefunden. Die Quittungen stammen aus jüngster Zeit. Und auch wenn sie von 1985 wären, meinst du, irgendein Richter würde sie als Beweis akzeptieren? Wir haben keinerlei materielle Beweise, dass Sartori die Wohnung überhaupt betreten hat. Das Gericht wird meine Indizienkette als Spekulation ansehen, deshalb …«

»… muss er gestehen«, der Enthusiasmus des Staatsanwalts war verpufft.

Krupp schlug eine weitere Akte auf.

»Aida Valle, umgebracht am 20. Juli 1984, Lehrerin aus Florenz, nicht aktenkundig. Sie war im Urlaub in Bruneck. Allein, ihr Mann war zu Hause geblieben. Zwanzig Messerstiche. Sie haben sie auf einem Weg in der Nähe ihres Hotels gefunden. Ich habe mit Maresciallo Bruno gesprochen, er führte damals die Ermittlungen. Noch habe ich nicht weiterrecherchiert, aber ich werde ihn in den nächsten Tagen erneut kontaktieren. Er ist schon eine Weile in Pension, aber erinnert sich noch gut an alles.«

»Tathergang?«

Krupp zeigte ihm ein Foto. »Aida Valle hat das Hotel gegen 18 Uhr verlassen. Um 19 Uhr rief eine Krankenschwester den Notruf. Sie meldete eine lebensgefährlich verletzte Frau mit starken Blutungen. Sie hatte der Zeugin gerade noch sagen können, dass ein Mann mit einem Messer auf sie eingestochen und es ins Gebüsch am Waldrand geworfen hatte, in unmittelbarer Nähe zum Wanderweg.«

»Der Täter hätte sie beobachtet haben können, vielleicht kannte er den Weg.«

»Deshalb bin ich auf den Fall gestoßen. Das gleiche Vorgehen wie bei Giulia: Verfolgung und multiple Stichverletzungen. Zeugen zufolge hatte Aida Valle diesen Weg jeden Tag zur gleichen Uhrzeit genommen.«

»Hat die Krankenschwester in der Umgebung einen Verdächtigen gesehen oder …«

»Sie selbst hat das Opfer nicht gefunden. Gegen 18.30 Uhr, also unmittelbar nach dem Angriff – wie der Pathologe später festgestellt hat –, haben zwei Nonnen eine blutüberströmte Frau ins Gebüsch kriechen sehen. Sie hat noch gelebt und um Hilfe gebeten, aber sie sind weggelaufen.«

»Ist das dein Ernst?«, fragte Manfredi überrascht.

»Die beiden haben ausgesagt, dass sie Angst hatten, es mit einer Betrunkenen oder Drogenabhängigen zu tun zu haben, die sie ausrauben wollte. Bruno hat eine ganze Weile gebraucht, um die Wahrheit ans Licht zu bringen, sehr gesprächig waren die Nonnen nicht. Weißt du, was noch schlimmer ist? Auf dem Rückweg ins

Kloster kam ihnen die Krankenschwester entgegen, aber sie haben ihr kein Wort gesagt.«

»Verdammt noch mal …«

»Die Ermittlungen waren ein einziges Chaos. Die Presse, und ich spreche hier nicht nur von lokalen, sondern auch von überregionalen Medien, hat sich auf die Geschichte gestürzt. 1984 war von der Angst vor dem ›Monster von Florenz‹ geprägt. Und weil Aida Valle aus Florenz war, hat die Presse ihre eigenen Spekulationen angestellt. Bruno hat mir den Ausschnitt eines Artikels in der *Voce delle Alpi* gezeigt, mit der Überschrift ›Das Monster von Florenz macht Urlaub im Val Pusteria‹. Er ist von Jo Serafini.«

Manfredi seufzte. »Irgendwelche Verdächtige?«

»Der Ehemann, auch wenn er aus beruflichen Gründen zu Hause geblieben war, und das Opfer von *einem Mann* gesprochen hatte, der sie angegriffen hatte. Also nicht von *ihrem Mann*. Bruno und die Staatsanwaltschaft wollten ihn vernehmen, aber die Ermittler der Taskforce ›Monster von Florenz‹ haben ihn abgeschirmt. Sie wollten erst überprüfen, ob er der gesuchte Serienkiller sein könnte. Später dachte man an Auftragsmord, aber der Ehemann hatte keine ausreichenden finanziellen Mittel. Es gab auch Gerüchte, dass Aida Valle sich prostituierte.«

»Und traf das zu?«

»Nein«, antwortete Krupp knapp. »Schließlich ging man von einem Überfall mit tödlichem Ausgang aus. Und der Vorhang fiel.«

Manfredi blätterte eine Seite des Notizbuchs um. »Letztes Opfer?«

Noch eine Akte.

Auch sie triefte vor Blut.

»Mirella Gatti, 42, 19 Messerstiche. Umgebracht in Bozen, am 26. Juni 1985.«

»Fünf Monate nach Giulia Nicoletti und elf nach Aida Valle. Eine Serie in relativ kurzer Zeit, wie bei Lorena, Marlene und Patrizia«, bemerkte der Staatsanwalt. »Wer leitete die Ermittlungen?«

»Levada.«

»Was ist da zwischen euch? Wenn ihr im gleichen Raum seid, brennt die Luft.«

»Wir haben unterschiedliche Auffassungen über unsere Arbeit.«

»Zum Glück geht *die Hand Gottes* bald in Pension.«

Krupp ging nicht darauf ein und hielt Manfredi das Foto des Opfers hin. Mirella Gatti war eine schöne Frau, sinnliche Lippen, große Augen. Sie schaute frech und doch verführerisch in die Kamera. Der Commissario hatte an Vivian denken müssen, als er das Bild zum ersten Mal gesehen hatte.

»Mirella Gatti war keine Straßenprostituierte. Sie besaß zwei Wohnungen, in der einen in der Viale Europa wohnte sie, in der etwas kleineren in der Via Brennero im Dodiciville-Viertel empfing sie ihre Kunden. Eine ehemalige Mathematiklehrerin, heroinabhängig.«

»So wirkt sie gar nicht.«

»Wahrscheinlich konnte sie zum Zeitpunkt der Aufnahmen die Entzugserscheinungen noch kontrollieren. Levada hatte eine Vielzahl von Leuten befragt, aber außer vagen Gerüchten wusste niemand, was sie machte oder dass sie Drogen nahm. Alle haben sie als äußerst intelligente Frau beschrieben.«

»War sie das?«

»Sie wusste jedenfalls, wie man seine Einnahmen clever verwaltet und so sicher wie möglich arbeitet.«

Krupp zeigte ein Foto des Tatorts. Mirella Gattis nackter Körper lag bäuchlings auf einem Doppelbett. Er deutete auf ein Detail auf dem Nachttisch, in der Nähe der linken Hand des Opfers.

»Sie hatte diesen Schalter mit dem Feueralarm verbunden. Im Falle eines Angriffs hätte sie nur daraufdrücken müssen, um den Angreifer in die Flucht zu schlagen.«

»Aber am 26. Juni 1985 hat sie das nicht getan.«

»Nein. 19 Messerstiche. Am Tatort hat man an einer der Wände einen blutigen Fingerabdruck gefunden. Ich habe die Spurensicherung gebeten, ihn mit Sartoris abzugleichen. Sie haben gesagt, es sei nur ein Teilabdruck und ein Vergleich unmöglich. Das haben sie vor sieben Jahren auch schon Levada gesagt.«

Manfredi rutschte unruhig auf seinem Stuhl herum. »Vielleicht war er es nicht. Sartori war damals achtzehn, vielleicht …«

»Ich habe es überprüft. Er war in Bozen, im Juli 1985 leistete er seinen Wehrdienst ab. Levada verfolgte zwei Spuren. Die Drogenspur gab er schnell wieder auf. Er nahm zwei Kleindealer fest, bei denen Mirella ihren Stoff kaufte, aber mit dem Mord hatten sie nichts zu tun. Ich habe nach ihnen geforscht, beide sind nicht mehr am Leben. Die andere Spur führte zu einem Ex-Freund aus Sizilien, ebenfalls Lehrer.«

»Warum er?«

»Mirella hat den Notfallknopf nicht gedrückt, und auch das Präservativ, das man neben dem Bett gefunden hat, war nicht benutzt worden. Von Bedeutung ist noch, dass der Tod zwischen 20 Uhr und 20.30 Uhr an einem Mittwoch eingetreten ist, aber mittwochs arbeitete Mirella nie.«

»Deshalb hat Levada einen ehemaligen Geliebten als Täter ins Spiel gebracht«, übernahm Manfredi. »Sie öffnete ihm, weil sie ihm vertraute, wollte mit ihm schlafen, vielleicht aus Nostalgie oder weil er sie bezahlen wollte, aber die Dinge entwickelten sich anders als gedacht. Dann hat er den Kopf verloren und … Was ist aus ihm geworden?«

»Gegen ihn lag nichts vor, im Anschluss ist er aus Südtirol verschwunden. Ich denke nicht, dass wir nach ihm suchen müssen, er kann uns nicht helfen.«

»Warum bist du so sicher, dass es Sartori war? Was ist deine Hypothese?«

»Es war nicht der Ex-Geliebte, wie Levada vermutet hat, sondern ein Freier, dem Mirella Gatti vertraut hat. Einer, der nicht zum Orgasmus kommen konnte, er hat sich geschämt, das Präservativ abgestreift und dann …«

»*Sie hat es selbst herausgefordert.*«

»Nein«, sagte Krupp, »er hat sich angezogen und die Wohnung verlassen. Vielleicht blieb er noch im Flur oder vor dem Haus stehen. Er wollte nach Hause, gab die Idee dann aber wieder auf oder musste zwanghaft bleiben, um seine Wut abzureagieren und diejenige, die ihn beschämt hatte, zu bestrafen, die Situation wieder unter Kontrolle zu bringen. Deshalb ist er noch einmal zurückgegangen, hat ihr vielleicht Geld für einen zweiten Versuch angeboten. Und was hatte Mirella zu verlieren? Sie ließ ihn rein, zog sich aus, aber er hatte dieses Mal anderes im Sinn.«

Manfredi kratzte sich an der Stirn. »Wenn ich nicht wüsste, mit wem wir es zu tun haben, würde ich sagen, dass die Phantasie mit dir durchgeht. Warum glaubst du, dass es Sartori war? Ist das nicht ein bisschen an den Haaren herbeigezogen? Er verlässt die Wohnung, dreht um, und sie …«

»Wie viele andere Prostituierte auch, führte Mirella Gatti ein Notizbuch, in dem sie die Namen ihrer Kunden notierte. Levada versuchte die Männer zu kontaktieren, aber die meisten benutzten ein Pseudonym, sodass er nicht weit kam. Erinnerst du dich an den Brief, den Sartori auf Lorenas Grab gelegt hat? ›L. F.‹?«

»Er hat gesagt, dass er schon angesetzt hatte, mit seinem richtigen Namen zu unterschreiben. Macht der Gewohnheit.«

Krupp hielt Manfredi eine Seite aus Mirella Gattis Notizbuch hin. »Der 26. Juni, der Tag des Mordes. Schau dir den letzten Eintrag an.«

»Lucio ist gegangen.«

DIENSTAG, 1. SEPTEMBER 1992

Es war eine Minute vor Mitternacht. Vivian reichte Krupp ein Glas Wodka, und er nahm ihn. Er hatte einen bitteren Beigeschmack wie die Nähe der falschen Frau.

»Ich habe dich noch nie Alkohol trinken sehen.«

»Es war ein harter Tag. Kanntest du Mirella Gatti?«

Vivian musterte ihn misstrauisch. »Ist das ein Arbeitstreffen?«

»Das ist es für uns beide, oder?«

»Sei nicht so garstig. Ich weiß, was du vorhast.«

Krupp beneidete sie darum. Er wusste es nicht.

»Kanntest du sie?«

Vivian rollte sich wohlig neben ihm zusammen.

Der Raum roch nach ihr, nach Gauloises, Weihrauch und billigen Lügen.

Er schwieg, und sie gab nach.

»Ich habe sie vielleicht drei Mal getroffen. Meinst du, Sartori hat sie umgebracht?«

»Alle behaupten, sie sei eine sehr intelligente Frau gewesen. Sie fixte, hatte ihre Sucht aber wohl im Griff. Aber ich kann sie nicht richtig greifen.«

»Viel weiß ich auch nicht. Sie hat mit den Drogen angefangen, während sie noch unterrichtete, vergleichsweise spät. Ich glaube nicht, dass es am Heroin lag, dass sie sich prostituierte.«

»Nein?«

»Sie hatte etwas Strahlendes. Sie hätte dir gefallen. Sie war interessant. Aber sie schien mir auch gierig.«

»Gierig nach Geld?«

»Wonach sonst? Man spricht nicht schlecht über Tote, aber von Geld konnte Mirella nie genug kriegen.«

»Sich zu prostituieren ist nicht gerade der einfachste Weg, um Geld zu verdienen.«

»Aber es geht schnell, Signor Commissario.«

Krupp stellte sein Glas ab und rückte von ihr weg. »Ich muss zur Arbeit.«

»Jetzt?«

Krupp begann sich anzuziehen.

»Du lässt mich einfach so allein?«

»Vivian …«

Sie lächelte. Sie wollte ihn nur provozieren, nicht zurückhalten. Und das war ihr gelungen.

»Ich habe gelesen, dass ihr jede Menge Zeugen habt.«

»Tatsächlich?«

»Sagt jedenfalls die *Voce delle Alpi*.«

»Alex Milla oder Jo Serafini?«, fragte Krupp.

»An die Namen der Journalisten erinnere ich mich nicht. Wen interessiert das schon?«

»Das würde ihnen gar nicht gefallen, wenn sie das wüssten. Journalisten müssen sich wichtig fühlen.«

»Der Jüngere. Der mit der Nikon. Er ist unterwegs und befragt die Frauen. Heidi hat sich fast in ihn verliebt, sie meinte, für ihn würde sie es auch gratis machen.« Vivian lachte rau.

Krupp steckte das Hemd in die Hose. »Diese Artikel sind für die Tonne. Die Presse behauptet, es gebe zahlreiche Prostituierte, die Sartori gesehen, ihn gekannt und mit ihm geredet haben. Und die dann bei uns eine Aussage gemacht hätten.«

»Und das stimmt nicht?«

Krupp musterte sie. »Das weißt du doch.«

Vivian stand auf und richtete ihm die Krawatte.

»Vielleicht vertrauen euch die Frauen noch nicht.«

»Warum sollten sie auch?«, schnappte Krupp. »Wir haben ja nur den Typen festgenommen, der Spaß daran hatte, sie zu erstechen.«

»Es gibt Monster, die mit dem Messer töten, und solche, bei denen es langsamer geht, die mit der Spritze. Die sind schlimmer. Und weißt du warum? Weil sie unsichtbar sind. Du hast sie im Kopf, und sie geben nie Ruhe.«

Krupp dachte: *Wie viele hat dein Mann umgebracht? Zwei? Wie viele wird er noch töten, bevor er einen Fehler macht? Eine? Fünf? Zehn?*

Und wie viele bringt das Heroin um?

Vivian strich seinen Hemdkragen glatt. »Stimmt es, dass ihr ihn verlegt habt?«

»Nach Padua.«

»Und um ihn zu befragen, fahrt ihr hin und her?«

»Vivian …«

»Du hast doch gesagt, dass wir arbeiten.«

Krupp küsste sie sanft und spürte, wie das Begehren ihn umhüllte wie eine Flamme, aber zugleich hatte er Schuldgefühle. »Er wird niemandem mehr wehtun.«

»Mit der verminderten Zurechnungsfähigkeit …«

Krupp lächelte, und als Vivian zurückzuckte, begriff er, dass das nicht gerade freundlich gewirkt haben musste.

Er dachte: Das passiert, wenn man auf der Kali-Yuga-Welle surft.

»Die wird es nicht geben. Er kriegt lebenslänglich. Er muss nur beim Prozess noch leben.«

»Ist der Tumor zurück?«

»Er hat heute versucht, sich umzubringen.«

Es war seine Schuld.

Krupp war es nicht gelungen, Manfredi von seiner Idee abzubringen. Seit dem 6. August hatte Sartori seine Eltern nicht gesehen. Der Selbstmordversuch war die direkte Konsequenz dieser Entscheidung des Staatsanwalts. Aus diesem Grund hatte er den Wodka genommen, den Vivian ihm angeboten hatte. Und alles andere.

Vivian küsste ihn leidenschaftlich.

»Sei vorsichtig.«

»Warum?«

Vivian rezitierte: »*Om Kali mahakali kalike parameshwari sarva ananda kare devi narayani namostute.*«

»Das bedeutet?«

Vivian fuhr ihm mit den Fingerspitzen über den Hemdkragen.

»Mit der Göttin scherzt man nicht, Commissario.«

DONNERSTAG, 10. SEPTEMBER 1992

Der Psychiater hätte sie gerne weiter dienstunfähig geschrieben. Arianna hatte Krupp um Hilfe gebeten. Er hatte einen offiziellen Brief geschrieben, dass Sovrintendente Capo Lici nur unterstützend an den Ermittlungen teilnehmen würde. Mit garantierten Zeitfenstern für die Therapie und sofortiger Entbindung von allen Aufgaben, wenn Dottor Boscolo es für richtig halten würde. Teilzeit. Der Psychiater hatte nachgegeben, aber nur unter der Bedingung, dass Arianna weiter Zoloft nahm. Das hatte sie akzeptiert. Es war höchste Zeit, die Uniform wieder anzuziehen. Außerdem: nichts ist für immer.

Und das traf nicht nur auf sie zu.

Krupp hatte sich verändert und die Questura mit ihm. Die inoffizielle Hierarchie zwischen den Bulldoggen gab es nicht mehr. Lopez war abgetaucht, und Viceispettore Lombardi hatte seinen Platz als Verbindungsmann zur Mobile eingenommen. Gallo war vom Diebstahl zur Kriminalpolizei versetzt worden. Bellini und Calvi waren vom Radar verschwunden.

Levada saß in seinem Büro. Er kam morgens um 9 Uhr, und um 16.30 Uhr war er schon wieder zu Hause. Er sprach mit niemandem.

Sergio, ihr Sergio, hatte ihr einen Brief geschrieben. Arianna hatte ihn die ganze Nacht in der Hand gehalten. Im Morgengrauen hatte sie ihn ungeöffnet im Spülbecken der Küche verbrannt. Als sie die Asche und die versengten Reste in den Abfluss gespült hatte, dachte sie: Nie, nie, nie mehr.

Nie mehr schwach.

Nie mehr unentschlossen.

Nie mehr verletzt.

Keine Schränke mehr.

Und wie immer, wenn ein neuer Lebensabschnitt beginnt, hatte sie geweint.

»Schön, dich wiederzusehen.«

Es war das erste Mal seit ihrer Rückkehr, dass sie mit Krupp allein war.

»Danke, Luther.«

Krupp schien noch etwas sagen zu wollen, aber er tat es nicht.

Arianna war gerade aus Vals zurück, einem kleinen Dorf im Val Pusteria, anderthalb Autostunden von Bozen entfernt. Vals war berühmt für seine Skigebiete und Hotels mit ihren für die Region vergleichsweise moderaten Preisen.

Sie hatte einige Quittungen mitgebracht, die sie dem Commissario zeigte.

»Lucio Sartori war vom 10. bis 17. Dezember 1991 Gast im Hotel Adler. Es ist in Familienbesitz, ich habe mit dem Eigentümerehepaar gesprochen. Beide erinnern sich an ihn. ›Der kräftige junge Mann mit Schnurrbart, der immer für sich blieb.‹«

»Erinnern sie sich, weil sie sein Bild in den Zeitungen gesehen haben?«

Ariannas Augen blitzten. »Nein, wegen Marlene. Sie haben die beiden gemeinsam in einer Pizzeria gegenüber dem Hotel gesehen. Und sie sind nicht die Einzigen. Ihr Sohn hat die zwei in der Disco getroffen. Sie unterhielten sich und wirkten vertraut.«

»Marlene kannte Sartori also«, bemerkte Krupp.

Arianna hatte mit einer anderen Reaktion gerechnet. »Du scheinst nicht zufrieden.«

Krupp massierte sich die Schläfen. »Das war hervorragende Arbeit, und du hast wichtige Infos geliefert, aber Manfredi beginnt nervös zu werden. Er glaubt, dass wir Sartori mit dem überführen können, was wir haben, und will das vor den Augen der Öffentlichkeit tun. Der Prozess gegen Sartori soll aufgezeichnet und danach im Fernsehen ausgestrahlt werden. Ich glaube, das erste Mal überhaupt in Italien.«

»Wie viel Zeit haben wir noch?«

»Wenig.«

»Und was ist mit den anderen Morden?«

Krupp schaute ihr in die Augen und lächelte. »Du hast mir gefehlt.«

Wieder schien er etwas hinzufügen zu wollen, aber auch dieses Mal schwieg er.

Arianna dachte: Er sitzt noch im Schrank. Er hat sich eingeschlossen.

Sie fragte sich, ob er jemals wieder rauskommen würde.

»Ich habe beschlossen, den Fall Aida Valle auszuklammern«, erklärte Krupp. »Ich habe mit dem Maresciallo gesprochen, der 1984 die Ermittlungen geführt hat, selbst er ist nicht überzeugt. Sartori war zu dieser Zeit nicht in Bruneck, weder mit der Familie noch allein. Er war siebzehn und hatte noch keinen Führerschein. Auch Dottor Egger ist meiner Meinung.«

»Stimmen die Verletzungen nicht überein?«

»Das war alles zu unsicher. Einmal wegen Manfredi, aber auch weil Autopsien 1984 ganz anders durchgeführt wurden als heute.«

»Dann war Giulia das erste Opfer?«

»Ich denke ja.«

»Und Mirella Gatti?«

»Ich …«, Krupp fuhr sich mit den Fingern durchs Haar, »ich brauche mehr *Zeit.* Manfredi ist nicht Levada, er ist gut, er ist offen, aber er hat es eilig. Er hat beschlossen, dass es Zeit ist, dass Sartori den Mord an Giulia gesteht.«

Arianna biss sich in die Wangen. »Meinst du, du kriegst das hin?«

»In zwölf Tagen spreche ich mit ihm.«

DIENSTAG, 22. SEPTEMBER 1992

Das Gefängnis Bollate tauchte wie aus dem Nichts vor ihnen auf: ein modernes rechteckiges Gebäude, glatt wie ein geschliffener Grabstein. Stacheldraht und nervöse Gefängniswärter.

Im Verhörraum saßen neben dem Freudenmädchen-Killer noch Avvocato Santin und ein Justizvollzugsbeamter. Sartori war bleich, hielt den Kopf gesenkt. Er hatte abgenommen. Kein Gürtel, keine Schnürsenkel.

»Man hat mir gesagt, es ginge dir nicht gut.«

»Lucio geht es nicht nur *nicht gut*, er hat versucht, sich das Leben zu nehmen«, erwiderte Santin kühl. »Es liegt auf der Hand, dass sein mentaler und emotionaler Zustand eine Haftstrafe nicht zulässt.«

Die Meldung vom Vortag berichtete zwar von einem Selbstmordversuch, aber der Gefängnisdirektor hatte Krupp erklärt, dass Sartori lediglich eine Glühbirne aus der Fassung geschraubt und zerschlagen hatte, um sich die Pulsadern aufzuschneiden. Manfredi hatte nur gelacht.

Krupp dachte: Auch für Lucio ist das etwas für die Außenwirkung.

»Ich versuche alles, damit du deine Eltern sehen kannst«, versicherte er.

»Mein Vater ist Rentner, er kann es sich nicht leisten, hierherzukommen. Und wenn ihr mich ständig verlegt, dann haben meine

Eltern nicht genug Zeit, die Reise zu organisieren. Ich weiß …«, Sartori warf Manfredi einen Blick zu, der sich wie immer im Hintergrund hielt, »dass du das nicht entscheiden kannst, Luther. Ich mache dir keinen Vorwurf.«

»Man hat mir gesagt, dass du mit einem Psychiater gesprochen hast.«

»Ja.«

»Ich empfehle dir, das auch weiterhin zu tun.«

»Ich glaube nicht an die Psychiatrie.«

Krupp lächelte. »Ich auch nicht, aber dass du dich hundertprozentig kooperativ zeigst, kann mir helfen, dich und deine Eltern zu unterstützen. Es hilft mir, die zuständige Stelle zu überzeugen, dass ihr euch treffen könnt.«

Damit meinte er Manfredi.

Sartori wirkte zufrieden. »Daran habe ich noch gar nicht gedacht. Danke für den Hinweis, Luther. Können wir anfangen?«

Krupp zeigte ihm das Album, das auf dem Nachttisch seines Vaters gelegen hatte.

»Hast du die Fotos vom Eiffelturm gemacht?«

»Ich bin nicht so gut, wie ich gerne wäre.«

»Wie war Paris?«

»Meiner Mutter hat es gefallen. Sie meinte, die Stadt sei romantisch. Mein Vater und ich fanden sie zu teuer. Wie kann man nur an einem Ort leben, wo Lebensmittel kaum bezahlbar sind?«

Banalitäten, dachte Krupp, das ist alles, was aus deinem Mund zu hören ist. Leeres Geschwätz. Lucio Sartori war der Inbegriff eines Menschen, der versuchte, nicht aufzufallen, indem er ständig das sagte und tat, was seine Umgebung auch sagte und tat.

Eine Echokammer.

»Im Album …«, Krupp deutete auf die Fotokopie des Artikels aus der *Voce delle Alpi*, »haben wir auch das hier gefunden. Kannst du dir vorstellen, warum dein Vater gerade diesen Ausschnitt aufgehoben hat?«

Sartori starrte auf Giulia Nicolettis Gesicht.

Keine Gefühlsregung.

Keine Antwort.

Dann zeigte er Sartori ein Foto, das die Spurensicherung am 3. Januar 1985 gemacht hatte. Giulia, auf dem Boden liegend. Massakriert. Es gab kein anderes Wort für das, was der Freudenmädchen-Killer diesem Mädchen angetan hatte.

»Giulia ließ keine Fremden in die Wohnung, aber ihrem Mörder hat sie die Tür aufgemacht. Irgendwann zwischen 15.20 Uhr und 15.30 Uhr hat sie ihm den Rücken zugedreht, vielleicht um zu fliehen, und er hat sie mit einem Taschenmesser angegriffen. Er muss groß und kräftig gewesen sein, das sah man an den Mikrofrakturen der Einstichstellen, die der Pathologe damals festgestellt hatte. 26 Stiche.«

Sartori strich sich über den Bart.

Er schwieg.

Krupp dachte: Verzeiht mir für das, was ich tun muss.

Er sagte: »Ich denke, dass Giulia in diesem Moment etwas *provoziert* …«

Lorena schrie.

Marlene lärmte.

Patrizia kreischte.

Giulia brüllte.

»… hat. Vielleicht war sie nur ein Flirt für ihn, vielleicht war er ernsthaft verliebt und hat seine Gefühle offenbart. Aber Giulia war zu jung, um zu verstehen, wie viel Mut es braucht, um über Liebe zu sprechen. Vielleicht hat sie gelacht, vielleicht hat sie sich geschämt. Oder sie hat ihn verbal angegriffen, sich über ihn lustig gemacht. Und deshalb hat er …«

Krupp dachte: Habt Verständnis für mich.

Lorena schrie.

Marlene lärmte.

Patrizia kreischte.

Giulia brüllte: *Ich war allein zu Hause, ich musste Hausaufgaben machen, Mathe, Latein, der Aufsatz, draußen lag Schnee, er hat geklingelt, er war groß und hatte einen Schnurrbart, ich war erst fünfzehn, wie sollte ich verstehen, dass ich dem Mann, der sich so gut mit meinem Vater verstand, nicht vertrauen konnte? Ich habe ihn reingelassen, weil es eisig draußen war und Elena mich am Telefon nach den Hausaufgaben gefragt hat, aber ich hatte dafür keine Zeit, ich wollte ihn wegschicken, aber er weigerte sich und hat das Messer gezogen, ich wollte flüchten, aber er hat mich gepackt, von hinten gepackt und auf mich eingestochen, mir wurde eiskalt und …*

»… sich verteidigt.«

Sartoris Blick war leer.

Krupp hielt ihm das Foto mit dem beschädigten Objektiv hin. »Es wurde am Tatort gefunden und passt auf den Fotoapparat, mit dem du 1984 die Aufnahmen in Paris gemacht hast. Giulias Vater ging immer in ein Fotogeschäft in der Via Milano. Ich weiß, dass auch du dort eingekauft hast, das beweisen die Quittungen, die wir gefunden haben. Giulia lebte mit ihrer Mutter zusammen, ihre Eltern waren geschieden, aber Giulias Mutter hat nie fotografiert …«

»Und Giulia auch nicht.«

Krupp packte die Kante des Tisches, der ihn von Sartori trennte. »Ist es so gewesen, Lucio?«

»Sie …«

Krupps Fingerkuppen färbten sich weiß.

»… hat es selbst herausgefordert. Sie hat mich beschimpft. Sie hat mich provoziert. Ich hatte ein Messer dabei. Ich habe zugestochen. Aber wie oft, weiß ich nicht. 26 Mal, hast du gesagt?«

»Der Pathologe hat das so festgestellt.«

»Dann hat er zu hundert Prozent recht.«

»Warst du es, Lucio?«

»Zu achtzig Prozent.«

»Ein Blackout?«

Er nickte.

Krupp dachte: Du surfst auch auf der Kali-Yuga-Welle.

Er verschränkte die Arme vor der Brust und blickte an die Decke.

»Lucio«, sagte er nach einer Weile mit gespieltem Bedauern, »das ist kein richtiges Geständnis.«

Er hörte Manfredi hinter sich seufzen.

»Was meinst du damit?«

»Entschuldige, das ist nun mal mein Beruf. Ich muss …«

»Du musst präzise sein.«

»Nun …«, fuhr Krupp fort, »ich sage nicht, dass du gelogen hast. Der Punkt ist, dass jeder das behaupten könnte, was du mir gerade gesagt hast. Es stand alles damals in den Zeitungen, und leider gibt es viele Leute, die sich gerne wichtigmachen wollen. Sie geben Verbrechen zu, die sie gar nicht begangen haben.«

Sartori runzelte die Stirn. »So einer bin ich nicht.«

»Das denke ich auch, aber was ich denke, zählt vor Gericht nicht. Ich glaube dir, und ich glaube auch, dass es dir leidtut, was mit Giulia passiert ist.«

Krupp dachte: Gib mir ein Zeichen, dass da etwas in dir ist, was dich zu einem Menschen macht.

Zumindest Bedauern.

Zumindest für Giulia.

Bitte.

Sie war doch noch ein Kind.

Sartoris Blick blieb leer.

»Du brauchst Details?«

»Ja, etwas, das nur der Mörder wissen kann.«

»Und Giulia.« Sartori deutete auf das Foto. »Der Mörder und Giulia.«

Krupp klingelte Sturm, so lange, bis Levada die Tür öffnete. Es war 23.22 Uhr. Er keuchte.

Levada war allein. Offensichtlich war er gerade eingenickt, seine Bewegungen waren träge, seine Stimme klang belegt. Er nickte Krupp zu und führte ihn ins kleine Wohnzimmer. Im Fernsehen lief eine Sportsendung ohne Ton. Levada schaltete das Gerät aus und goss sich eine großzügige Dosis Magenbitter ein. Er bot Krupp ein Glas an, aber der winkte ab.

»Ich habe heute im Gefängnis von Bollate mit Lucio Sartori gesprochen.«

»Giulia?«

»Er hat gestanden.«

Levada starrte in das volle Glas.

Dann leerte er es in einem Zug.

»Er hat uns wertvolle Details geliefert«, fuhr Krupp fort. »Die Tatwaffe. Ein Taschenmesser. Erinnern Sie sich?«

Krupp schlug die Akte des Falls Nicoletti auf. Er fand sofort, was er suchte. Ein Foto des Hauseingangs in der Via Visitazione 30. Der Smog hatte den Schnee auf dem Bürgersteig grau verfärbt. Die Eingangstür stand weit offen. An der Hauswand lehnten ein sieben Jahre jüngerer Levada und ein sieben Jahre jüngerer Lopez, die miteinander sprachen.

»Sehen Sie das links? Den Mülleimer?«

Levada beugte sich über das Bild.

Krupp deutete darauf.

»Sartori hat das Messer in den Mülleimer vor dem Haus geworfen. *In diesen Mülleimer*, Commissario Capo. Es war blutverschmiert, und Lucio hat keine Handschuhe getragen, als er Giulia umgebracht hat.«

Levada zuckte zurück.

Krupp fuhr fort: »Keiner hat diesen verdammten Scheißmülleimer durchsucht. Niemand.«

Levada begann zu zittern.

Krupp holte zum letzten Schlag aus.

»Nach Giulia hat er Mirella umgebracht. Nach Mirella hat er Lorena umgebracht, nach Lorena hat er Marlene und dann Patrizia umgebracht.«

Levada keuchte. *Die Hand Gottes* war am Boden.

»Morgen werde ich meine Frühpensionierung beantragen«, sagte er, »deshalb ist das hier ein Abschied. Ich wünsche Ihnen einen erfolgreichen Fortgang der Ermittlungen, Commissario Capo. Lassen Sie mich bitte jetzt allein.«

MITTWOCH, 23. SEPTEMBER 1992

G. S. Der Zeitungsartikel gehört mir, nicht meinem Sohn.

L. K. Lucio hat zugegeben, sie ermordet zu haben.

G. S. Lucio irrt sich. Es geht ihm nicht gut. Er hat versucht, sich das Leben zu nehmen. Er ist erschöpft.

L. K. Er hat uns präzise Informationen geliefert, die nur dem Mörder bekannt sein können.

G. S. Was wollen Sie dann von mir?

L. K. Warum haben Sie den Artikel aufgehoben?

G. S. Ich fand ihn interessant.

L. K. Den Tod einer Fünfzehnjährigen?

G. S. Vielleicht ging es um den Artikel auf der Rückseite.

L. K. Der ist nur halb drauf. Und Sie sind ein Mensch, der Wert auf Genauigkeit legt.

G. S. Ich frage noch einmal, Commissario. Was wollen Sie von mir?

L. K. Als Giulia ermordet wurde, haben Sie da an Lucio ein seltsames Verhalten bemerkt?

G. S. Mein Sohn hat sich niemals seltsam verhalten.

L. K. Haben Sie nie daran gedacht, dass er sie umgebracht haben könnte?

G. S. Nie.

L. K. Sind Sie sicher?

G. S. Zu hundert Prozent.

MITTWOCH, 23. SEPTEMBER 1992

L. K. Wussten Sie, dass Ihr Mann diesen Zeitungsausschnitt in Ihrem Fotoalbum aufbewahrt hat?

A. S. Nein.

L. K. Finden Sie es nicht merkwürdig, dass er ihn behalten hat?

A. S. Das ist die Sache meines Mannes. Wie das Auto oder der Dachboden. Jeder hat seinen Bereich, ich mische mich da nicht ein.

L. K. Lucio hat zugegeben, Giulia Nicoletti umgebracht zu haben. Die junge Frau, um die es in diesem Artikel geht.

A. S. ...

L. K. Sie war fünfzehn.

A. S. ...

L. K. Erinnern Sie sich, ob Lucio zu Hause jemals darüber gesprochen hat?

A. S. ...

L. K. Kann es sein, dass Sie über den Mord gesprochen haben, nachdem Sie in den Fernsehnachrichten davon erfahren haben?

A. S. Ja, Lucio war von dieser Tat sehr betroffen. Die Nachrichten haben ihn bedrückt.

L. K. Und was haben Sie dann gemacht?

A. S. Wir haben auf ein anderes Programm geschaltet.

DIENSTAG, 13. OKTOBER 1992

M. N. Ich heiße Marika Novena, geboren am 7. April 1960 in Bozen.

L. K. Warum haben Sie darauf bestanden, mich persönlich zu sprechen?

M. N. Sie sind doch der, der ihn gefasst hat, oder?

L. K. Von wem sprechen Sie?

M. N. Lucio Sartori. Der Freudenmädchen-Killer.

L. K. Haben Sie Informationen?

M. N. Das, was ich schon der Zeitung erzählt habe.

L. K. Kannten Sie Sartori?

M. N. Er bezahlte mich, damit er meine Unterhosen mitnehmen durfte.

L. K. Ist das etwas Besonderes, oder haben Sie noch weitere Freier mit dieser Form des Fetischismus?

M. N. Es war nicht das Anliegen als solches, es war seine Art. Er machte mir Angst.

L. K. Hat er Sie bedroht?

M. N. Nein.

L. K. Angegriffen?

M. N. Nein, nie. Es war nur so ein Gefühl.

L. K. Leider haben Gefühle vor Gericht keine Aussagekraft.

M. N. Ich mache diesen Job seit fünfzehn Jahren. Man hat mich ausgeraubt, geschlagen und vergewaltigt. Glauben Sie mir, ich habe schon mit allen möglichen Typen zu tun gehabt, aber einen wie Sartori habe ich nicht noch mal erlebt.

L. K. Sind Sie sicher, dass es sich um Lucio Sartori gehandelt hat?

M. N. Natürlich war er es, er ist mehrmals bei mir gewesen. Außerdem erinnere ich mich an sein Auto und das Kennzeichen.

L. K. Wo stehen Sie normalerweise?

M. N. Piazza Verdi.

L. K. Seit der Verhaftung Sartoris sind mehr als zwei Monate vergangen, warum kommen Sie erst heute?

M. N. Eine Gewissensfrage.

L. K. Aber zuerst haben Sie mit der Presse gesprochen.

M. N. Zweifeln Sie an meiner Glaubwürdigkeit?

L. K. Ich versuche zu verstehen.

M. N. Ich wollte es nicht sagen. Aber dann ist dieser Journalist gekommen …

L. K. Alex Milla?

M. N. Er meinte, meine Aussage würde im Gegensatz zu den anderen glaubwürdig klingen. Er hat gesagt, dass es wichtig ist, dass ich damit zur Polizei gehe.

L. K. Ich werde ihm zum Dank eine Schachtel Pralinen schicken.

MONTAG, 19. OKTOBER 1992

Manfredi hatte ein neues Büro. Das Fenster ging in Richtung Rosengarten. Selbst Krupp nahm sich einen Moment Zeit, die Schönheit der herbstlich buntgefärbten Berge zu bewundern. Irgendetwas schien in diesen Felsen zu verschwinden.

Vielleicht die Ewigkeit.

Ich heiße Mauro Giannini, geboren am 17. Juli 1970. Ich mache im Augenblick einen Drogenentzug und warte darauf, meine Strafe wegen Besitz und Weitergabe illegaler Substanzen abzusitzen. Ich habe Heroin an Prostituierte und Junkies auf der Piazza Verdi in Bozen verkauft.

Ich erkläre, Lucio Sartori am 21. März 1992 zusammen mit Marlene Wieser auf der Piazza Verdi gesehen zu haben, morgens etwa um 5.30 Uhr. Die beiden standen neben einem Citroën und unterhielten sich. Danach sind sie gemeinsam eingestiegen.

Etwa fünf Minuten später sind sie in Richtung Norden losgefahren, zur Via Renon und dann zur Staatsstraße 12. Ich habe die Frau erkannt, weil sie mir erst kürzlich begegnet war. Sie hat mich nie nach Drogen gefragt, auch sonst haben wir nicht miteinander gesprochen. Ich fand sie hübsch, und ihr Tod hat mich betroffen gemacht. Lucio Sartori habe ich auf den Fotos in den Zeitungen wiedererkannt. Ich habe mich erst jetzt an die Polizei gewandt, weil ich hin- und hergerissen war, meine Bürgerpflicht aber schließlich gesiegt hat.

Manfredi legte die Aussage auf den Schreibtisch zurück und lächelte. »Hast du ihn befragt?«

»Lombardi.«

»Warum Lombardi?«

»Ich hatte viel zu tun, Greco ist bei einer Fortbildung, und Arianna ist mit dem Mordfall Gatti beschäftigt.«

»Gibt es da Neuigkeiten?«

»Egger sagt, es muss der gleiche Täter gewesen sein. Und wenn es Sartori war, wird Arianna etwas finden, um ihn zu überführen.«

»Und wie schnell?«

Krupp richtete sich die Brille. »Du weißt doch, dass …«

Manfredi wedelte mit der Hand, als verscheuche er eine unsichtbare Fliege. »Du hast recht. An Mirella Gatti denken wir später. Meiner Meinung nach haben wir genug Indizien, um ihn im Mordfall Wieser zu überführen.«

»*Jakob* …«

»Dieser Giannini hat ihn kurz vor dem Mord mit ihr beobachtet, der Typ aus dem Hotel in Vals hat die beiden im Dezember zusammen gesehen. Die Kausalität ist offensichtlich und wird durch den Tathergang bestätigt. Marlene ist zu Sartori ins Auto gestiegen, weil sie ihn kannte.«

»Sartori fuhr einen Seat Ibiza, keinen Citroën«, entgegnete Krupp.

»Nicht jeder kann die Autotypen unterscheiden. Und dann haben wir noch Egger. Die Schnur, die man in Sartoris Wagen gefunden hat, passt zu Marlenes Verletzungen am Hals, und die Stichwunden auf ihrem Körper sind dem gleichen *Modus Operandi* zuzuordnen wie bei den anderen Opfern: Frauenhass und sexueller Fetischismus. Das stimmt auch mit der Aussage der Prostituierten, dieser Novena, überein. Sartori ist ein Fetischist, aus diesem Grund hat er auch Zannis Personalausweis mitgenommen.«

»Gibt es Neuigkeiten über die Spuren auf der Schnur?«

»Noch nichts Offizielles, das Labor braucht ewig, aber Dottor Egger ist sicher, dass es sich um Blut handelt. Und wir wissen beide, wessen Blut es ist: das von Marlene Wieser. Worauf warten wir noch, um ihn zu befragen?«

»Warten wir die Untersuchungsergebnisse ab und greifen dann an.«

»Luther, du gehst ihm in die Falle. Du hast es selbst gesagt. Sartori gibt nur das zu, was wir ohnehin schon wissen. Er fügt nur ein paar unwichtige Details hinzu. Weißt du, was ich denke? Er gesteht nicht, dieser Idiot prahlt.«

Krupp fuhr sich mit der Hand über die Augen. »Was sagen die Psychiater?«

Manfredi lachte. »Ich habe zwei Gutachten. Eines besagt, dass Sartori aus freiem Willen und in vollem Bewusstsein handelt, das andere sagt das genaue Gegenteil. Aber beide stimmen in einem überein: Sartori ist eine Gefahr für die Allgemeinheit und wird es immer bleiben. Weißt du, dass sogar das FBI Informationen über unseren Fall angefordert hat? Für ihre Datenbank in Quantico. Es wird Zeit, dass du den Fall abgibst. Das sage ich als Freund. Entspann doch. Du hast ihn gefasst, und er wird das Gefängnis nie wieder verlassen.«

»Wie meinst du das, ›den Fall abgeben‹?«, fragte Krupp misstrauisch.

Manfredis Ton wurde weicher. »Du hast ihn sieben Monate lang Tag und Nacht gejagt. Alle waren gegen dich, von Levada bis zu den Bulldoggen. Von der Presse ganz zu schweigen. Aber du hast dem Druck standgehalten und ihn festgenommen. Aber jetzt willst du das Unmögliche.«

»Ich will nur sicher sein, dass er gesteht.«

Manfredi schüttelte den Kopf.

»Nein, du willst *verstehen*, warum er diese Frauen umgebracht hat.«

»Du nicht?«

Der Staatsanwalt lächelte.

»Nein, Luther. Ich weiß, dass mir das niemals gelingen kann. Denn ich bin kein Soziopath. Und du auch nicht.«

DONNERSTAG, 5. NOVEMBER 1992

Gefängnis Bozen. Der Geruch aus der Küche drehte einem den Magen um. Sartori hatte die Schnürsenkel zurückbekommen. Die Psychiater waren sich einig, dass keine Selbstmordgefahr mehr bestand.

»Sind deine Eltern wohlauf?«, fragte Krupp.

»Mama ist alt geworden, sie haben finanzielle Schwierigkeiten, der Prozess ist teuer.«

»Aber du siehst besser aus, finde ich.«

»Papa hat alles unter Kontrolle. Wenn er nicht wäre, würde Mama das nicht durchhalten. Kann man etwas gegen die Journalisten unternehmen?«, fragte Sartori hoffnungsvoll. »Sie verfolgen Mama sogar im Supermarkt. Sie kann nicht mal in Ruhe einkaufen gehen. Sie ist siebzig.«

»Ich werde es versuchen, aber versprechen kann ich dir nichts.«

Sartori schaute zu Manfredi, der etwas abseits saß. »Wann wird der Prozess beginnen?«

»Das hängt von Ihnen ab«, antwortete der Staatsanwalt.

Sartori wandte sich wieder an den Commissario. »Ich habe gestanden, was braucht es noch?«

Krupp zuckte mit den Schultern. »Es geht um Detailfragen.«

»Können wir unter vier Augen reden?«

Das bedeutete: ohne Manfredi.

»Tut mir leid, aber das geht nicht. Vorschriften.«

»Wir verstehen uns. Andere in diesem Raum nicht.«

»Was meinst du damit, Lucio?«

Der Freudenmädchen-Killer zeigte erst auf sich, dann auf den Commissario. »Es braucht Vertrauen.«

»Das stimmt. Tatsächlich bin ich hier, um dich zu fragen, ob du mir noch etwas erzählen willst.«

»Nein.«

Krupp fuhr mit den Fingerspitzen über Marlenes Akte.

»Gab es zwischen dem Mord an Lorena Haller und dem an Patrizia Zanni noch weitere Blackouts?«

Sartori schien belustigt. »Willst du wissen, ob ich mich daran erinnere, mich nicht zu erinnern?«

Auch Krupp zwang sich zu einem Lächeln. »Ich frage dich danach, weil wir in deinem Auto eine Schnur gefunden haben. Ein Kletterseil, Durchmesser sechs Millimeter. Du machst aber keinen Sport. Kannst du mir sagen, warum du das hast?«

Sartori schaute aus dem Fenster.

»Ich hatte es im Kofferraum, für alle Fälle. Man weiß nie. Man kann Pakete damit zubinden oder Skier. Ich bin zwar nicht sportlich, aber ich fahre gerne Ski.«

»Man muss immer auf alles vorbereitet sein.«

»Zu hundert Prozent.«

Krupp zeigte Sartori das Foto von Marlene Wieser, neunzehn Jahre, 14 Messerstiche. Es war das Foto mit der Gothic-Frisur und den stark geschminkten Augen. Er hatte es mit Absicht ausgesucht.

»Hast du sie schon mal gesehen?«

»Ich kenne sie nicht, tut mir leid.«

»Bist du sicher? Nicht mal in der Zeitung?«

»Ich lese fast nie Zeitungen«, erwiderte Sartori, »die lügen alle. Genau wie Politiker. Wurde sie umgebracht?«

»Es gibt Zeugen, die sie mit dir gesehen haben. Im Dezember, in Vals. Du hast dort Urlaub gemacht.«

»Ich erinnere mich nicht.«

»Du erinnerst dich nicht an den Urlaub?«

»Ich erinnere mich nicht, sie getroffen zu haben.«

»Man hat dich mit ihr in einem Restaurant und in einer Discothek gesehen. Ihr habt euch unterhalten.«

»In einer Disco? Da irrst du dich, ich mag keine Discotheken.«

»Tanzt du nicht gerne, oder magst du die Musik nicht?«

»Zu voll und zu laut.«

»Könntest du es vergessen haben? Ein Blackout?«

Sartori schob das Kinn vor, sein Blick hatte sich verfinstert, er tippte mit dem Zeigefinger auf den Tisch. »Die Blackouts habe ich nur in dem Moment, wo ich jemanden töte, nicht vorher und nicht nachher. Das habe ich dir bereits ganz genau erklärt.«

Krupp zeigte ihm eine Ausschnittvergrößerung von Marlenes Hals. Die Strangulationsmale unter dem Kehlenschnitt.

Er beobachtete Lucios Reaktion.

Es gab keine.

»Die Schnur, die wir in deinem Auto gefunden haben, stimmt mit diesen Strangulationsmalen überein.«

»Solche Seile kann man überall kaufen.«

»Ich habe einen Zeugen, der dich mit ihr am 21. März gesehen hat, etwa um 5.30 Uhr morgens. Kurz vor dem Mord.«

»Um diese Zeit schlafe ich. Hast du meine Eltern gefragt?«

»Wie ich bereits Avvocato Santin erklärt habe, hat die Aussage deiner Eltern vor Gericht keine Bedeutung.«

Sartori kniff die Augen zusammen. »Das finde ich ungerecht.«

Es geht ums Prinzip.

»Es sind deine Eltern, Lucio. Sie lieben dich. Keiner würde ihnen glauben.«

»Meine Eltern sind gute Menschen. Sie würden die Polizei niemals belügen.«

»Avvocato Santin kann sie in den Zeugenstand rufen, aber ich will aufrichtig mit dir sein. Alle werden denken, dass sie dich nur schützen wollen. Das wäre doch normal, oder?«

Sartori fuhr sich unentschlossen über den Bart.

Er nickte.

»Das ergibt Sinn.«

Krupp dachte: *jetzt.*

»Außerdem haben wir ein Ergebnis der Spurensicherung, Lucio. Auf der Schnur befinden sich Blutspuren.«

Lucio sah ihn lange an. Dann schüttelte er den Kopf.

»Unmöglich.«

»Das Blut kann Marlene Wieser zugeordnet werden.« Krupp hob erneut ihr Foto hoch. »Bist du sicher, dass du sie niemals gesehen hast?«

Sartori spielte mit einem losen Faden seines Pullovers. »Du bluffst. Sonst machst du das anders, Luther. Du hast mir keine Beweise gezeigt. Das machst du sonst immer. Wo ist der Bericht der Spurensicherung? Der, in dem steht, dass das Blut auf der Schnur mit dem der Frau übereinstimmt? Ist er da drin?«, fragte er und deutete auf die Akte. »Wenn ja, dann zeig ihn mir.«

Krupp erstarrte.

»Lucio …«

Santin schaltete sich ein. »Vielleicht bin ich von der Staatsanwaltschaft nicht informiert worden, aber ich habe kein Dokument bezüglich der Blutspuren auf dem Seil bekommen. Das ist ein schwerwiegendes Versäumnis.«

Sartori verschränkte die Arme vor der Brust, er war wütend und sagte:

L. S. Ich ertrage es nicht, wenn man Spielchen mit mir spielt.

L. K. Lucio.

L. S. Für Sie, Commissario Krupp, Signor Sartori.

MONTAG, 16. NOVEMBER 1992

L. S. Ich werde Ihnen nicht die Hand geben, das können Sie vergessen. Sie haben versucht, mich reinzulegen, Commissario.

L. K. Warum sollte ich?

L. S. Auf dem Seil ist kein Blut.

L. K. Das Labor schließt das nicht aus. Sie meinen, es könnte Blut sein, aber ...

L. S. Oder Gras. Der Anwalt hat mir den Bericht gezeigt. Sie wollten mich in die Enge treiben.

L. K. Warum sollte ich das tun?

L. S. Weil ihr unfähig seid und ich hier eingesperrt bin. Ihr wollt mir alle Morde anhängen, die ihr nicht aufklären konntet. Ich habe zugegeben, dass ich Lorena Haller, Patrizia Zanni und Giulia Nicoletti getötet habe, warum hätte ich nicht sagen sollen, dass ich auch Marlene Wieser umgebracht habe?

L. K. Vielleicht hast du es vergessen.

L. S. Ausgeschlossen.

L. K. Ich bin sicher, dass du der Mörder bist. Und ich bin genauso sicher, dass du noch eine andere Prostituierte umgebracht hast. Mirella Gatti. Kanntest du sie, Lucio?

L. S. Ich würde gerne eine gewisse Distanz zwischen uns wahren, Commissario. Ich meine, das hätte ich Ihnen schon gesagt. Ich vertraue Ihnen nicht.

L. K. In Ordnung, Signor Sartori, kannten Sie Mirella Gatti?

L. S. Nie gesehen.

L. K. Sie wurde 1985 umgebracht, wenige Monate nach Giulia Nicoletti. Gleiche Vorgehensweise. Mehrere, mit großer Kraft ausgeführte Messerstiche. Genau wie bei Lorena, Patrizia und Marlene.

L. S. Das war ich nicht.

L. K. In diesem Notizbuch listete Mirella Gatti alle ihre Kunden auf. Da steht: ›Lucio ist gegangen‹.

L. S. Wann wurde sie umgebracht?

L. K. Juni 1985.

L. S. Da war ich beim Militär. Dort sind sie präzise, sie werden Ihnen bestätigen, wo ich an diesem Tag und in dieser Nacht war.

L. K. Ich muss Sie verbessern. Sie sind ab Juli dort gewesen. Ich habe auch mit Ihren Kameraden gesprochen. Sie haben ihnen erzählt oder, vielleicht sollte ich besser sagen, damit angegeben, dass Sie eine Beziehung zu einer älteren Frau hätten. Mirella Gatti war 42.

L. S. Ich erinnere mich nicht.

L. K. Eine Beziehung, die kein gutes Ende genommen hat.

L. S. Ich kann mich nicht daran erinnern.

L. K. Sie sagten, die Beziehung sei wegen ihrer Eltern zerbrochen.

L. S. Vielleicht habe ich das gesagt, vielleicht nicht.

L. K. Mirella wurde erstochen. 19 Stiche.

L. S. Das war ich nicht.

L. K. Am Tatort wurde ein Fingerabdruck auf der Wand gefunden. Auf einem Blutfleck.

L. S. Gleichen Sie den mit meinen ab.

L. K. Haben wir schon.

L. S. Ich wette, dabei ist nichts herausgekommen.

L. K. Die Spurensicherung sagt nicht, dass es nicht Ihrer ist. Sie sagt nur, dass ein Abgleich nicht möglich ist. Warum versuchst du Spielchen mit mir zu spielen, Lucio?

L. S. ...

L. K. Hast du Angst vor der Wahrheit?

L. S. ...

L. K. Lucio?

L. S. Wir haben uns nichts mehr zu sagen, Commissario.

SAMSTAG, 5. DEZEMBER 1992

15 Uhr. Noch lag nur auf den Gipfeln der Umgebung von Bozen Schnee. Und natürlich auf den Fotos in den Werbeprospekten für die Touristen. Manfredi hatte für ihr Gespräch einen privaten Konferenzraum im Hotel Laurin reservieren lassen. Rokokomöbel, Samtsessel, Kristallleuchter, Spiegel und Gemälde in Goldrahmen.

Jakob erwartete ihn mit einer Flasche Champagner im Eiskübel, Dom Pérignon.

Als er ihn kommen sah, füllte er zwei Champagnerflöten aus Kristallglas. Eine hielt er ihm hin.

»Ich habe das Datum für den Prozess vereinbart«, verkündete er strahlend. »Mach nicht so ein Gesicht, trink. Er wird lebenslänglich bekommen.«

»Warum bist du so sicher?«

»Ich habe dir vertraut, jetzt musst du mir vertrauen.«

Krupp hob das Glas und leerte es.

»Was ist das für ein Gefühl?«, fragte Manfredi und schenkte Krupp erneut ein.

»Ich bin müde.«

Manfredi lachte. »Ich habe mit der Chefetage gesprochen und dich für eine Prämie vorgeschlagen.«

»Da fehlen noch zwei.«

Manfredi verschluckte sich fast an seinem Champagner. »Du

hast den Teil übersprungen, in dem du abwehrst und mir dann feierlich dankst.«

»Ich bin müde, das habe ich doch schon gesagt.«

»Die eine ist für Sovrintendente Capo Lici und die andere?«

»Viceispettore Greco.«

»Ist das nicht die Bulldogge mit dem Spitznamen Ayrton Senna?«

»Er hat sich gut integriert und seinen Beitrag zur Lösung des Falles geleistet.«

Manfredi schlug die Beine übereinander und lächelte. »Als Polizist bist du ein Ass, aber als Anwalt taugst du nichts. Raus mit der Sprache. Und bevor du versuchst, mich wieder anzulügen, solltest du wissen, dass ich durchaus registriert habe, was du im Präsidium gemacht hast. Wie wollen wir das nennen? ›Neuorganisation des Personals‹?«

»Durchbrechen der Routine.«

Jakob lächelte. »Du willst nicht? Gut. Schauen wir mal, ob ich auch von selbst darauf komme. Greco ist zur Weiterbildung freigestellt. Ich könnte mir denken, dass du ihm den richtigen Weg weisen willst, um Karriere zu machen. Und eine Prämie wäre eine hervorragende Motivationshilfe.«

Krupp reagierte nicht.

»Calvi«, fuhr der Staatsanwalt fort, »hat nach einem langen Urlaub einen Antrag auf Versetzung ins Staatsarchiv der Polizei nach Rom gestellt. Es fällt mir schwer, dabei nicht an das Chaos im Red zu denken. Die Presse hat das nicht weiter aufgebauscht, aber nur, um die guten Beziehungen zu den Ordnungskräften nicht zu belasten.«

»Ich war von seinem Antrag ebenso überrascht wie du.«

Manfredi fuhr in amüsiertem Ton fort: »Lopez dagegen ist auf rätselhafte Weise *desaparecido*, von der Bildfläche verschwunden.

Es gibt Stimmen, die sagen, dass er schon seit Monaten nicht mehr im Außendienst gesehen wurde. Hat er etwa eine Leidenschaft für Akten entwickelt?«

»Vielleicht hatte er einfach den Schichtbetrieb satt, er ist ja auch nicht mehr der Jüngste.«

Manfredi goss sich ein drittes Mal ein und füllte auch das Glas des Commissario. »Leiste mir Gesellschaft. Das muss gefeiert werden. Zurück zu uns.«

»Lici und Greco.«

»Genau, Arianna. Wer, wenn nicht sie? Eine Belobigung würde sie, nach einer gewissen Zeit, zur Leiterin der Sitte aufsteigen lassen, während Viceispettore Greco …«, Manfredi kratzte sich am kunstvoll ungepflegt wirkenden Bart, »soll er etwa Leiter der Mobile werden?«

»Ich bin nicht Levada, ich entscheide nichts.«

Manfredi stellte sein Glas auf den Tisch. »Sag mir, was du denkst. Schluss mit dem Geplänkel, so betrunken sind wir nicht.«

»Sartori hat in sieben Jahren fünf Frauen umgebracht. Wie viele sind von 1985 bis heute durch Heroin gestorben?«

»Zu viele.«

»Hast du dir die Statistik der Drogenfahndung angesehen?«

»Bist du immer noch sauer auf sie?«

»Das ist keine persönliche Frage.«

»Dein Plan ist ehrgeizig. Und nicht einfach umzusetzen.«

»Es geht mir nicht um Ehrgeiz«, beharrte Krupp, »die Gelegenheit ist günstig. Du und ich können etwas ändern. Die Zeit ist reif, die Dinge sind in Bewegung. Greco bei der Mobile nutzt mir nichts, er muss zur Drogenfahndung. Es ist an der Zeit, dort gründlich aufzuräumen, Jakob.«

»Und Arianna?«

»Das Parlament wird das Verbot, Frauen in der Mordkommission einzusetzen, bald kippen. Wenn das passiert, dann will ich, dass sie die erste Frau an der Spitze der Mobilen Einsatztruppe wird.«

»Die Drogenfahndung ist nicht mein Aufgabenbereich, das weißt du.« Manfredi kniff die Augen zusammen.

»Vor Januar hatte ich auch noch nie mit einem Serienkiller zu tun. Du etwa?«

»Bleibt die Tatsache, dass die Drogenfahndung Jahre gebraucht hat, sich in die Szene einzuschleusen, die Strategie der Dealer zu entschlüsseln und die Situation unter Kontrolle zu bringen.«

»Findest du, dass sie die Situation unter Kontrolle haben?«, hakte Krupp nach.

»Das behaupten sie zumindest.«

»Aber mit welchem Ziel, Jakob? Immer mal eine Lieferung am Brenner zu blockieren?«

»Wir sprechen hier von zentnerweise Heroin.«

»Ein Tropfen auf den heißen Stein.«

»In der Zwischenzeit sterben Menschen. Das ist der Punkt, oder?«, entgegnete Manfredi.

»Lorena, Marlene, Patrizia, Mirella … sie wären auch dann tot, wenn sie Sartori nicht getroffen hätten. Nur Giulia hätte sich retten können. *Vielleicht.* Bei der Heroinschwemme wäre auch das nicht zu hundert Prozent sicher gewesen.«

Krupp biss sich auf die Unterlippe. *Hundert Prozent.* Er fragte sich, wie lange es dauern würde, Sartoris Sprache aus seinem Kopf zu verbannen. Vielleicht würde er sie nie wieder loswerden, wie die Sprache der Bulldoggen und die Sprache der Toten.

Er dachte: Kali-Yuga.

Er sagte: »Da draußen ist immer noch ein Killer unterwegs. Und wenn wir ihn nicht aufhalten, dann hält ihn niemand auf.«

Andreas Krupp hatte die Grabstätte gekauft, als bei Luthers und Karlis Mutter der Tumor diagnostiziert wurde – der gleiche, der Jahre später auch ihn töten würde. Zwei Grabsteine auf einem kleinen Friedhof, eingefriedet von einem wettergegerbten Holzzaun, beherrscht von einer Kapelle mit steil abfallendem Dach, etwa zwei Autostunden von Bozen entfernt im Val d'Ultimo, wo die Krupps herstammten und schon immer ihre letzte Ruhe gefunden hatten.

Karli hatte Blumen mitgebracht. »Für Mama« hatte er gesagt, als ob er sich rechtfertigen wollte.

Als Luther ihn angerufen hatte, um zu fragen, ob er ihn begleiten würde, hatte Karli seine Überraschung nicht verbergen können. Jetzt stand er in Gedanken versunken neben ihm. Vielleicht betete er. Luther und Karli waren erzogen worden, die Feinheiten der Religion zwar zu schätzen, aber nicht daran zu glauben, denn Andreas Krupp hielt die Religion lediglich für ein Mittel, um Macht auszuüben. Krupp fragte sich, ob sein Bruder gläubig war. Sie hatten noch nie darüber gesprochen.

Sie hatten über vieles noch nie gesprochen.

Krupp dachte an Manfredis Worte: *Du musst ihn loslassen.*

Das galt für Lucio Sartori und für Andreas Krupp gleichermaßen.

»Er hat mich zur Lärche mitgenommen«, sagte er und durchbrach damit die Stille.

Karli zuckte zusammen.

»Als sie ihm gesagt haben, dass der Tumor tödlich sein würde«, erklärte Luther und blickte dabei auf den Grabstein seines Vaters. »Er hat mich gebeten, ihn auf einem Spaziergang zu begleiten. Du weißt ja, wie er war.«

Karli antwortete nicht und hörte atemlos zu.

»Wir haben eine Weile geschwiegen. Wir hatten uns nie viel zu sagen, und an diesem Tag hat er mich gefragt, was ich denke. Wollte er die Wunden wieder aufreißen, die seit Jahren schmerzten? Das wäre dumm gewesen. Oder war es eine Bitte, meine Entscheidung noch mal zu überdenken?«

»So ein Mensch war er nicht.«

»Nein, das war er nicht. Er hat mich zur Lärche geführt, zur Lärche des Teufels …«

Im Val d'Ultimo gab es eine Legende. Eine der drei fast tausendjährigen Lärchen, für die die Region berühmt war, war von einem Blitz getroffen worden. Dem Mythos zufolge hatte Gott den Blitz geschleudert, um den Teufel zu treffen, der um den Baum tanzen wollte.

»Er hatte einen Rucksack dabei, in dem eine Axt steckte.«

Karli drehte sich verblüfft zu ihm um.

»Weißt du, was einen Mann ausmacht, Karli?«

»Wahrscheinlich nicht.«

»Glaubst du, du bist einer?«

»Das ist eine Frage, wie unser Vater sie immer gestellt hat.«

»Genau. Und ich wusste nicht, was ich darauf antworten sollte. Er meinte, niemand wisse, was es heißt, ein Mann zu sein, bis man gezwungen ist, etwas zu tun, was gegen alles spricht, woran man glaubt.«

»Mir kommt es vor, als höre ich ihn sprechen.«

Luther lächelte. »Er deutete auf die Lärche und sagte: ›Zeig mir, dass du ein Mann bist. Fälle den Baum.‹«

»Verdammt.«

Krupp hatte seinen jüngeren Bruder nur selten fluchen hören.

»Ich habe geantwortet, das sei eine Straftat, diese Lärche sei ein lebendes Denkmal, so alt wie der Mord an Cäsar. Wenn ich auch nur ein Zweiglein von ihr abbrechen würde, würde man mich festnehmen.«

»Und jetzt höre ich dich.«

»Ich beginne zu glauben, dass er recht hatte. Dass man seinen Wert erst entdeckt, wenn man sich selbst wehtun muss.«

»Warum sollte man das tun?«

Krupp löste die Uhr vom Handgelenk. »Ich vermute, dass unser Vater von Opferbereitschaft gesprochen hat. Vielleicht war das seine Art, sich zu entschuldigen. Aber ich fürchte, so war es nicht. Lies mal.«

Sein Bruder griff vorsichtig nach der Uhr.

Auf der Rückseite hatte Andreas Krupp einen lateinischen Satz eingravieren lassen.

»*Numero deus impare gaudet*«, las Karli. »Gott erfreut sich an der ungeraden Zahl. Vergil, wenn ich mich nicht täusche.«

»Hervorragendes Gedächtnis.«

»Du warst immer seine ungerade Zahl.«

»Nein«, sagte Krupp und nahm die Uhr wieder an sich, die 6.10 Uhr anzeigte, wie immer seit jenem schrecklichen Tag, »ab heute nicht mehr.«

Krupp kniete sich hin und begann unter dem Schnee zu graben.

Karli zögerte. Dann hockte er sich neben seinen Bruder und half ihm. Die Erde war hartgefroren, am Ende hatten beide rote, aufgeschürfte Finger. Aber sie lächelten. Als wären sie wieder Kinder. Einen Moment lang hat unser Vater uns vereint, dachte Krupp.

Er legte die Uhr in das etwa dreißig Zentimeter tiefe Loch, verschloss es erst mit Erde, dann mit Schnee, den er festtrat.

»Was haben wir beerdigt?«, fragte Karli.

»Eine Frau namens Vivian. Unseren Vater. Eine ungerade Zahl, die 121. Und Lucio Sartori.«

»Ich glaube, Papa wäre stolz auf dich gewesen.«

»Bist du stolz auf mich, Karli?«, fragte Luther, ohne den Mut zu haben, ihm dabei ins Gesicht zu sehen.

Karli nahm ihn in den Arm, und Luther musste daran denken, wie oft auch er seinen Bruder umarmen wollte und es sich verboten hatte.

Er versuchte, sich ganz auf diesen Augenblick zu konzentrieren. Er dachte: Zukunft.

Sie hatte den Geschmack der Freiheit.

1994

Im Namen des italienischen Volkes

SONNTAG, 17. APRIL 1994

Der Renault 5 quälte sich die Via Visitazione hoch. Das Licht der Straßenlaternen ließ die nasse Straße glänzen. Er musste vorsichtig sein. Um 23.04 Uhr, nachdem er eine Weile vergeblich einen Parkplatz gesucht hatte, stellte Milla den Wagen im Halteverbot ab, aber um diese Zeit waren keine Verkehrspolizisten mehr unterwegs.

Er eilte zur Nummer 72. Am Telefon hatte Jo gedrängt: »So-fort!« Im Hof sah er den Chefreporter winken. Hinter ihm, zwischen den lehmfarbenen Wohnblocks, standen ein Krankenwagen, zwei Streifenwagen und ein grauer Lancia Dedra. Dazwischen erkannte er die Gesichter der Konkurrenz, darunter einen verdrossen wirkenden Tagliaferro.

»Karma«, sagte Jo strahlend.

Als er bemerkte, dass Milla die Ironie nicht verstand, deutete er auf den ersten Stock des Hauses hinter sich. Auf dem Balkon stand ein Polizist. Schnurrbart, hemdsärmelig. Unsympathisch. Er rauchte.

»Der Bastard hat gewartet, bis seine Frau in die Messe gegangen war.«

»Welcher Bastard?«, fragte Milla verwirrt. »Der Polizist?«

»Via Visitazione 72. Sagt dir das nichts mehr?«

In Millas Gedächtnis blitzte etwas auf, dann wurde es wieder dunkel.

»Nein.«

Jo zündete sich eine MS an, beobachtete Millas verwirrten Blick und steckte das Feuerzeug in die Tasche zurück.

»Die Frau ging in die Abendmesse, morgens waren ihr zu viele Leute da. Der Bastard hat gewartet, bis sie weg war, ist auf den Dachboden gestiegen und hat sich erhängt, zehn zu eins, dass das Seil schon dort war. Und weißt du, warum ich das weiß? Weil er ein ganz Präziser war.«

Jo konnte das Lachen nicht mehr zurückhalten.

»Präzise«, fügte er hinzu, »aber nicht *pingelig.*«

Einige Köpfe wandten sich in ihre Richtung. Der schnurrbärtige Polizist verschwand ins Innere der Wohnung. Jos Lachen verwandelte sich in einen Hustenanfall, während Milla versuchte, die Situation zu erfassen.

»Mir fehlen die Fakten.«

»Der Vater. Sartoris Vater hat sich aufgehängt.«

Milla zuckte zusammen.

Er dachte: Via Visitazione 72.

Er dachte: Der Freudenmädchen-Killer.

»Im Fernsehen gab es eine Sondersendung«, erklärte Jo, *»Das Monster von Bozen, der Freudenmädchen-Killer.* Vom Mord an der ersten Frau – wie hieß sie noch? – bis zu lebenslänglich. Hast du das gesehen? Nein, hast du nicht.«

»Sie hieß Lorena Haller.«

»Dieses Blumenmädchen ist keine gute Gesellschaft für dich. Du wirst weich, bist nicht mehr nah genug dran.«

»Gestern Abend habe ich mich mit Kieselsteinen herumgeschlagen«, gab Milla zu bedenken.

»Ich denke, der Bastard hat das nicht ausgehalten.«

»Aus Scham?«

»Von Reue würde ich hier nicht sprechen. Manche Flecke lassen sich nicht einfach in der Waschmaschine wieder entfernen, oder?«

Jo meinte das im übertragenen Sinne. Was Krupp in der Wohnung im ersten Stock der Nummer 72 gefunden hatte, stand damals in allen Zeitungen. Das meiste stimmte, hatte der Chefreporter ihm anvertraut. Tatsächlich fast alles. Die Kiste mit den Messern eingeschlossen.

»Wie würdest du das schreiben, Champion?«

Das war eine Fangfrage, Milla fiel nicht darauf rein. »Das Wichtige ist nicht der Artikel, sondern der Leitartikel.«

Jo bedeutete ihm, weiterzusprechen.

»Eine Tragödie, die zum TV-Spektakel geworden ist«, sagte Milla atemlos, »Skandal, journalistische Ethik, die Grenzen der Berichterstattung. Das perverse Vergnügen, die ganze Scheiße wieder hochzuholen, und die heilige Pflicht, der Öffentlichkeit zu erzählen, was passiert ist?«

Jo schlug sich mit der Faust aufs Herz. »Wir alle sind Anhänger des Artikels 21 der Verfassung. Zum Schluss?«

Milla zuckte mit den Schultern. »Die alten Werte, Scheißgesellschaft.«

Jo klopfte ihm auf die Schulter. »Und dann folgt die Diskussion. Titel?«

»Was ich oder was du als Titel schreiben würdest?«

»Was meinst du?«

»Die Strafe endet nie«, seufzte Milla.

TEIL 2

Der Zweifel

Der Schrecken bestimmter Fakten sollte interpretiert und nicht einfach auf diese rohe, unmenschliche Weise der Öffentlichkeit präsentiert werden. (…) Und wenn es in unserer Provinz erneut zu solchen Taten kommen sollte, wäre es vielleicht besser, die Grausamkeit so zu zeigen, wie sie ist, und nichts zu verschweigen, sondern dem Schrecken Raum zu geben.

SIGNIERTER BRIEF, »ALTO ADIGE«, 10. JANUAR 1985

1995

LISA

Promise you, have been true.
Let me take a ride, cut yourself,
Want some help, please myself.

NIRVANA, POLLY

SONNTAG, 17. SEPTEMBER 1995

Neun Grad, 21.40 Uhr. Es hatte gerade aufgehört zu regnen. Dunstglocken um die Straßenlaternen und kaum Verkehr. Lisa trug eine Harley-Davidson-Lederjacke und einen Wollschal. Unter dem Schal eine Kette mit einem kleinen Elefantenanhänger.

Sie dachte: Diese Kälte ist falsch.

Der Schal war rot-gelb gestreift. Er passte nicht zur Lederjacke, aber Johnny hatte ihn ihr geschenkt. Und er hatte ihn in einer Bar geklaut. Für sie. Und das bedeutete etwas.

Den Anhänger hatte ihr eine Frau um den Hals gelegt, die ihr die Zukunft vorausgesagt hatte: Er sollte sie beschützen. Die Frau hatte ihr Angst gemacht, aber der Elefant lächelte, und Lisa konnte ein bisschen Glück gut gebrauchen.

Die Harley-Davidson-Lederjacke dagegen erinnerte sie an die Vergangenheit, als die Männer ihr zu Füßen lagen. Der alten Lisa, der neuen nicht.

Die alte Lisa hatte wie ein leibhaftiges Playboy-Bunny-Poster ausgesehen: Helle Augen, seidenweiche Haare und Brüste wie Champagnerschalen. Die neue Lisa war in einem zerstörten Körper gefangen, löchriges Gebiss, Augen wie tiefe Löcher, strohige Haare, der Bauch aufgebläht wie der einer Schwangeren. Aber sie war nicht schwanger. Vielleicht hatte die Frau nicht gelogen, und der Anhänger brachte tatsächlich Glück. Der Tumor an den Eierstöcken war nicht bösartig.

Die alte Lisa hatte gedacht: Die Zukunft gehört mir. Die neue träumte von einer Welt im Videoformat. Ein Tastendruck, und du bist zurück in der Vergangenheit. Ein Tastendruck, und du bist in der Zukunft.

Schnellvorlauf.

Schnellrücklauf.

Alles nur, um nicht die Grausamkeit der Gegenwart erleben zu müssen.

Die alte Lisa liebte Karaoke, die neue Lisa tat manchmal so, als wären die Straßenlaternen Scheinwerfer, und sang den Mond an. Sie sang, um nicht einsam zu sein, um etwas Nicht-Greifbares loszuwerden, das sie in sich spürte, oder um ohne Spritze im Arm das Gefühl zu haben zu fliegen. Denn für Lisa waren Lieder wie Flügel.

Es war September, und nicht nur die Kälte hatte sich vertan. Johnny läge bald unter der Erde, und auch das war falsch. Sie hatten ihn am Vortag auf einer Bank liegend gefunden. Schlechter Stoff. Diese Samstagnacht war voller greller Lichter gewesen. Notarzt, Polizei, Carabinieri. Lisa war so dicht gewesen, dass sie von alldem nichts mitbekommen hatte. Drei Junkies waren gestorben, weitere fünf hatte das Naloxon gerettet. Den Sonntag hatte Lisa zitternd, singend und in Gedanken an Johnny verbracht. Er würde nie wieder etwas klauen. Danach stand sie erneut auf der Straße.

Schnellvorlauf.

Schnellrücklauf.

Sie hing am Kreuz der Gegenwart.

Viale Trento, neun Grad. Es hatte gerade aufgehört zu regnen. Lisa umklammerte die Laterne und begann, sich singend um sie herum im Kreis zu drehen. Um 21.50 Uhr hupte ein Auto, der Himmel drehte sich nicht mehr, Lisa schwankte, zog den Schal enger und betrachtete den Typen am Steuer. Sie dachte: Wenn der

Freudenmädchen-Killer nur mich umgebracht hätte. Sie öffnete die Beifahrertür und dachte: Wenn die Welt nur ein Videofilm wäre.

Ein Tastendruck, und du bist in der Vergangenheit.

Ein Tastendruck, und du bist in der Zukunft.

Der Renault 5 fuhr an.

Lisa dachte: Schnellvorlauf. Lisa dachte: Schnellrücklauf.

1994 IM SCHNELLDURCHLAUF

April: 32 Festnahmen, und das ist nur der Anfang. Eine epische Pressekonferenz. Auf dem Foto in der *Voce delle Alpi* wirkt Krupp wie der wiederauferstandene Achill. Hinter dem Commissario: drei grimmige Gesichter. Pietro Traini, Salvatore Grico und Agostino De Luca. Die Dreifaltigkeit an der Spitze des sogenannten Kalabresen-Clans. Über Jahre hatte der Handel mit Heroin und Müll, verschiedene Kreditgeschäfte und der Lido di Bolzano fest in ihrer Hand gelegen. Letzteres legal. Wer kann Leute für dumm verkaufen, die über zu viel flüssiges Geld verfügen? Jos Kommentar bringt Milla aus dem Gleichgewicht: »*Bellum omnia contra omnes.* In der Natur gib es kein Machtvakuum. Das wird lustig werden, Champion.« – »Willst du damit sagen, dass Krupp sie nicht hätte festnehmen sollen?«

Die Antwort: »Ich möchte dich nur anregen, über die Vergänglichkeit irdischer Siege nachzudenken.«

Lob für Krupp und Lob für Manfredi. Jo fängt an, sie Batman und Robin zu nennen. Einmal ist Krupp Batman, am nächsten Tag Robin.

Batman und Robin sind Ehrengäste des Rosengarten-Clubs. Manfredi trägt Smoking, und seine Begleiterin ist die schönste Frau des Abends. Krupp trägt ebenfalls einen Smoking und schüttelt mehr Hände als jemals zuvor in seinem Leben.

Er denkt: Das ist etwas für die Öffentlichkeitsarbeit.

Als er nach Hause kommt, hört er sich die alten Aufnahmen der gebührenfreien Nummer an. Er hat sie kopieren lassen: um nicht zu vergessen.

Die Geographie der Kriminalität verändert sich. Die Drogenhändler ziehen vom Bahnhof in die Via Resia. Die Via Resia wird zur letzten Zuflucht der Verzweifelten. Inzwischen sind alle verzweifelt. *Bellum omnia contra omnes.* Die Dealer strecken den Stoff so sehr, dass er hochgradig gefährlich wird. Wenn's dir nicht passt, steht's dir frei, woanders zu kaufen.

Wenn du was findest.

Krupp lässt nicht locker: Er durchleuchtet Barbesitzer, Discotheken- und Restaurantbetreiber, Wohnungseigentümer, deren Liegenschaften als Garantie für große Lieferungen eingesetzt werden, denn auch Verbrecher vertrauen Immobilien.

Das Gericht spricht zwei Angeklagte frei, die mit einem Kuss eine Dosis Heroin ausgetauscht haben. Das ist kein Drogenhandel. Jo hängt den Artikel in seinem Büro neben ein Bildnis von Vergil: *Amor omnia vincit.* Jemand malt Vergil einen riesigen Penis aufs Gesicht, und Jo rastet aus. Milla hat keine Zeit, um sich der Poesie zu widmen, er entdeckt eine Kooperative von Drogenabhängigen. Sie sammeln Geld, um nach Verona zu fahren und sich dort zu versorgen. Sie werden jedes Mal erwischt. Jo nennt sie die Junkie-Bolschewiken.

Lucio Sartori wird endgültig ins Hochsicherheitsgefängnis Bollate verlegt. In der Presse keine Zeile darüber. Ex-Viceispettore Greco, genannt Ayrton Senna, ist inzwischen Koordinator der Drogenfahndung und zum Ispettore Capo befördert worden. Auch das bekommt keiner mit. Ispettore Capo Lopez macht keinen Außendienst mehr. Wer das mitbekommt, feiert.

Ein Mann erschießt sich vor der Wohnung seiner Verlobten. Krupp kümmert sich nicht um den Fall, sondern die frischgebackene Viceispettrice Arianna Lici. Er hat sich umgebracht, weil sie ihn verlassen hat. Romeo und Julia als halbe Zombies. Wie würdest du darüber schreiben, Champion?

Im Juni beendet Arianna die Therapie bei Dottor Boscolo. Sie empfindet die gleiche Erleichterung wie 1992, als sie das Zoloft abgesetzt hatte. In der Questura hat sie einen neuen Spitznamen: *Alphaweibchen*. Arianna tut so, als wisse sie nicht, warum.

Tommy, der Rebell, hat sich in Luft aufgelöst. Im Prozess gegen Costantini wegen der minderjährigen Prostituierten kommt es zum Urteil. Freispruch. Dem Besitzer des Red wird eine Geldbuße wegen Bilanzunregelmäßigkeiten aufgebrummt, eine »vertiefende Untersuchung durch die Finanzbehörde« wird folgen. Jo kommentiert lachend: »Costantini ist am Ende.«

Dario lädt Iris und Milla zu einer Pizza ein. Iris' Vermutungen bestätigen sich: Dario hat eine Freundin, sie heißt Romina. Sie haben sich bei der Arbeit kennengelernt, Musiktherapie für Alzheimerpatienten. Dario ist glücklich. Und deshalb ist Iris glücklich. Und deshalb ist Milla glücklich.

Der *Bellum omnia contra omnes* explodiert.

Der Preis für Drogen steigt umgekehrt proportional zur Qualität. Die Zahl der Prostituierten steigt, es kommt zu Messerstechereien untereinander. Eine Sechzehnjährige wird am helllichten Tag von einem Siebenundzwanzigjährigen vergewaltigt, sie erinnert sich an ein Detail: Skorpion-Tätowierungen auf dem Arm. Der Täter wird festgenommen, während er an einem Kiosk in der Innenstadt eine Cola trinkt. Als ihm die Bulldoggen Handschellen anlegen, fällt er aus allen Wolken. Er ist nicht der erste Vergewaltiger des Jahres 1994. Vergewaltigungen scheinen epidemische Ausmaße anzunehmen. Tommy, der Rebell, ist nicht verschwunden gewesen, er war tot und ist dank Naloxon wieder auferstanden. Auf der Straße zurück sagt er: »Kann passieren.«

Milla nimmt all seinen Mut zusammen: »Was hältst du davon, wenn wir zusammenziehen?« Die Augen des Blumenmädchens strahlen. Die Logik spricht dafür, dass er zu Iris zieht. Das Herz verlangt aber nach einem Neuanfang.

Oktober, November, Dezember: Sie durchforsten die Zeitungsanzeigen und stellen fest, dass Immobilienpreise und Wohnungsmieten Ähnlichkeit mit dem Blick von einem New Yorker Penthouse auf den Central Park haben: unerreichbar weit weg. Der Dezember hat seinen ruhmreichen Moment, als die traditionellen Weihnachtstoten gezählt und in der Redaktion entsprechende Wetten abgeschlossen werden. Trommelwirbel: Wird 1994 das Vorjahr übertreffen können? Das Jahr des Herrn MCMXCIV verabschiedet sich in dem Moment, als Iris und Milla auf dem Sofa miteinander schlafen, der Himmel vom Feuerwerk erhellt wird und die Luft in 39 100 Bozen nach Bürgerkrieg zu riechen beginnt. »Ein frohes 1995!«

1995 IM SCHNELLDURCHLAUF

Milla, Iris und die Wohnungen: Entweder sind sie hässlich oder sie können sie sich nicht leisten. Bei den Besichtigungen trägt Milla eine Krawatte. Dass er Journalist ist, lässt die Vermieter vorsichtig werden. Die Januarkälte rafft die Landstreicher dahin. Aber der Bau einer Unterkunft, in der sie mit Nahrung versorgt werden und sich aufwärmen könnten, steht außer Frage. Die Gründe: nebulös.

Milla und die Nachrichten galoppieren: Unfälle, Drogentote, Mordversuche. Die Verwaltung der Autonomen Provinz setzt das zentrale Amt für Statistik unter Druck, man müsse die Parameter für die Berechnung der lebenswertesten Städte Italiens anpassen. Bozen belege einen zu schlechten Platz. Es ist offensichtlich: Da man die Umstände nicht verändern will, verändert man einfach die Parameter, und schon scheint die Sonne wieder. Milla lässt die Kupplung des Renault 5 austauschen, auch wenn der Mechaniker sagt, dass die Kupplung das geringste Problem ist.

Der Februar endet damit, dass Iris ihn auf die Wange küsst und sagt: »Vielleicht habe ich etwas Nettes gefunden.« Etwas Nettes ist nicht die Wohnung ihrer Träume, aber die Miete ist *einigermaßen* erschwinglich. Milla gefällt, dass Iris die Wohnung gefällt und sie eine gepanzerte Tür hat. Das Problem ist das *einigermaßen.* Es ist Dario, der das Problem löst. Er zieht mit Romina in die von der Großmutter geerbte Wohnung und zahlt Iris eine symbolische

Summe als Miete. Ihr Bruder spielt zwar keinen Jazz mehr, aber ihr Herz kann er noch immer zum Klopfen bringen.

Nach dem Sex zieht er sich an und legt einen Geldschein auf den Nachttisch. 50 000 Lire. Dann fragt er besorgt: Ist das genug? Arianna sagt: Ja. Er verschwindet. Arianna schreit, sie weint. Es scheint zumindest so. Bei Sonnenaufgang zieht sie die Uniform an und wird wieder zum Alphaweibchen.

Ein Alphaweibchen weint und schreit nicht.

Das Alphaweibchen hat eine Aufgabe.

Im April findet ein Begräbnis statt. Buddhistische Wimpel und viele Menschen. Einige wirken überrascht: War Nico, der Blinde, doch nicht unsterblich? Jo hat Milla informiert: Nico, der Blinde, stammt aus einer wohlhabenden Familie, Hotels und Bankkonten in drei verschiedenen Ländern. Am Ende der Zeremonie ertönt »Hells Bells«, gespielt auf tibetanischen Glocken, und Nico lacht ein allerletztes Mal.

Die Drogentoten häufen sich. Das Heroin kostet 200 000 Lire pro Schuss. Rund um die Via Resia tauchen nigerianische und senegalesische Prostituierte auf. Die Mädchen am Bahnhof und im Dodiciville-Viertel zücken die Messer. Es fließt Blut. Nigerianerinnen und Senegalesinnen verschwinden.

Der Umzug im Mai ist nicht anstrengend, eher ein Kinderspiel. In der ersten Nacht in der gemeinsamen Wohnung ist Milla so überwältigt, dass er nicht schlafen kann. Er schaut Iris an und denkt: Sie ist wirklich hier. *Mit mir.*

Die Wohnung hat ein Zimmer mehr. Iris sagt nichts dazu. Milla sagt nichts dazu. Nicht heute, nicht morgen, aber dieses Zimmer ist ein Kinderzimmer. Bei seinem Anblick denkt Milla: Vater. Dann lacht er.

Im Juni entwickeln Iris und Milla neue Gewohnheiten. *Für zwei* einkaufen. *Für zwei* kochen. Nicht einfach alles in die Waschmaschine schmeißen. Milla beobachtet Iris, all die kleinen Gesten, die er bis jetzt nicht kannte. Das Abschminken, wenn sie von der Arbeit kommt, wie sie Unterhosen und BHs in die Schubladen legt, wie sie mehrere Bücher gleichzeitig liest, die Art, wie sie ihre Füße bewegt, wenn er ihr etwas Nettes sagt, wie sie die Decke beim Fernsehen über sich breitet, weil ihr immer kalt ist.

Jemand erzählt Milla, dass Heidi doch nicht verschwunden ist. Sie ist in einer Entzugsklinik. Milla und Tommy stoßen an. Dann macht sich Tommy auf die Suche nach einem Schuss.

Der Chefredakteur interessiert sich nicht mehr für Millas rührselige Geschichten, er soll optimistischere Texte schreiben. Milla schaut sich um und sieht: Arbeitslosigkeit, Mordfälle, Drogentote, Alkoholismus, Suizide. Was den Alkoholismus angeht, greift die Provinzverwaltung ein: kein Alkoholausschank mehr nach 21 Uhr. Die Bevölkerung reagiert erwartungsgemäß, man applaudiert und säuft genauso viel wie vorher, nur in kürzerer Zeit.

Wie heißt es so schön: Das Genie findet den einfachen Weg.

Optimismus? Fehlanzeige. Milla bittet um Aufklärung. Jo liefert sie ihm: Der Chef meint, er solle sich auf die Wut in der Gesellschaft konzentrieren, das sorge für Gesprächsstoff, und Gesprächsstoff erhöht die Auflage, und das ist es, Champion, was den Chef optimistisch stimmt. Alles wie immer also, nur ohne Teddybären, verstanden? Endlich schließt sich der Kreis.

Viceispettrice Arianna Lici reitet durch Blitz und Donner und wird zur Ispettrice Arianna Lici befördert. Ende Juni nimmt sie zwei Männer fest, die an der Spitze eines Prostituiertenrings stehen, den Jo *Huren-Prêt-à-porter* nennt. Er erklärt Milla, wie die Sache abläuft: »Es gibt ein Album mit einem roten Umschlag, darin befinden sich Fotos von Verkäuferinnen, Hausfrauen, Lehrerinnen und Arbeiterinnen, du hast schon verstanden. Du suchst dir eine aus, rufst einen Anrufbeantworter an, und innerhalb der nächsten Viertelstunde vereinbarst du mit *Natasha, Nancy, Kelly* oder *Victoria* einen Termin. Wie auf dem Markt, nur schneller.« Die Parallelen zu dem Album mit den Polaroids sind frappierend, aber die *Voce delle Alpi* berichtet nicht darüber. Einer der Verhafteten ist ein gewisser Mirko De Rossi. Die Alben werden verbrannt. Vollständig.

Krupp erzählt im Rosengarten-Club davon. Er sagt: »Es ist unsere Pflicht, etwas dagegen zu tun.« Der Rosengarten-Club nickt. Manfredi sagt: »Allmählich präsentierst du dich in der Öffentlichkeit besser als ich.« Manfredi ist überzeugter Single, viele Frauen machen ihm Avancen. Krupp verbringt mehr Zeit mit Karli. Mit seiner Nichte und seinem Neffen zu spielen, gibt ihm das Gefühl, ein besserer Mensch zu sein. Dann kehrt er auf das Schlachtfeld zurück.

Hakt nach.

Hakt nach.

Hakt nach.

Eine Frau sticht auf ihren Mann ein, der auf der Trage des Krankenwagens liegend Krupp anfleht, sie nicht einzusperren. Die Erklärung: Seine Frau hatte begonnen, wirres Zeug von sich zu geben, es folgten sinnlose Handlungen, zum Beispiel die Fenster mit Kartons zu verkleben. Er hatte bei den zuständigen Stellen um Hilfe gebeten, aber die Antwort war immer die gleiche. »Füllen Sie das entsprechende Formular aus.« Die Frau wird trotzdem eingesperrt. Der Mann bleibt allein hinter den verklebten Fenstern zurück. Nichts für die Öffentlichkeitsarbeit.

August. Sovrintendente Gallo rutscht die Hand aus. Der Dealer hat ihn ausgelacht, und es war nicht sein Tag. Es ist nicht das erste Mal, dass das Alphaweibchen ins Zimmer 121 hinuntergehen muss, dort hat sie sich ihren Spitznamen verdient. In der Zelle X hat sie *verstanden*, dort wurde Arianna *wiedergeboren*, aber es ist das erste Mal, dass sie die Kontrolle verliert. Gallo hat es übertrieben. Sie schlägt ihm ins Gesicht. Die Ersthelfer des Notrufs werden zum Stillschweigen verpflichtet. Danach geht sie zu Krupps Geburtstagsfeier. Arianna Lici ist die Bulldogge geworden, die zu seiner Rechten sitzt. Und die Bulldogge zur Rechten von Krupp hat nur eine Aufgabe: ihn vor allem und allen zu schützen. Auch vor sich selbst.

Um jeden Preis.

Nachts trifft Milla Marion Haller immer wieder an den Straßenecken, in den Bars. Er traut sich nicht, auf sie zuzugehen. Lorena, Marlene, Patrizia, Giulia und Mirella leben nur in den Albträumen einiger Menschen weiter.

In Krupps zum Beispiel.

Bei ihrem letzten Treffen hat Vivian ihm eine Statue mit vier Armen geschenkt, kaum größer als sein Handteller. Kali. Krupp hat sie ganz hinten in seiner Schreibtischschublade versteckt und hofft, dass die Göttin ihn vergessen wird: *Om Kali mahakali kalike parameshwari …*

Und dann:

Samstag, 16. September 1995. Wieder einmal sorgt gestrecktes Heroin für mehrere Tote. Ayrton Senna verhaftet die Verantwortlichen innerhalb von drei Stunden. Sein Foto auf der Titelseite. In Jackett und Krawatte, die Bulldoggen haben sich Krupps Look angepasst. Iris weist Milla darauf hin, und Milla denkt: Jetzt sind sie Krupps Bulldoggen.

Es folgt:

Sonntag, 17. September 1995. Es hat gerade aufgehört zu regnen, Krupp sitzt beim Mittagessen im Hotel Città. Ein wichtiger Vertreter der Partei erzählt den Deppen aus dem Rosengarten-Club, was die Stadt dem Commissario alles verdankt und wie wichtig das Frauenhausprojekt für Gewaltopfer ist. Krupp stellt das Projekt im Einzelnen vor. Während seines Vortrags denkt er an ein Graffiti, das jemand auf die Außenmauer des Präsidiums gesprüht hat:

VERRECKT, IHR JUNKIES!

Krupp nimmt den Applaus entgegen, dabei geht ihm durch den Kopf: Es geht um Öffentlichkeitsarbeit. Und während er das denkt, entdeckt Milla Lisa, die unter der Straßenlaterne singt, und lässt sie in den Renault 5 einsteigen.

Aber:

1995 endet *nicht* am Montag, dem 23. Oktober. Dem Tag des Verschwindens von Lisa Kofler, die früher mal wie ein Playboy-Bunny aussah und heute eine drogenabhängige Prostituierte ist, in Harley-Davidson-Jacke, mit geringeltem Schal und einem Elefantenanhänger um den Hals.

Der Exorzist sagt den Beamten der Questura: »Ermordet.«

MONTAG, 23. OKTOBER 1995

Auf dem zerknitterten Zeitungsausschnitt war zu lesen:

SIE BRINGEN UNS UM
Anklage einer ehemaligen Drogenabhängigen
von Alex Milla

Ein Blumenstrauß und ein Päckchen Zigaretten. Das ist alles, was von Johnny Messina, 38, geblieben ist. Geboren in Braies, lebte er aber schon lange in Bozen. Er starb in der Nacht von Samstag auf Sonntag an einer Überdosis im Bahnhofspark. Er ist einer der vielen Abhängigen, die die Rettungssanitäter des Roten Kreuzes nicht mehr retten konnten.
In dem Blumenstrauß steckt der Abschiedsbrief von Lisa, seiner besten Freundin. Lisa ist 32, und als sie uns das Foto zeigt, »auf dem ich noch jung war«, als ob das Leben mit 32 schon fast zu Ende wäre, müssen wir ihr zustimmen: »Ich war eine schöne Frau, oder?«
An ihre Schönheit erinnert heute nichts mehr. Schuld ist das Heroin. »Der Dreck«, wie Lisa es ganz offen nennt.
Lisa ist wütend. Auf uns Journalisten, weil wir nichts tun, um die Bevölkerung zu sensibilisieren, auf die Stadt, weil sie die Augen vor einem Problem verschließt, das immer schlimmer wird, und auf die Dealer.

»Ich mochte Johnny«, sagt sie, »er wurde durch den Dreck getötet, der in Bozen im Umlauf ist. Der Drogenmarkt wird jetzt von Tunesiern und Marokkanern beherrscht, die dir alles verkaufen. Mit ihrem gestreckten Zeug bringen sie uns alle um. Sie sind immer da, im Park am Bahnhof und in der Via Genova, aber um ganz sicherzugehen, musst du die Via Resia runtergehen. Ein Gramm Heroin kostet 200 000 Lire, friss oder stirb. Sie mischen alles Mögliche unter, sogar Strychnin oder Rattengift. Dann geht's einem so richtig dreckig, aber das interessiert keinen. Es gibt sogar Leute, die sagen: ›Ein toter Junkie? Einer weniger, umso besser.‹«

Johnny Messina ist nicht der Einzige, der am Samstagabend in Bozen durch Drogen gestorben ist. Die Polizei und die Carabinieri ermitteln, aber sie machen sich keine Illusionen. Sie verhaften zwar die Dealer, die das gestreckte Heroin verkaufen, aber sie wissen genau, dass das Problem inzwischen außer Kontrolle geraten ist und dadurch nicht gelöst wird. Und Lisa berichtet weiter:
»Man muss nur abends vorbeikommen, um es zu verstehen. Hier stehen dreißig bis vierzig junge Frauen, die sich prostituieren. Alle hängen an der Nadel. Ich habe aufgehört, nachdem ich vor drei Monaten fast gestorben wäre, aber es ist schwer. Ich hoffe, dass ich es schaffe. Manchmal wünschte ich, es wäre vorbei, weil mich dieses Leben ankotzt, aber vielleicht fehlt mir auch der Mut, es mir wirklich zu nehmen. Ich weiß es nicht. Mit den Drogen habe ich schon vor langer Zeit angefangen, als ich …«

Assistente Masi zerknüllte den Zeitungsartikel und warf ihn auf den Tisch, auf dem die persönlichen Gegenstände von Lisa Kofler lagen. »Diese Idioten bemitleiden sich doch immer selbst. Habe ich ihr etwa die Nadel in den Arm gesteckt?«

Lombardi spürte Wut in sich aufsteigen. »Das ist ein Beweisstück, verdammt.«

Masi strich das Papier wieder glatt und knurrte: »Besser?«

Lombardi antwortete nicht. Er nahm einen Kaugummi aus der Hülle und steckte ihn in den Mund. Mit dem Rauchen aufzuhören, war die Hölle gewesen, aber nichts im Vergleich dazu, mit diesem Idioten arbeiten zu müssen.

»Und du? Woher kennen wir uns eigentlich?«, brüllte er den jungen Mann an, der ihm gegenübersaß. Der zuckte zusammen.

»Padre Giuseppe hat mich geschickt, um Ihnen zu helfen.«

Lombardi schnalzte mit der Zunge. »Zählst du mir erst mal deine Vorstrafen auf, oder sollen wir das auf der Questura klären?«

»Diebstahl«, flüsterte der junge Mann. »Ich … ich hatte …«

»Ich wette, du hattest Hunger, oder? Das Leben ist nicht leicht.«

Lombardi deutete auf den blauen Koffer, aus dem Masi Lisas wenige Habseligkeiten genommen hatte.

»Kanntest du sie?«

»Padre Giuseppe …«

»Padre Giuseppe tut seine Arbeit. Er rettet Seelen, vertreibt Dämonen und erzählt der Polizei irgendwelchen Blödsinn. Aber uns kannst du nicht verarschen, das ist dir sicher klar. Also? Kanntest du sie?«

»Vom Sehen, aber sie war immer high. Und sie hatte ein Problem mit den Zähnen. Wenn sie sprach, hat man sie kaum verstanden. Aber Johnny, der …«

»Weißt du, wie scheißegal mir jemand ist, der Johnny heißt?«

»Viceispettore?«, unterbrach ihn Masi. »Schauen Sie mal hier.«

Lombardi brauchte eine Weile, um Lisas Schrift zu entziffern.

Nachdem er gelesen hatte, knurrte er: »Bring mir den Padre her. Sofort.«

Padre Giuseppe trug kein Priestergewand, roch aber drei Meilen gegen den Wind nach Sakristei. Lombardi hatte nichts gegen Priester im Allgemeinen, aber solche, die sich bemühten, Schwarzen, Fixern und Huren zu helfen, und dabei die guten Menschen vergaßen, die von ihren Schäfchen ausgeraubt, vergewaltigt und ermordet wurden, die konnte er absolut nicht ausstehen.

In Lombardis persönlicher Bibelfassung stand geschrieben: *Zum Teufel mit Kain.*

»Warum haben Sie uns angelogen, Padre?«

Der Priester zuckte zusammen. »Sie nennen mich einen Lügner?«

Lombardi zeigte ihm das Blatt Papier, das Masi unter Lisas Sachen gefunden hatte. »Meiner Meinung nach ist das hier ein Brief. Stimmen Sie mir zu?«

»Ja, er beginnt mit ›Lieber Johnny‹. Ich denke, Ihre Annahme ist zutreffend.«

Lombardi machte einen Schritt auf ihn zu. Aus dem Augenwinkel sah er ein verängstigtes schwarzes Gesicht.

Er dachte: Guter Junge.

»Hier steht, dass Lisa sich umbringen wollte.«

»Ihnen muss ich doch nicht erklären, warum Lisa nicht mehr ganz bei sich war, Viceispettore.«

»›*Ich kann nicht mehr weiterleben. Das Leben hat keinen Sinn. Ich will sterben.*‹ Was hätte dieses Stück Dreck denn noch schreiben sollen?«

»Mäßigen Sie Ihre Sprache, Viceispettore.«

»Das werde ich sicher nicht. Und danken Sie Ihrem Vorgesetzten da oben im Himmel, dass ich Sie nicht anzeige.«

»Und warum?«

»Beunruhigung der Öffentlichkeit und Behinderung der Justiz.« Jeder Staatsanwalt hätte ihm das um die Ohren gehauen, aber je ungerührter der Priester sich gab, desto aggressiver wurde Lombardi. »Lisa Kofler ist volljährig. Deshalb haben Sie sich das mit dem Mord ausgedacht, damit wir uns vor Ablauf der gesetzlichen Frist um den Vermisstenfall kümmern. Sie wussten von diesem Brief und haben ihn mit Absicht zurückgehalten. Ich wette, Sie kontrollieren die Taschen, die Rucksäcke und die Bauchtaschen aller, die zu Ihnen kommen, um keine Schwierigkeiten mit der Drogenfahndung zu bekommen. Oder machen Sie das, weil Sie gerne die Nase in die Höschen von Junkies und Nutten stecken?«

Padre Giuseppes Blick sagte: Ich weiß, wer du bist.

Und Lombardis Blick antwortete: Und weißt du, wie egal mir das ist?

»Wir durchsuchen die persönlichen Gegenstände unserer Gäste nicht. Und wenn Sie Lisa so kennen würden, wie ich sie kenne, dann wüssten Sie, dass dieser Brief …«

Lombardi deutete auf den blauen Koffer und befahl: »Assistente Capo Masi, beschlagnahmen Sie diesen Scheißkoffer, ich habe bis heute Abend noch einen Bericht zu schreiben.«

Einen weiteren unsinnigen Scheißbericht.

DONNERSTAG, 26. OKTOBER 1995

Morgen

Es war 9.30 Uhr. Die Erbauer hatten der Kirche wohl die Form eines Schiffes geben wollen. Aber Milla sah nur schiefe Betonmauern, Kreuze, Kerzen und Buntglasfenster, durch deren Ritzen der Wind pfiff. Draußen war es kalt, doch hier drinnen noch erheblich kälter.

Milla saß, wie es sich gehörte, auf einer Bank, hatte die Hände gefaltet und betrachtete den Sarg von Elizabeth Torcher, Prostituierte, heroinsüchtig. *Sie haben das Mädchen umgebracht.* Er hatte ein schlechtes Gewissen, er hätte mehr Rosen kaufen sollen.

Er hasste Beerdigungen. Vor allem die von Drogenabhängigen.

Wie würdest du das schreiben, Champion?

Blutbad.

Auf den Bänken vor Milla saßen Elizabeths Eltern, drei fröstelnde junge Frauen und Tommy, der Rebell, der sich die Wangen rieb, zu Milla hinübersah, die Nase hochzog und sich im Gesicht kratzte.

Tommy ging es immer schlechter. Er versuchte ständig an Geld zu kommen, im Austausch gegen immer absurder werdende Informationen, aber Milla nahm ihm das nicht übel. Junkies waren Junkies, und es war völlig sinnlos, sich über sie aufzuregen.

Aber es tat Milla leid, Tommy in diesem Zustand zu sehen.

Jo hatte ihn in diese Kirche geschickt, weil er eine Story über Vivian Pickmann wollte, die Ex-Prostituierte, die ein Kopfgeld auf den Freudenmädchen-Killer ausgesetzt hatte. Laut Jo waren Prostituierte wie Drogenabhängige und Journalisten: immer bereit, sich zu verkaufen, selbst für kleines Geld. Da half auch das »Ex« nicht. Die Geschichte des Freudenmädchen-Killers war tot und begraben, aber Vivian hatte nie mit der Presse gesprochen. Und wer es versucht hatte, bekam ihre scharfen Krallen zu spüren. Für Jo konnte diese Heimlichtuerei und die schroffe Ablehnung nur eines bedeuten: da war etwas zu holen. Und als nicht zu vernachlässigende Beigabe: Es hieß, sie sei Krupps heimliche Geliebte.

Wie sollte man da widerstehen?

Jos Plan war einfach. Vivian Pickmann kannte Elizabeth Torcher. Vor allem: Vivian Pickmann *mochte* Elizabeth Torcher. Sie würde auf jeden Fall zur Beerdigung gehen, und der traurige Anlass würde sie rührselig stimmen. Vielleicht würde sie reden.

»Wir werfen das Netz aus und schauen, was passiert.«

Der Priester sprach den Segen. Milla ignorierte Tommys Zeichen und drehte sich um. Da sah er sie. Lautlos wie ein Geist betrat Vivian Pickmann die Kirche. Hinter ihr schloss sich die Tür.

Milla griff nach der Tasche mit der Nikon, aber Tommy verhinderte, dass er die Gunst der Stunde nutzen konnte. Er war aufgestanden, um zu Milla zu kommen, stolperte, krachte gegen die Bank und fiel auf ihn. Elizabeths Eltern sahen erst zu Milla, dann zu Tommy und erkannten zwei von Elizabeths »Freunden«, beide spindeldürr und mit schuldbewusstem Blick.

Milla spürte, wie der Hass in ihm aufloderte.

»Es gibt Leute«, flüsterte Tommy, »die mit dir reden wollen.«

»Jetzt nicht …«

»Es ist wichtig.«

»Tommy …«

»*Bitte.*«

Milla seufzte. »Um wen geht es?«

Für Originalität hatte das Viertel keine Zeit. Die Bar hieß wie die Straße, an der sie lag, das musste reichen.

Drinnen saßen zwei Frauen an einem Tisch und warteten. Die eine sah genau so aus, wie man es von einem Junkie erwartete. Die andere trug eine rote Windjacke, ihr Anblick ließ Milla das Blut in den Adern gefrieren.

Marion Haller begrüßte ihn lächelnd: »Schön, dich wiederzusehen. Das ist Christine.«

Christine weinte.

Milla hätte am liebsten mitgeweint.

Die Mutter von Lorena Haller, 24 Jahre alt, 24 Messerstiche, schaute ihn mit Tränen in den Augen an. Sie zeigte ihm einen Ausschnitt aus der *Voce delle Alpi.* Milla musste schlucken.

»Du kanntest sie«, sagte sie, »Lisa. Wir sind ihretwegen hier.«

Milla tat so, als würde er sich an den Artikel nicht erinnern. Er musste Zeit gewinnen.

»... mich dieses Leben ankotzt, aber vielleicht fehlt mir auch der Mut, es mir wirklich zu nehmen. Ich weiß es nicht. Mit den Drogen habe ich schon vor langer Zeit angefangen, als ich einen Junkie geheiratet habe. Am Anfang habe ich noch widerstehen können, aber irgendwann war ich auch drauf.«

Hast du nie daran gedacht, dieses Leben hinter dir zu lassen und wieder nach Hause zurückzugehen?

Schon oft, aber ich wüsste nicht wie. Ich versuche das Beste daraus zu machen, ich lebe in einem Wohnwagen an der Ponte Sant'Antonio. Einer wie mir vermietet ohnehin keiner eine Wohnung.

Aber du könntest doch einen Entzug machen.

Das würde ich sofort, wenn es möglich wäre. Aber die Wahrheit ist, dass man drei Jahre warten muss, bevor sie dich nehmen. Ich

hoffe, dass ich es mit dem Methadon schaffe, aber ich mache mir nichts vor. Es braucht nicht viel, um rückfällig zu werden.
Und in der Zwischenzeit?
Gehe ich auf den Strich. Was soll ich sonst machen? Ich arbeite auf der Straße. Wenn ich nur daran denke, könnte ich kotzen, aber es geht nicht anders. Und jetzt, da Johnny nicht mehr lebt, fühle ich mich noch einsamer. Ich will nur noch saufen und mich mit Pillen vollpumpen. An so ein Leben kann man sich nicht gewöhnen, man kann nur versuchen, irgendwas zu finden, damit man nicht darüber nachdenken muss.
Hast du Johnny geliebt?
Es war schön, mit ihm zu lachen. Reicht dir das als Antwort?

Der Artikel endete mit diesem Fragezeichen. Jo hatte das ein abgedroschenes Klischee genannt, und Milla hielt dagegen, Klischees seien Klischees, weil sie funktionierten. Manchmal gelang es dem Schüler tatsächlich, den Meister mit seinen eigenen Waffen zu schlagen.

Aber jetzt fühlte sich dieses offene Ende *falsch* an.

»Was ist mit Lisa passiert?«

»Erik hat sie umgebracht«, schluchzte Christine. »Sie ist tot, aber das interessiert keinen.«

Im Radio krächzte Kurt Cobain von einer gewissen Polly, die einen Cracker wollte. Kurt Cobain hatte sich am 5. April im Jahr zuvor das Leben genommen und war am 8. April gefunden worden. Drei Tage in Einsamkeit. Es war eine Tatsache: Ein Junkie war ein Junkie und starb wie einer, selbst wenn er so begnadet war wie Kurt Cobain.

»Normalerweise erfährt man so was nicht in einer Bar«, sagte Milla überrascht, »jedenfalls nicht in meinem Job. Wer ist Erik?«

Christine wedelte mit der Hand durch die Luft. »Er … sie …«

Sie wurde von Schluchzern geschüttelt und vergrub das Gesicht in einem Taschentuch. Die Frau in der roten Windjacke gab die Antwort: »Christine hat Lisa am Sonntagnachmittag am Bahnhof getroffen. Um kurz vor sechs hat Lisa gesagt, sie hätte noch eine Verabredung mit einem Stammkunden. Und sie hat Christine gebeten, ein wenig aufzupassen. Und wie du siehst, hat sie Wort gehalten.«

Christine zeigte ihm einen zerknitterten Zettel. Darauf waren ein Kennzeichen und der Name Erik notiert, sowie der Autotyp: Opel Kadett, dunkelgrau.

Erik war drei Mal unterstrichen. Druckvoll. Wütend.

»Lisa hatte versprochen, in einer Stunde zurück zu sein, war sie aber nicht. Christine hat Angst bekommen und mich gebeten zu helfen. Ich wusste, dass Lisa Kontakt zu Padre Giuseppe hatte. Du kennst ihn, das weiß ich.«

Milla hatte den Priester ein paarmal interviewt. Helle Augen. Dominikaner. Exorzist. Eine Erinnerung stieg in ihm auf: *Jetzt ist der Teufel nicht mehr da*.

Er dachte: Ich ersticke.

»Aber dort war Lisa auch nicht. Padre Giuseppe hat sich Sorgen gemacht, und wir haben rumgefragt, die ganze Nacht, aber niemand hatte Lisa nach 18 Uhr gesehen oder mit ihr gesprochen. Deshalb ist Padre Giuseppe am Montagmorgen zur Polizei gegangen. Er hat einen Mord angezeigt. Damit sie sofort mit der Suche beginnen.«

»Haben sie etwas gefunden?«

»Sie haben den Fall binnen drei Stunden abgeschlossen. Die Polizei hat einen Brief an Johnny gefunden und nach der Lektüre beschlossen, dass es Selbstmord war. Padre Giuseppe hat uns ihre Sachen übergeben.« Marion Haller hielt Milla ein Papier hin. In Lisas schiefer Schrift stand darauf zu lesen:

Lieber Johnny, lieber, lieber, lieber Johnny.
Du hast gesagt, dass Du nicht zu meiner Beerdigung kommen würdest, deshalb bin ich nicht bei Deiner gewesen. Wie Du mir, so ich Dir. Du hast mich allein in der Scheiße sitzenlassen, bist Du jetzt zufrieden? Ich bin nicht wütend auf Dich, denn wie Du weißt, werden wir uns bald wiedersehen. Also mach keinen Blödsinn und warte auf mich, denn als Tote werde ich total sexy sein!!!
Das Leben hatte schon keinen Sinn, als wir noch zusammen waren, jetzt noch weniger. Lieber, lieber, lieber Johnny, jeden Tag wache ich auf, und es geht mir beschissen. Ich denke nur an den Dreck, und der Dreck hält mich am Leben. Ist das nicht zum Kotzen?
Ich will sterben, aber der Dreck lässt mich nicht. Davor warst immerhin Du noch da. Ich kann nicht mehr weiterleben, und es gibt genug Wege, dem ein Ende zu setzen.
Hast Du einen Dealer, den Du mir empfehlen kannst?
Haha, ja, ich weiß, es ist lächerlich, weil es so beschissen ist.
Ich liebe Dich, aber nur ein bisschen, Lis

»Für die Polizei«, fuhr Lorenas Mutter fort, »gibt es nicht genug Anhaltspunkte für eine Untersuchung. Aber Erik ist der Letzte, der Lisa gesehen hat. Ein komischer Typ. Schon älter. Nur die wirklich Verzweifelten gehen mit ihm mit. Vielleicht hat er tatsächlich nichts mit Lisas Verschwinden zu tun, aber …«

Marion Haller legte ein Foto von Lisa auf den Tisch. Da war sie noch die alte Lisa. Das Playboy-Bunny mit dem Elefantenanhänger. Den hatte Lisa auch getragen, als Milla sie interviewte. Geringelter Schal, Harley-Davidson-Lederjacke und der Anhänger. Sonst hatte die Frau, die im September zu ihm in den Renault 5 gestiegen war, nichts mehr mit der auf dem Foto gemein.

Im Radio sang Jovanotti von positiven Gedanken.

Milla fand das obszön.

»... glaub mir, Alex. Lisa war nicht der Typ, sich umzubringen.«

Milla dachte: *Ich liebe Dich, aber nur ein bisschen.*

Er rutschte nervös auf seinem Stuhl herum.

»Ich weiß nicht, ob ich der Richtige bin, die Polizei ...«

Marion Haller zuckte zusammen.

Christine schlug mit der flachen Hand auf den Tisch. »Die Polizei?!«

Milla wurde rot.

Foto, Brief und Karte landeten in der Fototasche.

Marion Haller küsste ihn auf die Wange. Der Kuss brannte, als käme er direkt aus der Hölle. »Ja, du hättest Lorena gefallen. Du bist wirklich ein guter Junge.«

Damit verabschiedete sie sich. Die Frau in der roten Windjacke hakte Christine vorsichtig unter, und gemeinsam verließen sie die Bar.

Auch Tommy wollte aufstehen, aber Milla hielt ihn zurück.

Er war stinksauer.

»Hat diese Frau nicht genug gelitten?«

Tommy wirkte überrascht. »Du kanntest Lisa, hast uns von ihr erzählt. Du machst nicht dieses, wie sagt man – Supermarktzeug. Willst du nicht wissen, was passiert ist?«

»Diese Frau hat sich umgebracht. Ende der Geschichte. Ich habe zwei Stunden mit Lisa verbracht und nur die Hälfte von dem verstanden, was sie von sich gegeben hat. Methadon? Was für ein Witz, daran habe ich keine Sekunde geglaubt. Sie wollte nur Geld, um Heroin zu kaufen.«

»Du weißt ja, wie es ist.«

»Was glaubst du, wie oft sie mir gesagt hat, dass sie sich umbringen will? Dass sie es ohne Johnny nicht schafft. Du hättest dich nicht einmischen sollen.«

Tommys Augen waren wie tiefe Brunnen, voller Verzweiflung, Paranoia und *Hunger.*

Nach Heroin, nach Wärme.

Nach Halt. »Aber du hast dich für sie interessiert. Dir war sie wichtig, oder? Du hast sie gesehen. Du weißt es.«

»Was denn, Tommy?«, fragte Milla gereizt. »*Was* weiß ich?«

»Dass da draußen böse Männer unterwegs sind.«

Milla schüttelte den Kopf und gab auf.

»Das sind nur Kieselsteine, Tommy.«

Tommy lächelte, stand auf und ging. Die Frau hinter dem Tresen hielt sich die Nase zu und öffnete ein Fenster. Im Radio sang Bruce Springsteen über die Straßen von Philadelphia.

Danach war Milla auf der Via Resia in 39 100 Bozen, Alto Adige – Südtirol, unterwegs, wo die Busse stets pünktlich waren, die Elizabeth Torchers starben wie die Fliegen, die Lisa Koflers beschlossen, dass sie genug hatten, die Marion Hallers die Toten zu neuem Leben erwecken wollten und Tommy von bösen Männern faselte. Und das alles, um ihren vergeudeten Leben einen Sinn zu geben.

DONNERSTAG, 26. OKTOBER 1995

Nacht

Zuerst zog er sein Hemd aus: ein vielversprechender Beginn. Dann war ihr enganliegendes schwarzes Kleid an der Reihe, und die Aussicht wurde noch interessanter. Doch als sich das Blumenmädchen wortlos von ihm löste, waren Milla und seine Erektion so erstaunt, dass sie nicht mal protestieren konnten. Iris brachte Chet Baker zum Schweigen und ging zum Sofa zurück und ließ sich im Schneidersitz darauf nieder. Sie trug Kniestrümpfe in Regenbogenfarben.

Milla liebte diese Strümpfe.

»Was ist los?«, fragte Iris.

»Etwas *war* los. Ich hatte ein zauberhaftes Wesen in greifbarer Nähe und …«

Iris lachte und streifte sich Millas Hemd über. Wenn sie meinte, ihn damit ablenken zu können, musste sie den falschen Katechismus gelernt haben.

»Raus mit der Sprache, danach können wir gerne weitermachen«, sagte Iris und strich sich die Haare zurück, »etwas treibt dich um, ich sehe es in deinen Augen.«

»›Umtreiben‹ ist ein großes Wort.«

»Genau wie ›einen Reinfall erleben‹. Und da es für beides gilt, beeil dich lieber mit der Antwort.«

»Meinst du das ernst?«

Iris rollte mit den Augen. »Noch etwas, das Mütter ihren

Söhnen beibringen sollten. Auch Frauen haben gerne Sex. Sehr gerne.«

Milla hätte sie gerne auf die Nasenspitze geküsst, aber er tat es nicht. Er kannte diesen Gesichtsausdruck. Besser, er erzählte ihr alles.

»Erinnerst du dich an Lisa? Die Frau, die ich vergangenen Monat nach dieser Serie von Drogentoten interviewt habe? Wie es aussieht, ist sie verschwunden. Ich habe Marion Haller und eine gewisse Christine getroffen, eine Freundin von ihr. Christine hat sie in ein Auto steigen sehen, danach verlieren sich ihre Spuren. Die Polizei wurde eingeschaltet, sie haben einen Abschiedsbrief gefunden.«

Milla dachte: *Ich liebe Dich, aber nur ein bisschen.*

Es tat weh.

»Klingt nach Kieselsteinen, aber die beiden glauben, sie wurde umgebracht.«

»Und wir sprechen von Marion Haller. Was hast du in der Hand?«

»Ein Autokennzeichen, einen Spitznamen, ein Foto und jede Menge Spekulationen.«

Iris ahmte Jo nach, sie war sehr überzeugend: »Und weißt du, was wir mit Spekulationen machen, Champion?«

Die Fototasche stand ganz in der Nähe. Milla zeigte ihr das Bild von Lisa.

»Eine schöne Frau.«

»Früher ja. Aber wenn es eine Selbstmordkandidatin gab, dann Lisa. Ihr ging es dreckig.«

»Wie bei Miles Davis.«

Milla schaute sie fragend an. »Was hat das mit Miles Davis zu tun?«

»Du magst ihn nicht.«

»Vielleicht bin ich auch zu beschränkt, um ihn verstehen zu können.«

»Und Chet?«

»Chet ist okay. Prüfung bestanden?«

»Weißt du, was Miles und Chet unterscheidet?«

Milla lächelte schief. »Willst du andeuten, ich sei Rassist?«

»Miles hatte nur die Fahrkarte zu einem unbekannten Ziel gebucht. Chet dagegen wollte den Zug steuern. Aber weißt du, was das Beste ist? Wenn man den Maschinisten seine Arbeit machen lässt und einfach mitfährt. Und wem ähnelst du? Rate mal.«

»Ich mag Miles nur nicht, weil ich bei ihm immer einschlafe. Bei allem Respekt.«

»Du wehrst dich dagegen, weil du Angst hast, die Kontrolle zu verlieren.« Iris breitete die Arme aus. »Wie alle Männer, Chet eingeschlossen.«

»Ich bewundere deinen Scharfsinn, aber ich verstehe nicht, was Miles Davis und Chet Baker mit Lisa zu tun haben.«

»Du hast keine Angst davor, dass man Lisa umgebracht haben könnte, du hast Angst davor, herauszufinden, dass sie Selbstmord begangen hat.«

»Iris …«

»Du fürchtest, dass es wirklich nur um Kieselsteine geht. Und du hast Angst, dass Lorena, Marlene und Patrizia früher oder später auch so geworden wären wie Lisa, wenn sie nicht vorher auf Sartori getroffen wären. Drogensüchtige im letzten Stadium, bereit, sich von der Brücke zu stürzen. Und das gilt auch für Margit oder Heidi. Du kannst sie nicht als Kieselsteine abtun.«

»Was ist schlecht daran, Hoffnung zu haben?«

Das Grau in Iris' Augen verdunkelte sich. »Meinst du nicht, dass du ungerecht bist?«

Es fühlte sich an wie eine Ohrfeige.

»Es geht dir nicht um Hoffnung«, fuhr sie fort, »es geht dir um Kontrolle. Du erträgst es nicht, dass dir die Dinge entgleiten. Sag nicht, dass du darüber noch nicht nachgedacht hast. Alle, die mit diesen Frauen zu tun hatten, haben immer nur das eine gewollt: Kontrolle über sie. Kunden, Freunde, Dealer, die Polizei. Willst du auch mit auf die Liste?«

Milla wandte den Blick ab. »Nein, natürlich nicht.«

»Warum versuchst du es dann nicht mit ein bisschen Jazz?«

»Da kommt nichts Gutes bei raus«, murmelte Milla.

»Für Lisa oder für dich?«

Milla schwieg.

Iris legte ihm eine Hand auf die Brust und ließ ihn weiter an die Decke starren. Als sie spürte, dass sein Herzschlag sich beruhigte, kitzelte sie ihn mit ihren Haaren und sagte: »Und jetzt, wenn du nichts dagegen hast, könnten wir anfangen, *von dir* zu sprechen und wie du *mich* zu einem märchenhaften Orgasmus bringst.«

FREITAG, 27. OKTOBER 1995

Ich liebe Dich, aber nur ein bisschen.

Gab es einen traurigeren Satz, um einen Brief zu beenden?

Iris war wie jeden Morgen um 6.40 Uhr zur Arbeit gegangen. Um Punkt sieben stand Milla auf und legte die Kassette mit *Smash* von The Offspring in den Rekorder. Kevin Wassermans Gitarre gab ihm die Kraft, sich in Bewegung zu setzen.

Um 9.10 Uhr betrat er das Büro der Kraftfahrzeugzulassungsstelle, eine halbe Stunde später verließ er es wieder. Mit »Eriks« Adresse.

Das Dokument besagte, dass Erik in Wahrheit Roland Roth hieß, 51, wohnhaft in Ponte Gardena, etwa zwanzig Kilometer nördlich von Bozen. Als Beruf hatte er *landwirtschaftlicher Hilfsarbeiter* angegeben.

Er fuhr einen Opel Kadett, Baujahr 1983, dunkelgrau.

Christine hatte sich nicht getäuscht.

Milla hatte alles in seinem brandneuen Notizbuch mit rotem Einband notiert und war in die Redaktion gefahren. Jo war nirgends zu sehen, und Milla nutzte die Gunst der Stunde und setzte sich ans Telefon. Eine Automatenstimme der Telefongesellschaft sagte ihm, dass die Nummer nicht vergeben sei. Roland Roth alias Erik war einer, der seine Rechnungen nicht bezahlte.

Roths gab es in Südtirol einige, aber keinen Roland. Doch Ponte Gardena hatte nur um die zweihundert Einwohner, und Milla hatte die Adresse. Wahrscheinlich würde es reichen, den neuen Nutzer der Nummer oder einen Nachbarn anzurufen. Was man nicht mit Glück erreichte, erreichte man mit Hartnäckigkeit. So sagte es, neben vielem anderen, das Evangelium nach Jo.

Er ging das Telefonbuch nach der Straße und der passenden Hausnummer durch.

Sollte das ein Scherz sein?

Unter Roland Roths Adresse war das Hotel Steinbock vermerkt, vier Sterne. Es brauchte einige Telefonate, um die Situation zu klären und einen Termin mit dem Besitzer des Hotels, Hans Moser, zu vereinbaren. Sie wollten sich vor dem Sitz der Alps-Versicherungen in Brunico treffen.

Der Nachmittag war grau. Gegen 16 Uhr parkte Milla vor dem Gebäude und wartete, ein Auge auf den Roman von Hunter S. Thompson gerichtet, behielt er zugleich den Eingang im Blick.

Um 16.20 Uhr verließ ein schlaksiger Mann in einer Lodenjacke das Gebäude. Er schaute sich misstrauisch um. Milla stieg aus, ging auf ihn zu und stellte sich vor.

Moser holte ein Päckchen Diana Blau aus der Tasche und steckte sich eine Zigarette an.

»Warum interessieren Sie sich für Roland?«

Milla tischte ihm eine dreiste Lüge auf: »Colucci, ein Kollege von mir, ermittelt in einem Bestechungsfall. Unter anderem ist dabei der Name eines großen Hotels aufgetaucht, welches, darf ich Ihnen leider nicht sagen, das womöglich Roths Großvater gehört haben könnte. Es geht um eine Erbschaftssache, es besteht der Verdacht auf Betrug, eine komplizierte Geschichte. Sie ist aus journalistischer Sicht interessant, aber rechtlich gesehen ausgesprochen heikel. Deshalb hoffe ich auf Ihre Diskretion.«

Moser kniff die Augen zusammen. »Befindet sich das Hotel auf dem Altopiano di Renon?«

»Warum fragen Sie?«

»Weil Rolands Familie von dort stammt.«

»Ich darf Ihnen nichts Näheres sagen«, Milla zwinkerte ihm zu.

Moser dachte einen Moment nach. Die Luft roch nach Regen, vielleicht auch nach Schnee.

Nach nahender Kälte.

»Könnte ich ihm mit den Informationen helfen?«

»Hängt davon ab«, antwortete Milla vage, »ich will keine falschen Erwartungen wecken.«

»Ihre Geschichte klingt so absurd, dass sie tatsächlich wahr sein könnte. Sie wollen Roland doch nicht aufs Kreuz legen, oder?«

Milla zeigte ihm den Presseausweis der *Voce delle Alpi*. »Keineswegs, ich will nur mehr darüber wissen. Ich schließe aus Ihrer Reaktion, dass Sie eng mit Signor Roth verbunden sind. Sind Sie Freunde?«

»Der arme Teufel hat keine Freunde. Ich helfe ihm hier und da, beschaffe ihm Arbeit. Ich habe auch eine schwere Zeit hinter mir, ich weiß, wie das ist. Das kann jedem passieren. Wenn ich nicht einen guten Menschen getroffen hätte, wer weiß, wo ich heute wäre. In gewissem Sinn gebe ich etwas zurück.«

»Welche Arbeiten erledigt Signor Roth für Sie?«

»Roland kümmert sich um den Wald, hackt Holz, schippt Schnee, hilft bei der Weinlese. Ich bin nicht sein einziger Arbeitgeber. Alle wissen, dass er anpacken kann.«

»Sie sagten, Rolands Familie stamme vom Altopiano di Renon?«

»Er ist der jüngste von sieben Brüdern. Seine Eltern hatten eine Schweinezucht. Harte Menschen, wenig Geld. Seine Familie hat sich von ihm losgesagt, sie haben den Kontakt abgebrochen.«

»Und warum?«

Milla kannte diesen Blick.

Hans Moser wollte keinen Ärger.

»Wir plaudern nur ein wenig«, ermutigte er ihn.

»Manchmal trinkt er zu viel. Er hat keinen geregelten Alltag und vernachlässigt sich. Er haust im Wald, in einem Heuschober auf einer Lichtung. Er gehört mir, kein Paradies, aber ihm gefällt es. Seit er vor ungefähr zehn Jahren seine Wohnung verlassen musste, lasse ich ihn dort wohnen.«

»Ist er verheiratet? Kinder?«

»Frauen wollen mit einem wie ihm nichts zu tun haben.«

Milla hakte vorsichtig nach: »Das heißt, er zahlt für seine Bedürfnisse?«

Moser drückte mit dem Absatz die Kippe am Boden aus.

»Ja, das ist eine seiner schlechten Angewohnheiten. Außerdem hat er gewisse Obsessionen … manchmal hungert er eine ganze Woche, nur um sich Telefonkarten kaufen zu können. Damit ruft er Heiratsvermittlungen und Telefonsexnummern an. Wissen Sie, was Einsamkeit ist, Signor Milla?«

Mosers Ton verriet: Das Gespräch ist zu Ende.

Milla zögerte.

Dann beschloss er, die Karten auf den Tisch zu legen. »Wissen Sie, ob Roth eine gewisse Lisa gekannt hat? Blond, nicht gerade eine Schönheit.« Er dachte: Sag es *brutal deutlich*, Champion. »Keine Zähne mehr im Mund und ein Bauch, als wäre sie schwanger.«

»Sprechen wir hier immer noch über eine Erbschaft?«

»Lisa Kofler ist verschwunden. Roland Roth ist der Letzte, mit dem sie gesehen wurde. Ich suche sie.«

Mosers Gesicht färbte sich feuerrot.

»Roland ist eine arme Haut. Er säuft und geht zu Nutten, aber er tut niemandem etwas zuleide. Seien Sie so gut, und lassen Sie ihn in Ruhe.«

SONNTAG, 29. OKTOBER 1995

Der Imbiss Kampill im Norden von Bozen war nicht mehr als ein Grill mit ein paar wackligen Tischen daneben, das Fleisch aber war erstklassig. Sonntags, und vor allem um diese Zeit, war nur wenig los.

Heidi saß rittlings auf einer Bank. Sie trug ein schwarz-rosa gestreiftes T-Shirt, Jeans und Turnschuhe, darüber eine Schürze. Sie sah müde aus, erschöpft, wie jemand, der noch viele Arbeitsstunden vor sich und eine schwere Vergangenheit hinter sich hatte. Aber ihre Augen waren klar und frisch wie der junge Frühling. Heidi hatte es geschafft. Sie war draußen.

Milla gönnte sich einen King-Size-Burger, nachdem er den ganzen Morgen für Jo nach Kieselsteinen gesucht hatte. Er hatte so getan, als würde er nicht bemerken, wie betrunken der Chefreporter war. Eine nüchterne Heidi anzutreffen, hatte seine Laune gehoben.

»Hast du von Lisa gehört?«

Heidi schnippte die Asche ihrer Zigarette in den Aschenbecher mit dem Emblem der Brauerei Forst. »Das ist kein Höflichkeitsbesuch?«

Milla klopfte sich auf die Brust, um sich nicht zu verschlucken. »Heidi, du siehst großartig aus. Behandeln sie dich gut?«

»Du bist ein Idiot«, die junge Frau lächelte, »abends kann ich mich kaum noch auf den Beinen halten. Zum Glück hat mich der

Chef noch nicht für die Abendschichten eingeteilt. Deshalb ja, sie behandeln mich wie eine Prinzessin. Welche Lisa?«

»Kofler. Die Blonde mit der Harley-Davidson-Jacke und dem Elefantenanhänger.«

»Johnnys Mädchen?« Heidis Miene verfinsterte sich. »Überdosis?«

»Sie ist verschwunden. Die Polizei sagt, sie hätte sich umgebracht, es gibt einen Brief, der das vermuten lässt, aber es gibt andere, die glauben, sie sei ermordet worden.«

Heidi drückte die halb gerauchte Zigarette aus. »Ermordet? Lisa? Warum?«

Zu viele Fragen, auf die Milla keine Antwort hatte. Er wischte sich mit der Serviette den Mund ab und trank einen Schluck Cola. Die Kohlensäure kitzelte ihn in der Nase.

»Ich spekuliere nicht, Heidi, ich halte mich an die Fakten. Und die Fakten besagen, dass sie das letzte Mal gesehen wurde, als sie in einen dunkelgrauen Opel Kadett eingestiegen ist. Am Steuer saß ein gewisser Roland Roth, genannt Erik.«

Milla konnte es in ihren Augen lesen. Heidi hätte sich am liebsten eine Entschuldigung einfallen lassen, um wieder an die Arbeit zu gehen. Die Erinnerungen an all die Nächte auf der Straße mussten qualvoll sein. Milla hätte ihr das gerne erspart, aber die anderen Frauen, die er befragt hatte, hatten ihm nicht weiterhelfen können.

»Er ist ein komischer Typ«, sagte Heidi leise. »Ich habe nie etwas mit ihm zu tun gehabt, ich fand ihn widerlich. Er stank. Und er war alt. Ich bin nie mit den Alten mitgegangen.«

»Er ist einundfünfzig, so alt ist das gar nicht.«

»Hast du ihn schon mal gesehen?«

»Nein«, Milla korrigierte sich, »noch nicht.«

»Er sieht aus wie siebzig. Bist du sicher, dass er erst einundfünfzig ist?«

»Absolut sicher. Was ist er für ein Typ?«

Heidi kratzte sich am Arm.

»Er ist nicht gewalttätig, wenn du das meinst. Und ich glaube nicht, dass er irgendetwas Perverses will, dafür hätte er auch nicht genug Geld. Er ist ein armer Hund. Einer, der sich verliebt, weißt du? Der dich heiraten will. Ich habe einmal gesehen, wie er Lisa aufgelesen hat. Er hatte ihr Blumen mitgebracht, Tulpen. Da ist es mir eiskalt den Rücken runtergelaufen. Wahrscheinlich hatte er sie auf dem Friedhof geklaut und dann in Zeitungspapier gewickelt. Keine Ahnung, warum ich das gedacht habe. Vielleicht hatte er sie ja in einem Blumenbeet gepflückt.«

»Glaubst du, er ist gefährlich?«

Heidi zupfte an einer ihrer Locken herum.

»Lisa meinte, er würde zahlen und keine Geschichten machen, man dürfte ihn nur nicht verärgern.«

»Hat er sie geschlagen?«

»Es gibt Grenzen, weißt du.«

»Auch für Lisa?«

»Wahrscheinlich.«

»Seit wann hast du sie nicht mehr gesehen?«

»Schon eine ganze Weile. Ich habe alle Brücken zu meiner Vergangenheit abgebrochen, nur so kann ich es schaffen. Aber ich nehme an, Johnnys Tod hat sie schwer getroffen.«

Eine Stimme ließ sie zusammenzucken: »Heidi?«

Der Besitzer des Kampill deutete auf die Uhr. Heidi stand auf, Milla ebenfalls. Er zückte sein Portemonnaie, gab ihr ein üppiges Trinkgeld und sagte: »Du weißt, dass ich stolz auf dich bin, oder?«

Heidi drückte ihm einen Kuss auf die Wange.

»Ich weiß.«

Milla hatte noch eine allerletzte Frage. »Dieser Erik, wo ist der unterwegs?«

»Wo er die Frauen trifft? Am Bahnhof oder im Dodiciville-Viertel, wie alle anderen auch. Aber manchmal nahm er Lisa mit ins Zum Pfau. Er lud sie zum Mittagessen ein, oder sie haben etwas getrunken.«

»Warte«, sagte Milla. »Zum Pfau? An der Staatsstraße 12?«

»Ja, es heißt, er wohnt dort in der Nähe. Komm mich gerne wieder mal besuchen, ja?«

»Versprochen.«

Es war 13.29 Uhr, aber auch wenn die Temperatur sank, *so kalt* konnte es gar nicht sein.

Zum Pfau. Staatsstraße 12.

Milla dachte: Marlene Wieser. Rosa Schuhe und Roby, der Verrückte.

Milla dachte: *Wer hat mein Mädchen umgebracht?*

In der Questura war es ruhig. Einige Uniformierte tranken Kaffee aus Plastikbechern und plauderten, Masi wartete mit verschränkten Armen auf irgendwen, und eine Frau um die vierzig ging hin und her und schaute immer wieder auf die Uhr. Niemand beachtete sie.

Ispettore Capo Lopez betrat den nichtöffentlichen Bereich. Auf der Treppe kam ihm Lombardi entgegen, der wie immer so tat, als würde er ihn nicht sehen.

Lopez dachte: Nicht heute.

»Ist der Chef da?«, fragte er.

»Keine gute Stimmung.«

»Ärger?«

Lombardi zuckte mit den Schultern. »Du kennst das ja.«

Und verschwand.

Lopez dachte: Feigling.

Die letzten drei Jahre hatte er am Schreibtisch verbracht. Weder die Uniformierten noch die Bulldoggen hatten mehr mit ihm gesprochen als nötig. Krupp hatte einen Käfig um ihn herum gebaut, und das Alphaweibchen hatte darauf geachtet, dass er drinblieb. Vielleicht dachten sie, damit würden sie ihn brechen. Sie hatten sich getäuscht.

Ispettrice Lici saß in Levadas altem Büro im obersten Stockwerk der Questura. Als Lopez dort ankam, musste er stehen blieben, um wieder zu Atem zu kommen.

Scheiße.

Ohne anzuklopfen, trat er ein.

Ispettrice Arianna Lici bearbeitete gerade Akten mit rotem Einband. Offiziell unterstand sie der Sitte, aber Lopez wusste, dass alle Informationen erst durch ihre Hände gingen, bevor sie bei Krupp landeten. Man munkelte, dass Ispettrice Lici die erste Frau an der Spitze der Mobile sein würde, sobald in Rom die entsprechende Gesetzesänderung verabschiedet würde und Frauen in jedem Bereich eingesetzt werden dürften. Lopez fand das gut: Dann würde diese blöde Kuh endlich wissen, was *richtige* Polizeiarbeit war.

Arianna Lici hob nicht mal den Kopf.

Lopez dachte: Arrogante Kuh.

»Ich muss mit Krupp reden.«

»Das können Sie auch mit mir.«

Lopez hätte am liebsten laut gelacht. In letzter Zeit fand er fast alles lustig. Er hatte zehn Kilo abgenommen, und sein übliches dümmliches Lächeln ähnelte dem Grinsen eines Totenkopfs.

»Es geht um etwas Persönliches.«

»Nicht während der Dienstzeit.«

Lopez wischte sich den Schweiß von der Stirn. »Der Mann, der früher in diesem Büro saß, hatte viele Fehler. Das kann ich nicht leugnen. Vor allem in seinen letzten Jahren hat er sich gehenlassen. Aber er wusste, wann er den Mund halten und zuhören musste.«

In Licis Augen blitzte es.

»Denken Sie daran, die Tür hinter sich zuzumachen«, zischte sie und betonte jedes Wort.

Lopez dachte: Leck mich.

Er legte ein ärztliches Attest auf den Schreibtisch. »Tumor am Gallengang. Die Ärzte geben mir noch zehn Monate, maximal ein Jahr. Das war vor fünf Monaten. Bald werde ich nicht mehr …« Lopez schüttelte den Kopf, unglaublich, wie der Gedanke an den Tod alles einfacher machte. »Ich werde sterben. Was gibt's da noch zu sagen?«

Auf Licis Gesicht zeigte sich keine Regung. »Warum lassen Sie sich nicht beurlauben?«

Die Antwort gefiel ihm. Wenn Levada sie nicht unterschätzt hätte, wäre sie eine gute Bulldogge geworden. Auch darüber musste er lächeln.

»Das werde ich, so schnell wie möglich. Dann müsst ihr mir nicht mehr in die Augen schauen.«

»Ich sollte wohl sagen, dass es mir leidtut.«

»Ich bin nicht wegen Ihrer Anteilnahme hier. Ich habe Ihnen meine Situation offengelegt, weil ich mit dem Commissario sprechen muss. Und zwar mit einer gewissen Dringlichkeit, wie Sie sich vorstellen können.«

Lici musterte ihn von Kopf bis Fuß. Die gelbe Haut. Die Kleidung, die um seinen Körper schlotterte. Der Schweißfilm auf der Stirn, den er nie ganz loswurde. *Ein lebendiger Toter.*

»Nein«, war die Antwort.

»Denken Sie an Carbone?«

Im Februar 1993 hatte der Strafvollzugsbeamte Antonio Carbone, der im Gefängnis Bozen arbeitete, zwei Magazine auf seine

Kollegen der Nachtschicht abgefeuert. Dann hatte er seine Dienstwaffe gegen sich selbst gerichtet und abgedrückt. Er war sofort tot gewesen.

»Ich versichere Ihnen, so einer bin ich nicht.«

Lopez hatte nicht damit gerechnet, bitten zu müssen. Aber er hatte auch nicht damit gerechnet, so bald sterben zu müssen. Stolz war jetzt ohnehin fehl am Platz. Der Tod hatte einen weiteren Vorteil: er löschte das Oberflächliche aus. Er richtete sich auf.

»Ich möchte eine Schicht. Möglichst nachts. Auch gerne eine normale Streife.«

»Vergessen Sie es.«

Lopez hatte gekämpft und verloren.

Seine Augen füllten sich mit Tränen.

»Der Dienst auf der Straße war mein Leben. Ich werde bald sterben. Alles, was mir bleibt, ist diese Uniform. Erlauben Sie mir …«

»Ihr Antrag auf Beurlaubung wird so schnell wie möglich genehmigt werden«, erwiderte Arianna Lici. »Sammeln Sie sich, und gehen Sie wieder an die Arbeit.«

Lopez stand auf.

»Ich werde dafür sorgen, dass Sie bei meiner Beerdigung in der ersten Reihe sitzen«, sagte er.

»Ich bin gerührt.«

Lopez schluckte die Tränen hinunter. »Sprechen Sie mit Krupp, ich bitte nur um eine …«

»Schließen Sie die Tür hinter sich.«

Das Zum Pfau war eine Kneipe neben den Zapfsäulen einer Tankstelle, im Winter bildeten sich Risse im Asphalt, das Schild war eine Ohrfeige für den guten Geschmack. Milla parkte den Renault 5 um 13.57 Uhr. Nur widerwillig versteckte er die Fototasche unter dem Sitz. Wenn er sie dabeihatte, fühlte er sich besser, aber im Pfau gab es nur zwei Kategorien von Gästen: Stammgäste und gelegentliche Besucher. Und beide hassten Journalisten ebenso sehr wie Polizisten.

Er betrat das Lokal, bestellte lustlos ein Bier bei einem bärtigen Barkeeper, der offensichtlich genauso wenig Lust hatte, es ihm zu servieren. Trotzdem suchte Milla nach einer Gelegenheit, das Gespräch zu beginnen.

Das war gar nicht nötig. Der Bärtige kam ihm zuvor, offenbar war er ein guter Menschenkenner.

»Du bist kein Bulle, aber du suchst jemanden.«

»Ja, den alten Knacker, der mir mit seinem dunkelgrauen Opel Kadett in die Seite gefahren ist.«

»In diese Schrottkarre? Der Renault 5?«

»Die Schrottkarre gehört einem Freund, verstehst du? Ich habe sie mir geliehen, weil *meine* Schrottkarre, ein BMW, für den ich einiges hinblättern musste, gerade in der Werkstatt ist. Gewisse Freunde meinten, man würde den Typen hier antreffen, manchmal in Gesellschaft zweifelhafter Frauen.«

»Gewisse Freunde sollten sich um ihre Angelegenheiten kümmern.«

»Ich habe auch das Kennzeichen, wenn es dich interessiert«, sagte Milla, zückte das Portemonnaie, nahm einen 20000-Lire-Schein heraus und legte ihn neben sein Bierglas.

Der Bärtige ließ den Schein verschwinden. »Gutgelaunte Frauen und ein alter Mann mit einem Kadett?«

»Sternhagelvoll und stinkt hundert Meter gegen den Wind.«

»Erik.«

»Erik, und weiter?«

Der Barkeeper blickte über Millas Schulter und rief: »Markus? Mein Freund hier hat dir ein Geschäft vorzuschlagen.«

Ein hagerer Mann in einer Holzfällerjacke setzte sich neben ihn auf einen Barhocker.

Der Bärtige drückte ihm ein Bier in die Hand.

»Der junge Mann will etwas über Erik wissen. Du bist doch sein Freund, Markus, oder?«

»*Er* behauptet, er sei mein Freund. Er heißt Roland. Roland Roth. Was hat er angestellt?«

Milla gab seine Geschichte zum Besten, und der Mann in der Holzfällerjacke lachte, bis ihm die Tränen kamen. »Stank wie ein Schwein und war total besoffen? Scheiße, ja, das ist er. Du solltest ihn mal sehen, wenn er mit den Nutten hier aufkreuzt. Er spielt sich auf, als ob wir vor Neid erblassen müssten, bei den Weibern, die er im Schlepptau hat, alle drogenabhängig, alle total dicht und auch nicht sauberer als er. Einmal hat er sogar diese Witwe mitgebracht. Wie hieß sie noch?«

»Meyr. Sieglinde Meyr«, antwortete der Bärtige, der Mühe hatte, ernst zu bleiben, »er hatte sie zum Essen eingeladen. Sie hat ein Restaurant erwartet und sich richtig aufgetakelt. Kannst du dir ihr Gesicht vorstellen, als sie hier reinkam?«

»Sicher, dass das keine Hure war?«, fragte Milla, der sich jeden Satz genau einprägte.

»Ganz bestimmt«, antwortete Markus, »Roland hat uns tagelang damit genervt. Er sagte, sie wollten heiraten, deshalb weiß ich den Namen noch. Sieglinde hier, Sieglinde da. Er hat sie über eine dieser Agenturen kennengelernt, die Zeitungsanzeigen schalten.«

»Kommt er oft her?«

»Ja, aber er redet meistens nicht viel. Nur, wenn es etwas gibt, mit dem er auftrumpfen kann. Sonst kauft er nur seine Telefonkarten und geht wieder. Die Kabinen sind draußen. Er verbringt da Stunden mit Sachen«, er klang jetzt angewidert, »von denen ich nichts weiß und auch lieber nichts wissen will.«

»Und was ist aus der Witwe geworden?«

»Sie hat ihn verlassen. Was sonst? Zwei, drei Wochen lang ist er hier nicht mehr aufgetaucht. Und plötzlich war er wieder da. ›Roland, wie läuft's mit deiner Frau?‹, haben wir gefragt. Und er: ›Welche Frau? Lasst mich in Ruhe, ihr Deppen.‹ Verstehst du jetzt, was für ein schräger Typ er ist?«

Milla trank den Rest Bier aus. »Ich danke euch. Jetzt muss ich aber zur Zulassungsstelle, um die Adresse dieses feinen Herrn rauszukriegen, damit ich mir die Kohle für die Reparatur holen kann.«

»Die wirst du nicht finden, und Kohle gibt's auch keine«, prophezeite Markus. »Erstens hat er keine. Und zweitens: Kennst du Hans Moser?«

»Nie gehört.«

»Ist so eine Art Beschützer von Roland. Stinkreich. Lässt ihn in seinem Heuschober im Wald wohnen. Kein fließendes Wasser, kein Strom. Die arme Wurst haust da wie ein Tier.«

Markus schlug Milla auf den Oberschenkel und stand auf.

»Ich zeige dir, wo er wohnt. Du zahlst, oder?«

Draußen war es noch kälter geworden.

Sie waren ein paar Minuten mit den Wagen unterwegs, als Markus ihm ein Blinkzeichen gab, auf eine Haltebucht an der Staatsstraße 12 abzubiegen. Anders als vor drei Jahren verpasste Milla die Ausfahrt dieses Mal nicht.

Sie stiegen aus und gingen auf ein verlassenes Bahnwärterhäuschen zu. Markus deutete auf eine Tanne mit abgebrochener Spitze, auf der anderen Seite der Schranke.

»Luftlinie sind es achthundert Meter. Der Heuschober liegt direkt dahinter. Du kommst aber auch hin, ohne fliegen zu können. Hast du einen Stift?«

Hatte er, aber kein Papier. Der Notizblock steckte in der Fototasche, und die hatte er nicht dabei. Markus zeichnete ihm eine grobe Skizze auf den Handrücken. »Du hast feuchte Hände.«

»Bin eben ein heißer Typ.«

»Und schlagfertig dazu.« Markus gab ihm den Stift zurück und deutete auf den Renault. »Aber mit dem kannst du nicht weiterfahren, du ruinierst dir die Achse.«

Milla konnte sich nicht mehr zurückhalten und fragte: »Ist hier nicht die tote Frau gefunden worden?«

Der Typ in der Holzfällerjacke lachte. »Ich weiß nicht, wer du bist, mein Freund, aber ich weiß, dass Roland nicht wissen sollte, was für Fragen du über ihn stellst. Du solltest mich milde stimmen. Und wage es nicht, geizig zu sein.«

Milla verabschiedete sich von einem weiteren Geldschein und beschloss, das Beste rauszuholen. »Du hast Roland nie mit einer Blondine gesehen? Keine Zähne im Mund, aufgeblähter Bauch, als ob sie schwanger wäre. Sie heißt Lisa Kofler.«

Markus riss ihm den Schein aus der Hand.

»Doch, sah aus wie ein Zombie. Und weil du mir so sympathisch bist, mache ich dir ein Geschenk. Die Polizei hat Roland vernommen. Wegen der Frau, die man 1992 hier erstochen gefunden hat. Sie haben alle aus dem Pfau befragt, mich auch. Roland haben sie mit aufs Präsidium genommen, weil er zu Nutten geht.«

Milla dachte: Atmen, atmen, atmen.

Aber es gelang ihm nicht.

»Und sie haben nichts herausgefunden?«

»Dir ist wohl ein Detail entgangen. Die Frau wurde von Sartori umgebracht, nicht von Roth.«

DIENSTAG, 31. OKTOBER 1995

8.59 Uhr, 13 Grad. Ispettrice Lici sah Krupps blauen Lancia Thema am Rand der Piazza parken. Sie schickte Lombardi weg, setzte die Sonnenbrille auf und zog den Reißverschluss ihrer Lederjacke hoch.

Der Techniker der Spurensicherung trat zur Seite.

Jo Serafinis Laufbursche, der junge Mann mit der Abneigung gegen Friseure, schoss ein Foto von Krupp, als er sich gerade dem näherte, was von Alice Schwarz geblieben war: ein rotbrauner Fleck auf dem Straßenpflaster. Der junge Mann hieß Milla. Milla *irgendwas.*

Arianna hasste es, wenn sie einen Namen vergaß. Sie schob den Frust beiseite und nahm eine Schmerztablette. Sie war mit stechenden Schmerzen aufgewacht, die sich von den Schultern bis in den Nacken zogen. Dottor Boscolo hatte ihr erklärt, dass es sich um einen psychosomatischen Reflex handelte. Auf diese Weise versuchte der Körper, den Schock zu verarbeiten. So eine verdammte Scheiße.

Sie steckte sich eine Lucky Strike an.

Krupp trug wie üblich einen grauen Anzug, Krawatte und einen cremefarbenen Regenmantel. Die Krawatte hatte die gleiche Farbe wie seine Augenringe. Er steckte sie in die Hemdtasche, zog die Hosenbeine hoch und beugte sich nach unten, um die Blutlache näher zu betrachten.

Arianna wusste, dass er sich vorstellte, wie Alice Schwarz hier gelegen hatte. Er schätzte Abstände und verglich seine Erkenntnisse mit den vorläufigen Berichten. Er suchte nach Übereinstimmungen und Lücken. Er *stellte* sich die Situation *vor.* Das sagte er auch immer zu den Berufsanfängern. *Die Waffe des Polizisten ist die Vorstellungskraft, nicht die Pistole.* Allerdings ließ er es sich nicht nehmen, die Ergebnisse jedes einzelnen Beamten am Schießstand der Questura zu kontrollieren.

Krupp ging zur zweiten Blutlache, etwa drei Meter von der ersten entfernt. Sein Blick blieb an strahlenförmigen Blutspritzern hängen. Ein paar Spatzen versuchten hüpfend und mit den Flügeln schlagend, einen Raben zu vertreiben, der auf dem Ziergiebel der Provinzverwaltung saß. Der Rabe stieß hin und wieder einen höhnischen Schrei aus. Nach der Inaugenscheinnahme kam Krupp auf Arianna zu.

»Hattest du nicht aufgehört?«

Arianna schaute auf die Zigarette und sagte: »Tatsächlich habe ich nie richtig angefangen.«

»Wer war als Erstes hier?«

»Eine Streife vom Bahnhof, Agente D'Ambrosio und Agente Melani. Alles nach Lehrbuch. Sie haben den Notruf und die Zentrale verständigt. Die erste Bulldogge vor Ort war Lombardi.«

»Wie lange bis zur ersten Beschau?«

»Acht Minuten.«

Krupp nickte zufrieden. »Was sagst du dazu?«

Arianna deutete auf die Stufen, die zum Gebäude der Provinzverwaltung führten. »Der Täter hat dort oben an der Ecke auf sie gewartet, sein Name ist Piras. Er hat drei Zigaretten geraucht, wir haben die Filter gefunden, das stimmt mit der Aussage des Typen aus der Bar gegenüber überein.«

»Der Bastard hat auf sie gewartet.«

Arianna nickte. »Alice Schwarz fährt immer mit dem Bus zur Arbeit, der Busfahrer hat sie um 8.15 Uhr aussteigen sehen. Um 8.17 Uhr ist Piras zur Tat geschritten. Außer dem Barkeeper haben wir zwei weitere Zeugen. Einer hat ihn als ›konzentriert‹ beschrieben, der andere als ›entschlossen‹. Das Opfer hat nichts bemerkt, weil es in die Zeitung geschaut hat. Er hat drei Schüsse auf sie abgegeben. Zwei in rascher Folge …«

»Als sie noch stand, der dritte, als sie schon am Boden lag. Dann hat er die Waffe gegen sich gerichtet und abgedrückt.«

»Ins Herz.«

»Vorstrafen?«, fragte Krupp.

»Er saß fünf Jahre wegen Drogenhandel. Senna lässt dir die Akte so schnell wie möglich zukommen.«

»Was hat eine Angestellte der Provinzverwaltung mit einem Dealer zu tun?«

Diese Frage hatte auch Arianna umgetrieben.

»Sie hatten eine Beziehung, nichts Ernstes. Als sie herausgefunden hat, was er für ein Mensch war, hat sie Schluss gemacht, aber er hat sie nicht in Ruhe gelassen. Sieben Mal wurde ihm gerichtlich verboten, sich ihr zu nähern. In der Akte wird Piras als gewalttätig und gefährlich bezeichnet. Dann ist er im Gefängnis gelandet, und sie fühlte sich sicher.«

»Wann wurde er entlassen?«

»Vor zwei Wochen.«

Krupp rückte die Brille zurecht. »Wissen wir, woher er die Pistole hat?«

»Lombardi kümmert sich darum.«

»Die Ärzte?«

»Sind nicht optimistisch. Das Kind …«

Krupp ballte die Fäuste und öffnete sie wieder. »Welches *Kind?*«

»Alice Schwarz hat eine Tochter, anderthalb Jahre alt. Piras behauptete, sie sei von ihm.«

»Er war im Gefängnis, als sie gezeugt wurde, oder irre ich mich?«

Arianna massierte sich den Nacken.

»Seit wann interessiert sich einer wie er für die Details?«

Jo schloss die Tür von Millas Büro und begann mit den Blättern der *Maranta leuconeura* zu spielen, der freundlichen, lammfrommen Zimmerpflanze. Milla zeigte ihm die brandneuen Fotos, aber der Chefreporter beachtete sie nicht.

»Ich hatte dich gewarnt. Bevor man Rock 'n' Roll spielt, muss man den Blues lernen.«

Milla fiel aus allen Wolken. »Was meinst du damit?«

»Das Blumenmädchen. Sie hat dich verlassen, oder? Ich kann sie verstehen, finde dich damit ab.«

»Wir haben uns nicht getrennt.«

Jo holte ein Päckchen Zigaretten heraus. »Wenn es in deinem Alter nicht das Herz ist, muss es das Portemonnaie sein. Soll das ein Trick sein, um mehr Kohle rauszuholen?«

Milla stellte einen Aschenbecher auf den Schreibtisch. Er hasste es, wenn Jo in seinem Büro rauchte.

»Eine Gehaltserhöhung wäre nicht schlecht, aber es läuft alles. Wirklich.«

»Ach was. Ein hübsches Verbrechen aus Leidenschaft à la *Die Schöne und das Biest*, und du gibst dir überhaupt keine Mühe? Wo sind die Geigen?«

Milla dachte an die Blutlache von Alice Schwarz. An die Blutlache von Guido Piras. An die Sanitäter, die nichts mehr tun konnten, als den Kopf zu schütteln. An die Spatzen, die sich dem Offensichtlichen nicht beugen wollten.

Und an den triumphierenden Raben oben auf dem Ziergiebel.

»Titel«, Jo malte Großbuchstaben in die Luft, »CHRONIK EINES ANGEKÜNDIGTEN TODES.«

»Titel«, widersprach Milla, »VERMEIDBARE TRAGÖDIE.«

Jo verschränkte die Hände im Nacken und ließ die Wirbel knacken.

»Hast du Krupp gesehen? Wütend wie selten. Ihr zwei würdet euch gut verstehen, glaube ich. Ihr lebt in einer Märchenwelt. Aber du sagst mir nicht die Wahrheit. Dir schwirrt doch etwas im Kopf herum. Ich kenne dich.«

Milla war kurz davor, ihm alles zu erzählen, von Lisa, von Roth, aber er wusste, wie Jo reagieren würde: Wo sind die Fakten, Champion?

Er spannte einen Bogen Papier in die Olivetti. »Wie willst du den Artikel?«

»Den schreibe ich. Von dir will ich Verhaltensregeln – worauf es wirklich ankommt, so etwas wie die Zehn Gebote. Aber lass dir das nicht zu Kopf steigen, du bist nicht Moses. Zehn Regeln, wie man sich gegen Gewalt zur Wehr setzt, aufbereitet für die Leserinnen der *Voce delle Alpi*. Da gibt's etliche. Nimmst du das Angebot an?«

Milla lehnte sich zurück. »Ich bin ganz Ohr, Meister.«

»Schreib mit. Erstens: Vorhänge zuziehen, die Rollläden runterlassen oder die Klappläden schließen, wenn es dunkel wird, aber immer dafür sorgen, dass ein wenig Licht durch die Ritzen fällt, um zu zeigen, dass die Wohnung nicht leer ist …«

Milla sah ihn misstrauisch an. »Mich kannst du nicht verarschen.«

»Nein?«

»Das klingt nicht nach dir.«

Jo breitete einige maschinenbeschriebene Blätter auf dem Schreibtisch aus. Sie trugen den Briefkopf der Stadtverwaltung.

Weiß-rot-weißes Schild mit einem sechszackigen Stern in der Mitte. Natürlich goldfarben.

»Voilà, Champion. Technisch gesehen nennt man das Werbung. Aber wir«, der Chefreporter machte eine Kunstpause, »nennen es: *Voce delle Alpi* sozial. Wir machen die Welt zu einem besseren Ort.«

Milla überflog das Dokument. »Leg das zu den Akten, das ist Quatsch.«

»Bist du eine Frau? Was weißt du schon über die Ängste der Frauen?«

Milla las Punkt sieben vor: »Die Frauen, die am stärksten gefährdet sind, sind nicht die schönsten, sondern die mit einem unsicheren oder provokanten Auftreten, Klammer auf, potenziell leichte Opfer, Klammer zu.«

»Und?«

»Wer hat das denn geschrieben? Ayatollah Khomeini?«

»Die Frauen aus dem Stadtrat. Einstimmig verabschiedet. Alle Fraktionen, rechts, links, Mitte. Heute Nachmittag gibt es eine Pressekonferenz.«

»›Wenn du allein im Bus bist, setze dich immer in die Nähe des Fahrers. Du kannst dich nur sicher fühlen, wenn du einen Mann an deiner Seite hast.‹ Ist das dein Ernst, Jo?«

»Stimmt das denn nicht?«

»Warum hängen wir den Bozener Bürgerinnen kein Schild um den Hals? Eigentum von Max Mustermann, er verfügt über Penis und Hoden, bitte nicht belästigen.«

»Wie es heißt, funktioniert es in Afghanistan sehr gut«, erwiderte Jo, »und jetzt setz dich an deine Olivetti und hör auf zu jammern. 4000 Zeichen.«

Milla verschränkte die Arme vor der Brust. »Ohne Namensangabe.«

»Du bist vielleicht empfindlich, Champion.«

»Ohne Namen oder ich streike.«

Jo klopfte auf den Schreibtisch und ging. »Einverstanden.«

Milla kontrollierte den Papiereinzug und hämmerte so heftig auf die Tasten, dass sie zu bersten drohten.

FRAUEN, GEMEINSAM GEGEN GEWALT!

Was in diesen Tagen im Stadtrat entwickelt wurde, ist sowohl inhaltlich als auch in der Form außergewöhnlich.

Es handelt sich um eine Initiative, die einen kürzlich eingegangenen Antrag unterstützt: Die Aufstellung spezieller Notrufsäulen für Vergewaltigungsopfer in den am häufigsten betroffenen Vierteln. Sie sollen eine direkte Verbindung zur Notrufzentrale bekommen …

DONNERSTAG, 2. NOVEMBER 1995

Nach seinem Gesichtsausdruck zu urteilen, schien auch Krupp verärgert. Vielleicht aus dem gleichen Grund wie Arianna. Die vom Himmel strahlende Sonne wirkte an Allerseelen wie die reinste Ironie. Arianna dachte: All dieses Licht …

Es hatte eine Zeit gegeben, damals in den Wochen nach Lucio Sartoris Festnahme, als Arianna das Zoloft sukzessive reduzierte, in der sie glaubte, in Krupp verliebt zu sein. Das richtige Wort für ihre Gefühle wäre jedoch wohl eher »Schwärmerei« gewesen. Das andere, als sie es begriffen hatte, war: Schock.

Die Schwärmerei war Vergangenheit, genau wie der Schock, das Zoloft und Dottor Boscolo. Aber Arianna war klargeworden, dass sie den Commissario mittlerweile mit anderen Augen sah als vor Cupidos Attacke.

Zu der Verwandlung kam es im Dezember 1992.

Aus Zufall war sie im Keller der Questura gewesen und hatte etwas gehört. Geräusche aus der Zelle X. Dem Ort, von dem Krupp geglaubt hatte, er sei Geschichte. Als sie die Tür geöffnet und Assistente Masi und Agente Fabris mit dem Gummischlauch in der Hand gesehen hatte, war ihre erste Reaktion: Angst.

Wegen Krupp. Wegen sich selbst.

Wegen allem und allen. Eine Angst, tausendmal größer als die vor Sergio, wenn er sich auf sie gestürzt und sie geschlagen hatte.

An diesem Tag hatte sie Zimmer 121 als Arianna Lici betreten und es als »das Alphaweibchen« wieder verlassen. Und ihr war klargeworden, was ihre Aufgabe in den kommenden Jahren sein würde. In einem Wort zusammengefasst: Aufopferung.

Krupp hatte beschlossen, sich in einen Schrank einzuschließen und die Sprache der Bulldoggen zu sprechen. Und Gefangener einer Vorstellung zu sein, die andere um ihn herum aufführten.

Der Held.

Der Mann, der den Freudenmädchen-Killer gefasst, den Kalabresen-Clan enthauptet, die Stadt aus dem Griff des Heroins befreit hatte. Er war der Spiegel, in dem alle das Beste in sich selbst sehen konnten. Eine übermenschliche Aufgabe. Monströs. Arianna wusste das.

Sie wusste, was es hieß, in einem Schrank zu leben. Ohne Luft und ohne Licht. Doch im Gegensatz zu ihr hatte Krupp sich selbst entschieden, in diesem Schrank zu leben und die Person zu bleiben, die er als Idealbild von sich aufgebaut hatte. Weiter das Schwarz vom Weiß mit dem Schwert der Justiz zu trennen. Aber er musste davon überzeugt sein, dass dies den Preis, den er zahlte, wert war. Dabei brauchte er Hilfe. Er brauchte jemanden, der wusste, wie es war, so zu leben. Jemanden, der auf ihn achtete. Der ihn schützte. Eine ganz neue Art von Bulldogge. Eine Bulldogge, die ihn daran hinderte, aus diesem verdammten Schrank zu kommen.

Das Alphaweibchen.

Arianna dachte: Dieses verdammte Licht ist *falsch*.

Sie hustete, trat aus dem Versteck und war dabei laut genug, um die Aufmerksamkeit des Commissario zu erregen.

»Ich wusste, dass ich dich hier finden würde.«

Jedes Jahr besuchte Krupp die Ruhestätten von Sartoris Opfern. Lorenas Grab war immer das letzte, als ob er versuchte, so den Kreis einer Geschichte zu schließen, die er immer noch nicht losließ.

»Ich bin ein Mann mit Gewohnheiten.«

»Und langweilig.«

»Du weißt gar nicht, wie recht du damit hast.«

»Alice Schwarz ist tot«, sagte Ispettrice Lici.

Drei Schüsse aus unmittelbarer Nähe. Die Ärzte im San Maurizio waren von Anfang an ehrlich gewesen. Nur ein Wunder hätte die Frau noch retten können.

»Noch ein Killer …«

»Piras wird niemandem mehr etwas antun. Auch er ist vor einer halben Stunde gestorben. Vielleicht haben wir eine Spur zu der Person, die ihm die Waffe verkauft hat.«

Krupp hörte ihr gar nicht zu. Er starrte auf Lorenas Foto auf dem Grabstein. »Es gab Sartori, es gab das Heroin, es gab diese … *Sache*. Wie halten wir das auf? Kannst du mir das sagen, Lorena?«

Krupp seufzte.

Arianna betrachtete den Grabstein von Lorena Haller, 24 Jahre, 24 Messerstiche.

Ihr wurde kalt.

Lorena lächelte, antwortete aber nicht.

Nachdem sie den San-Paolo-Friedhof verlassen hatte, der wenige Kilometer westlich von Bozen lag, setzte sich Sieglinde Meyr auf eine Bank und genoss die Wärme. Die ältere Dame war dunkel gekleidet, auf dem Kopf trug sie ein schneeweißes Taschentuch. In Südtirol traditionell die Farbe der Trauer.

Sie war leicht zu finden gewesen: der Nachname Meyr war weniger verbreitet als »Mair« oder »Maier« und der Vorname Sieglinde noch seltener. Als sie ihn bemerkte, lächelte sie und winkte ihn zu sich heran. Milla ging auf sie zu, das rote Notizbuch unter dem Arm, die Lumberjack-Stiefel knirschten auf dem Kies.

»Sie sind Journalist, oder? Setzen Sie sich doch. Man muss jeden Sonnenstrahl ausnutzen.«

Milla fühlte sich zwar nicht gut dabei, erwiderte aber: »Ich danke Ihnen, dass Sie sich Zeit für mich nehmen. Ich muss Ihnen aber gestehen, dass es in meinem Artikel nicht um die Geschichte Ihres Bauernhauses gehen soll. Ich entschuldige mich dafür und versichere Ihnen, dass unser Gespräch streng vertraulich bleibt.« Er holte tief Luft. »Tatsächlich möchte ich, dass Sie mir von Roland Roth erzählen. Ich weiß, dass Sie ihn kennen.«

Die Frau sprang auf. »Auf Wiedersehen.«

Milla hatte mit einer solchen Reaktion gerechnet. »Es geht um eine vermisste junge Frau, vielleicht ist sie schon nicht mehr am Leben. Eine Prostituierte. Lisa Kofler. Das letzte Mal wurde sie in Gesellschaft von Roth gesehen. Sie ist am Bahnhof in Bozen zu ihm ins Auto gestiegen. Bei den Prostituierten nennt er sich anders.«

Signora Meyr setzte sich wieder und wandte sich ab. Keine Verlegenheit, keine Wut mehr. Nur Trauer.

»Erik.«

»Hat er ihr etwas angetan?«

»Halten Sie das für möglich?«

»Nein.«

Milla schlug das Notizbuch auf.

»Ich habe erfahren, dass Sie sich über eine Ehevermittlung kennengelernt haben.«

»Ich wollte nur ein bisschen Gesellschaft. Keine Liebe. Die hatte ich schon verloren.«

»Verstehe.«

»Wirklich?«

Milla dachte an Iris. »Nein, aber glauben Sie mir, Ihr Privatleben interessiert mich nicht, nur Roth.«

Sieglinde nahm das Tuch vom Kopf, faltete es zusammen und steckte es in die Tasche, die sie auf ihren knochigen Knien hielt. Ihre Haare waren zu einem Zopf geflochten, den sie zu einem Knoten gedreht hatte.

»Roland kann zupacken. Und auf seine Art ist er romantisch. Er hat mir Blumen mitgebracht. Wir haben lange Spaziergänge auf dem Altopiano di Renon gemacht. Seine Familie stammt von dort.«

»Haben Sie die Familie kennengelernt?«

»Nein. Er sprach mit Respekt von ihnen, aber sie hatten ihn verstoßen. Er litt sehr darunter, auch wenn er das Gegenteil behauptete. Er hat mir von seiner Kindheit erzählt, von den Schweinen, den Ausflügen … Eines Tages sagte er, er wolle mich heiraten, aber ich habe abgelehnt. Danach haben wir uns nicht mehr getroffen.«

Milla schaute ihr in die Augen und las dort noch etwas anderes.

»Was ist passiert?«

Sieglinde Meyr musste einen Moment innehalten.

»An diesem Tag hat … Er hat mich gestoßen, er war *wütend*. Außer sich. Er hat schreckliche Sachen zu mir gesagt. Wir trafen uns in Pietralba in der Wallfahrtskirche, ich hatte Proviant dabei, Roland hatte einen Spaziergang vorgeschlagen, Richtung Bletterbachschlucht. Und dort …«

»Roland hat Sie gestoßen, weil Sie seinen Antrag abgelehnt haben?«

Sieglinde Meyr biss sich auf die Unterlippe. »Ich bin mit dem Kopf auf eine Wurzel aufgeschlagen, es hat etwas geblutet. Ich hatte Angst, und er war panisch, es tat ihm leid, das konnte man sehen. Ich habe ihn gebeten, mich nach Hause zu bringen, und ihm gesagt, dass ich ihn nie wiedersehen will. Er hat sich daran gehalten.«

»Wussten Sie von den Prostituierten?«

Sie seufzte. »Er sagte, er würde es machen, weil er sich einsam fühlte.«

»Man hat mir erzählt, dass Roland besonders ist. Und sich nicht oft wäscht.«

»Roland lebt in einer Hütte im Wald. Wie soll er sich da sauber halten? Er tut, was er kann, wäscht sich im Fluss, und wenn Sie wüssten, was Armut ist, würden Sie nicht solche Fragen stellen. Gott sei Dank gibt es Menschen wie Signor Moser. Roland wohnte in Kollmann, aber er konnte die Miete nicht mehr bezahlen, und man hat ihn auf die Straße gesetzt. Wenn Signor Moser nicht so ein gutes Herz hätte, wer weiß, was …«

»Roth wohnte in Colma?«

»Bis 1985.«

Milla dachte: Seit wann glauben wir an Zufälle, Champion?

FREITAG, 3. NOVEMBER 1995

Es war 15.13 Uhr. Milla legte den entsprechenden Antrag vor. Der Gerichtsangestellte – Nickelbrille und ein Gesicht wie Nosferatu – überflog die Daten und fragte: »Urteil oder komplette Akte?«

Milla wusste nicht, was er antworten sollte.

»Ich …«

»Jede Kopie kostet 300 Lire pro Seite, das Urteil also etwa 100 000. Alles eine Frage des Preises.«

»Und die komplette Akte?«

»Da brauche ich einen Taschenrechner.«

Die Prozessakten Sartori/Haller, Sartori/Wieser, Sartori/Zanni, Sartori/Nicoletti und Sartori/Gatti waren so umfangreich, dass Milla mehrmals zwischen dem Kopierer im Gericht und dem Renault 5 hin- und herlaufen musste. Da die Öffnungszeit fast vorbei war, bot sich Nosferatu an, ihm zu helfen. Außerdem war er neugierig.

»Sie sind Journalist?«

»Ganz im Vertrauen«, log Milla, »ich möchte ein Buch schreiben.«

»Wenn ich Sie wäre, würde ich noch mal darüber nachdenken.«

Milla schloss den Kofferraum. »Vielleicht.«

»Diese Geschichte zu erzählen, finde ich in höchstem Maße unangebracht.«

»Das heißt, in der Danksagung wollen Sie nicht genannt werden?«

»Giulio Visentini. Visentini mit ›s‹, nicht Vicentini. Diesen Fehler machen viele.«

Visentini lachte, Milla lachte auch.

Er fuhr nach Hause.

Er erzählte Iris von Nosferatu.

Auch sie lachte.

Milla studierte die Akten. Danach war Lachen nicht mal eine Möglichkeit.

Nur noch Panik.

MONTAG, 6. NOVEMBER 1995

Die Sekretärin bemerkte Millas Verwirrung gar nicht und bat ihn, im Wartezimmer Platz zu nehmen.

Um 12 Uhr hatte Dottor Simoni Zeit für ihn. Milla sprang auf und folgte ihm in sein Büro, ihm war schwindlig. In der Redaktion hatte er sich krankgemeldet, und das war nur halb gelogen. Hier war er am richtigen Ort, das spürte er.

»Alex Milla«, stellte er sich vor, »ich möchte, dass Sie mir bescheinigen, dass ich ein Idiot bin.«

Simoni lachte. Milla nicht.

Milla zog das rote Notizbuch aus der Fototasche. Es war voller Notizen, Streichungen, wütender Unterstreichungen, Fragezeichen. Nicht mehr nur Papier und Stift, sondern das Spiegelbild der Finsternis, in die er geraten war.

In nur *drei* verdammten Tagen.

Er begann: »Der Bericht der Untersuchung, die Sie an der Leiche von Marlene Wieser am 21. März 1992 vorgenommen haben, spricht von einem Halsschnitt. Bei der folgenden Autopsie, die Dottor Egger durchgeführt hat, wird als Todesursache Kehlenschnitt angegeben. Ich habe mich erkundigt, bei Metzgern, Ärzten, Tierärzten, alle sagen das Gleiche. Kehlenschnitt und Halsschnitt sind zwei unterschiedliche Dinge. Der Halsschnitt braucht Erfahrung. Wurde Marlene Wieser mit einem Hals- oder einem Kehlenschnitt getötet?«

Simoni riss überrascht die Augen auf. »Warum fragen Sie mich das? Das ist ja pervers.«

»Weil Sartori drei von fünf Morden gestanden hat, die ihm zugeschrieben wurden. Giulia Nicoletti, Lorena Haller und Patrizia Zanni. Alle drei wurden mit einem Kehlenschnitt getötet. Nicht mit einem Halsschnitt. Bei Marlene Wieser hatte Sartori … einfach Glück?«

»Was Sie da andeuten, gefällt mir gar nicht.«

»Ich deute gar nichts an, glauben Sie mir. Ich bitte Sie inständig, mir zu beweisen, dass ich einen Fehler gemacht habe. Denn beim Mord an Marlene Wieser passt nichts zusammen. Und dabei spreche ich nicht nur von den Verletzungen.«

Seit drei Tagen fühlte sich Milla wie in diesem Gemälde von Munch: alles war ein nicht enden wollender farbiger Schrei. Das Einzige, was gegen den Abgrund half, waren Antworten.

Milla sprach weiter: »Sartori wurde einige Monate vor der Tat in Marlenes Gesellschaft gesehen, in Vals, dort wo sie Urlaub gemacht hat. Das bedeutet, dass die beiden sich kannten und Marlene wahrscheinlich deshalb zu ihm ins Auto gestiegen sein könnte, entweder für eine sexuelle Dienstleistung oder einfach, um mitgenommen zu werden.«

»Bis hierhin sagen Sie mir nichts Neues. Oder irre ich mich etwa?«

»*Aber* die Zeugen, die Sartori mit Marlene gesehen haben, sind enge Verwandte. Ihre Aussage könnte durch die familiäre Nähe beeinflusst worden sein.«

»Das heißt aber nicht …«

»Sie haben ausgesagt, dass Sartori mit Marlene in einer Pizzeria und einer Discothek unterwegs gewesen war. Aber andere Zeugen, darunter die Kameraden aus seiner Zeit bei der Armee, bezweifeln das, er sei noch nie mit in einer Discothek gewesen, weil er Menschenmengen hasste. Er selbst hat mehrmals betont, dass er überfüllte Orte mied.«

Simonis Wangen färbten sich feuerrot: »Haben Sie mal darüber nachgedacht, dass Sartori lügen könnte?«

Milla wischte sich den Schweiß von der Stirn. »Natürlich habe ich mir darüber Gedanken gemacht, aber warum glauben wir manchen Zeugen und anderen nicht?«

»Weil das Gericht sie für glaubwürdiger gehalten hat. Es ist ein Unterschied, ob man sich an etwas erinnert, das im Dezember 1991 oder bereits 1985 passiert ist.«

»Ebenso glaubwürdig wie Marlenes Mutter? Wir haben die Aussage, dass sie gehört hat, wie ihre Tochter mit einem Mann telefonierte. Sie sprachen über …«

Dottor Simoni erinnerte sich an dieses Detail aus dem Prozess und gab selbst die Antwort. »Hunde.«

»Und da Marlene Tiere mochte und Sartori als Kind einen Hund besaß, den er sehr geliebt hat, hat das Gericht unterstellt, dass Marlene mit ihrem zukünftigen Mörder gesprochen hat. Aber war der Mann am Telefon wirklich Sartori? Das wäre nur durch die Auswertung der Daten der Telefongesellschaft zu klären, dann wüsste man, ob der Anruf aus Sartoris Wohnung, von seinem Arbeitsplatz oder von sonst wo kam. Aber die gibt es nicht.«

»Es gibt Telefonzellen.«

»In diesem Fall könnte es jeder x-beliebige Mann gewesen sein. Und dann der Tathergang. Zwischen dem Moment, als Marlene bei ihrer Mutter an die Haustür geklopft hat, und dem Auffinden ihrer Leiche an der Staatsstraße 12 vergingen drei Stunden. Das war unweit der Ausfahrt nach …«

Achthundert Meter Luftlinie. – Er wohnte in Colma, aber … – Nur die ganz verzweifelten Frauen sind mit ihm mitgegangen … – Er hat mich gestoßen. Es hat ein bisschen geblutet. – Sie haben ihn ins

Präsidium gebracht. – Erik ist einer, der schnell wütend wird. – Du hast ein Detail übersehen. Diese arme Frau wurde von Sartori ermordet, nicht von Roth.

»… Campodazzo. Im Prozess haben Commissario Krupp und Staatsanwalt Manfredi einen Zeugen präsentiert, der bestätigt hat, Sartori mit Marlene auf der Piazza Verdi in Bozen gesehen zu haben, keine Stunde vor der Tat. Und Sie und Dottor Egger haben den Todeszeitpunkt übereinstimmend mit 6 Uhr morgens angegeben.«

»Marlene ist nach Bozen getrampt, war ein paar Stunden unterwegs und hat um 5.30 Uhr Sartori getroffen. Wo liegt das Problem?«

»Gehen wir von der *Annahme* aus«, korrigierte ihn Milla, »dass Marlene nach Bozen getrampt ist – derjenige, der sie mitgenommen haben soll, wurde nie gefunden. Es gibt niemanden, der sie in der fraglichen Zeit gesehen hat. Außerdem«, Milla präsentierte eine Fotokopie der Aussage, »hat ein Dealer bezeugt, Sartori und Marlene auf der Piazza Verdi in einem Citroën gesehen zu haben. Einem Citroën! Sartori fuhr einen …«

Opel Kadett. – Dunkelgrau.

»Roten Seat Ibiza«, ergänzte Simoni. »Aber wie Staatsanwalt Manfredi bereits in der Verhandlung ausgeführt hat, ist es eine Sache, Marke und Modell eines Autos zu erkennen, das kann nicht jeder, und eine andere, sich an das Gesicht eines Menschen zu erinnern, finden Sie nicht auch?«

Milla verzog das Gesicht. »Wissen Sie, wie oft ich auf der Piazza Verdi war, Dottore? Hunderte Male. Mein Job ist es, Drogenabhängige, Huren und Dealer zu interviewen. Ich habe Dutzende Fotos von diesem Ort. Und keines dieser Fotos ist jemals veröffentlicht worden. Wissen Sie warum? Weil das Licht schlecht ist. Wie können wir dann sicher sein, dass der Zeuge Sartori und Marlene erkannt hat?«

Simoni steckte sich eine Tablette in den Mund.

»Das nennt man Unterstellung.«

»Ist die Tatwaffe auch eine Unterstellung? Das Messer, mit dem Marlene getötet wurde, hatte eine Doppelklinge, damit schneidet man traditionellerweise Schweinen die Kehle durch und …«

Er ist der jüngste von sieben Brüdern. – Die Familie war arm. – Seine Eltern hatten eine Schweinezucht.

»Sie sind nicht ganz bei Trost, Signor Milla.«

Damit hatte Dottor Simoni recht. Aber das spielte keine Rolle, deshalb sprach er weiter. »Lorena Haller, 7. Januar 1992. Sartori hat sie in sein Auto steigen lassen, einen abgelegenen Ort gefunden, auf sie eingestochen und den Leichnam aus dem Auto geworfen, dann ist er nach Hause gefahren. Patrizia Zanni, 6. August 1992. Sartori hat sie in sein Auto steigen lassen, einen abgelegenen Ort gefunden, auf sie eingestochen, sie hat sich gewehrt, er ist in Panik geraten, hat sie umgebracht und auf der Straße nach Kohlern entsorgt. Egger schreibt, gleicher *Modus Operandi.* Sind Sie einverstanden?«

»Natürlich.«

»Und wie erklären Sie sich den Erdrosselungsversuch bei Marlene? Eine Veränderung des *Modus Operandi?*«

»Meine Geduld hat Grenzen«, warnte Simoni.

Milla war das egal.

»Sartori bringt Marlene an einen ruhigen Ort, versucht sie mit einer Schnur zu erdrosseln, auf der keine menschlichen DNA-Spuren nachzuweisen sind. Dass die Schnur zu den Spuren am Hals des Opfers passt, ist nicht feststellbar, und dann … ist die Schnur gerissen? Haben Sie mal versucht, so ein Ding durchzureißen?«

Simoni wurde immer ungehaltener. »Während des Prozesses ist die Schnur nicht als Beweis zugelassen worden und hatte keine

Relevanz für das Urteil. Hypothesen über das Zerreißen aufzustellen ist müßig, vielleicht hat sich das Opfer befreit. Sartori hat die Kontrolle verloren und sie mit dem Messer erstochen.«

»Hat man Kampfspuren gefunden?«

»Nein. Aber es ist auch möglich, dass Sartori die Waffe gewechselt hat, als er gesehen hat, dass ihr Sterben zu lange dauert. Vergessen Sie nicht, Lucio Sartori ist ein Sadist.«

Milla ließ sich nicht aufhalten. »Sartoris Stiche sind immer als ›kraftvoll, aber unpräzise‹ beschrieben worden. Dieser Typ ist stark wie ein Bison, um jemanden umzubringen, muss er nicht präzise ein. Es waren alles junge Frauen, die …«

Sie hat es selbst herausgefordert! Sie hat es selbst herausgefordert! Sie hat es selbst herausgefordert!

»… eine zierliche Figur hatten. Und der zeitliche Ablauf, Dottore? Das passt alles nicht. Marlene starb um 6 Uhr morgens, um 6.40 Uhr war Sartori bereits bei der Arbeit, das wissen wir, weil er da die Karte in die Stechuhr geschoben hat. Binnen vierzig Minuten ist er nach Bozen zurückgefahren, hat sich umgezogen, gewaschen, das Auto saubergemacht und ist zu seinem Arbeitsplatz gekommen?«

»Die Zeiten wurden überprüft, sie passen.«

»Aber nur um Haaresbreite.«

»Wollen Sie damit sagen, dass ich meinen Job nicht beherrsche?«

»Ich will damit sagen, dass Sie ihn zu korrekt gemacht haben. Schauen Sie mir in die Augen und versichern Sie mir, dass Sie Dottor Eggers Rekonstruktion zustimmen. Egger war *sicher*, dass die Schnur, die man in Sartoris Wagen gefunden hat, für die Spuren an Marlenes Hals verantwortlich ist, aber er konnte nicht mal sagen, ob es sich um synthetisches Material oder um Hanf oder um irgendetwas anderes handelte. Dottor Egger war *sicher*, dass die Spuren auf der Schnur, die man in Sartoris Auto gefunden hat, menschliches Blut sind, dabei ergaben die Analysen, dass es Grasrückstände waren. Er war nicht imstande, die Waffe zu bestimmen, mit der Sartori Patrizia Zanni umgebracht hat. Ich frage Sie, Dottor Simoni: Ist Dottor Egger etwa ein Psychiater? Ich lese die Dokumente, die Ihr Kollege unterschrieben hat, und finde Worte wie ›Modus Operandi‹ oder ›fetischistischer Frauenhass‹. Begriffe aus der Kriminalistik und der Psychiatrie. Was haben sie im Bericht eines Pathologen zu suchen?«

Simoni verschränkte die Finger auf dem Schreibtisch. »Egger ist ein geschätzter Kollege mit langjähriger Erfahrung.«

»Tatsächlich? Wie viele Serienkiller sind Ihnen in Ihrer Laufbahn begegnet, Dottor Simoni? Und Dottor Egger?«

Simoni deutete auf die Tür.

Wie in Zeitlupe.

Erschöpft.

»Zwingen Sie mich nicht, die Polizei zu rufen.«

Milla ging, dabei dachte er an das Urteil vom 8. März 1994. An Krupps und Manfredis Triumph. Die Thesen der Anklage waren vollumfänglich akzeptiert worden: In einem so begrenzten Umfeld, mit so wenigen Einwohnern, konnten im selben Zeitraum keine zwei Menschen existieren, die auf die gleiche Art und Weise den gleichen Opfertyp töten. Deshalb: viermal lebenslänglich und dreißig Jahre Haft. Keine vorzeitige Entlassung.

Milla stieg in den Renault 5 und brach in Tränen aus.

Er dachte: Dunkelgrauer Opel Kadett.

MITTWOCH, 8. NOVEMBER 1995

Milla hörte, wie der Schlüssel sich im Schloss drehte, das Blumenmädchen kam aus dem Gewächshaus zurück. Das »Zimmer mehr« glich einem Schlachtfeld. Fotos, Fotokopien, Notizzettel, stapelweise Bücher und Zeitungsausschnitte. Das rote Notizbuch war dreimal so dick wie am Anfang.

Es war 18.07 Uhr, draußen war es schon dunkel, und Iris roch nach fetter Erde. Sie hatte die Arbeitsstiefel ausgezogen und trug Socken mit Sternenmuster. Sie sah müde aus.

»Was gibt's Neues?«

»Jo hat angerufen, er hat gesagt, ich sei entlassen.«

Iris küsste ihn auf die Stirn und zog die Jacke aus. »Das scheint dich nicht zu stören.«

»Ich denke, das ist eine gute Nachricht. Ich meine, die Tatsache, dass er angerufen hat.«

»Von Freundlichkeit und der Sorge um deine Gesundheit gehen wir mal nicht aus, oder?«

»Nein, das würde nicht zu ihm passen. Aber«, Milla fuhr sich durch das zerzauste Haar, »wenn er irgendetwas von dem wüsste, was passiert ist, hätte er hier die Tür eingetreten. Das bedeutet, Simoni hat niemanden angerufen.«

»Weil …«

»Weil auch er seine Zweifel hat.«

Iris verließ das Zimmer, und Milla hörte sie lauter sprechen, um das Rauschen des Wassers im Bad zu übertönen. »Hast du den Anwalt getroffen?«

Avvocato Fontanari, 57, düster wie eine Beerdigung.

»Er hat gesagt, Egger sei ein Idiot.«

Iris tauchte in BH und Unterhose auf der Türschwelle auf.

»In diesem Wortlaut?«

»Ein Mann geht zu seinem Hausarzt, er hat beim Wasserlassen Probleme, Schmerzen in der Blase. Der Arzt schickt ihn zum Spezialisten.«

»Ich ziehe mir was über. Erzähl einfach weiter.«

»Der Urologe im Krankenhaus sagt dem Mann, der in der Zwischenzeit immer größere Schmerzen beim Wasserlassen hat und nachts von Krämpfen gequält wird, es müssten weitere Untersuchungen gemacht werden, und erklärt, welche. Der Mann lässt alles über sich ergehen, es geht ihm immer schlechter.«

Iris kam in Jeans und einem bunten Kapuzenpulli zurück. »Das geht nicht gut aus, oder?«

»Er stirbt. Die Familie verklagt den Urologen. Das Gericht bittet Dottor Egger um ein Gutachten. Egger hat keine Zweifel. Der Mann ist an einem bösartigen Blasentumor gestorben, was die Untersuchungen auch bestätigt haben. Aber der Urologe trägt keine Schuld, weil es die Aufgabe des Hausarztes ist, dem Patienten die Diagnose zu übermitteln. Nicht die des Facharztes.«

Iris riss überrascht die Augen auf. »Warte mal. Der Urologe hat den Tumor erkannt, gewusst, dass er bösartig war, hat aber nichts gesagt und ist nach Eggers Meinung trotzdem unschuldig?«

»Und weißt du, was Avvocato Fontanari dabei besonders wütend macht?«

Iris rieb sich die Augen und wartete gespannt.

»Dass Egger Überlegungen anstellt, die über seine Kompetenzen als Pathologe hinausgehen – wie bei Marlene.«

Milla blätterte durch das Notizbuch, bis er die Stelle fand, die er suchte.

»Dann gibt es noch den Fall, in dem Egger feststellte, dass man einer Mutter das Sorgerecht für den vernachlässigten und unterernährten Sohn nicht entziehen sollte. Denn, ich zitiere: ›Die Bewohner des Dorfes halten sie für einen guten Menschen.‹«

Millas Wut war explosiv, die von Iris war kalt.

»Okay«, erwiderte sie, »jetzt wissen wir, warum die Staatsanwaltschaft Egger keine Gutachten mehr überträgt. Wen musst du noch treffen?«

Ex-Assistente Barbieri war ein gutaussehender Mann. Modischer Spitzbart und haufenweise Charme. 1988 hatte er die Uniform an den Nagel gehängt und Vermessungswesen studiert. Daneben widmete er sich seiner Leidenschaft, der Bildhauerei. Milla hatte ihn 1993 bei einer Ausstellung kennengelernt. Milla war von Berufs wegen dort, Barbieri, weil eines seiner Werke einen Preis bekommen hatte. Sie hatten den Abend gemeinsam verbracht, weil Milla sich gelangweilt hatte und der Ex-Polizist als Einziger der Anwesenden den Unterschied zwischen Kunst, Hobby und Egozentrik kannte.

Barbieri bot ihm einen Brandy an, Milla lehnte ab und bat um ein Wasser. Er war schon verwirrt genug. Nach dem Austausch der üblichen Höflichkeitsfloskeln fragte Milla: »Haben die Nachbarn die Presse und das Fernsehen informiert und dann erst den Notruf gewählt? Oder haben die vom Notruf einen Fehler gemacht?«

Der Ex-Polizist zuckte mit den Schultern. »Das wird man nie erfahren. Aber Fakt ist, dass die Ersten, die Giulias Wohnung betreten haben, Journalisten waren. Die Fingerabdrücke dieser Idioten waren nahezu überall. Und zu allem Überfluss kam noch die Sache mit Massini hinzu.«

Milla schaute in seine Notizen. Nichts.

»Nie gehört.«

»Levada ordnete eine Befragung der Anwohner an. Als die Beamten zu Stefano Massini kamen, der im Stockwerk über Giulia wohnte, weigerte er sich zu öffnen. Er sagte, es ginge gerade nicht. Der Polizist fragte nach dem Grund, und er antwortete, er habe Angst, seine Katze könne weglaufen. Und so wurde Stefano Massini zur Nummer zwei auf der Liste der Verdächtigen.«

»Soll das ein Witz sein?«

»Natürlich taucht das nicht in den Akten auf. Massini litt an einer schweren Depression, dafür gibt es ärztliche Gutachten. Aber Levada hielt das für Schwachsinn und setzte ihn zwei Jahre lang unter Druck. 1987 hat sich Massini vom Balkon gestürzt.« Barbieri trank sein Glas aus und stand auf, um sich ein neues einzugießen. »Meinst du, *die Hand Gottes* könnte mit dem Selbstmord zu tun haben?«

Milla hatte einen Kloß im Magen.

»Wer war die Nummer eins auf der Liste der Verdächtigen?«

»Giulias Mutter«, antwortete Barbieri und betrachtete die goldbraune Flüssigkeit im Gegenlicht. »Aber die Zeiten stimmten nicht, es gab kein Motiv, keine Zeugen, gar nichts. Levada ließ trotzdem nicht locker. Und er war nicht zimperlich. Er zeigte ihr ein Foto des Tatorts, sie wurde ohnmächtig. Er hielt das für einen Bluff, und sobald sie sich etwas erholt hatte, machte er weiter. Am ersten Tag zehn Stunden Verhör. Am zweiten Tag zehn Stunden. Am dritten Tag zehn Stunden. Eine schwangere Frau! Kannst du dir das vorstellen? Auch die Journalisten ließen ihr keine Ruhe, und natürlich fütterte Levada sie mit Informationen, mit dem Ziel, dass alle in der Stadt diese arme Frau für eine Art Medea hielten.«

Milla konnte sich denken, was Levada damit erreichen wollte. »Um sie auch außerhalb der Questura unter Druck zu setzen.«

»Und es funktionierte hervorragend. Giulias Mutter erhielt Drohungen, wurde beschimpft. Es gab sogar einen … Man hat ihn nie identifizieren können, aber jemand hat ihr jeden Monat einen Drohbrief geschrieben. Sieben Jahre lang. Bis 1992. Aber da war ich schon nicht mehr im Geschäft.«

»Aber warum hat Levada …«

»Levadas Problem«, ereiferte sich Barbieri, »waren sein Tunnelblick und ein übergroßes Ego. Das sorgte dafür, dass er seinen Tunnelblick für das Auge Gottes hielt, und ganz offensichtlich sah er deshalb nur das, was er sehen wollte.«

Milla bedauerte, das Glas Brandy abgelehnt zu haben. »Und Mirella Gatti?«

»O mein Gott«, stöhnte der Ex-Polizist, »ich erinnere mich, als ob es gestern gewesen wäre! Sie empfing die Freier in ihrer Wohnung und hatte einen Schalter auf dem Nachttisch, der mit dem Feuermelder des Hauses verbunden war. Bei einem Übergriff hätte sie nur draufdrücken müssen und …«

Er schnalzte mit den Fingern.

»Aber das hat sie nicht gemacht«, erwiderte Milla, »sie war nackt. Keine Einbruchsspuren. Offensichtlich kannte sie den Täter. Stiche in den Rücken, mit einem Messer und einer Schere. Mit der rechten und der linken Hand. Aber Sartori ist kein Beidhänder. Keine Tatwaffen am Tatort. Der Mörder hat sich gewaschen und ist gegangen.«

Barbieri nickte. »Und es gab diesen berühmt-berüchtigten Notizbucheintrag: ›Lucio ist gegangen.‹ Damit haben sie den Freudenmädchen-Killer festgenagelt.«

Milla brummte unzufrieden vor sich hin.

Barbieri sah ihn neugierig an. »Du wirkst nicht überzeugt.«

Das war Milla auch nicht.

»In ihrem Notizbuch gab es noch andere Hinweise mit ›Lucio‹. Zwei Wochen zuvor zum Beispiel hatte sie ›Lucio, Bein gebrochen‹ notiert, aber Sartori hatte noch nie eine Fraktur. Und doch wurde die Notiz ›Lucio ist gegangen‹ beim Prozess als Beweis zugelassen. Die anderen Einträge jedoch nicht. Wie erklärst du dir das?«

»Ich bin ein Ex-Polizist, kein Ex-Richter. Ich kann es mir nicht erklären. Aber damals ging Levada davon aus, dass es sich um denselben Mörder handeln könnte wie im Fall Nicoletti. Aber da er Giulias Mutter nicht auch für Mirellas Tod verantwortlich machen konnte, weil Medea ihre Kinder, aber keine Prostituierten tötete, konzentrierte er sich ganz auf Massini.«

»Tunnelblick. Gab es keine andere Spur?«

Ein verschmitztes Lächeln. »Die Wahrsagerin.«

»In den Akten steht nichts von einer …«

»Sechs Monate nach Mirellas Tod wurde Levada von einer Wahrsagerin kontaktiert. Sie hatte in einer Vision die Tatwaffe im Fall Mirella in einer brennenden Truhe gesehen. Ayrton Senna alias Luca Greco erinnerte sich daran, dass einige Wochen nach der Tat die Wohnung des Ex-Geliebten von Mirella in Flammen aufgegangen war. Das Feuer war in der Küche ausgebrochen. Levada maßregelte Ayrton Senna, weil er es auch nur gewagt hatte, das Thema anzusprechen. Levada hatte den Mann höchstpersönlich vernommen und als Verdächtigen ausgeschlossen. Stefano Massini hatte sie umgebracht, das war beschlossene Sache. Auch wenn Ayrton Senna in der Zwischenzeit Zeugen aufgetrieben hatte, die den Ex-Geliebten als, wie soll ich sagen …«

»Gewalttätig?«

»… *aggressiv* beschrieben haben. Mirella Gatti hatte eine kleine Wohnung im Dodiciville-Viertel gemietet, in der sie arbeitete. Sie empfing ihre Kunden immer an einem bestimmten Wochentag …«

»Nie mittwochs.«

»Und der 26. Juni 1985 war ein Mittwoch. Hatte Mirella an diesem Tag eine Verabredung mit ihrem Mörder? Aber laut Ayrton Senna gab es noch mehr. Vielleicht kannte Mirella die Wahrsagerin und hat ihr etwas über ihren Ex-Geliebten anvertraut. Vielleicht hatte sie Angst vor ihm. Und diese ›Vision‹ war eine Möglichkeit, der Polizei einen Hinweis zu geben, ohne selbst Schwierigkeiten zu bekommen. Aber …«

»Aber?«

Barbieri hob abwehrend die Hände. »Die Richter haben entschieden, dass Sartori Mirella Gatti umgebracht hat. Und ich will ruhig schlafen können.«

»Sartori hat nie gestanden«, erwiderte Milla mit finsterem Blick. »Auch den Mord an Marlene Wieser nicht.«

»Über die Morde 1992 habe ich nur in den Zeitungen gelesen, aber es ist offensichtlich, dass Sartori nur das gestanden hat, was Krupp ihm hieb- und stichfest nachweisen konnte.«

Milla wusste das.

Aber er wusste auch, dass es nicht so gewesen war.

»Bei Lorena Haller gab es Blutspuren auf seiner Kleidung, bei Patrizia Zanni ebenfalls. Bei Giulia Nicoletti hatten sie nur die Zeitungsausschnitte, aber Sartori hat auch diesen Mord gestanden. Ich würde alte Zeitungsartikel nicht gerade einen stichhaltigen Beweis nennen.«

»In seinen Augen vielleicht schon?«

»Das ist aber ein sehr großes Vielleicht.«

Barbieri trank sein Glas aus und stand auf. »Ich will gar nicht wissen, woran du arbeitest, aber wenn ich dir einen Tipp geben darf: Versuch, Distanz zu wahren, um nicht daran kaputtzugehen. Denk an den Tunnelblick.«

»Ich habe dich das nie gefragt«, sagte Milla, »aber warum bist du bei der Polizei ausgestiegen?«

»Wegen der Zelle X«, erwiderte Barbieri und sah an ihm vorbei.

»Das war der Grund. Die Levada-Methode. Hast du nie davon gehört?«

»Nein.«

»Verständlich. Die Zelle X existiert nicht. Wer wäre auch so dumm, einem Ort, an dem Gefangene gefoltert werden, einen Namen zu geben? Da könnte man ja gleich seine Unterschrift hinterlassen. Und Levada ist nicht dumm. Er ist ein hochdekorierter Staatsdiener. Solche Gestapomethoden sind ihm fremd. Es gab, es gibt und es wird nie eine Levada-Methode oder eine Zelle X geben. Das ist nur eine moderne Legende.«

Milla dachte: Zelle X.

Vor Millas innerem Auge erschienen kambodschanische Gefängnisse, finstere Keller in KGB-Gebäuden, *Black Sites* der CIA, Männer mit Kapuzen, die plötzlich nachts auftauchen …

Er lächelte.

Barbieri nahm ihn auf den Arm.

»In Bozen doch nicht, unmöglich.«

»Das haben meine Kollegen und ich 1988 vor Gericht auch ausgesagt, als Silvano Benedetti versucht hat, den guten Namen eines guten Menschen wie Ispettore Capo Lopez in den Dreck zu ziehen. Zum Glück haben die Richter diesen Phantastereien nicht geglaubt. Wer glaubt schon einem Drogenabhängigen? Du etwa? Oder ich?«

Milla dachte: Lopez. Das Rattengesicht. Lopez und die Frauen, die sich wegduckten, wenn sie ihn sahen. Lopez und die Junkies, die vor ihm flüchteten.

Die Levada-Methode. Zelle X. 39 100 Bozen.

Milla wurde weiß im Gesicht.

Barbieri legte ihm die Hand auf die Schulter. »Reg dich nicht auf, ich bin nur ein Vermessungsingenieur, der so tut, als wäre er Bildhauer. Und vielleicht keinen Alkohol mehr verträgt. Das ist alles.«

SAMSTAG, 11. NOVEMBER 1995

Nachmittag

15.20 Uhr. Beißende Rauchschwaden stiegen auf, die Bauern brannten die Stoppelfelder ab, und das Licht bekam etwas Mystisches, fast Mittelalterliches. Der Rosengarten im Hintergrund glänzte wie ein Diamant. Ein wunderschönes Bild, für das Milla aber keinen Sinn hatte. Er erreichte das Haus in der Via Ortles und las die Namen neben den Klingelknöpfen.

Vierter Stock, Wohnung 14. Silvano Benedetti hatte lange Haare und einen lockigen Bart, er war barfuß und trug ein T-Shirt. »Bist du ein Freund von Margit?«

Milla zeigte ihm die Geldscheine.

Der Junkie ließ ihn herein, räumte einen Stuhl mit einer geflochtenen Sitzfläche frei, stellte den Fernseher stumm und setzte sich auf ein quietschendes Sofa.

Die Wohnung war vermüllt und voller Diebesgut. Neben der Fernbedienung lagen ein Feuerzeug, eine Spritze, ein angesengter Löffel, etwas undefinierbares Pulver und eine halb ausgedrückte Zitrone.

Nachdem Benedetti die Spritze aufgezogen hatte, schob er den Kolben langsam hoch, um die Luft herauszudrücken.

»Stört es dich?«

Milla nahm ihm die Spritze aus der Hand, »Zelle X. Levada-Methode.«

Benedetti stieß hörbar die Luft aus.

Er war höchstens fünfzehn Jahre älter als Milla, wirkte aber wie sein Großvater. Margit hatte ihm gesagt, dass Benedetti bereits fünf Überdosen und diverse Krankheiten überlebt hatte, sich aber immer noch auf den Beinen hielt. Und ungeachtet seines Aussehens wirkte er einigermaßen klar.

»Warum sollte ich etwas darüber wissen?«

»Weil du der Einzige bist, der ihn angezeigt hat.«

Benedetti strich sich über den Bart. »Und was hat es mir gebracht?«

»Meiner Meinung nach hast du bewiesen, dass du Mut hast. Oder nicht?«

Er schien einen Moment nachzudenken, dann richtete Benedetti sich auf und sagte: »Stellen wir uns vor, sie nehmen dich mit. Egal, ob du was in der Tasche hast oder sie nur schief angeschaut hast, okay? Sie nehmen dich mit und bringen dich in den Keller, in eine Zelle, die nach Mäusekacke stinkt.«

»Wer, *die?*«

»Bullen, Bulldoggen. Die eben.«

»Okay, die. Und was passiert dann?«

»Sie sind das Gesetz, und du musst ein guter Junge sein. Sie bringen dich in diese Scheißzelle, und du sagst, dass du einen Anwalt willst. Klar, oder?«

»Logisch, das ist dein gutes Recht.«

»Vielleicht in deiner Welt. Nicht in meiner. Sie lachen dich aus und lassen dich dann allein. Im Dunkeln. Du wartest und regst dich auf und wartest, und weil du nichts anderes zu tun hast, fängst du an zu *denken.*«

Benedetti tippte sich mit dem Zeigefinger an die Schläfe. »Und fängst an, dir vor Angst in die Hosen zu machen. Weil sie deine Papiere überprüfen und dich irgendwo registrieren sollten, was sie aber nicht gemacht haben. Keiner ahnt auch nur, dass du in diesem Drecksloch sitzt. Und weißt du, was das heißt? Du gehörst ihnen.«

An der Wand hing eine Uhr in Katzenform. Sie bewegte im Sekundentakt die Augen und den Schwanz. Benedetti hatte den gleichen Blick wie dieses Wesen aus einem Horrorfilm.

»Wenn sie dann nach Stunden wieder auftauchen, reißen sie die Tür auf und sagen, dass alles in Ordnung ist, dass sie einen Fehler gemacht haben und du nach Hause gehen kannst. Und du glaubst ihnen. Klar glaubst du ihnen, du willst nur noch da raus. Sie warten, bis du aufstehst, und dann prügeln sie auf dich ein. Sie benutzen einen flexiblen Gummischlauch. Sie sind gut, hinterlassen kaum Spuren.«

»Aber sie hinterlassen welche.«

»Ja, und?«

»Es gibt die Notaufnahme. Und es gibt ärztliche Gutachten.«

Millas Naivität schien Benedetti traurig zu machen. »Der Verdächtige hat Widerstand geleistet. Der Verdächtige ist aus Versehen die Treppe runtergefallen. Wenn du bei der Notaufnahme wärst, würdest du dir Ärger einhandeln oder lieber den Mund halten?«

Milla schwieg.

»Sie sorgen dafür, dass du sagst, was ihnen passt«, fuhr er fort. »Du hast Kennedy erschossen? Ja, das war ich. Du hattest Sex mit Queen Elizabeth? Ja, es gibt auch einen Zeugen: Kennedy.«

Benedetti lachte und klatschte in die Hände. Ihm fehlten die Schneidezähne.

»Lopez ist der Schlimmste von allen. Er ist ein Sadist. Bei Blut bekommt er einen Ständer. Zelle X, Levada-Methode. Jetzt weißt du Bescheid.«

»Warum erfahre ich heute das erste Mal davon?«, krächzte Milla.

Benedetti sah ihn schief an. »Hörst du dir manchmal selber zu?«

»Weiß Krupp von der Zelle X?«, hakte Milla nach.

»Vielleicht, ich hatte schon eine Weile nicht mehr das Vergnügen. Ich bin ein ehrenwerter Bürger.« Er fuhr sich mit der Zunge über die Lippen und grinste.

Mit den Augen fixierte er die Spritze.

»Sind wir fertig?«

»Fast. Kennst du Lisa Kofler? Prostituierte, auch Junkie.«

Benedetti schüttelte den Kopf.

»Roland Roth?«

»Ein Dealer?«

»Er wirkt wie ein alter Mann und lässt sich Erik nennen. Er fährt einen dunkelgrauen Opel Kadett. Er nimmt die Frauen, die sonst keiner mehr will.«

»Das ist nicht mein Gebiet, mein Guter. Können wir uns jetzt verabschieden?«

Benedetti streckte ihm die Hand entgegen.

Milla gab ihm die Spritze zurück.

Die Nadel bohrte sich ins Fleisch.

Das Gift gelangte in den Blutkreislauf.

Milla stand auf.

Der Blick des Junkies verlor sich im Nichts.

»Da draußen gibt es viele schlechte Menschen«, murmelte er.

Und lachte.

»Und du kannst nichts dagegen tun. Absolut nichts.«

SAMSTAG, 11. NOVEMBER 1995

Abend

Colucci beugte sich über den Schreibtisch. Er hatte einen Marker in der Hand und unterstrich etwas. Der Politikredakteur hatte sich Koteletten wachsen lassen. Die 1960er kamen wieder in Mode, auch bei Männern.

Milla deutete mit dem Zeigefinger auf ihn und sagte: »Raus. Jo und ich müssen uns unterhalten. Unter vier Augen.«

Jo und Colucci tauschten einen Blick, der Politikredakteur griff nach seiner Jacke und ging, ein großes Fragezeichen im Gesicht. Milla schloss die Tür hinter ihm.

»Darf man erfahren, was mit dir los ist?«, fragte Jo.

»Heute nicht«, antwortete Milla und setzte sich wütend ihm gegenüber auf den Stuhl. »Heute stelle ich die Fragen. Und ich verlange Antworten.«

Milla legte das rote Notizbuch vor sich auf den Schreibtisch und begann Informationen herunterzurasseln. Die Zelle X. Die Ungereimtheiten in den Fällen Wieser und Gatti. Eggers zweifelhafter Ruf. *Hals-* und *Kehlenschnitt.* Die Schnur mit fünf oder sechs Millimetern Durchmesser. Der *Modus Operandi*, der nicht stimmte.

Er sprach über alles, bis auf Roland Roth.

Zuerst musste er wissen, auf welcher Seite der Chefreporter stand.

»Manfredi hat im Prozess auf Unzurechnungsfähigkeit gesetzt.

Damals hat man von nichts anderem gesprochen. Wie oft haben wir darüber berichtet? Und weißt du, warum er das gemacht hat? Als Ablenkungsmanöver. Denn bei zwei der fünf Morde gab es nur schwache Indizien. Egger …«

»Du bist ein kleiner Reporter, und Egger hat diverse Studienabschlüsse. Er hat sich auch zu psychiatrischen Fragen geäußert? Na und? Warum sollte er sich bei seiner Arbeit auf ein Gebiet begrenzen? Und was machst du?«

»Ich bringe die Fakten in den richtigen Zusammenhang«, erwiderte Milla. »Und die Fakten stimmen nicht.«

»Du hast dir eine Theorie zurechtgelegt und willst jetzt, dass die Teile zusammenpassen.«

»Du meinst, ich habe einen Tunnelblick? Wie bei Levada im Fall Nicoletti?«

Jo öffnete das Fenster, draußen war es dunkel, aber der Himmel war klar, der Tramontana hatte die Wolken vertrieben.

»Die Polizei«, sagte er, »arbeitet ungenau, weil die *Realität* ungenau ist. In der Realität passt fast nie alles zusammen. Es gibt Zufälle. Es gibt Zeugen, die sich nur an die Hälfte erinnern. Es gibt Polizisten, die müde oder sauer sind, weil ihre Kinder in der Schule eine schlechte Note bekommen haben.«

Jo klopfte gegen die Wand.

»Hörst du das? Das ist die Realität. Lucio Sartori hat diese armen Frauen umgebracht, und so schrecklich das auch ist, sie werden nicht mehr lebendig werden. Deshalb: zum Teufel mit ihm. Du denkst, dass Krupp diesem Verrückten noch ein paar von Levadas ungelösten Fällen zugeschrieben hat, damit *die Hand Gottes* für immer ins Körbchen geschickt werden konnte. Glückwunsch. Das ist der perfekte Tunnelblick, Champion.«

»Schwachsinn.«

»Du siehst nur, was du sehen willst. Die Prostituierte aus

Trento, Federica Tezzele. Die am Tag nach Lorena Hallers Tod umgebracht wurde. Der Täter wurde nie gefunden. Warum gehst du dieser Sache nicht nach? Oder die Touristin von 1984? Warum ermittelst du da nicht?«

»Soll das eine Predigt werden?«, unterbrach ihn Milla. »Ausgerechnet von dir? Zelle X, Jo. Seit wann weißt du davon? Du hast nie darüber geschrieben. Du bist Levadas Marionette und bist es immer gewesen.«

»Nehmen wir mal an, du hast recht. Nehmen wir an, dass es möglich wäre, hier in 39100 Bozen zu arbeiten, ohne sich gut mit denen zu stellen, die in der Questura etwas zu sagen haben. Ich akzeptiere deine Vorwürfe und beginne noch mal von vorn. Was weißt du über Levada?«

»Ich habe von der Levada-Methode und der Zelle X gehört. Laut meinen Quellen wird die Levada-Methode systematisch eingesetzt, seit wer weiß wie vielen Jahren. Sie ist bestialisch. Unmenschlich.«

»Wo sind die Beweise? Konkrete Beweise, kein Klatsch und Tratsch?«

»Ich kann danach suchen.«

Jo lachte.

»Ein Commissario, der die Gefangenen schlägt? Viel Glück, Champion. Du behauptest, dass Levada Sartori schon 1985 hätte festnehmen können und du fühlst dich durch Krupp bestätigt, oder? Applaus für euch beide. Ihr seid wahre Meister darin, im Nachhinein alles besser zu wissen.«

»Levada«, erwiderte Milla scharf, »hat eine arme Haut in den Selbstmord getrieben, nur weil der seine Tür nicht öffnen wollte. Ein harmloser Mann, der an Depressionen litt. Levada hat eine schwangere Frau, deren Tochter gerade umgebracht worden war, tagelang verhört. Und Sartoris Messer lag derweil im Mülleimer vor dem Haus. Das ist kein Nachhinein, Jo, das ist wie aus dem Lehrbuch.«

»Gut, vielleicht hätte er die Tatwaffe suchen können, vielleicht hätte die Spurensicherung Sartoris Fingerabdrücke darauf nachgewiesen. In Ordnung. Aber war Sartori aktenkundig? Nein. Es hätte nichts gebracht. Weißt du, was an deinem Szenario realistisch ist?«

»Giulia«, antwortete Milla.

Jo deutete mit dem Zeigefinger auf ihn, die Adern an seinem Hals zeichneten sich deutlich ab. »Hast du schon einmal ein fünfzehnjähriges Mädchen gesehen, das zerstückelt worden ist? Ich war damals vor Ort, mein Junge. Ich war da. Weißt du, dass Levada geschieden ist? Seine Frau hat ihn 1986 verlassen, weil er nicht mehr er selbst war. Sie war auch Polizistin, Champion, und nicht irgendwer, sie ist mit ihm durch Himmel und Hölle gegangen. Weißt du, was das heißt?«

Jo versuchte sich zu beruhigen. Es gelang ihm nicht.

Er wurde lauter.

»Wie oft hast du Marion Haller auf der Straße getroffen? Hast du sie einmal gefragt, was sie empfunden hat, als man Sartori die Handschellen anlegte? Und die Familie Wieser? Kennst du die Verzweiflung darüber, sich einem Typen anvertrauen zu müssen, der sich als Psychologe aufspielt, in Wahrheit aber ein Scharlatan ist, und das nicht mal gemerkt zu haben? Das schlechte Gewissen, in dieser Nacht die Tür nicht aufgemacht zu haben? Beim Prozess hatten alle Opferfamilien Pflichtverteidiger, und weißt du, warum? Weil sie kein Geld für einen Anwalt haben und sich schämten, um Hilfe zu bitten. *Sie* schämten sich, Champion, nicht Sartori. Verstehst du das?«

Milla wollte etwas erwidern, aber der Chefreporter donnerte mit der Faust auf den Schreibtisch.

»Manfredi und Krupp haben den Prozess auf psychiatrischen Gutachten aufgebaut. Etwa um abzulenken? Regel Nummer eins: für Gesprächsstoff sorgen. *Gesprächsstoff*, verstehst du? Hast du mir nicht zugehört? Beweise, Indizien, das sorgt nicht für Gesprächsstoff. Psychiatrische Gutachten schon. Die Leute diskutieren. Die Leute regen sich auf. Ist Sartori verrückt oder nicht? Wird er ins Gefängnis gehen oder für unzurechnungsfähig erklärt? Nur das zählt. Manfredi und Krupp haben die öffentliche Meinung benutzt, um Druck auf das Gericht auszuüben, und sie haben es gemacht, um uns endgültig von diesem Albtraum zu befreien.«

Jo sackte in sich zusammen. Er war am Ende seiner Kräfte. »Ich frage dich das nur ein einziges Mal, Alex. Weil ich weiß, dass du es draufhast und irgendwann der Idiot sein wirst, der hinter diesem Schreibtisch sitzt. Was hast du in der Hand?«

Milla spürte, wie ihm die Tränen in die Augen stiegen.

Es war das erste Mal, dass Jo ihn beim Namen nannte.

»Vergiss es.«

»Du ruinierst dir dein Leben.«

Milla antwortete nicht.

Stand auf und ging.

Er hörte Jo hinter sich schimpfen. »Willst du Kinder mit Iris, oder wirst du sie mit deinen Geschichten quälen, bis sie die Nase voll davon hat? Was wirst du machen, wenn du einsam bist wie ein Hund? Wenn du in den Spiegel blickst und in ein Gesicht schaust, das so aussieht wie meins, du Idiot? Weißt du, was es heißt, einsam zu sein? Weißt du das?«

SAMSTAG, 11. NOVEMBER 1995

Nacht

Das Klingeln des Telefons unterbrach Raffaele-vielleicht-auch-Emanuele, während er ihr *die Ansprache* halten wollte. Es gab drei Versionen, und Arianna kannte sie alle. Nummer eins: *Ich muss dir sagen, dass*, danach folgten fragmentarische Informationen zu Ehefrauen und/oder Freundinnen. Aber für Raffaele-vielleicht-auch-Emanuele spielte Treue keine Rolle. Er war nicht der Typ für eine monogame Beziehung. Auch Nummer zwei schloss sie aus: *Es war schön mit dir, aber wir sollten uns nicht zu sehr aufeinander einlassen und die Sache nicht zu ernst nehmen, um andere Optionen auszuschließen.* Blieb nur Nummer drei: Raffaele-vielleicht-auch-Emanuele wollte in seiner Männlichkeit bestärkt werden.

»Sag nichts.«

Die Zeiger des Weckers auf dem Nachttisch standen auf 23.26 Uhr. Sie nahm ab.

»Lici.«

Die Verbindung war schlecht: »Rate mal, wer dran ist.«

Es war nicht die Verbindung, die schlecht war, der Anrufer war betrunken. Arianna zog die Augenbrauen hoch. Die lallende Stimme hatte ihr eine Adresse genannt, sie ließ sie sich wiederholen, und er legte auf.

»Du musst gehen.«

Raffaele-vielleicht-auch-Emanuele erhob sich träge. »Ich war noch nie mit einer Polizistin zusammen.«

»Das Erlebnis wird sich nicht wiederholen, keine Sorge.«

Raffaele-vielleicht-auch-Emanuele zog sich hastig an, und als er die Wohnung verlassen wollte, rief Arianna ihm hinterher: »Warte, wie heißt du noch mal?«

»Leck mich.«

Arianna steckte die Beretta zwischen Jeans und Pulli. »Okay, aber Raffaele-leck-mich oder Emanuele-leck-mich?«

»Daniele.«

15 Minuten später parkte Ispettrice Lici den Opel Corsa in der Via Pacinotti, zweihundert Meter von der Kreuzung mit der Via Volta entfernt, nahe dem Iveco-Gelände. Sie musste nicht lange warten. Zuerst tauchten die Scheinwerfer auf, dann kam Jos Golf GTD schlingernd zum Stehen. Der Chefreporter der *Voce delle Alpi* stieg aus und hielt ihr eine Flasche Cognac hin.

»Auch ein Schlückchen?«

»Das ist nicht meine Vorstellung eines gelungenen Samstagabends, Jo.«

»Du redest wie eine von denen.«

»Denen?«

»Eine von den Bulldoggen«, erwiderte Jo, »aber du bist keine von denen.«

»Hast du mich deshalb kommen lassen?«

»Ein Ausflug in die postindustrielle Zeit und gute Gesellschaft. Was will man mehr?«

Arianna drehte sich um. »Gute Nacht.«

Jo packte sie am Arm, und Arianna fuhr blitzschnell herum. Sie schnappte sein Handgelenk, drehte ihm den Arm auf den Rücken und zwang ihn auf die Knie. Die Cognacflasche zerschellte am Boden.

»Lass das«, jammerte der Journalist, »du bist halb so alt wie ich. Etwas mehr Respekt bitte!«

»Samstagabend im San Maurizio, wie wäre das?«

»Milla.«

Arianna ließ ihn los. »Dein Fußabtreter?«

Jo massierte sich die schmerzende Schulter. »Mach nicht den Fehler, ihn zu unterschätzen.«

»Was hat er getan?«

»Es geht darum, was ihr getan habt, nicht er. Er macht nur seinen Job. Und den macht er gut.« Auf Jos Gesicht erschien ein Lächeln, das Arianna bei ihm noch nie gesehen hatte. Was war das? Zufriedenheit? Zuneigung? »Er hat vom Besten gelernt. Er weiß von der Zelle X, er weiß von der Levada-Methode. Er durchforstet die Prozessakten von Sartori. Er sagt, es gibt in den Fällen Marlene Wieser und Mirella Gatti keine Beweise. Er stellt eine Menge Fragen.«

»Sartori hat viermal lebenslänglich bekommen. Vier Mal. Hast du verstanden? Die Zelle X und die Levada-Methode sind Schnee von gestern. Geschichte.«

Jo blinzelte: »Sicher?«

Das Alphaweibchen trat einen Schritt auf ihn zu. »Hast du Zweifel?«

Wieder das nervige Kichern.

»Du bist keine von denen.«

Auf eine Provokation immer mit einer Provokation antworten. »Soll das heißen, dass ich dir keine Angst mache?«

»Im Gegenteil, *Mademoiselle.* Du machst mir mehr Angst als alle anderen zusammen.«

SONNTAG, 12. NOVEMBER 1995

Morgen

In das Messingschild an der Tür hatte jemand *STIRB* geritzt. Die Rollläden waren heruntergelassen, und Avvocato Santin zog sie auch nicht hoch. Sein Besuch würde nicht lange bleiben. Seit ihrer letzten Begegnung am 8. März 1994 hatte er sich einen Schnurrbart wachsen lassen.

»Ich weiß, dass Ihnen der Prozess Sartori einige Kopfschmerzen bereitet hat«, begann Milla.

»Soll ich Ihnen die Drohbriefe zeigen? Wollen Sie wissen, wie oft ich meine Telefonnummer wechseln musste? Oder soll ich Ihnen erzählen, dass sich meine Freunde in Luft aufgelöst haben? Was Druck ist, weiß man erst, wenn man ihn selbst erlebt.«

»Seitens der Presse oder der Öffentlichkeit?«

»Beides und die Staatsanwaltschaft obendrauf. Es gab keinen Tag, an dem Manfredi mich nicht angerufen hat. Egal, ob Tag oder Nacht. Nichts Illegales, er wollte eine ständige Verbindung zwischen Anklage und Verteidigung, aber ich wusste genau, was er vorhatte.«

»Sie zu belagern.«

»Es war ein Gerichtsprozess, aber es kam mir wie ein Boxkampf vor.«

»Ich habe die Akten gelesen«, sagte Milla, »und ich glaube, Sie haben Ihr Bestes gegeben. Vor allem, wenn man bedenkt, in welcher Position Sie waren.«

Der Anwalt legte die Fingerspitzen aneinander. »Und damit kommen wir zum Anlass unseres Treffens. Haben Sie den Brief?«

Iris und Milla hatten die ganze Nacht gebraucht, um ihn zu schreiben.

»Wie wasserdicht war die Rekonstruktion der Staatsanwaltschaft, Avvocato?«

Santin schien die Frage zu überraschen. »Bitte?«

»Sie haben Sartori verteidigt«, fuhr Milla fort, »und Sie wussten, dass er schuldig ist, zumindest in den Fällen Haller und Zanni. Ich weiß, dass jeder Mensch das Recht auf einen Verteidiger hat, aber …«

»Einen Moment. Sie haben den Kern der Sache nicht verstanden, wie mir scheint. Wenn ich mich im Gerichtssaal hingesetzt und gesagt hätte: Mein Mandant ist schuldig, und die Anklage ist hieb- und stichfest, wären alle zufrieden gewesen. Schulterklopfen, Unbekannte hätten mir einen Kaffee spendiert, lobende Schlagzeilen in der Presse.«

»Wie für Krupp und Manfredi.«

Santin strich sich über den Schnurrbart. »Und das, weil alle denken, dass die Anklage auf der Seite des Opfers ist, während die Verteidigung alles dafür tut, den Angeklagten von seiner Schuld reinzuwaschen.«

»Ist das denn nicht so?«

»Wir Verteidiger sind auf der Seite der Opfer, Signor Milla. Sie haben ein Recht auf Wahrheit, und die Wahrheit kommt nur ans Licht, wenn die Verteidigung die Anklage zwingt, lückenlose Beweise zu liefern, um jeden Zweifel auszuräumen. Die Verteidigung ist der Garant der Wahrheit, nicht die Anklage.«

Auf diesen Gedanken war Milla noch nie gekommen.

»Sie wollen wissen«, fuhr der Anwalt fort, »ob ich mit den Schlussfolgerungen der Staatsanwaltschaft einverstanden bin?

Sicher bin ich das. Krupp und Manfredi haben einwandfrei gearbeitet.«

»Keine Zweifel?«

»Sartori ist ein Monster. Haben Sie die drei psychiatrischen Gutachten gelesen?«

»Ja, der eine Psychiater hielt ihn für schuldunfähig, der andere für schuldfähig, der dritte für sowohl als auch.«

Das sorgt für Gesprächsstoff.

»Aber alle waren sich einig, dass Sartori eine Gefahr für die Gesellschaft ist. Wissen Sie, was der ›WAIS‹ ist?«, fragte Santin.

Milla hatte den Begriff in den Akten gelesen. »Ein psychologischer Test.«

»Ich bin kein Experte, aber bei einigen von Sartoris Antworten lief es mir eiskalt den Rücken herunter. Auf die Frage nach einer Definition für den Begriff ›Steuern‹ antwortete er: ›Die brauchen immer Geld.‹ Beim Begriff ›Sprache‹ sagte er: ›Jemandem etwas vorhalten‹, und bei ›Lob/Strafe‹ kam ›Lebensregeln‹. Seine Einschätzungen sind erschütternd banal, er wiederholt, was er in seiner Umgebung aufschnappt. Sartori ist ein leerer Mensch.«

»Ein leerer Mensch, der tötet.«

Santin präzisierte: »Ein leerer Mensch, der *gerne* tötet. Und jetzt geben Sie mir diesen Brief. Ich habe zu tun.«

Milla hielt ihm den Umschlag hin.

»Es handelt sich um eine Art Interview. Es wird nicht lange dauern, die Fragen zu beantworten. Ich wäre Ihnen dankbar, wenn …«

Santin riss ihm den Brief aus der Hand.

Angewidert.

»Und jetzt raus hier.«

SONNTAG, 12. NOVEMBER 1995

Nachmittag

Arianna stand mit dem weißen Fiat Uno an der Kreuzung der Via Parma mit der Via Sassari. Es war 15 Uhr und kalt, aber die Sonne gab ihr Bestes, um den Tag so angenehm wie möglich zu machen, die Außentische der Bar waren voll besetzt.

Neben Arianna saß Lombardi und kaute Kaugummi, dabei betrachtete er die Passanten. Er hielt das Funkgerät vor den Mund und drückte auf den roten Knopf.

»Dreizehn, erkennt ihr den mit den rosa Hosen wieder?«

Dreizehn, ein blauer Seat, der neben den Müllcontainern gegenüber der Kreuzung parkte, antwortete mit höhnischem Gelächter.

»Der liebe Jean-F.«

Arianna zeigte auf den Maghrebiner, der rauchend an der Ampel auf Grün wartete. Er ahnte nicht, dass er im Zentrum der Aufmerksamkeit von vier gelangweilten Polizisten stand. Er hatte zugenommen. Und ja, er trug eine rosa Hose.

»Jean-François Naimi.«

»Ist gut gelaunt, so, wie er mit dem Hintern wackelt«, meinte Lombardi.

Dreizehn lachte ebenfalls.

»Schluss jetzt«, zischte Arianna und massierte sich den Nacken.

»Zwölf, Ende«, sagte Lombardi.

»Ist er schon draußen?«

»Kommt vor«, war die Antwort, »aber das ist eine Geschichte

mit Happy End, so wie wir sie lieben, Ispettrice. Erinnern Sie sich an Claudia Perathoner? Die Frau, die eine Beziehung mit Jean-F. hatte, während dieses perverse Schwein sie mit der verrückten Elena Carpi betrog? Sie sind immer noch zusammen. Ich habe es mit eigenen Augen gesehen. Wie die Turteltäubchen.«

Krupp hätte gesagt: *Amor, ch'a nullo amato amar perdona.*

Arianna dachte: Solange sie nicht das gleiche Ende nimmt wie Alice Schwarz.

Ihr Nacken tat höllisch weh. Natürlich Jos Schuld.

»Mir reicht's, ich geh rein.«

Das Ziel ihrer Observation war Michele Romanini, 23, eins siebzig, ein schlampig tätowierter Stern auf dem linken Handgelenk. Informanten hatten Lombardi gesteckt, dass Michele Romanini jetzt auch mit Waffen handelte. Und eine davon war in Piras' Händen gelandet.

Arianna warf einen Blick ins Innere der Bar. Ein Flipper, um den lärmende Jugendliche standen, einige Rentner, die die *Gazzetta dello Sport* lasen, zwei Fernseher, auf denen verschiedene Programme liefen, eine altmodische Jukebox, Pärchen und Geplauder. Romanini saß etwas abseits und machte einen auf Scarface.

Arianna dachte: Viel Lärm um nichts.

Sie setzte sich zu ihm und sagte kein Wort, bis der Kellner ihr ein Corona brachte. Sie nahm die Zitrone heraus, warf sie in den Aschenbecher und zündete sich eine Lucky Strike an.

»Wer sagt mir, dass du kein Polizist bist?«, fragte sie.

»Wer sagt mir, dass du keine Polizistin bist?«

Arianna trank einen Schluck. »Sind hier nicht zu viele Leute?«

Romanini richtete sich die Frisur. »Hast du Geld?«

Arianna deutete auf ein Buch von Ken Follett. »Hier drin.«

Unter dem Tisch lag eine Schachtel, die er mit dem Fuß in ihre Richtung schob. Das Gewicht passte.

Romanini griff nach dem Buch und kontrollierte den Betrag.

»Es war mir ein Vergnügen.«

»Moment«, sagte Arianna. »Vertrauen ist nicht meine Stärke.«

Der Depp hatte eine Schleife um die Schachtel gebunden. Vielleicht hielt er das für witzig.

Arianna löste das Band und schaute hinein. Ein Revolver.

Sie lächelte. »Du bist ein Schatz.«

Das Lächeln war das gleiche, das sie für die Raffaele-vielleicht-auch-Emanueles reserviert hatte.

Zwei Minuten später saß Romanini schluchzend auf dem Rücksitz des weißen Fiat Uno, die Gäste der Bar applaudierten, die Bulldoggen hatten ihren Spaß, und Arianna dachte, es sei an der Zeit zu verschwinden.

In der Tasche hatte sie einen Zweitschlüssel der Stadtbibliothek. Eine Freundin, die dort arbeitete, schuldete ihr noch einen Gefallen. Arianna wollte mehr über Jos Schützling, diesen *Wie-auch-immer-Milla*, erfahren. Der Chefreporter der *Voce delle Alpi* hatte sie gewarnt: Mach nicht den Fehler, ihn zu unterschätzen. Das letzte Mal, dass Arianna jemanden unterschätzt hatte, war der 20. Juli 1992 gewesen.

Das würde ihr nie mehr passieren.

Sie nahm eine Schmerztablette.

SONNTAG, 12. NOVEMBER 1995

Nacht

Diesen Anblick einfach nur Sternenhimmel zu nennen, war lächerlich. Myriaden leuchtender Edelsteine in den Klauen der kosmischen Dunkelheit. Alpha und Omega hatten diese Farbe: ein unendliches Schwarz in einer noch größeren Schwärze.

James A. Lovell Jr., John L. Swigert und Fred W. Haise Jr. befanden sich 330 000 Kilometer von der Erde entfernt. Der kleine blaue Planet war der einzige, auf dem Blumen wuchsen. Aber er war ungeschützt.

Haise hatte gerade die Kontrolle des LEM-Systems abgeschlossen, Lovell setzte die Kamera wieder in Gang, Swigert bekam Anweisungen der Capcom. Sie mussten die Position des Raumschiffs um wenige Grad verändern. Der Auftritt des Kometen C/1969 Y1 (Bennett) würde ihnen spektakuläre Bilder liefern. Auch die NASA brauchte Anzeigenkunden.

95 Sekunden später fing die Aluminiumdose, in der die drei eingeschlossen waren, an zu wackeln. Die Lichter flackerten. Die kosmische Finsternis begann gegen die Bullaugen zu drücken.

Tom Hanks meldete sich und sagte den Satz, der in die Annalen des Kinos eingehen würde: »Houston, wir haben ein Problem.«

Drei Sekunden später, um 23.17 Uhr, sprang Iris auf und rannte aus dem Capitol-Kino. Milla eilte ihr nach. Er war blass, verwirrt und voller Angst.

Iris stützte sich mit den Händen gegen die Hauswand, die Passanten auf der Via Streiter starrten sie angewidert an: noch eine Fixerin.

Milla legte ihr die Jacke über die Schultern, aber das Blumenmädchen schüttelte sie ab. Die Haare klebten ihr auf der Stirn, in ihren grauen Augen lag Panik. Sie schwitzte und zitterte, als hätte sie Fieber.

»Es ist dunkel«, keuchte sie, »alles dunkel. Alles …«

»Iris …«

»Dunkel, Alex. Genau wie in diesem verfluchten Film.«

»Beruhige dich …«

»Lorena Haller«, brach es aus ihr heraus, »Brief, *Modus Operandi*, Geständnis. Patrizia Zanni: quasi in flagranti erwischt, Geständnis. Giulia Nicoletti: Geständnis. Warum hätte er etwas gestehen sollen, was er nicht getan hat? Um im Mittelpunkt zu stehen? Um den *Body Count* zu erhöhen? Nein, sonst hätte er auch die Morde an Wieser und Gatti zugegeben. Aber das hat er nicht. Das hat er nicht, oder?«

»Lass uns nach Hause gehen, okay?«, sagte Milla mit sanfter Stimme.

Iris war wie gelähmt. »Du hast dem Anwalt den Brief gegeben, vielleicht liest Sartori ihn gerade, in diesem Augenblick …«

»Lass uns nach Hause gehen«, wiederholte Milla und nahm sie in den Arm. »Wir werfen die Akten weg und vergessen das alles, ja?«

Sie klammerte sich verzweifelt an ihn. »Wir tun nichts Schlechtes, aber wir geben einem Serienkiller recht. Und das macht alles so …«

Milla zerriss es fast das Herz.

»… dunkel.«

Nein, Iris allein.

»Werden wir einen Weg aus der Dunkelheit finden, Alex?«

Milla dachte: Es gibt nur einen.

MONTAG, 13. NOVEMBER 1995

Es waren gerade mal sieben Grad, aber durch den Aufstieg war ihm warm geworden. Das Zittern hatte mit der Kälte nichts zu tun. Dabei hatte diese Landschaft gar nichts Furchterregendes. Buchen, Birken, Flaumeichen und Tannen wechselten sich mit Rebenterrassen ab. Im Frühling musste es hier wunderschön sein. Im Winter, karg und ohne Schnee, sah es eher traurig aus.

Aber auch wenn er sich das immer wieder einredete, die Angst verschwand nicht.

Die Straße war schmal. Seine Stiefel fanden auf dem rutschigen Untergrund kaum Halt. Rechts von ihm ging es steil bergab. Da unten floss der Isarco mit seinem eiskalten Wasser, daneben die A 22 mit ihrem unablässigen Verkehr und die Staatsstraße 12.

Um 15.13 Uhr tauchte zwischen den Ästen mit den dunkel gefärbten Blättern der Flaumeichen der Heuschober auf, in dem Roland Roth hauste.

Das Dach war teilweise eingestürzt, und der Farbe der Balken nach zu urteilen, hatte es wohl mal einen Brand gegeben. Der Putz war abgebröckelt, die Fenster hatten keinen Rahmen und keine Scheiben mehr und waren mit Wellblech und Planen zugehängt. Rund um die Ruine stapelte sich der Abfall, es stank bestialisch, Milla rang nach Luft: kaputte Fahrräder, vom Regen aufgequollene Möbel, defekte Elektrogeräte, die vom Schrottplatz stammen mussten. Wäsche auf einer improvisierten Leine, dazu Bettwäsche und Decken. Haufenweise Alteisen, etwas weiter hinten standen ein weißer Golf ohne Reifen und ein Piaggia-Kleintransporter mit abblätterndem grünem Lack. Der dunkelgraue Opel Kadett parkte am Rand der Lichtung neben einem windschiefen Apfelbaum. Das Kennzeichen stimmte mit dem, das Christine am 22. Oktober notiert hatte, überein.

Erik.

Dreimal unterstrichen.

Milla wechselte die Fototasche von einer Schulter auf die andere und ging näher. Er hatte das Gefühl, über einen Leichnam zu laufen.

Nach wenigen Schritten hörte er die Stimme.

»Hey.«

Ein Mann tauchte auf: dunkle Cordhose. Speckiges, kariertes Flanellhemd. Starke Arme. Kurze graue Haare, tiefe Falten auf der hohen Stirn, lange Koteletten. Hände wie Schaufeln. Das Gesicht war ausdruckslos, die dunklen Augen wirkten wie Knöpfe. Und ja, er sah alt aus.

»Hey?«, wiederholte er.

Milla dachte: Dein freundliches Lächeln, das du jedes Mal bei den Interviews aufgesetzt hast, wenn du einen Drogenabhängigen aus der Reserve locken wolltest, war nur eine Vorübung für diesen Moment.

»Roland Roth?«, fragte er betont locker und klammerte sich an die Geschichte, die er sich zusammen mit Iris ausgedacht hatte. »Ich heiße Alex, ich bin ein Freund von Signor Moser. Von Hans.«

Der Mann stank nach Alkohol, Schweiß und Dreck.

Die Knopfaugen waren voller Misstrauen.

»Signor Moser meinte, Sie könnten mir helfen.«

Roth zog ein verdrecktes Taschentuch aus der Hosentasche und wischte sich die Hände ab.

»Haben Sie Arbeit für mich?«

»Gewissermaßen. Mein Chef hat ein Antiquitätengeschäft in der Stadt. Ich suche nach alten Sachen, die wir an Touristen verkaufen könnten. Signor Moser meinte, Sie hätten da einiges.«

»Die Touristen zahlen gut?«

»Sie können sich gar nicht vorstellen, wie gut.«

In Roths Knopfaugen lag ein verdächtiges Glitzern. Und *hinter* dem Glitzern erkannte Milla eine rasche Bewegung. Etwas, das er nicht sehen wollte und sehen sollte.

Iris hätte gesagt: Alpha und Omega.

Milla wandte den Blick ab.

»Geld kann man immer brauchen«, sagte Roth und streckte ihm die Hand hin.

Milla bemühte sich, die Schritte zu zählen. Beim fünften spürte er einen festen Händedruck. Dieser Mann könnte ihm mit seinen riesigen Händen den Kopf abreißen, ohne dabei auch nur ins Schwitzen zu kommen.

»Was kaufen sie so?«

Milla zwang sich zu einem erneuten Lächeln. »Bilder, Kunstdrucke, alte Gebrauchsgegenstände, Geschirr, Töpfe. Handgefertigte Möbel. Aber besonders gut gehen Werkzeuge von früher, die Touristen sind verrückt danach. Gartenhippen, Sicheln. Sogar Messer.«

»Was machen die damit?«

Lächeln. »Sie sagen, die wären dekorativ.«

»Das sind Idioten, oder?«

»Noch ein Grund mehr, sie abzuzocken.«

Roth lachte. Sein Gebiss war lückenhaft, die Lippen dünn. Er drehte sich um und ging auf die Tür des Heuschobers zu. Sie hing schief in den Angeln und war mit einer Schnur gesichert, die man für Dachgepäckträger benutzte. *Fünf oder sechs Millimeter Durchmesser.*

Milla dachte: Marlene Wieser, neunzehn Jahre, vierzehn Messerstiche, rosa Turnschuhe und …

Er musste den Kopf einziehen, um nicht gegen den Querbalken zu stoßen. Es dauerte eine Weile, bis sich seine Pupillen an die Dunkelheit im Inneren gewöhnt hatten, anfangs erkannte er nur Schemen. Dann vermooste Balken, Spinnweben, die von der feuchten Decke herabhingen, verzogene, fleckige Möbel, der Boden war zugemüllt mit leeren Dosen und Lumpen.

»Es braucht Licht«, sagte Roth. »Moment.«

Er verschwand in einer noch dunkleren Ecke.

Milla dachte: Ich ersticke.

Er dachte: Luft.

Er trat einen Schritt zurück und stolperte, etwas zischte wie eine Schlange. Er blickte nach unten in die weit aufgerissenen Augen einer blonden Frau. Sie war nach vorn gebeugt, ihre Brüste konnten nicht echt sein. Hinter ihr stand ein schweißglänzender Schwarzer Mann und war dabei, in sie einzudringen. Eine Brünette mit gespreizten Beinen sah ihnen zu. Sie trug eine Kette mit walnussgroßen Perlen, sonst nichts. Sowohl die Blonde als auch die Brünette hatten den Mund weit aufgerissen.

Der Boden des Heuschobers war mit Pornozeitschriften bedeckt.

Roth schaltete eine batteriebetriebene Lampe ein.

Milla blinzelte, der Lichtstrahl schwankte hin und her.

»Interessiert dich was?«

An ungehobelten Regalbrettern baumelten Töpfe und Pfannen, ihre überlangen Schatten erinnerten an Erhängte. Der Lichtstrahl flackerte. Ein verrußter Ofen. Ein verrosteter Kanister, auf dem ein rechteckiger Spiegel stand, daneben ein Rasiermesser. War das auf der Klinge Rost oder Blut? Von der Decke herab hingen Schnüre von fünf oder sechs Millimeter Durchmesser, wie Girlanden. An einige waren Messer gebunden. In allen Größen.

Die Messer sagten: Alex Milla, 24, ein Meter zweiundsiebzig, keine sechzig Kilo, Wald-und-Wiesen-Journalist bei der *Voce delle Alpi*, multiple Stichwunden, durchgeschnittene Kehle.

Er hat es selbst herausgefordert.

Einen Moment lang meinte Milla die Blondine am Boden stöhnen zu hören.

Dann wurde ihm klar, das war nicht sie, das Stöhnen kam von ihm.

Er presste die Lippen zusammen, fast hätte er sich auf die Zunge gebissen.

»Sind diese Messer alt?«, fragte er.

»Mögen Touristen Sachen, die scharf sind?«

»Die sind eben komisch.«

Roth stellte die Lampe auf den Boden. »Dann bist du also auch ein Tourist. Du bist nämlich auch komisch, weißt du?«

»Die ganze Welt ist komisch geworden. Ich gebe nur mein Bestes.«

»Ja, die Welt ist komisch«, stimmte Roth zu und breitete die Arme aus. »Weißt du, wie viele Leute früher hier gelebt haben? Ganze Familien. Überall Kinder. Sie lachten und spielten.«

Eines der Messer hatte eine Doppelklinge. Schmal. Etwa zwölf oder dreizehn Zentimeter lang.

Habe ich mein Mädchen umgebracht?

Habe ich …

»Und jetzt?« Roland Roth alias Erik steckte nachdenklich die Hände in die Taschen. »Hier ist alles anders geworden. Aber es lebt sich besser als in der Stadt. Auf alle Fälle.«

Milla spürte seinen stechenden Blick, diese dunklen Knöpfe, sah das Glitzern, das ihm bis in die Seele drang und sie besudelte. Er dachte: *Der Teufel kehrt immer zurück.*

Angewidert drehte er den Kopf weg und entdeckte etwas, einen unauffälligen Gegenstand, der Übelkeit und Angst in blanke Panik verwandelte.

Alpha und Omega.

Das Herz der Finsternis.

Auf dem Ofen, neben einer Madonna mit gefalteten Händen, stand ein Foto in Passbildgröße. Es zeigte das Gesicht einer Frau: kurze Haare, große, dicke Brille mit getönten Gläsern. Milla fragte sich nicht, um wen es sich handelte, weil neben dem Foto noch etwas lag, das ihm den Magen umdrehte.

Er dachte: *Ich liebe Dich, aber nur ein bisschen.*

Er dachte: Fakten.

Beweise.

Er schrie *nicht.* Er rannte *nicht* weg. Zu seiner panischen Angst hatte sich eine merkwürdige Ruhe gesellt. Vielleicht hatte er akzeptiert, dass er hier nicht lebend rauskommen würde, oder es war eine Vorstufe zum Wahnsinn, der ihn mit offenen Armen empfing.

Er dachte: Wie kann der Weise den Mond klauen?

Mach das, was du am besten kann, Champion. Spiel den Idioten.

Er deutete auf das Passbild und lächelte.

»Ihre Frau, Signor Roth?«

»Ich habe keine Frau, sie ist eine alte Freundin. Vor Jahren verstorben. Das Foto ist nicht zu verkaufen.«

»Die Madonnenstatue interessiert mich sowieso mehr. Darf ich ein Foto davon machen? Touristen sind scharf auf religiöse Gegenstände.«

Roth kratzte sich mit dem Daumennagel übers Kinn.

Milla öffnete die Fototasche und holte die Nikon heraus: Streng dich an, Champion.

Fast hätte er gelacht.

Roths Gesicht verfinsterte sich.

Milla nahm den Verschluss des Objektivs ab. Er fiel zu Boden.

Houston? Wir haben ein Problem.

Er hob ihn nicht auf.

Milla dachte: Teddybären.

Er seufzte und hoffte, dass er sich das Lachen verkneifen konnte. Er hoffte, dass das Licht der Lampe für ein Foto reichen würde. Er hoffte, dass Roth ihm nicht mit dem schmalen, zwölf oder dreizehn Zentimeter langen Schweinemesser die Kehle durchschneiden würde.

Er dachte: Alex Milla, 24, ein Meter zweiundsiebzig, nicht mal sechzig Kilo, Wald-und-Wiesen-Journalist bei der *Voce delle Alpi*, multiple Stichwunden, durchgeschnittene Kehle.

Würde Egger Hals- oder Kehlenschnitt feststellen?

Milla stellte die Madonna und das Foto mit der kurzhaarigen Frau scharf, dann zoomte er an das heran, was aus dem gleichen Material wie Albträume gemacht war: ein Elefantenanhänger.

Der Elefantenanhänger.

Harley-Davidson-Jacke, gestreifter Schal.

Lisa.

Ich liebe Dich, aber nur ein bisschen.

Er drückte ab.

Die kleine Kirche des Deutschen Ordens in der Via Weggenstein war nur spärlich beleuchtet und nahezu leer. Die Fahnen an den Wänden, genau wie die Wappen, hatten für Ispettore Capo Lopez keinerlei Bedeutung. Der Ruhm der Männer aus der Vergangenheit war ein Witz. Man wurde geboren, lebte in der Illusion, eine Rolle in einem großen Stück zu spielen, und dann starb man. Der Rest war nur der Abspann.

Las den überhaupt jemand?

Lopez saß ganz hinten im Kirchenschiff, den Kopf gesenkt, die rechte Hand gegen die Rippen gepresst. Er suchte keinen Trost. Lopez kam wegen der Stille her. Die Stille hatte ihm immer Angst gemacht, aber der Tumor hatte alles verändert. Plötzlich war sie ein fundamentaler Teil seiner Tage geworden. Es ging ihm gut in der Stille, wie unter einer wärmenden Decke in eiskalter Nacht. Besser als eine Frau. Besser als die verstärkten Handschuhe in der Zelle X. Denn in der Stille wurde alles ganz leicht. Verlor an Bedeutung.

Aber sie währte nur kurz.

Sobald er auf die Straße trat, sprangen ihn die Geräusche an, mit ihnen kamen die Todesangst und das Gefühl, sein Leben verschwendet zu haben. Die Angst, nie wieder diesen Schauder zu spüren, den keine Droge, keine Frau jemals in ihm ausgelöst hatte: den Schauder der Jagd. Er setzte sich auf eine Bank.

Das Geräusch von Schritten ließ ihn aufblicken. Es war selten, dass sich jemand hierherverirrte. Doch diese Schritte waren schnell und entschlossen. Instinktiv griff Lopez in die Manteltasche, um die Beretta herauszuziehen. Es gab Leute, die nur allzu gern seinen Zustand nutzen würden, um sich an ihm zu rächen.

»Ab ins Körbchen«, beruhigte ihn die Stimme von Ispettrice Lici.

Das Alphaweibchen setzte sich neben ihn und hielt ihm eine Akte hin.

»Ich wusste gar nicht, dass Sie gläubig sind, Ispettore Capo.«

»Was ist das?«

»Unter anderem Ihr Antrag auf Beurlaubung, unterschrieben und genehmigt. Ab heute.«

Vor Lopez öffnete sich ein Abgrund. »Das können Sie mir nicht antun.«

»O doch, ich kann – und auch noch viel mehr, aber ich bin nicht hier, um zu streiten. Ich bin hier, weil ich Sie brauche.«

»Für was?«

»Ich gebe Ihnen die Chance, noch mal eine Bulldogge zu sein.« Arianna warf ihm einen durchdringenden Blick zu. »Ein allerletztes Mal. Schlagen Sie die Akte auf.«

Es waren Fotokopien aus der *Voce delle Alpi*. Dazu einige Anmerkungen in Licis ordentlicher Handschrift und ein Foto. Lopez vergaß nie ein Gesicht. Oder einen Namen.

»Alex Milla.«

»Jo sagt, er steckt seine Nase in den Prozess Sartori.«

»Gibt es etwas, das ich nicht weiß?«

»Ich möchte, dass Sie ihn im Auge behalten. Ich habe alles aufgeschrieben, was Sie wissen müssen.«

»Ihn im Auge zu behalten, heißt gar nichts.«

Arianna streckte den Rücken durch und dehnte den Nacken. »Jo meint, der Junge hätte Talent. Und ich stimme ihm zu. Ich habe seine Artikel gelesen. Die wichtigsten jedenfalls. Jo hat mir gesagt, dass Milla von der Zelle X und der Levada-Methode weiß.«

Lopez' sarkastische Stimme hallte von den jahrhundertealten Wänden der kleinen Kirche wider. »Der Junge hat das Rad neu erfunden. Will er das veröffentlichen? Damit handelt er sich eine Anzeige ein, und Jo wird ihm den Arsch aufreißen.«

»Ispettore Capo, Sie hören mir nicht zu«, wies ihn Arianna zurecht. »Milla ist wie die Menschen, die diese Kirche gebaut haben. Ein Kreuzritter. Wenn er sich aus der Deckung wagt, dann hat er etwas in der Hand. Und ich will wissen, was.«

»Bevor Krupp es erfährt, nehme ich an.«

Lopez war vieles, aber kein Idiot.

Das Alphaweibchen reagierte nicht.

»Ich bin als Levadas Bulldogge geboren«, grinste Rattengesicht, »und ich werde als Licis Bulldogge sterben. Wie klingt das?«

Arianna stand auf.

Lopez packte sie am Handgelenk.

Ihm standen Tränen in den Augen.

»Danke«, sagte er.

Sie hatte den Plan ausgetüftelt. Sie hatte die Zeiten für den Sonnenaufgang und den Sonnenuntergang berechnet, damit Alex im vollen Sonnenlicht im Heuschober war. Außerdem hatte sie ihr Sparschwein geknackt und zwei Handys gekauft, denn im Eisacktal war das Netz miserabel, und sich auf eine unsichere Technik zu verlassen war nicht klug. Und sie war es auch, die die schwierigste Entscheidung getroffen hatte: Alex würde alleine zum Heuschober gehen. Jemand müsste Jo verständigen können, Jo und nicht die Questura, denn Jo hatte beste Verbindungen, und vor allem: Sie war der perfekte Lockvogel für Leute wie Sartori und Roth.

Iris hatte an alles gedacht. Auch daran, dass Krupp nicht der richtige Ansprechpartner war. Sie kannte die Akten im Fall Sartori und auch die Geschichte von Lisa Kofler. Und sie wusste, dass ein Brief an den toten Verlobten tausendmal überzeugender war als die Vorstellung, dass Roth ein Serienkiller war, der der Polizei bei der aufwendigsten Menschenjagd, die jemals in der Region durchgeführt wurde, durch die Lappen gegangen war. Krupp hätte sie ausgelacht.

Außerdem: Zelle X. Levada-Methode. Führte Krupp die Tradition weiter? Milla hielt Krupp für sauber, Iris war weniger überzeugt.

Sie hatte an *alles* gedacht. Nur nicht an die Warterei.

Das hatte sie mürbegemacht.

Um 17.06 Uhr Millas Stimme am Telefon. »Ich komme.«

Mehr nicht.

Die Anspannung hatte sich gelöst, und Iris war in Tränen ausgebrochen.

Um 17.42 Uhr sah sie den Renault 5 vor dem Haus halten. Milla stieg aus, er schwankte und war leichenblass. Noch auf dem Treppenabsatz zog er sich aus, bat sie um einen Müllsack und stopfte alle Klamotten hinein. Er ging ins Bad und ließ Wasser in die Wanne, so heiß, dass es gerade noch erträglich war.

Iris zog sich ebenfalls aus und legte sich zu ihm in die Wanne.

Vom Seifengeruch wurde ihr schwindlig.

»Wir haben uns nie gefragt«, begann Milla, »wir haben uns nie gefragt, was er gedacht hat.«

»Wer?«

»Sartori. Als er am 22. März die Zeitung aufgeschlagen hat. Er hat gelesen …« Milla raufte sich die Haare. »Wie hieß sie noch, diese verdammte Schlagzeile?«

Voce delle Alpi, Sonntag, 22. März 1992.

»*Ein weiteres Opfer*«, zitierte Iris und packte ihn an den Handgelenken, um ihn zum Aufhören zu bewegen.

»Sartori betrachtete Marlenes Fotos, und weißt du, was er gesehen hat? Eine zierliche junge Frau, verletzlich. Perfekt für einen wie ihn. Er hat den Artikel gelesen, und alles stimmte. Die vielen Messerstiche, der abgelegene Tatort, die Grausamkeit. Nur dass er sich nicht erinnerte, es getan zu haben.«

Milla lachte auf.

Iris lief ein Schauer über den Rücken.

Milla brauchte eine Weile, bis er sich wieder beruhigt hatte. Dann sprach er weiter: »Am Anfang hat er vielleicht dagegen angekämpft, hat alles von sich weggeschoben, aber Lucio Sartori ist nur eine leere Hülle, er ist das Spiegelbild seiner Umwelt, und Marlenes Tod appellierte an seine schlimmsten Ängste.«

»Der Kontrollverlust.«

»Und an diesem Punkt wurde ihm bewusst, dass er es gewesen sein musste. Aber wie kann es sein, dass ein anderer auf die gleiche

Weise, im gleichen Zeitraum, im gleichen Gebiet getötet hat? Noch dazu den gleichen Frauentyp?«

Iris schüttelte den Kopf. »Genau das haben die Richter beim Prozess auch gedacht.«

Milla lachte erneut.

Ein schrilles, hysterisches Lachen.

Er brauchte lange, bis er weitersprechen konnte.

»Und dann … der Tumor, die OP, die Therapie – ein Gefühl von Ohnmacht, du bist in der Hand von anderen, die stärker sind als du. Noch einmal verlor er die Kontrolle. Und um seine Realität wieder in Ordnung zu bringen, reagierte er so, wie er immer reagiert hatte. Er tötete.«

»Aber Patrizia Zanni hat sich gewehrt, und er wurde damit konfrontiert, dass man niemals wirklich alles unter Kontrolle haben kann. Er bekam Panik und konnte festgenommen werden.«

Milla nickte vehement. »Erinnerst du dich, was in seinem Kofferraum war?«

»Patrizias Papiere«, antwortete Iris überwältigt, »er hat sie behalten, weil er einen konkreten Beweis brauchte, um sich an das zu erinnern, was er getan hatte.«

»Krupp und Manfredi sind überzeugt, dass sie den Serienmörder, Sartori, so stark unter Druck gesetzt haben, dass er die Kontrolle verloren hat. Aber in Wahrheit war es Roth. Er hat Marlene getötet.«

»Hat er dir das gesagt? Hat Roth gestanden?«, fragte Iris.

Milla packte sie an den Schultern und starrte sie mit weit aufgerissenen Augen an. »Er ist ein Monster. Der Gestank in diesem Heuschober … er hat Augen wie Knöpfe.«

»Knöpfe?«

»Schwarz und glänzend.«

Iris versuchte nicht mal, sich das vorzustellen.

»Was hat er gesagt?«

»Ich habe es gesehen, Iris, ich habe es *gesehen*. Ich habe Fotos gemacht. Fakten, keine Theorie. Ich habe Beweise. Er hat eine Art Altar aufgebaut, auf dem Ofen, dort liegt ein Anhänger. Ein Elefant. Lisas Elefant. Der Anhänger gehörte ihr, ich habe ihn erkannt. Roth hat ihn behalten, als eine Art …«

»Souvenir.«

»Da war auch ein Foto in Passbildgröße. Von einer Frau. Drogenabhängig, jede Wette. Das sah man. Roth sagte, sie sei eine alte Freundin. Aber wer verschenkt als Erinnerung ein Passbild?«

»Noch ein Souvenir?«

Millas Stimme war nur noch ein Flüstern. »Eine Postkarte aus dem All, Iris. Aus der Dunkelheit auf der anderen Seite des Mondes …«

»Wir müssen zu Krupp«, sagte Iris leise.

Ein Zittern lief über Millas Gesicht.

Seine Augen glühten.

»Dieses Passfoto, diese Frau. Ich will ihren Namen. Wenn sie drogenabhängig war und Roth kannte, dann war sie vielleicht auch Prostituierte. Ich will rausfinden, ob sie verschwunden ist. Ich muss nur ein bisschen herumfragen. Ich weiß, wie das geht. Dann gehe ich zu Krupp, und wir …«

Seine Stimme brach, und er begann zu weinen. Iris wiegte ihn hin und her.

»… befreien uns von dieser Geschichte.«

Das Wasser in der Wanne war schon lauwarm, als es Alex endlich gelang, ihr in die Augen zu sehen.

»Kannst du es mir sagen, bitte?«

Iris nahm sein Gesicht in ihre Hände. »Ich liebe dich, Alex.«

FRIDA

Dig a shallow grave
And I'll lay me down

THE SMITHS, SUFFER LITTLE CHILDREN

DIENSTAG, 14. NOVEMBER 1995

Morgen

Tommy hatte ihm versprochen, dass er sich gegen elf sehen lassen würde. Jetzt war es fast Mittag, und noch immer keine Spur von ihm. Milla war nervös, tigerte unruhig hin und her. Er und Iris hatten die ganze Nacht geredet und dabei so viel Kaffee getrunken, dass ihm die Hände zitterten. Aber wenn er geschlafen hätte, wäre es noch schlimmer gewesen.

»Scoop?«

Rizzi lehnte an der Heizung in der Nähe eines Fensters, das auf die Via Dante hinausging.

»Dein neuer Freund kommt«, frotzelte er und deutete auf die Straße, »und wie es aussieht, hat er eine Freundin mitgebracht. Ich weiß nicht, was ihr Perverses vorhabt, aber erinnere dich daran, dass du über eine Pressekonferenz in der Questura schreiben sollst. Punkt 17 Uhr, Largo Palatucci Nummer 1, Jo hat gesagt …«

»Was Jo gesagt hat, interessiert mich nicht.«

Wenige Minuten später schloss Milla hinter Tommy und seiner Begleiterin die Bürotür. Die Frau setzte sich und bat um Erlaubnis, rauchen zu dürfen.

Sie hieß Irene Lunelli, hinter einer goldumrandeten Brille glänzten ausdrucksstarke Augen. Sie trug eine dicke weiße Jacke. Im Gegensatz zu Tommy waren ihre Augen klar, wie eine Drogensüchtige wirkte sie nicht. Sie rauchte Dunhill.

Milla dachte: Sie sieht ihr ähnlich.

Milla dachte: Postkarten aus dem All.

»Ich bin Krankenschwester und arbeite in Meran. Tommy und ich kennen uns schon eine ganze Weile. Das hier ist Veronica«, sagte sie und zeigte ihm das Foto eines lächelnden Mädchens. »Sie ist nicht meine, sondern Fridas Tochter. Veronica ist fast fünf.«

Irene legte ein zweites Foto daneben, das in einer Fotokabine aufgenommen worden war. Eine Frau mit kurzen Haaren, hartem Gesichtsausdruck, kleiner Nase und dicken Brillengläsern. Es war das gleiche Bild, das Milla im Heuschober gesehen hatte.

Milla biss sich auf die Unterlippe.

Er dachte: Veronica sieht ihr ähnlich.

Die Geschichte, die Irene Lunelli erzählte, hatte Milla schon hundertmal gehört: Bei Frida hatte es begonnen wie bei so vielen anderen auch. Den falschen Mann getroffen, der sie mit den falschen Substanzen in Kontakt gebracht hatte. Sie hatte die Nächte auf der Straße verbracht. Und wie so oft war der falsche Mann verschwunden, aber das Heroin war geblieben.

»Frida wusste, dass sie keine Schönheit war und dass das Heroin sie schnell altern lassen würde. Sie hatte immer weniger Kunden, und die Sorgen ums Geld wurden dramatisch. 1990 hat sie Veronicas Vater kennengelernt. Er hat sie zum Dealen gebracht. Ich weiß, es ist schrecklich, und sicher lässt sich einiges über meine Schwester sagen, aber dumm war sie nicht, und ihr Kind hat sie über alles geliebt. Auf ihre Art war sie eine gute Mutter. Ich möchte, dass Sie das im Hinterkopf behalten, ja?«

»Es steht mir nicht zu, ein Urteil darüber zu fällen.«

Vielleicht glaubte Irene ihm, vielleicht auch nicht.

Aber Millas Antwort war aufrichtig gewesen.

»Am 31. Juli 1992 wurden Frida und ein gewisser Stefano Zago festgenommen. Zago war ein Geschäftspartner, kein Freund. Frida hatte noch ein paar Freier, Stammkunden, die ihr ein regelmäßiges Einkommen sicherten, aber festgenommen wurde sie wegen der Drogen.«

»Wie viel verkauften sie?«

»Sie lieferten zehn Gramm Heroin pro Woche an eine Komplizin, die sich um den Weiterverkauf kümmerte. Eine gewisse Maria Reitner. Sie hat die beiden gegen eine Strafmilderung verraten. Es hat ihr nichts genutzt, sie sitzt immer noch.«

Tommy brabbelte etwas vor sich hin.

Zweite Dunhill.

»Am 5. Oktober 1992«, fuhr Irene Lunelli fort, »wurden Frida und Zago bis zur Verhandlung auf freien Fuß gesetzt. Sie wurde für März 1993 angesetzt, und der Anwalt machte ihr keine Hoffnungen, das Urteil würde hart ausfallen.«

»Wie lange?«

»Sechs Jahre.«

»Wie hat Ihre Schwester reagiert?«

»Sie hatte Ersparnisse, von denen die Polizei nichts wusste, und begann wieder auf den Strich zu gehen und neue Kontakte im Drogenmilieu aufzubauen. Sie wollte weitermachen wie vorher. Aber dann …«

Irene Lunelli stockte.

Milla dachte: Roland Roth.

»… ist sie verschwunden?«

Irene nickte.

»Am 1. März 1993 waren Frida und ich verabredet. Sie wollte mir Geld für Veronica geben. Sie ist nicht gekommen. Nach 48 Stunden habe ich sie als vermisst gemeldet, aber die Polizei ist davon ausgegangen, dass sie abgehauen ist. Der Prozess sollte am 12. März beginnen.«

»Behielt der Anwalt recht?«

»Frida wurde in Abwesenheit zu sechs Jahren Haft und einer

Geldstrafe von 40 Millionen Lire verurteilt. Im Prozess hatte ein Zeuge ausgesagt, Frida hätte eine Flucht geplant.«

Tommy schüttelte den Kopf.

Milla fluchte.

»Und die Polizei hielt das für glaubwürdig?«

»Bequem, oder?«

»Haben Sie versucht, mit dem Komplizen Ihrer Schwester Kontakt aufzunehmen? Oder mit der Person, die sie verraten hat?«

»Zago? Wenn er etwas gewusst hätte, hätte er es gesagt. Um seine Strafe zu mildern natürlich. Und das Gleiche gilt für diesen Judas. Sei es, wie es sei ... Frida ist tot. Sie war eine Prostituierte, sie hat gedealt, sie war sicher kein guter Mensch, aber sie hätte Veronica niemals einfach so zurückgelassen.«

Irene gab Milla einen Taschenkalender.

Klein und schwarz.

Milla verspürte den Impuls, ihn weit wegzuwerfen.

»Darin sind Fridas Kunden verzeichnet. Sie notierte aus Sicherheitsgründen immer auch das Autokennzeichen. Die Polizisten haben den Kalender kopiert und mir dann zurückgegeben. Ich glaube nicht, dass sie sich ernsthaft darum gekümmert haben. Dort stehen auch die Namen einiger Junkies, die sie beliefert hat, aber die sind fast alle ...«

»Tot«, sagte Tommy. »Wir sind wie Hunde, ein Jahr zählt wie vier. Oder waren es sieben?«

Milla knirschte mit den Zähnen.

Er hatte wieder diesen bestialischen Gestank von Roths Heuschober in der Nase. Er deutete auf den Kalender.

»Kann ich den behalten?«

»Deshalb sind wir hier.«

Tommy legte die Hand auf Irene Lunellis Schulter, dann gingen sie zur Tür. Milla blieb allein zurück.

Er brauchte ein paar Minuten, bis er den Mut hatte, Frida Lunellis Taschenkalender aufzuschlagen, Prostituierte, Dealerin, Mutter, dicke, getönte Brillengläser und kurze Haare, *verschwunden.*

Auf einer der ersten Seiten war zu lesen:

Grauer Kadett: ERIK

Statt des Bärtigen stand ein hagerer Typ mit blauen Augen und spitzem Kinn hinter dem Tresen des Pfau. Um 15.01 Uhr betrat Markus in einer Waldarbeiterjacke die Kneipe. Um seine Aufmerksamkeit zu erregen, musste Milla nur mit einem 50 000-Lire-Schein winken.

»Dir auch einen guten Tag«, sagte Markus und steckte den Schein in die Hemdtasche. »Was verschafft mir das Vergnügen?«

Milla legte Frida Lunellis Foto auf den Tisch.

»Hast du sie jemals in Rolands Gesellschaft gesehen?«

»Frida, oder?«

»Wann hast du sie das letzte Mal gesehen?«

»Die Leute kommen und gehen, woher soll ich das wissen?«

Milla warf ihm einen scharfen Blick zu.

»Das letzte Mal war sie im Februar oder März 1993 hier …«

Markus schaute an die Decke. »Das ist lange …«

»Und zwar zusammen mit Roth.«

Markus wurde weiß im Gesicht und gab ihm den Schein zurück. Dann sprang er ruckartig hoch, der Stuhl kippte nach hinten.

»Damit will ich nichts zu tun haben.«

Das war ein: Ja.

Milla raste mit Vollgas auf der Staatsstraße 12 in Richtung Bozen. Um 15.37 Uhr kam er in der Redaktion der *Voce delle Alpi* an. Er schloss die Bürotür ab und begann auf die Olivetti einzuhämmern. Er ließ nichts aus. Lisa. Frida. Roth. Marlene. Sartori. Egger. Simoni. Krupp. 1985, 1992 und 1995. *Alles*. Um 16.21 Uhr hatte er sieben Seiten mit einfachem Zeilenabstand geschrieben. Seine Fingerspitzen schmerzten, seine Augen tränten. Die Blätter der *Maranta leuconeura* beteten, und Milla betete mit ihnen. Er betete *tatsächlich*, bis er seinen Bericht um 16.48 Uhr in einen großen Umschlag steckte, ihn zuklebte und mit einem Filzstift draufschrieb: *Zu Händen Commissario L. Krupp*. Dann verließ er die Redaktion.

In der Questura traf er die üblichen Journalisten an, Viceispettore Lombardi stand auf der halben Treppe zum ersten Stock und sprach mit Assistente Capo Masi und einigen Uniformierten, die ihre Notizen verglichen. Der Raum für die Pressekonferenz war noch geschlossen.

Milla sah Tagliaferro in einer Ecke sitzen und ging auf ihn zu.

»Weißt du, ob Krupp auch da sein wird?«

»Ist gutes Benehmen aus der Mode gekommen?«

»Sei nicht so blöd.«

Tagliaferro musterte ihn. »Ich denke ja. Was ist los?«

Milla spürte, wie seine Anspannung allmählich nachließ.

»Nichts. Weißt du, warum wir hier sind?«

»Es geht um eine Bande Albaner, die mit Heroin und Waffen gehandelt haben. Lici hat am Sonntag einen von ihnen festgenommen, und der hat ausgepackt.«

Aus dem Augenwinkel sah Milla, wie Lombardi seinem Kollegen etwas ins Ohr flüsterte. Masi drehte sich zu ihm um. Sein Blick verhieß nichts Gutes. Auch Tagliaferro hatte die Spannung bemerkt, er senkte den Blick und tat so, als würde er etwas notieren.

»Was hast du angestellt?«, flüsterte er.

Milla blieb keine Zeit zu antworten.

»Ihre Papiere, bitte«, ruhiger und entschiedener Tonfall.

Milla reichte Assistente Capo Masi den Presseausweis und seinen Personalausweis, doch der machte sich nicht mal die Mühe, die Dokumente zu prüfen. »Ich fürchte, Ihr Presseausweis ist abgelaufen, Signor Milla.«

»Und ich fürchte, das ist ein Missverständnis.«

Tagliaferro verdrückte sich.

Masi lächelte.

Ruhiger, entschiedener Tonfall. »Darüber müssen Sie mit Ihrem Chefredakteur sprechen. Bitte gehen Sie.«

Milla schaute sich um. Alle Blicke waren auf ihn gerichtet. Lombardi hatte die Arme vor der Brust verschränkt. Die Uniformierten schienen in Alarmbereitschaft.

Am oberen Ende der Treppe stand Ispettrice Lici und beobachtete die Szene.

Ihr Blick war unergründlich.

Milla zog die Fototasche zu sich heran. »Ich muss mit Commissario Krupp sprechen.«

»Wenn Sie als Bürger etwas anzuzeigen haben, empfehle ich Ihnen zu warten, bis Sie an der Reihe sind«, sagte Masi.

»Es ist überaus wichtig.«

Die Antwort war ein Klassiker: »Ist es das nicht immer?«

»Es ist etwas Berufliches.«

»Lassen Sie Ihre Akkreditierung erneuern und sich dann einen Termin geben. Ich bin sicher, Commissario Krupp wird Sie gerne empfangen.«

Milla schaute zu Lombardi. Dann zu Ispettrice Lici.

Er wollte gehen.

Er dachte an Marion Haller, an Irene Lunelli, an Lisa, an Frida, an Marlene mit den rosa Turnschuhen, Hals- und kein Kehlenschnitt, an Tommy, der sich ständig über die Wangen strich und sieben Jahre in einem einzigen lebte, an Heidi, die es geschafft hatte, und an Margit, die immer wieder rückfällig wurde und Lisa immer mehr ähnelte. Oder Frida.

Er dachte an Veronica, die ihre Mutter niemals lächeln sehen würde.

Die Wut *schäumte über.*

»Sind Sie inkompetent oder einfach nur desinteressiert?«

Masis Stimme klang drohend: »Mäßigen Sie Ihren Ton, sonst …«

Milla wandte sich an Ispettrice Lici. »Weiß Krupp, was hier geschieht?«

Das Alphaweibchen reckte nur das Kinn vor.

Lombardi schaltete sich ein. Er packte Masis Handgelenk. »Lass Signor Milla gehen, er ist nur ein wenig nervös. Jeder hat mal einen schlechten Tag, nicht wahr?«

Milla dachte: *Bellum omnium contra omnes.*

»Und Ihrer«, flüsterte er, »hat noch nicht mal begonnen.«

Um 19 Uhr war die Temperatur auf zwei Grad gesunken. Milla kauerte hinter einem Fahrradständer auf dem Bürgersteig und starrte auf das Schild des Schönheitssalons, auf dem in eleganter Schrift *Vivian* stand.

Die beiden Mitarbeiterinnen der Ex-Prostituierten, eine auffällige Blondine und eine sympathisch aussehende Dunkelhaarige, verließen den Salon gegen 19.30 Uhr. Sie hatten aufgeräumt, die Kasse gemacht und die Inhaberin mit gehauchten Küsschen verabschiedet. 19.44 Uhr. Vivian ging als Letzte. Milla trat aus dem Schatten.

»Ich muss mit Krupp sprechen. In der Questura bin ich nicht willkommen. Ich kann nicht länger warten.«

»Glückwunsch.«

»Zwei Prostituierte sind verschwunden, und niemand interessiert sich dafür. Vielleicht sind sie tot. Frida Lunelli und Lisa Kofler. Sie sind meine letzte Hoffnung, um ...«

»Und du bist der Typ, der mir den Abend versaut, oder?«

»Auch die ganze Nacht, wenn es sein muss.«

»Wenn das so ist, dann komm mit. Drinnen ist es wenigstens warm.«

Sie gingen in den Salon zurück.

Vivian bat ihn, auf einem Sessel Platz zu nehmen. Sie schaltete das Licht an und zog die Jacke aus. Sie trug ein Wickelkleid und Schuhe mit schwindelerregend hohen Absätzen. Sie setzte sich auf ein Sofa, schlug die Beine übereinander und legte einen Arm auf die Lehne, ihre Finger spielten mit den Blättern eines Ficus, den auch Iris gemocht hätte. Vivians Lächeln sagte: Hat dir die Show gefallen?

»Kennen wir uns?«, fragte sie.

»Wir wurden uns noch nicht vorgestellt. Ich bin Journalist. Alex Milla.«

Vivian fuhr sich durch das Haar. »Verschwende nicht meine Zeit.«

»Frida Lunelli ist im März 1993 verschwunden, die Polizei sagt, sie wäre auf der Flucht, aber das ergibt keinen Sinn. Lisa Kofler wird seit dem 22. Oktober vermisst. Sie ist in den Opel Kadett eines gewissen Erik gestiegen, und seitdem wurde sie nicht mehr gesehen. Die Polizei spricht von Selbstmord. Kannten Sie sie?«

»Selbstmord ist ein Berufsrisiko.«

Milla zeigte ihr die Fotos der verschwundenen Frauen.

Vivian zog sich die Schuhe aus. »Diese Absätze bringen mich noch um. Wie steht es um deine Massagekünste, mein Junge?«

Milla wurde rot.

Vivian lachte ihr tiefes raues Lachen.

»Ich muss mit Krupp sprechen«, wiederholte Milla. »Ihre persönliche Beziehung zu ihm interessiert mich nicht. Und wenn es eine andere Möglichkeit geben würde, wäre ich nicht zu Ihnen gekommen, glauben Sie mir.«

»Weißt du, wie viele Männer das schon zu mir gesagt haben?«

Eine Mauer.

Milla gab die Höflichkeit auf und ging in die Offensive. Er zitterte vor Wut und Empörung.

»So hatte ich mir das nicht vorgestellt.«

»Komm auf den Punkt.«

»Du hast den Serienkiller im Fernsehen öffentlich herausgefordert.«

»Ich wollte, dass sie ihn festnehmen.«

»Du hast öffentlich gesagt: ›Ich bin eine Hure, und es ist mir völlig egal, was ihr davon haltet.‹«

Vivian verzog angewidert das Gesicht. »Bitte sei nicht so vulgär. Dazu bist du zu jung. Du wirkst wie ein Küken mit zerrupften Federn. Lass dir eines gesagt sein: Mädchen gefallen die Geheimnisvollen, die in Rätseln sprechen, aber Frauen mögen Männer, die den Mut haben, direkt zu sein.«

»Du hast dich um Lorena Haller gekümmert. Als sie gestorben ist, hast du geweint. Ich habe dich bei der Beerdigung von Elizabeth Torcher gesehen. Auch sie hast du offensichtlich gemocht. Heidi hat mir von dir erzählt. Marion Haller auch. Diese Frauen sind dir wichtig.«

»Du hast einen guten Blick. Wie alt bist du? Zwanzig?«

»Hör auf damit.«

»Na gut«, erwiderte Vivian, »aber du brauchst mich.«

»Da irrst du dich. Frida und Lisa brauchen Krupp.«

Vivian verschränkte die Arme vor der Brust. »Du willst zu Krupp? Dann sag mir die Wahrheit. Sag mir, was du wirklich denkst. Was alle immer schon gedacht haben. Was ihr wochenlang in den Zeitungen geschrieben habt. Sag mir, dass Lorena, Marlene, Patrizia, Mirella und Giulia in Wahrheit gar keine Opfer waren, weil sie auf den Strich gegangen sind.«

Milla wurde lauter. »Giulia ging nicht auf den Strich, sie war fünfzehn, verdammt.«

Vivian lächelte ihn triumphierend an. »Da hast du recht. Die Spießer sind zum Kotzen.«

Milla beschloss, es ihr mit gleicher Münze heimzuzahlen. »Sag mir endlich, wo ich Krupp finden kann.«

»Du bist wirklich ein harter Hund. Weißt du was? Ich glaube, ihr werdet euch gut verstehen.«

Milla ging zur Glastür. Draußen standen zwei Uniformierte. Einer mit Schnurrbart und einer mit Hakennase. Schwarze Lederhandschuhe, geballte Fäuste.

Vivian deutete auf Milla und sagte: »Ich habe ihm gesagt, dass wir geschlossen haben, aber er hat mich bedrängt.«

Die Polizistenhände packten ihn. Vivian ging zum Ficus und deutete auf einen Schalter, der zwischen den Blättern versteckt war. Milla dachte an die Akte Sartori/Gatti: der Alarmknopf.

Vivian zwinkerte ihm zu.

Milla dachte: Scheiße.

Er sagte: »Ich bin Journalist.«

»Sehr gut«, sagte einer der Polizisten.

Der andere legte ihm Handschellen an.

Im Inneren des Alfa stank es. Sie fuhren schnell, aber ohne Blaulicht. Die Stadt, die Milla so gut kannte, kam ihm fremd und feindselig vor.

»Ich muss mit Krupp sprechen.«

»Sicher.«

»Jetzt!«

»Sicher.«

»Es ist wirklich wichtig.«

Der Polizist am Steuer warf ihm im Rückspiegel einen Blick zu und riss das Lenkrad herum, der Alfa schlingerte, und Millas Kopf schlug gegen das Fenster.

Entschiedener und ruhiger Tonfall.

»Sicher.«

Vor der Questura angekommen, zerrte der Polizist mit der Hakennase Milla aus dem Streifenwagen. Der mit dem Schnurrbart schob ihn durch die Doppeltür mit der Antipanikklinke in einen leeren Raum, wo der Polizist mit der Hakennase ihn gegen einen Fornicatresen drückte, der mit Formularen und undefinierbaren Flecken übersät war. Ein dritter Polizist mit dunklen Augenringen, ohne Jacke, die Hemdsärmel hochgekrempelt und die Krawatte gelockert, durchsuchte ihn, dabei pfiff er vor sich hin. Die drei amüsierten sich über den Schlüsselanhänger in Form einer Margerite, den Iris ihm zu Weihnachten geschenkt hatte. Der Hemdsärmelige griff nach dem Umschlag mit der Aufschrift *Zu Händen Commissario Krupp* und hielt ihn zwischen Daumen und Zeigefinger fest. Milla dachte: Scheiße.

»Ich will …«

Der Schnurrbärtige kniff ihm in die Wange. »Versuche es nicht mal, Pinocchio.«

Die Arrestzelle war ein Käfig mit Betonwänden, abgegriffenen Gitterstäben und grellem Neonlicht. Es stank nach Urin, Reinigungsmitteln, Kotze und Schweiß. Die Junkies in der Zelle hoben den Kopf, bis auf einen mit einem blauen Fleck auf dem Wangenknochen, der ins Nichts starrte und sein Zittern nicht unterdrücken konnte. Ein anderer erkannte ihn.

»Hey, Milla, wie geht's?«

»Ich will einen Anwalt«, sagte Milla zu dem Polizisten mit dem Bart, *»sofort.«*

Sogar der Drogensüchtige auf Entzug lachte.

Der andere zwinkerte ihm zu. »Das erste Mal hier?«

Die Tür schloss sich, Milla setzte sich und dachte an Silvano Benedetti.

Er dachte: Zelle X.

Er dachte: Krupp ist nicht Levada.

Er dachte: Die Zelle X gibt es nicht mehr.

Er dachte: Vielleicht hatte es sie nie gegeben.

Vielleicht.

Er strich sich mit den Fingern durchs Haar. Das passierte nicht wirklich.

Eine Minute wurde zu einer Stunde, zu einem geologischen Zeitalter oder vielleicht zum Bruchteil einer Sekunde. Die Zelle füllte und leerte sich, ein ständiges Kommen und Gehen. Schreie, Weinen, Drohungen oder Gleichgültigkeit. Wenn jemand um sich trat, sorgten die Polizisten dafür, dass er das lieber sein ließ. Immer wieder schloss Milla die Augen und dachte: Das passiert nicht wirklich.

Irgendwann wurde der Drogensüchtige, der ihn erkannt hatte, nach draußen gezerrt. Zu den Polizisten sagte er: »Den kenne ich, der ist mein Freund. Behandelt ihn gut, er ist ein wichtiger Mann.«

»Ach ja, und warum?«

»Er schreibt für die Zeitung.«

»Wir werden ihn um ein Autogramm bitten.«

Milla öffnete und schloss die Hände.

Er atmete tief durch.

Mehr nicht.

Und dann eine Stimme: »Heb deinen Arsch.«

Sie meinten ihn.

Zwei Uniformierte griffen ihm unter die Achseln und zwangen ihn nach draußen. Es waren nicht die aus dem Streifenwagen. Sie gingen nicht in Richtung der Büros. Als sie auf dem Absatz der Treppe ankamen, die in den Keller führte, spürte Milla einen Druck auf der Blase. Er stemmte die Füße in den Boden und sagte: »Ich will einen Anwalt.«

»Warum? Hast du etwas zu verbergen?«

»Das ist mein Recht.«

Milla spürte von hinten einen Tritt in die Kniekehle. Seine Beine knickten ein.

»Sicher.«

Zimmer 121 lag am Ende des Flurs. Winzig und beklemmend eng. Ein Schreibtisch an der Wand, ein Stuhl in der Mitte. Auf dem Schreibtisch lagen gepolsterte Handschuhe und ein Gartenschlauch aus Gummi. Jemand wartete auf ihn.

Ispettore Lopez stand mit verschränkten Armen da. Er lächelte.

Lopez ist der Schlimmste von allen.

Bei Blut bekommt er einen Ständer.

Die Uniformierten nahmen ihm die Handschellen ab, die Erleichterung währte jedoch nur kurz, denn nachdem er sich gesetzt hatte, wurden ihm die Arme hinter der Stuhllehne gefesselt. Der Druck auf der Blase wurde unerträglich.

»Ich muss auf die Toilette.«

»Danach.«

»Ich will einen Anwalt.«

»Wenn du meinst.«

Millas Stimme klang schrill. »Das ist mein Recht, ihr Idioten.«

Lopez schubste ihn kumpelhaft. »Wir werden Spaß haben, wir zwei.«

Das Licht erlosch. Die Tür ging zu.

Milla saß im Dunkeln und dachte: Wie würdest du darüber schreiben, Champion?

Ganz einfach.

Vivian ruft die Polizei, die Polizei sieht den Umschlag und informiert Krupp. Krupp bekommt den Umschlag. Er liest. Ihm wird klar, dass er in der Scheiße steckt. Deshalb ruft er Lopez, denn die Levada-Methode ist zur Krupp-Methode geworden: kambodschanische Gefängnisse, jugoslawischer Stacheldraht, dunkle Keller in den KGB-Gebäuden, *Black Sites* der CIA. Zelle X und keine Teddybären.

Milla dachte: 39100 Bozen.

Er dachte: Die Krupp-Methode.

Er dachte: Sie wollen mir nur Angst machen.

Er zitterte.

Er dachte: Sie haben meine Personalien nicht aufgenommen.

Du bist Privateigentum geworden.

Champion, wie heißt es in der Werbung für diesen Film? In der Zelle X kann dich niemand schreien hören.

MITTWOCH, 15. NOVEMBER 1995

Nacht

Eine Stunde, vielleicht auch ein Jahrhundert später öffnete sich die Tür zu Zimmer 121, und Lopez und zwei weitere Polizisten kamen herein. Der Uniformierte hatte keinen Namen, aber der in Zivil war Masi. Sein Blick sagte: Wir zwei sind noch nicht fertig miteinander.

Lopez' Atem stank genau wie Roths Heuschober.

»Du willst einen Anwalt?«

Millas Blase drohte zu platzen, er spürte seine Finger nicht mehr. Er dachte: Jetzt werden sie mir *weh*tun.

»Ich muss auf die Toilette.« Er versuchte, das Zittern in seiner Stimme zu unterdrücken.

»Ich fürchte, das musst du einhalten«, meinte Masi.

»Auch ein Anwalt ist nicht nötig«, sagte Lopez und baute sich vor ihm auf, die Hände in die Hüften gestützt.

Hände in: gepolsterten Handschuhen.

Auge in Auge.

Milla dachte: *Da draußen. Böse Menschen.*

»Du brauchst keinen Anwalt«, wiederholte der Ispettore Capo mit dem Rattengesicht freundlich, »das alles war ein Missverständnis. Du bist frei wie ein Vogel.«

Die Handschellen sagten das Gegenteil.

Milla schluckte die Magensäure wieder hinunter. »Ich kann nicht …«

Gelächter.

»Der Junge ist clever«, meinte Lopez.

Er griff nach dem Gummischlauch, wog ihn in der Hand und verschwand aus Millas Gesichtsfeld. Er hielt den Atem an, zog den Kopf ein und bereitete sich auf den Schlag vor. Stattdessen: das Metall hörte auf, in das Fleisch seiner Handgelenke zu schneiden. Millionen von Nadelstichen breiteten sich entlang seiner Arme aus. Lopez ließ die Handschellen vor seinem Gesicht hin und her baumeln. Sie stanken nach Metall und Schweiß. Milla glaubte Blut zu riechen.

»Siehst du? Vor was hast du Angst?«

Lopez fuhr ihm durchs Haar, fasste ihn unter den Achseln und half ihm, aufzustehen.

Milla schwankte, aber er fiel nicht. Masi klatschte Beifall. Lopez zog ihm die Bomberjacke zurecht und schob ihn in Richtung Tür.

Die beiden Uniformierten standen rechts und links daneben.

Die Tür war offen.

… sie machen die Tür auf und sagen dir, es hat sich alles geklärt, es war nur ein Irrtum, du kannst nach Hause gehen, wir sind Freunde wie eh und je. Sie warten, bis du gehst, und dann …

Milla strauchelte, um nicht zu stürzen, musste er sich am Stuhl festhalten. Lopez war blitzschnell. Er trat gegen den Stuhl, und Milla fiel auf die Knie.

Masi sagte: »Wau, wau.«

Aber nur er lachte.

Milla schluchzte auf.

Der Gefangene hat Widerstand geleistet.

Der Gefangene ist aus Versehen die Treppe hinuntergefallen.

»Willst du lieber hierbleiben?«, fragte Lopez.

Der Uniformierte links der Tür warf den Schlüsselbund in die

Luft und fing ihn wieder auf. Er lächelte. »Sag bloß nicht, du bist gerne hier.«

Böse Menschen.

Und du kannst nichts tun.

Du kannst überhaaaaaupt nichts tun.

»Was ist los?«

Milla kniete auf dem Boden und schaute hoch. Masi fand seine Bemerkung so witzig, dass er sie wiederholte: »Wau, wau.«

Milla dachte: Jetzt werden sie dir wehtun.

»Steh auf.«

Milla gelang es, auf die Füße zu kommen.

Böse Menschen.

Und du kannst nichts tun.

Du kannst überhaaaaaupt nichts tun.

Lopez packte ihn im Nacken und schob ihn gegen die Wand. »Ich will dir etwas zeigen.«

War dieser Fleck Blut oder Feuchtigkeit?

Es roch nach Kalk. Nach Rattenkacke.

»Schau hin.«

Milla schaute.

»Was siehst du?«

»Nichts.«

Lopez drückte ihm das Gesicht gegen die Wand. »Schau genauer hin.«

Stirn an Beton. Er war feucht.

Milla unterdrückte die Tränen.

»Was siehst du?«

»Nichts.«

Rattengesicht seufzte.

»Masi, was siehst du?«

»Einen Idioten mit gebrochenen Fingern, Ispettore Capo.«

Milla zuckte zurück. Zu spät.

Lopez packte ihn am rechten Handgelenk, Masi am linken, der Uniformierte drückte ihm die Stirn noch fester an die Wand. Milla glaubte zu ersticken.

Er ballte die Hände zu Fäusten.

Er dachte: *Nein, nein, nein.*

»Zeig mir deine Finger.«

Milla zappelte, Lopez presste ihm den Gummischlauch in die Seite. Auf Höhe der Nieren.

Milla dachte: Die Levada-Methode hinterlässt keine Spuren.

»Sei kein Idiot, Milla.«

Milla gab auf. Er öffnete die Fäuste.

Lopez strich ihm mit dem Schlauch über die Finger.

Milla dachte: *Dieses Schweinchen ging auf den Markt, das andere …*

»Ich habe mal einen Bericht im Fernsehen gesehen«, sagte Lopez, »da ging es um einen komischen Typen, der mit dem Mund malte.«

Milla knickten die Knie weg.

Masi hielt ihn fest.

»Wenn du fällst, tut es weh. Öffne die Hände, und nicht schummeln.«

… ging in die Questura und musste Scheiße und Handschellen fressen …

»Ich dachte, der Typ hat Mut.«

Der Gummischlauch streifte den Daumen, dann den Mittelfinger.

Milla dachte: *Dieses Schweinchen endet auf der anderen Seite des Mondes …*

Er schüttelte den Kopf. Das passierte gar nicht wirklich.

»Wie zum Teufel willst du schreiben, wenn ich dir die Finger breche, du Idiot?«

Er schlug den Schlauch klatschend gegen die Wand. Es klang wie eine Explosion.

Milla sackte ihn sich zusammen.

Der Druck auf die Blase ließ nach.

Es roch nach Urin. Seinem Urin.

Masi lachte.

Lopez zog ihn an den Haaren hoch, seine stechenden Augen waren ganz nah. Die Pupillen verengt. Zähne wie ein Raubtier.

Er zischte: »Diesen Mut hast du nicht.«

Sie rissen ihn hoch. Milla stand.

Lopez deutete auf den dunklen Fleck auf seiner Hose. »Schau nur, wie du dich zugerichtet hast.«

Rattengesicht deutete auf die Tür. Er schrie: »Wir haben nicht die ganze Nacht Zeit, verflucht noch mal.«

Milla machte einen Schritt nach vorn. Masi hielt ihn auf.

»Hat man dir keine Manieren beigebracht?«

Milla begann zu weinen.

»Der Ispettore Capo hat dir geholfen, was sagt man da?«

»Danke.«

Lopez hielt sich zwei Finger ans Ohr: »Danke, und dann?«

Milla schaute erst zu Lopez, dann zu Masi.

Wie zum Teufel willst du schreiben, wenn ich dir die Finger breche?

Er riss entsetzt die Augen auf.

»Nein ...«

»Danke, und dann?«

»Ich weiß nicht ...«

Lopez rollte mit den Augen. »Wenn ich dir die Finger breche, was passiert dann? Lässt du dich dann von deinem Flittchen füttern? Putzt dir die Gärtnerin den Rest deines Lebens den Hintern ab? Sag schon, verdammt!«

Das letzte Schweinchen schrie.

Nein, Milla allein.

Er hielt sich die Ohren zu und schrie: »*Nein, Milla allein.*«

Die Polizisten bogen sich vor Lachen.

Lopez spuckte auf den Boden.

»Assistente Capo, zeigen Sie unserem Gast, was gute Manieren sind.«

Masi flötete: »Danke, Ispettore Capo.«

Milla sah ihn dankbar an.

Nein, Milla allein.

»Danke, Ispettore Capo.«

Ein Schubser in Richtung Tür. Der Flur. Die Treppe. Das Zimmer mit dem hemdsärmeligen Polizisten, der ihm die Fototasche zuwarf.

Die Tasche landete auf dem Betonboden, und Milla hörte ein klirrendes Geräusch.

Der Polizist sagte: »Ups.«

Lopez: »Hau ab.«

Milla ergriff die Flucht. 39100 Bozen war irgendwo im All verschwunden. Alpha und Omega hatten die Stadt verschluckt. *Und er konnte nichts dagegen tun, absolut nichts.* Er lachte. Er weinte. Er ging weiter, und als die Tränen versiegt waren, erinnerte er sich.

Er schaute in die Fototasche.

Der Umschlag war geöffnet worden.

MITTWOCH, 15. NOVEMBER 1995

Morgen

Um 8.12 Uhr lag die Temperatur um den Nullpunkt, die Luft duftete noch nach Nacht, und auf dem Asphalt glänzte der Raureif. Assistente Capo Masi kam aus der Questura und ging rasch auf ihn zu. Lombardi war klar, dass er ihm nicht ausweichen konnte, und unterdrückte ein Gähnen. Er hatte schlecht geschlafen und war nicht bereit für Schwachsinn mit roten Augen und zitternden Lippen.

»Such dir einen anderen Babysitter, heute bin ich nicht gut drauf«, brummte er.

»Lici will dich im Büro sehen.«

»Jetzt? Warum?«

Masi stammelte: »Keine Ahnung.«

Lombardi packte ihn am Oberarm. »Gib dir Mühe.«

»Vielleicht …«

»Vielleicht?«

»Gestern Abend hat es einen Anruf gegeben. Stiller Alarm in einem Schönheitssalon. Zwei Jungs von der Mobile haben diesen Journalisten hergebracht, den Laufburschen von Jo Serafini, du weißt schon, Alex Milla. Lici will ihn nicht in Krupps Nähe haben.«

Am liebsten hätte Lombardi ihm eine reingehauen. »Was habt ihr gemacht?«

»Gemacht haben wir gar *nichts*«, verteidigte sich der Assistente

Capo und entwand sich dem Griff, »die Frau hat angerufen. Die, die mit Krupp im Bett war, erinnerst du dich?«

Blond, sexy.

Gefährlich.

»Vivian Pickmann.«

»Wie sie heißt, weiß ich nicht. Dann ist Lopez gekommen, er hat gesagt, wir sollten ihn in den Keller bringen.« Masi sah die Adern am Hals des Viceispettore anschwellen. Seine Stimme klang heiser, als er weitersprach: »Wir haben ihm kein Haar gekrümmt, Lopez wollte ihm nur ein bisschen Angst machen.«

Dass Lopez mit ihm Spiel war, klang nicht gut. Vivian Pickmann war eine seiner Informantinnen. Krupp hatte kein Geheimnis daraus gemacht, dass er hin und wieder zu ihr ging. Aber wieso Lopez? Krupp hatte ihn doch im Rahmen der Reorganisation der Questura an den Schreibtisch versetzt. Was ging hier vor?

Lombardi steckte sich einen Kaugummi in den Mund und verschwendete keine Zeit mit Masis Geschwätz. Er betrat das wuchtige Gebäude und eilte die Treppe hoch, die Möchtegern-Bulldogge folgte ihm keuchend. Dann klopfte er an die Tür, die einst in das Allerheiligste *der Hand Gottes* geführt hatte.

Ispettrice Lici stand am Fenster und rauchte. Lombardi sog tief den Qualm ein, dieses Zeug fehlte ihm so sehr. Vor ihrem Schreibtisch saß Ispettore Capo Lopez. Er war leichenblass. Es hieß, er sei sterbenskrank. Vielleicht stimmte das sogar, aber in diesem Moment war Lopez das gleiche Arschloch wie eh und je. Er hatte Blut geleckt und war bereit, zuzubeißen.

»Lisa Kofler«, sagte das Alphaweibchen und deutete auf eine rote Akte, »ich will einen Bericht, Viceispettore. Und Sie, Masi, melden sich, wenn Ihnen etwas komisch vorkommt.«

Lopez lächelte und enthüllte seine nikotingelben Zähne. Sein Lächeln bedeutete: Ihr sitzt in der Scheiße, Jungs.

»Eine verschwundene Prostituierte, drogenabhängig. Padre Giuseppe, der Dominikaner-Priester, hat Anzeige erstattet.«

Lopez fuhr sich mit der Zunge über die Lippen. »Wegen Mordes, er hat sie nicht als vermisst gemeldet.«

»Der *Padre*«, konterte Lombardi, »hat von Mord gesprochen, aber soweit ich mich erinnere, sind wir die Polizei. Wir entscheiden, ob es sich um Mord, um einen Vermisstenfall oder …«

Lopez wollte etwas erwidern, aber Arianna ging dazwischen. »Schnauze, Lopez«, zischte sie, »verschwenden Sie nicht meine Zeit. Sprechen Sie bitte weiter, Viceispettore.«

»Wir haben die Sache streng nach Vorschrift durchgezogen.« Lombardi versuchte seinen Zorn im Zaum zu halten. »Mobile, Sitte, Drogenfahndung. Die Kofler ist seit Jahren drauf, und genauso lang ging sie auch auf den Strich. Ladendiebstähle, sonst nichts. Wir haben mit Kolleginnen und Bekannten gesprochen. Ihr Verlobter ist kürzlich verstorben, Überdosis. Johnny Irgendwas. Erinnern Sie sich?«

»Johnny Messina«, beeilte sich Assistente Capo Masi zu sagen, der bleich geworden war, »38, Diebstahl. Vor zwei Jahren hat er zwei Rettungssanitäter angegriffen. Er war auf Entzug, die Anzeige wurde zurückgezogen. Sonst liegt nichts gegen ihn vor.«

Das Alphaweibchen schwieg.

Lombardi richtete sich die Krawatte. »Seit Messinas Tod hat die Kofler mehrere Male gedroht, sich umzubringen, das haben Zeugen bestätigt. Unter ihren persönlichen Gegenständen haben wir auch einen Abschiedsbrief gefunden. Ich nehme an, Sie haben ihn gelesen, Ispettrice.«

Arianna drückte die halb gerauchte Zigarette aus. »Padre Giuseppe hat ausgesagt, dass die Kofler am Tag ihres Verschwindens einen Kunden getroffen und sie danach niemand mehr gesehen hat. Sie hat das Modell des Autos und das Kennzeichen notiert.«

»Dunkelgrauer Opel Kadett«, erinnerte sich Lombardi, »er gehört einem gewissen … Roth? Ja, Roland Roth. Masi hat die Akte der Sitte gelesen.«

»Ein Freier, der haust wie ein Penner«, ergänzte Masi.

»Habt ihr mit ihm gesprochen?«

Lombardi wagte ein Grinsen. »Ispettrice …«

»*Habt ihr mit ihm gesprochen?*«

»Wir haben die Daten an die Mobile weitergegeben.«

»Das heißt, ihr habt ihn nicht vorgeladen, obwohl er hätte Fakten liefern können?«

»Wollen Sie mich auf den Arm nehmen?«, maulte Lombardi. »Wir haben einen Abschiedsbrief, der perfekt zu den Zeugenaussagen passt. Wir haben eine Drogenabhängige im Endstadium, die es kaum erwarten kann, dem noch warmen Leichnam ihres Verlobten zu folgen – genügt das etwa nicht? Und Padre Giuseppe? Der lebt in einer Welt von Schafen, in der wir die Wölfe sind. Und er hält sich für besonders clever. Warum zwingen Sie mich, meine Energie mit diesem Schwachsinn zu verschwenden?«

»Ihr habt den Fall zu den Akten gelegt?«

»Natürlich nicht. Lisa Kofler gilt offiziell als vermisst, deshalb haben wir die Mobile, die Drogenfahndung und die Sitte eingeschaltet. Sie haben eine Personenbeschreibung und Fotos, wissen, mit wem sie Kontakt hat und woher sie ihre Drogen bezieht. Wenn sie sich nicht umgebracht hat, werden wir sie finden. Und wenn man Roth mit einer Prostituierten erwischt, hat man einen guten Grund, ihn nach Lisa Kofler zu fragen. Alles nach Vorschrift. Aber das ist Zeitverschwendung, Ispettrice. Früher oder später wird man sie in der Etsch oder in einem Graben entdecken.«

Arianna Lici setzte sich auf den Schreibtisch und griff nach einem Tablettenblister. Dieses Mal brauchte sie zwei.

»Die Suche hat maximale Priorität«, entschied sie, »an die Arbeit. Sie auch, Lopez.«

Lombardi missfiel es, wie ein x-beliebiger Uniformierter behandelt zu werden. Oder wie dieser Feigling Masi, der schon die Hand auf der Klinke hatte, um möglichst schnell zu verschwinden.

»Gibt es noch etwas, das wir wissen sollten, Ispettrice? Hat Lisa Kofler etwas mit diesem Journalisten zu tun?« Er ließ nicht locker.

Das Alphaweibchen schluckte die Tabletten und sagte: »Nein.«

»Darf ich erfahren, warum Alex Milla zur Persona non grata erklärt worden ist?«

Es war Lopez, der antwortete: »Es gibt keinen Alex Milla, Viceispettore. Hast du die Ispettrice nicht gehört?«

Lombardi biss sich auf die Zunge. Als Lopez an ihm vorbeiging, konnte er den Tod förmlich riechen.

Er dachte: Ein Idiot weniger.

FREITAG, 17. NOVEMBER 1995

Die Nacht vom 14. auf den 15. November war die Hölle gewesen. Als Iris von der Arbeit nach Hause kam, war die Wohnung leer. Sie hatte sich gedacht: Er wird noch arbeiten und bald kommen.

Alex war um neun und auch um zehn noch immer nicht da. Iris überkam eine schreckliche Vorahnung, ein erdrückendes Angstgefühl machte sich in ihr breit.

Um 22.10 Uhr hatte sie eine Platte aufgelegt und gehofft, dass die Musik von Miles Davis ihr die Wartezeit erträglicher machen würde.

Aber auch *Sketches of Spain* hatte nicht geholfen.

Um 22.29 Uhr hatte sie in der Redaktion angerufen. Auch dort war Alex nicht. Man sagte ihr, er wäre um 17 Uhr bei einer Pressekonferenz in der Questura gewesen, sei aber nicht zurückgekommen, um den entsprechenden Artikel zu schreiben. Ob sie eine Nachricht hinterlassen wolle?

Um 23.30 Uhr hatte sie den Plattenspieler ausgemacht, war in das zusätzliche Zimmer gegangen und hatte Millas Notizen durchsucht. Sie hatte im Laufe ihres Lebens schon einige Dramen erlebt und war es gewohnt, nicht gleich hysterisch zu werden. Und doch gelang es ihr nicht mehr, die Angst zu unterdrücken. Sie ahnte, das etwas passiert war, konnte aber nichts dagegen tun.

Um eine Minute nach Mitternacht fand sie das Notizbuch, in dem Alex alle Telefonnummern notierte. Um drei Minuten nach

Mitternacht wählte sie die Nummer von Jos Büro. Nichts. Um fünf Minuten nach Mitternacht versuchte sie es bei ihm zu Hause. Auch nichts.

Danach wählte sie zweimal den Notruf der Polizei, und legte jedes Mal wieder auf, bevor jemand abnahm. Um 1.30 Uhr hielt sie es nicht mehr aus und beschloss, sich direkt in die Höhle des Löwen zu wagen und zur Questura zu fahren.

Um 1.35 Uhr saß sie im Auto, aber um 1.37 Uhr tauchte der Renault 5 auf. Milla stank nach Urin, seine Augen waren leer.

Er sagte: »Ich war dort. Auf der anderen Seite des Mondes.« Und dann hatte er gelacht.

Um 3 Uhr in dieser unendlich langen Nacht hatte Alex endlich die Kraft, um von dem zu erzählen, was passiert war.

Zelle X.

Danke, Ispettore Capo.

Nein, Milla allein.

Endlich hatte er geweint und Iris mit ihm.

In den folgenden drei Tagen hatte Milla nichts anderes getan, als herumzulaufen und Fragen zu stellen. 15., 16., 17. November: Jede Straße, jede Ecke, jedes Haus, jeder Hausflur, jede Baracke, jeder Wohnwagen, jede Piazza, jeder Park. Drogensüchtige, Prostituierte, Dealer, Trinker, Landstreicher, Taschendiebe, Hotelportiers, Baristi, Kellner, Straßenkehrer, Taxifahrer und die Bekloppten. Immer die gleichen Fragen, auf die er immer die gleiche Antwort bekam. Falls Krupp seine Leute losgeschickt haben sollte, hatte es niemand gemerkt. 15., 16., 17. November.

Drei unerträgliche Tage.

Iris hatte gedacht: Alex hat sich in einem Labyrinth verirrt.

Sie hatte recht.

Deshalb drängte sie ihn am Nachmittag des 17. November, ihr in das persönliche Paradies zu folgen, das sie sich im Gewächshaus von Fiori Marilisa Blumen geschaffen hatte. Sie hätte gerne noch ein bisschen gewartet, ihm ihr kleines Wunder zu präsentieren, aber Alex brauchte ein Wunder. *Jetzt* und nicht morgen.

Um 18.22 Uhr riss Milla überrascht die Augen auf und war für einen Augenblick lang wieder der Alex, den sie kannte.

»Ist das wahr?«, fragte er.

Erstaunt, bewundernd und glücklich.

Iris hätte heulen können, als sie diesen Gesichtsausdruck sah.

Das Wunder: Die *Rosa banksiae lutea* zeigte stolz einen Dorn. Er war noch klein, und Milla fuhr mit dem Daumen darüber. Er war spitz. Milla spürte den Schmerz und lachte ungläubig auf.

»Das ist ...«

»Ja.«

Iris war es gelungen, rückgängig zu machen, was die bornierte Eitelkeit des Menschen vor Jahrhunderten geschaffen hatte. Die *Rosa banksiae lutea* war wieder zu dem geworden, was die Natur gewollt hatte.

Eine Rose, die nicht mehr vorgab, etwas anderes zu sein.

Um 19.47 Uhr schaffte es Milla heraus aus dem Labyrinth und stellte flüsternd die Frage, die ihn seit drei Tagen nicht schlafen ließ.

»Willst du aufgeben?«

Iris antwortete nicht.

Rosa banksiae lutea.

Er musste bluten.

»Ich kann nicht anders«, fuhr er fort. »Krupp hat jetzt alles in der Hand. Er weiß, was passiert ist, kennt alle Details. Wenn er der Sache nicht nachgeht, weiß ich auch nicht ... Wirklich. Wir sind allein, Iris.«

Das Blumenmädchen wischte ihm mit dem Handrücken die

Tränen ab. Ihre Haut roch nach satter Erde und Frühling. »Wir sind nicht allein.«

»Aber auch zu zweit sind wir zu wenig.«

In ihren großen grauen Augen lag ein zärtliches Lächeln. »Da sind noch Giulia, Mirella, Lorena, Marlene, Lisa und Frida …«

»Ich habe sie enttäuscht«, seufzte Milla.

»Es gibt noch einen Weg, Krupp zum Handeln zu zwingen«, sagte Iris und strich mit dem Finger über den Dorn der *Rosa banksiae lutea*, »aber das wird schwer.«

»Welchen?«

»Regel Nummer eins, Champion.«

MONTAG, 20. NOVEMBER 1995

Der Kurier hatte den Helm über den Ellbogen gehängt. Krupp zögerte, bevor er nach dem Päckchen griff, das er ihm hinhielt.

»*Numero deus impare gaudet.*«

Der junge Mann verlagerte das Gewicht von einem Fuß auf den anderen. »Bitte?«

»Gott erfreut sich der ungeraden Zahl.«

Dann lächelte Krupp ein wenig verlegen, der Kurier lächelte zurück.

Krupp gab ihm ein großzügiges Trinkgeld, schloss die Tür zweimal hinter ihm ab, setzte sich in die Küche und betrachtete das Päckchen, unschlüssig, ob er es öffnen oder in den Müll werfen und vergessen sollte.

Karli hatte am Telefon gesagt, es würde sich um ein wildes Tier handeln. Nicht irgendeines, sondern einen Wolf. Einige Bauern hätten Stein und Bein geschworen, ihn gesehen zu haben, obwohl in Südtirol seit Ende des 19. Jahrhunderts keine Wölfe mehr gesichtet worden waren. Aber wenn die Bauern aus den ältesten Höfen so etwas sagten, musste man ihnen glauben. Mancher Widerspruch währt ewig, wie der Kampf zwischen Sonne und Mond, der lag einfach im Blut.

Für Karli ergab das Sinn, aber er hatte Märchen schon immer gemocht.

Krupp dachte jedoch wie ein Polizist und wusste, dass Wölfe

ein gutes Gedächtnis hatten. Sie erinnerten sich an aufgestellte Fangeisen, das Bellen der Jagdhunde, den Geruch von Schießpulver. Wenn der Hunger sie dazu getrieben hätte, den Feind herauszufordern, hätten sie es getan. Sie hätten die Herden angegriffen, nicht die Toten. Aber das hatte er Karli nicht gesagt. Er hatte sogar so getan, als würde er sich mit ihm amüsieren.

Wieder einer der Scherze von Andreas Krupp, oder?

Er holte sich ein Bier.

Ihm kamen die Legenden aus dem Tal in den Sinn. Der Teufel, der um die tausendjährigen Lärchen tanzte. Er stellte sich den Teufel vor, aber sein Gehirn malte ihn nicht mit Hörnern und Ziegenhufen. Sein Teufel hatte vier Arme, einen blauen Körper und eine überlange rote Zunge. Er war eine Frau, die Gauloises rauchte, inmitten zuckender Blitze tanzte und dabei ein Klagelied anstimmte, das Krupp längst vergessen zu haben glaubte.

Ihm wurde klar, dass er nur seine Zeit verschwendete.

Wovor hatte er Angst?

Er streifte das Packpapier ab und hob den Deckel, in dem Päckchen lag sorgfältig geschützt die Uhr seines Vaters. Die Junkers. Karli hatte sie gesäubert und die Batterie gewechselt. Die Zeiger standen auf 21.13 Uhr. Auf die Sekunde genau.

Krupp band sie sich ums Handgelenk.

Numero deus impare gaudet.

Er dachte: Welcher Gott freut sich an ungeraden Zahlen? Kannte Vergil etwa Karli? Seine Antwort war eine typische Polizistenantwort: Vielleicht. Für diese Theorie gab es zwei glaubwürdige Zeugen: Dante und Andreas Krupp. Sie waren sicher, dass Vergil mit jedem Winkel der Hölle vertraut war. Deshalb …

Das Klingeln seines Handys riss ihn aus seinen Gedanken.

Er griff nach dem Motorola und drückte den grünen Knopf.

Ariannas Stimme sagte: »Mach den Fernseher an.«

DIENSTAG, 21. NOVEMBER 1995

Morgen

FREUDENMÄDCHEN SEIT 30 TAGEN VERMISST
WO IST LISA?
Sie stieg zu einem Freier ins Auto – seitdem fehlt von ihr jede Spur
Von J. S.

Das »Freudenmädchen« Lisa, das in der Via Garibaldi und am Bahnhofsvorplatz seine Dienste angeboten hat, ist seit einem Monat verschwunden.
Ein Rätsel. Alter, Nachname und Adresse von ihr sind nicht bekannt, vermutlich war sie drogenabhängig. Man weiß nur, und auch das bloß vom Hörensagen, dass sie gelegentlich mit Freiern mitfuhr und hinterher wieder auf ihren Platz im Revier zurückkehrte.
Laut Zeugen soll Lisa am Abend des 22. Oktober des vergangenen Jahres in den Wagen eines Freiers gestiegen sein. Seitdem wurde sie nicht mehr gesehen.
Eine ortskundige Drogensüchtige hatte geistesgegenwärtig die Autonummer notiert. Hatte sie bereits eine Vorahnung? Hatte sie etwas Verdächtiges bemerkt? Man weiß es nicht.
Jemand scheint das Verschwinden der Frau bei der Polizei angezeigt zu haben, eine Kollegin oder ein Familienangehöriger, sofern es welche gibt. Gerüchten zufolge haben die Behörden

seither nichts unternommen. Gestern Abend wurde der Fall aufgegriffen, in der bekannten TV-Sendung …

Viceispettore Lombardi zündete sich eine Marlboro an und sog tief den Rauch ein. Die erste Zigarette nach 631 Tagen.

Verdammt. Das tut so *gut.*

Ispettore Capo Luca Greco fuhr sich mit den Fingerspitzen nervös über die Koteletten, die seit ihrem letzten Außendiensteinsatz etwas grauer geworden waren. Dann schlug er gegen das Lenkrad.

»Ist das deine Karre? Nur schwule Japaner fahren Nissan. Wo hast du die Regenbogenfahne versteckt?«

»Ich habe Masi schon immer für seltsam gehalten. Hast du übrigens gemerkt, dass du ›schwul‹ gesagt hast? Küsst du mit diesen Lippen deine Mutter?«

»Das Ding gehört Masi?«, fragte Greco ungläubig. »Wie hast du ihn überzeugt, es dir zu leihen?«

»Genau wie du deine Frau überzeugt hast, dich zu heiraten.«

»Charme und Anmut?«

»Hypnose, List und Tücke.«

Es war 9.30 Uhr, und sie wussten beide, dass trotz der strahlenden Sonne die Scheiße vom Himmel regnete. Deshalb machten sie es wie früher unter Levada: sie unterdrückten ihre Nervosität durch Witze, Selbstmitleid und blöde Sprüche.

Ayrton Senna meinte: »Sind zwei Uniformierte nicht genug?«

»Krupp traut ihnen nicht.«

»Wem?«

»Der ganzen Welt.«

»Aber uns schon?«

Lombardi zuckte mit den Schultern. »Das musst du ihn selbst fragen.«

»Wie bei Levada, was?«

Der Viceispettore strich seine Krawatte glatt, warf den Stummel der Marlboro aus dem Fenster und erwiderte: »Er ist anders, das weißt du.«

»Früher oder später werden alle paranoid.«

»Das ist keine Paranoia«, sagte Lombardi und behielt das Postamt im Auge, »irgendetwas geht da vor. So genervt habe ich Krupp seit 1992 nicht mehr gesehen.«

»Ich will nur wissen«, seufzte Greco, »warum ich am frühen Morgen wie ein x-beliebiger Uniformierter hier rumsitze. Das ändert sich wohl nie, was?«

»Magst du etwa meine Gesellschaft nicht?«

»Warum ist Krupp sauer auf das Alphaweibchen?«

»Sie darf sich seinem Büro nicht mal nähern, er hat Anweisungen gegeben, sie von ihm fernzuhalten.«

»Haben die beiden schon mal über eine Eheberatung nachgedacht?«

»Ich werde es vorschlagen.«

»Was zum Teufel machen wir eigentlich hier? Ich habe den Schreibtisch voller Akten. Die Albaner sind dabei, die Stadt mit Crack zu überfluten, die Dealer strecken ihr Heroin mit was weiß ich was. Von den Rockern ganz zu schweigen – die Hells Angels und die Bandidos prügeln sich um das Geschäft mit Metamphetaminen, und ich ...«

»Rocker?«

»Interpol ermittelt seit Jahren gegen sie. Im Norden sind sie eine Macht, heißt es. Norwegen, Schweden, Deutschland und Österreich. Drogen, Prostitution und Waffen.«

»Und die sind jetzt hier?«

»Genau. Stattdessen warte ich in einer Gay Pride auf Rädern auf einen ... Wie heißt er noch mal?«

Gegen seinen Willen musste Lombardi lachen. »Weißt du, dass mir deine Sprüche gefehlt haben, mein Junge?«

Auf Seite sechs stand zu lesen:

… einer Quelle zufolge wurde Roland Roth auch im Fall Marlene Wieser verhört.
Das Protokoll von 1992 ist jedoch nicht Teil der Akten zum Prozess Sartori, sodass ich dazu keine Details liefern kann.
Das Fehlen des Verhörprotokolls lässt drei Schlüsse zu.
Erstens: Die Quelle hat gelogen. Diese Möglichkeit kann allerdings ausgeschlossen werden, denn alle anderen Informationen haben sich nach Überprüfung als hundertprozentig korrekt herausgestellt. Ich möchte unterstreichen (bezüglich der damaligen Befragung von R. R. durch die Polizei im Fall Wieser), dass die Quelle mir davon aus eigenem Antrieb und ohne Nachfrage meinerseits berichtet hat.
Ich persönlich gehe davon aus, dass die Quelle mit einer Lüge weder etwas zu gewinnen noch zu verlieren hätte.
Zweitens: 1992 gab es keinen Grund anzunehmen, dass Roland Roth etwas mit dem Tod der Frau aus Kollmann zu tun hatte, es gab keinerlei Hinweise, keine Zeugen, keine Verdachtsmomente. Wahrscheinlich wurde Roth aus einer der Listen der Sitte »gefischt«, wie Hunderte andere aus diesem Kontext auch.
Drittens: Wenn die Ermittlungen zum Tod von Marlene Wieser genauso lückenhaft und dilettantisch wie 1985 in den Fällen Giulia Nicoletti und Mirella Gatti durchgeführt wurden, dann …

Krupp hatte das überprüft. Millas Quelle hatte nicht gelogen. Roland Roth war am 23. März 1992 befragt worden. Von ihm selbst. Roth hatte verneint, das Opfer zu kennen oder in der fraglichen

Nacht nach Gesellschaft gesucht zu haben. Er habe im Heuschober geschlafen, um sechs Uhr morgens sei er noch dort gewesen.

Da es in den Akten der Sitte keinerlei Hinweise auf eine Verbindung zwischen Roland Roth und der Ermordeten gegeben, keine Prostituierte ihn als gefährlich oder gewalttätig bezeichnet und kein Zeuge ihn in Gesellschaft von Marlene Wieser gesehen hatte (weder im März 1992 noch davor), hatte es keinen Anlass gegeben, an seinen Aussagen zu zweifeln.

Das Telefon klingelte in dem Moment, als Arianna sein Büro betrat, die Haare zum Pferdeschwanz gebunden, die Beretta gut sichtbar im Holster. Der Uniformierte, den Krupp vor der Tür positioniert hatte, warf ihm einen entschuldigenden Blick zu.

Ispettrice Lici war stinksauer. Krupp ließ das Telefon klingeln und schaute auf die Armbanduhr seines Vaters.

11.47 Uhr.

»Ist dir klar«, begann das Alphaweibchen, »dass ich schon den ganzen Morgen versuche, mit dir zu sprechen?«

Krupp hielt Millas Bericht hoch. »Wie lange hast du das zurückgehalten? Eine Woche? Zwei?«

Arianna schloss die Tür.

Das Klingeln verstummte.

»Willst du etwa sagen, dass du diesem Aufschneider glaubst?«

»Zwei Prostituierte sind verschwunden.«

»Na und? Prostituierte verschwinden eben, das weißt du. Einige finden wir nie, aber das heißt nicht, dass sie ermordet wurden. Sie hauen ab, sterben an einer Überdosis und liegen über Jahre in einem Kühlschrank, weil sie keine Papiere bei sich hatten. Manche fangen sogar ein neues Leben an.«

»Lisa Kofler gilt als verschwunden, seit sie in Roths Auto gestiegen ist. Wir haben das Modell, das Kennzeichen und den Namen. Warum hat ihn niemand vernommen?«

»Auf welcher Grundlage hätten sie einen Mord vermuten sollen?«, gab Arianna gereizt zurück.

Das Telefon begann erneut zu klingeln. Krupp hob den Hörer an und ließ ihn dann wieder fallen. »Hat Frida Lunelli auch einen Abschiedsbrief geschrieben?«

Arianna hatte die Akte der vermissten Dealerin gelesen, nachdem sie Millas Bericht bekommen hatte.

»Sie ist nicht einfach so verschwunden, Frida Lunelli ist auf der Flucht. Ihre Kunden in der Barackensiedlung haben ausgesagt, sie hätte Kontakte nach Nordafrika.«

»Damit hatten sie Ruhe vor der Polizei.«

Arianna verschränkte die Arme vor der Brust. »Frida Lunelli wurde zu sechs Jahren wegen …«

Krupp griff nach einer Akte der Kriminalpolizei und warf sie Arianna zu. Das Papier war vergilbt und roch nach Staub.

Das Telefon klingelte erneut.

»Im September 1991 wurde Frida Lunelli von der Kripo befragt. Ein Freier hatte sie beschuldigt, ihn um 400 000 Lire betrogen zu haben. Später wurde die Anzeige zurückgezogen, und die Akte verschwand im Archiv.«

»Und?«

»Schau dir den Namen des Freiers an.«

Arianna las und wurde weiß im Gesicht.

»Frida Lunelli«, fuhr Krupp fort, »hatte Roland Roth versichert, ihn heiraten zu wollen. Sie hatte ihn um 400 000 Lire gebeten, um ihre Schulden zu bezahlen, damit sie nicht mehr auf den Strich gehen musste. Als er begriff, dass er betrogen worden war, hat er sie angezeigt. Erinnert dich das an etwas?«

Sie musste es nicht laut aussprechen.

Cupido.

»Warum habt ihr die Akte nicht geprüft?«

»Weil«, Arianna konnte das Zittern in ihrer Stimme nicht unterdrücken, »das Archiv ein einziges Chaos ist. Es ist nicht zentralisiert, Protokolle gehen verloren und … *verflucht.* In der Akte der Sitte über Roth gibt es keinerlei Hinweis auf diese Anzeige. Und Lombardi und Masi haben Lisa Kofler und nicht Frida Lunelli gesucht.«

Krupp schlug mit der Faust auf den Tisch.

Er musste sich abreagieren, die Wut, die Empörung, die Enttäuschung loswerden.

Die Angst.

»Frida Lunelli wird seit zwei Jahren vermisst und hat eine Tochter«, brach es aus ihm heraus. »Ich will keine Entschuldigungen hören, *verdammt noch mal!* Du hast nichts gewusst, die Sitte hat nichts gewusst, die Mobile, die Anticrimine und die Drogenfahndung hatten anderes im Kopf. Und ich, *ich* wusste auch nichts. Nichts von Frida Lunelli, nichts von Lisa Kofler und nichts von Roland Roth. Aber irgendein Feld-Wald-und-Wiesen-Journalist findet all das in weniger als einem Monat heraus?«

»Milla *behauptet,* er hätte etwas entdeckt. Dieser Bericht ist wie das Drehbuch für einen Film, aber nicht das Ergebnis von Ermittlungen und schon gar keine fundierte Recherche. Er spricht von Quellen, aber Namen nennt er nicht. Er spricht von Fakten, aber ich sehe nur Daten und nebulöse Mutmaßungen. Ist das überprüft worden?«

Krupp setzte sich.

Verletzt.

»Das sollte ich dich fragen, Arianna.«

»Aus welchem Grund hätten wir einen Polizisten zu Roth schicken sollen? Manfredi hätte mir nie die …«

»*Manfredi ist mir scheißegal!*«, schrie Krupp. »Ist dir klar, dass ich von Lisa Kofler aus dem Fernsehen erfahren habe? Wenn es diese Sendung nicht gegeben hätte, wie lange … hättest du die Sache noch vor mir geheim gehalten? Wie lange?«

»Im Fernsehen haben sie nur von einer verschwundenen Prostituierten erzählt, und Prostituierte …«

»Hast du schon gesagt – verschwinden, einfach so. Milla behauptet, er hätte Fotos, die er in Roths Hütte gemacht hat. Er meint, er hätte Frida Lunellis Passfoto auf dem Ofen gesehen. Und Lisa Koflers Anhänger.«

Arianna riss erstaunt die Augen auf, alle Farbe wich aus ihrem Gesicht. »Du wirst doch nicht glauben, dass Roth Marlene Wieser umgebracht hat? Allein die Andeutung einer solchen Vermutung könnte …«

Krupp massierte sich mit den Fingerspitzen die Schläfen. »Ich weiß nur, dass du mich belogen hast.«

Ariannas Antwort kam spontan, ohne nachzudenken: »Das habe ich für dich getan. Es gab keinen Grund, anzunehmen, dass Millas Bericht der Wahrheit entspricht. Er kann den Cowboy spielen, wir müssen uns an die Regeln halten.«

»Du hast es *für mich getan*? Wie meinst du das?«

Arianna dachte: Weil ich das Alphaweibchen bin.

»Glaubst du im Ernst, dass Roth Marlene Wieser getötet hat? Antworte mir, Luther. Bitte. Ich muss es aus deinem Mund hören.«

»Arianna, was spielst du da gerade für ein Spiel?« Krupp war schockiert.

»Ich schütze dich. Vor denen da draußen, vor den Bulldoggen. Vor allen. Du bist der, der den Freudenmädchen-Killer gefasst hat. Du bist der, der den Kalabresen-Clan ins Gefängnis gebracht hat. Wir können es uns nicht leisten, dass dieser durchgeknallte Journalist alles in den Dreck zieht.«

Krupp dachte: Kali-Yuga. Das Ende der Zeit. Die Unschuldigen werden zu Monstern, die Krieger zu Feiglingen, die Könige zu Dieben.

Und die Polizisten?

Krupp deutete auf das Telefon, das wieder zu klingeln begonnen hatte. »Weißt du, wer das ist? Manfredi. Du willst mir helfen? Dann halte ihn von hier fern.«

»Du musst an die Konsequenzen denken, was immer du vorhast. Wenn …«

Krupp warf ihr einen scharfen Blick zu.

»Das habe ich schon«, entgegnete er knapp. »Die zuständigen Carabinieri haben berichtet, dass Roth jeden Dienstag zum Postamt in Ponte Gardena geht. Ich habe Lombardi und Greco angewiesen, ihn festzunehmen.«

»Auf welcher Grundlage?«

Krupp dachte: Alle hier werden Bulldoggen. Tiere.

Er dachte: Wilde Tiere.

»Commissario Capo Levada brauchte einen Lopez«, murmelte er kopfschüttelnd, »aber ich nicht. Ich habe dich gebraucht, Arianna. Was verbirgst du noch vor mir?«

Dieses Eingeständnis und der Ton, den der Commissario angeschlagen hatte, waren wie eine Ohrfeige für sie. Aber er half ihr beim Lügen.

»Nichts.«

DIENSTAG, 21. NOVEMBER 1995

Nachmittag

Lombardi rauchte vor dem offenen Fenster im Atrium des für die Öffentlichkeit gesperrten Bereiches. Er sah Krupp näher kommen, nahm einen letzten verzweifelten Zug und warf die Zigarette weg.

»Wo ist Greco?«, fragte Krupp.

»Wieder bei der Drogenfahndung. Dringende Sitzung. Entschuldigung wegen der Zigarette«, Lombardi steckte sich einen Kaugummi in den Mund, »aber dieser Roth stinkt bestialisch. Das bleibt einem in der Nase stecken.«

»Hat er Widerstand geleistet?«

»Ich wäre ausgerastet, wenn er mich angefasst hätte.« Lombardi schauderte.

»Hat er etwas gesagt?«

»Das Übliche. Als er kapiert hat, dass wir nicht reagieren, hat er aufgehört.«

»Hat er einen Anwalt verlangt?«

»Bis jetzt nicht. Er hat nach einem gewissen Moser gefragt. Hans Moser. Er sagt, der sei ein guter Freund.«

Krupp erinnerte sich an Millas Bericht.

»Verhörraum 3?«

Lombardi deutete in die Richtung. »Wenn wir fertig sind, brauchen wir einen Desinfektionstrupp. Wenn dieser Typ sich in eine Kakerlake verwandeln würde, wäre ich nicht überrascht.«

»Bleib in der Nähe. Und keine Störungen, von niemand«, sagte Krupp, »vor allem von Manfredi nicht.«

»Und was ist mit Lici?«

»Auch nicht.« Krupp wollte noch etwas hinzufügen, unterließ es aber und fragte: »Hast du das Gefühl, er ist gewalttätig?«

Lombardi fuhr sich mit der Zunge über das Zahnfleisch. »Ganz ehrlich, Commissario?«

»Ich habe dich Millas Bericht lesen lassen, also lass dich nicht so bitten. Heraus damit.«

Lombardi starrte auf seine Schuhspitzen. »Roth wirkt harmlos, wie ein Penner. Er spricht eigenartig, als sei er ein bisschen beschränkt, aber ich glaube, er spielt uns etwas vor. Vielleicht hat dieser Journalist gar nicht so unrecht. Der Typ hat etwas Beunruhigendes.«

Krupp ging zur Tür des Verhörraums Nummer 3, strich die Krawatte glatt, nahm eine Wasserflasche, die ihm eine Uniformierte reichte, klemmte sich die Akte Lisa Kofler unter den Arm und schaute auf die Uhr seines Vaters.

16.03 Uhr.

Er öffnete die Tür und hatte das Gefühl, gegen eine Wand zu laufen, es stank bestialisch. Lombardi hatte nicht übertrieben.

»Ich bin Commissario Luther Krupp«, stellte er sich vor und zog den Stuhl ein wenig vom Metalltisch weg, »und Sie sind Herr Roland Roth?«

»Roland, ja.«

Die Linse der Aufnahmekamera glänzte.

Der einundfünfzigjährige Mann, der aber zwanzig Jahre älter wirkte, trug eine abgetragene Wolljacke, einen fadenscheinigen Pullover und die für Feldarbeiter typische Cordhose. Er sah aus wie einer der alten Bauern, die samstagmorgens aus ihren Bergdörfern ins Tal kamen, um auf dem Wochenmarkt auf der Piazza

Vitoria Gemüse, Speck und Obst zu verkaufen. Bis auf die stechenden dunklen Augen, die wie Knöpfe wirkten – so wie Milla es in seinem Bericht beschrieben hatte.

»Ich informiere Sie«, sagte Krupp, legte die Akte auf den Tisch und hielt Roth die Wasserflasche hin, »dass wir hier ein informelles Gespräch führen. Möchten Sie etwas trinken?«

»Nein, danke.«

Roth nahm die Flasche trotzdem.

Für später, dachte Krupp.

»Sie haben das Recht, unser Gespräch jederzeit abzubrechen. Meine Leute werden Sie dann gerne nach Ponte Gardena zurückbringen, dorthin, wo man Sie aufgegriffen hat, oder auch nach Hause. Wie Sie wollen. Ich bin verpflichtet, Sie zu fragen, ob Sie einen Anwalt verständigen wollen, wie es Ihr gutes Recht ist.«

Roth wiegte den Kopf hin und her. »Hans kennt viele. Hans Moser.«

Krupp lächelte.

Er dachte: Sorge dafür, dass er sich wohlfühlt.

»Sein Hotel ist das beste in der ganzen Provinz.«

Roth schien glücklich zu sein, dass sie einen gemeinsamen Bekannten hatten. »Ein guter Mensch.«

»Sie arbeiten?«

Roth deutete auf die Akte auf dem Schreibtisch. »Steht das nicht da drin?«

»Das ist eine alte Akte der Sitte. Die Informationen sind nicht auf dem neuesten Stand. Hier steht, dass Sie landwirtschaftlicher Hilfsarbeiter sind. Stimmt das noch?«

»Ich nehme, was ich kriege, Commissario.« Roth zeigte ihm seine Hände, groß, kräftig, voller Schwielen. »Mit denen bin ich gut.«

»Haben Sie eine Idee, warum ich Sie hergeholt habe?«

Roth enthüllte sein schadhaftes Gebiss. »Wegen der Nutten, denke ich.«

Er lächelte, aber seine Knopfaugen waren kalt.

Nein, korrigierte sich Krupp. Nicht kalt. Misstrauisch.

»Gehen Sie immer noch zu Prostituierten, Signor Roth?«

»Ich bin sehr einsam.«

Krupp zeigte ihm das Foto von Lisa Kofler. »Kennen Sie diese Frau?«

Roth verzog die Lippen.

»Ist Lisa was passiert?«

Lombardi hatte recht. Roth war nicht halb so beschränkt, wie er tat.

»Sie kennen sie also?«

»Sie ist eine alte Freundin.«

»Seit wann treffen Sie sich mit ihr?«

Roth kratzte sich an der Stirn. »Vielleicht seit drei Jahren.«

»Aus beruflichen Gründen?«

»Anfangs ja, aber dann sind wir Freunde geworden. Wir mögen uns. Wir gehen spazieren oder gemeinsam abendessen.«

»Wissen Sie, dass wir sie suchen? Ihre Kolleginnen machen sich Sorgen, weil sie Lisa schon länger nicht gesehen haben. Es kam auch im Fernsehen.«

Roth schien überrascht. Krupp dachte: Offensichtlich hat er keinen Fernseher.

»Soweit wir wissen«, fuhr der Commissario fort, »waren Sie der Letzte, der sie gesehen hat.«

»Das stimmt nicht.«

»Unsere Quellen sagen, dass Lisa in Ihren Opel Kadett gestiegen ist, am Abend des 22. Oktober. Oder täuschen sie sich?«

»*Das* stimmt«, antwortete Roth, »ich habe Lisa an diesem Tag getroffen. Sie wollte sich verabschieden, sie musste weg.«

Krupp legte die Hände auf den Rand des Tisches, seine Finger umklammerten die Kante.

»Erklären Sie mir das genauer, bitte.«

»Lisa hat einen Freund, seinen Namen weiß ich nicht. Ich habe ihn nie gesehen. Lisa hat mir gesagt, dass sie mit ihm weggehen müsste, deshalb haben wir uns noch einmal getroffen.«

»Um sich zu verabschieden?«

Roth tippte mit dem Zeigefinger auf die Tischplatte. »Wir mochten uns.«

In Krupp stieg Übelkeit hoch.

Nicht nur wegen des Gestanks.

»Erklären Sie mir das genauer. Sie sind nach Bozen gefahren und haben Lisa abgeholt. Hatten Sie eine Verabredung?«

»Ja, am Bahnhof, gegen 18 Uhr.«

»Dann sind sie nach Atzwang gefahren. Stimmt das?«

»Ja, wir haben ein letztes Mal miteinander geschlafen. Zum Abschied.«

»Weil Lisa mit dem Verlobten mitgehen musste … wohin? Es wäre sehr hilfreich, wenn Sie uns das sagen könnten.«

»Nach Amerika.«

Roths Gesicht verriet keinerlei Gefühlsregung. Er wirkte aufrichtig. Vielleicht war das, was er erzählte, gar nicht so absurd.

»Die Vereinigten Staaten von Amerika?«

»Ganz genau.«

»Gut, was haben Sie dann gemacht? Haben Sie Lisa nach Bozen zurückgebracht?«

»Sie wollte erst noch in den Pfau.«

»Warum nicht direkt nach Bozen? Mussten Sie tanken?«

»Sie hatte sich dort mit ihrem Verlobten verabredet«, erklärte Roth.

»Den Sie aber nicht gesehen haben.«

»Logisch. Ich bin vorher gegangen.«

»Wissen Sie noch, wie spät es da war?«

»20 Uhr.«

Krupps Finger ließen die Tischkante los, seine Handgelenke schmerzten. Er beschloss, die Strategie zu ändern.

»Signor Roth, wussten Sie, dass Lisa drogenabhängig war?«

»Ja.«

»Haben Sie sie jemals dabei beobachtet, wie sie Drogen genommen hat?«

»Das ging mich nichts an.«

»Sie wussten auch, dass sie einen gutartigen Eierstocktumor hatte.«

Roth nickte. »Ja, sie wollte sich in Amerika operieren lassen.«

»Die Reise nach Amerika ist teuer.«

»Ihr Verlobter war reich. Lisa wollte nach Amerika, um sich operieren zu lassen und von den Drogen runterzukommen. Da haben sie die besten Therapien.«

Krupp sah sich Lisa Koflers Foto noch mal an.

»Und woher soll ich wissen, dass Sie mich nicht belügen, Signor Roth?«

»Weil«, antwortete Roth und lächelte, »ich Zeugen habe. Im Pfau habe ich zwei Freunde getroffen. Sie haben mich mit Lisa dort gesehen und auch, dass ich gleich danach weggegangen bin. Vielleicht haben sie auch Lisas Verlobten getroffen.«

»Haben Sie mit ihren Freunden gesprochen oder sie nur flüchtig gesehen?«

»Sie haben mir Komplimente gemacht. Ich kann mich gut erinnern.«

»Komplimente?«

»Weil ich eine so hübsche Frau bei mir hatte.«

Mit dem Tumor sah Lisa Kofler aus, als wäre sie schwanger, ihr fehlten einige Zähne, und sie ging nur mit Typen wie Roth mit, weil sie Geld für Heroin brauchte.

Eine hübsche Frau.

»Können Sie mir die Namen Ihrer Freunde geben?«

»Markus Gamper und Stefan Unterweger. Sie sind immer im Pfau. Stefan arbeitet dort.«

Roth verschränkte die Arme vor der Brust.

Sein Gesichtsausdruck sagte: schachmatt.

»Ich brauche 20 Minuten, um das zu überprüfen«, sagte Krupp.

Roth stand auf. »Gut, dann bin ich ja fertig.«

»Signor Roth …«

Zu spät.

Roth ging auf die Tür des Verhörraums Nummer 3 zu und öffnete sie. »Sie haben es selbst gesagt, Commissario. Ich kann unterbrechen, wann immer ich will, und jetzt habe ich zu tun.«

»Signor Roth, ich möchte …«

Manfredi erschien wie ein Blitz aus heiterem Himmel. Er betrat den Verhörraum, legte Krupp eine Hand auf die Schulter und sagte: »Sehr gut, Signor Roth. Danke für Ihr Entgegenkommen. Einer unserer Beamten wird Sie nach Ponte Gardena oder nach Hause fahren.«

Ein Uniformierter begleitete Roth zum Ausgang.

»Bist du … verrückt geworden?«, stammelte Krupp. »Glaubst du ihm diesen Unfug?«

»Mit welchen Argumenten willst du ihn festhalten?«, erwiderte der Staatsanwalt. »Wenn er gehen will, kann er gehen. Klar?«

Die Uhr seines Vaters zeigte 17.22 Uhr.

Draußen war es schon finster.

Drinnen noch finsterer.

»Wir müssen reden, Luther. Jetzt. Unter vier Augen.«

Milla hatte bis 18.09 Uhr gewartet, als Rizzi ihn informierte, dass Jo mit ihm reden wollte. Der Kollege rechnete mit gewaltigem Ärger, das war ihm anzusehen. Unter den Journalisten der *Voce delle Alpi* kursierten Wetten darüber, wann Milla und Jo sich an die Gurgel gehen würden.

Milla hängte die Fototasche über die Schulter und durchquerte die Redaktion. Der Brief, den er vor einigen Stunden bekommen hatte, war eine Zeitbombe. Fast meinte er, sie ticken zu hören. Jo hatte die Tür offen gelassen.

»Sie haben ihn gehen lassen«, sagte Milla, »Roth. Frei wie ein Vogel.«

Jos Augen tauchten hinter dem Computerbildschirm auf, und er fixierte Milla.

Dann drückte er sich zwei Aspirin aus dem Blister in die Handfläche.

»Was hast du denn gedacht?«

»Fang nicht damit an.«

Jo deutete auf die Berichtskopie. Sie war voller Unterstreichungen, Ausrufe- und Fragezeichen sowie Kommentare an den Rändern. Er hustete und zündete sich die nächste Zigarette an.

»Hervorragende Arbeit, aber wir können das nicht veröffentlichen. Nicht so und vor allem nicht morgen. Man muss vorsichtig sein, wir müssen das noch intensiver prüfen. Ich werde mit dem Chefredakteur reden und versuchen, ihn mit ins Boot zu holen. Ich brauche ein paar erfahrene Leute, die ihr Handwerk verstehen. Colucci hat massenhaft Kontakte, und wenn Rizzi zur Kriminalberichterstattung zurückkommt, kann das nur von Vorteil sein. Vielleicht sollten wir noch ein paar Leute in den Archiven nach Kieselsteinen suchen lassen. Was meinst du?«

Am liebsten hätte Milla ihm den Brief ins Gesicht geschleudert, sollte er doch an seinem Hochmut ersticken. Aber wie hatte Iris gesagt: *Die Wirksamkeit einer Bombe liegt nicht in der Sprengkraft, sondern im richtigen Timing.*

»Jetzt sind wir also wieder ›wir‹?«, war sein einziger Kommentar.

»Weißt du, was nach Veröffentlichung dieser Geschichte postwendend passieren wird?«

»Wir werden verklagt. Hast du etwas zu verbergen?«

Jo überging die Provokation. »Du schreibst, du hättest zwei Quellen. Deshalb, Szenario A: Sind die beiden Zeugen bereit, auszusagen, was sie gesehen haben und dass sie … gefoltert? Geschlagen wurden? Dass sie psychischer Gewalt ausgesetzt gewesen sind? Der Richter macht nur seine Arbeit und fragt nach konkreten Beweisen. Medizinische Gutachten, so etwas. Gibt's die?«

»Es ist zu lange her. Und beim Notruf …«

»Szenario A endet also damit, dass die beiden Quellen zu einem Bußgeld wegen Verleumdung verurteilt werden. Genau wie die *Voce delle Alpi*, die das veröffentlicht hat. Szenario B: Der Richter fragt nach den Namen der Quellen, und du gibst den Helden und sagst, du willst sie schützen. An diesem Punkt könnte der Richter zu dem Schluss kommen, dass deine Zeugen genauso wenig existieren wie die gute Fee. Dann hast du nicht nur ein Bußgeld wegen Verleumdung und Rufmord am Hals, sondern auch deine Karriere ruiniert. Handlungen haben Konsequenzen. Fast nie angenehme.«

»Und *ihre* Handlungen? Und Lisa? Und Frida? Und Marlene?«

»Wir werden *nichts* veröffentlichen, was das Urteil gegen Sartori in Zweifel ziehen könnte.«

»Dann lass mich über Roth schreiben.«

Jo reichte ihm einen Artikel. »Schon passiert.«

Milla musste ihn nicht lesen.

»Nach der Fernsehsendung wurde ein Mann aufs Präsidium gebracht. Wir wissen nicht, wer oder warum. Gerüchten zufolge hat es mit Lisas Verschwinden zu tun. Wirst du nur ›Lisa‹ oder ›Lisa Kofler‹ schreiben? Nach einem informellen Gespräch wurde der Mann wieder entlassen. Nichts über Frida. Wie nah bin ich dran?«

»Ich habe noch ein paar Auszüge aus deinem Interview vom September zitiert.«

»Titel?«

»*WAS GESCHAH MIT LISA?*«

Milla lachte bitter. »Für Gesprächsstoff sorgt das nicht.«

»Warten wir ab, was Krupp vorhat. Ich habe gehört, dass es in seinem Büro sehr lebhafte Diskussionen gab. Krupp, Lici und Manfredi. Die Situation könnte …«

»Der Verdächtige muss die Identität der Quellen preisgeben, oder er wird wegen Verleumdung angeklagt.«

»Lombardi. Krupp. Greco, Arianna Lici. Und Ispettore Capo Lopez.«

»Früher warst du Levadas Marionette und bist jetzt in beeindruckender Geschwindigkeit zu der von Krupp geworden.«

»Lopez«, Jo ging nicht auf Millas Provokation ein, »ist dir auf den Fersen. Dass du ihn getroffen hast, ist kein Zufall.«

Milla zitterte. Er ballte die Fäuste, die Fingernägel bohrten sich ins Fleisch.

Nein, Milla allein.

»*Getroffen?!*«

»Haben Sie dich geschlagen? Wo sind die blauen Flecke? Warst du in der Notaufnahme? Zeig mir den Befund.«

»Leck mich, Jo.«

»Lopez hat dir etwas mitteilen wollen: Bis hierher und nicht weiter.«

»Lopez? Lopez ist ein *Nichts*. Krupp hat ihn vorgeschickt, um mich zu warnen. Weil er weiß, dass ich recht habe.«

»Es war nicht Krupp, sondern Ispettrice Lici, die Lopez von der Leine gelassen hat.«

»Das ist das Gleiche.«

»Falsch. Und du weißt auch nicht, dass Lopez todkrank ist. Er hat Krebs im Endstadium. Er ist verzweifelt.«

»Sollte mir das Angst machen?«

»Wenn dir diese Geschichte keine Scheißangst macht, dann bist du wirklich ein Idiot, Champion.«

Angst.

1992 hatte Milla wirklich Angst gehabt. Jedes Mal, wenn er in eine Gasse eingebogen war und einen Junkie interviewt hatte. Er hatte Angst gehabt um Iris, Heidi, Margit und Tommy, den Rebellen. Er hatte in Roths Heuschober Angst gehabt. Er war vor Angst fast gestorben, als die Polizisten in der Zelle X ihre Spielchen mit ihm gespielt hatten. Aber der zerknitterte Umschlag mit der tickenden Zeitbombe sagte ihm: Es war an der Zeit, dass andere Angst bekamen. Krupp. Manfredi. Roth.

Und vielleicht sogar Jo.

DIENSTAG, 21. NOVEMBER 1995

Nacht

Das Türklingeln überraschte ihn. Die Uhr seines Vaters zeigte 23.13 Uhr. Er war gerade aus der Questura nach Hause gekommen und brauchte eine Dusche und etwas Warmes zu essen. Die Diskussionen mit Manfredi und Arianna hatten ihn erschöpft.

Es klingelte ein zweites Mal, und Krupp zwang sich, an die Gegensprechanlage zu gehen. Eine Stimme aus der Vergangenheit bat ihn, ihm ein paar Minuten Zeit zu schenken. Krupp stimmte zu.

Die Hand Gottes trat aus dem Fahrstuhl. Grauer Anzug, rote Krawatte. Mehr Falten als bei ihrem letzten Treffen, aber der gleiche amüsierte Blick wie damals, als Krupp ihn auf die Reservebank befördert hatte.

Levada sah sich um und nickte. »Spartanisch, aber geschmackvoll. Gefällt mir. Keine Frau, wie ich sehe.«

»Geht es bei Ihrem Besuch um mein Liebesleben?«

»Ich komme in Frieden. Ich habe das Gefühl, du steckst in Schwierigkeiten. Ein Ratschlag von jemandem, der das schon erlebt hat, könnte hilfreich sein.«

»Haben Sie noch immer Kontakte ins Präsidium?«

»Um das zu sehen, reichen zwei Augen. Ich bin alt, aber nicht blöd. Eines Tages wirst du merken, dass man bis an sein Lebensende Polizist bleibt. Um bestimmte Dinge zu verstehen, braucht es nicht viel. Vor allem bei denen, die nicht in den Lehrbüchern stehen, glaub mir.«

»Und was sagen die Lehrbücher über unerwünschte Ratschläge?«

Levada musterte ihn nachsichtig. Ein Déjà-vu.

Das verdammte Jahr 1992 ließ ihn einfach nicht los.

»In diesem speziellen Fall«, erklärte *die Hand Gottes*, »ist die Hypothese der Freiheitsberaubung eine recht schwammige, aber gleichzeitig nicht von der Hand zu weisende Anschuldigung. Die Staatsanwaltschaft kann sie nicht zurückweisen, da Roland Roth der Letzte war, in dessen Gesellschaft Lisa Kofler gesehen wurde. Außerdem impliziert die Freiheitsberaubung, dass das Opfer in unmittelbarer Lebensgefahr gewesen sein könnte. Auf dieser Grundlage könntest du Spurensicherung und Bulldoggen in seinem Bau herumschnüffeln lassen.« Wieder dieses selbstzufriedene Grinsen. Levada war noch nicht fertig: »Oder haben deine beiden Zeugen die Existenz des geheimnisvollen Verlobten bestätigt, der Lisa Kofler nach Amerika bringen wollte?«

»Wer hat Ihnen davon erzählt?«

Levada lächelte. Aber seine Augen blieben eiskalt.

»Lopez. Wer sonst?«

»Lopez ist im Krankenstand.«

»Fragst du dich nicht, wer ihn auf dich angesetzt haben könnte, um dich zu kontrollieren?«

Krupp spürte einen Stich im Magen. »Danke für den Ratschlag, aber ich denke, dass Manfredi und ich einen gradlinigen Weg wählen werden. Wenn Sie mich jetzt entschuldigen wollen …«

Levadas Lächeln wurde breiter. »Sei nicht so eine Mimose, Commissario. Und gib mir bitte noch ein paar Minuten. Als Zivilist. Seitdem ich in Pension bin, habe ich viel Zeit zum Lesen. Hast du jemals Julius Cäsar gelesen? Jedes Mal, wenn er von einem Feind spricht, lobt er ihn. Ein militärisches Genie, ein mutiger Krieger, ein geschickter Stratege …«

Einen Moment lang mischte sich Levadas Bild mit dem seines

Vaters. Der Sessel war zwar ein anderer, aber der Tonfall, den *die Hand Gottes* anschlug, war der gleiche.

Die Toten benutzen, um die Lebenden zu erklären.

Krupp hasste das.

»Ein banaler Marketingtrick«, reagierte er genervt, »je mächtiger der Gegner, desto heroischer wird der Held in den Augen seiner Leser.«

Offensichtlich: eine Frage der Öffentlichkeitsarbeit.

»In meinem Fall geht es nicht um Marketing«, räumte Levada ein. »Manfredi und du, ihr habt gut gearbeitet. Das meine ich ernst. Ihr habt den Freudenmädchen-Killer festgenommen, den Kalabresen-Clan eliminiert, euch von der alten Garde befreit, habt die Schlüsselstellen mit …«

»Geeigneten?«

»*Flexiblen* Leuten besetzt«, vollendete Levada den Satz und fuhr fort: »Lici hing vom ersten Moment an deinen Lippen, als du sie 1992 in die Taskforce integriert hast. Lombardi hat ein gutes Gespür, aber kein Talent für Politik, Ayrton Senna ist ein Adrenalinjunkie und würde für ein bisschen Action seine Mutter verkaufen. Ein guter Polizist, entschlossen, aber ohne Ehrgeiz.«

»Soll das ein unterschwelliger Vorwurf sein?«

»Ich sage nur, dass es mir merkwürdig vorkommt, dass ihr euch im Fall Roland Roth so schwertut und nicht die gleichen Erfolge vorweisen könnt. Hat Manfredi dir nichts über ›Freiheitsberaubung‹ gesagt? Das ist ein Anfängertrick, er hätte es dir vorschlagen sollen.«

»Worauf wollen Sie hinaus?«

»Auf den Fall Sartori. Ihr habt die richtigen Gutachter ausgesucht, ihr habt Geständnisse bekommen, ohne die Zelle X öffnen zu müssen, und im Prozess habt ihr eine perfekte Nebelkerze gezündet.«

»Die Zelle X existiert nicht mehr …«

»Bist du sicher?«

»… und Dottor Egger ist ein renommierter Gutachter. Niemand hat von Sartori etwas erzwungen, und in der heutigen Questura brauchen wir keine Nebelkerzen, Commissario Capo.«

»Wirklich? Wie oft durfte Sartori vor dem Prozess seine Familie sehen? Wie oft habt ihr ihn von einem Gefängnis ins nächste verlegt? Denkst du wirklich, dass ich diese Spielchen nicht kenne?«

Krupp knirschte mit den Zähnen.

»Ich habe ihm Beweise geliefert. Erdrückende Beweise.«

»In allen fünf Fällen?«

»Lebenslänglich«, zischte Krupp, »muss ich Sie daran erinnern?«

Levada zupfte die Manschetten seiner Hemdsärmel zurecht. »Du warst ein guter Vernehmer. Was bedeutet es, wenn sich ein Verdächtiger zusammenrollt wie ein Igel?«

»Unsere Plauderei endet hier.«

Krupp stand auf.

»Was wirst du tun, wenn du die Leichen der beiden Prostituierten findest, Luther?«

»Das, was man immer tut.«

»Ich verbessere mich: Was wirst du tun, wenn du auf den toten Körpern dieser bedauernswerten Geschöpfe Verletzungen durch Messerstiche findest? Vor allem wenn es sich, was Gott verhüten möge, um *Halsschnitte* handelt?«

»Das Nötige.«

»Auch den Prozess Sartori wieder aufrollen?«

Krupp antwortete nicht.

Levada kam näher, seine Augen glänzten.

»Und jetzt sag mir, wie fühlt es sich an, wenn man selbst der Böse ist?«

MITTWOCH, 22. NOVEMBER 1995

Morgen

Rätselraten um das vermisste Freudenmädchen geht weiter:
WAS GESCHAH MIT LISA?
Wer ist der Mann, der in der Questura vernommen wurde?
Von J. S.

Was ist mit Lisa passiert? Die drogensüchtige Prostituierte wurde am 22. Oktober das letzte Mal gesehen, als sie in ein fremdes Auto stieg. Danach verlieren sich ihre Spuren. Der Fall, der durch eine TV-Sendung publik geworden ist, steckt voller Ungereimtheiten und dunkler Punkte. Doch jetzt könnte eine spektakuläre Wende bevorstehen.
Ein Mann, dessen Identität von der Polizei streng geheim gehalten wird, scheint von Commissario Krupp und Staatsanwalt Manfredi eingehend zur Sache befragt worden zu sein. Über eine Verhaftung ist allerdings nichts bekannt.
Die Ermittler wurden durch die Aussagen einer Drogenabhängigen zu ihm geführt. Sie hat an jenem Oktobersonntag wegen des auffälligen Verhaltens des Mannes oder einfach aus einem Gefühl heraus das Kennzeichen des Autos notiert, in das Lisa auf dem Bahnhofsvorplatz gestiegen ist.
Womöglich handelt es sich bei diesem Unbekannten aber auch um einen Zeugen, der der Polizei helfen könnte, das immer düsterer werdende Geheimnis zu lüften.

Was Lisas Identität betrifft, sind wir einen Schritt weiter. Dank einer internen Quelle in der Questura wissen wir, dass es sich bei ihr um die drogenabhängige Lisa Kofler handelt, die von unserem Kollegen Alex Milla gut einen Monat vor ihrem Verschwinden interviewt wurde. Wir können der verschwundenen Frau hier eine Stimme geben und greifen dafür auf den in dieser Zeitung bereits erschienenen Artikel zurück (Voce delle Alpi, 18.09.1995): ›Hier stehen dreißig bis vierzig junge Frauen, die sich prostituieren. Alle hängen an der Nadel. Ich habe aufgehört, nachdem ich vor drei Monaten fast gestorben wäre, aber es ist schwer. Ich hoffe, dass ich es schaffe. Manchmal wünschte ich, es wäre vorbei, weil mich dieses Leben ankotzt, aber vielleicht fehlt mir auch der Mut, es mir wirklich zu nehmen …‹

Avvocato Holzer hob um 9.26 Uhr die Hand und nickte. Krupp bat Lombardi nachzusehen, ob im Kontrollraum alles funktionierte. Manfredi beendete sein Telefonat am Handy, knüllte den Plastikbecher zusammen, den er seit einer halben Stunde in der Hand hielt, und warf ihn in den Mülleimer neben dem Kaffeeautomaten.

Der Gestank im Verhörraum nahm einem den Atem.

Krupp und Manfredi setzten sich nebeneinander.

Roland Roth trug die gleiche Kleidung wie am Vortag. Er schien weder verunsichert noch verängstigt, die sonst üblichen Reaktionen auf ein bevorstehendes Verhör. Tatsächlich war in seinen Augen nichts zu erkennen als dieses rätselhafte Glänzen. Krupp lief ein Schauer über den Rücken.

»Mir ist wichtig, dass Ihnen die Schwere der Anschuldigung bewusst ist, die Ihnen zur Last gelegt wird, Signor Roth.«

»Entführung.«

»Genau.« Krupp räusperte sich. »Ich bin Commmissario Luther

Krupp, und ich befrage Signor Roland Roth, in Gegenwart seines Anwalts Franz Holzer und Staatsanwalt Manfredi. Brauchen Sie etwas, Signor Roth? Wasser vielleicht?«

Roth schüttelte den Kopf.

»Ich möchte mich als Erstes vergewissern, ob Sie ihre Aussage über den Verlobten von Lisa Kofler bestätigen. Ihn gibt es wirklich?«

»Ja, aber ich habe ihn nie getroffen.«

»Bestätigen Sie ebenfalls, dass Markus Gamper und Stefan Unterweger Sie in Gesellschaft von Lisa Kofler am 22. Oktober 1995 im Pfau gesehen haben?«

»Sie haben mir Komplimente gemacht.«

Die Bulldoggen hatten gerade mal eine halbe Stunde gebraucht, um die beiden Zeugen aufzutreiben. Sie hatten sich kooperativ gezeigt. Unter anderem hatten sie gesagt, dass ihre Komplimente nicht ernst gemeint gewesen waren, sie hatten Roth auf den Arm nehmen wollen. Nur einer wie Roland kam auf die Idee, mit einer Schlampe wie Lisa anzugeben. Darüber hatten sie sich lustig gemacht.

»Gegen 20 Uhr, wie Sie bereits ausgesagt haben?«

»Ungefähr, ja.«

»Aber Gamper und Unterweger meinten, dass Sie und ihre Begleitung aus Richtung Bozen kommend um *18.20 Uhr* im Pfau eingetroffen sind. Sie hätten ein paar Bier gekauft. Lisa Kofler, von der Sie ausgesagt haben, sie um 18 Uhr am Bahnhof getroffen zu haben, sei bei Ihnen gewesen. Sie hätten sich kurz unterhalten, dann seien Sie und Signorina Kofler in den Opel Kadett gestiegen und weggefahren. Danach haben die beiden Zeugen Sie und Lisa nicht mehr gesehen. Wie erklären Sie sich das?«

»Sie lügen, sie wollen mich in Schwierigkeiten bringen«, zischte Roth.

»Warum?«

»Das müssen Sie sie fragen.«

Krupp zog eine Fotokopie aus der Akte und hielt sie Roth und seinem Anwalt hin. Holzer griff danach, Roth gab sich völlig unbeteiligt.

»Unterweger«, sagte Krupp, »ist bis Kneipenschluss im Pfau gewesen, Gamper arbeitet in einer Möbelfabrik in Colma, dort kümmert er sich um die Wartung und die Sicherheit der Maschinen. Das ist die Kopie der Arbeitszeiterfassung. In Zeile 13 kann man deutlich seine Unterschrift neben dem Beginn der Nachtschicht um 19.30 Uhr erkennen. Neben der Unterschrift bestätigen auch Aufnahmen der Überwachungskamera seine Anwesenheit. Deshalb kann Gamper um 20 Uhr nicht im Pfau gewesen sein. Sie haben mich belogen, Signor Roth. Warum?«

Roth schniefte.

Er dachte nach.

Krupp erlaubte es ihm nicht.

»Unser gestriges Gespräch wurde um 17.22 Uhr unterbrochen«, er versuchte so distanziert und so formal wie möglich zu klingen. »Assistente Masi hat Sie nach Ponte Gardena gebracht, wo Sie Ihr Auto geparkt hatten.«

»Das stimmt. Er …«

Krupp dachte: Er will die Kontrolle. Das ließ er nicht zu.

»Ich habe nicht gefragt, ob meine Aussage korrekt ist oder nicht, Signor Roth. Meine Männer lügen nicht, im Gegensatz zu Ihnen. Was bezwecken Sie damit?«

»Commissario …«, mahnte Holzer.

»Wollen Sie das Verhör abbrechen, Avvocato? Oder Sie, Signor Roth?«, schaltete sich Manfredi ein. »Stimmt etwas nicht?«

»Ich möchte, dass der Commissario sich mäßigt«, antwortete Holzer.

Manfredi wandte sich an Krupp. »Commissario?«

»Ich möchte gerne wissen, was Signor Roth getan hat, nachdem er in Ponte Gardena abgesetzt worden ist. Dürfte ich das erfahren?«

»Ich bin nach Hause gefahren.«

»Und dann?«

»Nichts.« Roth verschränkte die Arme vor der Brust.

»Wissen Sie, dass etwa fünfundert Meter Luftlinie vom Heuschober entfernt ein Hang mit Weinreben bepflanzt ist? Er gehört einer Winzergenossenschaft. Dort arbeiten drei Männer, albanische Flüchtlinge. Sie haben meinen Mitarbeitern berichtet, dass gestern gegen 19.30 Uhr ein Mann am Steuer einer grünen Ape das Grundstück von Signor Moser verlassen hat.«

Roth antwortete nicht.

Holzer blickte seinen Mandanten überrascht an.

Krupp dachte: Das hat er ihm nicht erzählt.

»Die Männer sind sicher, dass es sich um Sie und Ihren Kleintransporter handelte, weil sie das schon öfter gesehen und sich darüber lustig gemacht haben, dass …«, Krupp wedelte mit dem Protokoll der Aussage, »›Roland Frühjahrsputz gemacht‹ hat. In Ihrem Kastenwagen befanden sich zahlreiche Gegenstände. Auf ihrer Rückfahrt, etwa eine Stunde später, war er leer. Frühjahrsputz im November?«

»Vielleicht, ich erinnere mich nicht.«

»Sie erinnern sich nicht, was Sie gestern Abend gemacht haben?«

Holzer schaltete sich ein. »Mein Mandant ist Alkoholiker, Commissario, es ist ganz normal, dass …«

»Gestern Abend habe ich zu viel getrunken«, bestätigte Roth.

Wieder dieses Lächeln.

Krupp kontrollierte die Uhr seines Vaters.

Er wählte eine andere Strategie. Jetzt duzte er ihn.

»Weißt du, dass die Spurensicherung gerade dein Haus durchsucht, Roland?«

Krupp ließ ihm Zeit, sich das Szenario vorzustellen. Fremde Männer in weißen Anzügen, die seine Sachen anfassten, Erinnerungen berührten, alles auf den Kopf stellten. Er zeigte Roth ein Passbild in einer Plastikhülle.

Kurze Haare, getönte Brille.

»Frida Lunelli, kennst du sie?«, fragte er.

Roths Lippen wurden weiß.

»Wir haben Frida Lunellis Fingerabdrücke in deinem Auto gefunden. Im Opel Kadett, aber auch im Golf, der im Heuschober versteckt war. Ich bin sicher, dass wir noch weitere finden werden. Gib es einfach zu.«

»Dort hat sie Drogen genommen. Sie hat sich im Auto ihre Spritze gesetzt.«

»Ich habe hier noch eine Anzeige von dir. Du hast Frida Lunelli beschuldigt, dir 400 000 Lire gestohlen zu haben. Im September 1991.«

»Wir haben uns danach wieder versöhnt.«

»Erklärst du mir, was passiert ist?«

Roths Nasenflügel zuckten. Er richtete sich auf.

»Sie hat gesagt, sie hätte sich in mich verliebt. Ich hatte mich auch in sie verliebt. Ich habe sie gefragt, ob sie mich heiratet, und sie hat Ja gesagt. Aber wegen der Drogen hatte sie Schulden. Bei gefährlichen Leuten. Ich habe ihr angeboten, ihr finanziell zu helfen.«

»Mit 400 000 Lire?«

»Genau.«

»Aber dann wollte Frida dich doch nicht heiraten.«

»Sie hat gesagt, ich müsste Geduld haben.« Roth schaukelte auf dem Stuhl vor und zurück. In seiner Stimme lag etwas Bedrohliches. »Aber ich habe viel zu lange gewartet. Schließlich habe ich begriffen, dass sie es nicht ernst meint. Das ist nicht richtig.«

Kontrolle. Wut.

Krupp dachte: Was noch?

Offensichtlich Einsamkeit.

Er nickte nachdenklich. »Man spielt nicht mit den Gefühlen anderer Menschen.«

»Ganz genau«, ereiferte sich Roth.

»Man hat mir gesagt, dass du viel Geld für Telefonkarten ausgibst. Für Telefonsex?«

»Auch. Aber vor allem für Heiratsannoncen. Ein Mann braucht eine Frau.«

»Wie seid ihr euch einig geworden, Frida und du?«

»Sie tat mir leid. Ich habe ihr gesagt, dass sie mir das Geld in Raten zurückzahlen könnte.«

»Hat sie ihre Schulden beglichen?«

»Ich habe ihr immer etwas erlassen, wenn wir uns getroffen haben.«

»Was ist im März 1993 passiert?«

Roth wandte den Blick ab.

»Kann sein«, sagte er, »kann sein.«

Krupp dachte: Kontrolle, Wut, Einsamkeit.

Er hatte genug.

Er richtete sich die Krawatte, lächelte und griff an.

Brutal.

»Hast du wirklich gedacht, Frida liebt dich, Roland? Einen wie dich? Einen Mann, mit dem selbst die eigene Familie nichts zu tun haben will? Was hast du deinen Geschwistern angetan, dass alle sechs so wütend auf dich sind? Hast du eine ihrer Frauen angefasst? Oder bist du der Bruder, auf den sie gerne verzichtet hätten?«

»Commissario!«, protestierte Holzer.

Krupp ignorierte ihn. »Sieben Kinder sind viele. Sieben Mäuler zu stopfen fällt schwer. Wie viele Schweine hatte dein Vater? Auch er war ein einsamer Mann. Du hast sehr früh deine Mutter verloren. Du bist das einzige Kind, das sich nicht an ihr Gesicht erinnern kann, oder? Ein Junge, der ohne Mutter aufwächst, fühlt sich immer allein, oder?«

»Das ist anmaßend«, protestierte der Anwalt erneut.

Manfredi mahnte: »Luther ...«

Aber Krupp hatte jetzt einen Fuß in der Tür. Mit jedem Wort sackte Roth mehr in sich zusammen, die Falten in seinem Gesicht wurden tiefer, sein Blick verschleierte sich.

»Vielleicht haben deine Geschwister dich nicht mehr sehen wollen, weil sie dachten, dass ihre geliebte Mutter deinetwegen gestorben ist. Vielleicht stimmte das sogar, wer weiß das schon?«

»Es war nicht meine Schuld«, murmelte Roth.

In seiner Stimme lag tiefe Trauer.

Krupp dachte: Lisa. Frida.

Krupp dachte: Surfen auf der Kali-Yuga-Welle.

Er erhöhte den Druck: »Und keine Frau will dich. Nicht mal die Witwen. Ja, Roland, ich weiß alles. Keine Geheimnisse mehr. Es darf keine mehr geben, verstehst du. Sieglinde Meyr wollte dich nicht heiraten. Ja, auch sie nicht. Und sie war eine gute Frau. Aber die Huren? Nicht mal eine wie Frida wollte mit dir zusammen sein. Ein Junkie, die auch noch gedealt hat. Und Lisa? Auch drogenabhängig. Ungepflegt, ohne Zähne. Nicht mal sie hat dich geliebt.«

»Das ist nicht wahr ...«

Krupp lachte auf, es klang grausam. »Hast du schon mal darüber nachgedacht, warum, Roland? Meine Leute mussten eine Desinfektionsfirma beauftragen, weil sie nicht auf deinem Platz sitzen wollten. Du stinkst. Wie lange hast du dich nicht gewaschen? Welche Frau sollte in deinem Schweinestall leben wollen, Roland? Welche Frau sollte sich in dich verlieben?«

»Ich …«

»Lisa und Frida haben dich ausgenutzt. Und deshalb …«, Krupp warf Holzer, der gerade eingreifen wollte, einen flammenden Blick zu, »hast du sie umgebracht.«

»Nein, Lisa ist in Amerika …«

Krupp sprang auf, dabei kippte sein Stuhl nach hinten.

Der Aufprall ließ Roth zusammenzucken.

»Amerika?«, höhnte Krupp. »Lisa geht nach Amerika, mit einem reichen Verlobten, den niemand außer dir jemals gesehen hat? Warum glaubt jeder, klüger zu sein als wir? Aber dabei wird etwas Wesentliches vergessen …«

Krupp hielt inne und lächelte.

Ein Lächeln wie *die Hand Gottes.*

Er dachte: Wir sind eine ganze Legion.

Er sagte: »Wir sind viele. Wir können jede Aussage, jedes Wort überprüfen. Und je mehr Lügen du erzählst, je mehr falsche Behauptungen aufgedeckt werden, desto mehr Beweise sammeln wir, die wir beim Prozess präsentieren können. Willst du wissen, was wirklich clever ist, Roland?«

Roths Gesicht verzog sich: war das Schmerz?

Krupp hoffte es.

Roth rieb sich mit seinen großen rauen Händen die Augen: war das Resignation?

Krupp hoffte auch das.

Seine Stimme war jetzt fast ein Flüstern: »Zusammenarbeit. Endlich die Wahrheit aussprechen. Willst du mir die Wahrheit sagen?«

Roths Widerstand brach zusammen.

»Ja.«

»Hast du Frida Lunelli umgebracht?«

»Ja.«

»Wann?«

»Im März, an den Tag erinnere ich mich nicht.«

»Im Heuschober?«

»Draußen, davor.«

»Willst du mir sagen, was passiert ist?«

»Ich hatte Lust auf Gesellschaft und bin zu den Telefonkabinen im Pfau gegangen. Ich habe sie angerufen, und wir haben uns verabredet. Dann bin ich zum Treffpunkt nach Bozen gefahren. Am Bahnhof.«

»Wie spät war es da?«

»Ich weiß nicht.«

»War es Tag oder Nacht?«

»Tag.«

»Vor oder nach dem Mittagessen?«

»Gleich danach, glaube ich.«

»Du hast sie mit zum Heuschober genommen. Und dann?«

»Ich habe ihr Blumen geschenkt. Sie hat mich nach Geld gefragt. Ich habe ihr gesagt, dass ich schon alles für sie ausgegeben hätte. Ich habe ihr gesagt, sie solle nett sein, ich hätte sie doch auch immer gut behandelt. Aber sie ist ... verrückt geworden. Sie hat mich angegriffen. Ich wollte sie abwehren, aber das habe ich nicht geschafft.«

Krupp deutete auf das Foto der Frau mit der Brille. »Frida war 1,52 Meter groß und etwa fünfzig Kilo schwer. Du arbeitest als Hilfsarbeiter in der Landwirtschaft. Du arbeitest schwer. Bist du sicher, dass du nicht lügst?«

Roth wurde feuerrot.

Aus Scham? Aus Wut?

Schwer zu sagen.

»Sie hat mich im Gesicht gekratzt und an den Armen. Ich habe mich verteidigt.«

»Wie ist sie gestorben?«

»Ich habe sie geschubst«, Roth machte eine Handbewegung, »etwa so. Ich wollte sie nicht töten, nur abwehren. Aber sie hat sich den Kopf an einem Stein gestoßen.«

»Und die Leiche?«

»Ich habe sie in den Bach geworfen, in der Nähe des Heuschobers. Ich hatte Angst. Das wäre nicht richtig gewesen.«

Krupp zwinkerte. »Was wäre nicht richtig gewesen, Roland?«

»Wegen einer Lügnerin im Gefängnis zu landen. Sie hätte sich nicht über mich lustig machen, sie hätte netter sein sollen. Sie hätte mich nicht angreifen dürfen. Sie hat es verdient.«

Krupp biss die Zähne zusammen.

Sie hat es verdient.

»Und Lisa, Roland?«

»Ich habe mich gewehrt.«

»Hat sie dich angegriffen?«

»Mit einem Rasiermesser, einem großen. Sie hat versucht, mich zu verletzen.«

»Und hat sie das geschafft?«

»Sie wollte mich umbringen, aber das habe ich nicht zugelassen, Lisa …«

Krupp schloss die Augen.

Nicht noch mal. Er konnte es nicht ertragen.

Roth sagte: »Sie hat es verdient.«

Holzer war mit den Nerven am Ende und senkte den Blick.

Manfredi putzte mit der Krawatte seine Brillengläser.

Krupp atmete bewusst langsam.

Er wartete, bis das Schweigen bleischwer wurde.

»Ich glaube dir nicht«, sagte er. »ich nehme dir nicht ab, dass du sie umgebracht hast.«

Holzer, Manfredi und Roth starrten ihn verwirrt an.

»Doch, ich war es«, widersprach Roth.

»Es ist wie mit dieser Amerika-Geschichte. Du verschwendest meine Zeit. Das ist doch auch gelogen.«

»Es ist die Wahrheit.«

Krupp breitete die Arme aus. »Es gibt keine Beweise, Roland. Wie soll ich dich festnehmen, wenn ich keine habe? Du lebst allein, trinkst zu viel, alle sagen, du bist ein komischer Typ. Wie soll ich einen Richter überzeugen, dass du ein Mörder bist? Du hast gesagt, Lisa hätte dich mit einem Rasiermesser geschnitten. Kannst du mir die Narben zeigen, bitte?«

»Das ist einen Monat her.«

Genervt klappte Krupp die Akte zu. »Dottor Manfredi? Ich fürchte, wir müssen hier unterbrechen. Avvocato Holzer, es war mir ein Vergnügen, mit Ihnen zu arbeiten. Jetzt …«

»Die Leiche«, rief Roth, »ich kann euch die Leiche zeigen.«

»Du hast gesagt«, widersprach Krupp erschöpft, »du hättest Frida in den Bach geworfen. Willst du mir weismachen, dass ihre Leiche immer noch dort liegt?«

»Nicht die von Frida. Die von Lisa. Ich habe sie neben dem Heuschober vergraben. Ich zeige euch, wo.«

Auf dem felsigen Berghang wuchsen Eschen, Flaumeichen, Birken. Weiter oben waren Terrassen angelegt, aber Weinstöcke gab es keine mehr. Es war bereits Ende November, auch die Insekten waren verschwunden. Und *obwohl* es bereits Ende November war, lag bei vier Grad plus noch kein Schnee.

Polizisten, Carabinieri, Spurensicherungsbeamte, Pathologen und Feuerwehrleute waren vor Ort. Rauchend versuchten sie die beklemmende Atmosphäre abzuschütteln, liefen auf und ab und warteten auf Anweisungen. Der Carabiniere an der Straßensperre erkannte den Wagen des Commissario, grüßte und zeigte ihm, wo er parken konnte. Der blaue Thema hielt dort, wo der Asphalt endete und der Kies begann. Als Lombardi Krupp aus dem Auto steigen sah, ging er auf ihn zu. Er trug eine Weste mit der Aufschrift POLIZEI, Krupp bemerkte, dass das Beretta-Holster offen war. Als ob man Gespenster erschießen könnte. Etwas anderes gab es hier nicht.

»Ist Roth auf dem Weg hierher?«

»Er wird in etwa zwanzig Minuten da sein, Commissario.«

»Probleme?«

»Die Presse hat den Köder geschluckt«, antwortete der Viceispettore und zwang sich zu einem Lächeln, »wenn sie uns trotzdem auf die Spur kommen, dann nur durch puren Zufall. Wollen Sie zum Heuschober?«

Krupp schlug den Kragen seines Regenmantels hoch. »Wie weit ist das?«

Lombardi deutete auf eine Stelle zwischen den Bäumen. »Zu Fuß etwa zwanzig Minuten. Wenn Sie wollen, rufe ich Ihnen einen Geländewagen der Carabinieri.«

»Ich laufe lieber.«

Um 11.47 Uhr roch er den Gestank. Krupp kam Millas Bericht in den Sinn. Er hatte gedacht, dem jungen Journalisten sei die Phantasie durchgegangen. Aber der Satz »*Man meint auf einem Leichnam zu laufen*« traf haargenau zu.

Eine Minute später traten Lombardi und Krupp aus dem dichten Eichenwäldchen heraus. Es war absolut windstill, und Krupp nahm sich Zeit, sich die Details der Landschaft einzuprägen.

Der verfallene Heuschober, das rußgeschwärzte Dach. Der Müll. Das von der Kälte der Nacht zu Boden gedrückte Gras. Die

Techniker der Spurensicherung bewegten sich wie Aasfresser, die dabei waren, einen Kadaver auszuweiden.

Krupp dachte an die Via Visitazione 72. Eine andere Landschaft, eine andere Zeit, ein anderes Monster, aber das gleiche fremde und feindliche Universum. Die gleiche Kälte.

Sie ist selbst schuld gewesen.

Die Uhr seines Vaters zeigte 11.53 Uhr. Neben dem Rauschen der Birken am Hang hörte man den Verkehr der Staatsstraße 12 und der Brenner-Autobahn A 22. Der Lärm war ohrenbetäubend.

Nicht weit entfernt stand der Leiter der Spurensicherung, er hatte Handschuhe und Maske abgestreift und trank aus einer Wasserflasche. Er hieß Sala, und seine Berichte waren detailreich und informativ. Er machte seine Arbeit gut.

Krupp dachte: Präzise, nicht penibel.

Zu hundert Prozent.

Erschrocken schob er den Gedanken beiseite.

»Was habt ihr gefunden?«, fragte er, sobald er in Hörweite war.

Sala spülte sich den Mund aus und spuckte das Wasser auf den Boden. »Wissen Sie, warum ich das hier noch nicht alles abgefackelt habe, Commissario? Weil ich Angst vor den giftigen Dämpfen habe. Wie kann man nur so leben?«

Krupp schaute auf den Haufen verrosteten Eisenschrott, auf die von der Feuchtigkeit aufgequollenen Möbel, die mit Müll vollgestopften Regale. »Ich bin kein Psychiater.«

Der Techniker reichte ihm eine Schutzmaske. »Besser, Sie ziehen die an.«

»Hilft das?«

»Nur für die Psyche.«

»Dann geht es auch ohne«, entschied Krupp, griff aber nach einem Paar Latexhandschuhe.

»Außer dem Material, das ich Ihnen heute Morgen geliefert habe, also das Foto, den Anhänger und den Rest«, erklärte Sala und ging auf den Eingang des Heuschobers zu, »haben wir die Qual der Wahl. Wir könnten bis zum Frühjahr bleiben und immer noch Beweisstücke finden.«

»Was ist er für ein Typ?«

»Keine Ahnung, zu welcher Spezies dieser Roth gehört, aber wenn ich wüsste, dass mir die Polizei auf den Fersen ist, und ich die Chance hätte, Beweismittel verschwinden zu lassen, würde ich es tun. Das wäre logisch, oder? Vermutlich hat er ja auch genau das versucht. Er hat den Kleintransporter genommen, irgendwas aufgeladen und ist für eine Stunde verschwunden. Aber tatsächlich hat Roth die Beweise alle stehen lassen. Anhänger, Foto, alles. Wir haben sogar die Brille des Opfers gefunden. Ich habe sie wegen der Fingerabdrücke ins Labor geschickt, aber es besteht kein Zweifel. Es ist die gleiche Brille, die Frida Lunelli auf dem Foto trägt. Verstehen Sie, was ich sagen will? Warum hat Roth nicht alles entsorgt?«

»Und wer sagt«, murmelte Lombardi, »dass er nicht doch das Schlimmste weggeworfen hat?«

Sala riss überrascht die Augen auf.

Daran hatte er nicht gedacht.

Als sie den Eingang des Heuschobers erreichten, setzte er die Maske auf und zog die Handschuhe an.

»Vorsicht mit dem Kopf«, warnte er und beugte sich nach unten, um nicht an den Balken zu stoßen.

Bevor Krupp ihm folgte, wandte er sich an Lombardi. »Geben Sie mir sofort Bescheid, wenn Roth kommt.«

Die Bulldogge ging rasch davon.

Im Inneren herrschte gleißende Helligkeit. Die Scheinwerfer der Spurensicherung ließen keine Schatten zu. Alles wirkte unwirklich. Die Techniker bewegten sich ruckartig, wie Roboter. Trotz der Schutzmasken konnte man erkennen, dass sie blass oder leicht grünlich im Gesicht waren. Gesprochen wurde nur das Allernötigste.

»Hier haben wir Lisa Koflers Anhänger gefunden, Commissario«, durchbrach Sala die Stille und deutete auf den Ofen, »und Frida Lunellis Foto. Eine Art Altar mit einer Madonnenstatue. Ich habe noch nie etwas so Entsetzliches gesehen. Es heißt, er hätte gestanden, stimmt das?«

»Ja.«

»Beide Morde?«, fragte Sala leise.

»Lisa und Frida. Was haben wir noch?«

»Eine wahre ›Orgie an Beweisen‹, würde ich sagen. Dahinten, rund um den Golf, lagen benutzte Spritzen. Auf dem Rücksitz des Autos eine Perücke. Blond. Im oberen Stockwerk überall Toilettenartikel, Zahnbürsten, Kämme. Und diese Messer, Commissario? Gott weiß, wofür er sie benutzt hat.«

Die Messer baumelten an Schnüren mit fünf oder sechs Millimetern Durchmesser. Krupp tippte mit dem Zeigefinger dagegen. Die Klingen berührten sich klirrend, die Techniker der Spurensicherung fuhren alarmiert herum. Eines der Messer hatte eine Doppelklinge.

Schmal.

Sala bemerkte Krupps Blick.

Halsschnitt. Kehlenschnitt.

Krupp dachte: Nein. Roth hat sie geschubst, sie sind mit dem Kopf auf einen Stein geprallt. Lisa und Frida wurden nicht erstochen. Roth ist nicht Sartori. Unterschiedliche Opfertypen, unterschiedlicher *Modus Operandi*. Milla hat unrecht. Roth hat Marlene nicht umgebracht.

In seinem Kopf hörte er ein Lachen, das ihn an Levada erinnerte.

»Commissario?« Lombardi tauchte am Eingang auf. »Roth ist da.«

Krupp dachte: Auf der Kali-Yuga-Welle surfen.

Roland Roth war von Uniformierten umgeben. Avvocato Holzer telefonierte. Manfredis Hosenbeine waren bis zu den Knien mit Schlamm bespritzt. Im Hintergrund stand Ispettrice Lici und tat so, als würde sie Dottor Egger zuhören, aber in Wirklichkeit versuchte sie Blickkontakt mit Krupp aufzunehmen.

Krupp hakte Roth unter. »Ich entschuldige mich für meine Leute. Sie tun nur ihre Pflicht. Ich weiß, dass es nicht besonders angenehm ist, wenn Fremde deine persönlichen Sachen anfassen.«

Roth schenkte ihm ein rätselhaftes Lächeln. »Das ist alles wertloses Zeug. Sie können mitnehmen, was sie wollen.«

»Niemand nimmt dir etwas weg.«

Roth hielt ihm die Handgelenke entgegen. »Muss ich die anbehalten?«

Krupp nickte einem Uniformierten zu, der die Handschellen aufschloss.

»Warum hast du Lisas Anhänger behalten?«

Roths Antwort kam zögernd: »Ich … weiß es nicht.«

»Weißt du es nicht, oder erinnerst du dich nicht?«

»Es erschien mir richtig. Keine Ahnung, warum.«

»Und Fridas Brille?«

Roth atmete tief durch.

»Dort lang«, sagte er und deutete in Richtung des Waldes, wo ein Felsblock zu erkennen war.

Krupp ließ ihn vorausgehen. Drei Uniformierte und Lombardi behielten ihn im Auge.

»Jakob?« Krupp wandte sich an den Staatsanwalt. »Auf ein Wort.«

Manfredi blieb stehen. Krupp fiel auf, dass er zu Arianna blickte. *Bedeutungsvoll.*

»Ich hatte darum gebeten, auch Dottor Simoni dazuzuholen. Warum ist er nicht da?«

»Simoni arbeitet nicht mehr mit der Staatsanwaltschaft zusammen. Wovor hast du Angst, Luther?«

»Dass Egger irgendwelchen Unfug macht.«

»Hast du den Verstand verloren? Schau dir Roth an. Meinst du, mit einem wie ihm wäre Marlene Wieser mitgegangen?«

»Das ist nicht der Punkt. Ich mache mir Sorgen um das Urteil, das weißt du.«

Manfredi schlug ihm aufmunternd auf die Schulter. »Wir haben 1992 richtiggelegen und werden auch heute keinen Fehler machen. Roth hat gestanden. Wir finden die Leiche und bringen die Geschichte zu Ende, okay?«

Krupp schloss zur Spitze der Gruppe auf, die jetzt den Waldrand erreicht hatte. Die Bäume hatten bizarre Formen, geprägt vom starken Wind, der auf dieser Seite des Bergs über den Hang peitschte. Ihre zerfaserten Äste wirkten wie Tentakel.

Roth erreichte die Mitte einer Lichtung. »Hier.«

Nichts deutete auf ein Grab hin. Keine Erdschwellen, keine Unregelmäßigkeiten, keine Schaufelspuren.

»Seht ihr es nicht?«

Roth deutete auf einen etwa fünfzig Zentimeter großen Steinbrocken.

Lombardi, der genau danebenstand, trat rasch beiseite.

Manfredi gab Anweisungen, Spaten und Schaufeln zu holen.

»Die braucht man nicht«, sagte Roth, »das muss man mit Muskelkraft machen. Hebt ihn einfach hoch.«

Zwei Polizisten beugten sich nach vorne, um sich die Sache anzusehen, als Arianna sich ihnen entgegenstellte.

»Commissario? Das ist ein Tatort. Wir müssen Fremdspuren vermeiden.«

Krupp zuckte zusammen. Arianna hatte recht. Daran hatte er nicht gedacht. Sie blieb die Beste, trotz allem. Sie behielt die Übersicht, während er nervös war. Er musste sich beruhigen.

»Alle zur Seite«, befahl der Staatsanwalt, »Avvocato Holzer, Sie können natürlich bleiben. Dottor Egger, sind Sie bereit für eine erste Inaugenscheinnahme?«

Egger zog die Handschuhe über und eine Schutzmaske auf.

Die Uniformierten bildeten in einigem Abstand einen Kreis um die beiden, die den Stein anheben sollten, und um Roland Roth, der einfach nur dastand, die Arme verschränkt, die Beine leicht gebeugt.

Er lächelte.

Warum?

Krupp fragte sich, ob er diesen Mann jemals begreifen würde. Und ob es sich überhaupt lohnte. Und: ob er es wirklich wollte.

»Lombardi«, fuhr Manfredi fort, »informieren Sie Sala und seine Leute, aber erst müssen wir sicher sein, dass der Leichnam tatsächlich hier ist.«

Lombardi verschwand.

Manfredi deutete auf die zwei neben dem Felsbrocken wartenden Polizisten.

»Bitte, meine Herren.«

Die beiden streiften Lederhandschuhe über, positionierten sich rechts und links vom Felsblock und gruben ihn an den Rändern ein wenig frei, um ihn besser greifen zu können. Dann packten sie den Stein und nickten sich zu. Aber bei »drei« passierte nichts.

Sie versuchten es noch einmal. Wieder nichts.

»Keine Chance«, sagte der eine und warf Roth einen bösen Blick zu. »Er bewegt sich nicht.«

»Roland, bist du sicher, dass es hier ist?«, fragte Krupp.

»Ganz sicher. Ich habe das ganz alleine geschafft. Darf ich, Commissario?«

Krupp nickte.

Roth beugte sich nach unten, packte den Stein, brachte die Hände in eine gute Position und hob ihn an, als ob er aus Styropor wäre. Dann warf er ihn zur Seite.

Der Felsbrocken rollte ein paar Meter. Die beiden Polizisten schauten zu Roth, der sich die Hände an den Hosenbeinen abwischte, und dann auf den Boden.

Sie wurden weiß im Gesicht.

Arianna rief ihnen zu: »Sagt Sala, dass er jetzt kommen soll.«

Die beiden verschwanden.

Das Alphaweibchen war die Erste, die sich dem Loch näherte. Sie riss überrascht die Augen auf und presste sich die Hand auf den Mund.

»Was hast du mit ihr gemacht?«, murmelte sie.

Roth antwortete nicht.

Krupp fragte sich, warum Arianna so reagiert hatte. Er fragte sich auch, warum kein Verwesungsgeruch in der Luft hing.

Etwas stimmte nicht.

Er ging näher.

Schaute.

Und verstand.

Der Körper war in Plastikfolie gewickelt, mehrere Schichten übereinander. Seine Form war nur zu erahnen. Es gab keine Verwesungsspuren. Wie das Opfer einer riesigen Spinne. In einen Kokon gewickelt und versteckt, um irgendwann gefressen zu werden.

»Zum Schutz gegen die Würmer«, sagte Roth leise.

»Dottor Egger?«

Egger rückte die Brille zurecht, ging auf das Loch zu und kniete sich auf den Boden.

»Im Augenblick lässt sich das Opfer nicht identifizieren. Ich würde es vorziehen, wenn die Leiche in diesem Zustand aus der Erde geholt und ins San Maurizio gebracht werden würde.«

»Warum?«, fragte Krupp.

»Wegen der Insekten. Das Lösen der Plastikfolie könnte zur Zerstörung wertvoller Beweise führen. Anhand der Zahl und der Art der Larven und Puppen kann ich den Todeszeitpunkt bestimmen.«

»Aber ist das Lisa Kofler, Dottore?«

Egger deutete auf das Loch. »Man erkennt die Haarfarbe, das Opfer ist blond. Lange Haare. Wir können es mit an Sicherheit grenzender Wahrscheinlichkeit annehmen.«

Krupp dachte: Lisa.

Doppelklingiges Messer.

Krupp dachte: Halsschnitt, Kehlenschnitt.

»Todesursache?«

Eggers Gesicht färbte sich rot. »Ich habe gesagt, dass ich die Hülle erst an einem geschützten Ort lösen werde.«

In Krupps Kopf drehte sich alles.

Er sah Lisa. Er sah Frida. Er sah Manfredi, Egger und Arianna. Er sah Alex Milla. Sie tanzten um den Leichnam herum. Ein neuer Tanz der Hyänen. Oder vielleicht immer noch der gleiche.

»Ich will dabei sein.«

»Das ist nicht üblich.«

»Das ist keine Bitte.«

Manfredi schaltete sich ein: »Frida Lunelli hatte kurze dunkle Haare. Signor Roth hat ausgesagt, ihren toten Körper in den Bach geworfen zu haben. 1993. Können wir im Bericht festhalten, dass es sich bei dem jetzt gefundenen Leichnam aller Wahrscheinlichkeit nach um Lisa Kofler handelt?«

Krupp dachte: *Er hat mir Blumen mitgebracht, geklaute, weil er kein Geld hat, welche zu kaufen. Ich fand ihn widerlich, aber ich konnte nicht Nein sagen, das Heroin hat mein Leben bestimmt, lieber, lieber Johnny. Er hat mich zum Heuschober gebracht, wo es nach Tod gestunken hat, und mich gefragt, ob ich ihn heiraten will, weil ich allein bin und er allein ist. Und ich habe gesagt, dass ich ihn nicht heiraten kann. Ich habe gesagt, dass wir Freunde wären und dass wir anders einsam sind, dass es viele Arten von Einsamkeit gibt, so viele wie Sterne am Himmel. Und da hat er die Augen zusammengekniffen, mich an den Schultern gepackt, mit diesen starken Händen, die sind wie Zangen, und hat mich als Hure beschimpft und …*

»Commissario!«

Roth lag auf dem Boden.

Er keuchte und fasste sich an die Brust.

»Einen Arzt!«, schrie Krupp.

MITTWOCH, 22. NOVEMBER 1995

Nachmittag

Der Beamte am Eingang der Questura betrachtete den Presseausweis der *Voce delle Alpi* und ließ ihn problemlos passieren. Milla machte sich keine Illusionen. Das Embargo mochte zu Ende sein, der Krieg war es sicher nicht. Er trug eine schwarze Krawatte, die für Beerdigungen. Er hoffte, dass es die Beerdigung von Krupp, Manfredi und Egger war. Er fürchtete, es könnte seine eigene sein. Auf jeden Fall war die Krawatte die richtige Wahl.

Er vermied es, die Tür anzusehen, die in den Keller führte. Er verbot sich, an die Zelle X zu denken. Dafür zählte er seine Schritte. Es funktionierte.

Der Presseraum war gut gefüllt. Nicht so brechend voll wie zu Zeiten des Freudenmädchen-Killers, aber Gesprächsstoff würde es genug geben.

Die Fernsehsendung hatte das Interesse der ganzen Nation geweckt, und die Nation erwartete die Lösung des Falles. Die Kameraleute von RAI 3 hatten ihre Kameras bereits strategisch günstig aufgestellt.

Jo saß hinten, gegen die Wand gelehnt, ein Schatten seiner selbst, er konnte kaum die Augen aufhalten. Die Neonlichter flackerten, er fuhr sich immer wieder über die Augen. Milla setzte sich möglichst weit von ihm weg und tat so, als würde er sich für das Gerede in Krupps Presseerklärung interessieren. Er versuchte seine Nackenmuskeln zu dehnen.

Er kam sich vor wie ein Boxer, der auf den Gong zur ersten Runde wartete.

Um 17.45 Uhr betrat die Ermittlergruppe den Raum. Krupp kam als Letzter, vor ihm gingen Staatsanwalt Manfredi, Ispettrice Lici und Viceispettore Lombardi.

Lombardi trug eine rote Krawatte, genau die gleiche wie Krupp.

Milla dachte: Scheißbulldoggen.

Der Techniker schaltete die Kamera ein. Jo schob sich eine Zigarette zwischen die Lippen.

Krupp stellte sich ans Mikro.

»Heute Morgen wurde in Campodazzo, im Zuge einer konzertierten Aktion der Squadra Mobile der Carabinieri und der Staatsanwaltschaft, der Leichnam von Lisa Kofler gefunden, einer zweiundzwanzigjährigen drogensüchtigen Prostituierten, die seit dem 22. Oktober 1995 vermisst wird. Als mutmaßlicher Mörder wurde Roland Roth festgenommen, 51, landwirtschaftlicher Hilfsarbeiter.«

Auf der Leinwand erschien erst Roths Foto, dann ein Bild von Lisa aus besseren Zeiten. Milla dachte: *Ich liebe Dich, aber nur ein bisschen.*

Staatsanwalt Manfredi spielte mit einem Stift. Lombardi wirkte abwesend. Ispettrice Lici starrte ihn mit einem undefinierbaren Blick an.

Der Brief in Millas Tasche schien zu brennen.

»Signor Roth«, fuhr Krupp fort, »wird noch eines zweiten Verbrechens beschuldigt, des Mordes an Frida Lunelli.«

Jetzt erschien ihr Bild auf der Leinwand.

Blitzlichter.

Krupp räusperte sich. »Frida Lunelli ist 1993 verschwunden, wahrscheinlich im März. Roland Roth hat ausgesagt, sie während eines Streits umgebracht und die Leiche in einen Bach nahe eines Heuschobers geworfen zu haben.«

Ein Fernsehjournalist hob seinen Stift, ohne eine Reaktion abzuwarten, begann er: »Nach unseren Erkenntnissen wurde nur wegen des Verschwindens von Lisa Kofler ermittelt. Aber nicht wegen Frida Lunelli. Können Sie uns erklären, wie …«

»Ich muss Sie korrigieren«, erwiderte Manfredi. »Frida Lunelli wird seit zwei Jahren von der Squadra Mobile gesucht.«

»Als auf der Flucht befindlich, nicht als potenzielles Mordopfer oder als vermisste Person.«

Tagliaferro hob den Arm. »Haben Sie auch ihre Leiche gefunden, Commissario?«

Krupp rückte die Brille zurecht. »Wir organisieren gerade eine gemeinsame Suche mit der Bergwacht, dem Katastrophenschutz, der Feuerwehr und den Carabinieri. Auf der Grundlage der Informationen, die uns Signor Roth bei seinem Doppelgeständnis gegeben hat, ist es Ziel der Aktion, den Leichnam der Frau zu finden.«

»Wie viele Männer, Krupp?«, fragte Jo. »Wie viele Männer suchen nach Frida Lunelli?«

»Achtzig, aber wir gehen davon aus, dass es etwa hundert werden. 1994 wurden im Umfeld des Baches und der Schlucht, in die Roth nach eigenen Angaben die Leiche geworfen hat, bauliche Sicherungsmaßnahmen durchgeführt. Dabei wurden keine Spuren gefunden. Deshalb haben wir beschlossen, den zu durchsuchenden Bereich auf die Seiser Alm und den Altopiano di Renon auszudehnen. Signor Roth ist Alkoholiker, vielleicht hat er die Orte verwechselt.«

Milla schüttelte ungläubig den Kopf.

Wie sollten sie in einem so riesigen Areal fündig werden?

Das war eine Nebelkerze.

Wie im Prozess Sartori.

Krupp bemerkte sein Kopfschütteln und warf ihm einen flammenden Blick zu.

Dann fügte er hinzu: »Das sind wir der Familie schuldig.«

Milla lächelte, der Commissario mit dem guten Herzen.

»Was den Tod von Lisa Kofler angeht, können Sie uns da noch Details nennen?«, fragte Tagliaferro.

»Roth hat sie umgebracht und in der Nähe des von ihm bewohnten Heuschobers vergraben. Nach seiner Aussage ist ein Streit außer Kontrolle geraten. Ihre Position …«

Milla sprang wütend auf. »Und Sie glauben ihm? Sie glauben ihm wirklich?«

»Signor Milla …«

Milla hielt die Presseinformationen hoch. »Hier steht, dass Roth 1993 mit Frida Lunelli gestritten und sie ›aus Versehen‹ getötet hat. Dann, zwei Jahre später, hat Roth ›aus Versehen‹ auch Lisa Kofler umgebracht. Die gleiche Lisa Kofler, von der Roth behauptet hat, sie sei zusammen mit ihrem Verlobten auf dem Weg nach Amerika.«

»Beim ersten Verhör bekommt man nur selten ein Geständnis, Signor Milla. Wie Sie richtig bemerken, hat Roth anfangs versucht, die Situation zu leugnen. Das ist normal, wenn es um Verbrechen dieser Tragweite geht. Daher verstehe ich Ihren Standpunkt nicht ganz.«

»Zwei Frauen, zwei Streitereien, zwei Todesfälle aus Versehen. Sind wir nicht alle ein bisschen zu erwachsen, um an solche Zufälle zu glauben?«

»Wir schon«, mischte sich Lombardi ein und warf ihm ein provokantes Grinsen zu, »was ist mit Ihnen, Signor Milla?«

Milla ließ sich nicht einschüchtern. »Roland Roth ist gestern Morgen verhört worden, nachdem Sie ihn im Postamt von Ponte Gardena verhaftet haben. Ist das korrekt?«

»Das ist korrekt.«

»Und dann ist der gleiche Roland Roth wenige Stunden später freigelassen worden.«

Lombardi blickte amüsiert in die Runde. »Soll das ein Verhör werden, Signor Milla?«

»Nein, ich mache nur meine Arbeit. Ich stelle Fragen. Diese Ermittlung ist voller Ungereimtheiten, und das lässt mich nicht los.«

»Ihr Wohlbefinden liegt mir am Herzen«, sagte Krupp. »Bitte stellen Sie alle Fragen, die Ihnen wichtig sind.«

Milla errötete.

»Wie wurde Lisa Kofler ermordet?«

»Dazu muss sich Dottor Egger erst noch äußern.«

»Warum gibt es noch keinen vorläufigen Ermittlungsbericht?«

Manfredi schaltete sich ein: »Weil die Bestimmung der Todesursache vor Ort nicht möglich war.«

»Keine Schnitte am Hals?«

»Sie, Signor Milla, wie auch Ihre Kollegen, werden genauestens über die Ergebnisse der Autopsie informiert, sobald Dottor Egger mit seiner Arbeit fertig ist. Wir hoffen, dass das so schnell wie möglich der Fall sein wird. Jetzt erlauben Sie bitte, dass auch die anderen …«

»Nein, das werde ich nicht. Ich will, dass Sie und Dottor Manfredi mir eine letzte Frage beantworten. Hat Roland Roth am 21. März 1992 Marlene Wieser getötet?«

Stille legte sich über den Raum.

Lombardis Blick sagte: Du bist am Ende.

»Der Fall Wieser wurde vor Jahren abgeschlossen«, erwiderte Krupp.

Milla zog den Umschlag aus der Tasche, öffnete ihn und erklärte, um welches Dokument es sich handelte.

Er musste es nicht vorlesen, den Inhalt kannte er auswendig.

Die Wirksamkeit einer Bombe liegt nicht in der Sprengkraft, sondern im richtigen Timing.

»Ich, der Unterzeichnende Lucio Sartori, habe drei Morde begangen, und die habe ich gestanden. Die Morde Gatti und Wieser hat eine andere Person verübt, die weit gefährlicher ist als ich. In diesen Fällen erkläre ich mich für unschuldig, jetzt und für alle Ewigkeit.«

Der Raum explodierte.

Roland Roth hat gestanden
DER HEUSCHOBER DES GRAUENS
Beide vermisste Frauen ermordet
Von J. S.

Am Ende ist er doch eingebrochen und hat gestanden. Roland Roth, 51, landwirtschaftlicher Hilfsarbeiter, gebürtig in Renon, sitzt seit gestern wegen Doppelmord in Untersuchungshaft. Die Polizei hat das Rätsel um zwei vermisste Frauen gelöst: Lisa Kofler, 22, Prostituierte, verschwunden am 22. Oktober dieses Jahres, Frida Lunelli, 31, drogensüchtig, verschwunden seit März 1993.
»Das machten sie immer so«, hat Roland Roth gegenüber Commissario Luther Krupp erklärt. »Erst wollten sie Geld für Sex, danach haben sie mich abserviert. Ich habe mit Lisa gestritten. Sie hat mich mit einem Rasiermesser bedroht. Ich habe ihre Leiche in der Nähe meines Heuschobers begraben.«
Dort, auf einer Lichtung im Wald von Campodazzo, hat die Polizei die tote Lisa gefunden. Fridas Leiche hingegen bleibt verschwunden. Roth hat erklärt, sie sei bei einem Streit unglücklich gestürzt. Er habe den toten Körper in einen Bach nahe seines Heuschobers geworfen. Unmittelbar nach der Entdeckung von Lisa Koflers Leiche erlitt Roth einen Kreislaufzusammenbruch.

Nach Meinung der Ärzte im Krankenhaus San Maurizio handelt es sich aber um nichts Ernstes.
Eine grauenvolle Geschichte, die …

12.37 Uhr. Krupp hatte in der Nacht nicht geschlafen, das konnte man deutlich sehen. Er kam gerade aus Campodazzo zurück, seine Kleidung roch nach Wald.

Arianna stellte einen Becher Kaffee auf seinen Schreibtisch.

Krupp hatte nicht darum gebeten und trank ihn auch nicht.

»Ich habe mit Bauleiter Weber gesprochen«, begann das Alphaweibchen. »Er hat mir alle Unterlagen gezeigt.«

Weber war der zuständige Ingenieur des Instituts für Wasserwirtschaft der Provinz Bozen. Die Vorstellung, dass ein Leichnam in einer Baustelle gelegen haben sollte, auf der er sechs Monate im Einsatz gewesen war, hatte ihm Angst gemacht. Trotzdem hatte er Ispettrice Lici zugesagt, als sie um einen Termin gebeten hatte.

Arianna breitete die topographische Karte auf dem Schreibtisch aus, anhand der Weber die Arbeiten von 1994 erklärt hatte. Ein großes X markierte Roths Heuschober. Arianna folgt mit dem Zeigefinger dem mäandernden Verlauf eines Baches.

»Davon gibt es einige in der Gegend«, sagte sie, »aber dieser Wasserlauf hat immer am meisten Schwierigkeiten gemacht. Wie du siehst, fließt er an diesem Hang vorbei, bevor er in den Isarco mündet.«

»Gab es Erdrutsche?«

»Nichts Dramatisches, aber ein paarmal im Jahr kam das vor, vor allem während der Schneeschmelze. Das Gebiet ist unbewohnt, aber der Bach bringt das Treibgut bis in den Isarco, und der ist nicht zu unterschätzen. Es besteht Überflutungsgefahr. Hier führen sowohl die Staatsstraße 12 als auch die Brennerautobahn A22 entlang. Die A22 steht auf Stützpfeilern, deshalb wäre sie nicht betroffen, aber die ebenfalls stark befahrene B 12 liegt nur unwesentlich höher als das Flussbett. Weber und sein Team haben den letzten Abschnitt des Flusses begradigt, um die Gefahr zu minimieren. Genauer gesagt, an diesen drei Punkten.«

Krupps Blick folgte der gestrichelten Linie, mit der Weber den alten Flussverlauf eingezeichnet hatte.

»Genau hier will Roth Frida Lunellis Leiche ins Wasser geworfen haben«, fuhr Arianna fort und deutete auf eine bestimmte Stelle. »Er hat sie Anfang März getötet, während einer Zeit, in der es viel geregnet hat. Aus dem harmlosen Bach wurde ein reißender Fluss mit hoher Fließgeschwindigkeit, die Leiche wurde mitgerissen und bis in den Isarco gespült. Danach kann sie überallhin gelangt sein. Wir sprechen hier von zwei Jahren im Wasser. Meiner Meinung nach werden wir sie nie finden.«

Genau das Gleiche hat auch Helmut Mahler, der Chef der Bergwacht, erklärt, dachte Krupp. Mehr als hundert geschulte Männer durchkämmten das weitläufige Gebiet, unterstützt von drei Spurensuchhunden und einem Hubschrauber der Carabinieri. Mahlers Meinung: verschwendete Zeit.

»Hat Egger die Autopsie gemacht?«, fragte das Alphaweibchen.

»Er wird in einer halben Stunde anfangen.«

»Kann ich dabei sein?«

»Warum?«

»Weil ich es will.«

»Das ist kein ausreichender Grund.«

»Als Lisa Kofler verschwunden ist, habe ich Lombardi den Fall übertragen. Das war ein Fehler, ich hätte mich selbst darum kümmern sollen. Ich bin der Armen etwas schuldig.«

Krupp lockerte den Knoten der Krawatte. »Wir gehen zusammen«, sagte er. »Natürlich wird auch Jakob dabei sein. Aber eines möchte ich deutlich festhalten: Was auch immer bei der Autopsie herauskommt, wir werden daraus Konsequenzen ziehen.«

Arianna dachte: Sartori.

Sie spürte: Panik.

»Wie auch immer das Ergebnis aussehen wird?«

Krupp zog die Schreibtischschublade auf und holte eine kleine Statue heraus.

Vier Arme, eine riesige Zunge.

»Diese Figur hat mir ein ganz besonderer Mensch geschenkt. Sie stellt Kali dar, eine hinduistische Göttin. Ihre Zeit heißt Kali-Yuga, und ihre Zeit ist *jetzt*. Kali-Yuga ist wie ein Tsunami, der alles zerstört. Und warum? Für die, die daran glauben, kann es nur nach der Zerstörung eine Wiedergeburt geben. Kali-Yuga ist … eine Welt aus Blut und Tod, ihre Welle ist unaufhaltsam. Aber man kann versuchen, auf ihr zu surfen. Ich dachte, das sei eine Möglichkeit, das Ende aufzuhalten. Es vielleicht sogar nie so weit kommen zu lassen. Aber ich habe mich getäuscht. Heute weiß ich das.«

Krupp drehte die Statuette zwischen den Fingern. »Das Ziel ist ein anderes. Man muss die Sprache der Toten lernen. Den Tanz der Hyänen tanzen und begreifen, dass man sich dem Schicksal nicht entziehen kann. Man kann nicht auf der Kali-Yuga-Welle surfen. Nicht auf Dauer, Arianna. Am Ende nimmt sich Kali alles.« Krupp lächelte.

In seinem Lächeln lag etwas Sanftes.

Und hinter der Sanftheit lag die Verzweiflung.

»Ich weiß, was du vorhast«, sagte er leise, »zusammen mit Lopez. Milla, Roth, Marlene. Und alles andere. Ich weiß, warum du es tust und warum du glaubst, dass du im Recht bist.«

Arianna antwortete nicht. Sie hätte es vorgezogen, wenn Krupp die Kali-Figur wieder weggelegt hätte. Sie konnte den Blick nicht von ihr abwenden. Die Augen der Göttin ließen sie nicht los.

Sie fühlte sich nackt.

»Ist Lopez immer noch hinter Milla her?«

»Nein«, antwortete Arianna. Eine Lüge.

Krupps Augen verfinsterten sich.

»Das habe ich mir schon gedacht.«

Er stellte die Statue auf den Tisch und schlug mit der Faust darauf. Sie zerbrach.

Arianna dachte: Nicht mal Kali selbst überlebt Kali-Yuga.

»Ab heute ist es offiziell«, sagte der Commissario. »Das Parlament hat das neue Polizeigesetz verabschiedet. Das Verbot, dass Frauen nicht im operativen Geschäft tätig sein dürfen, ist Geschichte. Du hast das Zeug dazu, und ich weiß, dass es das ist, was du immer wolltest.«

Krupp blickte auf seine Hand. Eine Scherbe hatte sich in sein Fleisch gebohrt.

Blut tropfte auf den Schreibtisch.

Arianna irrte: Am Ende war es immer die Göttin, die gewann.

»Du wirst eine operative Abteilung leiten, und ich werde alles in meiner Macht Stehende tun, um dich zu unterstützen. Aber nicht hier«, sagte Krupp.

Arianna verschlug es den Atem.

Tränen.

Tränen der *Wut.*

»Ich …«, sie stöhnte auf.

»Wir treffen uns in zwanzig Minuten auf dem Vorplatz«, schloss Krupp und betrachtete sein Blut auf dem Schreibtisch. »Sei pünktlich. Ich möchte nicht, dass Egger ohne uns anfängt. Noch Fragen, Ispettrice Lici?«

Arianna spürte, wie sich die Türen eines riesigen Schrankes hinter ihr schlossen. Dieses Mal für immer.

»Nein, keine, Signor Commissario.«

Landarbeiter auch dazu verhört:
RÄTSEL IM FALL WIESER
Wiederaufnahme der Ermittlungen hängt von Autopsie ab
Von A. M.

Roland Roth war bereits im Fall Wieser in den Fokus der Ermittler geraten. Im Frühling vor drei Jahren stand sein Name auf einer Liste der Stammkunden der Prostituiertenszene von Dodiciville. Wie die anderen Freier auch, war er im Zusammenhang mit der Ermordung der neunzehnjährigen Marlene Wieser befragt worden. Zugeschrieben wurde der Mord schließlich dem Bozener Mehrfachmörder Lucio Sartori, der im März vergangenen Jahres für fünf Morde zu lebenslanger Haft verurteilt wurde.
Der geschändete Körper der jungen Frau aus Colma war am 21. März 1992 rein zufällig in einer Parkbucht der Staatsstraße 12 auf der Höhe von Campodazzo gefunden worden. Der Mörder hatte versucht, die junge Frau mit einer Schnur zu erdrosseln, als ihm das nicht gelang, zog er ein Messer und stach vierzehnmal auf das Opfer ein. Laut Bericht des Pathologen, Dottor Egger, hatte er ihr mit dem ersten Stich die Kehle durchtrennt.
Lucio Sartori wurde im August 1992 festgenommen. Während er drei Morde gestand, hat er immer wieder nachdrücklich seine Unschuld im Fall Mirella Gatti und Marlene Wieser beteuert, was die Ermittler jedoch nicht überzeugte. Die Anklage von Staatsanwalt Jakob Manfredi basierte auf drei Gesichtspunkten, die gegen Sartori sprachen: dieselben Begleitumstände wie bei den gestandenen Taten, die Aussagen mehrerer Zeugen und das Blut auf der Schnur, die man im Seat Ibiza des Verdächtigen gefunden hatte. Später stellte es sich allerdings als nicht übereinstimmend mit dem Blut des Opfers heraus.

Während des Prozesses hatte sich die Anklage vor allem auf den in allen fünf Fällen identischen Modus Operandi gestützt, den man als eine Art Unterschrift des Täters bezeichnen könnte. Die Schöffen hatten sich bezüglich der beiden nichtgestandenen Morde womöglich von einer vermeintlichen Logik überzeugen lassen, die sich wie folgt zusammenfassen lässt: Wer, wenn nicht Lucio Sartori, hätte Morde unter nahezu identischen Begleitumständen verüben können? Und war es nicht abwegig, dass es in der gleichen Provinz einen weiteren Serienkiller mit derselben Vorgehensweise gäbe wie denjenigen, der auf barbarische Weise die drei anderen Frauen umgebracht hatte? Kein vernünftig denkender Mensch hatte sich vorstellen können, dass so etwas in Südtirol denkbar wäre.
Aber mit der Festnahme von Roland Roth und dem Brief von Lucio Sartori (den wir in dieser Zeitung exklusiv und in voller Länge abdrucken), in dem er seine Unschuld beteuert und angibt, dass Marlene Wieser von einer »weit gefährlicheren« Person getötet wurde, gerät dieses Konstrukt ins Wanken.
Womöglich entscheidend ist das Ergebnis der Autopsie des Leichnams von Lisa Kofler. Sollte sie ebenfalls durch Messerstiche zu Tode gekommen sein – dann müssten die Fälle Wieser und Gatti konsequenterweise neu aufgerollt werden.

DONNERSTAG, 23. NOVEMBER 1995

Nachmittag

Lisas toter Körper lag auf dem Tisch des Pathologen, die Plastikhülle, in die Roth ihn eingewickelt hatte, klaffte auseinander. Das Bild wirkte wie eine entfaltete Blüte, fast obszön. Dottor Egger sprach gerade. Krupp, der einige Meter entfernt stand, konnte ihn nicht verstehen. Denn alles in ihm stand in Flammen.

In seinem Kopf schrie Marlene: *ER hat mich an der Brust getroffen. ER hat mich in den Bauch getroffen, schnell, schnell, schnell. Der SCHMERZ hat mich nach vorne kippen lassen. ER hat mich am Rücken getroffen. Schnell, schnell, schnell. Ich habe gesagt: Bitte nicht. ER hat mich an den Haaren gepackt, ER hat gezogen, ER ist stark, ich habe die Klinge am Hals gespürt, und ich habe dich gesehen, ich habe dich gesehen, wie du hinter ihm hergerannt bist und ihn nicht fassen konntest, und ER hat geschlitzt, und ich war wütend und wütend und …*

Manfredi saß mit verschränkten Armen auf einem Metallschemel. Krupp versuchte seinen Blick aufzufangen. Er brauchte Hilfe, doch es war wie in einem Albtraum, sein Körper gehorchte ihm nicht mehr. Er konnte nichts anderes tun, als unbeweglich dazustehen und zuzuschauen, wie sich die Lippen des Pathologen bewegten. Und den Stimmen der ermordeten Frauen zuzuhören.

Lorena schrie: *Ich habe mir die Leggings ausgezogen, obwohl es kalt war und ER die Heizung auf höchste Stufe gedreht hatte, aber es war immer noch kalt, und ich habe gesehen, wie er das Messer gezogen hat, und ich habe gefragt: Was machst du da? Das waren meine letzten Worte, denn ER hat mir das Messer in den Bauch gerammt, und ich konnte noch nicht mal schreien, und ER hat wieder zugestochen, und bin nach vorne gekippt, weil es WEHgetan hat, und ER hat mir das Messer in den Rücken gerammt, und ich habe versucht, ihn aufzuhalten, ich habe die Hand gehoben, und ER hat sie mir aufgeschnitten, bis auf den Knochen, und ich dachte: ER bringt mich um, aber das kann nicht sein, dann hat er mich an den Haaren gezogen, an meinen schönen rotblonden Haaren, und mir die Kehle durchgeschnitten und mich weggeworfen wie MÜLL, aber ich habe gelächelt, ich habe beim Sterben gelächelt, weil ich wusste, dass du zu mir kommen würdest und …*

Niemand merkte, was in ihm vorging.

Krupp dachte: Panik.

Aber der Gedanke half ihm nicht, die Stimmen zum Schweigen zu bringen.

Giulia schrie: *Ich war allein zu Hause, ich musste Hausaufgaben machen, Mathe, Latein, der Aufsatz, draußen lag Schnee, er hat geklingelt, er war groß und hatte einen Schnurrbart, ich war erst fünfzehn, wie sollte ich verstehen, dass ich dem Mann, der sich so gut mit meinem Vater verstand, nicht vertrauen konnte? Ich habe ihn reingelassen, weil es kalt draußen war und Elena mich am Telefon nach den Hausaufgaben gefragt hat, aber ich hatte dafür keine Zeit, ich wollte ihn wegschicken, aber er weigerte sich und hat das Messer gezogen, ich wollte flüchten, aber er hat mich gepackt, von hinten gepackt und auf mich eingestochen, mir wurde eiskalt und …*

Das Neonlicht war brutal hell. Gleißend und scharf wie Eggers Instrumente, mit denen er Lisa Koflers toten Körper obduziert hatte.

Grelles Licht, Stahl.

Im Kali-Yuga machte das keinen Unterschied.

Patrizia schrie: *Ich habe ihn geschlagen und versucht zu fliehen, ich habe ihn geschlagen, weil er mich umbringen wollte, er wollte mich ZERFLEISCHEN, und ich wollte niemanden stören. Ich bin nicht wie die anderen, ich wollte nur weiteratmen, aber Er war zu stark, und ich habe um mich getreten, mit aller Kraft, und ER schnitt und ER schnitt und ER schnitt, schnitt MICH. Und dann wurde alles schwarz, aber ich war nicht tot, ich konnte nicht sterben und …*

Egger machte ein Zeichen, um die Aufmerksamkeit der anderen im Raum zu erregen, Manfredi stand auf, und auch Arianna trat vor, nur Krupp blieb an Ort und Stelle.

Er musste Mirella zuhören, die brüllte: *Wir hatten eine Verabredung, und ich habe ihn reingelassen, weil ich ihm vertraut habe, und ich habe* Lucio ist gegangen *geschrieben. Ich war ungeschützt und nackt, und das Bett war voller Blut. Es war MEIN Blut, und ich habe den Alarmknopf gesehen, aber er war WEIT WEG, wie der Atem und das Herz, die sich entfernten, und ich konnte nicht …*

Und Frida schrie: *Niemand hat nach mir gesucht, weil ich eine Nutte bin, die den Dreck verkauft, und der Dreck tötet mich und tötet dich, aber IHN nicht. ER wollte mich heiraten und war nur ein Idiot, genau wie alle anderen, die mich angefasst haben. Der Gestank seines Körpers war überall, auch in mir, bis auch meine Seele nach Kadaver GESTUNKEN hat. Das konnte ich nicht zulassen, denn auch ich hatte ein Recht auf Leben, und er wurde wütend und hat mich als Nutte beschimpft und …*

Krupp dachte: Schluss.

Doch auch Lisas Schreien konnte er nicht entfliehen: *Er hat mir Blumen mitgebracht, geklaute, weil er kein Geld hatte, welche zu kaufen. Ich fand ihn widerlich, aber ich konnte nicht Nein sagen, denn das Heroin hat mein Leben bestimmt, lieber, lieber Johnny. Er hat mich zum Heuschober gebracht, wo es nach Tod gestunken hat, und mich gefragt, ob ich ihn heiraten will, weil ich allein bin und er allein ist. Und ich habe gesagt, dass ich ihn nicht heiraten kann. Ich habe gesagt, dass wir Freunde wären und dass wir anders einsam sind, dass es viele Arten von Einsamkeit gibt, so viele wie Sterne am Himmel. Und dann hat er die Augen zusammengekniffen, mich an den Schultern gepackt, mit diesen starken Händen, die sind wie Zangen, und hat mich als Hure beschimpft und …*

»Commissario?«

Krupp schob das Armband der Uhr seines Vaters zurecht und fixierte Egger. »Wie lautet die Todesursache, Dottore?«

Die *Maranta leuconeura* war verschwunden. Iris meinte, sie sei von einem Parasiten befallen, der sie von innen auffraß. Der leere Topf sah traurig aus.

Jo setzte sich und deutete auf ein Päckchen Zigaretten. »Macht es euch was aus, wenn ich mir eine anstecke?«

Iris öffnete das Fenster.

16.41 Uhr, es dämmerte, wenig Verkehr, zwei Grad plus. Das Blumenmädchen kuschelte sich in den Sessel in Millas Büro. Jos Feuerzeug spuckte Funken, aber es gab keine Flamme.

»Mist«, brummelte er und steckte das Zigarettenpäckchen wieder in die Hemdtasche.

Dann hielt er die Presseerklärung der Questura hoch.

»Frida Lunelli wird kein Grab bekommen. Sie haben keine Spur von ihr gefunden. Auch meine Quellen bestätigen das. Und zwar drei verschiedene«, präzisierte er, als er Millas misstrauischen Gesichtsausdruck sah. »Leute von der Bergwacht, von der Questura und den Carabinieri. Die Suche wird eingestellt. Es ist zu lange her, um noch etwas zu finden.«

»Nach nur einem Tag?«

»Es wäre Zeitverschwendung.«

Iris trug eine regenbogenfarbene Hose und einen schwarzen Rollkragenpullover. Sie verbarg die Finger in den Ärmeln und fuhr sich mit der Zunge über die Lippen. »Und das Ergebnis von Lisas Autopsie?«

»Steht alles hier«, antwortete der Chefreporter und starrte sie an, als hätte er erst jetzt ihre Anwesenheit bemerkt.

Milla streckte die Hand aus. »Gib her.«

Jo strich sich über den Bart. »Du hast ihn gefunden, Champion. Reicht dir das nicht? Ohne dich wären Krupp und Manfredi niemals auf Roth gekommen.«

»Erzähl das Lisa und Frida. Oder Marlene. Lass mich diesen verdammten Bericht lesen.«

Jo gab ihm die Pressemitteilung.

»Egger hat einen Genickbruch festgestellt, der Lisas Tod verursacht hat. Keine Messerstiche. Weder am Hals noch sonst wo.«

Der Fachbegriff, den Milla in dem maschinengeschriebenen Text las, lautete »Halswirbelsäulenfraktur«.

»Und du glaubst ihnen?«

»Roth hat sie gestoßen, und wahrscheinlich war Lisa zugedröhnt. Sie hat das Gleichgewicht verloren, ist nach hinten gekippt, hat sich den Kopf angeschlagen, und das war's.«

»*Sie hat es selbst herausgefordert*«, murmelte Iris und schaute aus dem Fenster.

»Und wo hat sie sich den Kopf angeschlagen?«, fragte Milla aggressiv. »Am Boden? An einem Stein?«

»Es ist nahezu unmöglich, im Freien Blut oder andere organische Spuren zu finden«, antwortete Jo, »nicht nach einem Monat. Das verstehst selbst du, oder?«

»Wie viele Leute haben Lisas Leichnam gesehen?«

»Am Berg wimmelte es von Polizisten, ganz zu schweigen von den Carabinieri und …«

»Lisa war in eine Plastikfolie gewickelt«, unterbrach Milla ihn trocken.

»Und?«

»Das bedeutet, dass alle einen in Plastik eingewickelten toten Körper gesehen haben. Bei der Autopsie waren nur Krupp, Manfredi, Lici und Dottor Egger dabei.« Milla zerknüllte den Bericht. »Das ist Müll.«

Jo war jetzt nicht mehr erstaunt, er war wütend. »So blind kannst du gar nicht sein. Du hast gewonnen. Du hast Krupp gezeigt, dass du eine bessere Bulldogge bist als er. Du hast gezeigt, dass du eine bessere Bulldogge bist als all diese Questura-Typen zusammen. Du hast deine Schlagzeile, mit der du Karriere machen wirst. Du hast einen Serienkiller zur Strecke gebracht. Du solltest …«

»Dafür braucht es drei Opfer.«

»Roth hat Frida getötet und versteckt, er hat Lisa getötet und versteckt. Keine Schuldgefühle, keine Reue.«

»Ja, und?«

»*Ja, und?* Er hätte es wieder getan. Wenn du nicht gewesen wärst, dann wäre früher oder später noch eine dritte junge Frau verschwunden. Und noch eine und noch eine. Und du, Champion, hast die potenziellen Opfer gerettet. Du kannst nicht …«

»Was sagst du zu Marlene, Jo?«

»Anderer Opfertyp, andere Zeiten, anderer Modus Operandi. Es gibt keinerlei Zusammenhang. Und da steckt keine Verschwörung dahinter, Alex.« Er wandte sich an das Blumenmädchen. »Iris, bitte, bring ihn zur Vernunft.«

»Alle, die bei der Autopsie von Lisas Leiche dabei waren«, erwiderte Iris, und das Grau ihrer Augen bekam die Farbe von Blei, »haben einiges zu verlieren, findest du nicht?«

Jo schaute zu Milla. Dann wieder zu Iris.

Auf beiden Gesichtern las er die gleiche Entschlossenheit.

Er senkte den Blick.

»Wenn wir dir unwiderlegbare Beweise bringen, wirst du sie dann veröffentlichen?«, fragte Milla.

»Was redest du denn da, Alex?«

»Wenn wir dir Beweise bringen, unwiderlegbare Beweise, dass Lisa Kofler erstochen wurde, würdest du es dann veröffentlichen?«

»Unwiderlegbar? Was meinst du damit?«

»Brauchst du ein Wörterbuch?«, fragte Milla zurück. »*Champion?*« Jo vergrub das Gesicht in den Händen. »Ist euch klar, dass ihr damit Lucio Sartori recht gebt?«, murmelte er.

DONNERSTAG, 23. NOVEMBER 1995

Nacht

Um 21.36 Uhr zog die observierte Person den Vorhang beiseite. Die Wohnung befand sich im zweiten Stock eines Mietshauses in der Via Barletta, die Beleuchtung war gut und die Sicht auf das Fenster perfekt. 21.50 Uhr und 22.16 Uhr: Situation unverändert. Um 22.33 Uhr verließ Millas Verlobte mit zwei Müllsäcken das Haus.

Lopez dachte: Und warum sollte ich das glauben?

Sie bereitete sich vor.

Die junge Frau kam an der Hausecke, hinter der er postiert war, vorbei, Lopez bewegte keinen Muskel. Er zählte entspannt im Rhythmus seines Herzschlags. Bei sechzig hörte er, wie der Motor des Renault 5 angelassen wurde.

Er trat aus dem Dunkel und ging auf den braunen Alfa zu, den er in der Nähe geparkt hatte. Dabei zog er sein Handy aus der Tasche und hielt es sich ans Ohr, als würde er telefonieren. Er sah die Scheinwerfer des Renault aufleuchten, kniete sich auf den Boden und gab vor, einen Schnürsenkel zu binden.

Der Renault fuhr davon.

Lopez dachte: Das kannst du jemand anderem erzählen.

Er lächelte.

Die letzte Jagd. Die wollte er genießen.

Er setzte sich in den Alfa und folgte dem Renault, der offensichtlich nach rechts, in die Via Bari, Richtung Via Alessandria,

abbiegen wollte. Lopez blieb dran. Kurz vor der Kreuzung mit der Via Parma beschleunigte der Renault und fuhr, ohne zu blinken, an der Ampel bei Gelb nach links. Lopez blieb als braver Bürger an der roten Ampel stehen.

Die beiden hielten sich wohl für cleverer als er.

Ein *großer* Fehler.

Statt den Renault weiter zu verfolgen, parkte er in der Nähe einer Bar. Bei einer Verfolgung musste man immer einen Plan B haben, Lopez hatte dort einen zweiten Wagen abgestellt, einen schwarzen Lancia Dedra, den er von der Drogenfahndung geliehen hatte. Ohne Eile stieg er ein, justierte den Rückspiegel, und genau wie er es erwartet hatte, kam kaum zehn Minuten später der Fiat 126 aus der Via Bari, am Steuer saß Milla. Ein Ablenkungsmanöver.

Lopez stellte erstaunt fest, dass er Hochachtung vor dem Journalisten hatte. Nach dem Scherz in der Zelle X hätten nur wenige den Mut gehabt, ihn reinlegen zu wollen. Aber das bedeutete nicht, dass er Milla schonen würde.

Der Motor des Dedra heulte auf, Lopez begann vor sich hin pfeifend die *wahre* Verfolgung.

Der Fiat reihte sich in den fließenden Verkehr auf der Via Milano ein, von dort bog er auf die Viale Europa ab, wo Lopez den Abstand etwas verringern musste. Weiter ging es in die Via Palermo und schließlich in den Viale Druso Richtung Altstadt. Milla beschleunigte auf 60, 70, schließlich 80 Kilometer pro Stunde. Wollte er ihn abhängen? Der Dedra hatte keine Schwierigkeiten, dem schwarzen Kleinwagen zu folgen. Lopez spürte das Adrenalin in sich pulsieren und lachte heiser. Gott hatte ihm diesen verdammten Tumor geschickt, Krupp hatte ihn ins Büro gesperrt, und das Alphaweibchen hatte ihn behandelt wie einen Fußabtreter, aber er war und blieb: Ispettore Capo Lopez, der Anführer der Bull-

doggen, die rechte Hand *der Hand Gottes*, und niemand, wirklich *niemand* spielte dieses Spiel besser als er.

Es war Zeit, sich zu amüsieren.

Er öffnete das Fenster und heftete das Blaulicht aufs Dach des Dedra. Und schaltete die Sirene an.

Milla beschleunigte.

Lopez auch.

Der Viale Druso endete auf der gleichnamigen Brücke über die Talvera. Jenseits der Brücke wurde sie zur Via Marconi, nach links ging die Via Dante ab, rechts erstreckte sich der Largo Palatucci mit der Questura. Aber erst kam noch eine Ampel.

Der Dedra war mittlerweile so dicht aufgefahren, dass Lopez das Gesicht des Journalisten im Rückspiegel sehen konnte. Lopez grinste.

Milla zeigte ihm den Mittelfinger.

Und bremste.

Rattengesicht stieg voll in die Eisen, aber es war zu spät. Zu viel Bewegungsenergie. Der Dedra rammte den Kleinwagen, der nach vorne schoss, ins Schleudern geriet und sich um die eigene Achse drehte. Ein Fiat Panda aus der Gegenrichtung geriet ebenfalls ins Schleudern und konnte wie durch ein Wunder im letzten Moment ausweichen. Millas Auto hätte sich fast überschlagen, verlor eine Felge und schoss weiter ungebremst nach vorne, den Gesetzen der Physik hilflos ausgeliefert.

Lopez fluchte und versuchte, den robusten Dedra wieder unter Kontrolle zu bringen, was ihm einen Meter vor dem Stamm einer Platane auch gelang. Der mächtige Baum stand schon jenseits der Brücke.

Millas 126er dagegen kam erst direkt vor dem Haupteingang der Questura zum Stehen. Ein letzter Knall aus dem Auspuff, dann ging der Motor aus. Ein Uniformierter, die rechte Hand am

Holster, kam angerannt und fluchte. Lopez zählte bis drei. Kein Schmerz.

Es ging ihm gut.

So gut war es ihm seit Jahren nicht gegangen.

Er stieg aus und ging auf den Fiat 126 zu.

Milla stieg aus, schwankend wie ein Betrunkener, er hielt sich den linken Arm, offenkundig hatte er starke Schmerzen. Pech für ihn.

Ispettore Capo Lopez zeigte dem Uniformierten seinen Ausweis. »Keinen Schritt weiter.«

Der Uniformierte blieb verblüfft stehen.

»Nun, mein Junge, hast du dir wehgetan?«, flötete Lopez.

Milla fasste ihn an der Schulter.

Lopez schüttelte ihn ab. »Was hattest du vor, du Idiot?«

Milla lachte.

Er blutete aus dem Mund.

Der Wahnsinn leuchtete in seinen Augen, als er sagte: »Du hast verloren, Lopez. Ist dir das klar, oder soll ich es dir lieber schriftlich geben?«

Iris wischte sich den Schweiß von der Stirn und schulterte die Fototasche. Dann betrat sie die Notaufnahme. Es war nicht viel los.

Zu ihrer Rechten hatte sich ein Junkie auf den orangefarbenen Plastikstühlen ausgestreckt und schlief mit offenem Mund. Links saß leise murmelnd ein alter Mann mit einer Dokumentenmappe auf den Knien. Der am schlimmsten Verletzte war ein etwa Dreißigjähriger mit einem Kopfverband, der auf einer Trage lag und im Morphiumrausch vor sich hin brabbelte, ein Krankenpfleger an seiner Seite nickte ab und zu.

Iris fand eine einsame Ecke und wartete ab, bis sich die durch ihr

Erscheinen aufgekommene Aufmerksamkeit gelegt hatte. Um 23.10 Uhr durchquerte sie die Tür, die die Notaufnahme von den Stationen trennte, und eilte auf die linke Treppe zu. Auf dem ersten Absatz drückte sie sich gegen die Wand, alle Sinne in Alarmbereitschaft, und wartete.

Niemand war ihr gefolgt.

Sie war unsichtbar.

Die Pathologie lag im Keller. Sie war bereits zweimal dort gewesen. Zum Glück war keine der beiden Leichen, die sie dort auf den Metallgestellen hatte liegen sehen, Dario gewesen.

Sie dachte an Milla.

Sie hoffte, dass ihr Plan aufgegangen war.

Der Trick mit dem doppelten Trojanischen Pferd war von ihm. Als sie ihn Alex erklärte, hatte er sich erst vehement gewehrt, und je mehr er sich wehrte, desto mehr hatte Iris gespürt, wie sehr sie ihn liebte. Denn Alex besaß, was die meisten zwar zu haben behaupteten, aber vor dem alle wegliefen: Leidenschaft. Er war der leidenschaftlichste Mann, den sie kannte. Alex Milla, der Kieselsteinsucher, der Mann, der nichts von Jazz verstand, *strahlte vor Leidenschaft.*

Iris hatte ihm ihre Strategie erklärt und ihn schließlich überzeugt: Für die Bulldoggen waren Frauen nur Objekte, oder höchstens Nebenfiguren. Deshalb würde Lopez sie garantiert unterschätzen. Er würde nicht sie, sondern Milla verfolgen.

Das lag auf der Hand.

War logisch.

Alex musste ihr nur versprechen, so viel Zeit wie möglich rauszuholen. Dann hatte er sie geküsst, und Iris hatte sich gezwungen, zu glauben, dass das Glänzen in seinen Augen Entschlossenheit und nicht irgendeine Dummheit ausdrückte. Die Leidenschaft strahlte, aber sie strahlte, weil sie alle verbrannte, die sie besaßen.

Iris ging zum Aufzug, stieg ein und drückte den Knopf, der sie nach unten brachte. Es dauerte ewig.

Im Keller war es nicht so hell wie im Rest des Krankenhauses.

Iris beeilte sich, die Sohlen ihrer Stiefel knirschten auf den Fliesen. Sie bog zweimal ab, dann öffnete sich der Flur, und sie stand in einer Art dunklem Vorraum.

Über der Tür stand in roter Leuchtschrift: LEICHENHALLE.

»Sie ist abgeschlossen.«

Die Stimme ließ sie zusammenzucken.

Die Frau mit den rotblonden Haaren, die sie zu einem Pferdeschwanz zusammengebunden hatte, sah müde und angespannt aus. An ihrem Gürtel war der Griff einer Beretta zu erkennen.

»Weißt du, wer ich bin?«

Iris nickte.

Ispettrice Arianna Lici.

»Du bist Iris.«

Das Alphaweibchen hielt einen Schlüsselbund in die Höhe. »Die Tür zum Paradies«, sagte sie, »oder vielleicht auch zur Hölle.«

Iris hätte ihr die Schlüssel am liebsten aus der Hand gerissen. »Hast du auf mich gewartet?«

Die Schlüssel verschwanden in der Lederjacke. »Auf dich oder auf Milla.«

»Weiß Lopez Bescheid?«

»Hast du das noch nicht gelernt? Männer sind wie Kinder. Warum sollte man ihnen den Spaß nehmen, Katz und Maus zu spielen?«

»Ich spiele nicht.«

Arianna stemmte die Hände in die Hüften. »Oh doch, ihr beide spielt ein Spiel, ohne die Regeln zu kennen. Und das ist euer Problem.«

In Iris' Blick lag Wut. »Wo warst du, als Lisa verschwand? Wo

warst du, als Fridas Schwester euch angefleht hat, ihr zu helfen? Wo warst du, als Roland Roth Marlene Wieser die Kehle durchgeschnitten hat?«

Arianna schob ihre Haare zur Seite und zeigte die Narbe, die ihr Cupido am 20. Juli 1992 hinterlassen hatte. »Ich habe verhindert, dass Frauen wie du das gleiche Schicksal erleiden wie Lisa. Oder Marlene.«

Iris deutete auf die Tür der Leichenhalle. »Lass mich rein.«

»Warum?«

Iris zog die Nikon aus der Fototasche. »Beweise.«

»Wir sind die Guten.«

»Zeig es mir.«

Das Alphaweibchen seufzte. »Über die möglichen Konsequenzen hast du nachgedacht?«

»Wenn die Einstichspuren auf Lisas Körper zur Wiederaufnahme des Prozesses gegen Sartori führen, wären Krupp, Manfredi, du und alle anderen am Arsch. Unter uns gesagt, Ispettrice, das würde mir am besten gefallen.«

»Nehmen wir mal an«, erwiderte Arianna, »Roland Roth hätte Lisa Kofler tatsächlich die Kehle durchgeschnitten. Neue Beweise ziehen einen neuen Prozess nach sich. Die Urteilsbegründung für Lucio Sartoris lebenslange Haftstrafe würde wie ein Kartenhaus zusammenfallen.«

»In der Scheiße zu schwimmen ist schwer. Wie schlägst du dich da, Ispettrice?«

»Dabei unterstellst du, dass dort drinnen die Beweise sind, nach denen du suchst.«

»Was soll das Getue? Du warst bei der Autopsie dabei. Wurde Lisa Kofler die Kehle durchgeschnitten, ja oder nein?«

Arianna kam näher. Ihr Schweißgeruch hatte etwas Animalisches, Raubtierhaftes, das Iris Angst machte.

Es war der Geruch, den auch Dario verströmte, wenn die ersten Entzugssymptome kamen.

»Genickbruch, keinerlei Stichverletzungen«, antwortete Ispettrice Lici. »Roth hat nicht gelogen. Er hat sie gestoßen, sie ist gestürzt, sie ist gestorben. Und jetzt rechne mal nach, mein Mädchen. Wie alt ist Sartori?«

Iris zwinkerte, die Frage kam überraschend. »Als er festgenommen wurde, war er 26, jetzt ist er 29.«

»Als *wir* ihn festgenommen haben«, korrigierte das Alphaweibchen.

Iris dachte: Nicht zurückweichen.

Zeig ihr nicht, dass du Angst hast.

»Juristisch gesehen kann Sartori ab 2012 Hafterleichterung beantragen. Hin und wieder Ausgang, vielleicht eine Arbeit außerhalb des Gefängnisses, abends zurück in die Zelle. Das ist sein Recht. Aber bei viermal lebenslänglich und zusätzlich dreißig Jahren Haft eher unwahrscheinlich. Keine Kommission wird ihm das jemals genehmigen.«

Das Alphaweibchen forderte sie heraus, ihre Worte in Zweifel zu ziehen.

Iris reagierte nicht.

»Aber wenn die Beweisführung des Urteils vom 8. März 1994 ins Wanken gerät und Sartori in den Fällen Mirella Gatti und Marlene Wieser freigesprochen wird, dann werden ihm zweimal lebenslänglich erlassen. Vielleicht würde es seinem Anwalt darüber hinaus gelingen, das Gericht davon zu überzeugen, dass das Mordgeständnis im Fall Giulia Nicoletti erzwungen worden ist. Das wäre möglich, wenn wir, wie du sagst, damit beschäftigt gewesen wären, in der Scheiße zu schwimmen.«

Iris dachte: Wo ihr auch hingehört.

Aber das sagte sie nicht.

Ihre Stimme hätte sie verraten.

»Am Ende der Revision«, fuhr Ispettrice Lici fort, »wäre Sartori in den Augen der Öffentlichkeit längst nicht mehr so gefährlich, und seine Chancen, 2012 frische Luft in Freiheit zu schnappen, stünden gut. Wie alt wird Sartori da sein?«

»46.«

»Mit 46 bist du im Vollbesitz deiner körperlichen Kräfte. Und glaubst du, zwanzig Jahre Haft könnten die Persönlichkeit dieses Bastards fundamental verändern? Weißt du, was er machen wird, wenn er den Knast verlassen darf? Er wird ein Messer kaufen. Ein wunderschönes, brandneues Messer. Und Dankeskarten. Für seine Brieffreunde.«

Ispettrice Licis Lachen ließ Iris' Angst in Wut umschlagen. »Schwachsinn«, konterte sie. »Und Roth? Wie lange wird er für die Morde an Lisa und Frida bekommen? Oder zählt Frida nicht, weil man den Leichnam nicht findet? Roth ist 51. Könnte nicht auch er nach seiner Entlassung wieder töten?«

»Roth lebt seit Jahren in prekären Verhältnissen«, erwiderte das Alphaweibchen, »seine Leber ist durch den Alkohol nur noch Brei. Du hast recht, vielleicht wird der Mord an Frida zu den Akten gelegt werden, aber Manfredi wird Roth für den Mord an Lisa hinter Gitter bringen. Für mindestens zehn Jahre. Wenn er wieder rauskommt, wird er sechzig, vielleicht fünfundsechzig sein. Hast du schon mal einen Penner in diesem Alter gesehen? Hast du eine Vorstellung davon, in welchem Zustand so einer in diesem Alter ist? Wenn Roth wieder rauskommt, wird er für niemanden eine Gefahr sein. Sartori dagegen …«

Sie kam noch einen Schritt näher.

Iris dachte: Nur nicht zurückweichen.

Ariannas Blick schien sie durchbohren zu wollen. »Dieser Hurensohn wird nach Blut gieren. Töten liegt in seiner Natur. Töten

und *lügen*. Du kannst nicht so naiv sein, zu glauben, was er in seinem Brief geschrieben hat. Was hätte er sonst tun sollen? Das zurücknehmen, was er im Prozess ausgesagt hat? Ihr habt Sartori einen Strohhalm hingehalten, und er hat danach gegriffen. Er hat nichts zu verlieren.«

Sie hielt inne, sah Iris wieder an und fuhr fort: »Aber du und Milla schon.«

»Soll das eine Drohung sein?«

»Ihr geht das Risiko ein, die Lorenas, Marlenes oder Patrizias auf dem Gewissen zu haben, die ihm in zwanzig Jahren auf der Straße begegnen werden.«

»Willst du damit sagen, dass ihr alles unter den Teppich kehrt, weil ihr Angst vor Sartori habt? Und ich soll dabei mitmachen?« Iris schüttelte den Kopf. »Unmöglich. Lass mich da rein.«

»Und wenn ich dich festnehmen würde?«

»Das wäre zumindest eine Antwort.«

Arianna hielt ihr den Schlüsselbund hin. »Keine Fotos. Oder ich lege dir Handschellen an.«

Iris zögerte.

Sie nahm die Nikon von der Schulter und griff nach dem Schlüsselbund.

Arianna trat beiseite.

Iris steckte den Schlüssel ins Schloss.

Sie dachte: *Rosa banksiae lutea.*

Die Tür öffnete sich lautlos.

Der Gestank von Reinigungsmitteln schlug ihr entgegen.

Es war stockfinster, auch hier.

»Gemütlich ist es da drin nicht«, sagte Arianna. »Das ist das Reich von Kali-Yuga. Bist du sicher, dass du das willst?«

Iris schaltete das Licht ein und trat über die Schwelle.

FREITAG, 24. NOVEMBER 1995

DER TOD ALS FOTOKOPIE
»Lisa hat ein Rasiermesser gezückt, weil sie mich ausrauben wollte, Frida bedrohte mich mit einer Nadel!«
Von J. S.

Die Suche nach Frida Lunellis Leiche wurde ergebnislos eingestellt. Die Aufmerksamkeit der Ermittler konzentriert sich nun auf Roland Roth. Wie hat er die Frauen umgebracht? Roland Roth beschreibt sich als armen Teufel und vor allem als Opfer seiner Umwelt. Diese Einschätzung wiederholt er bei jeder Vernehmung. Es waren die jungen Frauen, die ihn angegriffen haben, mit Waffen (bei seiner letzten Vernehmung sprach er von einem Rasiermesser und einer Nadel), die bis jetzt nicht entdeckt wurden. Womöglich wird man sie nie finden. Roth erklärte, Lisa und Frida hätten ihn ausgelacht, ihn ausrauben wollen und damit seine Reaktion provoziert. Die Reaktion eines Landarbeiters, der beim mühevollen Versuch zweier Polizisten, den Felsbrocken zu bewegen, unter dem er Lisa beerdigt hatte, nur müde lächelte.
»Ich habe das allein geschafft«, sagte er und lachte. Danach …

FALL LISA K.: ERGEBNIS DER OBDUKTION SETZT SPEKULATIONEN EIN ENDE

Todesursache steht fest, Tathergang liegt weiter im Dunkeln

Von A. M.

Lisa Kofler ist an einem Genickbruch gestorben. Das wurde am gestrigen Abend bei der Obduktion durch Dottor Egger festgestellt. Auf dem Körper der bedauernswerten Frau finden sich keine Spuren einer Stichwaffe (Messerstiche) oder einer Strangulation. Es wurden auch keine Abwehrspuren gefunden, woraus sich allerdings nicht schließen lässt, dass es nicht doch zu einer körperlichen Auseinandersetzung gekommen sein könnte. Es ist eher davon auszugehen, dass ein möglicher Kampf bei der Leichenschau nicht mehr nachweisbar war, da Roth unbewaffnet gewesen sein dürfte. Der Spezialist für pathologische Anatomie präzisiert: »Die Todesursache ist klar, der Tathergang liegt dagegen im Dunkeln. Der Schädelbasisbruch hat zum Austritt von Gehirnflüssigkeit geführt, was in der medizinischen Fachsprache als Explosionsbruch bezeichnet wird. Verursacht wurde er durch den Aufprall des Kopfes des Opfers auf eine breite und harte Oberfläche.«

Das Ergebnis der Autopsie stimmt demnach mit der Hypothese eines möglichen Unfalltods überein. Oder anders gesagt: Es ist durchaus möglich, dass Lisa Kofler gestoßen wurde und mit dem Kopf auf einen Felsen geprallt ist. Roth hatte ausgesagt, bei einem Streit mit der Prostituierten von ihr mit einem Rasiermesser bedroht worden zu sein. Er habe sie gestoßen und dann zu Boden fallen sehen. Glaubhaft oder nicht? Die Staatsanwaltschaft hat erhebliche Zweifel.

Dottor Egger hat auch das Blut des Opfers untersucht. Obwohl

die lange Liegezeit im Freien den Prozess der »Mumifikation« bereits vorangetrieben hat, können an den Proben noch toxikologische Untersuchungen vorgenommen werden. Neue Erkenntnisse werden sich daraus voraussichtlich nicht ergeben.

Alles in allem lässt sich die Vermutung, Roland Roth hätte auch etwas mit dem Tod von Marlene Wieser im März 1992 zu tun, nicht bestätigen.

Obwohl Sartori weiter seine Unschuld am Tod der jungen Frau aus Kollmann beteuert (genau wie im Fall Mirella Gatti im Juni 1985), gibt es keinerlei Anhaltspunkte, die Ermittlungsarbeit von Commissario Luther Krupp in Zweifel zu ziehen.

Uns bleibt nur die Pflicht, die Öffentlichkeit über die grausamen Verbrechen dieser beiden Monster zu informieren. Und die Frage zu stellen, in welchem Umfeld diese Taten geschehen konnten.

Und uns bleibt die bittere Erkenntnis, wieder einmal nur die Namen der Frauen zitieren zu können, die ihr Leben verloren haben: Giulia Nicoletti, die nur ihre Hausaufgaben machen wollte; Mirella Gatti, die ihrem Mörder vertraute; Lorena Haller, die ihren Kolleginnen Kekse geschenkt hat. Marlene Wieser, die zu wütend auf die Welt war, um sich selbst zu verstehen; Patrizia Zanni, die niemanden behelligen wollte; Frida Lunelli, die ihre Tochter niemals im Stich gelassen hätte, und schließlich Lisa Kofler, die sich scheute, »Ich liebe dich« zu sagen.

Hoffentlich können wir uns das verzeihen.

JO

Für einen Mann ist die Frau die Stunde der Wahrheit.

JACQUES LACAN, SEMINAR XVIII

HEUTE

Dann traten wir hinaus und sahen die Sterne wieder – richtig? Falsch. Ich weiß es, denn ich habe sie gesehen. Kannst du mir folgen?«

»Nicht wirklich.«

»Lisa Koflers Leiche wies keine Messerspuren auf. In diesem Fall hatte Roth nicht gelogen. Explosionsbruch. Allein bei dem Gedanken bekommt man schon Migräne, oder? Egger, Krupp, Manfredi und die anderen hatten nicht gelogen. Marlene Wieser, die Frau, die die ganze Welt verflucht hat, war tatsächlich von Sartori umgebracht worden. Der Brief, in dem er das Gegenteil behauptete, war eine einzige Lüge. Das Papier nicht wert, auf dem er geschrieben war.«

»Aber?«

»Weißt du, was mir aufgefallen ist, als Milla in die Redaktion kam, um das zu schreiben? Den Artikel, mit dem diese Geschichte endete? Mit einem eingegipsten Arm, blutbefleckten Klamotten und diesen Augen? Diese Augen … Noch heute bekomme ich Albträume, wenn ich an sie denke.«

Der alte Mann beugte sich vor. »In seinem Blick lag keine Erleichterung, keine Angst oder Schmerz. Nicht mal Wut. Es war *Enttäuschung*. Milla hatte den Ausdruck eines Menschen im Gesicht, der verstanden hatte, dass der wichtigste Teil seines Lebens vorbei war und dass er in Zukunft nie wieder etwas ähnlich Spek-

takuläres erleben würde. Mit vierundzwanzig dachte er, sein Leben wäre verbrannt. *Dann traten wir hinaus und sahen die Sterne wieder?* So ein Quatsch. Ein Teil von dir bleibt immer am Erlebten hängen.«

Er schnalzte mit der Zunge.

Und dann.

»Milla und Iris haben am 9. Mai 1999 geheiratet. Ich war dabei, als Ehrengast. Das waren sie mir schuldig, oder? Durch mich haben sie sich überhaupt kennengelernt.«

Der Alte lachte, ein Geräusch, das in einem unterdrückten Röcheln endete. Der Krankenpfleger hinter der Scheibe warf mir einen vorwurfsvollen Blick zu. Ich hätte ihn schon zurückbringen sollen, Jos Stimme klang besorgniserregend, aber die Geschichte näherte sich ihrem Ende. Ich half ihm, die Sauerstoffmaske aufzusetzen, und wartete, bis sich sein Atem wieder normalisiert hatte.

»Ein Jahr später kam Milla mit der Geschichte von der Zelle X um die Ecke. Er hatte einige Zeugen dazu bewegt, Anzeige zu erstatten. Sanitäter, Polizisten … da gibt's auch Gute drunter, weißt du? Aber der Prozess endete wie erwartet. Die Zelle X ist eine moderne Legende. Es hat sie nie gegeben. Wirklich.« Jo bekreuzigte sich. »Dass es in der Questura noch heute Zellen ohne Überwachungskameras gibt, kann nur bedeuten, dass die Tradition weiterlebt? Ein bedauernswertes Missverständnis, ein Einzelfall – weißt du noch?«

»Wurde Strafantrag gestellt?«

Der Alte seufzte.

»Vielleicht hätten sie es tun sollen. Das wäre eine gute Werbung für die *Voce delle Alpi* gewesen, und Milla wäre geblieben, denn er war einer wie ich: ein Kämpfer. Weißt du, warum ich noch nicht abgekratzt bin? Weil ich morgens voller Wut aufstehe. Und wenn der Tod das mitbekommt, hält er sich fern.«

Dieses Mal brauchte er keinen Sauerstoff. Das heisere Lachen ließ seine kleinen klugen Gnomaugen leuchten. Es war nicht leicht, in diesem klapprigen alten Mann den kraftstrotzenden Chefreporter der *Voce delle Alpi* zu sehen. Aber sobald er den Mund aufmachte, war er wieder da, der alte Zyniker.

»Milla hat die Redaktion verlassen und aufgehört zu schreiben. Er ist gegangen, *adios* und auf Wiedersehen. Er hat ganz woanders eine Gärtnerei eröffnet und verkauft Blumen. Zusammen mit Iris natürlich. Sie haben eine Tochter. Manchmal schreibt er mir, einmal hat er mir ein Foto von ihr geschickt. Zum Glück kommt sie mehr nach ihr als nach dieser Vogelscheuche. Sie haben sie Marion genannt.«

Die Augen waren leer, die Lippen zitterten.

Einen Moment lang dachte ich: Demenz.

Doch dann schlug Jo mit der Faust auf die Lehne des Rollstuhls und wiederholte: »Sie haben sie Marion genannt.«

»Ein Name voller Hoffnung«, antwortete ich.

»*Hoffnung*«, Jo fuchtelte mit seinen knorpeligen Fingern durch die Frühlingsluft, »wann werdet ihr endlich lernen, dass es so etwas wie Hoffnung nicht gibt? Es gibt den Kampf, es gibt die Wut, es gibt die Liebe, aber die Hoffnung …«

»Und es gibt die Obsession«, versuchte ich ihn zu beruhigen, »dies ist eine Geschichte über Obsession.«

Jo sah mich schief an. »Du weißt, dass Geschichten ein Spiegel sind, oder? Das sagte Rizzi immer, möge er in Frieden ruhen, und ich unterschreibe das. Hast du eine Zigarette?«

»Keine Zigaretten«, antwortete ich zum hundertsten Mal.

»Pech für dich.«

»Und Krupp?«

»Krupp hat einen weiteren Serienkiller geschnappt. Zwischen Februar und März 1996. Ein Jahr nach Roth, kannst du dir das

vorstellen? Ein durchgeknallter Typ, der in Meran herumgeballert hat, als wäre er ein Heckenschütze in Vietnam. Wir nannten ihn »den Italiener-Mörder«, weil er alle Italiener in Südtirol hasste und ausrotten wollte. Das erste Opfer jedoch war ein Bankier aus Frankfurt, der gerade einen langen Spaziergang entlang des Passirio machte. Ein Deutscher, vom Scheitel bis zur Sohle, was für eine Scheiße. Drei Serienkiller in vier Jahren. Kommt dir das hier wie eine Insel der Glückseligen vor?«

Ich zwang mich ihm zuliebe zu einem Lächeln. Tatsächlich lief es mir eiskalt den Rücken herunter.

»2007 hat Krupp das Handtuch geworfen«, fuhr Jo fort. »Ihr Name war Sveta, eine Prostituierte. Der Typ, der sie umgebracht hat, hieß Irwin Irgendwas. Ein Schwein, der 36 Mal zugestochen hat. Weißt du, wo man sie gefunden hat?«

Ich schüttelte den Kopf.

»In der Via del Macello. Keine zehn Meter von dem Ort entfernt, wo Sartori 1992 Patrizia Zanni umgebracht hat. Krupp hat diesen Irwin binnen drei Stunden verhaftet, und es dauerte kaum eine halbe Stunde, bis er gestand. Schauen wir mal, ob du ein bisschen Grips in der Birne hast. Wie hat Irwin seine Tat gerechtfertigt, was meinst du?«

Plötzlich war ich müde. Mit meinen Kräften am Ende.

»*Sie hat es verdient.*«

»Hundert Punkte. Weißt du, was Krupp nicht verkraftet hat? Ein Priester, einer von der besonders engagierten Sorte, sehr gebildet, sehr intelligent, eine Art Intellektueller im Rosengarten-Club-Stil, hat einen Aufruf verfasst, der in der *Voce delle Alpi* veröffentlicht wurde. Er wollte Geld für Irwin sammeln, damit er sich einen Anwalt leisten konnte. Das verlorene Schaf, verstehst du?«

»Und was ist daran schlimm?«

Der Blick des Alten wurde stechend.

»Dass Svetas Leiche mehr als ein Jahr im Kühlraum der Leichenhalle gelegen hat, weil die finanziellen Mittel fehlten, sie in ihre Heimat zu überführen und beizusetzen. Ihre Kolleginnen haben schließlich das Geld besorgt.«

»Scheiße.«

»Das war zu viel für Krupp. Er hat den Job an den Nagel gehängt und ist ins Val d'Ultimo zurückgegangen. Mit dem Erbe seines Vaters hat er ein Hotel eröffnet und die Liebe zum Kochen entdeckt. Lach nicht, das ist kein Witz. Der Ritter in der strahlenden Rüstung ist zum Spitzenkoch geworden. Er soll richtig gut sein, heißt es. 2017 hat er seine alten Weggefährten eingeladen, Manfredi, der heute ein europaweit angesehener Staatsanwalt ist, Arianna, Lombardi, Greco … alle, die überlebt haben. Sie haben ein denkwürdiges Fest gefeiert.«

Jo musterte mich verstohlen.

Er wartete, ob ich selbst darauf kam.

»In dem Jahr ist Sartori im Gefängnis verstorben«, erinnerte ich mich.

»Er ist nie wieder rausgekommen. Manfredi hatte hervorragende Arbeit geleistet. Das Alphaweibchen hatte recht. Jedenfalls bis zu einem bestimmten Punkt.«

»Womit?«

»Mit ihrer Überzeugung, dass Leute wie Sartori sich nicht ändern. Erinnerst du dich an das ›Monster von Circeo‹? Ab 2004 hatte er Freigang, einen Job, eine Wohnung. Erfolgreich in die Gesellschaft eingegliedert, oder? Irrtum. 2005 hat er zwei weitere Frauen ermordet. Und es gibt eine lange Liste mit Beispielen dieser Art. Die Frage ist nicht: Warum hat der Skorpion den Frosch gestochen, oder warum hat der Frosch dem Skorpion vertraut? Sondern: Warum hat niemand den Mut gehabt, dazwi-

schenzugehen und versucht, den Skorpion von seinem Plan abzuhalten?«

»Sie haben gesagt«, erwiderte ich, und während ich beobachtete, wie die Sonne den Mendelkamm streifte, fragte ich mich, wie lange es noch dauern würde, bis der Krankenpfleger unser Treffen beendete, »dass Ispettrice Lici bis zu einem gewissen Punkt recht hatte. Worin hat sie sich geirrt?«

»Sartoris Brief. Arianna hat ihn als Mittel zum Zweck interpretiert. Sie dachte, Sartori wolle Milla benutzen, um den Prozess wieder aufzurollen, die Urteilsbegründung von 1994 zu widerlegen und aus dem Knast zu kommen.«

»Aber das haben Sie doch auch gesagt.«

»Weil es teilweise ja auch stimmt. Aber je länger ich darüber nachdenke, desto mehr komme ich zu der Überzeugung, dass Sartori die Chance genutzt hat, um noch mal in die Rolle des Skorpions zu schlüpfen.«

»Und zu töten? Er saß doch in der Zelle, wie sollte er ...«

Jo rollte die Augen. »Töten war das Mittel, nicht das Ziel, verdammt noch mal.«

»*Kontrolle*«, korrigierte ich mich. »Millas Brief war ein Mittel, um wieder Kontrolle über diese Frauen auszuüben. Das letzte Wort über ihr Leben zu haben.«

»Erkennst du jetzt den Tanz der Hyänen?«

Ich antwortete nicht.

Ich wusste nicht, was ich erwidern sollte.

»2005 hat das Landgericht Bozen Frida Lunelli für tot erklärt. Wenige Jahre später ist Irene offiziell Veronicas Mutter geworden. Veronica wollte das so. Ich denke, das hat etwas zu bedeuten. Vielleicht sogar etwas Schönes.«

Jo wischte sich über die Augen.

Ich hatte genug. Ich wollte gerade von der Bank aufstehen, auf

der ich seit Stunden gesessen hatte, aber er hielt mich zurück. »Du gehst doch nicht vor dem Abspann, Champion?«

Plötzlich wurde mir eiskalt.

Champion.

Mit wem hatte Jo gerade gesprochen?

Mit mir oder mit einem Gespenst?

»Marion Haller?«

»Im Dezember 2001 gestorben. Man hat sie bis zuletzt auf der Straße treffen können. Nachts, verstehst du? Rote Jacke, Kleingeld, Präservative, Nadeln. Sie sagte immer, es gebe so viele Frauen, denen man helfen müsse. Und als sie ihre Diagnose bekam, fügte sie hinzu: Und so wenig Zeit.« Jo musterte mich mit seinem Alligatorenblick und sprach weiter: »Hast du dich jemals nach dem Grund für ihr Verhalten gefragt?«

»Schwer zu sagen. Trauer? Schuldgefühle?«

Bei Jos Antwort musste ich schlucken.

»Du gehörst zu denen, die es für einen Trick halten, wenn sie ein Licht sehen, oder?«

Ich räusperte mich.

»Vivian?«

»Ende der 1990er Jahre hatte sie einen Nervenzusammenbruch. Danach hat sie es wie viele andere gemacht.«

»Psychopharmaka?«

»Fast. Sie hat eine Religion für sich entdeckt. Wie man hört, funktioniert das.«

»Tommy, der Rebell?«

»Nach der dritten Auferstehung durch Narcan hat er beschlossen, das Schicksal nicht weiter herauszufordern. Heute hat er den Platz von Padre Giuseppe eingenommen, der 2002 verstorben ist, und kümmert sich um Drogenabhängige. Jedes Jahr am 7. Januar, 21. März und 6. August findet man ihn an der Mobil-Tankstelle, an

der Parkbucht neben der Staatsstraße 12, in der Via del Macello. Aber über Milla oder das Jahr 1992 spricht er nie. Du scheinst der Einzige zu sein, der die alten Geschichten noch hören will. Und weißt du, warum? Weil niemand einen alten Kriminalreporter sehen will, der sich in die Hose macht.«

Ich brauchte ein bisschen, bis ich verstand, was er mir sagen wollte.

Ich wurde rot, und nach Jos Grinsen zu urteilen, hatte er erreicht, was er wollte.

»Soll ich Sie reinbringen?«

»Wir können beim Gehen weiterreden. Wer fehlt noch?«

Den Rollstuhl über den Kiesweg zu schieben, war anstrengend. »Arianna?«

»Sie hat sich nie versetzen lassen und ist deshalb nie die erste Frau an der Spitze der Mobile geworden. Aber sie ist verheiratet, ein Arzt, glaube ich, netter Mann. Das Fitnessstudio hat sie gegen einen Tangokurs eingetauscht. Sie hat einen respektablen Lebenslauf und ist eine gute Polizistin.«

Ich fühlte mich erleichtert.

»Dann sitzt sie nicht mehr im Schrank.«

»Ein hübsches Happy End, oder? Dann erklär mir aber bitte, warum Arianna seit 2005 an jedem ersten Samstag im Monat zu Roth fährt.«

Ich musste stehen bleiben.

»Soll das ein Scherz sein?«

»Roth wurde 2005 aus der Haft entlassen. Er hat seine Strafe abgesessen und ist in den Heuschober auf der Waldlichtung zurückgekehrt. Dort lebt er allein, inmitten von Müll, wie früher.«

Ich war schockiert.

»Sie besucht ihn? Warum?«

»Das frage ich dich.«

»Darüber muss ich nachdenken«, erwiderte ich zögernd.

»Das tut weh, oder?«

»So funktioniert das mit der *Rosa banksiae lutea*.«

Das war als Ausweichmanöver ziemlich pathetisch, aber Jo hakte nicht nach. Vielleicht war er wirklich alt geworden.

»Ah, du erinnerst dich. Das Blumenmädchen hat der verdammten Rose die Dornen zurückgegeben. Nicht alle, aber immerhin einen. Aber richtig gut verkauft hat sie sich nie. Wer braucht schon Dornen?«

»Ich zum Beispiel.«

Jo sah mich schief an.

»Wo wir gerade beim Abschiednehmen sind: Welche Geschichte willst du schreiben, Champion? Die von Krupp oder die von Milla? Die von Lorena, Marlene und Patrizia oder die von Sartori und Roth? Oder die von Giulia und Mirella? Die von Levada vielleicht? Oder die von Arianna? Oder womöglich sogar die von Rattengesicht? Oder bist du arrogant genug, zu glauben, du könntest die Geschichte von uns allen schreiben?«

»Ehrlich gesagt bin ich nicht mal sicher, ob ich sie überhaupt schreiben will.«

»Das wirst du. Hast du dich mal im Spiegel betrachtet? Du steckst in der Geschichte drin, bis zum Hals. Eigentlich geht es doch um Kali-Yuga, und du bist ein geborener Surfer, das sehe ich in deinen Augen. Glaubst du wirklich, dass du der Versuchung, auf so einer Welle zu reiten, widerstehen kannst?«

Wir erreichten das Altersheim. Ich dachte: Zu viele Farben. Bunte Gemälde an den pastellfarben gestrichenen Wänden. Die leise Musik. Eine Atmosphäre gezwungener Heiterkeit, die mir die Kehle zuschnürte. So sollte der Vorhang nicht fallen.

Wie konnte ich den Kloß in meinem Hals wieder loswerden? Auf diese Frage hatte ich keine Antwort.

Deshalb schwieg ich.

»Vergiss die Regel Nummer eins nicht, Champion.«

Ich zwang mich zu einem Lächeln: »Für Gesprächsstoff sorgen?«

»Nein, dieses Mal nicht.«

Er packte mich am Handgelenk. Ich spürte die Wärme seines Körpers, seinen Atem.

Und dann sah ich etwas in seinem Blick, das mich bis heute verfolgt.

»Wie unser Herrgott schon sagte«, kicherte Jo und sprach dabei mit mir oder vielleicht auch mit den Gespenstern, die um uns herumtanzten, »*schreib das, was du siehst.*«